福地

邱苏滨 著

时代文艺出版社

图书在版编目（CIP）数据

福地 / 邱苏滨著. -- 长春 : 时代文艺出版社, 2021.6

ISBN 978-7-5387-6385-0

Ⅰ. ①福… Ⅱ. ①邱… Ⅲ. ①长篇小说－中国－当代 Ⅳ. ①I247.5

中国版本图书馆CIP数据核字(2020)第224124号

福地

FUDI

邱苏滨　著

出 品 人：陈　琛
责任编辑：李荣銮
装帧设计：陈　阳
排版制作：隋淑凤

出版发行：时代文艺出版社
地　　址：长春市福祉大路5788号　龙腾国际大厦A座15层　(130118)
电　　话：0431-81629751（总编办）　0431-81629755（发行部）
网　　址：weibo.com/tlapress（官方微博）　sdwycbsgf.tmall.com（天猫旗舰店）
开　　本：710mm × 1000mm　1/16
字　　数：540千字
印　　张：32
印　　刷：长春第二新华印刷有限责任公司
版　　次：2021年6月第1版
印　　次：2021年6月第1次印刷
定　　价：88.00元

目录

上部

第 一 章 / 002
第 二 章 / 011
第 三 章 / 018
第 四 章 / 025
第 五 章 / 032
第 六 章 / 038
第 七 章 / 046
第 八 章 / 053
第 九 章 / 061
第 十 章 / 068
第十一章 / 075
第十二章 / 081
第十三章 / 087
第十四章 / 093
第十五章 / 100
第十六章 / 107
第十七章 / 113
第十八章 / 119
第十九章 / 127
第二十章 / 134
第二十一章 / 141

第二十二章 / 146
第二十三章 / 154
第二十四章 / 159
第二十五章 / 165
第二十六章 / 172
第二十七章 / 178

中　部

第二十八章 / 186
第二十九章 / 194
第 三 十 章 / 202
第三十一章 / 212
第三十二章 / 218
第三十三章 / 226
第三十四章 / 234
第三十五章 / 243
第三十六章 / 252
第三十七章 / 261
第三十八章 / 268
第三十九章 / 275
第 四 十 章 / 284
第四十一章 / 292
第四十二章 / 301
第四十三章 / 311
第四十四章 / 320
第四十五章 / 327
第四十六章 / 336

第四十七章 / 346
第四十八章 / 352
第四十九章 / 360
第 五 十 章 / 366

下　　部

第五十一章 / 374
第五十二章 / 383
第五十三章 / 394
第五十四章 / 401
第五十五章 / 409
第五十六章 / 415
第五十七章 / 422
第五十八章 / 431
第五十九章 / 440
第 六 十 章 / 447
第六十一章 / 457
第六十二章 / 465
第六十三章 / 471
第六十四章 / 477
第六十五章 / 481
第六十六章 / 490
尾声 / 497

后记 / 500

上　部

第　一　章

打牲乌拉[①]总管衙门进贡的最后一颗大东珠，是福儿的阿玛[②]秀山采到的。

后来这颗东珠镶嵌在了大清朝慈禧太后的凤冠上，又随着她被埋进了东陵；又后来军阀孙殿英掘开了慈禧的墓，盗走了这颗东珠；再后来据说是被蒋介石的夫人宋美龄镶在了她的软缎拖鞋上。

后来的这些事情无论是真是假，与秀山就没有关系了，有关系的是他采到了这最大、最后的一颗东珠。秀山十四五岁便跟着父亲采珠捕鱼，练就了一身的好水性，能双脚踩水如履平地。他也练出了好眼力，放眼一瞧，便能看出蚌蛤是否有珠。生有珍珠的蚌蛤多数壳面粗糙，黑褐中又有杂灰色，正所谓病蚌成珠。也正因为他一次次超量完成采珠数额，也就一次次受到嘉奖，并由最低级的珠丁一步步高升，由珠轩达[③]、笔帖式、仓官、领催[④]、骁骑校、左翼翼领直至坐到了衙门总管的位置。

东珠是朝廷的重要贡品，因取之于生长在东北的松花江[⑤]、乌苏里江、嫩江一带水域的蚌蛤中，遂称为东珠，与南珠相对应亦称北珠。东珠个儿大粒圆润白，较之南珠更受朝廷珍爱，并作为身份等秩的标识。朝秩规制，皇冠用珠三十七颗，皇后凤冠用珠九十八颗，一品朝官准用一颗，二品以下不准用东珠。

① 乌拉——满语，江。

② 阿玛——满语，父亲。

③ 珠轩达——满语，队长

④ 领催——八旗打牲机构下级官职。

⑤ 松花江——满语，松阿里乌拉转音，意为天河。

康熙和乾隆年间是采珠的盛期，康熙三十九年额定打牲乌拉采珠五百二十八颗，实际交珠两千一百八十颗；乾隆朝共采珠五十五次，采得东珠十万余颗，乾隆十二年最多，一次交珠就达三千零一十颗。由于长年累月地采捕，江中产珠蚌蛤已越来越稀少，用衙门总管奏折上的话说，是“易数河而不得一蚌，聚蚌盈舟而不产一珠”，即便有珠，亦小而畸形，无法入眼。据此，自同治年间就采取了“封江轮采”的措施，甚至停采。光绪元年，新帝登基，内务府忽然发下谕示恢复采珠。以往交珠，照例是在年底前，此次却是要在七月前。那时的衙门总管不敢稍有微词，匆匆组织上三旗千余名珠丁，分为六十四莫因[①]，采买工具帐篷，四月初九，列队江边，祭奠江神后，分成多个小队，浩浩荡荡地出发了。至六月回，将所采东珠一并呈上，总管与吉林将军亲自精挑细选出五百七十七颗，分别轻重、色光，盛匣封固，送京恭呈御览。不料，朝廷却发下御旨，所呈贡东珠“光彩不齐，大珠尤觉色暗”，着令再行采捕。总管只得再次组织珠丁，率众乘船赶赴产珠江河。

那时秀山还只是个领催，他带着珠轩达铁亦哈和十四五个珠丁，安营在舒兰溪浪河畔。溪浪河是松花江的一条支流，岸上到处堆积着蚌壳，白花花的一片，踩上去嘎吱作响，是经年累月开蚌取珠留下的。月色很好，天上繁星点点，江面在星月的映衬下波光粼粼。在星月交辉下，采来的蚌珠才会光泽圆润而且恒久不变。曾做过珠轩达的秀山熟谙此中道理。他站在船头将数丈长的木杆插入水中，听见了“咬杆”的声音，确定了采捞区域，便告诉珠丁们下水采蚌。一个珠丁顺杆而下，潜入水中，将捞到的蚌蛤装入系在腰上的蛇皮袋中，装满了，便浮出水面，另一人接着潜入水中。秀山蹲在船头，看着珠丁们一轮又一轮在水中钻入钻出，看着那一个个从鱼皮袋滑到船板上的蚌蛤，却一点儿也兴奋不起来。他知道即便捞出蚌蛤，也不会有珍珠，可又不能不让人下去采捞。完不成采珠数额，从总管到珠丁都要受处罚。上三旗共五十九个珠轩，每珠轩采珠十六颗，便应采珠九百四十四颗，额外多交一颗，赏多采牲丁两匹毛青布；缺少一颗则鞭责十下；若定额之外多一千颗，总管、翼领准加一级，骁骑校、领催各按分数议赏；缺少十颗，总管、翼领、骁骑校等罚俸一年、降一级，领催等鞭责一百。眼下这种情势，谁也不敢奢望能超额得赏，若能如数保质完成

① 莫因——满语，队。

额定数，便是烧了高香了。可这一遍遍徒劳，到底不是办法。凌晨时秀山下令收工，将船靠岸。铁亦哈立即吩咐珠丁们埋锅烧水，将蚌蛤投入水中。蚌蛤张开蚌壳，亮出的是一团团的白肉，砸烂敲碎了也捡不到一粒像样的珠子。此时总管的船又巡视到此，看着岸上满地的碎蚌壳，总管阴着一张脸。秀山本也憋了一肚子火，回话时就没好声气，三言两语造掰了，气得拔腿就走。总管虽然生气，可他知道此时得罪不起秀山，没有秀山，他更不可能完成采珠数额，只好恨恨地看着秀山走了。

秀山也没走多远，他遇到了一位老渔翁，早起去江上收挂网。渔翁告诉他，昨晚在江里看见鲤鱼精拜月炼丹，江水一吸一吐，还泛着粼光。秀山问在哪儿，渔翁指着远处说是青龙潭。他让渔翁划船带他过去看看，渔翁不敢，说谁不知那青龙潭的险恶，水面上看似平静，下面便是暗流，一个接一个的旋涡，船只稍一靠近，立刻便会被吸进旋涡，顷刻间船就成了一片片木板浮上来，人却无影无踪。秀山问他那里会不会有蚌蛤，渔翁说肯定有，他曾看见对岸的滩涂上，一只磨盘大的巨蚌，拖着身子在泥里走过，留下深深的印痕。秀山才不信巨蚌会有磨盘大，也不信什么鲤鱼精拜月炼丹，可他信那里会有蚌蛤。

总管看见他回来了，立即换上了一副笑脸，秀山也回以一笑，只当什么事都没发生。他说他要去闯青龙潭，铁亦哈惊得目瞪口呆，珠丁们也面面相觑不发一言。总管看着众人的表情，便知道这里面的凶险了，他也不劝阻，只吩咐秀山小心行事，然后便登船巡视别处去了，那架势明摆着是让秀山生死由命了。晚上，秀山就带着船赶到了青龙潭附近，他命令其他人上了岸，只带了珠轩达铁亦哈和一个珠丁，独舟前往。秀山往自己身上系绳索，将绳子另一头递给了铁亦哈。铁亦哈知道他要亲自下水，劝了两句无效便也不再阻拦。秀山分析得没错，因为有旋涡，船只很少通过，采珠人自然也很少涉足这一水域，经年累月地没有人采捞，那附近会窝住蚌蛤，肯定会有大蚌。可他深知这是个险活儿，弄不好就要葬身水底，历年采珠这样的悲剧都不可避免，每次出来采珠，各莫因都带着仵作，可见死人是常事，他不想让别人冒这个险。铁亦哈趴在船头，手里拽着绳，提心吊胆地等待着，终于手上感觉绳子在振动，他急忙拉绳子，不一会儿，秀山浮出了水面。铁亦哈急忙把他拉上船，卸下他身上挂着的蛇皮袋子，掂量那袋子沉甸甸的，装了数十只蚌蛤。回到岸上，秀山吩咐珠丁们烧开了水，将那数十只巨蚌蛤用沸水一烫，蚌壳即开了口，用手掰开，竟然个个有珠，且十颗、数十颗不等，而且圆润硕大，最大的一颗足有五钱重。

从那之后，在松花江及其支流就再也没有采到过硕大而圆满的东珠了。自顺治十四年设布特哈乌拉[①]总管衙门就开始的东珠进贡，历时近二百年，到此也不得不停贡。但秀山却因为此事得到了晋升，由领催而骁骑校，再由骁骑校升任翼领，最后官至衙门总管。东珠因为长年捕捞而灭绝了，而朝廷所需的鲟鳇鱼、各类杂鱼及人参、灵芝、松子、蜂蜜、貂皮、熊掌等山珍野味还得进贡，“专为采捕本朝各坛、庙、陵、寝、四时祭品而设”的打牲乌拉总管衙门还得以存在，掌管着这片大清王朝的后花园。

乌拉城，位于松花江东岸，古乌拉国（部）所在地，海西女真聚居地。女真周时称肃慎，汉称挹娄、扶余，唐朝称靺鞨，宋始有女真称呼。明中叶，居住在黑龙江一带的女真扈伦部南迁至松花江中游一带，史称乌拉或哈达，尔后又有辉发、叶赫两部加入形成四部，姓那拉氏，仍称扈伦，是为扈伦四部，明人则称其为海西女真。乌拉与哈达共祖纳奇布，明成化、弘治、正德年间数次南徙，至其后代都尔机时形成乌拉部；传七代至布颜，建乌拉国，自称贝勒，流经此区域的松花江亦被称为乌拉河，并筑城于乌拉河东岸，称弘弥罗城；传九代至布占泰，为鼎盛期，辖域东南至朝鲜北部，东北至兴凯湖及以北地区，北达牡丹江口，西与叶赫、辉发二部相邻。明万历四十一年，老罕王努尔哈赤率建州女真一路杀奔而来，败叶赫、辉发、哈达三大部，破乌拉国，取都城，“驻跸十日，悉还其妻仆众，编户万家”。后金三年，太宗皇太极为防备原乌拉国人东山再起，选派迈图携其家眷来任“乌拉地间嘎善达[②]”。所谓“乌拉地间”，包括了七十里外的省城吉林及其附近城寨。那时候的吉林还不叫吉林，称小乌拉，而且也不是一座城，只是有明朝时辽东都指挥使骠骑将军刘清领兵造船时留下的遗存，包括那些造船兵丁的后人。满人入主中原，以乌拉为龙兴之地，征集兵员，补充物资，乌拉城人携妻带子“从龙入关”。清初立国，视长白山为满人发祥之神山，龙脉之源，为防止北面沙俄侵占和关内汉人进入，将长白山及周边广大区域封禁起来。长白山绵延千里，发源于长白山天池的松花江随山就势，奔泻八百里后流经乌拉地间。这一片土地及其上的河流自然在封禁

① 布特哈乌拉——满语，打牲乌拉，江河渔猎之地。

② 嘎善达——满语，乡、村长之意。

之列。封禁的黑土地，森林茂密，水源丰沛，物产富饶，生灵繁衍，亦成为爱新觉罗家族的私家领地，朝廷只允许宗室以下、公以上派丁来乌拉地间采东珠、挖人参、捕山牲等，以供日常所需。顺治十四年，在乌拉始设打牲衙门，安官，立八旗，开辟贡山贡河，乌拉生齿日繁，城垣已成规模。

乌拉城不大，甚至远在离京城两千三百七十里外的苦寒之地，却从来没有离开过朝廷的视线，从顺治到康熙再到乾隆及至本朝，一直都将乌拉城当作自家内院来关切。康熙帝曾三次东巡，竟有两次幸临乌拉。康熙二十一年，康熙帝第一次东巡，带着后妃、太子及王公大臣，一路舟车劳顿，披星戴月，出山海关过盛京经吉林到达乌拉城，驻跸六日，游乌拉古城、观打鱼楼、拜关帝庙，问询打牲丁，还亲自操桨弄舟、撒网捕鱼，并将收获的大鱼一一赏赐给随行王公大臣和侍从。回銮路上，颁布圣旨，革除打牲丁的无益差役，废止妨碍农事的捕鹰之役……康熙四十三年，松花江泛滥，浸涝房屋，打牲停滞，时任总管穆克登急上奏折请求迁移城垣。康熙帝御批："打牲乡村，奈系我太宗仁皇帝指定居住年久，如移，亦得拣其东阳钟秀之地，方可居住，万不准迁渡江西。"康熙爷所指"东阳钟秀之地"，正是如今的乌拉城区，康熙四十五年开建，周长八里，每面二里许，墙高八尺，基宽三尺，分立东、西、南、北四城门，砖瓦砌筑，每个城门处建堆拨房一间，日夜有人值守；建过街牌楼两座，南北相对，各悬匾额，南牌楼两面各书：南接龙潭、北绕名区，北牌楼两面各书：山围胜地、北通凤阁；城内无论官邸还是私宅，均按天干、地支为序排列，采珠、捕鱼八旗各按角色分住，旗仆居城内，不得容留浮民，商贾集镇设在西门外，立为南、北、东、西大街，中间设一所查街处，以免旗民混杂，尤重风化之事。可见，乌拉城等于奉旨修建，甚至每一细处均有关照，每每谈及，乌拉城人的自豪溢于言表。

若论起省城和乌拉谁先谁后，乌拉城人更是底气十足。乌拉城设总管衙门的第二年，也就是顺治十五年，朝廷才命宁古塔昂邦章京[①]沙尔虎达在小乌拉设厂造船。康熙十年，宁古塔副都统安珠瑚奉旨移驻船厂，开始监造城池，吉林始建城，但仍被称为船厂；康熙十五年，宁古塔将军移驻船厂，诏令将船厂改称为吉林乌拉；乾隆十五年，谕旨将军衙门关防印信改铸为"船厂"，这期间所

① 昂邦章京——满语，总兵官或将军之意。

有往来满汉公文及坊间称呼中关于吉林的名称便“吉林”与“船厂”并存，甚至行文中有鸡林、几林、鸡陵、鸡临之类的谬称；乾隆二十二年，乾隆爷钦点改称镇守宁古塔等处将军为“镇守吉林乌拉[①]等处将军”，简称吉林将军，分设吉林、宁古塔、三姓、伯都讷、阿勒楚喀五个副都统和珲春专城驻防。这时的吉林才正式确定了名称，并在地方长官与朝廷的往来公文中自称“吉省”。吉林虽有省城之誉，但在乌拉人眼里，也只是个后起之秀，乌拉人仍习惯地称之为“船厂”，每每说“去省城”，都是称“下船厂”。这固然缘于“先有乌拉，后有吉林”的成见，却也突显着乌拉人固有的优越感。而打牲总管衙门则是依照副都统样式修建，虽不及吉林将军衙门那般显赫，衙门总管也不似吉林将军那般位高权重，但悠悠两百多年间，打牲衙门从来都是与将军衙门平起平坐，衙门总管已历三十一任，品秩也由最初的六品，擢为正三品。足见总管衙门一直都是朝廷的宠儿，衙门总管自然也是炙手可热的官位。

秀山曾多次进京送贡，职位或是领催或是骁骑校或是翼领，直至总管。随着职位升迁，也就有机会直接觐见皇上和太后，觐见过后，除了一次次地升迁，自然也得过无数赏赐，最多的一次，光白银就得了一千两，是慈禧太后以皇上的名义赏赐的。太后还为秀山赐姓“肇”，清语意为爱新觉罗之奴。秀山坐上总管之位后，便利用这些赏赐开始修建宅第，大张旗鼓地从京城请来了工匠，仿着京城亲王府的格局。他虽只是打牲乌拉衙门总管，与吉林将军、吉林副都统同属三品，却是直属朝廷内务府，“不受他处节制”，连吉林将军、副都统都不敢小觑。秀山自己也从不掩饰，便是建个宅邸也要显出不同的气势来，不光从格局和规模上要讲究，每一个细处都要考虑。索罗杆[②]立在院子的东南方向，足有一个大号的海碗那么粗，高有两丈，超出了高耸的院墙，从院外便可看见。索罗杆是秀山亲自上山选定并砍来的，作为族长和秀府的主人，更兼乌拉城的最高长官，秀山用这根神木向天神表达着亲近和敬意，也充分昭示出家族的显赫。新建的宅子是个二进的四合院，分了庭院、南园、西花园三部分，大门朝东开着。门前有一座汉白玉基座的影壁，上面雕刻着海水托日。正门上悬挂着

---

① 吉林乌拉——满语，沿江的城池之意。

② 索罗杆——满族人家竖在院中用来祭祀的木杆，称为神杆，顶端有一木斗，祭祀时装上五谷杂粮和碎肉，以飨乌鸦。乌鸦被满族人视为神鸟。

盛京将军、吉林将军、黑龙江将军联名题赠的匾额，上书四个大字：坐镇雍容。二道花墙上有一垂花门，上面悬挂的是庆亲王所题“绳直水清”的匾额。垂花门的内里挂着“兰桂有芬”匾，是同治十三年状元陆润庠所题。秀山的宅邸落成后，原来在乌拉城很被人羡慕的花府、魁府、萨府便稍逊一筹了，就连打牲乌拉总管衙门和协领衙门也都甘拜下风。乌拉人称这座宅子为秀大人府，图省事儿，就称秀府。因为秀府坐落在总管衙门和协领衙门的后街，又有人习惯地把秀府称作后府。多年后，随着秀山故去、秀府败落，人们便约定俗成地将其称为后府了。

秀府的豪华和大气只在外观上便让人啧啧称奇，但内里如何却鲜有人知，普通的乌拉城人大多数都无法进入府邸看个究竟，只是听进去过的人描述。府邸大门外墙上那个象鼻式的马栓是用汉白玉雕制的，这却是有目共睹，因而人们在传说中无论如何描述秀府的奢华也不为过。据说秀府上屋的炕沿是用水晶制作的，内中有水，还养着二寸来长的金鱼，鱼有红的、黑的、黄的，还有花的，在晶莹剔透的炕沿中游得自由自在。人的屁股坐在炕沿上面，鱼儿都视而不见，仍是优哉游哉。秀府在人们的津津乐道中变得越来越有滋味，传说的色彩也越来越浓烈，但却没有人对秀山的显富有任何异议。本来这一切都是靠秀山的辛勤付出换来的，试想当初若是没有秀山冒着丧命的危险潜入青龙潭捞出那一颗五钱重的大东珠，讨得了皇上和太后的欢心，那乌拉城上至当时的总管下至旗丁们的命运就无法预测了。所以他的府邸建得豪华亦是理所应当，没有人说三道四。乌拉地方虽然不大，但人们的见识不浅，好多人家的祖上都是“从龙入关”在京城生活过的，虽然后来被拨付乌拉地界有各种各样的原因，一百多年来或沉或浮亦有说道，但真正论起来，家家又都是有根有蔓的，所以乌拉人并不心胸狭隘、小肚鸡肠。何况，乌拉人还有一点想得很开，无论总管还是牲丁，是贫是富，是贵是贱，归齐了，都是皇家的奴才，而且是一辈子甚至几辈子的奴才，这是命定的，谁也逃不出这个命数。由此来说，秀山的发达并不让人嫉妒，只是让人们多了一番感慨而已。再说，秀山在修造秀府的同时，也重新修缮了被火烧毁的三宵殿和圆通楼。圆通楼的楼上供奉着三皇，楼下供奉地藏王、十殿阎罗，是乌拉城以及周边乡屯甚至省城船厂的人都喜欢的地方，每逢庙会，人流如织，香火旺盛。秀山此举也是积了功德了。

也许正是乌拉城人的恬静和淡泊，让秀山有些忘乎所以了，建大门前的影壁，当从京城请来的工匠雕刻完海水托日的图案又在背面镌上“当朝一品”四个大字时，秀山竟然没有什么反应。宅子建成后，秀府的影壁前来来往往的人们不计其数，就是秀府落成那天前来道贺的人们也络绎不绝，不可能没有人对这个“当朝一品”视而不见，却没有一个人提出异议，哪怕是稍加微词。不知秀山是疏忽了，还是真的就以为这个远离京城的关东地界没有人能比他官当得再高了，反正那个“当朝一品”的影壁就一直那么矗立着。半年之后，在京城内务府做事的二儿子永福传回来一个口信儿，朝中有人奏了秀山一本，说他僭越，而根据便是乌拉城的讼棍奚师爷提供的。永福提前得到信儿已经托人把奏章压下了，让他赶紧想办法斡旋。秀山这才意识到要出事，慌忙托人跟奚师爷说和，又亲自登门拜望，最后总算平下了这件事。至于秀山用什么办法说动了奚师爷，乌拉城人有各种猜测，最贴切的一种说法，是秀山将没收的旗下人私自开垦的荒地拨了五十亩给了奚师爷。没有人追究这事的真假，反正秀山命工匠凿平了影壁上“当朝一品”的字样后，奚师爷再也不提僭越的事了。后来乌拉城人都传说，奚师爷也是受人唆使，至于受谁唆使，传话的人从来不明说，但听话的人都能听明白。有个别听不明白的人，就被骂作了笨蛋，说这还有啥不明白的，谁与秀大人有嫌隙谁就是背后指使呗！这样一说，好像所有的人就都能听明白了。

秀山当然明白是谁在背后捅咕他，只是他也不说，把这心思深深地藏在了心里。秀山拼尽了半生的精力，舍生忘死地效命皇家，其实就是想改变家族的命数。他的祖上是汉人，本姓李，世居山东即墨李庄，满人入关后沦为皇家包衣，入旗籍，属正白旗，隶内务府。繁衍几代，族人中有升迁为官的，也有获罪遭贬的。无论升迁还是遭贬，都是皇家的奴才。到了嘉庆年间，秀山的太祖父这一支不知因何获罪，被调拨至乌拉，做了打牲丁，成了最低贱的奴才。秀山感激那一只生着五钱重东珠的巨蚌，它带给了他运气，让他一步步带着家族走出了洼地，与此同时，还为他的家族赢得了慈禧太后亲赐的“肇”姓。他明白太后赐姓的含义，他感激涕零地跪地谢恩，却没有欣喜的感觉。这之后，他很少与人提起太后赐予的这个姓氏，实在躲不过，也会有意无意地将“肇”字改成“赵”。好在满人无姓，官场上他只报名字即可。他很清楚，他的家族被套上了一个魔咒，这是他终其一生都无法挣脱的魔咒，他只能倾尽全力，为自己也为他的家族赢得一种世俗的尊严，而秀府的落成无疑是一种标志，它是秀山权威和地位的标志，更是乌拉城的标志。

这一年，秀府的五格格福儿十三岁。

这一年的第一场雪过后，十三岁的流人之女素韵被招进了秀府，做了福儿的侍读。

第二章

十三岁的福儿在乌拉地界和她的阿玛秀山一样，家喻户晓，一是因为她是总管家的姑娘，再就是因为她的性情有些隔路。她不喜欢绣花、剪纸、欻嘎拉哈[①]，也不愿意跟一般大的女孩子一起玩儿。她的玩伴儿多是半大的哈哈珠子[②]，跟着他们骑马、射箭、打弹弓，或者跑到林子里赶野鸡、撵兔子、打牲口。平日里出来进去喜欢一身短打扮，腰里还别着一支烟袋杆儿，说话处事有些男孩子的脾性。乌拉城地方不大，一条十字街跑到头也就一袋烟的工夫，福儿的活动范围早已超出了这条街。出了这条街四周不是江就是树林子，再不就是山，贡山、贡江、贡河，或者牧场，或者官庄，方圆五百里，往哪儿走都是打牲总管衙门管辖的地界，福儿骑着一匹白马，想到哪儿便可以到哪儿。她去弓通村看人家做弓箭，跑到鳇鱼圈看圈养的鲟鳇鱼，还去过鹰屯看人家怎么拉鹰、熬鹰。福儿还想随着进山的刨夫们挖棒槌，也想过跟着蜜丁们采蜂蜜，只因为她是女的，没有人愿意带她。还因为出山进山都必须有过卡门票，上面盖着吉林将军的官印，过卡仑[③]时要验票，人家不可能带她一个闲人，福儿才作罢。福儿骑着她那匹白马走在街上，喜欢寻找热闹的地方，尤其西门脸儿外的街市。只要她出现，演杂耍的便耍得更欢实，做生意的吆喝声也更响，就连打仗的都打得更来劲儿，似乎是想在福儿面前逞能。福儿骑在马上，笑眯眯地看着，偶尔申斥那没理的几句，或者帮着那落了下风的撑个腰，围观的人们再跟着起哄，

① 嘎拉哈——羊、狍子等的髌骨，欻嘎拉哈是满族女孩子玩儿的一种游戏。

② 哈哈珠子——满语，小伙子。

③ 卡仑——满语，关卡。

这仗多半就打不下去了。

按理秀山没有封王，不是王爷，福儿也称不上“格格”，但在乌拉地界，秀山就是最大的官儿了，他修建的秀府，森严阔大，气派非凡，在普通人众眼里，可不就是王府了？王府的姑娘就应该叫格格。福儿身上有三个哥哥，她本来行四，但从祖上传下规矩，秀山这一支族亲中排辈都不排“四”，据说是因导致他们这一支败落的那一位就行排第四，之后家族排辈为了避讳，就不再排老四，这样一来福儿就顺延成老五，不知是谁叫出了第一声，就约定俗成了，人前人后的，人们就习惯把她称作五格格了。不过这个称呼好像只属于她，府里还有小字辈的女孩儿，只被称为“姑娘”，却没有荣膺为“格格”的幸运。

福儿的日子过得无忧无虑，周围的人都宠着她哄着她；福儿的日子也过得自由自在，没有人需要她做什么，她也不必为别人做什么。本来这样的日子还可以继续过下去，她也没觉得不可以这样过下去，可说不清从哪一天开始，她渐渐发现，那几个经常跟她在一起玩儿的哈哈珠子开始疏远她。他们有的进了官学，有的官学毕业进了衙门，有的娶了媳妇，每个人都有了自己的事，不再像以前那样招之即来，挥之即去；偶尔凑在一起，这几个哈哈珠子也是背着她嘀嘀咕咕，然后找出各种借口摆脱她。有一次她抓住明毓想问个究竟，可明毓咬死了不承认，只是说有些地方女孩子去不方便。福儿心里就有些恼，还没有啥地方是她不能去的，他们以前为啥都能带她去，为啥现在不能了？明毓好言好语安慰她，让她相信他对她还像过去一样，随时随地听她吆喝，可转过身，他就自己跑出去玩儿了。

有一天福儿从外面回来，下了马刚走几步，丫鬟彩玲便叫了起来。彩玲说，姑奶奶你哪儿伤着了，马鞍上哪来的血？福儿说，是不是那天打狍子弄上去的？彩玲说，不可能，这是新的血迹呢，姑奶奶你流血了？福儿说，哪有的事？又没摔着碰着！彩玲扳过福儿朝后身看，就笑起来说，姑奶奶你流血了。那天是福儿最懵懂的一天，她不明白看见她流血彩玲怎么还笑。彩玲囫囵半片地解释几句她也听不太懂，彩玲翻出一沓草纸递给她，告诉她怎么用，她才似乎明白了什么。两个人正忙乎着，大奶奶富察氏进屋了。彩玲笑着告诉了大奶奶，然后又和大奶奶一起笑，笑得福儿有些恼。富察氏告诉她这是怎么回事，然后嘱咐她不能跑，不能跳，不能累着、凉着、抻着，不然会做下一辈子的毛病。福儿最后竟然傻傻地问讷[1]，她得忍多久能过去？这又惹得富察氏和彩玲一阵大笑。富察氏告诉她，这是一辈子的事，一个女人得忍一辈子，直到她跑不动跳不动的那一天。这之后的几天，福儿老实了很多，闷在家里没出去。这之后的每个月的这几天，福儿都不再出去，她不是趴在炕上，就是莫名其妙地冲着下人发脾气。这之后，过了这几天她再出门，跟着那几个哈哈珠子一起玩儿的时候，总觉得自己做了什么难为情的事，也好像他们都知道了她是怎么回事，背地里都在讥笑她、瞧不起她，弄得她再不像从前那么坦然了。

还有，自从搬进了秀府，她的生活便再不像从前那般自由了。秀府的高墙不仅遮住了她遥望外界的视线，还挡住了从前那些伙伴的自由出入，更关键的是拦住了她随时出入的脚步。

这天，福儿回来，正要进西厢房，彩玲先迎了出来。彩玲诡秘地笑着说，咱们家来客（qiě）了。福儿问，谁来了？彩玲说，你进去看看就知道了。

西厢房有五大间，福儿和老姑奶奶分别住着，各自开门两不相扰。福儿住靠上屋的一头，是南北屋，她住着南屋，彩玲住在里间的暖阁，北屋还一直空着。福儿进了堂屋，发现北屋有了变化，就径直进了北屋。北屋的炕桌旁坐着一个女孩子，女孩子手里拿着一本书，见她进来急忙起身，行了个蹲安礼，说，五格格回来了。福儿问，你是谁？女孩子脸有些涨红了，说，我叫尚素韵。福儿便用了一种挑剔的眼神打量着这个女孩子。女孩子面色白净，眉眼清秀，小巧的嘴巴，穿了一身素净的靓蓝色棉布衣裳，衣襟袖口和裤脚绲边绣着缠枝莲，脚上穿了一双青布棉鞋，鞋脸儿上也绣了朵花，月季花，花枝往两边伸延着，鞋是新穿上的，鞋底还是白的，天足。福儿是听说过尚素韵的，明毓不止一次说过这个女孩子，是官学教习尚先生的女儿，住在蜂蜜营。明毓经常往蜂蜜营跑，说是去拜见他的教习尚先生，可福儿猜他其实是想见素韵，这让福儿心里隐隐不快。再以后明毓说要去蜂蜜营玩儿，福儿都会想方设法改变他的主意。明毓后来再也不当着她的面提去蜂蜜营的事了，可福儿知道他背着她还是往那儿跑。福儿心里对这个素韵就有些芥蒂，可没想到素韵住进了眼皮底下。她直眉瞪眼地看着素韵说，你来干啥？素韵被问得愣了一下，努了两下嘴才说，是总管大人让我来的。然后就不吭声了。看着福儿困惑的表情，彩玲说，大人请

① 讷——方言，娘。

素韵给姑奶奶当侍读。福儿转身就走，彩玲连声喊着也未能阻止她的脚步，便紧跟着她走出垂花门，眼看着她进了秀山的书房。秀山的书房设在一进院的西侧，大门的正对面，起了个雅号叫“竹林轩”，他不上衙门时会客、读书都在这里。

秀山正在看书，福儿推门就进来了，劈头就说，让她走，我不让她当啥侍读！

秀山年近五旬时才得了这个女儿，又是唯一的女孩儿，很是宠爱，由着她的性子想咋玩儿就咋玩儿，反正长大了要嫁出去，不担着承继家业、光宗耀祖的要务，他也从不想着约束她。有的时候看着女儿不男不女的样子，反倒觉得挺好玩儿，还拍着女儿的脑瓜儿顶赞赏似的哈哈笑。大奶奶富察氏曾无数次地嘟囔这野性子将来怎么嫁人，秀山也没在意。直到有一次他去吃了协领萨林保嫁女的喜宴才有所醒悟，萨林保的女儿十三岁就嫁人了，而且嫁得好，嫁到了盛京将军府，可他的女儿好像还从来没人给提过亲。回到家，他跟富察氏叨咕了几句，富察氏说，你才醒过腔？福儿这个样子谁家敢要她当儿媳妇？秀山这才意识到女儿的秉性是个问题了，福儿作为总管家的姑娘，必须得有个大家闺秀的样子。而且，看到萨林保那副背靠大树好乘凉的悠然自得，他未免有些嫉妒，心中隐隐地有了一种念头。

秀山要收一收福儿的性子，这个决定在他迁居秀府不久就准备实施了。秀山知道，要收福儿的性子，让她学绣花、做饭、缝衣服什么的，显然不可能也没必要。福儿将来不管嫁到谁家，都不可能做这些阿哈做的活计。要想从根儿上改变福儿，唯一也是最有效的办法，就是让她读书。福儿没念过书，她也不喜欢读书，满人家的女孩子都不读书，秀山也就没要求福儿像她的哥哥们那样从小手不释卷。但现在看来，这是他的失算，好在福儿才十三岁，还来得及弥补。他想过再把在府里做过塾师的尚先生请回来，也想过直接送福儿进官学，但好像都不妥。尚先生现在官学里做教习，让他弃官学而教私塾显然不合适，而在官学里念书的都是男孩子，把福儿弄进去首先是没有先例，再说更会助长她的野性，岂不事与愿违？想来想去，秀山想到了尚先生的女儿素韵。素韵和福儿同岁，家教很好，能诗会画，文文静静的一看就是个大家闺秀。素韵跟着父亲和哥哥住在蜂蜜营，虽说很少进城里，也没有多少人见过她，但她的诗名还有画名却在乌拉地界流传着，是公认的才女。如果把她请进府来陪伴福儿，以素韵的学识，教福儿绰绰有余，说是侍读，其实就是西席，即便教不了更多的东西，哪怕就是个玩伴儿，也会给福儿带来好的影响。秀山认定这是个很好的主意，心中那个原来还有些模糊不清的念头，随着他的谋划渐渐变得清晰了，但他还不能对人说，这不是可以大张旗鼓去做的事，何况要做成这事别人也帮不上忙，他只能悄悄地进行。

福儿不愿意读书，也不会喜欢给她请的侍读，这在秀山的意料之中，既是要改变她，就不能再由着她的性子。他板起了脸说，福儿你已经长大了，你该知道阿玛是为你好，更是为了你一辈子的生活着想。不管你喜欢不喜欢，素韵都要住在西厢房，每天你要按照她教你的做，跟她在一起玩儿。福儿你记着，如果你不听话，我就不会再让你走出秀府一步，从此以后你那些刀啊马啊啥的也不许碰。

福儿见阿玛的表情是认真的，没敢犟嘴，只小声嘟囔着，凭啥让我听她的？她是朝廷罪犯的女儿。秀山说，她父亲是朝廷罪犯，跟她没关系。再说，我还敬重尚先生呢，你也得敬重他的女儿，更不得欺负她。

尚先生名叫尚秉致，江苏丹徒人，曾在礼部为官，因举荐他出仕的同窗获罪问斩，他受牵连也被罢官，好歹留了一条性命，被发配到了乌拉的五官庄蜂蜜营当了打牲丁。尚秉致不仅有学问，还会很多本事，他教会了当地人种桑养蚕，这本是南方人家的物事，如今乌拉地方的满人也可以做了。他还教过乌拉的满人养蜜蜂，以便解脱蜜丁采蜜的辛苦，但因为乌拉地方野蜂蜜很充足，完全能够满足进贡所需，家养蜜蜂既劳神也多此一举，这项技艺便没传播开来。尚秉致虽是钦犯之身，在乌拉地界上却受人尊敬。秀山还在做骁骑校的时候便请了他来家里给三个儿子当西席，当了总管后就聘他做了乌拉官学的教习，教满人子弟读书，还真教出了几个有出息的学生。秀山的二儿子永福就是其中一位。永福从官学毕业后先做笔帖式，后任仓官，仓官任满，保送引见，进京当差，后升郎中。按照惯例，教习有功，是可以候补实缺或者保举升迁的，譬如领催、骁骑校之类的，其他的教习便都这样升迁走了，唯有尚秉致，因是罪犯之身，皇上不赦免，便无出头之日。满人尚武，可对有学问的人还是格外看待的，尚先生在乌拉地界并不被歧视，官员见了他都要下马见礼，何况还有许多都是他教过的学生。秀山每逢过年的时候都设宴款待他，在心里从没把他当作罪人。

福儿悻悻地回到了西厢房，坐在炕沿上，伸手拽过炕上的烟笸箩，装上了烟，用纸引子在地上燃着的火盆里引着火，还没点着烟呢，就听见了敲门声。她心知是素韵，点上火，吧嗒了几口烟才应了一声，素韵就进来了，又规规矩矩地行了个蹲安礼。按理素韵是汉人，不必行此大礼，想来也是入乡随俗，外带着要讨好她。福儿本想不理她，但那会显得太没教养了，就笑了一下说，坐吧。

素韵没坐，轻声说，五格格，我知道你不喜欢我做你的侍读。可这是秀大人定的，我父亲也不敢推辞。

福儿说，别提他们俩了，今后就是咱俩的事儿。你可以在这儿住下，可别指望我会听你的。

素韵说，如果能过秀大人那一关就行。

福儿说，有啥过不了的？

素韵说，秀大人让我教你写字、读诗、画画。

福儿说，愿意教你就教，学不学是我的事。

素韵说，大人说要考试的。

福儿说，我要是考不过去，他还能不认我这个女儿？

素韵说，那倒不能。

福儿说，我要是考不过关，你是不是就领不到赏钱了？

素韵说，我不要赏钱。

福儿就看着素韵，眯着眼睛，嘴里吧嗒着烟，表情有些耐人寻味，似乎在琢磨着怎么给她出难题。素韵也不说话，静静地坐着，等着福儿发话。

福儿忽然问，素韵，你和明毓……都唠些啥嗑？

素韵被突然一问愣了片刻，张了张嘴，说，没唠啥，他跟我哥说得多。

福儿说，不说拉倒。别以为我不知道，明毓动不动就往蜂蜜营跑，看谁去了？

素韵有些发窘，说，不是找我。他和我哥谈得来。

福儿把烟袋锅在炕沿边磕得砰砰响，说，我才不管他找谁呢，他知道你上我家来吗？

素韵自忖地说，不知道吧？我也不知道……

福儿忽然笑了，说，这回好了，这回好。

福儿语焉不详，脸上透着怪模怪样的笑。其实她说不清这回怎么个好法，而且有这个素韵住在身边也会很别扭，不过她就是觉得有机会能操纵一件事了。凡事福儿愿意说了算，只要能随着她的心性，她就认为这事有意思。

接下来的日子福儿发现不太好玩儿。秀山告诉她，每天不做完素韵为她准备的功课就不许出大门一步；秀山又告诉她，再出门不许带着刀箭弹弓啥的；秀山还告诉她，以后再不能跟那些哈哈珠子在一起玩儿。秀山告诉了福儿好多不许做的事，那都是从前福儿很热衷也很平常的事，可自从素韵进府之后她竟然都不能去做了。

福儿很不舒心，每天面对着素韵，脸都阴沉着，很少露出笑容。

第　三　章

从乌拉城到蜂蜜营有七八十里路，快马跑也得几个时辰。这点儿路程对明毓来说根本不算个事儿。满人生来就是马上人，骑马射箭的技艺都是胎带来的。尤其在乌拉长大的满人，从来就没有荒疏过武艺，这是他们的生计所需。他们和在京城生活的满人不同，京城的满人在没有兵役的时候尽可以吃喝玩乐，靠着旗饷便可以过活，而乌拉地方的满人不同。乌拉的满人虽也领着饷银，却为皇家从事着各种劳役，包括兵役，骑马、射箭、放枪或者捕鱼、放山都是他们赖以生存的本事，何况就那微不足道的粮饷还时常被朝廷拖欠着，他们没有多余的银两也没有时间吃喝玩乐。十五岁的明毓正在官学读书，还没有资格领旗饷，除了学习骑马、射箭、放枪，还学过满文、汉文，平日还跟着秀山的跟役荣升学过功夫，如今就等着毕业被衙门录用。进了衙门，便可从低级的笔帖式做起。明毓对这个笔帖式很是不屑，但做庄头的阿玛告诉他，唯有这条路才是他晋身进仕的捷径，要不他就去参加科举考试。一提科举考试明毓便连连摇头，他宁可做披甲兵去战场上靠战功晋升，也不去蹲那鸡笼似的考场，从老辈人的口中他没少听那考场上的可笑之事。除了在官学读书，他很闲散，他按着自己的意愿随性地过着日子，他可以四处游荡还可以静若处子。想读书时关在屋里一天不出门，想打猎就跨马引犬冲进林子。还有的时候，他一个人跑到山里的民户家，看人家种地、纺织、养蚕。这些民户有的是关里流民，怕官府追查躲在深山自己开荒种地，民不举官不究地过着日子；有的则是流放来的罪犯，耕种着官家配给的薄田，做着衙门指派的各种劳役，过着清贫的生活。明毓最喜欢去的还是蜂蜜营的尚秉致家。尚秉致博古通今，说话引经据典，听他讲学一点儿也不枯燥，在官学里明毓就喜欢听他上下五千年地论道，放学后有时还跑到他家里求教一二。

明毓常去尚家，跟尚秉致的一儿一女也都相熟了。尚秉致的女儿素韵能诗会画，长得小巧秀媚，皮肤白皙细嫩，仿佛一掐便能掐出水来。关东的风刀霜剑对她似乎无可奈何，竟然由着她的天性，长成了一个白白净净的女子，与官屯或者乌拉地方的女孩子站在一起，便显得特例，一看便不是这黑土地上长出来的秧苗。尚秉致的家教很严，素韵极少出门，每日在家研习字帖、读书、做女红，外人是极少见到的。明毓去拜见先生，偶然在家里撞见了她，之后便找各种理由和机会去尚家。素韵的哥哥叫素俊，虽是庄丁，但知书识礼，与明毓很谈得来，明毓就以找素俊的借口出入尚家。素韵从不与他单独相处，每次都是有哥哥在身边，三个人谈古论今，赋诗谈画，说说笑笑的倒也自然。明毓单独面对素韵时反倒没有话。素韵总是那么矜持，刚刚三个人的时候还笑意盈盈的，偶尔素俊离开一会儿，她的脸便板了起来，倒让明毓很不自在，找个借口躲开了。只是过不了多久，他就又想着要去蜂蜜营了。其实尚秉致和素俊都明白明毓所为何来，却谁也不捅破，有一次素俊讲起了“满汉不通婚”的律例，明毓咂咂嘴似乎品出内中的滋味，却也没说什么，照旧是想来便来。

明毓进了蜂蜜营，直奔尚家而去。尚家的拉合辫儿房[1]在屯子的最后面，房顶盖着一层厚厚的积雪，房檐下挂着一串串的冰溜子。齐腰高的木栅子围成一个小院，小院收拾得很洁净，下过的雪都被堆在栅子根下，劈好的烧柴整齐地码在窗台下。木栅门虚掩着，一只黄狗卧在窗台下，先还懒懒地趴着，见明毓进来，兴奋地站了起来，蹭到他的腿边，摇着尾巴以示欢迎。明毓拍拍它的脑门，冲着房门喊，先生在家吗？又喊，素俊大哥在家吗？明毓连喊了几声，房门都没有动静。以往也是这样，若是尚先生或者素俊没在家，那门总是迟迟才开，然后就看见素韵站在门里，浅浅地笑着，告诉他哥哥在哪块地里干活儿呢、父亲去官学还没回来之类的话，却没有让他进屋的意思。明毓就明白了，掉转身先去找素俊，然后再跟着素俊回来，这个时候，素韵早已把茶都泡好了。

今天却没出现这种情景，门迟迟未开，更不见屋里有一丝响动，明毓就不知如何是好了。素韵在没在屋里？是睡着了还是没见听他的喊声？明毓正犹豫

① 拉合辫儿房——关东农村一种泥草房。

着是不是要进屋里看看，素俊拉着爬犁回来了，爬犁上拉着满满的柴火。明毓见了救星般迎上去，帮他把爬犁拽进院里。素俊摘下头上的狼皮帽子，拍打着身上的雪屑。素俊中等个头儿，看眉眼也是一副南方人的坯子，只是长年的风吹日晒霜打，皮肤已变得粗糙。素俊跟着获罪流放的父亲来到乌拉时只有几岁，差不多是喝着关东的水长大的。尚秉致发配来乌拉当庄丁，因他有学问被聘作了教习，但素俊成丁后却摆脱不了庄丁的命运，与所有的庄丁一样，除了种地，还随时要应付皇差，比如采蜜、打松子、挖棒槌等。尽管自小的家教很好，且学识深厚，但他仍是庄丁，从事着最苦最险的劳作。久而久之，他已长成了一副壮实的身板，若不听他谈吐，谁也分辨不出他与其他庄丁的区别来。明毓喜欢与素俊交往，除了他学问好，还因为他如那些庄丁们一样朴直，稳重实诚，与他说话不必藏着掖着。他每次来尚家，对尚秉致，他是当师长尊敬，对素俊则是朋友一样随意，而对素韵，则有着一种说不清道不明的拘谨。素俊在家，他就浑身舒坦自在，素俊不在，仿佛他也就没了来拜访的理由。

素俊跺了跺靰鞡鞋上的积雪，把明毓往屋里让。明毓随口问，先生没在家？素俊说，上街（gāi）里没回来呢——庄里人把进乌拉城说成上街里——尚家的房间格局与普通满人家一样，一进门便是灶间，然后分了东西对面屋，尚先生和素俊住了西屋，东屋由素韵住着。屋里也分了南北炕，炕上收拾得很干净，涂了桐油的炕纸擦得一尘不染，窗台上还摆着几个陶制的花盆，里面栽着月季花、吊金钟、水仙，还有一盆花明毓叫不出名字。一进屋，明毓便东张西望，终于忍不住问，素韵咋没在家？

素俊奇怪了，说，你不知道？素韵被总管大人招到秀府了，说是给五格格当侍读。

明毓惊讶不已，随即就笑了，说，五格格要读书了？这是日头打西边出来了。

素俊也笑，显然他也认为五格格读书是一件可笑的事，只是他的笑不像明毓那样放肆，毫无顾忌。何况，他并不关心五格格读不读书，他不认识五格格，他关心的是妹妹当侍读之后的命运。

素俊忧心地说，素韵那是寄人篱下，虽说吃喝不愁，咋着也不如在自己家里随心，她又是性子软的，怕是挨了欺负也不敢说。

素俊又说，明毓拜托你常去看看我妹，你和五格格相熟，求她别欺负我妹啊！

素俊说得可怜巴巴的，那表情像是已经看到素韵被五格格欺负的惨状。

明毓便安慰他说，五格格嘛，被惯坏了，心眼儿不坏。

明毓说是这样说，心里也不托底，他太了解福儿的秉性了。素韵给她当侍读，难保不受气。他又不能跟素俊说，那样素俊就更忧心了。他答应素俊马上就回街里看看素韵。

明毓拍开了秀府的大门，门房才录站在门里，板着脸，一副不情愿的样子。以往明毓来找福儿，只要往门口一站，才录就忙不迭地跑去通报，今儿个才录却正儿八经地问他有啥事。明毓当然不能说来看素韵，还得说是找五格格。才录说五格格正在用功呢，这会儿不出来会客。明毓笑骂着，才录你个狗奴才跟我装，这都啥时辰了，五格格再用功也不在这一会儿，你快去通报，晚了小心五格格扒你的皮。才录说，明毓阿哥你再咋骂我，也不敢去，大人吩咐了，当奴才的哪敢违抗？明毓也不勉强他，便说，你让我进去，跟五格格说几句话就走。才录还是不允，明毓就有些恼，若是平日骂上两句转身走了就是，大不了下次见福儿时跟她埋怨一番，今儿个他的目的是见素韵。他跟才录赔笑脸，说你让我见见素韵也行。才录说更不行了，素韵正陪着五格格读书呢，五格格不发话，她也出不来。两个人正磨叽呢，管家赖德才出来了。

赖德才原来是宫里的掌事太监，因为手下的小太监偷窃受连累，被从京城发配到了乌拉。关外的苦寒和劳役令他如入地狱，他不想把命丢在这里，便伺机逃跑，想逃回老家。结果被中途拿获，继续罚做苦役，还被加重判处永不得离开乌拉地界。当时秀山刚刚擢为翼领，总管便把赖德才拨给了秀山为奴。他运气不错，尽管是奴才，秀山和家人都能善待他，日子渐渐地不再那么难熬。毕竟是在宫里做过的，眼勤，手勤，见人说话多大的阵势都不怯场，办事也周到，很是讨主子喜欢。不多久，秀山便让他做了府上的管事，很是称手。秀山升了衙门总管，赖德才自然是秀府的大管家，也没有人把他当罪人待，渐渐地融入了乌拉城的生活，也就不再想着逃跑了。

赖德才笑嘻嘻的，看着就好说话，明毓便转向他说，赖管家你帮着通融一下，我就跟五格格说几句话。赖德才说，明毓阿哥你来得不是时候，以后五格格做功课的时候出不来，谁也见不得。有事儿我给你知会一声吧。

明毓没辙了。看样子秀府上下都得了总管大人的令，对福儿要严加管束了。

明毓才不信这样能管得住福儿，可此刻却管住了他，他再不能像从前那样啥时候想找福儿便找得到了。明毓只得让赖德才帮着知会五格格一声，说他来过了。

明毓还不想回家，便又撺掇[1]几个同窗伙伴找乐子去。先找了协领家的富祥，又沿街串了几家，叫上了来昌、苏穆、阿森。都是与福儿玩儿惯了的，听明毓说福儿被关在家里读书，都当笑话听了。明毓说，五格格肯定不顺心，她不顺心就得耍脾气，那素韵还不得遭罪了？富祥说，明毓你是担心五格格不顺心还是心疼素韵遭罪啊？几个人就嘻嘻哈哈地笑。到晚饭时分了，富祥说请大家吃馆子去，十字街西边新开了一家德兴园火锅店，味道不错。冰天雪地的，吃着热气腾腾的火锅，喝着烧酒，美死了。众人齐声响应，呼呼啦啦地就去了。店伙计引着进了一间带炕的单间，炕烧得热乎乎的，坐上去暖暖的很是惬意。一会儿店伙计就端上来一只大铜锅子，木炭燃得直冒火星，底料都配好了，清汤白煮，左鱼右虾，加上蟹肉、蛎黄、海参和田鸡油，四周撒上菜，有榛蘑、黄花菜、酸菜。富祥喜欢摆阔，点了满满一桌子飞禽走兽，禽类有野鸡、沙半鸡、雁肉，走兽类如牛腿肉、羊尾、狍子肉、鹿肉、野猪肉。家猪肉取的是五花三层，做成了糊肉，肉皮用炭火烤焦，呈金黄色，片得薄薄的。富祥又嘱咐掌柜的打发店伙计去洪家烧锅买回一坛高粱烧。半坛子高粱烧下肚后，众人也都面红耳赤了，就见门帘子一挑，福儿带着一股子凉气蹦了进来。众人一片哗然，纷纷问，你咋找到这儿来了。福儿说，这屁大的地方，就你们几个还能跑哪儿去？我闭着眼睛都能猜出来。福儿脱了鞋蹦上炕去，众人就大呼小叫地跟她拼起酒来。

福儿酒量大得惊人，加之她来之前众人都带了酒意，不一会儿工夫，众人就被她喝得七倒八歪地躺到炕上，只剩一个明毓还立正坐着，眼睛也是红的。

福儿说，你还喝不？

明毓说，还喝？再喝你就回不去家了。

福儿说，我不想回家。

明毓笑着说，不读书了？

福儿说，别提读书的事，头疼。

明毓问，都学会啥了？

---

① 撺掇——方言，纠集、联络。

福儿忽然来了兴致，说，我会写字了。看我给你写一个。

福儿说着，用手指头蘸着酱油，就在桌面上写起来，一笔一画写得很费劲，嘴角还跟着手的动作抽动着。

明毓看着她写完，凑上前将那些歪歪扭扭的笔画归拢到一起，辨认了一会儿，笑起来说，你把我名字都写散架了！

福儿说，你那个"毓"太麻烦了，要不是你的名字，我才不学呢！

明毓听明白了，素韵这是投其所好，不然以福儿的性情，是不会老老实实跟着她学认字和写字的。素韵还真有办法，只是不知道得受多少委屈。他说，福儿，你好好跟素韵读书，别为难她。

福儿瞪着眼睛说，我咋为难她了？谁跟你说我为难她了？

明毓见话头不对，赶紧解释说，不是，我是怕你不喜欢读书，再任性……

福儿的脸拉下来说，你怕她受委屈是不？你咋那么护着她？怕我欺负她，你把她领走啊，我巴不得，得摆席谢你呢！

明毓说，看你看你，说着说着就来了。咋就一点儿涵养都没有？

福儿愣了愣，问，啥涵养？

明毓撇撇嘴说，连这都不懂？回去问素韵，让她教你。

福儿说，素韵懂啥叫涵养呗？

明毓说，那是。素韵就是有涵养。

福儿说，我就知道你偏袒她。你今儿个去秀府是找我还是找她去了？

明毓急忙辩解，当然是去找你了，去你家不找你还能找谁？

福儿得意地笑着说，你想找她也找不着。以后没有我发话，她不能离开秀府，也不许会客。我让她做啥，她才能做啥。

明毓难以置信地盯着福儿说，福儿，你咋这么霸道？

福儿说，她是我的侍读，就是奴才。奴才就得听主子的话。你在官学里没学过这个礼节吗？

明毓知道福儿这是在气他，可她说得也没错。只是满人生下了就是当奴才的，哪还用得着专门学！素韵虽是汉人，可是罪犯之女，就是奴才。只是她还算幸运，乌拉地界对读书人高看一眼，看在她父亲尚秉致的面上，没让她从小为奴，一直在家里养着，算是没遭到罪。如今她长大了，被总管召去给福儿做侍读，虽也是奴才，毕竟好过当丫鬟、洗衣妇或者看孩子的老妈子。这样一想，倒也为素韵庆幸。

福儿见明毓半天不说话，以为他生气了，很是不以为然地撇撇嘴，说，瞧你小心眼儿，把我想成啥人了！好好的我欺负她干啥？好歹她是阿玛给我请的先生，我能把她咋样？

明毓笑了，赶紧解释不是他小心眼儿，是受素韵哥哥之托求五格格关照他妹妹。素俊还说五格格心眼儿好，素韵在你身边不会受委屈。几句话把个福儿哄得眉开眼笑，说少扯，他根本不认识我，凭啥说我心眼儿好？说着拿起酒壶又要给明毓倒酒，吓得明毓赶紧捂上了酒碗。

福儿端起自己的酒碗，一口干了，然后睁着亮晶晶的眼睛问，明毓，啥是秀女……

明毓被问愣了，不知这话头从何提起，想追问福儿，她已经趴在桌上睡着了。

第 四 章

福儿是被明毓背着送回秀府的。

福儿在明毓的背上怡然大睡。才录开的门，见状亦不敢阻拦，只好引着他穿过垂花门进了内院，进了西厢房。彩玲大呼小叫地帮着把福儿放到炕上，就忙着给她脱鞋拿被子。

明毓卸下了重负，长出了口气，一转身，看见素韵一脚门里一脚门外地站着，一脸的惊惧。

素韵说话都结巴了，这、这是咋的了？出啥事了？

明毓说，喝多了，没事。

素韵这才凑上前去，看了看福儿的气色，松了口气说，咋会喝成这样？

彩玲给福儿盖着被子，司空见惯地说，这有啥奇怪？比这招笑儿的事多了。

素韵难以置信，以她的经历和见识，这真是奇事了。她也没觉得好笑，就说，明毓阿哥你以后别让五格格喝成这样了。

明毓委屈地说，哪是我让她喝的？是她自己见酒不要命。

素韵说，秀大人知道了会生气。

明毓说，那就不让他知道呗！

素韵就看彩玲。

彩玲头也不抬地说，别看我，我才不那么讨人嫌呢！

素韵被戗了一下，尴尬地咧了咧嘴。

明毓看到了，刚想说什么，就听门外的才录喊着，明毓阿哥，你该走了。

明毓皱了一下眉头，觉得才录多事。看了看福儿，正睡得熟，也没了再待下去的理由，只得告辞，素韵相跟着送到门口，就再不动步了。

明毓也只得站下，说，我去蜂蜜营了，没想到你进了这里。

素韵说，我挺好的。

明毓指了指北屋的门，问，你住这儿？

素韵点了一下头，也没有让他进去的意思。明毓下意识地探了一下头，那门关着，也看不出什么，便说，要是五格格欺负你，你就告诉我。

素韵笑了一下，说，告诉你又能咋的？

明毓怔了一下，说，她真欺负你了？

素韵急忙说，没有。五格格没欺负我，秀大人和大奶奶对我也挺好，秀府的人都挺好的。

明毓说，那就好。我告诉素俊大哥，省得他惦记。

素韵说，别让他惦记，还有我父亲。告诉他们，别担心，我真的挺好。

明毓应着，正要走，又从兜里掏出一个小布袋，递给素韵。素韵问，是啥？明毓说，玩儿的东西，没事时消遣吧。素韵用手捏着布袋，抿嘴笑了笑，收起来。

明毓刚走出内院，迎头遇上了秀山，看样子是刚从衙门回来。明毓急忙站了，打了个千儿[1]，说，给秀大人请安了。秀山看了他一眼，从嗓子里嗯了一声，就走过去了。明毓愣着，跟在后面的才录上来捅了他一下，说，还不快走。明毓转身的工夫，秀山似乎刚反应过来，在后面叫了一声才录。才录哈着腰跑上前去。

秀山说，我咋跟你们说的？当耳旁风了？

才录说，没、没，奴才记着呢，是姑奶奶她……

秀山阴着脸说，敢犟嘴了？

才录吓得噤声，直挺地站着，等候发落。秀山看了一眼站在远处的明毓，只说了句下不为例，便走开了。

明毓知道秀大人是说给他听的，憋着一股气走出大门，才录关门的声音很响，也似乎在跟谁赌气。明毓回身看着紧闭的秀府大门，心里冒出一股火。他知道他不属于这里，尽管他曾经与这里的人生活在一起，但他是家生子[2]，也就

① 打千儿——满人下对上的请安礼，屈一膝行半跪礼。

② 家生子——奴婢在主人家生下的孩子。

注定了，他是一辈子的奴才。虽说阿玛后来挣得了有限的自由，却无论如何也抹不去曾经的卑微，高高在上的秀大人怎么会把他这个家生子看在眼里？

推开自家齐腰高的木板门时，他用的力大了些，门发出吱吱咯咯的声响，院里的狗叫起来。他没好气地踢了它一脚，又引得它怪叫了两声，把刘佳氏叫了出来。刘佳氏见是明毓，说，又跑哪儿野了一天，回来就招猫惹狗的。明毓叫了声讷就进了门，先到南屋跟那苏肯请安。那苏肯正坐在炕桌前自斟自饮，一脸惬意，见他进来，招呼他上炕，说，一起喝点儿，今儿个高兴。明毓问，阿玛啥事儿这么高兴？那苏肯说，那块地终于弄到手了。明毓知道那苏肯说的是哪块地，镶白旗赫敏家的，赫敏做披甲兵被征召参加平叛，战死在外面，这块地一直租给民人种着，那苏肯惦记那块地有些年头了。明毓见阿玛高兴，便忘记了自己的不悦，上炕陪着喝起来。酒喝到份儿上，明毓就忍不住把在秀府受到的待遇叨咕出来，嘴里还愤愤不平。那苏肯说，那有啥气不忿的？主子就是主子，咋样对待奴才都是应当的，不甘心受这窝囊气，就得想办法爬得比他还高。那苏肯又说起祖宗的事，明毓就知道他又得听一遍祖宗的故事，这段已经听得烂熟的故事，如同说部[①]一样，被那苏肯一遍一遍地絮叨，明毓几乎倒背如流。祖上曾是乌拉国主布占泰族人，乌拉国灭亡后归降努尔哈赤，赐姓赫舍里氏，编入正白旗，跟着老罕王走出乌拉打天下，又跟着摄政王打进北京城，为大清江山立下汗马功劳。赫舍里氏是老姓，属于望族，族人中多有功成名就者。索尼因军功和才学而被皇上宠幸，成为顺治帝钦点的四位辅政大臣之首；索尼的儿子索额图凭着精明和才干一直坐到了丞相之位；索尼的孙女成了康熙帝的皇后；赫舍里氏最兴旺的时候，家族祭祖，夜里烧纸将半个北京城都照亮了。后来索额图被康熙指斥为“本朝第一罪人”遭拘禁而死，幸运活下来的后代子孙有的流放，有的充军，那苏肯祖上一支被没籍为奴发回乌拉。那苏肯说到这儿便嘬起牙花子，而且啧啧有声，很是不甘心的样子。明毓笑着接话茬儿问，败兴的事咱就不提了吧？祖上再咋荣耀，如今咱爷儿俩不还是奴才？那苏肯听出明毓话里戏谑的意思，扬起手里的烟袋要刨他，笑骂说，兔崽子你敢瞧不起祖宗。又说，过了年你就官学毕业了，到时候想法子把你弄进衙门当个笔帖式，好好干，熬个三年五载的，有缺的时候或许就能补个缺啥的，慢慢地兴

① 说部——满族的一种说唱形式。

许就能翻过身来。阿玛又提起了老调，这是明毓最不愿意听的，可他也说不出阿玛哪儿说得不对，便闷了头喝酒。原来就有了酒底了，这一喝，很快就人事不省了。

第二日上课时，福儿还有些发蔫，素韵看着她的脸色，小心翼翼地问，五格格，今儿咱学啥？

福儿抬起眼皮，定睛看了一会儿素韵，忽然问，昨儿个见着明毓了？

素韵点头，再不说话，等着福儿发问。

福儿有些沮丧地说，你们是不是笑话我了？

素韵急忙解释，没有，真的没有。明毓阿哥把你背回来的，放下就走了，也没停留多一会儿，不信你问彩玲。

福儿半信半疑地看了一眼正给她准备描红纸的彩玲，也不再追问，说，明毓说了，不许我欺负你。

素韵说，明毓阿哥瞎说，五格格没欺负我。

福儿说，以后我得小心点儿跟你说话了，有人护着你呢！

素韵听这声调就不对，本来半坐在炕沿边的，此时急忙下了地，面对着福儿站着，说，素韵是来伺候五格格的，只要五格格随心，咋的都行。

福儿幽幽地说，瞧你说得这个可怜劲儿！不知道的还真以为我欺负你呢！

素韵可怜兮兮地说，五格格快别这样说，你这一说，我在府里就待不下去了。

福儿语气生硬地说，你拿这话来吓唬我？待不下去你可以走嘛，又不是我要留你。

福儿说着，出溜下炕，自己先走了。

素韵走也不成，留也不是，站在地上憋憋屈屈地哭了。

彩玲说，得，一个走，一个哭，今儿个这课是上不成了。

素韵哭着说，五格格这是撵我走吧？我咋跟大人说啊？

彩玲说，你还当真？这姑奶奶就赌气那么一说，你要去找大人，这事可就大了。

素韵没了主意，问，那我咋办？

彩玲倒是个有主意的人，说，咋办？当没这回事呗！五格格回头就忘了。

果然，福儿不知到哪儿晃了一圈回来了，自己进了北屋去找素韵。素韵正在作画，见福儿进来急忙站起身，露出讨好的笑。福儿凑上去看素韵的画，画上一只蝴蝶正翩翩欲飞，两只翅膀薄得透明，又毛茸茸的，跟活的一样。福儿看着就有些入神，啧啧称道，像活的呢！素韵说，五格格想画，也能画出来。福儿自嘲地嗤了一声，说，你笑话我。素韵急忙说，不是，真的，五格格想画吗？我先教你画个一笔成的，要是有兴趣，以后咱再慢慢学别的画法。福儿问，啥叫一笔成的？素韵说，就是一笔画出一只蝴蝶来。福儿有些半信半疑，素韵就拿起笔，铺下一张纸，落下笔，笔不离纸，一气呵成，三转两绕的，再提起笔来，果然纸上是一只蝴蝶展翅欲飞。福儿有些惊喜，说，这个好玩儿，我试试。说着，就拿起笔，照着素韵的画描起来。刚开始自然是不成形，画过几张，便有模有样了。素韵又鼓励说，等你熟练了，这个笔画就可以随意转了，能转出各种姿态的蝴蝶来。福儿看着自己笔下的蝴蝶，开心地说，哈，我可以拿这个糊弄阿玛了！

见福儿笑了，素韵的心情也放松下来，由着她去画，今天的描红也就算了。五格格常常别出心裁地改变她的授课内容，她这个当先生的得顺着学生的心性，教什么、怎么教，还得看五格格想不想学，而五格格的喜怒无常令素韵很是无奈。她知道五格格是迫于秀大人的严厉训诫才同意跟她读书的，能学成什么样子谁也不知道，她只求五格格别往出撵她，如果她真被撵出了秀府，怕要连累了父亲。父亲虽说被聘为官学的教习，毕竟是朝廷流放下来的罪人，每月要上衙门点卯两次，随时都要小心翼翼地为人做事，只求有机会遇赦能返回原籍。父亲已经盼了十多年，却毫无佳音，她更不想因为自己的过失，让父亲的希望变得更加渺茫。好在不管五格格如何难为她，给她脸子看，秀大人和大奶奶对她还客气，不时地过来照看一下，缺了什么物件也都及时地着人送过来，这让她很是感动，对五格格也便加倍地小心伺候着。

福儿是不定性的，画了两天蝴蝶，那画画得有些娴熟了，纸上也能生出了几只很灵动的蝴蝶来，便又没了兴致。每天怎么教福儿才是最让素韵头疼的事。福儿不会老老实实地背会一篇《三字经》或者《百家姓》《千字文》，所有小孩子的开蒙课都是从这几篇小文开始的，但在福儿这里行不通。开课的头一天，素韵说先教五格格认识自己的名字，福儿说行。素韵端端正正地写下“福儿”两个字，教福儿认了，又把着手教她如何下笔。写出几遍了，福儿忽然问明毓的名字咋写，素韵就又写出了“明毓”这两个字。头一天福儿便认识了这四个字。福儿把这四个字写得像鬼画符，可还挺有兴致。素韵坐在旁边看着，看着她把那个“毓”字写得支离破碎，想笑却又不敢。她知道福儿很在意明毓，这倒提醒了她，以后就专拣福儿感兴趣的事来教她。第二堂课，她跟福儿说，五格格你不是喜欢刀吗？你知道“刀”字咋写吗？还有你的马，那马不是白的吗？抽烟得点火吧？就这样，她又教会了福儿“刀”“白马”“烟”“火”之类的字。

福儿其实很聪明，看着她心不在焉的样子，可教过的东西，第二天再温习，她都会记得。福儿最不喜欢老老实实地坐那儿描红，她的耐性很有限，描过几张便开始寻衅找事了。素韵就得想办法来哄着她，先让彩玲装上一袋烟递上来，让她吸饱了，然后再看她的情绪。趁着她抽烟的工夫，有时素韵会给她读几首古诗，都是女人写的，边读边讲解几句，说说其中的故事。福儿喜欢听这其中的故事，却从未听她说喜欢这些女人的诗。有一天素韵讲到李易安的诗，讲《声声慢》，讲《醉花吟》，讲《夏日绝句》，福儿只眯着眼睛，吧嗒吧嗒地裹着翡翠的烟嘴儿。素韵也揣摸不准福儿是在听，还是在想什么，反正她按着自己的思路把故事讲完了。第二天她让福儿描红的时候，福儿突然说，素韵你教我写昨天讲过的那首诗。素韵一时没反应过来，问是哪首，福儿说就是有项羽的那首。素韵笑了，知道她说的是李易安的《夏日绝句》，便写下“生当作人杰，死亦为鬼雄。至今思项羽，不肯过江东”，教福儿一句句地念了，又把着手写了。那一头晌，福儿连写带念，竟然第一次背会了一首完整的诗。

早晨福儿去上屋给秀山和富察氏请安，秀山问起她书读得有啥长进没有。福儿很自豪地说，有啊，我能背诗啊！秀山让她背背看，她就背了李易安的《夏日绝句》。富察氏听不懂，只是听着福儿能一句接一句地背书，那就是长进了。她很高兴，连说好。秀山嗯嗯两声，算是认可，却皱了眉头，说咋的就背会了这首？富察氏以为他嫌少，便说慢慢来嘛，福儿能背书了，多难得。秀山说，行，这也行，只要能读书就行。

福儿很开心，回到西厢房跟素韵显摆，说她把阿玛糊弄过去了，还学说了当时的情景。素韵有些不安，说大人不高兴了？福儿说，没有啊，我会背诗了他生啥气？阿玛还直夸我呢！素韵总还是觉得有些不对劲儿，只是说不清，看福儿高兴的样子，便也不再问下去。

素韵布置描红，福儿说她最不喜欢做的事就是描红，素韵说读书人都得从描红开始，那些上官学的哈哈珠子谁也逃不过，将来不论是文考还是武考，字写得好与不好可是门面，能看出一个人的学养呢！福儿啧啧出声，说我又不去考状元。说归说，赶上她心情好，还是听话地坐了下来，提起笔，又突然想起什么，问素韵，京城宫里的女人都识字吗？素韵愣了愣，不知该如何回答，想了想，小心翼翼地说，听父亲说过，宫里的娘娘们也有不识字的，不过太后的字写得很好呢！福儿说，不识字肯定当不上太后。素韵没敢搭话，心下奇怪五格格咋会突然想起问这个。

福儿老老实实地描了三张纸，放下笔，甩着发酸的手脖子。素韵说歇会儿吧，咱俩翻绳玩儿啊？活动活动手指头。福儿不屑地说了一句，小孩子玩儿的玩意儿。素韵赧然一笑，又提议，要不欻嘎拉哈吧？

福儿同意了，喊彩玲给拿嘎拉哈。彩玲进来，就在炕琴下的小抽屉里翻找，却只找到了三颗，泼在炕上，是羊嘎拉哈。福儿问，咋丢了一颗？彩玲说，你还问，肯定是你那天拿出去玩儿丢的，准是掉到哪个旮旯了，缺一颗没法子玩儿。素韵说我那儿有一副，玩儿我的吧。说着便出了屋，不一会儿拿着一个小布袋回来了，打开，哗啦一声倒出来，竟是八颗，小小巧巧的，每一颗的珍儿、坑儿、包儿、轮儿，都染了不同的颜色，看着很是稀罕人。彩玲喜欢得不得了，说，是狍子的嘎拉哈呢，素韵你从哪儿弄来的？素韵说是我哥给我做的。福儿当即说了一句，撒谎！

素韵愕然地看着已经变了脸色的福儿，喃喃着想要说什么。福儿伸手一拨，聚成一堆的嘎拉哈立刻四散开去，炕上地上便都有了。

素韵哪料到会有这一变故，吓得带着哭腔，说，五格格你听我说。

福儿起身就走，说，有啥说的？是明毓给你的对吧？别想赖，那狍子还是我跟他一起打的呢！

福儿推门而出，素韵僵在那儿，彩玲炕上地上捡着散落的嘎拉哈，捧在手上，递给素韵。

素韵看着一颗不少的嘎拉哈，哭了。

第五章

福儿憋着一股气走出秀府，过了十字牌楼，便朝着圆通楼方向奔去。演武场在圆通楼的西边，明毓他们此时该是在那里上操呢。

福儿生气是有缘由的。明毓去打猎那天，约了富祥、来昌、苏穆、阿森，她去明毓家玩儿，见他们装备整齐要进山，便硬要入伙，来昌他们嫌她累赘不肯带她，明毓却同意了。她穿得单薄了些，明毓怕她冻着，便拿了一件狼皮袄换下了她的兔毛大氅，又给她套了一双靰鞡鞋。那鞋是他的，显然大，明毓就往鞋窠里絮乌拉草，直到她感觉合脚了，暖暖和和的。富祥站在一旁，眼神怪怪地看着他俩，明毓伸手抢过了他头上的貂皮帽戴在福儿头上，把福儿的兔毛帽换给他。富祥嘟囔着说他重色轻友，明毓挥手给了他的马一鞭子，一伙人便嘻嘻哈哈地放马跑起来。那天他们运气很好，人人都有收获，连她也打了一只狍子、两只兔子。收获最大的还是明毓，他是这几个哈哈珠子中武艺最强的一个，骑马射箭自是不在话下。明毓把他打的兔子、野鸡等都送给了别人，独留下两只狍子，说嫩嫩[①]要他给弄副嘎拉哈，还问福儿想不想要。福儿对这类小女孩儿玩儿的东西不感兴趣，便说都给你嫩嫩吧。不料，今日却在素韵手上看到了这副嘎拉哈，又做得那样精巧，可见明毓一开始就是给素韵准备的，而且很是用心。这原本也没什么，反正她又不想要，只是见明毓给了素韵，她心里就是不舒服。她也说不清自己是什么心思，本来与明毓在一起玩儿得好好的，可只要一听他提起素韵，或者与素韵有关的一切，她就立刻不开心，就想闹别扭。

① 嫩嫩——满语，妹妹。

她知道明毓对素韵好，可明毓对她也挺好，她就不愿意看到明毓对素韵好，她希望明毓把所有的好都给她一个人。明毓就嘲笑她是小心眼儿，太独。她就犟，说，我就是要你只对我一个人好。明毓问，那富祥他们呢？福儿说，他们不一样，他们是哈哈珠子，你对他们好和对我的好是不一样的。明毓说，好就是好，有啥不一样的？福儿就回答不上来了。其实她心里隐隐地是有一种念头的，只是她本能地知道那念头不是轻易能说出来的，便深深地埋在了心里，只拿了些鸡毛蒜皮的事来烦明毓。明毓实在烦得厉害了，就拿话攮斥[①]她几句，两个人言来语去，往往就闹得不欢而散。散了也就散了，生气归生气，却谁也不往心里去，隔日或者隔几天再见面，便没事人一样，又嘻嘻哈哈地玩儿在一起了。不过，今儿个这事明毓可是做得过分了，竟然把本来属于她的东西偷偷地给了素韵，她无论如何不能原谅他。

远远地就看到了圆通楼的尖顶，一群鸽子绕着圆通楼在上空盘旋着，带着哨音。这群鸽子是三哥养的，三哥出征在外，交由吉祥照顾。吉祥心细，也上心，这鸽子一点儿没受着屈，每天在乌拉城的上空盘旋，成了街区一景，也让人们时时地想着，还有乌拉的子弟在外出生入死。福儿隐隐地听到有人喊马嘶的声音，忽然想起来，今儿个是官学生武考的日子，这人喊马嘶的声音正是来自演武场。她兴奋起来，加快了脚步。演武场是敞开的，聚着一堆堆的人和马，中央有几匹马在奔跑，马上人做着各样的动作，一忽儿俯下身去，一忽儿藏在马肚子底下，还有的张开双手站在马背上，都在极力显示自己的本事。演武场南边搭着高台，考官们都站在台上，秀山站在中间。秀山作为乌拉衙门总管，兼着官学校的校长。他身材不高，有些瘦，一身官袍却把他显得挺魁梧，被手下人衬托着，有着不怒自威的气势。他袖着手，看着操场上考生们的表演，很是开心，不时对身边的人说着什么，嘴里哈出一团团的气。福儿不想让秀山看见她，刚想躲开，却被人拉了一把，抬头见是明毓，不自觉地就笑了，竟一时忘了她是找明毓兴师问罪的。明毓牵着马，背着箭袋，袍子的下摆掖在腰间，辫子盘在头上，只戴了个兔毛的掩耳包。他的马跟在身后，晃着脑袋，喷着响鼻儿，一副急躁不安的样子。福儿问，你考过了？明毓说，马术过了，一会儿考箭术，我准得头名。明毓轻松地说着，胸有成竹。福儿毫不怀疑，说，我让

① 攮斥——方言，训斥。

阿玛录用你。明毓说进衙门没意思，不过是做个苏拉[①]，伺候人，还不如做个披甲士，杀敌报国。正说着，苏穆骑着马过来喊明毓，说轮到他们上场了。明毓应声跃上马跑过去集结。

福儿想找个敞亮地儿看明毓们考试。她没敢上高台上，怕阿玛看见撵她回去。三转两转的，见前面有一处视线还好，便钻进了人群，眼见着两匹马在校场上奔跑过来，马上人欲搭弓射箭，其中一人正是明毓。明毓骑在马上挺直了上身，拉满弓，放箭，那支箭便直飞向右前方的箭靶。明毓又从容地从背后的箭袋抽出一支箭，不慌不忙地一支支射出，直到跑过箭靶好远了，回身又射出一箭，同样命中靶子，激起围观者的一阵阵喝彩。福儿喊声尖厉而又突出，还兴奋得跳起脚来，落地时不知踩了谁的脚，把她晃得一个趔趄，连连后退，随即跌在一个人的怀里。福儿立起身，想都没想，回手便一巴掌甩过去，正打在那人的脸上，听得哎哟一声，定睛看去，见是一个眉目疏朗的哈哈珠子，手捂着脸，一脸无辜地瞪着她。

福儿才不在乎，一脸的挑衅，说，咋的？你碰我干啥？

那人苦笑，说，你讲理不？明明是你撞了我！

福儿说，谁跟你讲理？姑奶奶今儿个气不顺。

那人生气了，说，你气不顺也不该随便打人啊！

福儿说，打了，能咋的？

那人瞪着她，似在琢磨着如何对付她。旁边有人劝他，说，这是秀府的五格格，别惹她了。那人一听，转身便走，围观的人发出一阵哄笑，明显是在嘲笑他的胆怯。福儿见他抽身走了，反倒觉得没趣，还没犟出理来，便不肯罢休，追上去喊，喂，你站住！

那人迟疑了一下，站住了，转身看着她。

福儿说，你得跟我道个过。

那人显然不愿意，哼了一声，说，好男不跟女斗，今天算我倒霉，行了吧？

福儿说，不行，你撞了我，得说道说道。

那人说，我跟你说不清。

福儿说，你说我不讲理？

① 苏拉——满语：杂役。

那人很无奈，说，没见过你这样的小姑娘……

这句话惹翻了福儿，扬手便冲了上去，还说，今儿个让你见识见识……

这回那人有防备，一把抓住了她扬起的手。那手很有劲儿，福儿挣了几下都没挣脱，脸涨得通红。还是那人先放开了手，赔礼说，五格格见谅，素俊唐突了。

福儿倒愣住了，看着素俊，一时不知该说什么。这时一名协领衙门的骁骑校骑马跑过来，对着素俊就是一鞭子，骂道，狗奴才，活腻了？敢欺负五格格！不由分说，命令跟来的两个披甲兵，把素俊捆了起来。

素俊没挣扎，也不喊，只是满脸怨怒地看着福儿，令她很是不自在。回头时，见周围的人看她的眼神都是谴责和轻蔑，便有些讪讪的，也没心思再看武考，转身走开了，心里还怪怨今儿个晦气。刚走到校场大门，身后有人喊她，她一听声音就知道是谁，站下了。明毓骑马追上来。

明毓下了马，急急地说，福儿，知道那是谁不？是素韵她哥，快让他们把人放了。多大点儿事，你就抓人？

福儿憋了一股无名火，说，又不是我让他们抓的。

明毓说，事情因你而起。

福儿说，他是你啥人啊，你替他求情？

明毓说，不管是啥人，你也不能仗势欺人啊！

福儿脸色变了。本来她已经觉得这事闹得有些过头了，素俊虽然是打牲丁，可到底与普通的牲丁不一样，还是明毓的朋友，素韵的哥哥，尚先生的儿子，不管从哪头说，她都不该打人家，即便是她打错了，也该道个过，可没想到那个骁骑校多事，竟然抓了人。她知道那个骁骑校是想讨好她，反倒把她架拢到了高处，她不知该如何下这个台阶了，正窝火呢，明毓偏又来指责她，正好勾起那副嘎拉哈埋下的底火，便上来了蛮劲，喊着，我就仗势欺人了，咋的？

明毓愣了一下，说，福儿，你咋是这样个人？

福儿嚷嚷道，我是咋样人关你屁事！

明毓知道她上来了犟劲，此时多说无益，只想劝她发话放人，便赔了笑说，有啥事咱私下里说，先放人，我让素俊大哥给你道歉行不？

明毓越这样说，福儿越来气，就不想给明毓面子，便甩下一句话，咱俩没啥说的，你跟素韵去说吧！

福儿说完便走了，明毓干憋气，还不知是啥由头，便朝着福儿的后背喊，福儿，你再这样，我就不理你了！

福儿头也不回，甩下一句话，不理就不理！

福儿径直回了秀府，素韵和彩玲大概从窗户看见她回来了，早迎出了西厢房。素韵对她露出讨好的笑，可怜巴巴地看着她。素韵显然并不知道她哥哥被抓的事，还为那副嘎拉哈的事感觉歉意呢！福儿忽然有些愧对她，下意识地低了头进门，素韵的表情便惶恐，不知所措了。彩玲跟着福儿进了屋，看她坐在炕沿上发呆，忙为她装了袋烟递过去。福儿抽起了闷烟。

彩玲感觉奇怪，问，姑奶奶你还生气呢？

福儿嗔怪地瞪了她一眼，说，生啥气？我咋那么小心眼儿。

彩玲笑了，说，瞧你也没个笑脸，看把素韵吓的。素韵这一上午都战战兢兢的，直问我你会不会撵她走。

福儿说，你去告诉她，我不想跟她学了，让她回家吧。

彩玲说，哎哟我的姑奶奶，还说不是小心眼儿呢，就为了一副嘎拉哈，犯得上吗？这一阵子不是学得好好的？

福儿斥责道，你是主子我是主子？再多嘴连你一块儿撵出去。

彩玲不敢多说了，转身走出去。素韵还站在堂屋地，静等发落，见彩玲出来，问，五格格要撵我走？

显然福儿在屋里说的话她都听到了，彩玲苦笑着点了一下头，一脸的爱莫能助。素韵沮丧地低了头，欲回北屋，又回头说，彩玲，麻烦你请谁给明毓送个信儿，告诉我哥来接我一趟。

彩玲刚应下，福儿推开屋门说，彩玲，让赖管家派两个阿哈套上车送素韵一趟。说完，就缩回了屋里，关了门，把烟袋锅在火盆沿上磕得当当响，耳听着彩玲陪着素韵走出了门，心下暗暗地舒出一口气。

不到一袋烟的工夫，彩玲回来了，福儿问，素韵送走了吗？彩玲摇了摇头。

福儿说，还磨蹭啥？

彩玲说，不是，刚到大门口，还没上车呢，明毓来了，把素韵接走了。

福儿的脸色变得难看起来，问，明毓把素韵接哪儿去了？送她回蜂蜜营了？

彩玲说，那不知道。明毓好像在哪儿惹了气，拉着素韵啥也不说就走了。

福儿就觉得今儿个什么事都这么别扭，没一样顺心的。她忽然后悔起来，后悔不该把素韵撵走，为素俊的事明毓本就生了她的气，这又撵走了素韵，明毓恐怕更对她不满了。她嘴硬，说是不在乎明毓理不理她，可真要是明毓从此再不理她，她心里会很难受。事情闹到这步田地，她又不知该如何挽回，心里就一直难受着，闷在屋里，什么事也做不下去。她想象着明毓和素韵在一起说说笑笑的样子，想象着素韵听说哥哥被抓起来时肯定恨透了她，想象着明毓一边安慰素韵一边咒骂她的样子，越想象那情景便越细致，心情就越糟糕。彩玲见她一副五脊六兽的神情，多嘴问了一句，她正憋着难受，便说了事情的经过。彩玲说，这算啥事？先去把素韵的哥哥放出来，他没事，便啥事都没了。福儿想想也只能这么着，就指派彩玲先去打听一下素俊的消息。

彩玲出去不一会儿就回来了，说姑奶奶你快去说个情放人，去晚了素韵她哥怕要挨一顿鞭子了，要定他个寻衅滋事呢。福儿一听不敢耽搁，跑出了秀府，直奔协领衙门。乌拉城本来就不大，福儿又是出了名的，守门的披甲兵都认得她，也不过问，她长驱直入，便找到了后院北角的拘押室。拘押室的门前有把守的披甲兵，虽是认识福儿，却无论如何也不放她进去见素俊。正磨叽呢，那个下令抓人的骁骑校带着两个披甲兵来了，看见福儿，又露出讨好的笑，说，五格格来得正好，一会儿看我咋替你出气。福儿眼睛一瞪，说，出啥气？快放人！骁骑校愣了愣说，五格格，这人是因你而抓的，可不是你说放就放的，都走了公文了，寻衅滋事，哪是我能随便放了的？福儿说，我又没让你抓人，你咋那么多事？骁骑校说，五格格别不领情，若不是看见你受欺负，我才懒得管这破事呢！福儿说，他没欺负我，是误会，你放了他吧。骁骑校说，五格格，都这会儿了，协领大人都问了案了，要放人也得萨大人发话。福儿说，我不管，你马上把门打开放人！骁骑校说，五格格，别难为我，这叫私放人犯，这罪名我可担不起。

福儿见这骁骑校很难说话，便犯了脾气，直通通地闯上去要撞那拘押室的门。这还了得，岂不是要砸狱？骁骑校一挥手，两个披甲兵上前去扭住了五格格，任着她叫她骂，只是不松手。

事情闹到了协领萨林保面前。看着站在面前一脸不服气的福儿，萨林保笑了，说，五格格，你这可是闯祸了，这叫劫狱，是要犯死罪的。你还是个孩子，不懂事，我不怪你。我和你阿玛商量一下，看这事情该如何处置，咋样？

第　六　章

福儿走向秀山的书房时，心里一直惴惴不安，她知道阿玛是真生气了，不然不会公事公办地召她去书房谈话。她想象不出萨林保都跟阿玛说了些什么，反正阿玛来协领衙门接她的时候一脸阴沉。阿玛带着她走向大门口时，萨林保一直恭顺地跟在后面相送，给足了阿玛面子。她本来还想替素俊说说情免了鞭刑，可一看阿玛的脸色，便知道是奢望，只好把要说的话咽了回去。秀山上了他的官轿，让跟役荣升打发一个阿哈送福儿回秀府，就径直走了。福儿眼看着阿玛的轿子拐进了另一条街，自己站在原地没挪步，阿哈催促了两遍，她恼了，呵斥他滚回去。阿哈听话地走了，她却一时不知该往哪儿去。她想去找明毓，想了想作罢，此时去找明毓，肯定是自讨没趣，若是素韵在一旁，就更不知道该如何应对，那倒越发地尴尬了。最后她还是悻悻地回了秀府，把自己关在房里，蒙头大睡。直到彩玲叫醒她，说秀大人让她去书房。

福儿走进秀山的书房，先露出讨好的笑。她想同往常一样，撒一通娇，便可哄得阿玛转怒为喜，将大事化小，小事化了。秀山坐在书案后，脸色平静，倒不像是生气的样子，这让福儿暗中松了口气，笑嘻嘻地问，阿玛，找我啥事？

秀山看着女儿，心里在琢磨着如何跟她讲道理。今儿个萨林保着人请他去协领衙门，恭恭敬敬地接待了他。表面看是给他面子，毫无怠慢之嫌，可萨林保借着福儿闹事之由敢着人请他去协领衙门议事，也是藏着心机的，至少在暗示他，协领衙门虽然矮总管衙门一头，却是有实力和机会与他平起平坐甚至取而代之的。秀山并不感到突兀，萨林保是个有野心的人，还有善钻营的本事，又与盛京将军结为亲家，盛京将军与朝廷有着千丝万缕的联系，萨林保就更是有恃无恐了。以往协领衙门与总管衙门的争斗还都在暗中，如今怕是要抬到明面上来了。

乌拉城原无驻防兵，乾隆年间，时任总管与吉林将军联署奏请，将雍正朝从乌拉打牲丁中抽调的一千名披甲兵，由吉林将军统制改在乌拉安设衙署，添官管辖，分立两翼八旗，这就是协领衙门。协领衙门平时与总管衙门合并采捕贡品等差，闲暇时操演骑射，战时披甲出征。此外，还负责管理八旗丁口、抽丁征派、缉捕诉讼等事。虽职级不如总管衙门，权限却日益做大。到秀山做打牲衙门总管时，协领是他的亲弟贵升。兄弟俩尚能互相提携合作，并无嫌隙，两衙门之间各司其职、相安无事。同治年间，贵升领兵出征，不幸阵亡。继任者虽屡屡更替，旗属各异，却都是乌拉城人，与秀山均有同乡之谊，甚至同为打牲丁出身，官学同窗，自然关系融洽，并无掣肘之虞。光绪十四年，正蓝旗人萨林保由阿城调入接任协领。能从异地被派到乌拉城为官，想是在朝廷有靠山。这个萨林保自是不同凡响，加之此时的协领品级已由最初的五品，晋升为从三品，也是有了觊觎总管之位的可能了，萨林保在不经意间显露出的野心，都被人看得清清楚楚。秀山面上不动声色，却是早有防备。他能稳坐总管任上多年，自是有过人之处，不然也早被撬走总管这个肥缺了。一个萨林保恐怕还不是他的对手，他需要提防的是萨林保背后的势力。但表面上，他还不想与萨林保闹僵，有时候，必要的忍让，也是一种手段。

协领衙门拿住了福儿，然后派人来请他过去协商，他就知道萨林保要借福儿的事给他难堪，想了想，还是亲自去了。萨林保还识趣，见礼后客气地一阵寒暄，然后告诉他，五格格如何惹下的祸事，若不是总管大人的女儿，按律是要严惩的。萨林保说他当然不能这样做，他宁可担个枉法的罪名，也要替总管大人压下这件事。萨林保说，大人你现在就可以把五格格领回去，咱就当啥事都没发生过，将军大人那儿也什么都不会知道。秀山暗暗生气，按理他是正三品的总管，萨林保不过是个从三品的协领，从品级到职衔，都没有资格跟他这样说话，可萨林保摸准了他的心思，知道他不想张扬，便趁机让他难堪，又有口难言，还得领一份人情。萨林保说话时的表情很是意味深长，表面的谦恭更让人不舒服。秀山没办法发作，还得感谢萨林保的法外开恩。这其中隐含的玄机，秀山是再清楚不过了。

此刻，看着站在面前不谙世事的福儿，秀山一时无语。他在想怎么说才能让福儿体谅他的一片苦心。他为福儿找素韵做侍读时，就曾跟女儿半真半假地说过他的想法，可惜福儿并不明白，所以福儿对读书始终没提起兴趣，今儿个不仅在外面闯祸，竟然还使起小性子赶走了素韵。这才是令他生气的原因。

秀山说，福儿你坐下，听阿玛跟你说。

福儿仍是笑嘻嘻的，说，阿玛你啥都不用说了，我知道错了。

秀山摇着头说，福儿你不知道。

福儿就糊涂了，看着阿玛的眼神充满困惑。

秀山说，协领衙门抓尚素俊的事不怨你，那是他们想整事儿，就是让阿玛难堪。这事儿阿玛不说了。福儿，为啥要撵走素韵？

福儿怔了怔，说，阿玛，我俩犯相。

秀山显然不相信什么犯相不犯相的，他笑了一下，说，如果你不喜欢跟素韵在一起，那就换一个先生。

福儿说，我不想念书了。

秀山的脸撂了下来，眼神也失去了慈爱，变得阴森森的。这让福儿很是心惊，怯怯地觑了阿玛一眼。小的时候她不会看阿玛的脸色，只知道一味地撒娇，这一招儿在阿玛面前很管用，如今大了，知道察言观色后，反倒不敢贸然故技重演了，尤其今儿个这种情势下，她没敢再吭声。

秀山也好一会儿没说话，似在调整着心绪，片刻，叹了口气，说，福儿，阿玛跟你说过的话你都忘了？

福儿嘟起了嘴，说，没忘。

秀山语重心长地说，福儿，你已经长大了，得有点儿心事了。阿玛不会总能替你顶起头上的天，阿玛老了，你三个哥哥的前程也未可知，这个家也不一定总是顺风顺水的，难保将来不会有个灾了难的，福儿，那时候咋办？

福儿无法想象阿玛说的那个时候会是个什么境况，但阿玛的意思她猜得到，她只是不明白，阿玛怎么会认定，只要她按照他说的做了，就会给这个家带来福祉，就会让这个家躲过灾和难。她更不明白的是，是谁会让阿玛如此地担惊受怕，又是什么情形会让好好的一个家遭灾受难？阿玛的表情异常沉重，仿佛这个家随时都会遭遇不测，抑或眼下已经开始遭了难了。福儿认为这是阿玛危言耸听，是阿玛为了让她读书而编出来的借口，就像小时候讷为了哄她睡觉编出一个老虎妈子吓唬她一样。她看着阿玛沉重的表情，就像猜透了一个瞎话，忍不住笑了笑，她说，阿玛，我知道你想让我去选秀女，我根本就选不上，我也不想当秀女。

秀山的表情就变得很生硬了，这种表情常在他的属下面前流露，那是一种不容置疑的表情，紧跟着就会是一顿劈头盖脸的训斥，但眼前站着的是他的女儿，他宠爱的女儿，他实在拉不下脸来训斥，但他的语气仍然不容置疑。他说，福儿，你可以不去选秀女，但你必须读书。你有两个选择，要么把素韵请回来，要么，我再给你请位先生。你想咋样？

福儿走出秀山的书房时，心情很是沮丧。面对阿玛指的两条路，她权衡了一会儿，还是选择把素韵请回来。回想这一段时间跟着素韵念书的情景，她忽然觉得还是挺开心的，素韵很乖，啥事都听她的，只要她肯学就行。今儿个素韵也没惹着她，是她自己拈酸吃醋撵走了人家。与其换一个酸溜溜糟朽的老头子，还不如天天看着素韵舒服，她就告诉阿玛她要接着跟素韵学。她没想到阿玛让她自己去请素韵，还说这样才显得心诚。这就让她犯难了。素韵是被她撵走的，素俊又因她被抓了恐怕还受了鞭刑，她该如何面对素韵？不过，福儿沮丧的时间也就是从前院书房到内院西厢房这一段路，走过这一段路后她就想出了一个办法。她要请明毓出马，素韵是明毓接走的，她再请明毓帮着接回来，这事顺理成章。当然她也想起了明毓说了再不理她的话，但她不会当真，她知道明毓也不会当真。

第二天吃过早饭，福儿便去了明毓家。院子里的看家狗见到她高兴得直晃尾巴。明毓的嫩嫩桑格正在院子里一个人踢毽子玩儿。桑格跟她最好，每次她来都要缠着她玩儿，今儿个却奇怪，见了她没像往常那样咧开嘴笑，而是愣眉愣眼地看着她。福儿没顾得上桑格的表情，开口便问，你哥在家吗？桑格却问，你跟我哥打仗了？福儿矢口否认，桑格说你俩肯定打仗了，我哥说往后再也不理你了。福儿问，那你理我不？桑格说，你又没跟我打仗。福儿笑了，说，那你把你哥叫出来。桑格说，我哥睡觉呢。福儿说，都啥时候了还睡？桑格说，昨儿送素韵还有她哥回蜂蜜营了，回来晚了。

福儿就径直奔向明毓住着的东厢房，掀开棉门帘子时迎头一股热气拂面，令人浑身一暖。明毓躺在炕上酣然大睡，一条腿伸到了被子外，很奢侈地享受着热炕的温暖。福儿喊，起来了起来了，乌孙[1]都照腚了。明毓没动，连眼睛都没睁开，仍是一副酣睡的样子。福儿就把自己的一双凉手按在他露在外面的大腿上，明毓一激灵，禁不住叫了一声缩回了腿。福儿得意地说，叫你装睡。

明毓睁眼看着福儿，不冷不热地问，你来干啥？

福儿一脸的若无其事，笑嘻嘻地说，你陪我去一趟蜂蜜营呗？

明毓瞪起了眼睛，说，咋的？你还要穷追猛打啊？还嫌人家兄妹俩不够倒霉？

福儿说，不是，我去跟他们认个错。

明毓说，晚了。

福儿说，咋就晚了？

明毓损着她说，人家素俊招你惹你了，平白地招来一顿鞭子？还有，干啥撵素韵？不就是一副破嘎拉哈吗？给你，你不要，还不许我给别人啊？

福儿脾气出奇地好，说，明毓阿哥，我错了我错了，我去跟他们道个过，他们有气就朝我身上撒。

明毓一撇嘴，说，哪敢啊？你是秀府的格格，那么多阿哈呵护着，看谁不顺眼就抓谁，外加一顿鞭子，谁敢说你一个不字？

福儿有备而来，任明毓怎么奚落也不生气，只是赔笑，说，你敢啊！你看你说了这么多难听的，我也没抓你啊！

明毓哼了一声，说，早晚不等，我还不得栽在你手里啊！

福儿说，不能不能，我护着你还嫌不够呢，谁也别想欺负你。

明毓对着福儿的笑脸无话可说，只是仍然没有笑模样。福儿乘势又提出要去蜂蜜营，要请素韵回来做她的先生。

明毓扑棱一下坐了起来，连声说，福儿你可别折磨素韵了，素韵伴你赶上伴虎了，天天提心吊胆的，这好不容易离开你了，心里不一定咋个庆幸呢，你就做件好事成全她吧！

明毓说完，倒头又躺下了，好一会儿没听见声音，睁眼看了看，见福儿背身坐在炕沿上，再细看，竟然在暗自垂泪呢。福儿流泪可是少见，那心里得有多大的委屈！明毓能对付耍横的五格格，能对付耍赖的五格格，也能对付没心

---

① 乌孙——满语，太阳。

没肺的五格格，可对付不了软弱无助的五格格。明毓躺不住了，坐起身，边往身上套着衣裤边嘟囔着，咋也学会哭鼻子了？这一招儿好使啊？

福儿和明毓各骑了一匹马，赶到蜂蜜营时已是晌午，秀府的马车跟随着，车帘遮得严严实实。车马和人停在尚家门前时，弄出了挺大的响动，看家的黄狗叫起来。

尚秉致开门出来，看见福儿和明毓，愣着，显然没想到他们会来。尚秉致除了去官学教习穿上一身长袍马褂，回到家里便是一副农夫装束，他要时不时地下地做些农活儿，与那些庄丁们几无二致。他的妻子跟着他流放过来没几年，便患病去世，从此他拉扯着一儿一女艰难地苦度光阴。尚秉致的博学和好性情，吸引了一些乌拉地界的读书人，不时会有人前来拜访恳谈，或者把酒吟诵，此时无论是来访者还是尚秉致便都忘了他的流人身份，只沉浸于文人相会的愉快之中，也让尚秉致的流放生涯在这苦寒之地有了些温情。这些年儿女长大成人，他也因学问高深在乌拉地界广受尊敬，日子渐渐好过了一些，但他的心中还是存着一个愿望，那便是能得到朝廷赦免回到家乡，也许他的仕途已经终结，可他不想让一双儿女顶着罪人之后的帽子流落在塞外，那便永无翻身之日了。也正因此，本来很是桀骜不驯、清高自傲的他，自觉地放下了身段，屈己示人，在与官家人打交道时，总是表现得逆来顺受。他的一双儿女也被他时时教诲，尤其素俊，那骨子里的倔强一不小心便会显露出来，每每出门办事，他都会千叮咛万嘱咐的，以免惹出事端。昨日因为是官学生武考的日子，他没有课，便告假回家，素俊说要上街里采买些日用，顺便去秀府看看妹妹素韵，其实素俊是想乘机散散心，整日地窝在乡下也实在是乏味得很，他便准许了。谁想，素俊高高兴兴地去了，回来时，竟然是卧在大车上被人送回来的。看着血肉模糊的儿子，尚秉致的心疼得像被揪了起来。素韵哭着说，是她连累了哥哥，肯定是因为她得罪了五格格，五格格才把火气撒到了哥哥身上。从女儿的哭诉中，尚秉致知道了事情的原委，他很后悔当初让女儿去秀府当什么侍读，可又有什么办法？总管大人发了话，他不可能拒绝。说到底，他终究是朝廷流放的罪人，他的儿女也不得不替他承受苦难。好在，儿子受的是皮外伤，休养一段便可复原，女儿回来也好，再不用天天惦记她的处境了。一家三口又可以在一起了。

可惜，他还没来得及高兴呢，五格格又来了。五格格登门，实在出乎他的意料，再看看院外停放的马车，心里又有了隐隐的不安。

福儿和明毓并未急着进屋，而是让车夫将车上装的东西搬了下来，有冻肉、冻鱼、冻梨，有带毛的野鸡、未剥皮的野兔，有蜂蜜、松子、榛子，等等。车夫一趟一趟地往院子里搬，好像总也搬不完，直到尚秉致都看不下去了，连连喊，好了好了。不必了，不必了。受用不起，受用不起！

最后，福儿手里还捧着一包东西，她站在尚秉致面前，说，尚先生，对不起，福儿给你赔罪来了。福儿不懂事，让哥哥和素韵受委屈了，我阿玛已经教训过我了，你老有气，就打我两下解解恨……

尚秉致哭笑不得地看着福儿，就算他有气，面对一脸愧意的笑脸，他也就没脾气了。他急忙让明毓和福儿进屋。

素韵见了福儿和明毓，很矜持地行了个礼，看得出心里存着芥蒂，可表面仍然恭顺，仍然将福儿当主子对待。

素俊趴在炕上，脸扭到了另一边，一声未吭。

福儿手提着那包东西凑过去，说，素俊大哥，对不起，我不认识你，误会你了，还连累你挨了一顿冤枉鞭子，都是我不好。福儿给你赔不是了。这是我让赖管家配制的红伤药，可好用了，赖管家早年在宫里拜过名师的，这是他的秘方，轻易不给人用，我专门替你求的。

素俊还是不动，脸别着，也不说话。福儿手捧着药包站在炕沿边，坐不是，走也不是，一脸尴尬，抬头看看明毓，试图让明毓解个围，谁知明毓却跟尚先生说起话来，好像是在故意躲她。

素韵看不过去了，走上前，说，五格格，谢谢你，把药给我吧，得便我给大哥用上。

福儿却说，还得啥便，现在就用上吧，早用早好。素俊大哥，我来给你涂上。素韵，你去弄点儿水来。

福儿说着，就上前做出掀被子的举动，吓得素俊急忙裹紧了被子，连连说，不用不用，素韵，你快把药拿走！

福儿却很固执，说，不行，我一定要亲手给你上药，你是因为我挨了鞭子，我过意不去……

素俊说，用不着用不着，我不怪你，行了吧？求你了……

福儿笑了，目的达到了，这才罢了手，将手里的药包交给了素韵，说，素俊大哥不怪我了，素韵你也不怪我了吧？我不是真心要撵你走的，因为素俊大哥的事，我是没有脸见你了……阿玛说要给我重新请个先生，可我还是喜欢跟你读书。其实你一走我就后悔了，素韵你跟我回去吧！……

不待素韵回答，素俊不管不顾地挺身坐了起来，双手拽着被子，说，不行，素韵不跟你回去了……

素俊疼得龇牙咧嘴，又卧倒下去，嘴里发出咝咝的声音，哼哼唧唧地说，你这哪是来道歉啊，折腾人嘛……

福儿说，素俊大哥你还是不肯原谅我……

素俊说，我可以原谅你，可素韵不能跟你回去，我不让她再受委屈了。

福儿说，我保证再也不让素韵受气了。

素俊说，谁信，秀府的格格脾气大……

福儿回手把明毓拽了过来，说，那我让明毓发誓行吧？你信他不？

明毓不干了，说，哎，福儿，这是你的事，跟我啥关系？我咋代替得了你？

第　七　章

素韵最终还是跟着福儿回到了秀府。当素韵将目光转向明毓的时候，其实她就已经默认了，只是她需要有个人帮她拿定主意。明毓既然能跟着五格格来蜂蜜营找她，那就是不反对她回到秀府。她心里也清楚，她必须跟着五格格走，无论从哪个方面来说，她都只能当作什么事情也没有发生。她知道父亲和哥哥不愿意她再回去，父亲虽然没有说出来，但从他眼神中的无奈和痛惜中，她能体味出父亲的心情。她也不愿意回去，那种寄人篱下、小心翼翼观人脸色生活的滋味令人压抑。乡下的生活虽然清苦，还有忙不完的家务和不可预知的难事，可一家人能在一起，福祸共担，哭笑由之，却是再舒心不过了。可她知道她没有资格享受这样的舒心，也许从她出生开始，就注定了，她没有能力掌控自己的生活。看着明毓尴尬的样子，素韵笑了笑，说，五格格，别难为明毓阿哥了，这事跟他没关系，我跟你回去。

尚秉致见素韵同意了，便什么话也没说，开始收拾素韵要带走的东西。素俊还想反对，也被他阻止了，气得卧在炕上谁也不看。素韵显得很轻松，说，哥你别担心，我在秀府挺好的，秀大人和大奶奶对我很好，吃得也好，住得还暖和。秀府好大呢，还有个西花园，等春暖花开的时候，一定很好玩儿，我愿意回去。

福儿兴奋不已，她甚至亲自动手在车厢里的狐皮褥子上又铺上厚厚的棉褥子，待素韵坐稳后，又递过去一个暖手筒让她暖手。明毓看着一反常态的福儿都有些难以置信，五格格何时对别人这样殷勤过？可见她是诚心诚意要请素韵回去了。

素韵没有想到，富察氏和三个儿媳瓜尔佳氏、喜塔拉氏、佟佳氏都站在大门口迎着她。福儿像完成了一件光彩至极的差事，骑在马上兴奋地朝着富察氏高声叫着，不乏炫耀的意思。素韵急忙下了车，与富察氏等一一行礼，一脸的惶恐不安。富察氏热情地牵了她的手，边往大门里进边说，素韵你回来就好了。你是不知道，你一走，秀大人就责怪我没有看护好你，我也是太粗心了，以为你跟福儿玩儿得挺好呢，哪承想这个死丫头这么能作猴！以后福儿再欺负你，你就告诉我，看我咋收拾她。素韵受到如此礼遇很是意外，又听富察氏这样说话，更是不知所措了，连连说，大奶奶别这样说，五格格没欺负我，我们俩挺好的。

晚饭的时候，素韵刚在后厨盛好了饭菜，彩玲就跑了过来，说大人请素韵去上屋呢！素韵不敢怠慢，放下饭碗随着彩玲赶去上屋。堂屋地中间摆着一只大铜火盆，火盆的后面放置着一块大镜子，紫檀木的镜架，上面雕了九只狮子滚绣球。镜子的两侧是透笼的间壁墙，墙高不到顶，上面横着一条长长的供板，供奉着祖宗牌位。间壁墙两边各一门，东西屋门口都放了一只大胆瓶。彩玲引着素韵进了西屋。平日里秀大人是不与晚辈们一起用餐的，这顿饭显然是特意安排的。秀山、富察氏和老姑奶奶、福儿都坐在北炕上，炕上摆着饭桌，瓜尔佳氏和喜塔拉氏、佟佳氏则垂手站在地上伺候。素韵给秀山和富察氏、老姑奶奶深施一礼，富察氏说素韵快上炕，一起吃饭。素韵愕然，佟佳氏上前去轻轻推了她一下，说大奶奶让你上炕呢！福儿本来盘腿坐着，此时也从炕上支起身子，招呼素韵快上来。见素韵还僵立在地上，秀山开口了，说，素韵，别客气，这顿饭是欢迎你回来，也算是我们给你赔礼了。素韵脸涨得通红，说，大人这样说，让素韵无地自容了。福儿嚷着，再这样客气饭菜都凉了！

瓜尔佳氏和喜塔拉氏、佟佳氏摆好了饭桌便告退了，两个丫鬟伺候主人用餐。老姑奶奶不时给素韵夹着菜，边夹边说，多吃点儿，看你这么单细，定是打小就苛勒[①]坏了。这是蛤蟆油蒸蛋糕儿，大补的；这是用砂锅炖的鸡，还放了人参呢！秀山几乎没话，可心情不坏，不时捏起几钱的小酒盅呷一口，偶尔发出吱的一声。福儿来了兴致，说要陪阿玛喝两盅。富察氏说，瞧你喝酒抽烟的没个女孩儿家的样儿，看人家素韵多文静。福儿咧咧嘴，乜斜了素韵一眼，不

① 苛勒——方言，生活困窘，吃苦、挨饿。

再要酒喝，三口两口地便吃完了。素韵本来饭量不大，见福儿撂了筷子，便也放下饭碗。富察氏便嗔怪福儿不懂规矩，客人还没吃完呢，主人咋能先撂筷子。素韵急忙说，我吃好了。说完看了福儿一眼，见那脸上已露出些不自在来。

素韵临告辞的时候，秀山说，素韵，往后多教福儿些礼节，得让她像个大家闺秀的样子，别教她念那些鬼啊雄的诗。

素韵和福儿一起回到西厢房，福儿一路没说话，拉开南屋门时，突然回头一笑，说，素韵，你得教会我咋样当个娘娘。

素韵立在堂屋地上，好一会儿没醒过劲儿来，就这么糊涂着回了自己的屋。

素韵和福儿重新开始了念书的日子，其实也就中断了一日，不过因为发生了这件事，倒像是个标志，前一日与后一日，两个人的心境却不同了。只是两个人都很清楚，无论怎样，这书都是要念下去的，尽管秀山不愠不怒，不惩罚人，不训斥人，也没下谕示，但他不卑不亢的态度却是摆明了不得违抗。素韵心里有着一个谱，不再讲那些能刺激五格格潜在豪气的故事和人物，反正只要她不提起，五格格也就不知道那些故事和人物。至于五格格说起的要学会如何当娘娘的话，素韵以为是五格格赌气时说的玩笑话，再说她也不知道怎么教，五格格说过了也没再提起，这个课程就不了了之了。除此，素韵只讲能让五格格开心的内容，只要能哄得她顺心肯跟着自己学就行。五格格不是那种人云亦云的人，也不是你说啥是啥的人，常常有自己的主张。有一次两个人随便聊起来，说到去往弓匠通村的村口立着一座贞烈牌坊，是皇上御敕修建的，为了旌表乌拉那拉氏在丈夫披甲从军战死疆场后，她抚孤养老的事迹。五格格说皇上离得大老远知道个啥，立个牌坊不过是个虚名，倒不如给些银子实惠些。素韵说皇上是为了树个典范，让女人们都学习乌拉那拉氏的妇德。五格格说谁爱学谁学，反正我不学。五格格说出这番话一点儿也不奇怪，素韵听了没敢搭话，没想到五格格紧接着问出一句令素韵尴尬不已的话，素韵你学吗？看着素韵张口结舌的样子，五格格恶作剧般地笑起来。

素韵曾试图说服福儿戒烟，说女孩子在大庭广众面前抽烟不好看。福儿不以为然，说满大街的姑娘、媳妇都叼着大烟袋，谁说啥了？素韵说我父亲说南边的女子就没有抽烟的，尤其大户人家的小姐。福儿说，那宫里的娘娘们抽不抽烟？这话把素韵问住了，父亲没告诉她宫里的娘娘是否抽烟的事，她就说不上来，但福儿代为回答了，福儿说别人抽不抽不知道，从乌拉走出去的娘娘肯定抽烟，打小她们就抽。乌拉地方女子抽烟是个习俗，这素韵知道，但乌拉走出去的娘娘是否在宫里还抽，素韵就不知道了，不知道的事她就不能说，也就无法说服五格格戒烟，五格格抽烟的事就由着她了。好在秀山没强求福儿戒烟，富察氏更不会有什么说道。富察氏就抽烟，那烟袋杆足有二尺长，每天早起或者饭后，三个儿媳妇都会装好一袋烟递上去，富察氏边吧嗒着烟袋嘴儿，边在烟雾缭绕中吩咐儿媳妇们做这做那，说话的间隙会呸地吐出一口唾液，准确地奔向地上的火盆，刺地溅起一束火星。除了佟佳氏，瓜尔佳氏和喜塔拉氏也抽烟，没事的时候，两个人也会装上一烟袋锅，边抽边陪着婆婆聊天。甚至，府里的女佣，也都有着抽烟的嗜好，在这样的环境下，指望着福儿戒烟怕是不可能的事了。

福儿有一天从外面回来，彩玲照例装一袋烟递给了她，她接过来送到嘴边，忽然就停住了，打量起烟嘴儿，仿佛怀疑彩玲给做了什么手脚。彩玲问，咋了？福儿说，明毓劝我把烟戒了。彩玲说，他咋跟素韵一个腔儿？福儿白了彩玲一眼，意外地没说话。彩玲问，你想戒啊？福儿又白了彩玲一眼，说，凭啥他劝我，我就戒？彩玲说，就是，他还管着你了！福儿就把烟嘴儿含进嘴里，连着吧嗒了几口，像是故意气明毓似的。

福儿倒是不再刁难素韵，有时候似乎还想着把素韵当一个玩伴儿，她多次邀素韵一起出府到外面玩儿，素韵没敢答应，素韵宁愿关在屋里写字、画画、做女红，约了几次都没成，福儿很扫兴。福儿说外面老有意思了，整天关在家里不闷啊？素韵说女孩子总在外面抛头露面的让人笑话。福儿不屑地啧了一声，不再理会素韵，转身便自己跑出去了。

福儿说过，没有她的准许素韵不能擅自走出秀府，她说过也就说过了，并未当回事，也从未查询过素韵是否遵守。

没有人阻止素韵走出秀府，她也没想过走出秀府，事实是她不知道走出秀府干什么，她不可能像五格格一样满大街疯玩儿，她没有能力把五格格圈在府里，却让自己陷在了这个高墙深院中。她唯一想做的便是回蜂蜜营看看家人，但那要走上七八十里路，这是她一个人无法完成的，她需要告假，还得有人陪送，想一想便也作罢，就整日都圈在秀府，更确切地说，是圈在秀府的西厢房里。秀府的院子很大，秀府的人也不少，除了主人，各房的仆人也不时出出进进，内院和前院、后院总不断人，素韵性情中不喜见人，也不会跟人唠家常，便不太愿意走出西厢房。

五格格又不知跑哪儿玩儿去了，素韵在自己屋里写了一会儿字，想散散心，便出了西厢房，又不愿走出内院，便只能在府里转转，看看新鲜。正房也是五间，东西两山都装饰着砖雕腰花，刻着“福在眼前”“双喜花篮”“连年有余”“事事如意”“一路连科”“麒麟送子”“梅兰竹菊”之类的吉语。素韵微微暗笑，想这高贵的秀府，也不能免俗。正房东西两侧各有一座两丈多高的烟囱，顶端建一栋三层的楼形，四角挂着青铜的惊鸟铃，随着微风叮咚作响。正房与东西厢房间都有游廊相连，廊壁中间各有一半圆形廊门，东面廊门上砖刻“居仁”，西面廊门砖刻着“由义”。素韵知道，这两个词出自《孟子·尽心（上）》，是劝人内心存仁、行事循义。东面门通往后院，素韵想了想，走过西门进了西花园。西花园里满目萧瑟，李子、海棠、桃、樱桃等果树都光秃着枝干，残留的几片枯叶在寒风中抖动着，随时都可能飘落；假山上的凉亭孤零零地呆立着；曾经的花圃、莲池、玉石桥，都覆盖着白雪；雪地上没有人踪，却有鸟迹，野鸡的爪印，黄鼠狼跑过的痕迹，或者猫狗的蹄印。想这里到了春夏，定是个枝繁叶茂、四处生机之处，只因了这冬日的寒冷，便呈现了萧条。素韵的心里寂寥了一会儿，踩着积雪嘎吱嘎吱地朝着凉亭走去，刚小心翼翼地登上假山的石阶，就听见身后有人声，回头看去，竟是赖德才赖管家。素韵急忙站住，石阶是滑的，急切中却不敢迈步，只得稳住身子略施一礼，问声赖管家好。赖管家走近了几步，问，素韵你要干啥？素韵说，想上假山上看看。赖管家说，那四面透风的地方有啥好看的，等开春了雪化了才好玩儿呢，快下来。素韵就一跐一滑地朝下走，吓得赖德才老远就喊小心，又忙不迭地跑过来伸手接住了她，说往后可别再做这悬事，一时摔着。素韵站稳了脚，说谢谢赖管家，便朝回走。赖德才说，素韵你在府里要好好的，有啥难事跟我说。素韵说谢谢赖管家，我挺好的。赖德才曾经去过蜂蜜营，她在家里见过他来找父亲说话。她推测父亲和赖管家可能在京城时就认识，她临来秀府的时候，父亲嘱咐她，若有难事可找赖管家，可见他们应该是老熟人了。进了秀府，她并未因为什么事特意去找赖管家，赖管家见了她也并未表现出特别的意思，但她能感觉到他是关照她的。作为秀府的管家，有些事情是轻而易举的，还可以做得不动声色，顺理成章。素韵的心思敏感细腻，她本能地知道有些事情只可意会，却不能说出来。刚才从赖管家嘱咐的话语里，她也能感觉出赖管家对她的关切。或许赖管家以为她的举动有些怪异怕生出事端，其实她只是闲极无聊罢了。

走回内院，见几个孩子在院子里玩儿“跑马城”，有大阿哥的儿子吉祥，二阿哥的两个儿子吉禄和吉成、三阿哥的女儿雪雁，还有几个是下人家的孩子。几个孩子分成两伙，各占一边，手拉手唱着歌。“金鸡翎，跑马城，马城开，打发格格送信儿来。要哪个？要黄莺，黄莺没在家……”“黄莺”没在家，就得换个人“要”了，结果吉祥被“要”了出来。吉祥长得瘦弱，连说话都蔫声蔫气的，不像个男孩子样。此时他运了运气，朝对方的防线闯了过去，竟被对方俘获了。对方的阵营里一片欢呼，显然他们也是专拣这软柿子“要”的。孩子们吵吵嚷嚷地玩儿着，素韵看了一会儿便回了屋。彩玲正在往灶坑里续柴烧炕，抬头看了她一眼，自顾着低头忙着。素韵上前说，彩玲我帮你吧。彩玲头也不抬地说，那可不敢，你是先生，哪能做这粗活儿。素韵刚进秀府的时候，赖德才吩咐彩玲，侍候五格格的同时也要兼顾着素韵，彩玲嘴上答应了，心里却是很不情愿。她虽是奴才，侍候五格格理所当然，侍候同样是奴才的素韵算咋回事？可管家吩咐了，又不能违抗，只得照做，一不高兴了就拿小话掂对[1]素韵，只是从来不当着五格格的面。今儿肯定又是在哪儿惹着气了，素韵听出那话里不是滋味，有些讪讪的，袖手站了片刻，便转身回了北屋。伸手向炕头摸摸，热热的，脱鞋上了炕，焐起了手脚。炕桌上还铺着纸墨，她却不想写了，手缓过来了，便从炕琴里翻出做了一半的绣品绣起来。

外屋有人进来，听声音是五格格回来了。素韵急忙收起绣品下了炕，走出屋子，见福儿站在堂屋听彩玲说话。素韵听了一会儿听明白了。赖管家来西厢房找五格格，彩玲说出去了，不知道去哪儿了；赖管家又问素韵去哪儿了，彩玲也说出去了，不知道去哪儿了。赖德才就训斥她一嘴，说一问三不知，当下人的连主子去哪儿了都不知道还想不想干了？彩玲挨顿训，自然是憋了一股气，此时说起来还牢骚满腹，说，姑奶奶往后你再去哪儿言语一声，还有素韵，人家都把你当主子了，你也得罩着我这做下人的，不能老叫我平白地挨骂。福儿打断她的唠叨，问，赖管家找我干啥？彩玲说，是大奶奶找你，让你去上屋。福儿一听，转身出去了。

① 掂对——方言，挤对、讽刺。

素韵朝着彩玲歉意地笑笑，解释着，刚才我就去西花园转了一下，也没走远，才没告诉你。再说我也不是啥主子，咱俩一样，都是侍候人的。彩玲笑笑说，那可不一样，你是先生，连大人和大奶奶都那么厚待你，哪是我们能比的？我打小就在府里，可从来没跟大人、大奶奶坐在一桌吃过饭。素韵就不知道该说什么了。

福儿回来了，一副笑嘻嘻的样子，像是遇到了什么开心事。素韵和彩玲都转向了她。

彩玲嘴快，问，姑奶奶遇到啥喜事了？

福儿笑着说，幸亏我没在家，让那老媒婆白跑一趟。

彩玲说，是来给姑奶奶提亲的啊！这是好事啊！

福儿说，好啥好，谁要她保媒，我又不想嫁人。

彩玲说，姑奶奶净说笑话，哪有女孩子不嫁人的。

福儿说，彩玲你想嫁人了？等着让我阿玛给你指个阿哈，嫁了就是了。

彩玲没回嘴，扭头走到灶坑前，坐下拉起了风匣。那灶膛里的火轰地一下燃起来，眼看着彩玲的脸被映红了。

福儿笑着说，彩玲害羞了。

彩玲比福儿大上两岁，按着旗人家的规矩，也早该到了出嫁的年龄了。只因为她是家奴，必得主人发话了，或是主人赐了婚，才会谈婚论嫁。像彩玲这样的家奴，已是主人家的一员了，主人在指婚的时候，或许会为她挑选一番，不会随便指个打牲丁就是了。而乌拉地方的打牲丁，许多都是官家给分配的妻子，就连富察氏也是秀山在当打牲丁时官家给分配的，只是她命好，随着秀山的一步步升迁，也当上大奶奶了。福儿说让阿玛给彩玲指配个阿哈，也是一种惯例。她顺嘴便说，才想不到彩玲是什么心思呢。

素韵却分明看出彩玲一副黯然的样子，没敢附和五格格，另起话头问五格格，媒人提的是啥人家？

福儿一卜愣脑袋，说，没问，我跟讷说了，啥人家也不嫁。

第八章

富察氏才不会理会福儿的话，看着日渐长大的女儿亲事还没着落，她自然心急。她跟秀山嘀咕过几次，秀山却像在敷衍她，总是说不急不急，福儿还小。富察氏希望他通过官场的人脉，给女儿寻个合适的人家，早早把亲事定下来，了却她的心事，可催促了几次，秀山并没什么举动，仍旧忙着衙门里的那些事，近日又在忙着进京呈贡，还要亲自送贡，这一走怕就得两三个月才回，她便沉不住气了。她的心思儿媳们自然明白，瓜尔佳氏说她有个远房老舅妈专事保媒拉纤儿，撮合成了好多对儿，靠着这档本事吃喝不愁，不妨求她帮帮忙。富察氏一松口，瓜尔佳氏便托人叫来了老舅妈。秀府是大户人家，自然要占着主动，请老舅妈来也是要先向她透露些自家的说道，总得选着那些能与秀府的门户相差不多的人家。老舅妈靠着保媒拉纤儿吃饭，自然了解这乌拉地界哪家哪户的情形。依着她说，若是讲门当户对，这周围地界怕是无人能与秀府比齐的。富察氏其实也知道这点，乌拉就这么大个地方，在旗的还有不在旗的人口，满打满算也就四万来人，谁家什么家势、男丁几何，闭着眼睛就能说个差不多，在富察氏的心中，还没有哪家的哈哈珠子能入她眼的，可她的眼界也就这么大，所以才要请老舅妈来帮忙，看能不能把眼界放宽些，将那盛京府、船厂、伯都讷、阿城、三姓、依兰、五常、宁古塔等等地方都筛选一番。老舅妈说这给秀府的姑娘说媒可是得慎重些，成了咋都好说，这要不成，且不说相关的两家免不了被人说咸道淡的，就是我这保媒的，也要丢了脸面呢。富察氏说可别满大街地吵嚷，先暗地里打听着，有了点儿眉目了，再透透话才成。老舅妈又说，这秀府的姑娘是没啥可说的，谁家若是攀上了这门亲，那可是祖坟上冒了青烟了。不过我也得相看相看五格格，心中有数嘴上不慌啊。我咋听说五格格的性情有些隔路呢？一旁站着的瓜尔佳氏说，老舅妈你是听谁嚼舌头呢，五格格好好的一个人咋就隔路了？按理长辈的说话，儿媳是没有资格插言的，可老舅妈是瓜尔佳氏请来的，老舅妈这话一出口，富察氏的脸上有些挂不住了，瓜尔佳氏生怕老舅妈再说出什么不中听的话来，这才拦腰插了话。富察氏也就趁着这个话头整理了一下情绪，笑笑说，我那女儿正跟先生念书呢，赖管家去把姑奶奶叫来，请老舅妈相看相看。赖管家正来回禀事情，还没听出啥名堂呢，一听富察氏吩咐，赶紧出去叫五格格。富察氏原是想要显摆一下女儿读书的噱头，没承想赖管家回来说姑奶奶没在府里，弄得富察氏有些难堪。老舅妈惯会察言观色的，见此情景便笑笑，说秀府的姑娘料也差不了，我尽心办就是了。富察氏相信老舅妈会尽心办这件事，若真是成了，依着秀府的势力，那赏赐必是不会少的。

福儿的态度，富察氏一点儿也不奇怪，她只当是女儿的任性，或者是害羞，本来就隔路的福儿出什么隔路事都不意外。令富察氏没有想到的是秀山的态度。秀山一听她说求老舅妈给福儿选看人家就不高兴了，说福儿还小着啥急。富察氏说人家的女儿这么大都嫁人了。秀山说那是人家的女儿，我的女儿不急。见富察氏还要说什么，秀山干脆告诉她，福儿的事你别管，我自有安排。究竟怎么安排的，秀山却不说，富察氏唠叨了几句，他就烦了，斥责说，老娘们家家的就是短见识。我看你是又闲了，明日就去衙署，领着丁妇们将进贡的饽饽面子碾出来，该谁干啥就干啥，都做好了冻起来预备着。眼看着送贡的日子近了，大家都得忙起来，看你还有闲心！

富察氏说，你就看我闲不得，这不是刚刚拾掇完了山货，还没喘口气呢！

秀山说，闲了就要生事，还是忙点儿好。

富察氏嘴上牢骚，可秀山吩咐的事半点儿不敢违拗，尤其这衙门里的事，不比家务，想做不想做也都得做，还得尽力去做。采捕贡品的事情，尽管都有打牲丁们操持，可一些加工制作的细活儿，譬如山菜的晾晒腌渍，野果的去核削皮，兽肉的分割冻贮，铃铛米的挑拣，稗子米的炕干，等等，都是妇人们的活计。尤其秋分之后，好多活儿都赶到一起，做活儿的丁妇又分散在各处，有的在果子楼，有的在松子房或者干鱼库，还有的在场院、在自家的炕头。富察氏作为总管的太太，自然要负责统领这些妇人们，请领工具，分派活计，教授制法，验收成品，还要排解妇人们的口舌是非。那些丁妇们干完了分派的活计，尚能得些银两，她却没有，用秀山的话说，就当是替当家的分些担子吧。她是甘愿分担了，被她哄劝来替她管事的那些官员的太太或者媳妇却多有牢骚，她跟秀山说了这个意思。秀山说，内务府拨付的银两里没有这项开支，再者说，内务府还欠着官丁们的饷银呢，我哪还有多余的银两给你们？秀山回头又去训斥那些手下的官员，这些官员就回家训斥自己的女人，结果，饷银没有争来，分派下来的活计却是一点儿没少，还得任劳任怨地做。

打牲乌拉进贡的贡单里，每年都少不了关东特有的吃食，譬如米团饽饽、搓条饽饽、蜂糕饽饽、豆面饽饽、叶子饽饽等等。大清朝的王公贵族，包括宫里的娘娘们，老根儿都在关外。老罕王努尔哈赤的大妃阿巴亥是乌拉贝勒满泰之女、乌拉国主布占泰的侄女，就是她生下了保顺治帝登上皇位的摄政王多尔衮。雍正帝的皇后乌拉那拉氏，是管步军统领内大臣、乌拉部九世祖费扬古之女；乾隆帝的皇后乌拉那拉氏，父亲是乌拉国主后裔；还有许多“从龙入关”的乌拉人，因军功晋升，成为大清的栋梁，无论官位几何，繁衍几代，终是忘不了世居地，同样忘不了的还有家乡的味道。这些自然就成了打牲乌拉特有的贡品。做这些吃食得先把小黄米、稗子米、高粱米、黄豆等碾成面子，然后和面做成各种饽饽，因为要远途运送，还得冰冻上。年年冬季十一月进贡前，都要招来些妇人做饽饽。做饽饽的妇人集中在官仓，米要从官仓出，做水面子还要用水泡上几天，然后上碾子碾，为方便起见，便在官仓这儿设了碾米房，碾出的米面装在一只只大缸里。饽饽是直接入口的贡品，还是细活儿，制作上自然要讲究。富察氏挑选人的时候，专选那看着干干净净的，这样的女人，干活儿肯定干净利索。看着邋里邋遢的，准是个懒做的，不信你就上她家里看看，一准的窝窝囊囊。富察氏选人的时候总这样说。那被她刷下来的，常常脸上就挂不住，嘶嘴囔腮地走了。

富察氏一大早就乘着自家的马车赶往了官仓，刘佳氏正站在大门口迎着，先搭手接她下了马车，站定了，便行了个大礼，说，大奶奶吉祥，奴婢给大奶奶请安了。刘佳氏原是富察氏的贴身婢女，后来被指配给了那苏肯为妻，见了昔日的主子仍然要行大礼。她搀着富察氏往院里走，说，做饽饽的丁妇都到了，按您吩咐的都分了工，指派了锅头，每人发了新做的围裙。有那几个新来的，手上活儿也不错，都事先讲明了规矩，派了老的带着做，误不了事。今儿做祭祀米糕的小姑娘也都来了，九个，都十来岁，齐刷刷的，个儿顶个儿干净。

刘佳氏做事周全细致，手脚勤快，活儿还好，对富察氏也是言听计从，成了她得力的帮手。做饽饽的活儿很讲究，富察氏便把她派来做总锅头，做了许多年了，所有的套路都熟悉。刘佳氏还是个老实人，从不起幺蛾子，一年一年地按部就班做，没出过岔子，富察氏也很少操心。今儿是要在开工前跳饽饽神，富察氏得做主祭。进得院门，二十来个丁妇正候着，戴着一色的新裁制的围裙，头发绾在头顶，个个利利索索的。祭祀时这些个丁妇是不能进屋的，只能等在院里。丁妇们见富察氏来了，一起施礼问安。富察氏回了礼，随着刘佳氏进了屋。

仓官正在灶屋指挥着几个牲丁摆神案，神案上谷神和年历妈妈的牌位前都摆着香炉，灶王爷的牌位前摆着年息香，香案前放着一只槽盆。大萨满穿上了裙子扎上了腰铃，和栽力[①]在神案前站好了。富察氏里里外外地查看了一遍，见一切准备就绪，吉时也到了，便站回神案前，亲手点燃了年息香。年息香也叫安息香或者芸香，入二伏时，把芸香叶子采回来，阴干，用药碾子碾碎，筛出的粉末，便是芸香。芸香是放在木制的香碟里，用香头点燃后，香烟缭绕，屋子里即刻散发出阵阵的清香。大萨满和栽力开始击太平鼓歌唱，总锅头刘佳氏将一木盆黄米倒入槽盆中。大萨满围着槽盆边击鼓边唱，富察氏率众跪地磕头，嘴里说着，顺喜，吉利。候在院子里的丁妇们也都跪地磕头，嘴里跟着念，顺喜，吉利。

跳饽饽神是个漫长的活儿，此次祭祀因是官祭，照神本子[②]省了好多道环节。在等待黄米蒸熟出锅的间隙，富察氏进了里屋。南炕上摆好了桌子，桌面上撒着炒好的黄豆面，炕上坐了一排十二三岁的小姑娘，净了手，准备着搓供神用的黄面饽饽。富察氏一个个看去，见个个都穿着新衣，梳着辫子，头上或戴白花或戴黄花，从右耳边垂下一绺白色的穗子，脸上施着脂粉，眉心处还都点了红，看着就喜人。中间一个看着年龄更小的，八九岁的样子，也扮上了，煞有介事地坐着，样子更是娇俏。富察氏问，是谁家的姑娘。刘佳氏嘻嘻一笑，说，是我那老姑娘桑格，桑格快拜见大奶奶。桑格就听话地跪在炕上，磕了头，甜甜地说，桑格拜见大奶奶，大奶奶安好。富察氏笑了，说，好漂亮的小姑娘，

---

① 栽力——满语，助手。

② 神本子——萨满祭祀时遵照的词。上面记载神灵名称、来历、神歌及祭祀程序、礼仪、供品等。

这么小弄了来，挨累不说，会做饽饽吗？刘佳氏说，桑格从小跟我学做，手巧着呢。也是实在找不到合适的人了，让她来凑个数。富察氏随口说，咋还找不到合适的人了？刘佳氏说，有几个嫁了人，得重新选，大奶奶你还别说，真就没人了呢。我都想到你家五格格了，五格格年龄倒是正好，可她哪是做这活儿的！刘佳氏说完就呵呵笑了。富察氏没回应，心里却有些不是滋味。一般旗人家十二三岁的女孩子差不多都学会了做饭、绣花、剪窗花了，只是福儿却不往这上用心，可不就得让人笑话！做供神饽饽的女孩子都是挑拣出来的，自然是心灵手巧模样周正，能被选中那也是个荣耀之事。而且不光是女孩子被人看好，也能看出这家人家的家教。刘佳氏的话没说透，她当然不敢嘲笑她过去的主人家家教不好，可富察氏听得出来那其中隐含的意味。

富察氏因了这点事有些心情不愉快。以往她都会亲自动手做上几屉饽饽，一是示范，二是和丁妇们在一起做饽饽说说笑笑的也有趣，但今儿个她不想了，她怕那些丁妇再像刘佳氏那样说话暗含着意味。祭祀礼毕，巡视完各道工序，她吩咐了总锅头刘佳氏几句话，便告辞回家。

马车走在老街上，压得雪地咯吱咯吱响，盖过了她吧嗒吧嗒的抽烟声。外面传来一阵阵呐喊，富察氏掀开车窗帘看去，先就看见了圆通楼的尖顶，知道这是走到演武场附近了，呐喊声就是从演武场的冰场上传过来的。演武场的操场一到冬天便辟出一块浇了冰场，供那些官学生在冰上练操，平日里附近的哈哈珠子们也都上冰场滑冰车、打冰球或者打出溜滑玩儿。此时冰场上正围着一伙人，在看两拨滑冰车的打冰球。冰车分单腿冰车和双腿冰车，双腿冰车是用几块木板钉成一个面，着地的那一面间隔一尺左右钉上两根铁条，人坐在上面，手里拿着两根冰锥在冰面上划动。这样的冰车稳当不易翻车，小男孩或者女孩子玩儿的多。单腿冰车只有两只脚掌大小，是用木板钉成漏斗型，中间钉一隔板，分出两处可以放脚的地方，尖底着地，并在尖底上钉一根铁条，人是蹲在上面的，靠技巧和两根冰锥支撑着才能找到平衡，难度大，还动不动就翻车，一般都是大孩子玩儿。钉了铁条的冰车在冰面上很灵活，熟练的驭手能把它划得转动自如，就像驾驭着一匹马。哈哈珠子们喜欢划这种单腿冰车，在冰上互相追逐，或者分成两伙打冰球。打球的时候，另一根冰锥便换成了一头做成弯状的球杖。富察氏看了一眼便放下车帘，车帘放下的瞬间眼前恍惚闪出一个熟悉的身影。她急忙重新撩开了车帘，定睛细看，果然在人群中发现了她家的福儿。福儿并不是站在看热闹的人群中，而是蹲在单腿冰车上，跟着那些哈哈珠子驰骋在冰场上，一边划动着手里的冰锥追逐着场上的冰球，一边嘴里还嗷嗷地叫着。这哪里还有个女孩子样儿！富察氏像被重重地击了一下，又像怕被人瞧见似的，倏地放下车帘，缩回到车厢里。

富察氏是带着气回到秀府的，一过垂花门，就听见从西厢房传出一阵悠扬的琵琶乐，是素韵弹奏的。她以前并不知道这能发出好听乐声的东西叫琵琶，南方人家才有这种东西。素韵第一次在院里弹起来的时候，富察氏正在上屋和瓜尔佳氏、喜塔拉氏、佟佳氏玩儿小牌，乐声隐隐约约地传过来，听着很是心怡。富察氏不由自主地停下了手中的牌，仔细倾听着，后来干脆放下牌下了炕，走出上屋时，那乐声越发地清晰入耳。府里的几个小孩子正趴在西厢房北屋的窗台朝里看，显然也是被屋里的乐声吸引着。富察氏听了一会儿，直到乐声停下，才和三个儿媳走进北屋。素韵抱着一个物件坐在炕沿边，还沉浸在余音缭绕中，雪雁坐在地上的一只小板凳上，仰脸看着素韵，一脸的羡慕。素韵见富察氏进来，急忙起身见礼，雪雁趁机跑出了屋。素韵不知犯了什么错，垂手站着，怯怯地等着富察氏发落，后来才明白富察氏是对她手里的物件感兴趣。她便告诉富察氏这叫琵琶，是她父亲从京城带过来的，她从小听着父亲弹奏，耳濡目染地学会了，长大了父亲便把琵琶送给了她，她进秀府时带来了，一时闲了便弹起来。素韵惶恐地说，不想惊扰了大奶奶，素韵知错，马上收起来再不弹了。富察氏笑着安慰素韵说，听着怪好听的，看着也是个新鲜物件呢。你能教会我家福儿弹不？素韵的表情就有些为难，一副欲言又止的样子。富察氏见素韵为难，便说，算了算了，那个死丫头跟个猴儿似的，教她怕是也学不会。站在后边的佟佳氏突然说，要不素韵你教教我家雁儿吧，刚才看她听得挺入神呢！素韵没敢贸然张口，转脸看着富察氏，似乎在等着富察氏发话。富察氏没说行也没说不行，瓜尔佳氏说话了，瓜尔佳氏说，老三家的你就是眼皮子浅，哪儿有好事都少不下你。佟佳氏努了努嘴，却没说出什么来。这种情形下素韵就更不敢说什么了。富察氏临走时感叹说，该学的不知道学，素韵往后你得约束着福儿。晚上她跟秀山说起这事，语气里还透着怪怨，似乎素韵教福儿没有尽心尽力。秀山却白了她一眼，说，你懂啥！那弹琵琶唱曲的都是些啥人，都是勾栏酒肆里的女子，福儿能学那个吗？素韵没答应教那是她不好明说，你还怪人家。富察氏恍然，说，我哪知道这里面的道道，那你说尚先生咋还教他女儿唱曲弹琵琶，他总不能希望素韵将来去卖唱吧？秀山说，尚先生咋想的谁知道？他一个发配的罪人又能咋想？富察氏想想也是，再想想又笑了，说老三家的还以为是啥好事，想让雁儿学弹琵琶呢！秀山说，该不该让雁儿学另说着，只这老三家的倒是有心思呢！富察氏明白了这琵琶的说道，再不提让福儿学弹琵琶的事，偶尔会看见雪雁往西厢房里钻，她也没阻止。听着从西厢房传出的乐声，她发现她仍然爱听这琵琶曲，每次都会停下手中的活儿，静静地听上一会儿。

此时，这往常让她心仪的乐声，听着却不舒服了。她往西厢房走了几步又停下，转身朝东厢房走去。老大家和老三家分别住在并排的两幢东厢房里，一幢靠南，另一幢靠北。富察氏边走边喊，老三家的出来一下。佟佳氏从东厢房出来了，紧接着瓜尔佳氏也从东厢房出来了。佟佳氏出门的步子有些急，瓜尔佳氏出来时就完全是一副事不关己的样子。富察氏没等佟佳氏走过来就说，把雁儿叫回来，别一天到晚地往西厢房钻。佟佳氏便急忙往西厢房奔去，她一进门，西厢房里的琵琶声戛然而止。富察氏像是就等着这一刻，转身走回上屋。瓜尔佳氏紧跟着进了上屋，看富察氏在炕上坐稳了，不失时机地递上了点燃的长烟袋。看着富察氏急不可耐地连着吧嗒几口烟袋嘴儿，吐出一口烟来，瓜尔佳氏才说，讷别生气，你要是不喜欢听这曲儿，我告诉素韵把她那物件收起来就是。富察氏白了瓜尔佳氏一眼，说，别瞎琢磨人，我就是不想让雁儿学那玩意儿。瓜尔佳氏说，老三家的就爱耍个小心眼儿，像能占多大便宜似的。富察氏又白了她一眼，说，碍着老三家的啥事？小孩子爱新鲜罢了。瓜尔佳氏连着遭到两次抢白，不敢再多嘴了，垂手站在地上。富察氏挥挥手，让她走了。

福儿带着一身寒气站在富察氏面前，摘下兔毛帽子时，头上冒出的却是一股子热气。那热气蒸腾了一会儿才融进了上屋的气氛里。福儿例行公事地略施一礼，问了声讷安好，便甩掉脚上的棉靰鞡上了炕，把脚伸进炕头铺着的褥子下，享受着热炕的温暖。富察氏喊丫鬟彩珍，把姑奶奶的鞋拿去烤干了。福儿说，不用，晚上我让彩玲烤就是了。富察氏说，那鞋窠里都湿透了，别着凉得病。福儿说，以为我像素韵那么娇贵啊！富察氏说，你不像素韵那么娇贵，可你得像素韵有个女孩子样儿啊！你看你天天假小子似的在外面跑，让人笑话呢！福儿说，笑话我干啥？富察氏说，人家笑话咱家没有家教呗！福儿说，谁敢啊？富察氏就说起今儿个刘佳氏说的那番话，说的时候免不了添油加醋，目的就是劝福儿知道好歹。福儿一听是刘佳氏在笑话她，便说，怪不得明毓不愿意跟我玩儿了呢，原来是他讷使的坏。富察氏说，人家使啥坏，人家就是看不惯你没个女孩子样儿。福儿说，看不惯就看不惯，我又不去给她当儿媳妇。富察氏顺着这个话茬儿说，你不给她当儿媳妇行，可谁也不会喜欢你这样的儿媳妇啊！福儿哈哈笑了，说，那正好，反正我也不想嫁人，我谁的儿媳妇也不当就是了。

福儿喜笑颜开的样子，让富察氏怀疑女儿是不是有点儿缺心眼儿。晚上，富察氏又忍不住跟秀山提起福儿的婚事，还把白天惹她生气的经历学说了一遍。秀山这一阵子一直忙着进京呈贡的事，或许是就要出远门了，一走便是两三个月，也或许富察氏白天的遭遇让他感同身受，秀山对妻子的唠叨没起反感，很耐心地告诉富察氏，他这一趟进京，也是想顺便把福儿的事办一办。富察氏惊喜不已地问，你心里早有谱了，咋不早说？秀山说，还没影呢，我只是想着办一办，能不能成还不好说，你可别给我嚷嚷出去。富察氏还想问问咋个办法，秀山很坚决地说，别问了，也不许跟福儿说。富察氏连连点头，她对自己的丈夫还是充满信任的，不管他想咋个办法，只要能让女儿找到称心的婆家，这便是当讷的最大心愿了。

第九章

入冬之后，秀山就忙着送贡进京的事。

其实呈贡的差事从年初到岁尾就没有停止过，每个时令有每个时令的贡物，一年四季各有呈贡。每次送贡，秀山都要先一样样地查点验看，然后再陪同吉林将军一一过目，当场封固盖上火印，呈请吉林将军发放进京勘票；同时，他还要挑选负责送贡的官员及车夫，并亲自训诫，直至将一队进贡的人员及车队送上通往京城的驿路，才算稍稍松下一口气。这次送贡，他要亲自随队前往，需要准备的事项便更多一些。进京送贡是一项苦差，尤其寒冬时节，再加上路途遥远，不是一般人所能忍耐得了的。秀山作为总管倒是不必每次亲往，但他心里有个章程，乌拉远在关外，与京城隔着两千多里地，往来信息很是阻滞，若是仅靠公文或者来回送贡的人传递，不说消息是否准确，只那晚了三秋的消息，就令他常常不知所措。再者，他需要时常在京城露露脸，与那些熟悉的或不熟悉的官员们走动走动，还有沿途各地方大员，他也都要一一拜会。他是内务府挑选举荐的总管，日常事务，举凡送贡数量、时间、品种以至品质，甚至手下人员的升迁，均听命于内务府，因而与内务府各位主管大臣的关系至关重要。他相信人情是需要经常走动来维系的。何况，若有机会，还可面见圣上或太后，对于他来说，焉知这不是个机会呢？这么多年来，他的一次次升迁，他能在总管位上坐稳坐牢，与他一次次进京，与京城相关衙门保持了良好的人脉不无关系，明白了这点，不论多苦多累，秀山坚持每年都要亲自进京一次。

这一趟进京呈贡，应该是一年中最重要的一次，定要赶上年前朝廷大祭的准备，还要为宫中备齐过年的食材。贡品数量和种类都是最多的，诸如鹿肉、狍子肉、野猪肉和野鸡，虎皮、熊皮、豹皮、貂皮、水獭皮、猞猁皮、雕獾翎，还有松塔、冻梨、年息香、铃铛米、稗子米，以及山楂、蕨菜、枪头菜、山韭菜、黄花菜、蘑菇，再加上各式饽饽，还有鱼贡，如鲟鳇鱼、鳟鱼、哲罗鱼、白鱼、细鳞鱼等，而这其中最要紧的贡品则是鲟鳇鱼。朝廷举凡坛庙皇陵的祭祀、婚丧嫁娶大典等等，祭品都以大鱼为吉祥。而每至过年，宫中御膳房亦必烹制大鳇鱼，供帝后品尝，亦取民间“年年有余”的习俗。鲟鳇鱼，历来被朝廷格外看重，康熙爷东巡吉林，来到乌拉时就想亲自去钓鲟鳇鱼，却因连日大雨、道路泥泞未能如愿。康熙爷至尊至圣，却难与老天爷抗争，只得对随扈大臣高士奇抱怨，鲟鳇鱼把我们捉弄了。乾隆爷东巡过境乌拉，一路观光，兴致勃发，赋诗数十首，其中便有三首专咏鲟鳇鱼。在后来的岁月中，乾隆爷还因为对进贡鲟鳇鱼的大小不满，曾经免了两任衙门总管，因而进贡鲟鳇鱼之差，历任总管都不敢怠慢敷衍。鲟鳇鱼因为连年采捕，已经稀少，很难捕捞，今年鲟鳇鱼的尾数勉强凑足了额定的二十尾，个头儿亦是大小不一。令秀山欣慰的是，渔丁们意外地捕到一条足有两丈多长、八百来斤的大鳇鱼，送进了鳇鱼圈哺养。只是这一条大鳇鱼，便能让秀山底气十足地进京面圣了。秀山对这条大鳇渔格外地用心，训令看守鱼圈的渔丁好生喂养不得疏忽，还时不时地指派多得拨什库[1]前去巡查，生怕有什么闪失。出圈挂冰那天，他亲自到场，监督着渔丁们凿开冰面，用大拖网将鲟鳇鱼拖上岸。岸上事先都清理了一番而且浇水成冰，冰亮亮地看着就干净。出水的大鳇鱼乍一暴露于冰天雪地，想是痛苦至极，乱蹦乱跳了好一阵子，便卧在冰面上不动了，只有大大的嘴巴还在一张一合，鱼鳍间或扇动几下。渔丁们先要将鱼的头和尾与身子捋直了，待鱼冻得挺直了，开始往鳇鱼的身上泼水，泼一层冻上一层。滴水成冰的天气，不一会儿那鳇鱼浑身就包裹上一寸厚的冰，透明晶莹。其他几条鲟鳇鱼也都被如法炮制。秀山指令一名骁骑校留在鳇鱼圈值守，带着渔丁们好生照看着，并时常浇水冰冻，务必保持鲟鳇鱼的新鲜。后天启程前，每一条还都得用布、席、草囤包好，鱼鳍和鱼尾也要用草包裹，以免长途运送碰坏了。

回到衙门，刚在公事房坐下，骁骑校赫尼达便来禀报车马预备事项。此次贡品巨多，像鲟鳇鱼等冰鲜贡品还要用草囤包裹，腌制的山菜要装坛子，干货

① 多得拨什库——满语，骁骑校。

要装桦皮箱，按每车装六百斤，估算着也得二十多辆大车。平日里调集二十多辆大车并非难事，只是这进京送贡，驾辕的马得是高头大马，车必得是榆木车，如此苛求，便要费些周折了。赫尼达从打牲丁开始一直都在秀山手下做事，知晓秀山是极认真的人，来不得半点儿糊弄，只有仔细着办理，不敢懈怠。秀山很满意，刚打发走赫尼达，大儿子永泰进来了。

永泰是左翼翼领，掌管着镶黄、正白、镶白、正蓝四旗采贡事宜。他奉命去将军衙门呈领进京勘票，回来复命，并向秀山呈上了将军衙门核发的勘票。秀山接过来，并未打开审看，刚要收起来，永泰说，阿玛，铭安大人把我的名字裁了下来。秀山一愣，这才打开公文，见核准的带队官员里果然没有永泰的名字，便问，为啥把你裁下来？永泰说，铭安大人说，总管亲自进京，来回便是几个月，衙门里总得留个能管事的。秀山说，你没跟将军大人禀报我已有安排吗？永泰说，说了，可铭安大人说我留下他才放心，衙门里的事才会照常办理。秀山还想说什么，看看手里的公文便作罢，那大红的将军府印记还有将军大人的亲笔已是无法更改。秀山有些悻然，说，安排好的事项，这下打乱了，真是人算不如天算。铭安多事。永泰说，将军大人怕是另有思虑。秀山笑笑，说，我知道铭安咋想的。行了，既是去不了京城，你就安心留下来，也省得一路劳顿了。永泰没再说什么，父子俩心照不宣就是了。

秀山原是打算好了的，这次带着永泰一同进京，除了让他办理一应呈贡之事，更重要的，是想借此机会，将永泰引见给朝中那些多年的老友，永泰自己前去拜会和他亲自领着拜见，那效果自然是不一样。这也是他的一番苦心。随着年龄增大，他希望永泰能逐渐介入他的职权范围，一旦他有告老的那天，也能顺理成章地接任。他更知道，仅凭永泰的才干和资历，想要毫无阻碍地升迁怕也不易，朝中无人举荐更是不可想象。二儿子在京城内务府做事，三儿子又从军在外，他能顾及的只有永泰，他只想趁着自己身子骨还抗折腾，亲自带着永泰去一趟京城。按理永泰作为左翼翼领，以前也曾多次进京呈贡，这次随他一同前往，也属正常，谁想偏偏在将军衙门受阻，这不能不让他猜想铭安的心思了，但猜归猜，他也没有办法，只能听命。

按照规定，凡进京送贡的官丁及车夫，三日前就要沐浴更衣，集中住在衙署，不得回家与妻子共宿，秀山自然也要遵守。晚饭是在家里用的，因为要出远门且得三四个月后才能回来，便叫了老姑奶奶和福儿及几个未成年的孙辈一起用饭。吉祥、吉禄、吉成、雪雁等几个孙辈的孩子们围着炕桌坐定了，却不见福儿。富察氏让丫鬟彩珍再去叫姑奶奶，秀山说，把素韵一起叫来。彩珍出去了，不一会儿回来，身后只跟着素韵。

彩珍说，姑奶奶没在西厢房，下午出去还没回来呢！

秀山来气了，说，眼看天都黑了，咋不知道回家？把她找回来！

富察氏问，素韵，福儿去哪儿了？

素韵站在那儿，一脸惶恐，怯怯地说，五格格走的时候也没说。

秀山说，彩玲不知道吗？让她随身侍候着，连主人上哪儿去了都不知道，要她干啥？

素韵扑通一声跪下了，带着哭腔说，是素韵的不是，素韵没侍候好五格格，素韵辜负了大人……

众人都吃了一惊。老姑奶奶笑着从炕桌旁欠起身，说，素韵快起来！这孩子，没说你。彩珍，快把素韵拉起来！

素韵被彩珍拉起来，吓得脸都变了色，头也不敢抬，悄悄地抹着眼泪。

秀山笑了笑，说，这扯不扯，倒把你吓哭了。来来，快上炕坐下吃饭。

彩珍推着素韵走近炕沿，又要替她脱鞋，吓得素韵急忙自己脱了鞋上炕，雪雁主动挤出一块地方，给素韵坐了。素韵虽还是一副惊恐未定的样子，但看了满桌子坐的孩子，平日里也都熟悉了，谁也没拿她当外人，神情便放松了些。

秀山安慰说，素韵别多心，我这说彩玲呢！

富察氏说，这还真怨不得彩玲，福儿就不喜欢她跟着，上哪儿去都不带她。

秀山无奈地叹了口气，说，我不在家这段日子可看好了福儿，别让她在外面疯跑。

富察氏不无怨艾地说，咋才叫看好了？还能不让她出门？都是你惯的，她听过谁的话？

吉祥却突然插话说，玛珐[1]，姑爸爸[2]最听明毓的。

秀山愣了一下，问，明毓？

富察氏说，那苏肯的儿子。从小在咱家院里玩儿的，你忘了？

秀山啊啊了两声，似乎想起来了，张了张嘴，却没说出什么，转脸招呼大

① 玛珐——满语，爷爷。

② 姑爸爸——满语，姑姑。

家动筷子。满桌子的饭菜透着诱人的香气，孩子们早都耐不住了，听秀山发了话，纷纷动手。素韵还有些拘谨，旁边的雪雁便不时给她夹菜劝吃，显得亲近。秀山见了，直夸雪雁懂事。

雪雁趁机说，玛玹，让我跟素韵念书呗！

富察氏哼了一声，说，该学的不知道学，不该学的瞎凑热闹。

秀山说，啥叫不该学的？雁儿愿意念书是好事，只要素韵肯教你。

素韵说，素韵听大人和大奶奶的。

秀山说，那就让雁儿也跟你学，可说好了，对福儿不能放松，还得抓紧呢，等我从京城回来，可是要考试的。

富察氏说，雁儿跟素韵念书行，可别学那些弹琴唱曲儿的。

素韵脸有些红，慌乱地点着头，说，素韵明白。

吉祥在一旁插嘴说，我不上官学了，我也跟素韵念书。

秀山嗔怪着说，不行，你得上官学，长大了跟你二叔一样，要靠学问立身。

老姑奶奶说，要我看，吉祥最好练习骑马射箭，跟他三叔学，长大了当个勇敢的巴图鲁[①]。

吉祥不吭声了。雪雁嘻嘻笑了几声，座中的几个孩子也都嘻嘻笑了起来，素韵没敢笑，却是绷着脸忍着。

秀山被几个孩子笑得莫名其妙，挨个看着，再看看发窘的吉祥，明白了。吉祥虽聪明好学，性情却绵软，少了男孩子的刚性，老姑奶奶就看不上吉祥这性子，才说要他学三叔当巴图鲁。这恐怕是难为吉祥了，难怪被几个同辈的孩子这般对待。

秀山没再说什么，用筷子点着桌上的菜，说，吃饭吃饭，不许笑。

饭吃到一半儿，福儿回来了，挟着一身的寒气，使劲儿跺着脚，连声说冻死了冻死了，就要脱鞋上炕。秀山却阴着脸说，先站着。福儿就站住了，一脸意外地看着秀山。

孩子们都停了筷子，怔怔地看着秀山。秀山不再说什么，也不看福儿，只低头吃饭，抬头见众人都在看他，便劝说，吃，都吃饭。

没有谁敢再动筷子，都在等着一场风暴的降临。

---

① 巴图鲁——满语，勇士。

富察氏见状，对吉祥说，吃完了就下去吧！

吉祥像得了特赦似的，急忙撂了筷子，说，玛玛[1]，吃好了。又转对秀山说，玛珐，我吃好了。

秀山从嗓子眼儿里哼出一声来，似是答应了，吉祥便起身下炕。孩子们见状，也纷纷说吃好了，逃似的下了炕穿上鞋跑出屋去。素韵却没敢走，站在福儿身后，像要等着一起受罚。

老姑奶奶也撂下筷子下了地，说，素韵咱走，没咱们的事。

素韵担心又充满同情地看着福儿，被老姑奶奶拉着走了。

秀山和富察氏各自抽着烟袋，脸上很平静，看不出生气的样子，只不过富察氏的平静是一种等待，秀山的平静却是在酝酿。他没看站在地上的福儿，只是想着自己的心思。他不是那种动不动就发火的人，尤其对自己心爱的女儿，只是因为晚回来吃一顿饭，他也没必要大动肝火，何况这也不是第一次。他在想如何跟福儿好好谈一次话，让她真正明白些道理。以前很多想法他没太往深了说，福儿还小，有些事也没必要说得太明白，也怕说出来会惹出不必要的麻烦，但福儿的行径让他改变了主意，今天他必须说了，很严肃地说，让福儿知道这事情有多么重要。

富察氏大概觉得秀山沉默的时间太长了，也想缓缓气氛，试探着说，要不，先让福儿吃饭吧，还饿着呢！

秀山说，知道饿就早回来了。

福儿觉得气氛有些缓和，忙主动赔笑认错说，阿玛、讷，我错了。

秀山说，错哪儿了？

福儿说，我没赶回来陪你吃晚饭……

秀山不待她说完，烟袋锅已经敲在了饭桌上，砰的一声响，福儿被吓得一哆嗦，住了嘴，耷拉着脑袋，一副等着挨训的架势。

一旁的富察氏也下意识地躲了一下身子，定睛看去，那烟袋锅还牢牢地长在杆儿上，幸亏那烟袋杆儿是用王八骨头[2]做的，结实，只是烟袋锅里的烟丝被磕掉了，火灭了。富察氏急忙接过来，重新给装上烟丝，点上火抽着了，递给了秀山。

① 玛玛——满语，奶奶。

② 王八骨头——一种硬木，学名金银忍冬。也叫金银木。

秀山大概觉得有些过火，抽了两口烟，说，福儿，知道阿玛为啥让你念书不？

福儿怯怯地回答说，知道，阿玛想我把送进宫里去。

福儿说得平淡，一旁的富察氏倒吃惊不小，转脸看着秀山，一脸的诧异，问道，啥？你想把福儿送进宫里去？

秀山说，是有这个念头。

富察氏说，你说对福儿的婚事早有安排，就是这个念头？

秀山淡淡地说，试试吧，还不一定能成呢！

富察氏有些难以置信，说，成不成的，你咋想着让福儿进宫呢？

秀山有些生气，说，我也就是想了，你看她这个样子，咋能进宫？

富察氏说，也是。反正，那进宫也不是啥好事，不进就不进。

秀山瞪了富察氏一眼，说，老娘儿们见识。我进京这段日子，你把她给我看牢实了，好好念书，别让她天天在外面疯跑。

富察氏显然对秀山的想法不太苟同，可她不敢多说，只能点头应着。

福儿却说，阿玛，人家都说，宫里的女人没几个好命的。

秀山愣了一下，反问，人家？人家是谁？

福儿说，明毓啊。明毓还说，咱乌拉城还出过几个娘娘呢，可最后都不得好死……

秀山喝了一声，住嘴！人家说啥你就听，咋就不听阿玛的？

富察氏见情形不对，赶紧息事宁人，说，福儿，别跟你阿玛犟嘴，听你阿玛的。

福儿知趣地不再吭声了。

秀山说，听着，打明儿个开始，你少跟这个明毓打恋恋[①]，也不许到处乱跑，就在家里老老实实念书！

① 打恋恋——方言，混在一起。

第十章

进入腊月，乌拉城便开始有了年的气氛，西门脸儿市场，纷纷摆出了堆着年货的摊床，有蜡、白糖、灶糖、红纸、炮仗、年画、漂河烟及各色佐料；店铺也都挂了新的招幌，门窗擦拭一新，挡风的门帘子也换了新的。街头巷尾来来往往的人眼见着多了起来，大多是从四处乡下赶集办年货的人，有的顺便串亲访旧，并送来乡下的好嚼裹儿①。

秀府里也开始忙年。富察氏和管家赖德才一起商量定下了年纸单子②，交赖德才得便办下；花把式正抓紧把花窖里含苞欲放的月季、水仙、杜鹃、米兰分送到各房；锅头领着厨妇们泡黄米碾面子，包好了黏豆包做米面饽饽冻上；苏拉准备着扫尘、糊棚；各房的下人也都是该干啥干啥。年年过年也都是这些事，没啥新鲜的，有些该是男主人做的事，如祭祖、祭灶、接神之类的，因为秀山进京了，今年便都得永泰替代了。秀府是大户，这些过年的准备更是一样都不能少，还得热热闹闹的。秀府里人也多，好像每个人都领了差事，出出进进地忙碌着，就把个前后院都搅得热闹起来。素韵也没闲着，她能写会画，赖德才说府里一应笔墨之事就交由她来做，帮忙写个对联、春条、挂签之类的。素韵很高兴能为府里做点儿事，忙不迭地答应了，却又有些为难，说挂签里的字得是满文，她没学过。赖德才说那才几个字，让吉祥阿哥写了就是了。富察氏也同意了，还说让福儿跟着素韵一起学着做，倒省得她到处乱跑了。

富察氏也心知肚明，这点儿笔墨之事根本就拴不住福儿。秀山临走之前发

① 好嚼裹儿——方言，好吃的食物。

② 年纸单子——将要置办的年货写在一个单子上，店家按单子所列付货或送货。

了话，不让福儿到处乱跑，还不让她跟明毓打恋恋，过后又私下对富察氏嘱咐，别让福儿跟明毓走得太近，富察氏说她心里有数。她知道要想管住福儿的腿很难，姑娘大了，打不得骂不得，又不能捆绑起来，只能多加留心。她明白秀山在担心什么，她也同样存着担心，明毓自小在她家的院里长大，虽是随着父母被放了出去，毕竟还是家奴出身，与福儿该有主仆之分。可福儿对明毓似乎有着格外的好感，跟屁虫似的随着他到处疯玩儿，话里话外也都是明毓这么的明毓那么的，虽说还是小孩子的心性，尚未解风情，可这男女之情都是在不经意间滋生出来的，若不早早提防着，只怕真有那一天，那就管得住腿也管不住心了。

福儿这些日子倒还老实，或许是秀山临走前的警告对她有些约束，她每天跟着素韵念书、写字、画蝴蝶，闲的时候只在院里四处走走，到后厨看人家拉米面子摊煎饼，去东厢房看雪雁跟着佟佳氏学剪妈妈人儿和窗花；素韵写对子、春条时，她也在一旁看着帮着裁裁纸。素韵试探着让她也写上几件，她竟有些不好意思，说她的字拿不成个儿让人笑话。彩玲怂恿她，说你写几张贴到鸡架、猪圈、狗窝、马棚子上，反正那些鸡呀猪的也看不懂。这一提议让福儿很开心，就说谁笑话我的字谁就是猪和狗。于是，真的拿起笔来，照着素韵给她写出的样子描起来。说是给那些猪和狗们看，可福儿写得还是极认真，一笔写不顺眼便团巴团巴扔了。那一下午，福儿竟也写成了几张，“金鸡满架”“肥猪满圈”“六畜兴旺”“五谷丰登”“鸡鸭成群”“车马平安”等。福儿一张张地捋顺铺平，还意犹未尽，拿着就要亲自去贴上，彩玲急忙说，得年三十儿才能贴呢。福儿有些扫兴，不得不交彩玲暂时收起来，还嘱咐着别折了撕了，可见她对自己的“杰作”有多在意。晚上吃饭时，福儿还跟富察氏显摆，自告奋勇说，今年咱家所有哈什[①]、鸡鸭猪狗圈上的春条都归我写了。

福儿老实得有些令人称奇了，素韵有一天终于忍不住，问她，咋不出去玩儿了？福儿回了一句，没意思。再没说什么，那神情却显得有些落寞，似乎藏着心事，这在福儿却是少有的。素韵没敢再问，彩玲跟她嘀咕，咱家姑奶奶准是跟明毓闹别扭了。这话是在堂屋说的，没料到却被在里屋的福儿听去了，推开屋门吼了一声，舌头大了不怕风扇着？彩玲正背身站着，吓得回身赔上笑脸，

① 哈什——满语，仓房。

刚要赔罪，福儿已经缩回了头，关上了房门。彩玲朝着素韵吐了吐舌头，这神情是在告诉素韵她猜对了。

隔天便验证了彩玲的猜测。下午素韵正给雪雁画剪纸样，福儿在一旁看着，就听见才录在外面喊彩玲，说明毓来了，要见五格格。屋里的人都听得真真的，福儿脸上一喜，转眼见素韵和雪雁都在看她，又绷住了，冲着刚进屋的彩玲说，告诉他姑奶奶没工夫，正忙着读书呢！彩玲回话去了，福儿却心神不定起来，背倚着炕琴抽起烟来，耳朵分明在注意外面的动静，却再也没有听见才录的声音。福儿有些气不顺了，冲着雪雁发作起来，说，雁儿你还有完没完了？画来画去的，不就是几张破纸样吗？雪雁不怕她，回嘴说，姑爸爸我又没惹你冲我发啥火呀？素韵急忙劝雪雁，雪雁姑娘咱就先画这几张，明儿个再说，啊！雪雁听话，卷起画好的纸样和剩余的红纸，嘟着嘴走了。素韵识趣，也收拾收拾东西要走，五格格却说，你走啥呀？素韵就停下了，眼巴巴地看着福儿，等着她继续发话。

福儿说，明毓说让你回家过年。

素韵的脸红了，喃喃着说，我听五格格和大奶奶的。

福儿一撇嘴笑了一下，说，明毓咋那么关心你。

素韵就不知道该如何回话了，憋了半天，说，肯定是我哥求他传话的。

福儿似信非信，说，其实我巴不得你回家过年呢，显着他了？凭啥说我不通人情？我就不通了，看他能咋的！

素韵听出这话里的意思，福儿不高兴了，拿她来使气，过年也不想让她回家了。素韵心里有些凉凉的，却不敢多说。五格格的喜怒无常她已多次领教，最好的办法就是顺其自然，说不定什么时候五格格一高兴，又会改变主意。素韵只在心里祈愿着。那天她在院里看见赖德才，赖德才好像是出去办事刚回来，头上戴的羊皮帽子和稀疏的眉毛上都挂着白霜。赖德才问她啥时候回家，他派人套车送她走，她说不回去了，要陪五格格念书呢！

过年府里的大人孩子都要做身新衣，富察氏请来了天盛和成衣铺的谢裁缝。年年都是请谢裁缝，谢裁缝进秀府的路数也都熟了，先由佟佳氏领着进上屋向富察氏请安，听了吩咐，然后为她量好尺寸，之后便去了临时做缝衣间的东厢房的耳房，又通知了各房的大人孩子来量体裁衣。富察氏有话，让福儿带着素韵一起去量尺寸，也要为素韵做身新衣。这话是彩玲向福儿转述的，彩玲的口气里充满了羡慕，还隐隐地透着嫉妒。福儿高兴地领着素韵去量尺寸，在谢裁缝拿来的衣料中选着自己中意的花色，又问素韵想做旗袍还是做汉服。素韵已经多年没有穿过绸缎做的新衣裳了，父亲和哥哥疼她，不管日子多难，过年的时候也都要给她攒出一件新衣服来，却都是家织布，哪比得了这绸缎。素韵小心地摸着滑滑的绸料，像是怕摸坏了，听福儿问话，忙说不敢穿旗袍，就做件小衣吧。福儿说要做就做一身，只做件小衣哪叫过年。她便擅自做主，要为素韵做一身旗袍，还说素韵把两条辫子梳成一条大辫，再穿了旗袍肯定好看。素韵没敢违拗，由着福儿的兴致了。旗袍做好的那天素韵当着福儿的面试穿了一下，嫩粉色的绸缎，镶了水绿色的衣边，领口处绲了精致的牙子，盘了花扣，看了很是清新爽人。福儿做的却是一身短款夹袄罩裤的汉服，淡绿色的绸缎，高领镶边，衣边袖口还有裤脚也都镶了紫色的花边。两个人站在一起，一粉一绿，倒是养眼。谢裁缝夸着两个小姑娘，其实也是在夸自己的手艺。正赶上瓜尔佳氏进来，打量了两个人一番，笑嘻嘻地说，瞧你俩站在一起，姑奶奶咋像是素韵的丫鬟了？素韵脸立刻涨红了，急着就往下脱旗袍。福儿顺手拿起裁缝案上的木尺，抽在瓜尔佳氏的背上，嚷着，会说话不？咋说话呢？瓜尔佳氏意识到自己说错了话，顾不得疼，低声下气地求姑奶奶别生气。素韵见这阵势，生怕事闹大了，急忙拉着福儿出了门。回到西厢房，彩玲夸完了福儿的汉装，又说要看看素韵穿上旗袍的样子，素韵任她说啥也没敢再穿起来。

转眼到了腊月二十，福儿去上屋给富察氏请安回来，忽然说要放素韵回家过年。素韵难以置信地看着福儿，福儿若无其事地说，反正过年这些天我也不想念书。素韵没敢显得太高兴，感激地说谢谢五格格。福儿却终于忍不住拉下了脸，说，多大点儿事，还求到讷那儿去了。素韵急忙解释，没有，五格格，我没跟大奶奶说想要回家过年。福儿显得不太耐烦，说行了行了，别掰扯了，看这府里的人都那么待见你，就不把我当回事儿了。这话在素韵听来便是晴天霹雳了，她无从辩解，急得满脸通红，跪在了地上，一副谢罪的架势，还不敢放声哭，眼泪默默地流下来。赶在这会儿，彩玲进来了，见状吃了一惊，说，这是咋了？咋又惹着姑奶奶了？

福儿正不知该如何发落素韵，对彩玲一挥手，说，把她拽出去吧。真受不了她这个劲儿，动不动就哭！

素韵直到要走的时候还在忐忑不安，她把府内所有过年需要贴对子、春条和笔墨的事都弄完了，才开始收拾自己的东西，临告别时问福儿，五格格想让我啥时候回来？福儿说，随便你。素韵就说，那我破五就回来。福儿说，急啥！正月十五也行，过了二月二再回来也不晚。素韵没敢顺着话茬儿，只说要早点回来。

素韵回家了，福儿没课了，便自己找事。这天，福儿正在马棚看着铁匠给她的马挂马掌，明毓来了。明毓笑呵呵的，福儿想给他点儿脸子，没吭声，接过铁匠手里的缰绳，拉着马走出马棚，遛着马试着新挂的马掌。明毓跟在她和马的后面，问，福儿你要出去啊？福儿矜持着，你来干啥？明毓说，我陪我讷来给府上送些过年的嚼裹儿。福儿一撇嘴说，谁稀罕你送的那些东西！明毓赞同地说，我就说我讷，人家秀府里啥东西没有啊，稀罕你送的嚼裹儿？我讷不听嘛，说是不能忘了主子，东西多少倒在其次，年年都得有这份孝敬。福儿说，听你这话是不愿意孝敬了？明毓嘿嘿地笑，说，我是不想来，不过呢，我倒是想来看看你，不跟着我讷来，怕进不来呢，才录那个狗奴才专挡我的道。看福儿没说话，明毓问，咋这些日子不见你出去玩儿？福儿说，我天天读书哪有闲工夫？明毓呵呵笑着说，唬谁呢，你是不是生我气了？福儿说，我生你气干啥？你是谁呀？我懒得理你。明毓说，你看你就是嘴硬，还硬说不放素韵回家过年，这不也放回去了！福儿白了他一眼，说，我放不放是我的事，由不得你说。明毓说，好好好，我不说，以后你跟素韵的事我再也不掺和了。福儿说，你算老几呀？啥事都掺和？

两个人言来语去的，先还是斗气，后来便是斗嘴了，口气已是越来越轻巧。明毓采取了好男不跟女斗的姿态，福儿占了上风，满足了好强心理，脸上露出了笑模样。明毓趁机说，西门脸儿那儿来了两个关里人，唱莲花落的，想不想去看热闹？福儿一听有热闹看就来神，跟着明毓就走了。

西门脸儿就是乌拉城的西门外，是聚居在乌拉城外的民人自发形成的一个集市，货摊众多，商铺一个接着一个，四邻八乡的人都愿意来这里赶集，城里的满人也喜欢到来逛，就连远处的九台、榆树、舒兰甚至省城吉林的人也有乘车或船来凑热闹的。赶在年下，这里就更显得热闹非凡。近些年，关内的流民一群群地涌到关外，闯进这片曾经封禁的土地，在这里寻找生机。他们带来了关内人的生活方式，也把一些满人之地严加禁止的娱乐玩意儿裹挟进来。这些东西是严禁进入城里的，城里的满人禁不住诱惑和好奇，便常常聚到西门脸儿市场，挤在熙熙攘攘的人群中看稀罕，其中不乏家境宽裕的人。他们也是最受欢迎的看客，大方，肯舍银子，可又常常惹得周围的人侧目，有那看不顺眼的，难免就攘斥几句，就惹出闲气来，拌两句嘴是小事，大打出手的事也不是没有。

明毓和福儿来到西门脸儿时，那唱莲花落的周围已经围了好大的一圈人，刚找了个地方站稳，就看见富祥和阿森也来了。福儿招了招手，富祥和阿森便笑嘻嘻地凑了过来，和他俩站成了一伙。唱莲花落的是一对父女，老的眼瞎，打着七件子；女儿看着十四五岁，穿着单薄寒酸，脸蛋儿鼻尖儿冻得红红的，声音却没冻住，唱出来清清亮亮的，唱的是《王二姐思夫》。小姑娘唱得声情并茂，着实地能吸引人。有那动了情的，就给扔一个两个大子儿。福儿身上没带钱，问明毓要，明毓掏了掏荷包，掏出了几个大子儿，被福儿拿了，直接塞进了女孩儿的手里。富祥拿出了一吊，阿森是个很吝啬的人，向来不肯出血的，伸手抓过富祥手里的一吊钱，说算咱俩的，就拿着丢进了地上的包袱皮儿上。

女孩子唱完一段，开始转圈致谢，明毓就提议去别处玩儿玩儿，富祥眼睛直直地看着女孩子，还不想走，被福儿拉扯着走开了。

几个人又找别的乐子玩儿了一会儿，眼见着到了祭灶的时辰了，不得不回各自的家。分手时，福儿突然问了一句，那唱莲花落的女孩子在哪儿过年呢？明毓说，你可怜她，把她领回秀府得了。阿森说，容留浮民可是要问罪的。福儿还没接话，富祥说，我不怕，她要是愿意，我就领她回家。福儿问，你是啥意思？明毓当即给了富祥一拳头，几个人笑着分开了。

福儿回到府里的时候，院子里已经摆上了天地桌，赖德才正在指挥着下人们往桌上摆供品，秫米、谷子、净水、饽饽、灶糖，还有用秫秆扎制的一个小梯子、一匹小马、一把小刀、一条狗、一只小鸡。永泰把从厨房灶台前请下来的灶王爷和灶王奶奶摆在案子上，旁边又贴了副对子。对子是素韵写的，教过福儿，福儿认得，是“上天言好事，下界保平安”，横批写着“一家之主”。灶王一手捧着善罐，一手捧着恶罐，记载着一年来家里人做的善事或者恶事，只等时辰一到，便骑着小马带着小狗和鸡，登着小梯子上天向玉皇大帝禀报。那灶糖就是为了让他多说甜言蜜语才供上的，灶王爷是吃不了，只能在嘴唇上抹一下，祭祀一过，就都让府里的孩子们分着吃了。福儿就喜欢吃灶糖，大麦米做的，一咬酥酥的直掉渣儿，含在嘴里很快就化了。

天擦黑儿的时候，府里四处的灯都亮了，院里除了摆在各房门口的冰灯，又多挂了些灯笼，就显得比平日亮堂了许多。满人讲究男不拜月，女不祭灶。秀山不在家，这重要的祭灶仪式就由永泰主持。永泰让赖德才把府里各处的男人都喊了来，来的都是府里的下人，厨子、马夫、花把式、门房、阿哈等，除了他，就只有吉祥、吉禄几个小辈主子。二弟在京城，三弟出征在外，都已多年没有回家。永泰暗自叹了口气，领着男人们净了手，给灶王爷和灶王奶奶上了香，又齐刷刷地跪地磕头。一套程序走过来，永泰起身上前，揭下天地桌上供奉的灶王爷和灶王奶奶的画像，用灶糖在灶王爷和灶王奶奶的嘴上抹了抹，便和着那些小梯子、小马、小刀、小狗、小鸡一起烧了，边烧边念叨着：灶王爷，本姓张，骑着马，挎着刀，上天言好事，下界保平安。好话多说，坏话瞒藏，保佑我们一家平平安安、顺顺利利……

福儿在自己的屋里无事可做，就出来看大哥主持祭灶神。按规矩祭灶是不让女人近前的，福儿受宠，秀山在家的时候就由着她，她想来就来。听着大哥念叨那些话，福儿扑哧一声笑了，问，大哥，灶王奶奶不是一起上天吗？你为啥不嘱咐嘱咐她？永泰也笑了，看着眼前燃烧的火堆，说，灶王奶奶听灶王爷的。福儿说，那要是她不听灶王爷的话呢？永泰一时没接上话茬儿，身后的赖德才说，姑奶奶别担心，咱秀府上下，从秀大人、大奶奶、老姑奶奶到大阿哥、二阿哥、三阿哥还有你五格格，都是善人善心，从来没做过恶事，不怕灶王奶奶扯老婆舌。永泰哈哈大笑起来，福儿也笑了。

第十一章

小年过后，年的气氛越发地浓烈起来，秀府里的人都在忙，福儿却显得无所事事，她前院中院地转了几圈，最后转到了后院，看到几个苏拉在做冰灯，便在一旁袖手看起来，站了一会儿感觉冷，干脆要过冰镩子，动手削起冰块。冰块都是在松花江里凿出来的，冰质干净透明，削下的冰屑化成了雪花，四处飞溅。福儿正干得起劲儿，才录跑过来，说明毓来了，要见姑奶奶。福儿兴致好，说，让他进来吧。才录说，大人吩咐过，不让明毓还有那几个哈哈珠子进府里来。福儿一瞪眼睛，说，我现在让你放他进来你敢不听是吧？才录张了张嘴，没敢再说什么，转身走了。

不一会儿明毓来了，福儿站起身，未等说话，明毓先哈哈笑起来。福儿说你笑啥？明毓说，看你快成白毛仙姑了。原来福儿的脸上沾了冰屑，被呼出的哈气化开了，便成了水珠，又凝成了霜花，那眉毛鬓角还有兔毛帽子上就都挂了白。福儿说，你骂我？明毓说，哪敢，要不是知道是你，我就得跪下磕头了。福儿笑了，问他来做啥。明毓说他和来昌、富祥几个要进山去打大牲口，问她愿不愿意一起去。福儿一听来了兴致，立即说去，放下冰镩子就要走。明毓说，不急不急，得明天呢。不过你今儿个得办件事。福儿问，办啥事？明毓说，让你大哥咱们的翼领大人给开个官票，要打大牲口就得进山，没有官票过卡伦的时候出不去，打了牲口也带不回来。福儿明白了，牢骚地说，怪不得这回约我一起去呢，敢情是要用着我。福儿说是说，还是禁不住诱惑，答应去找大哥开官票。

打牲乌拉总管衙门领有二十二处采贡山场和六十四处采捕河口，辖界远达黑龙江、乌苏里江流域，遍布黑、吉两省。大片大片的窝集[1]，都是朝廷的封禁之地，被设为围场、参山、贡山、贡江等，各处都设了卡伦，派兵丁把守，严禁任何人随意狩猎、捕鱼、采集。便是衙门组织的采贡牲丁进山，携带枪支猎具等，都要领取牌证，按号登记，以备出山时查验。如有违犯，按轻重予以杖刑、刺字、流放、注销旗籍等处罚。乌拉地界的旗丁、民人均知此严刑，一辈辈地遵守着规矩，鲜有违反。而近年却有大批关内流民闯进关外，隐匿于成片成片的窝集内，偷猎偷采，巡山兵丁却无暇顾及，以致滥采盗猎之态大有蔓延之势。吉林将军衙门和打牲总管衙门均知晓此事，却是有些力所不及，有时只能睁只眼闭只眼。但对眼皮子底下的旗丁们，却是依旧严加约束，决不懈怠纵容。随着人口的繁衍，乌拉周边土地的开垦，年年岁岁的猎捕，大的野兽如野猪、豹子、狼、虎等多躲进了深山密林，很少出来，只有些野兔、野鸡、狍子、梅花鹿之类的小动物或者温顺的动物还在人们周围出没。这些小兽偶尔满足一下人们的口福倒也不失为美味，但对于像明毓这些喜欢无事生非又到处寻找刺激和乐趣的哈哈珠子们，显然就不够了，就想出了进山狩猎的主意。偶尔他们会跟着围猎的牲丁们进山过过瘾，但平日里也只是想想罢了，总管秀山是断不肯为他们开具官票进山围猎的，这次明毓们也是知道秀大人进京了，衙门里主事的是左翼翼领永泰，他们要碰碰运气，就想到让福儿去疏通的办法。

福儿就去衙门里找大哥永泰。福儿身上有三个哥哥，二哥永福在京城内务府为官，留了家眷在乌拉城；三哥永恩在乌拉协领衙门披甲充军，随着前任协领魁福大人奉调西征，因功升为骁骑校，已有多年没回家，福儿对三哥的印象有些淡漠了。她唯一印象深刻的，是三哥总在院子里舞枪弄棒的，不管三九天还是三伏天，都光着膀子举石锁。而大哥永泰一直跟着阿玛，没有离开过乌拉，他比福儿要大许多，对这个嫩嫩呵护有加，有求必应。福儿走进总管衙门的时候，信心满满。

打牲总管衙门在十字街东面路北，依照副都统衙门式样修建。大门三间，仪门一座，川堂三间，大堂五间。大堂正中供设龙牌，川堂后设印务处五间，左设银库、更房，右设松子、干鱼、细鳞等仓库四间。川堂前分设采珠左、右翼公事房各五间，仪门外分设东西捕鱼两翼办事房各三间。大门处，有照壁一

① 窝集——满语，森林。

座。衙门大院土筑高墙，东西墙角处建有看守更房、更房各三间，有值班兵丁轮流守卫衙署。

从小到大，福儿的脚步早就将衙门内的犄角旮旯丈量了无数遍，闭着眼睛都能摸到门路。守门的衙役对总管家的五格格自是另眼相待，从不阻拦她的脚步。福儿如入无人之境般跨进大门，一进大门就看见了大哥永泰。永泰正监督着几个衙役往迎门的抱柱上挂对联，对联是木制的，上面分别刻着一长串的字。福儿自从跟素韵学着认字写字后，对带字的东西有了兴趣，自觉不自觉地会看上几眼。福儿看了一会儿，磕磕绊绊地念着，却是大部分字都认不得。永泰倒还夸她道，福儿认得字了，书没有白念哪。福儿说，这写的啥呀？我看不懂。永泰说，别说你看不懂，没有学养的人便是认得字也识不得里面的意思呢。然后随口念着：上联，乌拉古江山想此邦秀毓灵钟企望久钦文露国；下联，鸾章新拜宠待他年中安外抚边功应迈肇屯田。念完还问福儿，听懂了吗？

福儿摇头说不懂，问是谁写的。永泰告诉她是成多禄先生写的。福儿问成多禄是谁，永泰说，咱乌拉地方有名的大学问家，诗书皆有名。福儿摇头说没见过。永泰笑说，你当然没见过，他这些年一直在外面读书游历为官，你上哪儿能见着。福儿啧啧几声，说，怪不得。又问，成先生和尚先生比，他俩谁的学问大？永泰听福儿问出这么孩子气的话，一时不知该如何解释，说深了福儿听不懂，便笑笑说，成先生是土生土长的乌拉人，尚先生是外来的，他们俩的学问不相上下，只是出身和境遇不同罢了。见福儿还一脸懵懂，永泰也不想跟她细说了，便问她来这里干啥。福儿说，你给我开个官票，我要进山打猎。永泰说，瞎扯，那官票是随便开的吗？再说你一个女孩子家进啥山，在这城边附近玩儿玩儿就行了呗！福儿说，这周边只能打些兔子野鸡啥的，没意思。永泰还是不同意，福儿就央求他，连耍赖带威逼的，永泰被缠得没办法，又问了都有谁一起进山。福儿挨个报了名字，有富祥、明毓、来昌、苏穆、阿森。永泰说，都是些纨绔子，你跟他们混在一起，也不怕坏了女孩子名声。福儿说，咋就坏了名声了，哪个不是有头有脸人家的阿哥？那明毓还有富祥，也都是狩猎的好把式呢。永泰想想倒也是，富祥是协领萨林保的儿子，苏穆是右翼翼领铁亦哈的儿子，来昌是骁骑校赫尼达的儿子，阿森的玛玞是花府的花大人，虽说花大人已经过世，且家道中落，毕竟出身不俗，只明毓身份低了些，阿玛才是个庄头，可他家的日子过得倒很殷实。这几个哈哈珠子虽还都是官学生，骑马射箭的本领倒是公认的。永泰想了想，答应了，写官票的时候将富祥的名字写在了头里：协领衙门协领镶蓝旗萨林保之子官学生富祥并苏穆、阿森、来昌、明毓、福儿六人奉谕进山行猎，云云。永泰写完，盖上印信，交给福儿，嘱咐她不许声张，不许走出乌拉地界，若走出乌拉地界，他开的官票就不好使了，必得是将军衙门的官票。又说，若是阿玛回来知道了，他就得挨罚。福儿笑嘻嘻地答应，说真要是犯了事，也保证不让大哥跟着吃挂落儿①。永泰说别保证这个，得保证别出啥事。

凤凰山距乌拉城有四十来里地，相传曾有凤凰栖于此，故名，发源于嫡脉，自长白山蜿蜒而来，是乌拉地界最高的一座山峰，远望峰峰相连，窝集茂密。封禁的山林，人迹罕至，唯有野猪、虎、豹、黑瞎子等大牲口出没其间。养尊处优的树肆无忌惮地生长，奔着阳光，笔直参天；几搂粗的树，比比皆是，排兵布阵般守着各自的领地，挺着精壮的腰身，昭示着年轮的深远。

天一放亮，福儿就跟着明毓、富祥他们骑着马带着狗出了城，驰过结了冰的江面，向东北直奔了凤凰山。驰过一大片盖了雪被的庄稼地，再跑不远，就到了山口，满眼便都是密密的林子了。风透过枝干呜呜地啸叫，枯叶随风摇曳出沙沙的低吟，不知何处传来互相唱和的鸟鸣，远处有兽的嘶吼。人进到山林中，立时便被一种神秘笼罩起来。明毓曾多次跟着猎户们进山围猎，熟悉这里进山的路途以及沟和岔，知道哪一块儿树林密集，野猪最容易隐藏在哪一片林子里，哪一棵树上会有黑瞎子蹲仓，是横仓、立仓还是天仓、地仓。今年冬季的最后一次打围已经结束，人和马践踏过的痕迹被几场雪掩盖了起来。明毓在前面带队，凭着记忆寻着道眼儿。一路走来，不时会有野兔、狍子、野鸡狼狈逃窜，猎狗们不时蹿上蹿下地叫着，明毓们却都没瞧在眼里，一心只想着打大牲口。福儿说要是亲手逮着一只黑瞎子就过瘾了。明毓说，你别想美事，进了山也不准你乱跑乱动，跟紧了我，别叫黑瞎子抱回仓里成了亲。富祥说，那咱们就都是黑瞎子的大舅子了。众人就哈哈大笑起来，笑声震落了树上的积雪，惊飞一群群的山雀和老鸦。

在山脚下，立了一座山神爷的牌位，不知是哪个进山的猎人设下的，只简

① 吃挂落儿——方言，被连累、牵连。

单地堆了几块石头，上头插着一块木牌，写着“山神爷之位”。几个人拜了拜，求山神爷保佑此行顺利，然后便朝山里走去。进了山就不能大声喧哗了，众人警觉地观察着四周，马和狗们通人性地也都不出大声。在一处怪石虬枝纠缠的山坎处，明毓突然停下，朝大家摆了摆手，然后悄声下了马，向着一棵足有三搂粗的树走去。众人也都纷纷下马，围拢过去。明毓指着树根稍靠上的一个洞口说，看这洞口处都挂着霜呢，里面准有黑瞎子坐殿。众人兴奋起来，纷纷操斧牵绳的。连那几条狗也兴奋地咻咻得低吼着，一副急于立功的样子。福儿也跃跃欲试地想亲自上阵，却被明毓撵到下边，嘱咐她照看好马匹不得乱跑，不得坐在树墩上，那是山神爷的座位。福儿虽有些不甘心，也知道猎黑瞎子不是儿戏，没敢硬犟，拢好了几匹马，远远地看着猎手们的举动。

明毓围着树洞观察了片刻，确认是个半立仓，便让富祥执斧敲树，让来昌负责用火熏，阿森和苏穆在洞口旁边拉好绳套，他自己则拿着铁叉守在正前方，单等钻出洞口的黑瞎子被套住后，用钢叉刺它胸脯上那一撮白毛处毙其命。看看大家准备就绪，明毓下令开始。来昌便拿出火镰打火将树根边的草点燃，往树洞口扇着风，让烟吹进洞口。富祥则抡起斧头敲击着树干，咣咣的声响回荡在寂静的山林。福儿还是第一次看猎捕黑瞎子，紧张而又兴奋地期待着黑瞎子出仓的那一刻。她看得聚精会神，连身边马的嘶叫都没有在意，等醒悟过来回过头，就见一头野猪正嗷嗷叫着穿着树林的间隙奔来。大概是人喊、马嘶、狗吠的声音，搅乱了它的心智，野猪竟不顾一切地朝着人们冲过来。野猪短腿，厚厚的积雪让它的速度受阻，但却阻挡不住它发现目标的兴奋。福儿离得近，看得真亮的，连那两只獠牙上闪的白光都看得清清楚楚。她惊叫起来，反应最快的还是那几条猎狗，明毓们正愣神儿的工夫，它们已经纵身迎了上去，阻挡住了野猪的来路。明毓也冲过来，一把将福儿拉到身后，挺着铁叉等待时机。那头野猪不算最大，可身子也有一丈来长，它左冲右突，试图挣脱几条猎狗的纠缠。勇猛的猎狗却不肯放松，轮番上前，逮着机会便撕咬一口。野猪的皮毛上蹭了松油和沙土，厚而坚硬，让猎狗们无从下口，只是更加激怒了野猪，被它逮着个空当，锋利的獠牙豁开了一条狗的肚皮，那条狗发出了一声惨叫，被挑在獠牙上。野猪摇晃着脑袋试图甩脱这条狗，明毓瞅准了时机，朝着它撅起的屁股刺了进去。野猪嚎叫一声拖着铁叉向前逃去，猎狗们哪肯放过，一齐冲过去，将负伤的野猪扑倒在地。

明毓松了一口气，福儿也松了一口气，还没定下神来，就听见身后有人发出了一声惨叫。明毓喊了声不好，转身就跑。

原来明毓和几条猎狗与野猪对峙的时候，正在准备对付黑瞎子的来昌们犹豫着想上去帮忙，偏偏这个时候黑瞎子从洞口探出身子，大意的富祥正站在洞口边，被恼怒的黑瞎子扬起爪子拍了一巴掌，他下意识地一躲，右肩膀就被按住了，随即连衣服带肉撕了下来。还幸亏黑瞎子刚醒过来，行动笨拙，不待它钻出洞口，来昌和苏穆在慌乱中已经重新张开绳套，更加慌乱的阿森端着鸟铳，哆哆嗦嗦地却点不着火。黑瞎子攀着洞口，摇晃着脑袋朝天嘶吼着，赶回来的明毓拾起地上的一支铁叉，瞄准了它胸脯上那一撮白毛，狠狠地刺了进去。明毓拼尽了力气，来昌和苏穆也上来帮忙，将张牙舞爪的黑瞎子死死地钉在了树桩上，眼看着它翻了翻白眼儿垂下头。

福儿跑过来的时候富祥已昏死过去，福儿跪在他身边，扶他拉他想要叫醒他，都无济于事。富祥被黑瞎子撕烂的那只胳膊露出了骨头，身下的白雪被血水染红了。明毓和来昌、苏穆处理完了黑瞎子，都跑了过来。明毓说得止血，血流干人就完了。他从腰上解下一挂鹿筋绳，将富祥的伤口牢牢地捆扎上，眼见着伤处不再渗血，富祥的眼睛也睁开了，这才松了口气，告诉大家赶紧回去，晚了这只胳膊就保不住了。

阿森还问那两个猎物咋办，明毓来气了，说哪还顾得了，先把人运回去。一向骑术不错的富祥此时连马都坐不稳了，摇摇晃晃的身子好像随时都要栽下来，更别提跑起来了。明毓便让来昌几个人把富祥扶上了他的马，坐在他的身后，再用绳子把两个人绑在一起，这才放马跑起来。

凤凰山毕竟离乌拉城有四十来里地，紧跑慢跑地回到乌拉城也小半夜了。善治红伤的王大夫用手摸了摸那条已经冻得邦邦硬的胳膊摇了摇头。

富祥就发出了一声瘆人的哀号。

第十二章

年三十儿的晚上，永泰领着府里的男人们去财神庙请财神去了，赖德才不算男人，不能去接神，便负责在前院布置供神的天地桌。新请的灶王爷和灶王奶奶又重新贴在了墙上，等着一会儿和请来的财神共同受拜。对子挂签之类的白天就已经贴上了，包括福儿写的那些个春条。灶房里，几个男伙头一起忙着准备年夜饽饽和吃食，赖德才领着吉祥、吉成、吉禄几个男孩子，一人抱着一捆柴火进来，嘴里喊着柴（财）来了，柴来了。上屋里，瓜尔佳氏、喜塔拉氏陪着富察氏和老姑奶奶坐在炕上打小牌，佟佳氏在一旁看热闹，各屋的丫鬟也都各自捉对玩儿着。三十儿晚上不用女人下厨，说是怕女人身上不干净冲了各路神祇，她们乐得清闲。前院响起一阵炮仗声，富察氏说老大他们接回财神了。又忽然想起地问，福儿跑哪儿玩儿去了？一会儿子时得让她去动动荤油坛子。瓜尔佳氏和喜塔拉氏、佟佳氏都乐了，齐声说，是该让她动动荤油坛子了。就打发了在一旁伺候的丫鬟去喊福儿。

福儿正在前院带着几个侄儿侄女放炮仗。永泰刚刚领着男人们祭完了财神，院里还人来人往地闹哄着。福儿觉着在院里放着不过瘾，就提议去街上放。走到大门口，才录却不肯开门，说是已经接回财神了，今儿不能开门了，不然会放跑了财神爷。正好歹说着，彩玲跑来了，说大奶奶请姑奶奶快过去呢。

福儿走进上屋，见讷和姑爸爸、嫂子们在玩儿小牌，兴冲冲地也要上炕入伙。富察氏说，眼瞅着子时了，你去灶房把那荤油坛子搬出来。福儿回头指使彩玲去，彩玲笑嘻嘻地不肯去，福儿瞪起了眼睛。富察氏说，别人去不行，就得你自己去搬。福儿问，大过年的搬那玩意儿干啥？佟佳氏笑着说，姑奶奶别问了，去搬吧，反正是好事。福儿半信半疑地往外屋走，又问，往哪儿搬？富察氏说，随便你，只要动个地方就行。福儿说，那坛子多久没动过了？别在后面藏个黄皮子[1]啥的。富察氏就呸呸了两声，说，大过年的，说话慎着点儿，别惹着大仙。说话间也到了子时，福儿就去了灶房。平日里都是饿了馋了才进灶房，看到煎饼、饽饽、油梭子啥的抓一把就走，哪在意过荤油坛子放在哪儿？福儿转了几圈也没认准哪个是荤油坛子。正在灶上忙着煮饽饽[2]的伙头老富嫌她碍事，说，五格格你饿了也忍一会儿，饽饽马上就煮好了，回屋等着去。福儿说，讷让我来搬荤油坛子。老富呵呵地乐了，指给她看，说，在灶台旁边呢，是该动一动了。福儿狐疑地走过去，伸手去搬那坛子。头一下没搬动，坛子不大，只是坛底被油渍腻住了。再一下端了起来，问老富，放哪儿？老富说，五格格看好哪儿就放哪儿吧。福儿忍不住问老富，这是啥意思？老富说，五格格大了，该动婚了呗！

福儿明白了，心里翻了个个儿，只觉得手上黏腻腻的，也不管合适不合适了，找个地方便放下了坛子，缩回手，刚一转身，老富叫了一声，还没等福儿反应过来，就听身后咣当一声，转头看去，荤油坛子掉了下来，摔了个稀碎，白白的荤油崩得四处都是。福儿正诧异着，老富赶过来，唠叨着，碎碎（岁岁）平安，碎碎平安，五格格别愣着了，快回屋吧，我来拾掇。

福儿真不是有意要摔那荤油坛子，老富那一句"动婚"的解释让她分了神。按往常她一听这讨吉利的口彩，说不定会哈哈大笑，煞有介事地去动一动那荤油坛子，也可能还添点儿别的彩儿，只是今儿个福儿心里系了个结，本来这结就令她不太舒心，偏偏这一"动婚"的口彩触到了这个结，让她心里不自在了一下。

昨儿个她跟着明毓去萨府看富祥。富祥被黑瞎子撕掉一只胳膊，心情老大的不痛快，动不动就哭，那神情是以后都没办法活成人样了。富祥挺让人同情，可这也没办法，胳膊丢了找不回来，后悔和埋怨都没用，再说那黑瞎子也被明毓捅死了，也算报了仇了。咱命还在，一只胳膊也不耽误啥事，往后该干啥还干啥，照样当个巴图鲁。谁去看富祥谁都这样劝他安慰他，一时劝得露出点儿笑模样了，可下次再去看他，还得再劝一遍。同样的话说了三遍，福儿就不耐

① 黄皮子——方言，黄鼬。

② 煮饽饽——清兵入关后，满族把饺子、糕点、馒头等统称为饽饽，煮饽饽即煮饺子。

烦了，语气就有些揶揄的意思。富祥本来气就不顺，神经更是敏感得很，一句句安慰的话都抚平不了，哪还听得了刺耳的话？当时就不管不顾地扔回一句，说，谁说也没有你说的份儿，要不是你我也落不到这地步，你就是灾星，女人进山惹怒了山神爷，掉胳膊的就该是你。明毓说，富祥别使气瞎说，这跟五格格有啥干系！富祥说，咋没有？不是她叫唤，你能撇下我去对付那头野猪吗？她不叫唤我也不会分神，那黑瞎子咋就能抓到我？福儿说，富祥你这才是蛮不讲理呢，照你一说我还得赔你一只胳膊了？富祥说，赔一只胳膊谁稀罕？我要你嫁给我。福儿愣了，明毓愣了，连富祥自己都愣了。屋子里一下子静了下来，静得只听到富祥喘气的声音，那声音一阵比一阵紧，终于演变成了歇斯底里的哭声。福儿转身就走，撩开门帘时戗了一口寒风，让她一下子冷静下来。她觉得富祥是疯了，不然不会说出这么没成色的话。她这样一想，也就不太生富祥的气了，她不生气了也不想再听他说什么。明毓随后追了出来，嘻嘻笑着，跟在她身后。福儿一听明毓嘻嘻地笑，又生气了，转身瞪着明毓说，笑啥？有啥好笑的！明毓敛住了笑意，说，我笑富祥呢！福儿说，他疯了。明毓说，他咋想的呢！福儿又说，他疯了呗！明毓说，我觉得他没疯。福儿说，啥意思？明毓说，他可不是随意说的，他以前肯定想过这事。福儿说，他想有啥用？明毓说，是没用。可他想过，他肯定想过，掉胳膊之前就想过。福儿瞪了瞪眼睛，想说什么，却说不出来，转身走了。明毓还不住嘴，在后面喊，你寻思寻思吧！福儿没回头，她也不想寻思，这事也没啥好寻思的。福儿回了家，很快融入过年的浓烈气氛中，要不是讷让她搬荤油坛子，她就把这事忘掉了。

摔碎的荤油坛子令她有些不快，有了不好的感觉，但福儿不是心思缜密的人，不愉快的事很少能在她心里存放起来。她告诉讷，荤油坛子被她摔碎了，边说边笑得哈哈的，似乎存心要摔那荤油坛子。讷和姑爸爸、三个嫂子都愣愣地看着她，她急忙解释，不是故意的，没拿住。讷无奈地嗔怪了一句，咋这么能作妖！老姑奶奶说，大过年的，都说点儿好听的。

年初二，去萨府拜年的大哥永泰阴着脸回来时，福儿正领着几个侄儿侄女在院子里玩儿跳驴。吉祥双手反抱着脖颈，躬身当驴，福儿第一个从他身上跳了过去，几个男孩子也顺利地跳了过去，轮到雪雁，就骑到了吉祥身上，身子又往前一耸，就把他压倒在地上，逗得孩子们哈哈大笑。福儿见永泰走来，笑着说，大哥回来了。永泰却视而不见，一把拎起吉祥，喝道，回家去，别在这儿丢人现眼！福儿心粗，可她不傻，她听出大哥这话是有所指的，拿着吉祥出气就是了。她看着大哥的背影愣了片刻，想不出大哥为啥发脾气，只是觉得扫兴，再没心思哄着几个侄儿侄女玩儿了，回西屋里穿戴好，一个人出了秀府。

福儿去了明毓家。明毓家的院子里聚了几个人，都是庄户，两手插进袖笼、跺着脚取暖，看架势是等着主人召见。福儿径直要进上屋，刘佳氏正走出来，喊了声老苏你进去吧。那个叫老苏的庄户人急忙应了声就小步进了上屋。刘佳氏一转脸看见了福儿，先拜了拜，说，五格格吉祥。福儿也拜了拜，说窝克[1]过年好，又问，你家干啥呢这么多人。刘佳氏说，是乡下的亲戚，来拜年的，扎堆了。福儿说，你家亲戚多呀。刘佳氏说，都是些穷亲戚，哪有秀府热闹。五格格来找明毓吧，明毓待客呢，不能陪五格格玩儿了。福儿说，我进去找桑格玩。刘佳氏说那请五格格去西厢吧。刘佳氏还殷勤地想亲自送福儿过去，福儿却转身走了，她看出刘佳氏不想让她进上屋，像是怕她看到什么。刘佳氏回屋一趟又跑出来，手里捧了几个供果，追上走到大门口的福儿让她拿着。福儿说留给来拜年的小孩子吧。

十字街上的人明显多了起来，大都是出来串门子拜年的，路上迎头见了打千拜年，互祝恭喜发财；孩子们聚成一堆一簇的，在比赛谁拜年得到的糖果瓜子多。福儿会心地一笑，她已经过了挨家挨户拜年讨要糖果的年龄了。福儿忽然有了一种莫名的淡淡的忧郁，站在街口，一时不知该去哪儿玩儿。呆想了一会儿，便奔了演武场，那边传来一阵紧似一阵的鼓声，她知道是那些哈哈珠子在跑马射柳。她跑到演武场，见那里果然聚集了一群人和马，来昌、苏穆、阿森都在。来昌见她来了很高兴，说正分组比赛，他们这一组就缺明毓，你来了，就顶他的缺得了。福儿乐得应承。阿森说那咱这一组肯定输了。来昌说没办法，明毓出不来了，往年也都指着他赢。苏穆说那可不一定，那一组不是同样缺了富祥？福儿说，对对，那一组也都指着富祥呢！富祥丢了一只胳膊，射不了箭了。那一组把苏穆要了过去，苏穆的箭术照富祥差多了。这样一算，两组的实力差不多，就分开了各自去准备。福儿抓住看热闹的秀府的一个下人，让他回去把她的马和箭带来。没过一袋烟的工夫下人跑回来了，马和箭却没带来。下

① 窝克——满语，婶婶。

人说大阿哥说了，大人进京前嘱咐不让五格格出去跑马，还说让五格格马上回家呢！福儿哪里是听话的人，哼了一声算是回答了，回头对来昌说，我骑你的马。来昌说，行，它认得你。

跑马射柳考验的是马上射箭的功夫。那刮掉中间表皮露出白茬儿的柳枝条悬在半空，骑手们要边跑马边放箭，看谁出马跑得快还能箭不虚发准确射断柳条。同往年一样，哈哈珠子们一共分了四个队，三人一队。要论这些官学生的功夫，还得数明毓和富祥，可今儿个这两个人缺席，那谁胜谁负就没准儿了。每个队似乎都有赢的希望，哈哈珠子们的兴致便格外地高，引得看热闹的人们也群情激昂，嗷嗷叫着助威。福儿随最后一组出场，她骑着来昌的马来到出发点。马已经跑了一场，还在咻咻地喘着，蹄子不住地刨着地。看客们见福儿出场，更是兴奋不已，吹口哨的，喝彩的，发嘘声的，把个赛场哄得热闹不已。福儿一概充耳不闻，单等那一声锣响，拍马冲了出去。福儿平日的马上功夫虽不敢说精湛，倒也不算差，这也是她敢上场比赛的缘由，只是今儿仓促上阵，马和箭都不是自己的，怎么着都不是太顺手，头两箭眼看着就偏了，拍马跑向下一个目标，刚搭上箭，马却一个失蹄，她还来不及反应，就被重重地摔在了地上。助威的鼓声，还有看客们的呐喊声都停了下来，赛场突然一下子变得很静。

后来乌拉城的人们都说，五格格的脾气之所以那么古怪，就跟这场事故有关，五格格的脑袋被摔坏了，性情自然也不一样了。福儿却不承认，说，放屁，我原来啥样还是啥样，还说？再说我拿鞭子抽你！

当天福儿是被抬回秀府的。福儿一进秀府的大门就清醒了，进屋后连着吐了两起儿，说头迷糊，然后就睡过去了。第二天早上福儿睡醒了，睁开眼睛看到的是讷和大哥，还有大嫂、二嫂、三嫂关切的表情。福儿问，你们都看着我干啥？说着就要起身，却又哎哟哎哟地叫起来，这咋浑身上下都疼啊？富察氏说，坏了，这咋把昨儿个的事都忘了？福儿问，昨儿个啥事？富察氏说，昨儿个你去跑马射柳摔下马了。福儿笑着说，讷你急糊涂了吧，我这不是上午刚摔下来吗？我去追那只蝴蝶，本来是一只，后来就变成好多只，再后来就变成一大群了，在我眼前飞呀，飞呀，晃得我直迷糊。富察氏和永泰、瓜尔佳氏、喜塔拉氏、佟佳氏就真急了，极力用各种细节说服福儿，她是去跑马射柳了，不是去追蝴蝶了。她是摔迷糊了，不是被蝴蝶晃迷糊的。至于是昨儿个还是今儿个，反倒不重要了。幸好福儿犟了几句后就不再坚持了，开始怀疑自己，待她把目光定在永泰脸上的时候，就彻底清醒了。她问永泰，为啥不让我骑自己的马？

众人听她这样一问，知道她清醒了，都松了一口气。永泰抱歉地说，谁知道会出这事？我也是听阿玛吩咐，阿玛临走时说了不让你出去跑马。富察氏也替永泰说话，你阿玛是这样吩咐的，怕你一个姑娘家让人说三道四。福儿说，不是，大哥就是成心的，他今儿个回家来就气不顺，故意拿我撒气。众人知道她嘴里说的今儿个必是指昨儿个，但也没人再跟她掰扯，只是把目光投向了永泰。

永泰很无奈地叹口气，坐在了炕沿上，说，福儿你冤枉大哥，我是在外面惹了气不假，可真不是冲你的。福儿不信，哼了一声，倒头卧在炕上，显然是不想再听他解释什么。瓜尔佳氏的脸挂不住了，哄劝说，姑奶奶你别误会，你大哥哪能冲你撒气，他对你最好了是不是？福儿一扬手，拽过被子蒙在了头上。

富察氏便问永泰，出门拜个年咋还惹上气了。永泰说，还不是因为萨大人！他儿子丢了胳膊咋还能怨到我的头上？说若不是我私自开了官票，富祥也不能进山，就遇不到黑瞎子。他要等我阿玛回来再理论呢！富察氏沉吟了一下说，他想干啥呀？永泰说，整事儿呗！福儿一把掀开被子坐起来说，有啥事儿我顶着，跟你无关！永泰说，你顶着？你能顶个啥！福儿哼了一声说，大不了我嫁给富祥，有啥呀！

富察氏和永泰还有瓜尔佳氏、喜塔拉氏、佟佳氏，都惊讶了，想不到福儿会说出这话来。富察氏说，净说小孩子话，这跟你嫁不嫁富祥有啥关系！福儿说，他不就是怕少了一只胳膊娶不到媳妇吗？永泰说，哪是这么简单的事，萨大人明摆着是要借题发挥嘛，平日里没事还找事呢！福儿说，你怕他干啥？有本事让他冲我来！永泰说，姑奶奶你就别显你能了，少给我捅点儿娄子我就烧高香了！福儿就嚷嚷着，还说不是冲我撒气，这不还是怨我了？有啥事我去替你顶着，要杀要剐随他便！

福儿一边嚷嚷着一边就要下地，被瓜尔佳氏和佟佳氏按住了。

富察氏说，这咋的，脑袋还真被摔坏了？

第十三章

下午，明毓来看福儿，她已经起炕了，正没事人一样在炕桌上画蝴蝶。素韵教了她用干炭皴擦的法子画蝴蝶的翅膀，便显出毛茸茸的感觉，再涂上薄彩，随自己心意画出各种的姿态来。明毓笑嘻嘻地凑到跟前看她画的蝴蝶，说，都说你摔蒙了，这蝴蝶画得反倒比以前更活灵活现呢！福儿绷着脸说，你咋进来了？明毓说，秀大人没在家，才录也好说话了。我说看看五格格还认不认得我，他就让我进来了。福儿哼了一声说，我不认得你了，你走吧。明毓还是笑嘻嘻的，说，哪能呢，福儿不认识别人也就罢了，咋还能不认识我！福儿说，凭啥我就得认识你？我从前的事都不记得了，人也都不认识了。明毓说，我咋惹着你了？福儿说，不知道，我不记得了。

直到明毓告辞走的时候，福儿仍然坚持说不认识他。明毓很无奈，半信半疑地问送他出来的彩玲，我咋惹着五格格了？彩玲也有些糊涂，说，你们俩的事我咋说得明白。

明毓回到自家才把事情弄明白。吃饭时说起五格格被摔下马的事，刘佳氏提起了昨儿个五格格来家里找过他。明毓说，准是你不让她进屋，她生我气了。刘佳氏说，屋里那么多人让她进来干啥？那苏肯说，对，她进来干啥？就不能让她进来，省得出去说三道四。明毓说，她知道个啥！那苏肯说，她不知道啥，秀大人还能不知道个啥！秀大人知道了早晚不是个事儿？明毓说，知道早晚是事儿你还偷偷地做？那些流民开片荒也不容易，你就让他们偷偷种去呗，还非要收人家租子。那苏肯说，你懂啥？他们偷偷开荒早晚让衙门查到没收，我让他们履行个手续是成全他们，他们对我感恩戴德呢！明毓说，我才不信你是为他们呢！那苏肯说，我不为他们不也是为了你，为你们这些兔崽子们攒家底。明毓说，我要那么多地干啥？我做披甲有饷银，做官有俸禄。那苏肯哼了一声，说，那点儿俸禄你能保证吃一辈子？刘佳氏听这爷儿俩话赶着话，眼看着要犟起来，急忙来劝明毓，说，别跟你阿玛犟嘴，要不是你阿玛这些年想尽办法圈拢些地，咱家的日子能过得这么滋润吗？明毓咂了咂嘴，不再吭声了。

十六岁的明毓真的想不了那么多，但是家里的日子比别人家过得滋润他是有切身感受的。那苏肯不过是个庄头，替衙门经管着蜂蜜营官庄的土地，按着他所领取的饷银也只够一家人温饱。但流民们私下开垦荒地却成全了他。作为庄头，他对流民的私垦睁只眼闭只眼，一旦成为熟地有了收成，他就会上门查验登记造册，但查验造册后也并未报归官庄，却成了他私家的领地。流民们也深知私自开荒若被衙门查实追究，不仅地会被没收，还要被鞭笞、被没籍为奴。与其这样，他们宁愿私下与那苏肯签下租约，以缴地租的形式，换得那苏肯的默许，但求能安安稳稳地耕种自己开出的土地。租约每年签一次，年初二那些庄户便以拜年的借口来家里按下手印。明毓从小就看着这样的情景，这两年长大了，那苏肯有意识地让他参与，很明显是想让他了解家里的土地状况，更希望他能介入对这些土地的经管。明毓尽管不感兴趣，但也不敢违抗阿玛的意思，硬着头皮帮阿玛起草租约，念给那些不识字的租户听，再指点他们把手印按在哪处。那苏肯抽着烟袋，笑眯眯地坐在炕头，每看到一个租户按完了手印，点头哈腰地告辞时，他就很殷勤地一笑，那样子很有些感谢和歉疚的含意，也弄得那些租户不好意思，连连表示来年收成好保证不欠租。明毓也知道，阿玛这是冒着容留浮民和私垦禁地的罪名，追究起来罪不容赦。所以阿玛的圈地行为只能暗中进行。阿玛以他庄头的身份管理着耕种官地的庄丁，他与丁户的任何来往都是名正言顺的，没有人会无端怀疑他的所为，但这也不能不让他时刻小心翼翼，处事谨小慎微，就连他和家人平日的吃食和穿着，也都符合庄头的身价，绝露不出半点儿富裕来。明毓渐知世事，对阿玛的作为很是不屑，但也说不出所以然来。毕竟阿玛的一切努力都是为了他和家人生活得更好。有一次在蜂蜜营说起来，素俊好似漫不经心地说了一句，都是一样的人，谁不想过好日子呢？可凭啥汉人就得比旗人差一截？素俊是当着尚先生和明毓的面说这话的，明毓听着不是滋味，脸上有些发热，正不知怎么接话，尚先生喝止了素俊。每次都是这样，素俊只要一说出冒失的话，尚先生就会阻止他。明毓知道尚先生因为是戴罪之身，说话行事都比较小心。素俊却没那么多顾忌，至少他不太戒备明毓。其实明毓挺想听素俊说下去的，但尚先生不让素俊说，素俊就缄口不语了。素俊闷了许多心思，眉宇很少舒展开，常常凝神不语，偶尔就冒出一句刻薄的话来。明毓知道素俊说这句话不是针对自己，但阿玛的所为的确令他难堪，他无法想象自己将来也要像阿玛这样行事，只是他的命运是自己无法掌控的。

现在的明毓暂时不用为自己将来的命运操心，他还只知道顾着眼前的喜怒哀乐。福儿生气了，这让他心里有些不舒服，但也只是想了想，并没放在心上。第二天就忘了，吃过早饭，他就骑马出了城门朝蜂蜜营奔去。田野被白雪铺垫得平平展展，乡路上凸凹起伏的车辙被冻成了冰垄。明毓时而策马飞奔，用不着挑拣道眼儿；时而信马由缰，缓步慢行。乌孙升起了，照着一望无际的雪原，更让他心情大好。傍晌午时，他就进了蜂蜜营。几个孩子在自家屋前放着炮仗，一只狗站在院门口朝着明毓张望，家家的门楣上都贴上了红对联，明毓认得那手笔，是尚秉致和素俊的。父子俩的字虽同体却是不同魂，尚秉致的字沉稳平和，而素俊的字就有些狂狷不羁，仿佛时时得按住才不致让那字飞出去似的。素俊也就是一个这样性情的人，虽平日话语不多，却是个内热的人。

明毓径直奔了屯子最后面的尚家，推门进院，先看见了一匹马拴在院里，看着眼熟，却说不清是谁的。尚家自己是没有马的，显然是来了客人，这客人明毓肯定是认得的。明毓知道远近一些读书人时常会来尚家拜访，有的找尚秉致，有的找素俊，偶尔还会聚上几个人谈诗品画，喝茶论道。这些读书人时不时地会带来一些外面的信息，素俊偶尔也会跟他说说。明毓想有机会也参与一次，那都是些有学问的人，还有见识，能让他开眼界。但素俊从来没约请他，他也没好意思强求。明毓正寻思着，素俊出来了，笑脸迎着他，拱手拜道，过年好。明毓也拱手相拜，道了句大哥过年好，又问，家里来客了？素俊说，进屋吧，进屋就知道是谁了。

明毓很惊讶，客人竟是赖管家，还带了不少年货，进门的灶间堆着冻鱼冻肉什么的，摆在西墙箱盖上的是点心盒子。赖德才正和尚秉致坐在炕桌边小酌，看见明毓进来，急忙起身打千，问了声明毓阿哥过年好。赖德才因是罪人加奴才身份，见了明毓这小辈也得屈尊。明毓以学生礼拜了尚秉致。尚秉致客气地约他上炕，明毓回说做晚辈的不敢，先生别客气，我来找素俊大哥玩儿。素俊便拉着他走出西屋。对面东屋关着门，素韵必是在里面了。素俊喊，妹妹来客了！那门即刻开了，素韵笑吟吟地站在门里，先拜了拜，说明毓阿哥过年好。又说进来坐会儿吧。素俊便让着明毓走进东屋。这还是明毓第一次进素韵的闺房。屋地摆着张几案，铺着纸墨；墙上挂着几幅画，想是素韵自己的作品；窗台上摆着几盆花，窗户上贴着窗花；炕稍儿放了一张炕琴，炕中间也摆了一张小几。屋子看着素素的，很干净，倒是符合素韵的秉性。素韵变戏法似的端出一碟瓜子、一碟榛子、几只刚刚缓过来的冻梨，歉意地说，对不起明毓阿哥，没啥好东西款待你。闲聊时，素韵问起明毓怎么没带五格格一起来玩儿。明毓笑着说，五格格不认得我了。然后就说起五格格摔下马的事。素韵倒担心起来，问，是不是脑袋摔坏了？她会不会也不认得我了？明毓说，当时摔晕了，过后好像没事，我看她画的蝴蝶倒是更鲜活了。素俊笑说，能画蝴蝶就是没事，若是这一摔能让五格格改了性情倒是大好事了，不然将来谁敢娶了她做媳妇。正说着，外间传来尚秉致和赖管家的说话声，想是赖管家要告辞走了。三个人急忙走出去，赖管家拱手告别说，该回去了，明毓阿哥和少爷小姐你们好好玩儿吧。明毓说，赖管家别急着走，一会儿咱俩就个伴儿一起回街里不是更好？赖管家说，不行呢，来不及了，只请了一头晌的假，回去晚了怕解释不清了。明毓知道戴罪的太监是不能随便出门的，出门几十里必得在衙门报批才行，只因他在总管家里做事，这道程序也就简化了，但赖德才轻易也不敢违规。明毓便不勉强他，只是嘱咐一句，回去别跟五格格说在这儿见了我。赖管家笑笑说，那明毓阿哥跟别人也不要提在这儿见到我。明毓也没多想，顺嘴应了。回屋后他问素俊，想不到赖管家和你家相熟呢！素俊淡淡地回说，也不是很熟，他在此地无亲无故的，想是愿意跟家父说说话。尚秉致踩着话音进来了，笑问，说我什么事呢？明毓急忙起身重新见礼。尚秉致摆手说，在自家别客气，随意坐吧。重新落座后几个人随意聊起来。尚秉致问起明毓官学毕业后想干什么。明毓说，除了考取笔帖式好像没有别的路好走。素俊说，明毓你有机会应该出去走走，见见世面，这乌拉城太小了。明毓说，咋走呢，除非做披甲充军才走得出这乌拉城。素俊说，明毓你不该只按着别人给你指定的路子走。尚秉致责怪地瞪了素俊一眼，说，你别信口胡说误了明毓。明毓说，素俊大哥有见地，我倒想听呢。尚秉致说，别听他的，做笔帖式也没啥不好，好多朝中重臣也都是从做笔帖式干起来的。素俊嘴里发出啧啧声，似不以为然。素韵不插言，偶尔起身拿起炉钩子，揭开屋地中间的炉子盖捅捅，捅出些火星子，让火烧得更顺畅一些。明毓倒很想听听她说，可她不说，重新坐回去之后，仍是静静地听。明毓给她带了一件礼物，是用野鸡翎子扎的毽子，五彩的翎子是他一根根精选的，底托用了一枚铜钱，包了一层蓝色的绸布，很漂亮。他没敢当着尚先生和素俊的面拿出来，临告别的时候，悄悄地塞给了素韵，以为没人注意，一抬头，素俊正把脸扭到一边去。明毓倒有些不好意思了，讪讪地说，随便做着玩儿的。素俊说，素韵不会踢毽子，你倒不如送给五格格。明毓咧咧嘴，看素韵，素韵脸红了，拿着毽子不知该放在哪儿。明毓说，我给福儿也做了同样的一个。素韵这才说了声谢谢，把毽子收起来。

明毓回到家里，连夜又做了个鸡毛毽子，第二天下午来秀府见福儿，一进西厢房，迎面在灶间遇见素韵。他很惊讶，问素韵，你咋回来了？素韵说，本来想等过了十五，昨儿知道五格格摔伤了，我想陪陪她，一早搭别人的车赶回来的。明毓问，她认得你不？素韵说，认得啊！明毓就意思不明地嘁了一声。福儿在屋里喊，素韵你在跟谁说话？素韵应了一声，说明毓阿哥来了。明毓随着素韵进了福儿的屋，笑脸问候，五格格吉祥。福儿白了他一眼，问，素韵，这是你家亲戚吗？素韵不知如何回答，明毓笑嘻嘻地凑过去，说，五格格还没消气呢？我知道你为啥生我气了，其实那天真不怨我，我哪儿知道你来了？要是知道五格格驾到，我得跪着出迎呢，还敢躲着不见？得了，就算我的不是，得罪了五格格，我认错。我给五格格做了个鸡毛毽子，就当我赔罪了。福儿竟然笑了，说，奇了怪了，今儿咋都给我送上鸡毛毽子了？明毓没反应过来，一旁的素韵露出难堪，解释说，我哥给我做的毽子，我不会踢，想五格格喜欢，就带来了。福儿的手上不知怎么就变出了两只鸡毛毽子，举着说，瞧这毽子，一看就是一个人做的，连这底座上的绸布都是一样的，就是从一块料上扯下来的，糊弄谁呢？你们俩整啥事儿呢？素韵张口结舌地说不出话了，明毓脑瓜儿活，立刻嘻嘻笑起来，说那能整啥事儿，都想讨好你五格格呗！实说吧，都是我做的，一起做了两个，想着送给我最好的两个朋友，就是你们俩呗。那天来看你你不认我，我就没敢拿出来，就先送了素韵了。福儿咂咂嘴，没找出反驳的话头，转问素韵，素韵你是啥意思，为啥不实说？素韵脸憋得通红，喃喃着不知该怎么说。明毓又帮她解释说，素韵不知道我做了两个，她得了好东西先想着你，你还不满意？福儿说，我不是不满意，我是不满意她没说实话。明毓说，她还不是怕你吊脸子？福儿说，我有那么小心眼儿吗？明毓说，你摔跤之前是小心眼儿，不过摔了一跤之后，变了，心宽了，不计较了。福儿扑哧一声笑了，说，明毓你胡说八道！明毓说，福儿你终于认识我了！

一场小别扭就这样解开了。明毓也没问素韵为啥把他送的东西转送别人。他不想让素韵难堪，每次看到素韵发窘或者腼腆的表情，他的心都忍不住疼一下。但看到素韵把他送的东西那么随意便转送出去，心里还是有点儿小小的不如意，只是没法说出来。福儿也不再追问，素韵的脸色放松了下来。三个人就说起了福儿画的蝴蝶，都说与以前画的不一样了。素韵说，五格格你的画得了神助了。福儿说，哪来的神助，我就是一提笔眼前就有蝴蝶飞，就像那天摔晕的时候那样。明毓说，你这是神来之笔，是老天给你暗示呢。素韵说，五格格是有福之人，老天都眷顾着呢！

福儿画蝴蝶的名声传到外面。福儿兴致好的时候会提笔就画，画完随手便送了出去。后来竟然有人来求五格格的蝴蝶了。福儿画蝴蝶也的确与众不同，除了看她画的幅面大小，还得看她心情。那蝴蝶是独占花蕊，还是比翼双飞，还是翩翩群舞，那也得看她的兴致。不过无论怎么画，福儿的蝴蝶都是传了奇的。曾有人模仿着画福儿的蝴蝶，可怎么着都不是，总像缺了什么。明毓说，就是缺了那点儿神韵。

就是这点儿神韵，在以后的岁月里，无论这只蝴蝶飞到哪儿，明毓总是一眼就能认出来。再后来，五格格还有了专属名称，只要一提起乌拉城的“赵蝴蝶”，人们就知道是说五格格，也特指五格格画的蝴蝶画。

有一天素韵拿着自己的一幅画过来，说求五格格给添上几只蝴蝶。展开来，是一幅牡丹图，四尺幅面的，素韵刚刚画完，还散发着墨香。几簇鲜艳的牡丹盛开着，一股富贵之气胀满了画面，右上部分空白着，显然是要留给五格格画蝴蝶的。福儿也不谦虚，提笔就画了起来。先画了两只蝴蝶并立在一簇牡丹花上，又画了一只悬在半空中，振动着翅膀，似乎在选择着是降落还是飞走。福儿又蘸了蘸墨，再要下笔时，却无论如何找不到画第四只蝴蝶的位置了。

第十四章

秀山是在二月二之前回来的。

富察氏率阖府上下迎候。秀山的马车停在大门口，走下车子的秀山虽是一脸疲惫，却也透着掩饰不住的喜色，那其中有与亲人久别重逢的兴奋，自然也是因为这一趟非常顺利。富察氏一颗悬着的心放了下来。不过，她的另一番心情却无论如何也抑制不住，甚至紧张不已。她不想听丈夫告诉她这一趟进京都见到了哪些权贵得了哪些赏赐，她甚至连丈夫是否受到皇上或者太后的召见也不感兴趣，她更急切想知道的是关于福儿的事情。秀山临进京时告诉她，要为福儿办一件大事。她并不清楚秀山会如何办理，她也不能干涉，她只是想知道结果，因为事关女儿的命运。

秀山梳洗的时候，富察氏一边前后伺候一边想探听点儿消息。她没敢直截了当地问，她知道那是一件大事，一件严肃的事，不能那么轻易那么随意就问，秀山也不会草率回答，必得要找个合适的机会和场合，才能将事情的原委细细道来。秀山好像也并不急于告诉她什么，稍事休息便去了衙门。他有好多积攒下来的公事要办理。秀山临出门前对来请安的福儿很亲切地笑了一下，说，哪天我要检查你的功课啊！

秀山的笑是由衷的，福儿的笑没有城府。富察氏的笑浮在表面，她的心沉了下去，接下来这一天她的心都是慌慌的。其实她也知道丈夫此去京城，不过是为女儿的前程做了些铺垫，这还只是第一步，至于说女儿能否有那个福气，真正实现秀山的心愿，那还得看女儿的造化，何况这还是过一段时间的事，至少也是春夏之交的事，这期间或许还会有什么变故呢。

富察氏又想起一件事来。永泰跟她说过，协领萨林保因为儿子富祥被黑瞎子撕掉了一只胳膊，便讹上了福儿，还要追究永泰私自开官票的事。萨林保暗示永泰，说富祥对五格格还是挺有心的，不想追究，就看秀府是啥想法了。萨林保是在永泰去拜年的时候说起这事的，萨林保说的时候像是开玩笑的口吻，但永泰听出来了，他绝不是开玩笑，那绵里藏针的话语句句都是真的。永泰当时没敢回应，敷衍几句便告辞了，但他知道这事有些难缠，他自己怕是解决不了，他告诉了富察氏。富察氏也觉得这事麻烦，一切只能等秀山回来再说。她得想想怎么跟秀山说这件事。她不知道秀山会是什么态度，但她相信秀山有办法解决。秀山是个有远见、有胆识也是个敢决断的人，他能从打牲丁一步步升到总管的位置，那就是他的本事，她从心里认为没有秀山解决不了的难题。

赖德才进来禀报，说大人进京带回了不少东西，请大奶奶去照应一下。富察氏便随赖德才去了前院南客厅。和每次进京回来时一样，秀山带回来的箱子、盒子、麻包的又不少，东一堆西一块地摆了一屋地。赖德才说大人吩咐，其他的东西容以后慢慢归置，只这几箱更贵重些，有皇上、太后赏赐的，还有些友人馈赠，都是些瓷器、玉器和绸缎什么的。皇上、太后赏赐的自然要供在客厅里，只是这些年，这类赏赐的东西太多了，不能都供着，便挑些适合摆放的，其他的都小心地存放起来。友人馈赠的物件也不少，虽不如皇上、太后的赏赐重要，若论起贵重或者稀罕来，却不差啥，像那西洋的挂钟，俄国的彩蛋，还有南京的云锦，福建的田黄石之类的。富察氏一边查看，一边吩咐赖德才如何处理。靠窗台下，单独摆放了两只硕大的箱子，四周用毛毡布包裹着，外面又用粗麻绳捆扎得牢实，看材质是金丝楠木的。见富察氏打量这两只箱子，赖德才说，大人吩咐了，说这是专门给五格格的东西，请大奶奶好生收管着。富察氏便说，抬到上屋去吧。

回到上屋，富察氏打开了两只箱子，一只箱子冒出樟脑的气味，里面装的都是上好的杭绸苏锦之类的，另一只箱子里却又套了几只小木匣，有螺钿镶嵌的漆盒，还有花梨木的首饰盒，里面分别装了金银、玉器、手镯、簪子、粉盒类的，倒像是女孩子的嫁妆。富察氏明白这些东西是怎么回事了，合上箱子盖时，莫名其妙地叹了口气。

秀山从衙门回来时兴致仍然很好，彩珍侍候他更衣后，富察氏装好了一袋烟递过去。问起那两只楠木箱子，果然如富察氏所料，那是路经直隶时蒙古王爷依敏所赠，王爷膝下没有女儿，就认了福儿做干女儿。今年正逢选秀，福儿将以王爷女儿的身份参加选秀，这些东西就是认亲的礼物，也是为福儿参加选秀准备的。秀山说，王爷偏爱，真是没少预备呢！富察氏笑笑，说，大人给王爷带的礼物，也不逊于这两箱子的东西。秀山说，那倒是。不过王爷确实很高兴，我把福儿的画像拿给王爷看，王爷一看就喜欢得不得了，当场就认了干女儿呢！

秀山的语气平淡，但富察氏仍然能听出那其中掩饰不住的喜悦。看着秀山高兴，富察氏忍了忍，没提富祥的事，她不想秀山一回来就给他添堵，也许那只是萨林保即兴的说头，她也没必要扫秀山的兴致。她便细细打听了需要为福儿选秀准备些什么，以及何时启程。秀山一一说了，还说，这日子看着还长，细数，过了二月二，很快也就到了。富察氏说可不，还真得抓紧预备着呢！秀山说，这些日子看着点儿福儿，别再让她到处乱跑，跟着素韵好好读书。富察氏告诉秀山，福儿读书很有长进，画儿也画得好着呢，都有人求她画蝴蝶了。秀山很高兴，说哪天验看验看。夫妻俩商定了，福儿要选秀的事别张扬，暗地里准备就是。

接下来的日子，富察氏一直在为福儿准备着出门用的东西，最紧要的还是要做上几身新衣，王爷送的杭绸锦缎倒是足够了，成色和花色也都上好，请了谢裁缝来家里量了尺寸。福儿见给她量尺寸还奇怪，说，年前不是刚做了几身咋又做？佟佳氏笑说，女孩子到了这个岁数就得准备嫁妆了，谢裁缝比着尺子也附和着。佟佳氏的绣活儿好，大包大揽地说绣活儿都交给她。又说，让素韵给新画儿种花样子，不跟别人重了样的。瓜尔佳氏自告奋勇要给姑奶奶做几双鞋，花盆底鞋和马蹄底鞋，还有平底绣花鞋。二嫂喜塔拉氏一时想不出自己能做啥活儿，便说她可以代五格格去采买零七八碎的用品。按理这些活儿都该是福儿自己做的，旗人家的女孩子自小就会绣花，稍大些便给自己准备嫁衣，怎奈福儿不是那块料，只能劳驾嫂子们了，嫂子们也乐得讨小姑子欢心，富察氏便由着她们去做。瓜尔佳氏和佟佳氏还不时地出主意，要绣枕头顶，还要绣幔帐、床帷、挡帘，甚至要越俎代庖帮着绣给男方的烟荷苞。富察氏心知这些个东西选秀是用不上的，不过早晚用得上，她也没反对，只告诉媳妇们先可着那要紧的物件置备。

富察氏闲下来去了西厢房，想看看素韵画的花样子。

素韵给福儿的嫁妆画花样，自然尽心地画。她还特意去看了做衣服的面料，什么颜色什么质地还有花色，然后决定如何搭配，领口袖头云肩，左衽大襟、裤脚，都一一地选了花样，画在了宣纸上。素韵有心，有几处专为福儿留出了画蝴蝶的空间，让她自己填补。隔了一会儿回来，却见福儿根本就没动笔，沉着脸靠炕琴坐着抽起了烟袋。素韵问，五格格咋了，是不是嫌我画的花样子不好看？福儿拿下烟嘴儿，说，我想起来了，她们骗我呢，根本就不是啥嫁妆，是让我去选秀穿的。素韵愣了一下，笑说，怪不得以前五格格问我宫中的那些事，原来五格格有这福气呢！能选秀不是更好，更得穿得光鲜一些，才能让皇上太后入眼呢。福儿却呸了一声，说，你高兴个啥？啥好事啊，要去你去！

素韵被抢白了几句，脸红了，垂手站着，再不敢说话了。

这当口富察氏进来了，正看到这情形，便问，咋了？福儿你干啥又欺负素韵？

素韵急忙解释，说，大奶奶别冤枉五格格，五格格没欺负我，我俩正商量着画花样子呢！

福儿却不顺着话头，说，讷你跟我阿玛说，我才不去参加啥选秀呢，谁爱去谁去！

富察氏说，你阿玛都替你办好了，哪能说不去就不去？再说，这也不是谁想去就能去的事啊！

福儿说，我都打听过了，咱乌拉这地界，早在雍正朝的时候，就不让参加选秀了。

富察氏倒惊讶了，说，你倒先打听了？是素韵告诉你的？

福儿在炕沿边磕灭了烟袋，噌地下了地，甩下一句话，我跟素韵说得着吗？反正我就是不去，打死我也不去。说罢，摔门出去了。

秀山从衙门回来，富察氏学说了福儿的事。秀山倒是没生气，闷头抽起烟来。福儿说的没错，清宫选秀制度从顺治开始，延续至今已有八十多次。早年乌拉地方旗人家的女孩子，无论是官员之女还是庄头、牲丁之女，都是要参加选秀的。直到雍正年间，皇上才颁下旨意，盛京、打牲乌拉等处，居住窎远，往返维艰，嗣后停止拣选女子。庄头、庄丁之女亦停止拣选，原记名者并除之。此后，乌拉地界的女孩子便再没了选秀之虞。这一旨意虽是解除了旗人家女子的婚姻禁锢，却也断了许多人借选秀的途径攀龙附凤的念头，因为一旦秀女被留了牌子，就有可能被选为妃子，运气好的，或可晋身皇后，就如同当年的乾隆皇后乌拉那拉氏一样。乌拉那拉氏就是通过选秀被雍正帝赐给当时还是王爷的乾隆做了侧福晋，又一步步登上皇后宝座。虽说后来因为触犯了乾隆爷被夺了四份册宝，死后仅以皇贵妃的身份入葬，而且是唯一一个没有谥号的皇后，但那只能怪她运气不好。人们看到的是她曾经的辉煌，便很是羡慕那些有机会参选秀女的，真有那份幸运便可谓一步登天，最差的也会做了哪个王爷的福晋，家族也会跟着显赫起来。无奈乌拉地界已经多年不参加京城的选秀了，许多人家纵有野心，却没了机会。秀山这么些年来原也没有这个心思，只是近年来总感觉自己的地位不稳，又看到协领萨林保攀上了高枝，渐渐地有些拿他不当回事了，便忽然动了念头。他并不认为这是拿女儿的幸福来换自己的前程，他也是为女儿着想，女儿如果真能一步登天，那也是享不尽的荣华富贵。他做打牲衙门总管，掌管着乌拉地界大片的贡山贡河，这贡山贡河中的山珍野味，尽数都属于皇家，他能想象得到，那些宫中女人享用他送贡的山珍野味时的惬意和满足，他多么希望那其中也有自己的女儿，他愿意采尽天下的美味，让女儿尽情享用。为此，他才费尽心机，攀上了热河都统蒙古王爷依敏，认了干亲，让王爷将福儿当作自己的女儿送去选秀。他希望女儿能体谅他的一番苦心。

看秀山好半天不说话，富察氏试探着说，福儿若是真不想去，我看就别逼她去了。

秀山瞪起了眼睛，说，你糊涂！且不说该不该逼她去，选秀的事是儿戏啊，想去就去，想不去就不去？依敏王爷已将福儿的名字逐级上报造册，这会儿怕都到了户部了，就是想撤回来都不可能了。

富察氏为难了，说，若福儿硬是不去，该咋办？

秀山说，不用理她，还反了她了！

福儿说过了那番话，倒好像也没什么反常的举动，每日仍旧跟着素韵念书习课，该玩儿就玩儿、该笑就笑，出门看了什么有趣的事，回来兴致勃勃地学说一番，自己觉得可乐的就乐一阵子。看她这样子，似乎也没动什么心思，反正这会儿也用不上她，富察氏便不再跟她计较，只是心里总是惴惴不安。

到了二月二，一大早富察氏就带着儿媳妇们开始在院子里熏香，哈什里的粮囤，房山墙垛，房基的石缝，窗台和抱柱的柱缝，见缝就插，富察氏一边插，一边嘱咐别忘了查看，小心走水[①]。院子里到处弥漫着年息香的香气。早饭吃过了油炸糕和豆面卷子，男孩子们便都被捉了过来，一个一个地剃龙头；灶头老富从哈什里搬出了冻得结实的猪头。猪是腊月杀的，年三十儿用这猪头供了祖宗，初六便撤了下来，送进哈什冻上，单等了这天磕开架火烀上，这是二月二的主菜，龙抬头的日子，必是少不了的。这个时候又是赖德才最忙的时候，里外院都得他照看着，谁该干什么，他都紧着招呼，有那动作慢的或听不明白话的，他就呵斥两声骂上一句。院子里除了孩子们的笑闹声，就听他那尖嗓门儿了。

秀山早早地从衙门回来了，脸是沉着的，永泰跟在后面，一副惶恐不安的样子。富察氏一看这情形，便知是出了什么说道。她装上烟，递给了秀山，又把烟笸箩推给永泰。永泰站在地上没敢动。富察氏试探着问，遇着啥事了？秀山坐在炕上，只是吧嗒吧嗒地抽烟，眯着眼睛没吭声。永泰说，还不是福儿的事，萨林保跟阿玛摊牌了。

秀山拿开了烟嘴儿，问，福儿呢？

富察氏说，刚还在院里玩儿呢！叫她来吗？

秀山想了想，说，算了。事情已经这样了，咱们商量个办法吧。

永泰说，怨我，我不该给福儿开那张官票，不然也出不了那事。

秀山说，现在说这些都没用。萨林保就是要借机整事儿，咱是被他拿住了，咋解开这个扣吧。你和福儿，我得舍一个。要么让福儿嫁给富祥，要么你就等着上面降罪。

永泰说，我不怕。若这样能把事情平息下来，我就等着他参，大不了我做打牲丁去。

秀山瞪起眼睛，说，糊涂！萨林保稀罕参你个翼领吗？他瞄着我呢！

富察氏说，要不，把福儿许给富祥也行，咱两家也算门当户对。他俩也是从小玩儿到大的，富祥虽说没了一只胳膊，反正他那家境也用不着他干啥，碍不着啥事。

永泰说，可福儿不是要去……

富察氏说，那也是没有准儿的事，哪那么准成就选上了？

---

① 走水——方言，失火。

秀山吐出口烟，说，我就是不甘心哪！

富察氏听出秀山虽是不情愿，可也认了。虽是无奈之举，细想想，也坏不到哪儿去。而且比起进京选秀，富察氏从心里更愿意女儿嫁在家门口，这样就没有那么多不测之虞了。她心下倒暗暗有些欢喜，只是面上没敢流露出来。

秀山说，那就这样定吧。你得跟福儿说说，咱就等着萨府上门提亲吧。

富察氏有些犯愁地说，这咋跟福儿说呢？

秀山说，有啥不好说的，她不是不想去选秀吗？那就嫁人！

第十五章

福儿忽然撒起了癔症。

她先是不声不响地沉默了两天，然后像个游神似的飘出了大院。其实这个时候谁也没理会她有什么异常，直到她开始发病后，彩玲和素韵对人回忆起五格格发病前的行踪，才恍惚有了这些印象。至于福儿出了秀府去了哪里，见了谁，遇到什么事，却是没人说得清了。当然这些已经不重要，要紧的是赶紧给福儿瞧病，福儿的“癔症”是越发地让人没办法忍受了。

福儿最开始撒癔症是自言自语，似乎那两天的沉默积攒下来不少的话，她就没时没晌地说。素韵和彩玲先还以为是在跟她俩说话，听了听却是没听懂，再细问福儿也没有反应，仍是自顾自地说，直说到闭上眼睛睡觉。本来以为睡一觉就会好了，谁想第二天一睁开眼睛她就又絮叨起来。素韵和彩玲一开始还想瞒着富察氏，说不定五格格癔症两天就会自愈，现在一看是瞒不住了，彩玲就哭哭啼啼地禀报了富察氏。富察氏赶紧到西厢房来探视。福儿一见富察氏，眼睛立了起来，手指着门口喊着让她出去。富察氏就骂了一句，这死丫头，病糊涂了，连你讷都不认得了？福儿还真就不认得讷了，嘴里越发地吐出不恭的词语来，气得富察氏俯上身来，劈手就打了她一巴掌。这一巴掌打得扎约[1]了。福儿躺在炕上打起滚儿来，又哭又叫，尖着嗓音喊着，打，打，叫你们打，打死我吧，早晚得遭报应。还没等屋里人有啥反应呢，福儿又扑棱一下子坐起来，蹿下地就朝屋门跑去。富察氏急着喊，快拉住她！素韵和彩玲就上前去拉福儿，

① 扎约——方言，糟糕、错了。

福儿一抡把两个人抡开了，夺门而出。富察氏和素韵、彩玲边喊边追了出去，眼看着她出了屋门就朝通往后院的角门跑去，转眼就钻进了西花园。

荒了一冬的园子，又是雪又是泥的，到处散落着杂草，园子的角落里还堆着烧柴栟子和毛草。赖德才正指使着两个阿哈在收拾西园子准备开春种地，听见喊声，抬头见福儿披头散发地跑了进来，想也没想，冲过去就拽住了福儿。谁想福儿的劲儿大得出奇，竟然把赖德才拽得直趔趄，两个阿哈见状也冲了过去。富察氏赶来的时候，三个大男人好歹是把福儿按住了，听着富察氏的吩咐，半抬半抱着把福儿弄回了西厢房，又用麻绳捆上了手脚。捆住了身子却捆不住嘴，福儿的嘴里冒出一串串的话来，谁也听不懂，大家只能面面相觑。富察氏急得直搓手，一连声地问，这咋整？这咋整？

聚德堂善治疑难杂症的坐堂医宋凤久来了，还没凑到近前，福儿就朝人家吐唾沫，骂人家是多管闲事，断仙家的生路。宋凤久要给她号脉，可看这架势，根本近不得前去，更不敢解开捆她手脚的绳子。宋凤久摇头说，这病怕是瞧不了，请高人吧。

秀山闻讯从衙门赶了回来，轰走了围在窗前和堂屋地上瞧热闹的孩子和下人，径直进了屋。福儿一见他进来，竟然扑棱一下子翻到了炕梢，缩进了炕角。

秀山厉声问，你闹啥？

福儿一副低眉顺眼的样子，喃喃着，我要吃鸡！

后来人们就传说，福儿吃鸡吃得狼性，她不是吃煮熟的鸡肉，而是生吃，一手抓着鸡翅膀，一手捏住了鸡脑袋，连鸡毛都不煺，下嘴咬住了鸡脖子，吱吱地吸起来，直弄得满嘴满脸都是鲜红的血。福儿听人这样说她的吃相，自然是大为光火，说谁这样编排姑奶奶，活腻了是不？人们怕福儿手里的家伙，她有时拿马鞭子，有时拿弹弓，有时又拿把割肉的小匕首，更甚的是到后来，她手里竟然会拿着一把小枪。面对这样的一个福儿，谁还敢犟嘴？自然是乖乖地认错，离开福儿的视线，才敢辩解一句，她那病，一醒过来就啥都忘了。

秀山觉得福儿发病很是蹊跷，他问富察氏福儿这几日都干了些什么。富察氏也说不清，叫来素韵和彩玲，也只是说了说在大院里的情形，至于出了秀府的事，就没人知道了。门房才录跟赖德才说，看五格格这架势，怕是出门撞见啥东西被上身了。赖德才知道才录指的是啥东西，他半信半疑，悄悄跟秀山和富察氏说了。富察氏说叫来明毓、来昌几个常跟福儿在一起玩儿的哈哈珠子询问一番。秀山说算了，还问啥，传出去丢人，想办法扎古[①]吧。

这么大的事不可能瞒得住外人，整个乌拉城的人都在传说五格格被黄皮子上了身的事，说是五格格跟着几个哈哈珠子捣毁了黄仙的巢穴，那穴里住着的是一对儿。黄仙没了窝，自然怀恨在心，伺机寻人闹事。几个哈哈珠子年轻力壮，黄仙上不了身，只这五格格是个女孩子便被黄仙瞄住了。黄皮子迷人，在乌拉地方不是什么奇事，人们感兴趣的是，被迷的是秀府的五格格。隔天，人们便知道秀府请了汪屯的大萨满。汪屯是秀山家族的世居之地，大部分族亲还都留居在那里。大萨满也是家族的萨满。因为秀山是衙门总管还是族长，所以每每举行官祭或者龙虎年办族谱，也都由大萨满主祭。大萨满带着栽力们在乌拉城一露面，人们就知道秀府有热闹看了。可秀府深宅大院，不是随便什么人都能进的，尤其府里出了这样的事，更是讳莫如深，外人任是谁也进不去了，这更增加了人们的猜疑和推测。有的说，大萨满一进屋，五格格就吓得口吐白沫翻了白眼儿，四脚朝天地乱哆嗦；有的说，五格格根本就没把大萨满当回事，照样地口出狂言，诅咒不休；还有的说，大萨满坐在炕上，和五格格唠了好长时间，两个人说的话谁也听不懂，只是看着两个人说话一会儿急一会儿缓的，像是争执啥事，又像是在商量……

秀府的人是顾不得外边都在如何传说了，关紧了大门，不让一个外人进来；又把孩子们和闲杂人等都撵开了，免得碍事。内院里摆上了香案，案上供着饽饽果子，主供是只鸡；大萨满换上了神衣神裙，扎上腰铃，手上拿着抓鼓，和几个栽力一起打起了老三点。大萨满边击鼓边唱起了请神歌。鼓点先是徐徐敲响，一下一下的，然后逐渐加快。大萨满双目紧闭，身子随着鼓点一下一下颤动，腰上的铃铛和着鼓点哗啦哗啦地响。唱着唱着，只见大萨满眼睛一瞪，神情大振，浑身都开始运动，声音也高亢起来。一个栽力给大萨满戴上了神帽。只见大萨满的动作随着鼓点儿由徐转疾，身子抖动着，腰铃声便成了碎碎的一片。他两手扯着神帽上的彩绸反展双臂，半身俯下，模拟着鹰展翅飞翔的样子。众人知道这是鹰神来了。鹰神舞动了一阵，突然做了个翻飞动作，直朝福儿住的西厢房冲去。不一会儿，就听西厢房里传出尖叫声，东西摔碎的声音，还有扑腾扑腾的扭打声。房门再次开了，一个人尖叫着冲了出来，竟然是福儿。

① 扎古——方言，医治。

披头散发的福儿尖叫着，哭喊着，间或还大笑着。众人惊愕之间，她已经撞开众人朝角门跑去。聚在附近的孩子和女人们被吓得吱哇叫着四散跑开了。还是秀山沉稳，急喊着，快跟过去！

秀山和赖德才等几个人追进了角门，福儿却不见了踪影，那间堆放杂物的哈什敞开了门，众人寻进去，只见福儿蹲缩在一角，浑身哆嗦着。秀山指着屋角的一堆杂物喊，快拆了这堆东西！赖德才和几个下人便乒乓地拆起来，拆到最后，就见一堆草窝里有一只黄皮子，正四脚朝天、张牙舞爪地扭动着。

赖德才拿起一把锄头就要砸，被秀山拦住了。

秀山说，放了它！

黄皮子扑棱起身子，瞪着小眼睛看了看众人，站起身子前后左右地摇摆了几下，像是在跳舞，然后便嗖地一下蹿得没影了。众人再看福儿，已经瘫在地上昏睡过去。

福儿大睡了三天，睁开眼睛便喊饿。守在旁边的彩玲一听便寒毛倒竖，颤着声问，姑奶奶是要吃鸡吗？福儿立起眼睛，说，你知道我不喜欢吃鸡，还问这废话。彩玲又问，那姑奶奶想吃哪口？福儿咦了一声，像是不明白地看着彩玲，说，平日里也没这么多废话，灶上有啥就吃啥呗。彩玲说，灶上怕都是些剩饭了，我让灶头给你重新做去。福儿又说，咋吃饭不叫我？我睡过头子了？彩玲说，姑奶奶都睡了三天了。福儿越发地不明白了，白了白眼睛，说，瞎掰。我昨儿个还去圆通楼那儿玩儿呢！彩玲问，姑奶奶不记得发生的事情了？福儿说，发生啥事情了？彩玲就不敢再说下去了。

福儿重新起炕后，府里的人都小心翼翼地哄着她，没人提她被黄皮子上身的事，最多说她发了几天烧烧得直说胡话。福儿的神情还是有些恹恹的，一副萎靡不振的样子，再没了从前那般精灵劲儿。素韵和彩玲都劝她出去玩儿玩儿散散心，照往常她得蹦着高儿地往出跑，这会儿却是懒懒地摇摇头，说没意思。她偶尔在院里转悠儿圈，有几次想进西园子还被彩玲劝下了，所以更多的时候是坐在炕上发呆。富察氏看着有些心焦，忧心忡忡地说，这咋的，魂儿掉了？

秀山问富察氏，跟富祥的事，你跟她提过没有？

富察氏说，提过了，她发病前几天我说的。福儿不愿意。

秀山说，这病八成就是从那儿来的。

富察氏惊讶了，问，能吗？

秀山说，咋不能？

富察氏思忖着，说，也是。我把前因后果都跟她说了，她不愿意也没招儿。福儿是窝囊出病了？

秀山说，照这么说吧。

富察氏说，那往下咋办？

秀山说，咋办？那得看萨林保想咋办。

富察氏说，萨府真要来提亲咋办？不是要把福儿往死里逼了？

秀山说，眼前要紧的不是萨府来提亲，是萨府肯不肯来提亲了。就福儿这样子……

秀山不说了，富察氏却听出他话中的意思，福儿若真这样下去，那就不是萨府肯不肯提亲，而是没人敢来提亲了。就连选秀这条路，怕是也走不通了。

秀山说，随他吧，反正我已经把话给萨府递过去了，他不来是他的事，就没道理再揪住老大的事不放。

自福儿发病，萨府就没出过声，也没有什么人上门探视的举动。这些秀府是没有闲心顾及了。秀山和富察氏眼下唯一的心愿，是把福儿丢掉的魂儿找回来。宋大夫是请不来了，老姑奶奶给出了一个偏方，抓五只蝎子，用鲜薄荷叶包裹了，以文火把薄荷包熚焦，碾成细末用白酒送服。据说这偏方治疗小儿惊风很是灵便。这大冬天的，哪儿还能抓到活蝎子？只好去聚德堂药铺弄了五只干的。鲜薄荷叶倒好找，老二媳妇喜塔拉氏喜欢闻那味儿，年年冬天都用木槽子栽了放在屋内窗台上，此时正绿着呢。老姑奶奶亲自煎制，拿给福儿，好说歹说劝服下去。福儿睡了一觉，起来仍是失魂落魄的样子。老姑奶奶看了看，说，没用活蝎子，这偏方不灵。

瓜尔佳氏出主意，给姑奶奶叫叫魂儿吧。

乌拉地方的小孩子有那惊着吓着的，晚上便做噩梦或者发烧，老太太们便会给叫魂儿。这事做起来倒也简单，让孩子站在门框下，老太太拿个葫芦瓢装上清水，用手指蘸了水，第一下弹向天空，第二下弹向地面，第三下摸摸孩子的头顶和脸或者耳朵，边摸边念叨：摸摸毛没吓着，摸摸耳吓一会儿。富察氏也曾给几个孙子孙女用过，管不管用的且不说，反正没坏处。富察氏便想在女儿身上试这一着儿。福儿倒也听话，闭着眼睛站在门框子下面，任着富察氏连比画带叫地折腾一番，躲在屋里的彩玲和素韵想笑又不敢，等富察氏停了叫魂儿，就过来接下福儿，嘴里说着吉利话，好了好了，姑奶奶的魂儿回来了！

又过了几天，福儿仍是无精打采，看样子这魂儿还是没叫回来，富察氏自忖是女儿过了适宜的岁数，叫魂儿这着儿不好使了。课自然是上不了了，富察氏叫来素韵和彩玲商量，找个啥事情能让福儿提起兴致来。左一个不行，右一个不妥，议了好一会儿，彩玲忽然说，明毓咋一直没露面呢？按理姑奶奶病了，他该来看看才是，以前恨不得天天都摽在一起的。这一说，还真提醒了富察氏，倒是有些日子没见明毓和那几个哈哈珠子了。富察氏说，秀大人不愿意福儿跟他们在一起玩儿，怕是不敢上家来吧。彩玲说，大人不愿意是不愿意，也没挡了那几个哈哈珠子偷偷出来进去的，咋这会儿倒讲究上了？富察氏转脸问素韵，你知道咋回事不？素韵说，倒是有些奇怪，近些日子也没听五格格提起过。彩玲说，八成是又闹别扭了，姑奶奶的病该不是他们惹的吧？富察氏心里核计，不是他们惹的，怕也跟他们有关。彩玲说，要不，请明毓他们来玩儿玩儿吧，或许姑奶奶能高兴起来。富察氏寻思一会儿点头了，只要能让女儿恢复正常，什么法子她都会试试。谁知彩玲回去一说要请明毓他们来府里玩儿，福儿立即变了脸，嚷着，不见，我烦，谁也不见。

后来，素韵提议，带福儿回乡下住一段日子，让她换个环境心病或许就好了。试探着跟福儿说了，没想到她竟然同意了，还刻不容缓就要走。富察氏本来还想着准备些女儿的日常用项，却是来不及了。素韵说我家虽简陋，倒是不会让五格格冻着饿着，大奶奶别担心。富察氏说不是这个意思，是怕给你家添麻烦。富察氏还是紧着让赖德才带上了些吃用的东西，套上了马车，送素韵和福儿还有彩玲去蜂蜜营。

尚秉致因为官学还没开学，正好也在家，对福儿的突然到来很是惊讶，也不便细问，忙着让素俊收拾素韵住的东屋。素俊尽管对福儿早有成见，此时也不敢怠慢。素韵把自己的东西都挪到了北炕，说和彩玲一起住在北炕，南炕让给五格格一个人住。赖德才把给福儿带来的一应用品都搬到了南炕，让彩玲收拾着，临走告诉素俊，把冻鱼冻肉什么的放在外面冻上，随用随化，不用省，若是五格格住得长久，过些日子他会再送些东西来。大家忙这忙那的时候，福儿只是干坐着，神情漠然。赖德才跟她告别，询问她还需要啥，她只是白了他一眼，似乎周围的一切都与她没什么干系。

素俊悄悄问素韵，五格格还打算长住啊？素韵说，没准儿，或许明儿个就走呢，得看她的性子。看素俊满脸的疑问，素韵说，哥我知道你要问啥，以后告诉你，眼下别怠慢了客人。素俊便不再多问，出去抱柴火烧炕做饭。凭他的聪明，还是看出了一些端倪，他跟在灶上帮着他忙碌的彩玲说，五格格这是得了心病，准是受了啥刺激。彩玲便把五格格被黄皮子上身的事学说了。素俊似信非信，问大萨满把五格格身上的黄仙儿赶跑了？彩玲说，不是大萨满赶跑的，是秀大人赶跑的，秀大人一身正气，啥东西都怕他。素俊说，既是黄仙儿被赶跑了，五格格咋还像梦魇着似的？彩玲说，五格格怕是被黄皮子摄住魂儿了。眼下得想啥法子把五格格的魂儿找回来。

第十六章

福儿在蜂蜜营住了下来。

蜂蜜营是五官庄之一，最早住的都是为皇家采蜜的蜜丁，所以叫了蜂蜜营。康熙四十五年建五官庄，由原来的五十户蜜丁中拣选七十人编为五屯承种官地，蜜丁们不去采蜜的季节便种庄稼，收了庄稼上缴衙门留作公用或军粮。官庄的庄丁都是世袭，世代奴才，不得随意离开官庄外迁，每丁种十五垧官田，自己种不过来也可招佃，租给那些关内的流民。这些流民被称为旗下人，不能与庄丁混居，只能在租种的官田边搭窝棚栖身。庄丁们虽是有了田，但朝廷的蜜贡不能断，每年的寒露后仍然要上山采蜜，衙门会出派骁骑校、委官、领催、珠轩达等二十余人，率蜜丁、杂役六百余人，由吉林将军衙门开具勘票，分路进入设有卡伦的舒兰、霍伦、冷风口、珠策等窝集处采蜜。蜂蜜分生蜜和熟蜜，又有蜜脾、蜜尖。每年的十二月要专程进京送贡，白蜜十二匣，蜜尖十二匣，蜜脾十二匣，生蜜六千觔，以猪皮将篓口封闭粘贴印花，呈交内务府清茶房。蜜丁的祖上据说都是明末总兵吴三桂属下的，被清廷招抚后发遣到乌拉，做了庄丁；也有说是康熙平三番时被俘的士兵，这从很多庄丁都是回民可以证明。蜂蜜营的庄丁中都是汉人和回民，却是随了旗的。唯一特殊的一户，便是尚秉致一家，是从京城流放来的罪人，连奴才都不如。庄丁们每月还有饷银一两，尽管经常被拖欠，毕竟还有些指望。纳贡数量超额，还会有些许的奖励，年轻些的若做了披甲兵获了军功，还有机会升迁。可流人便没有这个待遇，配给的官地，收成勉强供给自家的用度，加上不适应东北苦寒之地的气候和生存境遇，其艰辛难以想象。尚夫人随丈夫发配来乌拉城没有几年，便在贫病交加中过世，撇下尚秉致带着幼子幼女苦度光阴。幸亏因了尚秉致有学识，被乌拉地界的官员聘作塾师继而又做了官学的教习，能得些赏银之类的贴补家用，生活才稍有改善，总不至于挨饿受冻。来的年头多了，尚家也渐渐地融入了当地的生活，表面上似乎看不出窘境，可只有自己知道，他们唯一的出路便是等待皇帝赦免招回京城或回到原籍。已成年的素俊因为是罪人之后，根本就没有挑缺或者做披甲的可能，如果父亲不被赦免，他就永无出头之日。更命运未卜的是素韵，作为罪人之女，等待她的要么是为人做婢，要么被指配给打牲丁为妻。而眼下被招进秀府做五格格的侍读，对她来说是最好的际遇了。

福儿住进尚家，最提心吊胆的是尚秉致。他嘱咐儿子恪守礼节，尽量回避与五格格见面；他不时督促女儿对五格格嘘寒问暖，别让她冻着饿着，还特意为她准备了一支烟筐箩；他把家里的黄狗也拴住了，生怕惊吓着五格格。过惯了深宅大院生活的小姐，在这穷家寒舍肯定有许多的不适，处处都要照应着。尚秉致的小心谨慎，让素俊很是不以为然，说五格格住到咱家，不就是想换个环境换个活法吗？若还是像她在秀府里一样，也就白费了妹妹的一番苦心了。尚秉致也认可这说法，只是不敢稍有疏忽，长年的罪人身份，让他从骨子里已经变得事事谨小慎微。没几日，官学要开学了，他得离家去乌拉城，临走时千叮咛万嘱咐，素俊和素韵都点头应着，让他放心走，他们会照顾好五格格，保证不出任何差错。

福儿住进来的头几天，还是有些蔫蔫的，素韵说要陪她到屯子里转一转，她也不反对。屯子不大，十多户人家，几十口子人，眼下刚过了雨水，还不是种地的时候，庄丁们都在家待着。吃过了早饭，闲着的人便东家走西家串，有的闲唠嗑有的打打小牌；勤快的人收拾着犁铧镐头、清理着鸡窝猪圈。秀府的五格格住进尚家的消息早已传遍了屯子，人们看见五格格和素韵、彩玲从院外走过去也没觉得奇怪。素韵和屯子里的乡亲都是熟悉的，笑吟吟地打着招呼，遇到那热情往屋里邀请的就回头看看福儿，见福儿没什么反应便客气地回绝。彩玲嘀咕着，这要照往常，姑奶奶得撒着欢儿地往人家钻。素韵说，别急，慢慢会好起来的。富察氏隔两天就打发人来看福儿，也送过几次东西，多是吃货，见福儿挺平静，也就放心了。

素俊听从父亲告诫，尽量回避与福儿见面，反正他也不喜欢福儿，便刻意躲着，每天除了干活儿，就是关在屋里读书写字。可家里太小了，东西屋对面住着，出来进去的，想不见面都不可能。素俊想从西屋出来，都先站在门后听听外屋的动静，确定了对面不会有人出来时才敢推门，可有时忘了或者没拿捏准时刻，碰面就难免了。不得已见了面，素俊都客客气气的，礼让着福儿，那副低眉顺眼的样子令素韵都忍俊不禁。福儿先还没在意，如此几次之后，素俊再一次如法炮制时，她生气了。她手里正拿着烟袋，随手照素俊的头顶敲了一烟袋锅，嚷着，装啥装？素俊捂着脑袋回了嘴，说，你干啥打我？福儿气上来又扬起了烟袋锅，说，我叫你装！素俊哪是受这气的人，伸手扯住了她的烟袋杆。听见外屋的争吵，素韵、彩玲都出来了，就看见素俊和福儿在拉扯那只烟袋杆。素韵喊着，哥你太无礼了！素俊甩下烟袋杆，瞪了福儿一眼，转身走回屋里。素韵这边又安慰福儿，说，五格格对不起，我代我哥给你赔不是了，你千万别生气。福儿却扑哧一声笑了，说，我生啥气，我解气着呢，去劝劝你哥吧！彩玲拍着手说，姑奶奶会笑了！

这还是福儿发病以来第一次笑，说明福儿被迷住的心开了点儿窍儿，说不定慢慢就会好起来。素韵的心里轻松了一些。素俊无辜被敲了一烟袋锅，本来挺生气，念福儿是个病人，也犯不上与她计较，便不再多说。吃晚饭的时候，福儿突发奇想，说让素俊一起上桌吃饭，打发彩玲去西屋喊他。素俊自然是不肯，素韵又来请，说，哥你别惹她生气，好歹应付着。素俊便嘟囔说，这还真请来个姑奶奶。

素俊进来了，看脸色就知道他不情愿。福儿却视而不见，招呼彩玲给素俊盛饭。素俊说我吃过了。福儿说，还生我气呢，得了，我给你赔礼了。素俊说，五格格既然认错，那你告诉我，为啥打我？素韵急忙接话，说，哥你别计较了，五格格都跟你赔礼了。素俊说，我没计较，我就是不知道为啥。告诉我，往后我也注意点儿，别再惹五格格不高兴。她不是还打算住下去吗？素韵便忧虑地看着福儿。福儿说，素俊，我知道你骨子里瞧不上我，可你还装得像个奴才。素俊说，我就是奴才，装啥！福儿说，你愿意当奴才你就当，别在我面前装相。我天天在秀府里看奴才看多了。素俊说，你以为我愿意装咋的？不看在素韵的面上，我……素俊说到这儿，福儿斜着眼睛看他，挑衅似的问，你能咋的？素韵见话头不对，急忙喊了声哥。素俊缓了缓口气问，五格格，你到底要我咋样？福儿说，你咋样对素韵，就咋样对我。素俊就有些张口结舌，顿了一下说，素韵是我妹。福儿抢着问，我不是你妹？素俊难以置信，又无法回绝，便喃喃着说，哪敢高攀。福儿却说，算我高攀你，行不？看素俊还在迟疑，素韵接话说，哥你还执拗啥，五格格看得起你了。素俊这才笑了，说，那行，以后五格格也是我妹。

这以后，福儿每见素俊，便一口一个哥地叫着，素俊先还不适应，听得多了，便也坦然，开始像对素韵一样说话行事了。素俊要上山去收兽夹子，说，福儿跟我上山收夹子去不？福儿就痛快地应着。素俊又喊，福儿，帮我去拉柴火行吗？福儿披上外氅就跟出去。素韵看福儿的兴头十足，便也不好阻拦，本来自己该跟去的，可这些活儿，她是从来不做的，虽然家境窘困，父亲仍然把她当小姐养着，素俊也从不劳驾她。她弱弱的身子骨也实在不适合做这些粗活儿，便只好喊彩玲跟着。福儿不喜欢彩玲跟着，直往回撵她。素俊说，让她一起去吧，多个人热闹。

这天，素俊提着一个装满东西的布袋子要出门，却没叫福儿。福儿追上去问，哥你去哪儿？素俊说，出去办点事儿，今儿个你就别去了。福儿说，我要去，我在家里没意思。素俊迟疑了一下，同意了，嘱咐说，你不许对人讲看到的。福儿更感兴趣了，痛快地应声就走，素韵忙喊彩玲跟了去。

今儿个天好，乌孙照在身上有些暖意，地上的积雪已经融化，路很泥泞，走在上面直溜脚。素俊挑拣着道眼儿，领着福儿和彩玲穿过大片闲置了一冬的庄稼地，朝山脚奔去。然后又沿着一条上山的小路走进了一个山坳，就见半山腰处搭着个地窨子。素俊朝地窨子喊，有人吗？地窨子里就钻出一个人来，站在窨子口看他们，没说话，显然是对这一行人感到意外。素俊说，没事，都是朋友。这人才说，哥你来了。这人戴着一顶狐皮帽子，长长的狐毛遮挡了眼睛，一说话露出一口白牙，听声音却是个女的。素俊介绍说，小琴，这是五格格。小琴急忙双手拢住行个万福礼，说，五格格好，小琴给五格格请安了。小琴摘了帽子，福儿笑了，说，我见过你，你不是那个唱莲花落的吗？咋会住在这儿？你阿玛呢？小琴看了看素俊。素俊说，她问你爹去哪儿了。小琴说，山后。福儿说，他眼睛不是瞎了吗，自己能走？小琴笑了一下，说，能走。福儿围着地窨子转了转，又问，咋住这儿呢？素俊说，不住这儿，就得冻死。素俊把拿来的布口袋放进了窨子里，告诉小琴，是五格格从秀府带来的，冻鱼冻肉啥的，都是好嚼果儿，送你和叔的。小琴急忙说，谢谢五格格。福儿看了一眼素俊，也没反驳，还是对地窨子感兴趣，撩开挡门的草帘子钻进去，只片刻就退出来，用手扇着鼻子说，有股啥味儿。小琴有些难为情，素俊替她说，能有啥味儿，捂巴[1]味儿。一冬天住在里面，不通风不透气的，能有啥好味儿。福儿问，为啥住这儿？素俊说，五格格问傻话呢，若是有住的地儿，谁会住在这儿？正说着话，从山丫口走来一个人，肩上扛着一捆柴。小琴说，我爹回来了。福儿看那人，却不像瞎子，行动自如，也看不出老态。素俊早已迎上去，帮着卸下肩上的柴捆，放在地窨子边上。素俊问小琴爹，山后那块地儿咋样？小琴爹说还行，我拾掇了一下，还平整，天气再缓一缓就能翻了。福儿听不懂他们说什么，也不感兴趣，盯着小琴爹左看右看，看得小琴爹有些疑惑。素俊介绍说，是五格格，总管大人家的五格格。小琴爹急忙施礼，说，给五格格请安了。福儿说，你不是瞎子？小琴爹笑了，解释说，唱莲花落要饭，装瞎的，要不没人给钱，五格格见谅。福儿笑了，说，你装得还真像。

小琴父女俩从关里流落到此地，一路边走边卖唱，年关前走到乌拉城，白天进街里卖唱讨点儿饭钱，晚上便在街外面随意找个遮挡风雪的地方住下。乌拉城真是个好地方，街里面热热闹闹的，人们出手也大方，父女俩就想在这里多盘桓些日子。不料这里的冬日太冷了，冰天雪地的实在难熬，小琴爹受寒病倒了。赶上过年，闭市了，人们都猫在家里，街市上冷冷清清，卖唱也很少人围观给钱，又不敢上人家去讨要，一天吃不上一顿饭，父女俩便商量着到乡下走走，至少能要到一口饭吃。谁想这里地广人稀，出了城不远，周边就都是树林子，走多远见不到一个屯子，眼看着天黑了，却是前不着村后不着店，周围或是黑幽幽的林子，或是白茫茫一片大雪地。身上单薄的衣服抵挡不了关外的风寒，肚子里又没食，小琴冻得直哭。父女俩眼看着要冻僵在旷野中，可巧那天素俊上山了。他偷偷在林中安了几个兽夹子，要捕点儿野味给父亲和妹妹过个年，可惜收获不大，只捕到了一只狍子。怕人发现，等到天黑才下山，在半道上遇到了快要冻僵的爷儿俩，他连拖带抱地将他们弄回了家。尚秉致和素韵急忙帮着把父女俩弄到炕上，家里所有能御寒的东西都用上了，好歹让这父女俩缓了过来。尚秉致问素俊进村时可有人看见，素俊说他只顾了拖拉人，哪还顾得看周围有没有别人。尚秉致没再说什么，安顿父女俩吃了饭睡下。当晚小琴爹发起烧来，尚秉致和素俊用烧酒搓他的手脚和心口窝，忙乎了一宿，天亮

① 捂巴——方言，发霉。

时小琴爹的烧算退下来了。小琴爹清醒之后，对尚家父子自然是感激万分。尚秉致说这倒不必了，本当救人救到底，只是不敢留你们住下，被人告发，就要担个容留浮民的罪名。小琴爹一听就明白了，起身就要下地。尚秉致急忙拦住，说即便走这会儿怕也不能出门，就委屈你们躲藏一日，等天黑后再走。

可往哪儿走，小琴爹直犯愁，他们一路走来，并没有准地儿，也是走哪儿算哪儿，若是有好活人的地方，或许就停下了。素俊提议父女俩先找个能住的地方，熬过了这个冬天，山上有猎物、有野菜野果，水里有鱼，再找一个没人注意的地方开片荒地，这黑土地插根木杆都能发芽，好活人。尚秉致却担心被官府查获，就得治罪。素俊说，好多流民都是这么活过来的，官府也有顾及不到的时候，或许就是一条生路呢。小琴爹说只要能活下去，不让他的闺女流浪吃苦，他啥都能受得了。就这样，素俊指点小琴父女俩找了个废弃的地窨子偷偷住下来。这里离蜂蜜营不算远，翻过山梁，山背面有一块相对平整的坡地，开出来就能种地。眼下正是开化的时节，刚才小琴爹就是去山背后拾掇那块地去了。

回来的路上，素俊跟福儿说着小琴父女的遭遇，又提醒福儿不要告诉别人，尤其不能跟她阿玛说。福儿不以为意，说我阿玛又不能眼看着人冻死饿死。素俊说，是朝廷的律法，律法就是这样规定的，你阿玛也不敢违背。福儿答应不说。看得出小琴父女俩的境遇让她有些心思。

福儿虽说开始有了表情，有时也说笑，可眉宇间仍然郁结着一股气。素俊悄悄对素韵说，我才不信啥黄皮子迷人呢，五格格准是遇到啥事了，得想办法让她把窝在心里的那股气发出来。素韵问，能有啥办法？素俊说，得知道她是为了啥事。

素韵迟疑了一会儿，说，我也不知道猜得准不准，我就觉得这事跟明毓阿哥有关系，自打五格格有病，明毓阿哥连面都没露，不是怪了？

素俊说，你没问问五格格？

素韵说，我咋问？

第十七章

一大早，一个庄丁来叫素俊，说今儿是发放饷银的日子，庄头让他去帮着记账。素俊二话没说答应马上就去。福儿这些日子有些黏素俊，说啥也要跟着去看热闹，素俊就领她去了屯里看着稍殷实的一户人家，庄头每次来蜂蜜营发放饷银都是借这家的地儿。素俊问，你知道这庄头是谁？福儿说，知道啊。

蜂蜜营的庄头是那苏肯。庄头一般都是拣庄丁中熟谙农事、身强体壮且有才干的人选放，管着户册、地亩、官粮送交、牧放牛条等事，月食饷银二两，实实的一个肥缺。偏这那苏肯特殊，既不是蜂蜜营的庄户出身，又不善农事，只是总管大人的家奴，外放时指派下来的，明显来头不小，没有人敢小瞧他，都上赶着巴结。奇怪的是，五官庄的其他庄头不时会有变动，有的被人取代，有的擢为领催，按理有总管大人罩着，那苏肯很容易被擢为领催的，可总管大人似乎将他忘在这儿了，也可能那苏肯很享受这个位置，他在庄头之位一坐就是十多年，稳稳地不肯挪位。十多年间，这蜂蜜营似乎已经成了他的天下。

福儿跟在素俊身后进了屋。那苏肯看见她很意外，愣了一下，急忙招呼福儿上炕坐。福儿说别管我，你该干啥干啥，我就是看热闹。那苏肯说，那五格格我就慢待了，你随便。然后他就和素俊对面坐在炕桌上，摊开账本。那苏肯听着素俊的提示一个一个地叫着名字，那些等在外屋的庄丁，便一个一个地进来按了手印，领了饷银。庄丁的饷银说是每月一两，但从咸丰时起，还要“减改市钱两吊”发给，每两五成现银，按八折发放；五成现钱，按二吊五百文作银一两。光绪八年，因官丁俸银不敷办差，吉林将军请奏，加发市钱一吊，每两改放市钱三吊。庄丁领到手的饷银，其实已是七扣八扣，并不足数。有那多事的，便追问一声欠了两季的，咋会给这么点儿？老实些的只是嘴里嘟囔几声，也是不满。那苏肯就说，知足吧，这还是秀大人进京时哀求太后，皇上特意下旨让内务府拨付了部分欠银，能领着就不错了，还嘟囔啥？蜂蜜营总共十多户，成丁不过三十来人，有两个领寡妇银的，只一会儿工夫就唱完了名。素俊整理完了账本交给那苏肯，起身叫上福儿要走。福儿突然问，咋没有你的饷银？素俊笑了一下，说，我哪有份儿！说着还是要走。福儿说，不对，我看那盘子里还有剩下的碎银呢，咋会没你的份儿？原来福儿闲着无事，便屋里屋外地转悠看热闹，她看见那苏肯一趟一趟地进到里屋，称好碎银，拎起串成串儿的市钱，再拿出来交给唱到名字的庄丁，看到最后，那盘子里已不见了市钱，却还剩下一些碎银，便以为应该是素俊的。那苏肯说，五格格别误会，这账册上没有素俊的名字，我是不敢胡乱发的。素俊看那苏肯的脸色不好，便拉着福儿走了。路上，素俊说他是罪人之后，没有领饷银的资格。再说，这饷银也是旗人的铁杆庄稼，汉人没有福气享受这个。福儿咂咂嘴，看着素俊，眼神里透出一丝愧意，倒像她对不起素俊似的，说，哥你多亏啊！素俊笑笑说，这天下亏的可不止哥一个人。福儿说，我管不了那么多人，我就觉得哥你亏了。福儿还惦记着那些剩下的碎银。素俊告诉她，其实这便是庄头的油水了，每次发饷银，庄头都会暗中从每个庄丁的饷银里克扣个一钱儿毫的，这已是公开的秘密，庄丁们心知肚明，可谁也不敢说，生怕得罪了庄头，那就不知在哪件事上会找上来，更得吃亏。虽说都是旗人，可也不是一样的人，有人享福就有人吃亏。福儿哼了一声，说，明毓他阿玛咋是这样的人！

这还是福儿这么多天来，第一次主动提到明毓。素俊有心，便顺着话茬儿问，可真的，这些日子咋没见明毓阿哥来？福儿脸酸起来，说，提他干啥！素俊问，他欺负你了？福儿眼睛一瞪，说，他敢。他就是个混蛋！说着那眼神便有些游移起来。素俊见她这样，便没敢再往深了说。

第二日一大早，素俊说要进一趟街里，采买些日用。素俊走了一天，福儿这一天就有些坐卧不安，天傍黑时听到窗外柴门的响动，她眼睛一亮，说，哥回来了！彩玲就迎了出去。然后就听见外屋门响，有人进来了。素俊又在外屋磨蹭了一会儿才进来，福儿招呼着，哥快上炕暖暖脚。话音未落，眼睛直了，还有一人随着素俊身后进来了，是明毓。明毓笑呵呵地想要说什么，福儿却大叫起来，随手抓起炕上的枕头、笤帚疙瘩就撇下来，端起烟笸箩时被明毓抓住了手，她就大声叫喊，滚，你滚，我不想看见你！

明毓说，行了行了，别闹了，我都帮你了，你咋还闹？

福儿愣了一下，问，真的？

明毓说，真的，我哪敢骗你。

素俊和素韵不知他们俩在说什么，只是担心福儿还要发作。只见福儿怔了一会儿，突然哇的一声哭起来，哭得那叫一个痛快。

素俊说，让她哭，让她哭，她憋闷太久了，哭出来痛快。

众人就都由着她哭，听着她的哭声在低矮的房间里盘旋着。渐渐地声音轻了下来，彩玲才洗了一条手巾递给她。福儿满把满脸地擦着，见众人都看着她，突然难为情地用手巾捂住了脸，发出了哧哧的笑声。五格格笑了，听得出是发自肺腑的笑，众人都松了口气。

明毓也笑，笑过了，脸酸起来，说五格格真能作人，在自己家里作还不够，还作到屯子里来了。素韵怕明毓的话再伤到福儿，便给明毓使眼色。明毓没理会，倒是福儿注意到了，说，素韵你甭跟他眉来眼去的，以为我看不到啊？素韵红了脸，喃喃半天没说出话来。素俊解围，说，我俩赶了大半天的路，又冷又饿的，还不让我们上炕暖和暖和？福儿就往炕里挪了挪身子，算是约请了。素俊脱了鞋上炕，又招呼明毓。明毓没敢贸然，看了看福儿和素韵，说，我就坐边上吧，便侧身坐在炕沿上。福儿就张罗着让彩玲开饭。

这顿饭福儿吃得很开心，又说又笑的。饭后还自作主张，让明毓留下来，和素俊一起住西屋，说以后天天在一起吃一起玩儿。她却没提回秀府的事，似乎打算在此长住了。明毓说官学开学了，还要准备结业考试，他不敢耽误。这一说，福儿的脸就阴下来，说，那你现在就走吧！明毓张了张嘴，素俊急忙拦住他，说，住下住下，明儿再说。

明毓来看福儿，也是在素俊的劝说下才同意的，他不知该如何面对福儿。福儿发病前来家里找过他，告诉他阿玛已经答应将她许给富祥。明毓心里有些不是滋味，却又不知该说什么，便笑着说，好哇，富祥好哇，他家境好，他阿玛好，他家的院墙老高了，他那匹马不错，他的功夫也挺好，少了一只胳膊吧，也不碍事，独臂巴图鲁，嘻嘻，老威风了，将来挑了缺，说不定能熬上协领呢。明毓还想说下去，福儿眼泪汪汪地看着他，说，我不愿意。福儿的表情很有些可怜，他还从来没见福儿有过这样的神情，这让他心里一软，便轻了声问，那咋办？

福儿说，让你讷托人去跟我讷提亲，得赶在富祥家之前。

明毓犯难了，垂头站着，也不说话。

福儿追问了一句，你不愿意？

明毓说，不是，这事……我还没想好……

福儿又逼问一句，你不想娶我？

明毓还是无法回答，喃喃着，这事……怕不是这样办的……

明毓的暧昧态度终于激怒了福儿，她大叫着，滚！混蛋，你是大混蛋！你滚，滚得远远的，我再也不想看见你！

滚的自然是福儿，福儿哭着跑走了。明毓拔脚想去追，被讷喝住了。讷显然在外屋把啥话都听去了。讷告诉他，别去，你不能掺和。明毓说，咱得帮帮她。讷说，咱帮不了，这事是秀府和萨府的事。明毓说，讷，你托人去秀府提亲吧！讷竟然笑了，笑他说小孩子话，自己都不知道自己说的是啥，又说他都说不清想不想娶她。讷说了一大堆话，归结一句，就是不能去秀府提亲。明毓就迟疑了，不再坚持。过了两天，就听说福儿撒起了癔症，明毓想去探望，又被阿玛喝住了。阿玛不像讷那样好好说话，说，你也不照照自己，咱家能攀上人家秀府吗？门不当户不对的，总管大人咋会让他的女儿嫁给一个奴才？阿玛这句话倒是震醒了明毓。他知道阿玛说得对，他想起以往秀大人对他的态度，这让他有些泄气。阿玛断然锁了屋门，撂下狠话，出门就打断你的腿。

那锁其实是锁不住他的，木制的窗框禁不住他的一拳头，是他自己不想出去了。想到福儿可怜巴巴的样，他的心就有些软，可一想到要娶福儿，他的眼前又总晃动起素韵的影子。这让他左右为难，百思不得其解时他就蒙头大睡，也许睡过几觉，一切就都过去了。他一连在家里睡了几天，直睡到官学开学了。

开学那天富祥也来了。富祥养伤养胖了，本来就大的脸盘儿成了一只大发糕，身上披了件大氅，以掩饰那只空洞的袖子。明毓本还想安慰安慰他，可一想到他要挟福儿的事就来气，就讥笑他，够威风的，独臂大侠啊。富祥很敏感，听什么话都能听出弦外之音来，何况明毓本就带着语气说的，他立时脸就撂起来，说，明毓你啥意思？明毓说，你不够地道，人家五格格不愿意，你干啥非逼她？富祥说，碍你啥事？明毓说，不碍我啥事，那我也得说道说道。富祥突然嘻嘻一笑，说，说道啥？你干脆娶了五格格不就得了，连她身上的黄皮子一起娶了！明毓倒愣住了，片刻寻思过味儿来，更愤怒了，抓住富祥不让他走，愤怒地说，你小子咋这样？是你把五格格逼出病来的，现在又甩手了，说得过去吗？明毓正说着，富祥竟抬手一拳，猝不及防的明毓被打在左脸上，急眼了，回手一拳打过去，富祥就被打得连连后退，终于失去了平衡倒在地上。怒不可遏的明毓纵身骑了上去，挥起拳头就要砸，却在半空停住了。富祥躺在地上，哭着叫，你打，你打啊，打死我拉倒。然后就闭了眼睛等着挨打，完全没有了往日的豪气。想不到人丢了一只胳膊，便连性子也变了。明毓手软了，起身时顺带将富祥拉了起来，说，瞧你这熊样儿！明毓转身走了，富祥还在身后喊着，有本事你去娶了五格格啊！连她身上的黄皮子一起娶回来！

明毓逃学了，带着一股火跑去秀府看福儿。门房才录说五格格跟着素韵去蜂蜜营了。他本想立即去蜂蜜营，转念之间又变了想法，他理不清去了蜂蜜营，见了福儿他该说些啥，又能做些啥。还有素韵也在一旁，他又该如何面对她？明毓还没想明白的时候，素俊找上来了。素俊说，你就让她把那股火撒出来，撒出来就好了，五格格其实是个挺简单的女孩儿，她还能把你咋的？

果然，福儿见了明毓，发作了一通便顺了气，这让所有的人都松了口气，明毓的心里自然也轻松了许多。

第二日，明毓没再提回乌拉城的事，陪着兴致勃勃的福儿在屯子周围转悠找乐子。明毓约素韵一块儿去，素韵没答应，说走不了远路。明毓说你又没裹小脚。明毓说得无意，素韵却听得有心。这乌拉地界满人是不裹小脚的，只有民人有这习性，女孩子两三岁时便开始给缠上裹脚布。素韵母亲就是小脚，素韵一岁时她就去世了，没来得及给素韵裹脚，尚秉致也想不到这些，或者另有想法，便任由素韵的脚自然生长。这乌拉地界，甩着大脚片子的女人到处都是，她一个流人之女，本没有人在意她是不是小脚，明毓无心的一句话，却让她难堪至极，讪讪地转身避开了。明毓还想说什么，福儿却拉着他走，便作罢。傍晚的时候，两个人回来了，带回一只野兔，一只野鸡，吆喝着让彩玲架火炖上。彩玲边烧火边嘟囔，说这东西在秀府里有的是，她都不喜欢吃，跑这儿来倒当稀罕物了。素韵没搭腔，有些话彩玲敢说，她不能随便说，她知道五格格在乎的是和明毓一起出去玩儿的乐趣。只是她心里隐隐地有一种心思，令她有些不安。素韵悄悄跟素俊说，也不知找明毓阿哥来是好事还是坏事。素俊说，五格格开心就是好事。素韵说，只怕要耽误明毓阿哥的前程。素俊说，明毓阿哥自己都不在乎，妹妹你别跟着瞎操心。

早上吃过饭，明毓弄回了秸秆，坐在炕上编起了鸟笼子，说一会儿要带五格格去滚苏雀儿。福儿一脸随你去哪儿都行的表情，素韵忍不住插嘴说，五格格，咱是不是得做些功课了？福儿断然回答，不做。又说，素韵你啥意思？素韵说，怕大人问起来。福儿说，他知道我病了。明毓笑了，说，啥病？早都好了，还装啊？

福儿的脸色立马变了，瞪着眼睛说，你想回街里就明说，我又没捆着你拦着你，凭啥说我装病？

明毓也不是肯让步的人，就说，不管你有病没病，反正你也不能总这样住下去，住长了，人家哪养得起你一个秀府的格格？

福儿说，是怕我把素韵家吃穷了？要撵我走啊？

素俊就知道她是把明毓的话听拧了，急忙说，谁说要撵你走？谁敢？有哥在呢，哥的家就是你的家，你想住多久，就住多久。

明毓说，素俊大哥你不能这样宠着她。

福儿得意地说，你管不着！

福儿赢了，再没有人敢提让她做功课或者回街里的话题。福儿又拉着明毓去滚苏雀儿，看着两个人兴高采烈地提着鸟笼抓了一把谷穗走了，素俊跟素韵嘀咕，说倒不怕她能吃穷了咱，只是长此下去不是事儿，萨府已经放弃了这门亲事，她还怕啥？素韵寻思一会儿，说，怕参加选秀女。素俊惊讶不已，说雍正朝就停止了在乌拉地方选秀女，秀大人咋还动了这念头？素韵也说不清详情，只知有这回事。素俊说，既然是这样，也别劝了，由着她吧。

没过两天，秀府突然来人了，说无论如何要把福儿接回去。福儿还不想走，吵着往回撵来人。逼得来人说了实话，说三阿哥在西边阵亡了，魁福大人派人报的噩耗，带回了三阿哥的辫子。

第十八章

一路上福儿几乎都没说什么。从北门进了乌拉城，远远看到秀府大门的左侧，几丈高的柳木杆上挑起的红色引魂幡，那垂下的飘带，宛如人的四肢，很无奈地随风舞动着，福儿才幽幽地吐出一句，阿玛又没了一个指望。

秀府各道门的门楣上都系着白色的挽带，全府上下都穿着白色的孝服。旗人原是不以白色为凶，只因进关多年，受了汉人习俗的影响，便也开始穿白孝，但也只是穿件白衣而已，不穿白鞋戴白帽。秀府上下也有几十口子人，一色的白衣，出来进去的，便将这府院内外渲染得一片缟素。

灵棚扎在了前院，一具硕大的棺材停在灵棚的正中，头上悬着一只大葫芦；棺材前放着饽饽供桌，燃着香，两边摆着纸人、纸马、纸骡车、纸花等各种纸活儿。秀府的丧事，前来吊唁的人自然是络绎不绝，赖德才门里门外地引领着，永泰在灵棚前侍立迎接道谢，吊唁后便请入设在大厨房的丧宴。佟佳氏跪于灵前，脸色与身上的孝服无二，眼神呆滞，机械地向吊丧者磕头致谢，雪雁跪在她旁边，一脸茫然。

福儿换上了孝服，站在灵前有些不知所措。三哥的死虽然让她伤心，却没有那种痛彻肺腑的感觉，毕竟三哥离开秀府的年头多了，她印象最深的就是三哥无论冬夏，每天都光着膀子在院子里举石锁。三哥身强体壮，骑马射箭样样精湛，阿玛经常夸奖三哥是勇敢的巴图鲁。这也让福儿把他当英雄一样崇拜，但却像那些说部里唱的英雄，离她很遥远。可三哥毕竟不是传说中的人，是实实在在的亲人。他的死令秀府萦绕着浓浓的悲哀，这气氛又紧紧包裹着她，让她感觉到异常的压抑。按照赖德才的指点，她在供桌前点上一炷香，拜了三拜。

看着那具硕大的棺材，她的心里生出一种恐惧，她知道那里面没有三哥的尸首，只是他的一条辫子，但她还是害怕。她知道应该哭，那是她的亲哥，曾经活生生的三哥，此时却不知所终，只剩下一条辫子。可她就是哭不出来。她转身走向佟佳氏和雪雁，想安慰一下娘儿俩，一时又不知说什么。佟佳氏木然着一张脸，原来高高挽起的发髻从两耳边分垂下来两绺，梳成了辫子。这是丧夫的满人女子的发式，称为"落辫"。她的心已经被巨大的悲痛占据了，这样的大悲痛不是福儿能安慰得了的。福儿就拉起了雪雁的手。雪雁看着福儿，说，姑爸爸，我没有阿玛了！福儿抱住雪雁哭了。

正哭着，就见永泰引着萨林保和富祥来了，福儿立时擦了眼泪，看富祥的眼神透着憎恶。永泰生怕福儿不管不顾地发作起来，便上前挡在了两个人面前，面向萨林保和富祥做出引领的手势。福儿忍了忍没说出什么，无视萨林保，抬脚走了。富祥目光追随着福儿，想是要跟过去。萨林保扯了他一把，把他的目光和人一起拉回来。

永泰将萨林保和富祥父子二人引至灵棚前，给二人分别斟了三杯酒，二人接过，高举过头，然后洒进奠酒池，如是者三。待萨林保和富祥致祭后，又引至南客厅拜见秀山。秀山正在太师椅上端坐，虽然闭着眼睛，却掩饰不住满脸的悲戚。十五年前，身为协领的二弟贵升阵亡，也是以这种形式回家的。同样的情景，同样的悲痛，秀山重新经历了一遍，一夜之间，身心交瘁，他硬撑着，才不至于让自己倒下。

永泰悄声禀报说萨大人携富祥阿哥来了，他才睁开眼睛，欠了欠身子似乎要站起来，萨林保急忙趋前，打一千儿，说，请秀大人节哀。萨林保又说，三阿哥忠勇仁义，是我乌拉子弟的楷模啊。萨林保还说，本当效仿大人，送子弟披甲从征，只是我这不成器的儿子，平白地弄丢了一只胳膊，就是想为国尽忠，也无能为力了。秀山看着一脸诚恳的萨林保，却分明从那闪烁的眼神中辨出另一层意思来，只是他不能揭穿，他还要感谢萨林保前来吊唁。他又看了一眼站在旁边面无表情的富祥，礼节性地问富祥的伤可痊愈了。富祥刚要说话，萨林保却替他说，谢大人关心，犬子的伤已经不碍事，等官学毕业，若挑缺拣放个仓官笔帖式，也能胜任有余。秀山知道萨林保的意思，只剩了一只胳膊的富祥不可能再以军功立身，只能寻个文职，萨林保是相中了仓官这个肥缺，若富祥做了管理官仓的仓官，自然就有机会晋升。乌拉衙门治下职位有限，不出缺，便只能等待。每个缺，都有无数个人在候补，那就要看他秀山对谁青睐有加了。他不喜欢富祥，除了与萨林保那种隐秘的较劲外，富祥神情中透出的那种促狭和阴郁，也令他不舒服。他曾经暗想，若是富祥真成了他的姑爷，该会多么令人生厌。萨林保没再提结亲的事，却不合时宜自说自话地提起让富祥补仓官笔帖式的缺，显然是重新寻到了一个要挟他的质物。两害相权取其轻，如果不得已，他宁愿给富祥仓官笔帖式的缺。只是今天他没有心情详细诘问，丧子之痛令他无暇顾及其他。

萨林保父子走后，赖德才又进来禀报，说那苏肯来了。秀山对站在旁边的永泰说，你去答对一下，我累了，想歇一会儿。永泰知道他是不想见那苏肯，便走出南客厅。那苏肯领着明毓正往这边走来，永泰迎了过去，行了单腿跪礼。那苏肯虽是家奴出身，毕竟还算长一辈，外放后又做了庄头，何况作为丧主，对前来吊唁之客亦得恭敬才是，永泰不得不以晚辈身份见礼，然后说，家父悲痛过度，难以支撑见客，请那庄头见谅。那苏肯笑笑，说那就不打扰了。永泰就喊赖德才，让他请那庄头入席。那苏肯像没听见，转脸叫儿子，明毓，咱们回吧。明毓说，讷还在上屋呢。那苏肯不耐烦地说，让她自己回，又不是不认识路。明毓只好跟在那苏肯的后面朝大门走。这时，刘佳氏和老姑奶奶从垂花门出来了，看见父子俩要走，刘佳氏问，咋就走了？那苏肯说，祭过了，不走还留下干啥？听这话便有些牢骚味儿。老姑奶奶责备跟在后面的赖德才，说咋不留那庄头吃饭？那苏肯说，这饭吃不下去。刘佳氏对老姑奶奶说，瞧他，还这驴脾气。一向脾气很大的老姑奶奶却没在意，淡淡一笑，说，不吃也罢，这饭是吃不下去。明毓，陪你阿玛和讷回去吧。老姑奶奶嘱咐明毓的口气很是随意，还顺手捋了捋明毓挂在腰上的玉牌。

送走那苏肯一家，老姑奶奶站在院子里发了一会儿呆，永泰过来了，说姑爸爸你累了就歇一歇。这一天应对女客，也累坏了。老姑奶奶没搭这话茬儿，却问，你阿玛对那苏肯说啥了？永泰说，没说啥，连面都没见。老姑奶奶怔了一下，说，不见就不见吧，不过是个奴才。说着转身走进了垂花门。

富察氏病了。丧子之痛令她伤心欲绝，强撑着办完了丧事，送走了一拨又一拨前来吊唁的人，便躺倒了，又是喝汤药又是拔罐子的，折腾了十来天，好歹能起炕了，却还是没有精神头儿。赖德才来回事，她也是懒懒的，不再一一过问，让他自己看着办。有些事情赖德才能处理，比如给府里买点儿日用、付个年单子账折子什么的，可有的事他就不敢擅自做主了。佟佳氏要请萨满来过阴，私下嘱咐他去安排，他寻思了几回，还是来禀报富察氏了。富察氏一听便又流下泪来。

富察氏明白，佟佳氏是想丈夫，盼着能通过萨满与在阴间的丈夫见上一面。永恩出外征战一走六年，日思夜想着有荣归故里的那天，不料却命丧他乡。朝廷规定，在外阵亡的将士，尸首就地入葬，一律不得运回故乡，只能带回发辫。佟佳氏一见永恩的发辫就晕厥过去，千呼万唤地醒过来又哭得几度晕厥，后来不再大放悲声，却是整日以泪洗面。开始几天老姑奶奶和瓜尔佳氏、喜塔拉氏还轮番地劝说安慰，后来便没了耐心，由着她想哭便哭了。谁心里都清楚，对于佟佳氏来说，失去了丈夫，她的后半辈子谁也无法预测，佟佳氏不只是哭丈夫，也在哭自己。富察氏想想，也心疼起来。她的三个儿媳妇，比较起来，她更喜欢老三家的，温顺能干，略通文字，还不多事，唯一不足的是只生了一个女孩，原想着她还年轻，待老三回家来，还有机会再生几个男丁，如今竟成了空想。富察氏禁不住长叹了一声，告诉赖德才，既然老三家的想请大萨满，你就安排去吧。

晚上秀山回来了，富察氏把请大萨满过阴的事跟他说了，不料秀山坚决不允。秀山说老三死在战场上，死相必是惨烈，何况又死在遥远的西北，那魂还不知归了何处，或许成了孤魂野鬼，招回来怕要作人了，别闹得秀府不得安生。富察氏想想也有些担心，便叫来赖德才，嘱咐他明儿多买些纸钱拿到坟上烧了，告诉老三家的，请萨满过阴的事暂且作罢。后来赖德才回话，说三少奶一听不让过阴，又哭得一塌糊涂。富察氏叹口气说，让她哭吧，将来还有她哭的。

过了两天，佟佳氏说要带着雪雁去关帝庙烧香，富察氏先还不同意，说你和雪雁都是重孝在身，不便出门。佟佳氏就又哭了，说我得去，求关老爷保佑雁儿她阿玛的魂灵早日归来，我天天都梦见他在叫我。富察氏便答应了，让赖德才给三少奶准备些供品，备轿，派人照应着。佟佳氏说不坐轿，她和雪雁走着去，也不要人跟着。富察氏想关帝庙离家不远，就没再说什么。

佟佳氏和雪雁上午便出了门，直到下半晌才回来，到上屋给富察氏请安。娘儿俩的脸色都惨白惨白的，一看便是哭透了。富察氏也没多问，只是嘱咐好好歇着。不一会儿瓜尔佳氏过来了，一脸神秘地告诉富察氏，佟佳氏其实是领着雁儿找萨满过阴去了，是跟着老姑奶奶去的。富察氏很生气，说老姑奶奶就不怕府里事少，成心呢！

到了半夜，东厢房便传出佟佳氏的哭喊声，惊醒了府里的人。秀山和富察氏急忙赶过去，见佟佳氏抱着雪雁哭喊着。雪雁眼睛闭得紧紧的，浑身抽动，嘴里还吐着白沫。瓜尔佳氏已经在屋里了，守着雪雁又是拍打又是喊。富察氏急得直搓手，叨叨着，这是咋了？这是咋了？佟佳氏前言不搭后语地说，她阿玛、她阿玛要找她……秀山喝了一声，别瞎说！佟佳氏就不再说了，抱着女儿只是哭。秀山凑近前去，用力掐着雪雁的人中，不一会儿，雪雁停止了抽搐，慢慢睁开了眼睛，困惑地看看周围，说了句，讷，我困。转眼工夫，雪雁就睡着了。众人见她说话了，都松了口气。

秀山就厉声问佟佳氏，雁儿今儿个干啥了？

佟佳氏哭着说，雁儿说想阿玛，我就领她去关帝庙烧香。

秀山不信地说，烧香咋能烧出毛病来？

佟佳氏说，是烧香来着。

看着一脸悲戚憔悴的佟佳氏，秀山也不忍心逼她，见雪雁睡得挺安生，便回上屋了。富察氏本想跟他说老姑奶奶领着老三家的去过阴的事，忍了忍没说出口。秀山拿他这个嫩嫩没招儿，听了也只会干生气，她就犯不上再多事惹恼他了。

第二天夜里，雪雁又发作起来。佟佳氏学着秀山的样子，用力掐雪雁的人中，好歹掐醒了，雪雁却哇哇大哭起来，说阿玛来了，脖子上没有头，还冒着血。雪雁的哭喊又闹得府里人人皆醒，纷纷聚到东厢房来。老姑奶奶也来了，嘴里啧啧有声，说，老三这是无处安魂，闹人呢。

佟佳氏哇的一声哭起来。

秀山黑着脸，质问佟佳氏，是不是领着雁儿过阴去了？

佟佳氏吓得跪在了地上，哭着承认是领着雪雁见大萨满过阴去了。

富察氏也生气了，说，不是不让你去吗？咋还不听劝了呢？

佟佳氏仍旧是哭，说，我太想他了，咋说走就走了呢？连句话都没留下。我就想听听他跟我说话。

富察氏说，你去也就罢了，咋还领着雁儿？她这么小，哪禁得起？雁儿若是有个好歹，我跟你没完！

老姑奶奶插嘴说，说这些个没用，还是想法子把老三的魂儿招回来，别让他在外面游荡了。他有个安身之处，也就不会闹人了。

富察氏白了老姑奶奶一眼，忍不住说，老姑奶奶若是不搅事，这府里就能安生多了。

老姑奶奶嚷嚷起来，说，咦，我咋就搅事了？你这话说得蹊跷呢！

秀山生气了，说，都给我闭嘴。

富察氏听话，不再还嘴了。老姑奶奶脾气大，又不好在这个场合发作，一甩手走了，把个房门碰得咣咣响。

雪雁还在哭，平日里雪雁是个很乖的孩子，文文静静的很少惹事，此时却是号啕着，谁劝也不行，一味地说阿玛太可怜了，阿玛回不了家了，她要去把阿玛接回来。说着就挣扎着要下炕，吓得佟佳氏紧紧地按住了她，她动弹不得，就使劲地哭。众人都束手无策干着急，最后还是秀山说了话。

秀山说，雁儿，听话，玛法一定把你阿玛接回来。

雪雁的哭声变成了嘤嘤的啜泣，不一会儿，便安稳地睡着了。

雪雁这一觉直睡到第二天还未醒。富察氏去东厢房看了几次，佟佳氏还像头天晚上一样守着雪雁，好像就没动过地儿。富察氏回头对老姑奶奶和瓜尔佳氏、喜塔拉氏说，雁儿这睡法可不是好睡，怕晚上又要作人了。瓜尔佳氏吞吞吐吐地嗫嚅了几句，富察氏没听清，嗔怪地说，你大点儿声，我又不是鬼，惊不着。

瓜尔佳氏说，雁儿和她讷这是轮番作人呢，老这么下去，谁受得了？

富察氏瞪着瓜尔佳氏，问，那你说咋办？事没摊到你身上，搁你你咋办？

老姑奶奶说，你也别拿老大家的撒气，这事是搁谁身上都是事儿，可总得有个解决的法子，不能这么挺着。

富察氏阴着脸说，你哥都说不让她去过阴，你偏拧着来，看这下咋个收拾吧。

老姑奶奶这回倒没生气，大概她也没料到事情会闹成这样，当时看见佟佳氏因为婆婆不让去过阴而伤心，就想圆了她的心事，擅自领着娘儿俩去找了大萨满。她本是一片好心，不料雪雁见了萨满过阴的情景，被吓坏了，这才闹得秀府不得安宁。接下来，她也不知道该如何收拾了。明知道富察氏是揶揄她，若在平时，她是断不会忍受的，此时却权当没听见。

富察氏又悄声问她，老三家的去过阴，见到老三了？

老姑奶奶说，见到了。大萨满把老三带回来了，和老三家的说了一会儿话。老三说他那一仗打得太惨了，死了好多人，死人死马都叠在一起了，他脖子上中了一箭，连哼都没哼一声，魂儿一下子就飞出去了，那空中飘了好多的魂儿，挤挤插插的，找不到回家的路了。

富察氏一听就哭起来，说，可怜的老三，讷咋能让你回家来呢？

老姑奶奶说，萨满说老三煞气太重，怕不是咱能唤回来的。我哥说他能接回来，也不知咋个接法。

富察氏叹口气说，还是先把雁儿的魂儿叫回来吧。

天刚擦黑，雪雁还在昏睡着，佟佳氏开始给女儿叫魂儿。她抱着雪雁的衣服，在秀府的前院和后院游走着，边走边唱着：包德珠[①]，包德珠，讷给你准备了好吃的饽饽，等着你回来吃；包德珠，包德珠，讷给你做好了新衣服，等着你回来穿……

那一晚上，秀府的院子里都萦绕着佟佳氏叫魂儿的声音，那声音好凄凉好悲戚，叫得人心乱如麻……

清明前，朝廷的旌表到了，赐永恩巴图鲁称号，归位乌拉昭忠祠。昭忠祠在城的东门外，建于同治九年，有正殿三间，东西两廊各三间，院墙是三合土筑成的，二十年间，已经有乌拉地方阵亡的协佐、防校、兵丁、士卒的功勋灵牌四百一十位，贵升的灵位也在其中。每年的春秋都由协领衙门派员致祭，平时也由协领衙门负责管理。

永恩的归灵仪式由协领萨林保亲自主持，协领属下左右翼各佐领手下披甲兵丁三百多人的队列，行走在乌拉城中西街，前面有协领衙门的卤簿仪仗引导，中间四个兵丁抬着永恩的灵位牌。队伍哩哩啦啦地抻了有一里地，沿街又站满了围观的人，那声势在这不算大的乌拉城可谓浩大，俨然就是一次壮观的游街。后来秀山听翼领铁亦哈描述这个场景，铁亦哈是带着赞赏和满意的口吻述说的，可秀山总感觉有些不对味儿。萨林保如此大造声势，表面是彰显永恩的忠勇以

① 包德珠——满语，家来之意。

及朝廷的嘉奖，可内里却像是在炫耀。秀山嗅出其中那一丝幸灾乐祸的意味来。

永恩入葬之后，秀山就想着应该为儿子向朝廷请赐巴图鲁称号，可这事他不能亲自出面。永恩是以乌拉协领署下镶蓝旗佐领从征，旌表之事应由协领衙门向吉林将军衙门请奏，可萨林保来秀府吊唁时没提及，丧事过后，也没什么动作，像是压根儿没有这回事。秀山本来想或许萨林保忘记了，再等几天，萨林保自然会想起来。他也没急着催促，不想这时雪雁却作起人来，秀山只好召见萨林保，直接提出向吉林将军呈文之事。萨林保连连自责，说，这几日又接到乌拉阵亡兵丁的恤表，本想一起上奏，这才耽搁了几日，是本官渎职，恳请秀大人见谅，本官即刻上报将军衙门，奏请朝廷旌表，赐永恩巴图鲁称号，入昭忠祠。秀山知道萨林保口是心非，压抑着心里的火气，淡淡地说，连那几个阵亡兵丁一起上报，抓紧办理，以慰人心。

此时，秀山早早地就等在了昭忠祠。他没有心情注意萨林保借此营造的声势，朝廷的旌表也无法平复他的丧子之痛。他只想让永恩的灵魂早早寻个归宿，不再是游荡在外的孤魂。

安灵仪式是不许女眷参加的，永恩无子，秀山破例将永恩的灵位牌交给了雪雁。雪雁捧着阿玛的灵牌，一脸的凝重。伴着大萨满的招魂神调，雪雁庄重地将阿玛的灵位安放在第四百一十一号的位置。她知道，那就是阿玛的归宿。

第十九章

清明过后，打牲衙门就开始准备各种贡品的采捕。年初时内务府的贡单就颁下了，依例采贡的鲟鳇鱼及各色杂鱼、山珍野味、土特方物等一样未少，再加上各亲王、贝勒、贝子府的所需进项，数量照往年又多了许多。秀山暗自惊叹，却又无法违逆，只能尽心操办。分配上三旗下五旗的采捕额度，谋划捕鱼船队的出行路线和时间，调配各捕鱼莫因船只和用具，训令左右翼翼领、骁骑校、领催直至珠轩达，还要签阅向吉林将军衙门递送的咨呈，请领勘票。虽说这些事年年都是要做的，已成惯例，做了多年总管的秀山已是轻车熟路，可每年有每年的不同，尤其这是与老天爷打交道的事，天意难料，诸事便不是完全靠人力所能掌控。秀山只能在力所能及的范围内，尽量将每一项都安排妥帖不出纰漏。

秀山明显见老了，本来就话语不多，此时更是寡言，眼神时而游移，时而呆滞，稍不顺意，便会大发雷霆。秀府上下，均知他是强忍丧子之痛，便小心翼翼地行事，说话都不敢大声，谁也不敢触他的霉头。好在过了些日子，衙门里忙了起来，秀山的精神头儿又上来了，天一见亮，秀山便赶去衙门处理公务，在府里倒是很少见到他了。

这一天秀山却突然提前回家了，回来就问富察氏，给福儿预备的那些东西都齐全了吗？富察氏一听，就知道有什么信儿来了，忙问，咋，福儿还得去？秀山点头称是，又说，福儿的病我看是没事了，去就去吧，行与不行，也就这一下子。你抓紧准备着，这三五天就跟着第一茬儿送贡的车队一起出发，我让老大陪着去。先送到天津，还得在王爷府上再盘桓一段日子呢。

秀山叫来福儿，亲自跟她说起进京的事。秀山说的时候，福儿只是听着，没有任何表示。秀山说完了，福儿才问，阿玛，我只能去了？秀山说，这还有啥说的？福儿看了富察氏一眼，走出去了。

富察氏说，福儿不愿意去。

秀山吧嗒两口烟，又磕了两下烟袋锅，才说，看她的造化吧。

福儿一大早就出去了，下晌回来的时候，人已经喝得酩酊大醉，是被苏穆和来昌架回来的，素韵和彩玲慌忙接了。素韵问苏穆和来昌，五格格咋喝成这样？苏穆说，五格格高兴，我们俩就陪着喝呗！彩玲说，高兴个屁，高兴能喝成这样？来昌说，就是高兴。五格格还说，将来她若是当了娘娘，还让我俩跟着做侍从呢！素韵又问，明毓阿哥也喝了？来昌嘻嘻笑着，说，没有。五格格说了，明毓给她提鞋她都不用。

第二日吃过早饭，素韵小心地问，五格格，今儿做功课吗？

福儿说，还做啥！我不学了，你也不用劳神了。这一半天你就收拾东西，准备回家吧。

素韵不知这话的来头，也不敢多问。过后问彩玲，彩玲便说起富察氏跟她说过，准备送五格格去参加选秀，到时让她跟着伺候。素韵明白了，看来选秀的事临到眼前了。

秀府里忙碌了几日，都是在给福儿准备路上用的，除了她自己的衣着用品，还有给依敏王爷带的见面礼。素韵有心，还备下了笔墨纸砚，让彩玲包好了，说或许能用着。赖德才领着车夫，将福儿乘坐的骡车从里到外装饰一新。福儿曾提出要骑马，就骑她的那匹白马。赖德才说那不行，哪有秀女骑马的？这不合规矩也有伤风化。他还说他见过那些秀女乘坐的骡车，一个比一个华丽漂亮，咱五格格的也不能差。福儿就没再坚持。除此福儿对一切都没提出异议，而且很兴奋，得空儿便问素韵京城里令她感兴趣的事，都是些道听途说。素韵也没去过京城，便以她的耳闻能解释的便解释，说不清楚福儿也不怪，说等进了京城自然能弄明白。福儿还和彩玲商量，到京城要去天桥，听大哥说那儿有好多热闹看。彩玲也高兴，毕竟是要去千里之外的京城，对于从未出过门的她来说，有着诸多的新鲜，所以只是一味地附和着福儿。

临上路的头一天，素韵和彩玲给福儿染指甲盖。染料是富察氏特意送过来的，用一只精巧的景泰蓝的小盒子盛着。打开了盖，还散发出一股清新的味道。彩玲说，这是去年采的凤仙花制作的，还这么润呢。大奶奶用的东西，倒是金贵。素韵拿起来闻了闻，说，里面除了明矾，还加了朱砂、蜂蜡。福儿问，你咋知道？素韵说，家里有一盒这样的东西，是母亲从京城带出来的，时间长了，都有些板结了，却还能散发出这样的味道。我没用过，也舍不得扔掉。彩玲说，那你家也是大户人家了？素韵忽然缄口不说了。福儿说，彩玲你傻，素韵她阿玛是做过大官的。

才录在外面敲窗户，说，明毓阿哥来了，要见五格格。福儿立马回了一句，不见。素韵劝道，明儿五格格就要出远门了，临走咋也该和明毓阿哥道个别。福儿说，没见我染指甲吗？咋去！素韵想想也是，便不再劝，只低了头给她涂指甲。福儿忽然又说，素韵你去，看他有啥说的。素韵说，这怕不好，有啥话他也不会对我说。福儿说，他爱说不说，我跟他没啥说的。素韵就不敢再说，只好起身去了。

明毓正站在大门口，见素韵出来了，问，五格格呢？咋不出来？

素韵说，五格格染指甲呢。你是来跟五格格告别的吗？

明毓说，咋的，她还真去京城啊？

素韵说，这事还能开玩笑？明儿就要启程了，正准备着呢！

明毓半天没说话，素韵猜他是对这消息感觉意外，一时没顺过劲儿来，便问，她没告诉你？

明毓说，说是说了，我没当真。今儿又听来昌告诉我，就跑过来问问。

素韵就责怪他，说，这么大的事你咋能不当真？

明毓说，我咋当真？她只说她阿玛让她去，她不想去。咋这会儿又要去了？她真的想去？

素韵说，秀大人让她去，她咋能不去？

明毓说，她要不想去，还能绑了她去？五格格是谁呀！

素韵说，我看她挺高兴去的。

明毓怔了一下，说，素韵你把她叫出来，我问问她。才录这个狗奴才不让我进去。

素韵说，你问她又能咋的？还能不让她去？

明毓说，她怕是在跟我赌气呢！

素韵说，拿这么大的事赌气？

明毓说，五格格啥事做不出来？你去让她出来。

素韵为难地说，五格格怕不肯出来见你呢。

明毓明白了，说，原来她是不肯出来见我，才打发你出来的？

素韵没吭声，算是默认了。

明毓就哼了一声，说，不见就不见。人家是当娘娘的命，咱还巴结不上了呢！

明毓说着，气呼呼地走了。素韵回来，跟福儿学说了明毓的话，然后说，明毓阿哥不愿意五格格走呢。

福儿神情黯然，说，这会儿，说啥都没用了！

涂完了指甲，又有人敲窗户，却是赖德才。赖德才进屋说，大奶奶让他来给五格格讲讲宫里的规矩。赖德才一样样地教着福儿，如何走小步，见了内务府总管如何问安，见了大太监如何说话，见了小太监如何表情，见了宫里的娘娘们又是如何请安，若是见了皇上和太后，又当如何跪拜，什么时候该说话，什么时候该抬头看着皇上或太后，等等等等。赖德才可是得着机会显示他在宫里的见识了，不厌其烦地讲解，不光说，还比画，身体力行地做。直教得福儿烦了，说，罢了罢了，这样烦人，还不如不去。赖德才急忙说，都这时候了，可不能说这话，咋也得唱完了这一出戏。

过后福儿问素韵，你说实话，我能选上吗？

素韵谨慎地回答，素韵不敢乱说。

福儿就审视着素韵，似乎想从她的表情上猜出个答案。可结果令她失望，便哼了一声，说，管它选上选不上，我都不回来了。

素韵大惊，急忙劝着，五格格，咋会有这想法？这可不行！

福儿警告了一句，不许你去告密。然后，便出了屋门，叫上彩玲，找瓜尔佳氏梳头去了。

素韵呆住了。

素韵不知道该如何应对这件事了。

告诉大奶奶？可告诉了之后会咋样？五格格是否还能去选秀？若是去不成，五格格会怎样处置她？她也可以装作若无其事，可她觉得这样事情会更糟糕，好像是她做了亏心事。素韵六神无主了，稍稍冷静下来，她想该找个人帮她拿主意。她走出了秀府。

这是素韵第一次自己走出秀府。她心里有些慌慌的，这事很急，她必须告诉一个人，想出个办法，然后马上回来。她沿着十字街朝西走，离过街牌楼不远就是官学。父亲就住在官学里，她知道父亲肯定会说服她把这件事告诉秀大人或者大奶奶，但她不想那样做，所以她不想看见父亲。她进了官学的大门，看着几排房屋，就不知道该往哪儿走了。官学分了左翼和右翼，可这房屋都是一样的，没有标识出左翼或者右翼，她就分不清想找的人在哪间屋子。她站在几排教室前的空场，迟疑着，判断着，偏偏这个时候，她看见了父亲。

尚秉致从一道门里出来，看见素韵愣了一下，急忙走过来，问，怎么上这儿来了？出什么事了吗？素韵忙说，没有，只是随便看看，想看看官学是啥样子。尚秉致说，今儿怎么没给五格格上课？素韵说，五格格今儿有事。尚秉致说，你若是没事就赶紧回去。以后别一个人出来，我找机会去看你。素韵应着，很想跟父亲说说，忍了又忍，终于还是没说出来，又问候了父亲几句，便转身往回走。再回头看时，父亲仍然站在那儿，关切地看着她，还朝她挥了挥手，她眼睛一热，很想哭，急忙低了头朝大门走去。眼看着要走出大门，心里越发地惴惴不安。她想要办的事还没办成，不能就这样回去了，还得再进去找人。转身的时候，她看见一个人朝她跑过来，是明毓。她乐了。

明毓跑到近前，站定了，说，我在窗户里看见你了，趁先生不留神偷跑出来的。是来找我吗？

素韵说，可不就是来找你的，急死我了！快帮我拿个主意。

素韵就把五格格的事说了。明毓好一会儿没说话，怔怔地不知在想什么，直到素韵催问了几声，才回过神儿来，说，你回去吧，这事交给我了。素韵急问，你有啥办法？明毓说，现在既不能阻止秀大人送五格格去选秀，也说服不了五格格，咱能有啥办法？

素韵很失望，说，那我白找你了。

明毓就定睛看着素韵说，你别管了。

素韵回到西厢房的时候，福儿还没回来，她悄悄松了口气，却并没有轻松起来，心里仍然惴惴不安。她不知道明毓会有什么办法来解决她的难题，她猜测着他可能用的各种方法，会去找秀大人或者大奶奶，请他们打消让五格格去京城的主意？她马上否定了这个办法，她知道这是最不可能的。那么，直接来找五格格，说服她别去京城？可他用什么理由说服她或者总管大人和大奶奶呢？素韵想了好久，想得脑瓜仁儿疼，最后她想出了一个最有可能的理由，那就是明毓表示要娶五格格。且不管秀大人和大奶奶是否会同意，至少这个理由会让五格格放弃不回乌拉的念头，谁都能看出五格格对明毓别有一番心思。想到此，素韵的心里忽然就一阵抽搐，她说不清为什么，可她就是觉得心里不舒服。

直到天黑，都没见明毓在秀府露面，也没听到任何与明毓有关的消息。素韵失望了，同时，也似乎放下了一桩心事。

晚饭是特别安排的，为福儿饯行。宴席设在了前院的南客厅，秀山坐了上首，富察氏和老姑奶奶分坐在他的左右，然后是福儿和府里的孩子们，永泰坐在了下首。秀山还特别吩咐让素韵和彩玲都一起上了桌，意思也很明显。瓜尔佳氏和喜塔拉氏、佟佳氏在地上伺候。福儿将头发分作两绺编成辫子，然后绾成了两个小髽髻，用彩色的绫子扎住，宛若戴了两朵花，两个耳朵各挂了三串东珠坠子。众人都夸奖福儿很漂亮，像换了个人似的。福儿抿嘴笑着，发愁晚上睡觉时咋办。瓜尔佳氏感觉像是在夸她的梳头手艺，掩饰不住地沾沾自喜，安慰说姑奶奶安稳地睡，明儿早上我再帮你拾掇一下。

席间最特殊的一件事便是决定素韵继续留在秀府，教雪雁读书。话头是佟佳氏提出来的。佟佳氏这一段日子很少说话，每天除了去上屋请安，侍候公婆、老姑奶奶、姑奶奶吃饭，就几乎不出屋。她苍白的脸色和无所适从的神情，还有她头上的包头[1]，也让人不忍面对。富察氏后来干脆免了佟佳氏每天的请安，说一看到她便想起老三，就心里痛痛的，还是暂时不见的好。这样一来，秀府里的人有时就连着几天都看不到佟佳氏的面。今儿是为福儿饯行，一家人吃个团圆饭，她自然得露面，除了出来进去地端菜盛饭，也不多说话。大家说起五格格走后素韵也要离开秀府的话，佟佳氏突然对秀山和富察氏说，儿媳有个请求，想让素韵留下来，教我家雁儿读书，不知二老能不能答应。秀山也没多想就点头了，说，行，就让素韵留下来教雁儿读书。佟佳氏的脸上竟然露出了笑

① 包头——丧夫的满族女人会散开两把头和垂于脑后的燕尾，只用青布条把头发在脑顶扎成一束，再分成两绺，在头正中盘一下，余发任其散落下垂。外用白布宽带绕头缠一圈，布带的两端长长垂下。

容，说，谢阿玛和讷成全儿媳的心愿。

素韵有些茫然无措。这顿饭她吃得战战兢兢的，怕说错了话，怕举止不得体，她想着这是她在秀府的最后一天，千万别出什么差错，顺顺当当地过了今天，明天就可以回家了，没想到节外生枝，虽不一定是坏事，却是个意外。她习惯性地看了福儿一眼，好像在等着福儿发话，才能决定是否留下来。她已经将五格格当成了自己的主子，她的命运是由五格格的旨意支配的。

福儿大大咧咧地说，素韵，你就留下吧，反正我不回来了。

富察氏嗔怪地说，瞧你说啥呢，咋就不回来了？

福儿说，你们让我去选秀，不就是盼着我能选上吗？我选上了，可不就回不来了？

秀山笑眯眯地说，福儿，阿玛希望你回来，回来省亲。

素韵知道秀大人和大奶奶根本没听出福儿的话外之音，她心里着急，又不敢说出她知道的秘密。她站起身施了一礼，对主人的挽留表达谢意。她看着福儿，福儿也在看她，那眼神明显带有警告和威胁的意思，她就没再敢多说什么。直到晚宴结束她都如坐针毡，看着福儿若无其事地有说有笑，她心里仍然在期盼着，期盼着能有个转机，能有个意外的事情，能有个突然冒出来的人，帮着她卸下压在心头上的那块石头。

可是没有。

第二天一大早，众人热热闹闹、又哭又笑、千般嘱咐万般话别地将福儿送上了路，素韵仍然没有等来她所期盼的。载着福儿的骡车，还有护送的马队渐渐走出了她的视线，她也被深藏的秘密压垮了，腿一软瘫坐在地上。众人七手八脚地抬着把她送回了屋，她清楚地听见大奶奶善解人意地说，福儿一走，倒把素韵闪了一下，让她好好歇些日子吧。

素韵就睡过去了。

傍晚，素韵被屋外的响动惊醒了，细听人喊狗叫的。素韵走出房间，看见满院子的人都在跑动，她很想知道发生了什么事，可是没有人理会她。她在出出进进的人中看见了大阿哥永泰，她怔住了。此时大阿哥应该在护送五格格的马队中，怎么会在家里？

素韵不顾一切地跑过去，拉住一个阿哈问话。

阿哈告诉她，福儿被胡子劫走了。

第二十章

永泰跟头把式地跑进衙门的时候，秀山大吃一惊，直觉告诉他出事了。永泰说福儿被胡子劫走了，秀山难以置信。二百多年来，这条通往京城的驿路上，来来往往了多少运送皇贡的车队，东珠、人参、鲟鳇鱼、虎皮、貂皮、鹿茸、熊掌等等等等，均是山珍野味，也诱惑得多少人垂涎欲滴，却也只是暗中想想而已，从来没有人敢真正动手抢的。那些胡子心里明白，他们打家劫舍、砸窑绑票虽闹得人心惶惶，可动摇不了官家的根基，官军多次进山剿匪也是敷衍之举，毕竟不曾大肆举兵，他们才能一次又一次地躲过灭顶之灾。若一旦把事情做大了，真要让朝廷下旨清剿，自然就没有好日子过了。所以，胡子们一般不敢惹行走在这条驿路上插着贡字旗的车队。秀山怎么也料想不到，谁吃了熊心豹子胆了，竟然敢劫送贡的车队，还居然把随在队伍中的福儿劫走了。

秀山的震怒可想而知，但他还算清醒，问了一下贡物是否有损失。永泰说，贡品及人员都没有闪失，他怕时间来不及，已经下令随队骁骑校继续护送车队前往京城，只带了两个兵丁赶在天黑前回来了。秀山嘱咐永泰不要声张，立即调度左右翼旗丁，随时准备进山搜索，同时派人打探消息。

事情还是没有瞒得住，萨林保很快就闻讯赶来了。他一面表示慰问，一面当着秀山的面向佐领下达了指令，立马就要调动协领衙门的兵丁救人。此时秀山已经稍许静下心来，他告诉萨林保先不要轻举妄动，待查明情况，再决定如何出兵。萨林保却显得着急，说行动迟了，怕五格格有什么意外。秀山明白，萨林保表面上是替他着想，背地里是给他刨坑呢。协领衙门虽说照总管衙门低了一档，也有帮办打牲衙门采捕贡物之责，平日里采多采少或者你抢了他的地盘他占了你的窝子的，难免不闹出龃龉来。萨林保还占着领兵之位，直接受吉林将军调遣，又有不受总管衙门辖制、独立行事的权力，萨林保是将他视作对手的，明里暗里地与他较量。今儿个是人命关天之事，萨林保竟然也要伺机搞事情，足见其可恶了。秀山不便把这心理挑明了，却也得让萨林保清楚他并未乱了阵脚，便严厉警告说现在情况不明，不能轻易动兵，且不说他没有擅自调动兵力的权力，而且会打草惊蛇，恐怕绑匪撕票。萨林保立即表示同意，解释说事发突然，生怕五格格有个长短，也是过于心急了。又说回去整顿人马，随时听命。然后便告辞走了。

秀山无暇理睬萨林保的态度，把永泰叫进来，重新询问了一遍福儿遭劫时的情形，想确认一下到底是什么人所为。永泰细细地说着当时的情形。车队晌午时走到鄂佛罗驿，一直都很顺利，在驿站歇了歇脚吃了饭，给骡马补了些草料，就离开了鄂佛罗驿，下一驿站是蒐登[1]站。算计着马上要进山，傍晚时一定得走出大山，永泰就下令加快速度。不料刚进山口，两边冷不丁[2]地就闪出一彪人马，不劫货，专劫人，而且专劫福儿乘坐的骡车。众人眼看着一彪人马赶着骡车跑走了。

秀山越听越生气，责问永泰，为啥不下令追。永泰说，追了，领头的那个胡子说了，如果追得紧，就撕票。他就没敢再追，只是派了两个人悄悄地跟踪去了。奇怪的是，福儿的骡车随着那一彪人马颠儿颠儿地跑得很轻松，当时在场的人都看见了，从车窗里探出了福儿的脸，脸上还有笑意呢。

秀山有些狐疑，琢磨着好像有什么不对劲儿的地方。天已经黑了下来，如果是胡子绑票，此时也该有信儿了，若索要赎金，肯定会把信儿送到秀府。他上了轿子，跟役荣升一路催促着轿丁。秀府四下里已经点上了灯，富察氏和老姑奶奶、瓜尔佳氏、喜塔拉氏、佟佳氏、赖德才都聚在前院，一见秀山回来，急忙迎了上去。秀山先开口问，有啥消息没有。富察氏的声音带着哭腔，说，还指望着你能带回消息呢！秀山阴着脸走进竹林轩，又回头把永泰喊了进去。

不一会儿，永泰出来了，喊赖德才去把素韵叫来，派荣升出府探探外面的消息。富察氏等几个女眷莫名其妙，不知此时秀山叫素韵干什么。赖德才跑进垂花门，一会儿回来了，身后没见素韵，说素韵没在房间里，不知跑哪儿去了，

① 蒐登——满语，山梁。

② 冷不丁——方言，突然、猝不及防。

就进了竹林轩回话。

片刻，竹林轩的门开了，秀山走出来，问，谁知道素韵上哪儿去了？

众人面面相觑，都说好一阵子没见素韵了。

富察氏说，送走福儿，素韵突然晕了，把她送回西厢房歇下了。后来再没见着她。

秀山问，她咋会晕了？

富察氏说，以为是这阵子紧张，累着了。福儿一走，她不就松下来了！到底咋回事？

秀山说，眼下还说不清，先去找素韵。

赖德才就赶紧指派人，四下里去找素韵。素韵没找到，却把尚秉致找来了。尚秉致听说女儿不见了，自然着急，见了秀山先行了跪礼，却不敢多问。

秀山仍然一脸和气，让了座，说，尚先生别紧张，素韵不会有啥事，我已经撒下人四处找了。叫你来也是想问问，这几日你见没见素韵，她说过啥话没？

尚秉致就想起那天素韵突然去官学看他的事。此时明白了，素韵是遇上了事，自己解不开了，才去官学找他。他却什么也没说就把她打发走了。可素韵到底遇到什么事了？会和五格格被劫有关吗？尚秉致无论如何也不相信，素韵会搅到这件事里，可她为什么不见了呢？尚秉致不敢把自己的推测说出来，只告诉秀山，素韵那日是去官学找过他，却什么也没说就走了。

秀山不相信，说，她去找你咋能啥话也没说？

尚秉致急忙站起身，解释说，罪人不敢说谎。小女真的只说来看看我，再啥话也没说就走了。

秀山沉吟片刻，突然问，那你认定，素韵是去看你的吗？

这一问，倒把尚秉致问住了。是啊，他能肯定素韵是去看他的吗？去了怎么能啥话也不说就走呢？也许，素韵真的不是去看他，只是被他碰上了，才谎称看他。那素韵能去找谁？尚秉致想到了一个人，可他没敢说出口，怕把事情弄复杂了。

秀山安慰尚秉致说，找素韵只是想问问她，她天天和福儿在一起，有没有察觉啥不对劲儿的地方。

尚秉致自然是说不出来。

秀山在屋地转了几圈，忽然停住脚，说，我总觉得这事不对劲儿。若是胡子绑票，这会儿也该送来信儿了。尚先生，你帮我思谋思谋，会是咋回事？

尚秉致说，大人，让我去找找素韵。

秀山问，素韵知道是咋回事？

尚秉致说，我说不准。她可能察觉了什么，出了事，害怕了，吓跑了。要不，不该无缘无故不见了人。

秀山点头称是，说，我也觉得奇怪，这才请你来问问。你去吧，找到了，赶紧送个信儿。

尚秉致刚走，荣升回来了，说，大人，几个城门都派人盯着呢，没见啥异常。

永泰说，我派去跟踪的那两个人还没回来，不会也被绑了去吧？

秀山说，真是笨蛋！又对荣升说，命令四周城门守卫，今晚若有出入城门的人，不得多问，一律放行。

这一晚上，秀山彻夜未眠，他在等信儿，不时指派人去门口看看有什么动静。直到天亮，也没有等来任何消息。一夜没敢来烦他的富察氏沉不住气了，又来问他，那脸色就不是好色，显然也是一夜没睡，听他说毫无消息，就哭了，说，赶紧想办法救救福儿，时间长了可保不住出啥事。秀山烦着，说，人我都撒出去了，正四处探听呢，连周边几个绺子也着人去了。

这时就听窗外一阵喧嚷，还有脚步声，紧接着，荣升进来了，说，素韵回来了，还有尚先生。他说着，让进身后的人。

尚秉致和素韵就进来了，双双跪在秀山面前。父女俩都是一身疲惫的样子，素韵不知是害怕，还是累的，浑身哆嗦着。

秀山就急着问素韵，到底咋回事？你去哪儿了？

尚秉致说，大人，罪人代小女请罪了。别的慢慢说，大人先派人去那庄头家看看，明毓在没在家。

秀山看着尚秉致，那眼神很有些奇怪的意味，又看着素韵，就有些恍然，顾不得多问，急忙让荣升安排人去看看，同时派人去那几个常跟福儿在一起玩儿的哈哈珠子家看看。

等消息的工夫，素韵战战兢兢地把事情说了，说得前言不搭后语，可众人还是听明白了。素韵一听说五格格被人劫了，就吓蒙了，醒过神儿来就跑出去找明毓，明毓没在家，她又连跑了来昌、苏穆、阿森家，也都没见着人，她就认定是明毓干的了。她知道这是死罪，就想着赶紧找到明毓，把五格格送回来，事情或许会化解。她猜测明毓可能把五格格带到蜂蜜营了，出了城门她就直奔蜂蜜营，不料半道上天就黑了。她从未自己走过这条路，结果迷路了，连回来的路都找不着了，又不敢停下，只能硬着头皮走，天亮时才发现，她几乎还在原地打转转呢！

荣升说，怕是遇到鬼打墙[①]了！

秀山嗔斥他，闭嘴！

尚秉致又跪下了，说，小女年幼无知，不知深浅，是罪人失教之过。大人降罪，也由罪人承担。

素韵哭着说，是素韵的过错，与父亲无关。

秀山说，都起吧都起吧，这会儿我没工夫理会这些。你们先下去。都出去，出去吧。他把屋里的人都撵出去了。

这时，永泰回来了，说被派去跟踪劫匪的两个兵丁跑了回来，说是明毓领着来昌和苏穆、阿森几个小子干的，就藏在离鄂佛罗驿不远的山洞里。

赖德才也回来了，说去那苏肯家看了，明毓没在。还有，来昌、苏穆、阿森也没在家。

秀山哼哼两声，似乎松了口气，说，告诉那苏肯，让他亲手把明毓绑来见我！

那苏肯呆坐在自家炕上，屁股底下虽然热乎乎的，可脖子后面却嗖嗖地冒着凉风，似乎有一柄闪着寒光的刀片随时都会砍下来。他知道明毓这回闯大祸了，劫送秀女的车队，便如劫了进京运送贡品的车队，是冒犯天庭啊，这不是作死吗？只怕他自己掉脑袋不算，一家人都要跟着遭殃。秀大人传话了，让他亲手绑了明毓送到衙门，明知道会是什么结果，他也不敢违抗。情急之下，先求人去鄂佛罗驿找回明毓，免不了要花些银子。他唯一祈祷的，就是五格格能平安无恙，只要五格格没有闪失，一切都还有回旋的余地。这都过去头半晌了，还没有回音，他坐不住了，知道得先干点儿什么，把事情做到前头，缩在家里，就只能等死。

那苏肯来到秀府大门口，求见大人。门房才录进去禀报了，不一会儿出来，

① 鬼打墙——东北民间对夜间或在郊外迷路情景的称呼。

说大人口谕，不绑了明毓来，他不想见那苏肯家的任何人。那苏肯还想坚持，被才录挡住了，一点儿没有通融的意思。当初在府里的时候，一个看门的才录想巴结他还巴结不上呢，今儿却掉了个儿，他低三下四地求他，求他再去通禀一声，说看在过去我对你不错的份儿上。才录说，那爷，不是我不开面，是秀大人真生气了，你家小哥这祸可闯大了。

那苏肯没办法了，转身走下台阶，就看见一辆装饰簇新的骡车缓缓朝秀府大门驶来。车停在了大门口，从车厢里先钻出来的是彩玲，彩玲落地站稳了，回身接下一人，正是福儿。

那苏肯又惊又喜，一时不知所措，呆呆地站着。

才录醒悟得快，朝院里跑去，喊着，回来了！回来了！

福儿不急不缓地走上台阶，走进院门，脚上踩着花盆鞋，身上还是那一身新置办的旗袍，头饰和发辫纹丝不乱，脸上还略施了些脂粉，神态轻松得如同刚刚去了一趟绸缎庄。府里的人从各个角落拥到了前院。福儿对院里的动乱视而不见，众目睽睽之下，迈过垂花门，消失在了内院。

那苏肯差不多是扑进自家院门的，一进门就看见明毓双臂反绑着，面对大门跪在当院，显然是在等着他回来处置。院里没有人，出奇地安静，窗户里藏着人影，若隐若现，似乎透着一种阴谋。那苏肯不容分说，抬腿就是一脚。明毓没躲闪，硬是挨了这一脚。儿子的功夫不错，身子竟然直挺挺地纹丝不动。那苏肯相信成人后的儿子一定会成为一名巴图鲁，可他现在竟然为一个女孩子，断送自己的前程。

那苏肯骂着，把你能的，你作大了，敢劫皇贡了，找死啊？你自己死还不算，还要把全家人的命都搭上啊？那苏肯骂着，又抬起腿来。

明毓说，秀大人犯的是欺君之罪，我是帮他避祸呢！

那苏肯的第二脚已经飞了起来，被这话悬在了半空，身子一晃，栽了下去，明毓一耸身子，撑住了他。这时那苏肯看见了刘佳氏。刘佳氏正一脸谦恭地朝他笑着，他明白了，她和儿子串通好了给他演苦肉计，想博得他的心软，不让他绑了儿子送到衙门。可这是根本行不通的。

那苏肯就吼着，起来，跟我去衙门请罪！

刘佳氏跪在了儿子身边，恳求那苏肯，说，这一送到衙门可就生死难料了。桑格也跟着跪在地上，哭求饶过哥哥。暴怒的那苏肯反倒更被激怒了，嘶声咆哮起来。

明毓倒是冷静，说，讷别哭，嫩嫩，没事，秀大人会放我回来。

那苏肯鼻子一哼，说，你还做梦，你劫了皇贡抢了秀女就是死罪，你还做梦能回来呢？

明毓说，咱爷儿俩打赌，保证我赢。

那苏肯更生气了，骂着，你还跟你老子打赌？你坑死老子啦！

那苏肯明白，不管咋着，反正他都得把明毓绑了送到秀大人面前，听凭发落了。

那苏肯就亲自押着明毓，送到了总管衙门。守门的衙役见了，上前扭住了明毓就朝里面走。那苏肯跟在后面，不料又上来几个衙役，把他赶出门去。这却是他没料到的，他想跟着儿子去见秀大人，表明了认罪的态度，该说的话说到了说透了，或许能让秀大人法外开恩。可眼下秀大人是连他的面都不想见了，也堵住了他求情的机会。

那苏肯急得在衙门口转圈儿。这时，就见苏穆和来昌两个哈哈珠子也被家人绑了送进了衙门，那苏肯心里稍许轻松了些。他们一个是右翼翼领铁亦哈的儿子，一个老子是骁骑校赫尼达，哪个都比他官阶大、有身份，秀山或许会念同僚之谊不予追究，那明毓也就能跟着免受处罚了。可不一会儿，就见赫尼达和铁亦哈也被赶出来了，看来秀山也没给他们好脸子。他俩见那苏肯还没走，便把气撒到了那苏肯身上，说是明毓起的头儿，明毓连累了他们的儿子。那苏肯也不想辩解，说，你们咋怨都没用，想办法救人才是真的，把明毓的事化小，你们的儿子自然就没事了。两个人听着，也是这个理儿，便又一起琢磨办法。赫尼达说，要不，那爷，你去求五格格吧，请她为你们家明毓说说情。

一句话点醒了那苏肯。他知道五格格和明毓能玩儿到一起，明毓还说过让他上门提亲的话，只是被他挡了回去。那苏肯想起这茬儿才有些恍然，明毓总不会平白无故地抢五格格，又毫发无损地放回来，恐怕就是要阻止她去选秀女，明毓还是想娶五格格？这样一想，那苏肯的心里就见了点儿亮。他一刻也不敢耽搁，跑去秀府求见五格格。

不料，才录带回了五格格的话，说不想见他。五格格还说了，就想看着明毓死，明毓死了她才开心解恨呢！

那苏肯傻眼了。

第二十一章

福儿咯咯笑着，笑得很惬意。

素韵和彩玲守在炕沿边，看着睡梦中发出笑声的福儿，也禁不住笑了。

素韵不无怨艾地说，她还笑，不知道人家多担心呢！

彩玲说，行了，她消停了，我也得睡一觉去。看着素韵要说什么，她一摆手说，得，啥也别问，我说烦了，秀大人和大奶奶都问了我八百遍了。想知道啥等她醒了问她。说完，打着哈欠进了暖阁，扑到了炕上，拽过枕头就睡下了。

素韵也困，在野地里担惊受怕地转了一夜，直到现在，她都没合过眼，可她不敢睡，心里惦记的事太多了。五格格平安归来，让她放下了一颗心，可另一颗心仍然吊着。她知道明毓被抓了，关在了衙门里。她不知道秀大人会怎样处置他，劫皇贡无疑是死罪，虽说明毓劫的是五格格，可这与皇贡又有什么区别？明毓是难逃一劫了。素韵后悔了。早知道会这样，莫不如就让五格格顺顺利利地去京城罢了，即便不能选中，她再也不回乌拉城了，可那至少不用搭上谁的性命，大不了秀大人和大奶奶难过一些，早早晚晚的，五格格不还是得回来，仍然是秀府的格格？

素韵责怪自己多事，事情闹到了这一步，她难辞其咎。秀大人眼下没理会她、没处罚她，等闲下来时，定然不会饶过她。她想无论什么样的惩罚，她都能够忍受，甚至都不会在意，她想得最多的，是怎样救明毓。依她的能力是没有办法了，只有五格格可以，如果五格格念在与明毓的情分上不追究，然后求秀大人开恩，或许事情能有回旋余地。可五格格临睡前发了狠话，就想看着明毓死，明毓死了她才开心解恨呢！

五格格是冲着才录说的。才录是替那苏肯来求见五格格的，那苏肯求见五格格肯定是为了救明毓，可五格格不见，还放了狠话，说完就倒头睡下了，睡下了还做起了梦，梦里还咯咯地笑了起来。

素韵就想不明白了。她真想把五格格喊起来，问问五格格到底是怎么想的，可她不敢。素韵走出屋子。院里已经平静了下来，下人们来来往往地都在干着分内的事，孩子们又聚在一起吵吵嚷嚷地玩儿起了游戏。上屋里很静，大奶奶很可能也在补觉，五格格平安回来了，她就没什么可惦念的了。大少奶、二少奶、三少奶还有老姑奶奶不知在各自的屋里忙着什么，反正她们不会关心明毓的生死。秀府里好像什么事也不曾发生过，一切都是那么正常。

从老姑奶奶的屋里走出一个人，是刘佳氏，明毓的讷。素韵奇怪她怎么会从老姑奶奶的屋里出来。刘佳氏好像没看见素韵，忙三火四地朝院外走去。素韵正疑惑着，老姑奶奶走出了西厢房，看见站在门口的素韵，问，福儿在干啥？素韵说，五格格睡着呢。老姑奶奶就哼了一声，说，作死人不偿命啊，她还能睡着？老姑奶奶的脾气古怪，喜欢挑理，还有些拿腔作势，秀府里的人都敬着她，连秀大人和大奶奶都恭维着她，素韵对她也是敬而远之。此刻听着老姑奶奶的腔调不对味儿，素韵没敢搭腔。老姑奶奶没再理她，径直去了上屋。素韵猜想，肯定是明毓的讷来找老姑奶奶求情，老姑奶奶又去找大奶奶说道去了。素韵知道不是她一个人在替明毓着急，至少明毓的父母是不能眼看着明毓遭难的。可老姑奶奶会不会真的替明毓求情呢？她求情能管用吗？

下半晌时，福儿终于睡醒了，醒了就喊饿，问彩玲有啥吃的。彩玲就去大厨房，朝灶头老富要了些小米饭锅巴回来，说，马上要开饭了，你先垫巴垫巴。

素韵进屋时，福儿正独自坐在炕上咯嘣咯嘣地嚼着饭锅巴。素韵眼巴巴地看着吃得香甜的福儿，欲言又止。

福儿问，素韵你想说啥？

素韵就跪下了，说，五格格恕罪，是素韵不好，惹了这么大的祸事。

福儿说，跟你有啥相干？

素韵说，是我告诉明毓阿哥你去了京城就不想回来了。

福儿问，你为啥告诉他？

素韵说，我就是想让他劝劝你，没想到他会做出这事来。

福儿说，你以为他是谁呀？驴哄哄的，他能办啥正事？

素韵偷眼看了一下福儿，也看不出她是真生气还是假生气，更摸不透她是生自己的气，还是生明毓的气。素韵就不敢说话了，无论怎么说都是辩解，只能惹得福儿更生气，眼下她只能挺着，任由福儿发落。

福儿问，那你说，我咋处置你吧？

素韵说，随五格格的心意，想咋处置就咋处置。

福儿哼了一声，说，你搅了我的好事。

素韵说，是，素韵该死。

福儿又哼了一声，说，那明毓更该死！

素韵连连磕头，说，明毓阿哥也是不想让格格走，他肯定是没有办法了，才出此下策。

福儿看着素韵，把手里的锅巴朝地下一摔，说，啥叫没办法？他早干啥去了？他闹这么大动静想干啥呀？都这会儿了你还替他说情，是不是你俩串通好了的？

素韵吓得脸都白了，又连连磕头，说，不是不是，要早知道明毓阿哥有这想法，我肯定不让他干。

福儿皮笑肉不笑地说，是啊，明毓听你的啊，你说话好使。

素韵闭了嘴，反正左说右说，五格格都会往旁了想，她哪还敢再出声，垂头跪在地上。

福儿不耐烦了，说，起来吧起来吧，懒得理你。我去看看明毓那小子，他死之前我得送送他，哈哈！

福儿就哈哈着出了门，素韵还没站起来呢，福儿突然又探进头来，问，知道明毓被关在哪儿了？

当福儿发现劫她的是明毓时，就一点儿也不害怕了，她没骂，撩开车窗帘笑嘻嘻地看着他，还告诉车夫跟着走，用不着怕。那骡车就颠儿颠儿地跟着明毓们朝山里跑。福儿觉着很好玩儿，也不问要带她去哪儿，中间还让骑马走在车旁的来昌和苏穆掀开蒙脸布，还和他俩哈哈笑起来。随从的十几个家丁，都是各自带来的，也都蒙着脸，扮成了胡子。明毓见护送贡品车队的兵丁没有追上来，便放缓了速度，福儿才从车窗里探出头来，吼着，明毓你想干啥？明毓说，没想干啥，就是不想让你进京。福儿说，你凭啥不让我去，你算老儿？福儿说完这话就再也不肯走了。她坐在车里一路颠儿颠儿地跟着他的马朝林子里跑的时候可没有不想走的意思，这会儿却又装相了，一副怒不可遏的样子，问得明毓还真没话说了。明毓便不理她，招呼着一队人马继续朝前走。福儿又喊又叫的，可就是不哭。

天黑前，他们到了一处山洞。洞里有石头垒起的炕，炕面露着土铺着草，有石桌石礅，洞壁上凿出一个窝，周围被油烟熏得黑黑的，是放油灯的地方。福儿进来时，已经有人点上了油灯，能看清洞里大致的情形。这里曾经是胡子的窝，因为知道的人太多被废弃了，只是偶尔来落落脚。福儿过去跟明毓们钻山玩儿时来过，对这里并不陌生。明毓显然事先是踩过点儿的，该预备的东西也都预备了，甚至还带了一只果匣子，里面装着萨其马、桃酥、槽子糕，还都是福儿平日里爱吃的。阿森笑嘻嘻地端上来，让福儿和彩玲先垫巴垫巴，说晚上还要好好喝一顿。

福儿撇撇嘴说，这是谁家过年收的果匣子？都不知道转了多少家了，又拿来添乎人[①]？

阿森说，冤枉死了，这是明毓让我特意去凤鸣楼给五格格买的。

福儿又问，明毓呢？那混蛋咋不进来？

过了一会儿，明毓和苏穆带着两个人进来了，竟然是永泰派来跟踪的兵丁。两个人被明毓下套绊倒了，弄得一身泥土。平日里都是面熟的，话说开了也就没了敌意，跟着明毓进了洞。明毓警告说别想跑回去报信儿，我周围都布了陷阱，掰断了腰腿、弄折了脖子可别怨我。老老实实待着，到时候自然就放你们走。两个人见福儿没事人一样坐在土炕上说笑，也就放松下来。

福儿见了明毓脸就撂了下来，一把扔掉手里的点心，嚷着，明毓你作死啊？干啥劫我？

明毓笑嘻嘻地说，我拉杆子[②]了，缺个压寨的，正好碰上你了。

福儿说，做美梦吧。啥时放我回去？我还得进京呢！

明毓说，我劫都劫了，哪能这么轻易放你回去！

福儿说，那你还想干啥？

明毓说，第一我要打消你进京的念头，第二想从秀大人那讨点儿赏。

---

① 添乎人——方言，用话讨好人。

② 拉杆子——土匪黑话，拉起人马，树起山头，落草为寇。

福儿哼了一声，说，赏你？他干啥赏你？等着我阿玛砍了你的头吧。

明毓说，你不懂，等我跟秀大人把事情说开了，秀大人自然要赏我。至于赏银嘛，说不定，就把你赏给我了呢！

福儿呸呸了两声，没给明毓好脸，可也不闹着要回去了。晚上还和明毓、来昌、苏穆、阿森一起喝得酣畅淋漓，直至酩酊大醉地睡过去。

一早上醒来，明毓发现那两个兵丁跑了，这才决定马上送福儿回乌拉城。真等到秀山派兵来抓人，麻烦就大了。

福儿没让明毓送她回秀府，一看见城门，她就告诉明毓别送了，然后问，你不让我进京，到底是啥意思？

明毓说，我哪敢有啥意思。

福儿盯着他，直盯得他躲开了她的目光，然后就放了狠话，说，你搅了我的好事，你等着！

福儿缩进骡车里直奔了城门，再没探出头。

第二十二章

明毓被关在了打牲衙门的后院。印务处前各有左右两个厢房，右为银库、更房，左为干鱼、松子等仓房，仓房的旁边有一耳房，仅有两步之距，做了监禁房，一般是关押犯了错的牲丁或者惩戒失职官员，临时性的，待惩罚过后也就放人，若真犯了法，便要送到协领衙门，审过定罪之后还要报吉林将军衙门审核，重罪则要解到省城的将军衙门。监禁室紧挨着干鱼库，没有窗户，潮湿阴冷，弥漫着腥臊之气。一人多高的地方开了一小窗，能看到巴掌大的天，还被院墙外伸进来的树枝遮住了大半，那树枝摇摇晃晃的，像是在炫耀和逗引。

秀山已经审过他了。那会儿，秀山坐在案子后面，阴沉的脸色很是可怕，眼神里似乎透出杀气来。这里是秀山平日办公事的地方，左翼翼领永泰坐在一旁，看着明毓，也很生气。还有一个笔帖式坐在一边，想是录口供的。明毓双臂反绑着，跪在大堂上，身子挺得直溜溜的，有些逞强，眼神里也没有惧色。这更惹恼了秀山。

秀山怒喝着，说，你想咋个死法？

明毓说，大人你得问问案情吧，咋啥也不问就判我死？

秀山冷笑一声，说，劫皇贡就是个死罪，还问啥？

明毓说，我劫福儿不是劫皇贡，我是替大人消灾呢！

秀山说，你别想蒙混过关，咋说也是个死罪。

明毓说，大人你先听我说，说完了，你要还定我死罪，我认。

永泰在一旁插话说，明毓你作大了，这事定不定死罪也不是大人说的，你这案子得报了将军衙门去审。

明毓说，大人要是把我送到将军衙门去，那大人的前程也完了。

永泰说，你胡说啥？

明毓说，咋是我胡说？送福儿去京城选秀这事，从一开始大人都是在暗中筹办的，就是不想让人知道。眼下我虽劫了福儿，可外人还不知是咋回事呢，要是把事情张扬开了，可就天下人皆知了，上面问起来，大人得有几张嘴能把自己办的事说清？

秀山定睛看着明毓。他听明白了明毓话里的意思，他不是没想过这事张扬开去的后果，只是还心存着一线侥幸，如今却被明毓点穿，就如同被人掌了脸一般恼羞。他抑制着愤怒，还是忍不住问，你说，你把福儿劫下了，到底是为啥？你是不想让福儿去参加选秀，还是另有企图？

明毓说，其实，我是不想看着大人一步走错被人抓住把柄。

秀山说，笑话，我有啥把柄？

明毓就说起来，早年雍正爷就下旨不让咱这儿地方的女孩子参加朝廷的选秀了，大人却违旨行事，不仅让福儿去京城选秀，还弄虚作假地拜了干亲。明毓问，大人，这要是被人揭出来，是不是欺君之罪啊？

秀山腾地冒起火来，站起来拍着案子，愤怒地说，你知道个屁，也敢来质问我？

明毓就低了头，喃喃着，反正我说了，大人你自己掂量着办吧。

秀山气得手直哆嗦，一时不知该说什么。永泰急忙上前劝慰说，要不先问到这儿吧，大人累了。

秀山就挥挥手，说，先拉下去，打他十大板，叫他不知天高地厚。

明毓就先挨了十大板子，被扔到了监禁室。不一会儿来昌和苏穆、阿森也被先后扔进来了，同样都挨了板子。当初鼓动他们一起劫持福儿的时候，他信誓旦旦地保证不会有事，秀大人还会感谢他呢，可没想到先得了这个结果。来昌和苏穆、阿森哭哭咧咧地埋怨明毓说，上了你的贼船了，看秀大人那架势，怕是咱们谁也活不成啦，就是不知咋个死法。明毓还嘴硬，说不会不会，秀大人只是一时生气，等他静下来听我解释，保证放咱们出去，兴许还赏咱点儿啥呢。来昌气大，嚷着说，还做梦呢，都这半天了，除了挨顿板子，谁来听你说啥了？明毓也没了好气儿地说，要死也是我死，你们的老子都是有官阶的，不看僧面看佛面，秀大人也不会拿你们咋的。阿森也说，想美事，你挨了十大板子，我们一下也没少，不也是十大板子？都睛等着死吧。

明毓不吭声了，由着他们埋怨，自己窝在墙根儿想心事。事情的发展没按他的预想。他把事情想简单了，只以为劫下了福儿，搅了她进京选秀这件事，剩下的事都好说。福儿本来就不愿意去选秀，只是听从秀大人的安排，再就是和他赌气。那日他和来昌、苏穆、阿森在一起喝酒，福儿来了。福儿显然是带着心事，坐上炕便要酒喝，平日里她也是这样，谁也没往心里去，只是陪着她喝。席间福儿还直跟他撒娇，来昌和苏穆就开他俩的玩笑，还撺掇着他去秀府提亲。看着福儿用热热的眼神盯着他，明毓就顾左右而言他。福儿觉得没面子，便说，我是谁呀，我将来是要进京做娘娘的，到时候来昌、苏穆、阿森你们也进宫给我当侍卫去。几个哈哈珠子自然乐得应承，遭到明毓的嘲笑。明毓说，咱乌拉出去几个娘娘，没一个落好的，你去找死啊？再说就你这个样子，谁会选你做娘娘？福儿大怒，说，明毓你不就是看不上我吗？我知道你看上那个狐狸精了，你动不动就往蜂蜜营跑，你当我不知道啊？我把那狐狸精关进秀府了，我看你咋见她。明毓生气了，一甩手走了。福儿在后面喊，你走，明毓你个大混蛋，我再也不想见你了，你后悔去吧。后来听来昌说，五格格喝得酩酊大醉，是被他和苏穆给送回府的。明毓只以为福儿乘着酒劲儿说些狠话，耍小孩子脾气，哭过、闹过、喊过、骂过，过个三两天就又会来找他。可这回怪了，多少天过去了，福儿再未露面。直到素韵来找他，告诉他，五格格要去京城选秀，还说不论选上选不上，都不会再回乌拉了。他这才急了，福儿这句话绝不是瞎说的，她说得出就做得到。怎么能让她一个女孩子流落在外？虽说福儿的二哥在京城，但福儿绝不会去投靠他，那等于自投罗网，二哥早晚会把她送回来。明毓相信，福儿就是想自己闯出去，不再受人摆布。她想得简单，根本不会考虑将来如何，这却是明毓最不放心的。他想过直接去找秀大人，把福儿的想法告诉他，可想想便作罢。秀大人不会听他说，秀大人只会以为他要阻止福儿进京，最多会让人对福儿进京后的行动多加防范，但那根本就不管用。福儿想要干什么，任谁也拦不住。明毓盘算了好久，才决定涉险劫持福儿，并召集来苏穆、来昌、阿森等几个哈哈珠子，如此这般一番筹划。进京的驿路只有一条，明毓算好了时辰，带着一彪人马，等候在过了鄂佛罗驿站后的第一个山口，那里林子密实，藏多少人都不易被发现。

明毓知道劫持福儿是大事，论罪不轻。但他想了两条为自己开脱的理由，一是替秀山免灾，二是福儿会开心。秀山作为朝廷命官，公然违旨弄虚作假，若有人以欺君之罪告御状，他不仅会丢了官，怕是连命都要保不住。从这一点说，他理应庆幸明毓出此下策让他免于罹祸。大堂之上明毓把这话喊了出来，秀山不仅没感谢他，还赏了他一顿板子，看来秀山没听进去。想到此，明毓有些沮丧。

现在就看福儿会不会为他说话了。

直到下半晌，明毓们才等来了人，不是福儿，而是老姑奶奶。

这让明毓还有来昌、苏穆、阿森都很惊讶。他们能够想象或者希望任何人来这里探望，能想到福儿，想到各自的父母，想到平时玩耍的伙伴们，或者秀大人还有他的手下，或者干脆就是那些个狐假虎威的衙役，却无论如何想不到会是老姑奶奶。听到屋外的声音，透过门窗的缝隙，看清来人是老姑奶奶的时候，他们都愣了。

老姑奶奶在和守门的衙役说话，大概老姑奶奶是想让衙役打开房门但被回绝了。老姑奶奶也没坚持，转身走了。

明毓有些失望，更多的是困惑。老姑奶奶来晃这一圈是啥意思呢？

老姑奶奶走进大堂的时候，秀山正在和萨林保说着什么。

萨林保是来提人的。萨林保说劫持进贡的车队属于重犯，要把明毓和苏穆、来昌、阿森带回协领衙门严加审理，再送交将军衙门治罪。秀山说萨大人先不要妄断，明毓只是劫持了福儿，并非皇贡。萨林保惊讶了，说，街里都传大人是要送五格格进京参加选秀女呢！秀山笑了一下，说，误传，都是误传。我是送老姑娘去天津走亲戚，咋还成了去选秀了？萨大人不是不知，咱这乌拉地界早年雍正帝就下旨，不再送秀女进京了啊。萨林保怔了怔，似乎明白了什么，也笑了一下，说，那下官是误听了。不过，绑票毕竟不是小事，而且是绑了秀府的五格格，无论如何是要严惩的。协领衙门负有维持地方治安、惩治匪盗之职，此案下官要替秀大人好好审一审。秀山就有些面露难色。按理是该把人交出去，明毓们犯的是重罪，谁也姑息不得。可若真将人交给萨林保审，内里的一些事情就要瞒不住了，到时候，怕要百口莫辩；可不交出去，似乎也没有借口。见秀山迟疑，萨林保又说，大人不必多虑，下官问案，肯定要多听听大人的意思，要有啥事是不便行诸公文的，一定先禀报。秀山听出话音了。萨林保城府极深，即便藏有心机，面上都是一副替人着想的样子，让你稍不留意就会放松戒备掉进他的布局。秀山与他同僚多年，也是太了解他的为人了。萨林保刚才这番话，正是旁敲侧击一语双关的试探。秀山自然不想着他的道，便回戗了一句，说，萨大人，你觉得我会有啥不便行诸公文的事吗？萨林保一愣，回过味儿来，连声说，没有没有，是下官口误，秀大人包涵。秀山笑笑，问，那依萨大人，是把明毓提到协领衙门去审，还是留在总管衙门治罪呢？萨林保笑笑，说，下官也是替秀大人着想。毕竟这明毓……还有那苏肯那层关系，我是怕秀大人为难……

秀山脸色变得很难看，说，萨大人，多虑了吧？

老姑奶奶正是这个时候进来的。

老姑奶奶没有让人通报的习惯，她来见自己的阿辉[①]，不是来见官。再说，照她的话，屁大个衙门口，哪那么多规矩？她就照直进来了。萨林保见了老姑奶奶，急忙起身施礼说，老姑奶奶吉祥，有日子没见老姑奶奶出来了。老姑奶奶回了礼，笑着说，今儿赶巧，天好出来兜风，顺脚就进来了，看一眼我哥哥咋办公事。萨林保就说，那你们兄妹俩聊着，我先告辞了。老姑奶奶说，先别急着走，老没见着了，多唠几句。又转脸对秀山说，我刚才咋听见萨大人说，要马上提走人呢？我就奇怪了，啥大不了的事，还经官？萨林保接话说，老姑奶奶，这哪是小事啊？绑票，论罪是问斩的。老姑奶奶嘁了一声，说，咋还算绑票了？绑票不得要赎金啊？那福儿也没用啥赎金就放回来了啊！小孩子们不知深浅闹着玩儿呢，打个板子教训教训也就罢了，可别扯大了。阿辉你说呢？

秀山知道老姑奶奶这是故意要搅浑水，忽然觉得她来得正是时候，有些话老姑奶奶说比他说要合适，便没吭声，任着老姑奶奶和萨林保言来语去地对付着。

萨林保说，老姑奶奶，这事哪是闹着玩儿的事？那明毓也不是孩子了，该知道轻重的。

老姑奶奶却不以为然，说，谁还没有思虑不到的时候？萨大人就别较这个真了。

萨林保笑笑，说，老姑奶奶，咋的，就想为明毓说这个情了？是不是秀府要认这个姑爷啊？

---

① 阿辉——满语，哥哥。

老姑奶奶说，秀府要是认这个姑爷，也就出不了这档子事了。明毓不过是个家生子，秀府咋着也不能把五格格给了他啊。

萨林保笑笑，说，明毓不是一般的家生子吧？老姑奶奶可比谁都清楚啊！

老姑奶奶的脸色变了，涨得发红，嘴角抽了一下，眼看着是要发作，可也就转念之间，却突然笑了，说，萨大人，我倒想听听，他是咋个不一般了，萨大人不妨细细说来。

秀山先还紧张地看着老姑奶奶，怕她发起火不好收场，此时倒把眼光瞄向了萨林保，看他如何应对。

萨林保愣住了，支吾两声，尴尬地干笑起来，说，我是说这明毓不知深浅，作得有点儿大发了！

老姑奶奶也笑笑，说，那依着萨大人，就得问罪了？

萨林保说，哪是我一定要问罪，是他们犯到这儿了。

老姑奶奶转守为攻，说，萨大人跟几个毛孩子这么较真，怕是另有一番心思吧？

萨林保诧异了，问，老姑奶奶，这话咋说的？我能有啥心思？秀大人叫我咋办，我就咋办嘛！

老姑奶奶笑笑，看着秀山说，这会儿，我瞧着总管大人也不太好说话了。其实，我们家一直等着萨大人上门提亲来着，原想着咱们两家做了亲家，那也是一门好亲。可偏在这节骨眼儿上出了这档子事，你说这不是给咱两家难堪嘛！要我说，萨大人，你是该好好收拾收拾明毓，也替秀府出口气。

萨林保哭笑不得地说，老姑奶奶，你是说我要公报私仇吧？

老姑奶奶说，我可没这么说。萨大人要是不怕别人想多了，我也不劝你了，该咋处置就咋处置吧。这事弄利索了，我们还等着你上门提亲，咱还轧亲家[①]。

萨林保张口结舌，怎么也接不上话茬儿了，急忙掉转话头说，人如今在秀大人手里，咋处治就全凭秀大人做主了。

秀山也就势下了坡，说，人先留下吧，待审过了再酌情处置。

萨林保走的时候面带笑容，却是透着一种狡黠。

老姑奶奶回头问秀山，他咋那个笑法？啥意思？

---

① 轧亲家——方言，结儿女亲家。

秀山的脸色很难看，说，啥意思？看笑话呗！

老姑奶奶说，啥笑话？他想看啥笑话？

秀山就说，别管人家了，还是先想想咋办吧，事情闹大了，可真就叫人家看着笑话了。

老姑奶奶就笑了笑，说，我怕啥呀？要想也是你想，放不放人也是你说了算。我先走了。

看着老姑奶奶甩着大脚片子走出了大堂，听着她跟屋外的熟人打着哈哈，秀山觉着很憋气。他突然感觉像抓了个刺猬，扔不掉又不知该如何下手。

永泰进来了，问是否还要继续送福儿进京。

秀山叹了口气说，还送啥？这或许就是天意啊。福儿就老老实实地待在乌拉城吧，早晚找个合适的人嫁了，我也就了了心事。我给依敏王爷写封信，请王爷跟内务府说和说和，就说福儿突然患病，不能参加选秀了。

永泰说，刚才铁亦哈和赫尼达都来打探，阿玛想咋处置明毓这几个小子。

秀山没好气地说，都闲下来了是吧？眼下各项采捕正是当紧的时候，不知道该干啥了吗？

清明过后，木耳、蘑菇、寒葱、刺老芽、山韭菜、水芹菜，都争先恐后地生发出来，这些必须抢鲜的山野菜，得马上组织各旗牲丁上山采摘，还得召集妇人们晾晒加工炮制。这都是与老天抢食的营生，一旦误了节气，就收不回来，而收回来的东西，若不及时晾晒、翻晒、加工，就会生虫发霉腐烂，那这一年的春贡就泡汤了，想补都补不回来，赌等着降旨受罚。虽说这些事情早已安排各旗领催们催促办理，可秀山从来都不甩手，总是要一一过问。这两天本来还要沿江巡视捕鱼船队的作业情况，被福儿的事情绊住了脚，也未能成行。秀山想了想，便传来永泰、铁亦哈和赫尼达等官员，着令右翼翼领铁亦哈往松花江、乌苏里江、黑龙江流域巡视，督办各捕鱼莫因荡捕鲟鳇鱼事宜；着令左翼翼领永泰率骁骑校赫尼达往舒兰河、霍伦河、拉林河、三岔河、珠尔多河等水域，督办捕捞各类贡鱼事宜。明日启程，不得延误。

秀山发完谕令便站起身，按往常几个人领了谕令便该退堂了，今儿个却还迟迟疑疑地不肯告退，都是一副欲语还休的表情。秀山明知故问，几位还有公事禀报？几位都摇头说没有。秀山便沉着脸说，那就都别跟我整事儿，该干啥干啥去，若有失职，就老的小的一起惩罚。说完就走进左侧公事房。

留在大堂的几个人面面相觑，明知秀山所指何事，便也不敢再多言，只好各自分头准备出发去了。

秀山刚刚坐下不一会儿，福儿来了。福儿先告状，说看守明毓的衙役不让她进去探视。秀山阴着脸说，你看他干啥？他有啥可看的？还嫌事情不热闹啊？福儿听出秀山的不满，便嘟囔着说，不让看就不看嘛！阿玛，想咋处置他啊？秀山没好气地说，咋处置？问斩！福儿就瞪着眼睛问，真杀啊？秀山说，留着他干啥？惹事啊？

福儿就不吭声了，站在书案的一角，用手指在案子上画圈圈，一滴眼泪掉了下来，正掉在圈圈中间，她就手指沾着眼泪，接着画。秀山看在眼里，有些心软，就缓了缓语气问，福儿，明毓把你劫上山，说了啥？福儿说，没说啥，就说不想让我进京，还说是替你避祸，你得赏他。秀山哼了一声，说，赏他？我轻饶不了他！

福儿就跪下了，哭着说，阿玛，饶了他吧！咋处置都行，就是别杀他。

秀山让她站起来，福儿不肯，说如果杀了明毓，她也不活了。

秀山看到福儿竟为了明毓跪下求他，便有些恼了。其实他一直防范的，就是不想让福儿和明毓走得更近，内中有些原因说得出口，有些是说不出口的，没有人能理解他真正的心思。他看着福儿，寻思着话该如何说，才能让任性的福儿领会他的意思。

秀山问，福儿，明毓有没有说过要娶你？

福儿说，没有。他说攀不上我。

秀山说，他是这么说的？

福儿说，是这么说的。可我知道他说了假话，他是看不上我。

秀山好一会儿没说话。福儿跪在地上，偷眼看着秀山，猜测着他的心思，又追问了一句，阿玛，你倒是答应不答应？

秀山叹了口气，说，福儿，你起来吧。我答应你，留他一条命。

福儿笑了，又得寸进尺地问了一句，阿玛，咋处置他啊？

秀山冷着脸说，留他一条命，算是我对他的赏赐了。

福儿再不敢问了。

秀山对明毓的赏赐，就是将他发配到了韩屯的鳇鱼圈，做了看护喂养鲟鳇鱼的牲丁。

第二十三章

朝廷祭天地祭祖，或者祭陵，都要用到鲟鳇鱼。而且鲟鳇鱼的味道又极其鲜美，鱼唇、鱼鳔、鱼骨、渔子都可烹制佳肴，自然也就是京城宫中的珍味，鲟鳇鱼也就成了打牲乌拉最重要的贡品之一。鲟鳇鱼其实是两种鱼，鲟鱼和鳇鱼，主要栖息在黑龙江和松花江里，寿命可达五十年，最长有两三丈、重千余斤，因为体态和习性相似，渔丁们习惯地把它们合称为鲟鳇鱼。打牲衙门每年捕打两次，要出派骁骑校一名、委骁骑校一名、委官一名、领催二名，分为四个珠轩，各有一珠轩达、三个铺副、十名打牲丁；四十名打牲丁由上三旗出派二十五名，下五旗出派十五名。谷雨过后开江了便开始捕鱼，到八月秋捕结束。进京的路途遥远，天气热的时候无法运送，便将捕到的鲟鳇鱼送圈喂养。鱼圈称作鳇鱼圈，是用梅花桩大木嵌江底围栅而成，间距不到一寸，与江水通流。在乌拉辖境内松花江沿岸建有多处，乌拉查里林、韩屯，舒兰法特，船厂土城子哨口，德惠岔路口，等等，大的有十余丈，小的也有五六丈。每个鳇鱼圈建官房一所，住有一个铺副和三名打牲丁。若是旱年水浅，圈养的鲟鳇鱼会有熏热之灾；若是水大河涨会冲倒栅栏，鲟鳇鱼就顺水跑了，所以牲丁要看水势的大小修圈，水少时充水或深挖圈，水大时要加固栅杆，平日里还要捕捞各种杂鱼喂养鲟鳇鱼。等到十一月出圈鲟鳇鱼，“挂冰运京入贡”之后，看守鳇鱼圈的牲丁才会被撤走。

明毓做了看守鱼圈的牲丁，便再没了往日的自在，他得受制于人，让捕鱼便去捕鱼，让修圈便得修圈，还不能随意回家。好在是在江边野地，不必总看各色人的脸色，愿唱便唱，愿喊尽可以撕破了嗓子喊。劳作对于明毓来说不是苦差事，他年轻，有的是力气，累了睡上一觉便缓了过来，冷了拥进一碗烧酒就浑身燥热了，他最难耐的是冷清。韩屯的鳇鱼圈加铺副只有四个人，每日出来进去看到的就是这几张脸，翻来覆去说的便也是那些话，久之便无趣得很。后来明毓发现了一个好差事，便是回衙门领取一应用品，譬如渔网、麻绳、铁镩子、铁钩或者粮米之类的。回乌拉城要七八十里地，要穿过有野兽出没的荒草甸子和山地，辛苦不说，还时有险情，别的人害怕便不愿出这个差，明毓不怕，便全揽下了这个活儿，铺副也乐得让他去，明毓便趁便回一趟家，或者访朋问友。

明毓每次回家，那苏肯的脸色都不好，他是深深地对这个儿子失望了。本来明毓官学结业至少应该进衙门求个职位，若是谋划好了，很快就会拣为笔帖式，不料他竟闹出这么大的一桩事情来，落得只做了个打牲丁。明毓这个跟头栽得不小，等于从人上人跌到了最底层。那苏肯对此没有怨言，秀大人没将明毓送官判刑已是最大的宽宥了，他只是恨儿子不争气。明毓辜负了他的一片苦心，也让他伤透了心。明毓好像不太在意他的表情，笑呵呵地进来，礼节性地请安问个好，折身便去见讷和妹妹，随之那屋里便传出嘻嘻哈哈的说笑声。明毓回来大多时会吃上一顿饭，还是讷定要他留下的。明毓便像吃冤家似的，吃得肚子溜圆，饭碗一撂嘴巴一抹，抬腿就走人，说是回去晚了要受罚。

这日，明毓出了家门，去衙门里领回了所需用品，装了一只大麻袋驮在马背上，见天色还早，便没急着往回赶路，想着先去哪儿玩儿一会儿。他骑着马在街上悠悠地走着，一时拿不定主意找谁。跟他最好的苏穆和阿森也都被发配去做了打牲丁，这会儿不是在打鱼的船上，就是在山上采摘山货；来昌做了披甲，听说被派去守边门了；富祥的命是最好的，官学结业后被录用做了官仓的见习笔帖式。富祥所在的官仓倒是不远，就在总管衙门的北边，可明毓不想见他。自从富祥丢了一只胳膊，他们的关系就变得微妙，好多事也不是原来的样子了。再说他现在只是打牲丁，见了富祥还得行礼请安，再不可能像从前那样称兄道弟了。明毓在街里转了一圈，不知不觉间竟转到了秀府，心念一动，勒马停下了，看着秀府门前那个高耸的影壁，他犹豫起来。他被发配去鳇鱼圈，临走曾来找福儿说话，也想顺便与素韵道个别，却被才录逐出了门。才录说五格格不想见他，当时气得他发誓再也不见福儿。可发誓归发誓，时间久了还是忍不住想，何况素韵也在秀府，不知是教福儿还是教雪雁。在看守鳇鱼圈的日子里，他无数次地想过她们，猜想着她们俩在干啥，还想过与她们相处的日子里发生的那些有趣的事，想着想着就会有一种温馨的感觉。转眼间也有几个月没见了，不知她们是不是也想见他。可转念一想，他就拨转了马头，朝城外走去。他想他还是不该去见福儿，自从把福儿劫上山又放回来之后，他就再也没见过福儿，她肯定也不想见他。他把福儿的好事搅了，福儿肯定恨他，既是这样，他也就别觍着脸去触霉头了。想着福儿的冷酷，他心里忍不住升起一股火来，一抖缰绳，便奔了城门方向。

明毓没走出多远，就听到有人喊他，听声音是彩玲，他停下马等着。彩玲说他在街上转悠的时候被才录看见了，才录告诉她，她就告诉了五格格。彩玲说，五格格让你去秀府一趟。明毓迟疑了一下，然后说，不去，我现在不想见她。说着一扽缰绳，马便小跑起来。马身上驮着麻袋包，他不想让马累着。听见彩玲在后面喊五格格不会放过你的，他也没停下，心想，不放过我还能把我咋的？有本事再让你阿玛抓我呀。

明毓拍马出了北门，心情突然变得很好。时辰还早，他不用着急往鳇鱼圈赶，马背上驮着麻袋，又怕累着它，便由着马儿信步前行。出了城不远便进了野地，有树林有草甸子，还有高低起伏的土丘，一路上鸟语花香的，有一只小松鼠从他前面蹿了出去，还有两条蛇盘在树上，他放过了那只没命逃窜的兔子，对那只支棱着耳朵打量他的傻狍子笑了笑。觉得走出有好远了，听见后面有马蹄声，回头看见一匹马正逼近他，马上立着的福儿也在逼视他。

明毓被福儿逼住了。福儿若不是拿着一把弹弓，她是根本抓不住他的，但福儿手里有一把弹弓。福儿骑在马上，拿着弹弓逼着他，他便只好放慢了马，福儿的马就追上了他。

明毓的脸撂了下来，说，你不是不见我嘛，又追我干啥？

福儿的马跑得直喷白气，看得出是被主人催得急了。福儿也不知是累的还是气的，呼哧呼哧直喘气，张口就骂道，明毓你是个混蛋，大混蛋！

明毓原以为福儿是再也不肯见他了，谁想她又追了上来，想是时隔多日，那一股怒气已经消了。

明毓的心情忽然好了起来。

谁跟你嬉皮笑脸？五格格怒斥着他，小脸儿绷得紧紧的。

明毓不怕，知道她是装的，她喜欢在他面前装相，他也不戳穿她，只问她找他啥事。

福儿立起了眼睛，说，啥事？你搅了我的好事，咋倒像没事人一样？

明毓说，咋像没事人？你阿玛已经惩治我了，不是把我发配去看鳇鱼圈吗？

福儿不依不饶地说，那算啥惩罚？

明毓问，那你还想咋样？

福儿被问住了，支吾了几声，才说，反正不能就这样完了！

明毓说，那你说咋样才算完？让秀大人把我的头砍了你就称心了？

福儿生气了，喊着，对，就是砍了你我才称心呢！我咋那么傻呢，我就该让我阿玛砍了你的头才好呢，便宜你了，才让你去看鳇鱼圈呢！

明毓也来气了，说，有本事你就让你阿玛砍了我，你去呀，去呀！我不跑，我在这儿等着，让你阿玛派兵来抓我好了！

明毓喊着，扯了一下缰绳，马儿掉过头便冲了出去，跑出十几丈远，他忽然后悔了，想看看福儿是什么表情，正要回头，马却像中了箭似的，猛然蹿了一个高，明毓猝不及防被抛了下来，结结实实地摔在地上。还没等他明白是怎么回事呢，福儿哈哈笑着策马跑了上来，手上摇着弹弓，看他躺在地上龇牙咧嘴的样子，竟露出一脸的得意。明毓说，还笑，胳膊好像折了。福儿说，怪我手头不准，不然你就躺在地上挺尸了。这是报应！明毓哭丧着脸，说，别闹了，胳膊真折了，快扶我起来！看他痛苦的样子也真不像是装的，福儿这才下马去扶明毓。

明毓抱着胳膊，跟着福儿回到了秀府。才录正在前院，见明毓就想阻拦，福儿嗔斥一句，喊着，快叫赖管家来。才录见明毓满脸淌汗，吃了一惊，急问出了啥事。明毓想起他平日的慢待就没好气，也喊，叫你喊赖管家你就去喊赖管家。才录也没敢回嘴，跑着去找人。不一会儿赖德才小跑着来了。赖德才让明毓坐在花坛旁的石礅上，坐稳妥了，用手在他的胳膊上顺势摸索着。明毓咬牙忍着痛，由着他捏鼓。赖德才早年在京城的时候，曾跟着一个接骨郎中学过的，那接骨郎中据说祖上拜过伊桑阿，伊桑阿的接骨术宫内外有名，教授过几个徒弟，他的接骨绝技也就流传了下来。赖德才喜欢吹牛，嘴还碎。赖德才说，好好的咋就从马上摔下来了？可要坏了明毓阿哥的英武名声了。平日里明毓好抢白他，今儿个却只顾了疼，说啥都忍受了。福儿在一旁说，是被一只兔子吓的。明毓说，是只黄皮子还穿着绣花鞋呢！福儿扬手便要打下去，明毓下意识地闪身躲，赖德才的手下又一用劲儿，他发出了一声惨叫，倒把福儿吓住了。赖德才直起身，拍拍手，说，别叫了，一个爷们儿也不怕被五格格笑话，不过是脱了臼，不要命，端上就好了。明毓试着摇动胳膊，真就不疼了，便笑骂着，你个死老赖还真有两下子。赖德才说，那是吹的吗？原想着有机会伺候皇上的，没弄明白被贬了下来，小哥你才是偏得了。两个人斗嘴的时候，明毓无意中看见了素韵，素韵站在垂花门里朝这边张望着。明毓刚要喊她，她却一闪身不见了，随后就见富察氏和老姑奶奶从垂花门里相跟着出来了。

明毓急忙起身见礼，说大奶奶好，老姑奶奶好。老姑奶奶问出了啥事，明毓说不小心摔了一跤。富察氏的脸色就不好，说，你们俩又闹啥事，还嫌事不大是不？明毓赔笑说，没闹，是我自己不小心，不关五格格的事。站在一旁的福儿仰着脸，一副与已无关的表情。老姑奶奶说，不关她的事才怪呢，瞧她那样，一出一出的！福儿沉不住气了，嚷着，咋样了咋样了？姑爸爸你啥意思啊？老姑奶奶就哟了一声，瞅着富察氏说，瞧瞧，这还说不得了，还真当自己是格格了。富察氏急忙申斥福儿，说，咋跟老姑奶奶说话呢？老姑奶奶是长辈，你得让着点儿。不料这句话说得老姑奶奶更不开心了，冲着富察氏来了，说，咋的？我就那么不懂事理吗？还得个孩子让着？富察氏哪敢再接话茬儿，直接就闭了嘴。明毓见势头不对，怕因为自己惹出事端来，便说得赶回鳇鱼圈，起身要走。老姑奶奶却拦着，说，走啥？眼瞅着天黑了，荒草甸子里啥兽都有。明毓说，今儿不赶回去便要按逃跑论处了。福儿也劝他别走了，说她去跟阿玛求个情。老姑奶奶却说，还求个啥？你阿玛心狠着呢，没拿明毓问斩还算他手下留情了呢。富察氏不高兴了，说，老姑奶奶说话得拍拍胸口，该说的说不该说的可别乱说。老姑奶奶脸涨得通红，嘴张了几下，却没说出话来。明毓哪承想因为自己惹得两位奶奶顶了起来，眼看着天边泛起了云彩，便说，要下大雨了，我得赶回去，跑了鲟鳇鱼可不是闹着玩儿的。他也顾不得两位奶奶是啥表情，拔腿就跑。本来还想见见素韵的，此时也没机会了。

明毓冒雨贪黑赶回鳇鱼圈，直奔了江边。

江水漫漫，哪里还看得见鳇鱼圈？

第二十四章

天亮时雨停了，江水慢慢平缓下来，木栅七扭八歪地戳在水中，露出一个个刺眼的豁口。鳇鱼圈里本来圈养了五条鲟鳇鱼，个个体形硕大，最大的足有两丈多长，估摸着也有八百多斤，此时早顺水溜了出去。铺副带着明毓等三个打牲丁划着威呼[①]上下跑了几个来回，徒劳无功，五条鲟鳇鱼踪影皆无。

明毓和几个伙伴坐在岸边，垂头丧气，夹杂着惶恐不安。已经上秋了，冬至时便要将鲟鳇鱼“挂冰送京”。此时跑了鲟鳇鱼，一时间恐怕来不及再行捕捞补充。明毓看见过捕打鲟鳇鱼的场景，每一条鲟鳇鱼的捕捞都很不容易。这种鱼类自有它的习性，栖息在河段中，喜欢在水底活动，咬汛[②]时潜在沙砾河石上，冬天则集聚在深水区。捕打鲟鳇鱼要用八块大眼网，两块一链，合为一起，顺江横荡。至于“钓”鲟鳇鱼和戴“笼头”，则是捕鱼牲丁们的本事。钓鲟鳇鱼是用黄柏树皮做成木漂浮于水面，木漂悬挂铁钩，经游的鲟鱼或鳇鱼遇阻就甩尾拍打，铁钩便刺入鱼身，越是挣扎越难脱身；另一种钓法是将长绳系在渔叉上，渔丁站在船上，瞄准鱼背，飞叉刺入，然后牵着绳子随船游行数里，直至其筋疲力尽。给鲟鳇鱼戴“笼头”更是渔丁们的绝技，明毓只是听说，却不知是如何给那硕大的鲟鳇鱼戴上“笼头”的。据说戴上“笼头”的鲟鳇鱼很乖顺，人可以像牵牛一样，将鲜活的大鱼牵着送进鱼圈……黑龙江和松花江里曾经是鲟鳇鱼及各类鱼的天堂，听老辈人讲，那时的鱼多得能拥塞水道，人踩着鱼背就可以过江。如今，这样的景致已经不见，经年荡捕，鲟鳇鱼几近绝迹，多年

① 威呼——满语，小船。

② 咬汛——方言，鱼产卵。

前的捕鱼盛况早已不再。今年能捕到这五条鲟鳇鱼已是费了九牛二虎之力，还不足额定数，若交不上皇贡，衙门总管和吉林将军的命运都难以预料，追究下来，看守鳇鱼圈的牲丁必是首当其冲，岂不是要大祸临头？

明毓抬头看了看其他几个人，忽然被几道目光刺得心头一跳。他感觉出那目光中的另一番意思，是一种幸灾乐祸，是一种嫁祸，是墙倒众人推，他也看出这层层意思中的无奈、愧疚、抱歉。他还来不及厘清这层层意思，直觉到一种危险正在临近，本能地欲站起身，不料背后竟先挨了一脚，他顺势就地向前滚了几个个儿，不待起身，已被众人压在了地上，几番挣扎都无济于事。

明毓被捆绑着关进了哈什。

周围堆放的一堆堆渔具，散发着阵阵的腥味，令人一阵阵作呕。明毓不时地凑到门边，把嘴对着门缝，长长唤一口气，才能让胸腔舒服一阵。他认了。跑了鲟鳇鱼，谁都担待不起，总要有人顶罪，谁让他偏偏回来晚了呢？其实谁心里都明白，即便他按时带了绑固鱼圈的铁丝铁钩类的东西回来，提前加固好了鱼圈，照傍晚那场大雨，江水也会漫上来，那鲟鳇鱼也是要顺水溜走或者钻出豁口逃跑的，没有人能挽救得了。大祸临头时，人们总是希望能有个人来担责顶罪，这是免灾最直接最奏效的办法。不幸他正撞在了这个当口，有口难辩，他也不奢望这几个同伴能替他开脱，他跟他们本就不熟悉，何况他又是犯了事被贬下来的，嫉妒也好蔑视也罢，总是有着一层隔阂，也正好借此事整治他。明毓只是不知等待他的又是什么样的处罚，挨一顿鞭子是最起码的了。

秀山听说跑了鲟鳇鱼，火冒三丈。关键时候跑了鲟鳇鱼，若不能及时补上，对他来说就不只是罚一下这么简单了。乾隆朝的时候，有一次乾隆爷在前门外发现市面出售的鲟鳇鱼竟然比打牲乌拉进贡的鲟鳇鱼还大，一怒之下便革了时任总管索柱的职，这是历任总管都引以为戒的事。如今跑了鲟鳇鱼，交不上皇贡，又岂止是革职这么简单的？秀山的心绪是可以想见的。他责令下属查明责任严加惩处。结果，明毓处鞭刑五十，铺副也连带着鞭笞二十。

明毓受刑的时候，竟然看见了秀山。哈什门打开的时候，一个瘦削的身影立在门口，虽然背着光，看那身形他认出是秀山。明毓难以置信，他一个小小的牲丁受刑，哪用得着总管大人来监刑？他百思不得其解，只能理解为秀山并未原谅他劫持福儿的事，要借机解他心头之恨，以补偿没能杀了他的遗憾。

秀山站在门口，说，你自己走过去，别像个孬种！

秀山又说，是死是活，你都认命吧！

明毓心中暗叹，我命休矣！他一声未吭，起身走出门去。两个行刑的衙役一边将他的手腕吊在高过人头的木架上一边道着歉意。明毓苦着一张脸讨好地笑着说，两位大哥手下留情。他知道说也是白说。他没回头，只把后背留给了秀山。第一下鞭子抽在背上，他发出了一声惨叫，那叫声啸唳，仿佛不是他发出的。他本来想咬牙忍着，可他发现大声惨叫能缓解疼痛和恐惧，干脆就不忍着了，不管鞭子落没落在背上，只要他想叫就叫出来，声音叫得越响感觉疼得越轻，他就没命地叫。叫到后来，终于叫不出声来了，整个身子好像也不是他的了，鞭子落下来，只是打在一堆肉上，就像小时候看着别人挨鞭子，那鞭子一下一下地都打在别人身上，他有的只是恐惧。那些受鞭刑的人有的是没有完成人参定额或者少交了貂皮的牲丁，有的是珠轩达或者领催，也有骁骑校或者翼领挨鞭子的，反正都是皇家的奴才，随意打随意骂就是。谁让你被皇家养着，吃着皇家的粮饷，花着皇家的俸银？这些就是应该承受的，挨过鞭刑的人，能挺过来，养好伤，接着还得为皇家效命。

明毓只求自己能挨过这顿鞭刑。

明毓挺过来了，虽说皮开肉绽，到底还是活着。他心里藏着恨，却不知道该恨谁。秀山临走时看他的眼神里流露着一种怪异，令他很是不解。明毓倒开始为秀山担起心来，跑了鲟鳇鱼，完不成今年的鲟鳇鱼贡，总管以及左右翼翼领、骁骑校、领催们自然都要受罚，处罚完了他，这些大人们就得想想如何自保了。

鳇鱼圈已经没了鲟鳇鱼，除了晒网补网，看护渔船和渔具，日常里便少了许多事情，明毓被打得皮开肉绽，留下来也做不了什么，秀山破例让他回家养伤。这可是意外之喜，更让明毓奇怪的，竟然是赖德才和老姑奶奶的苏拉柱子赶着大车来接他。赖德才说，明毓阿哥你就别问七问八了，想不想走吧？明毓便顾不得疼痛爬上了马车，趴在车厢板上。大车走在布满车辙的路上，路面泥泞不堪，深的车辙里还汪着水。车身颠簸摇晃着，每一下都让他龇牙咧嘴，他就不住地哼哼。赖德才不时照看一下他，后来被他哼得烦了，便索性不理了。明毓就骂，你个没良心的，该死的，咋就没被皇上问个斩立决，放到乌拉城来祸害人，你个挨千刀的。赖德才知道他是痛得无处发泄，也不跟他生气，笑眯眯地看着两旁的树林子，仿佛能从里面看出棒槌[1]似的。柱子搭话说，小哥你该恨五格格才是，要不是她摔坏了你的胳膊，就耽误不了事也跑不了鲟鳇鱼，不是就挨不了这一顿鞭子了？你一沾上五格格准倒霉，离她远点儿吧。明毓不但没被劝住，反倒转过头来开始骂柱子，说，柱子你个奴才敢说五格格的坏话，五格格将来是要当皇后的，你不想活命了是吧？她摔坏了我咋的？我还没说啥呢，能轮到你多嘴啊！柱子撇撇嘴说，小哥听不懂好赖话了，得得算我嘴臭烂嘴丫子，小哥你爱咋的咋的吧！

那苏肯和刘佳氏见明毓趴在车上被送回来，一时慌了神。赖德才和柱子帮着把明毓抬进屋里放到炕上就告辞走了。刘佳氏看着儿子背上的鞭伤大呼小叫，明毓装得没事似的说，讷别怕，只是皮肉伤。待听明白明毓为啥受鞭刑，那苏肯呸了一声，骂道，活该，谁让你总是惹那个五格格！刘佳氏替儿子抱不平，说，咋是咱儿子惹她了？是她太霸道了嘛。明毓不愿意听父母这样说福儿，便说，不关五格格的事，算我倒霉。刘佳氏还说，咋不关她的事？从头到尾就是她惹的事。明毓就说，讷别说了，我疼，让我歇一会儿。说着就闭了眼睛再也不说话。

第二天，福儿跑来看明毓。福儿站在炕沿边就要掀被子，说要看看他的伤，那表情完全是一副欣赏的样子，没有一点儿内疚。明毓趴在炕上，用手拽着被角不让她看。福儿还要掀，明毓急了，说，我光着呢你看啥！福儿这才罢了手，转头跟对面炕上的桑格欻起了嘎啦哈，仿佛她是专程来找桑格玩儿的，再不理明毓。明毓忍不住问，素韵咋不来看我？福儿嘻嘻一笑，说，素韵来不了了，我把她打发回家了。明毓一撇嘴说，你故意不让她来看我。福儿说，就是，咋的吧？明毓就嘟囔，能咋的，我能把你咋的！

明毓在家里养伤这阵子，福儿时不时地会来探望，明毓趴在炕上和她有说有笑，根本就没有记恨她的样子，仿佛什么事都没发生过，或者发生过什么事但与福儿没有关系。福儿好像也忘了明毓曾经坏了她的好事，与他和好如初，性子也变得绵软了些，不再动不动就耍脾气。刘佳氏对福儿虽说看不惯，可毕竟人家是总管家的小姐，得罪不起，每次来家里，都得笑脸相迎，寒暄几句便

---

① 棒槌——方言，人参。

走开了。回到上屋，她就坐着发呆，不自觉地唉声叹气。那苏肯就说她瞎操心，肥猪哼哼瘦猪也哼哼。

明毓的鞭伤一天天地见好，在炕上趴得也腻歪了，屁股刚能落（lào）炕，便出门了。赶巧上午福儿又来看他，一进院遇到刘佳氏，告诉她明毓没在家。福儿那小脸儿便不是颜色，连屋都没进，转身就走。桑格从屋里跑出来喊她也没留住。桑格问，讷跟五格格说啥了？刘佳氏轻描淡写地说，能说啥？就告诉她你哥一大早牵了马出门了。桑格说，讷你多嘴，说我哥出去了就出去了，干吗要说牵了马？牵了马也罢了，干吗又说是一大早？刘佳氏说，我就是让她自己揣摸去。桑格说，讷你是不是不喜欢五格格？她喜欢我哥呢！刘佳氏说，我就是要让她断了这念想儿呢。桑格说，我哥也喜欢五格格呢，要不咋能劫了她不让她进京？刘佳氏说，让你哥也别做梦了，想啥都白扯。

明毓现在没那么多心思，他欢天喜地地进了蜂蜜营，直奔尚家而去。黄狗正卧在窗台下，见明毓进来，兴奋地跑过来。明毓拍拍它的脑门，冲着房门喊，先生在家吗？明毓连喊了几声，房门都没有动静，只觉着房间里应该有人的，他却没敢冒失，正迟疑着，房门开了，素韵站在门里，浅浅地笑着。明毓有些磕巴了，说要找素俊。素韵说，你忘了？他上山采蜜了。

明毓恍然，寒露已过，此时可不正是采蜜的季节？原来的蜂蜜营，便是专事采蜜的蜜丁们聚居之地。最初蜜丁与参丁是被编在一起的，打牲丁们一年采蜜，一年采参，后来参源渐少，朝廷将参贡部分划拨给吉林将军衙门，打牲衙门不再担负参贡，裁减了采参丁，但采蜜的庄丁却没有减，每年都要与上三旗下五旗出派的六百多蜜丁一起，进入舒兰、霍伦、冷风口、珠策等窝集采蜜，每丁要交足七十斤的额数。素俊跟他讲过一种寻找蜂巢的方法，抓一只落单的蜜蜂，将一丝鸟的羽毛粘在蜜蜂身上后放飞，然后跟着这只蜂子，就能找到蜂巢。蜂巢多在山崖或石砬子上，什么烟筒砬子、棒槌砬子、雷击顶子、八台岭……都是依山傍水人迹罕到之处。蜜丁采蜜爬树攀崖自不必说，更是时时有性命之虞，被蜜蜂蜇咬是常事，当你兴高采烈地奔向一处蜂巢的时候，说不定附近就藏着一只黑瞎子，那是它早已瞄住的美食，容不得人类侵占，所以时有蜜丁遭遇黑瞎子丧命的事发生。这是皇差，再苦再险，也没人敢抗拒。尚秉致因是流人，发配来乌拉时便被拨付到了官庄当庄丁，只是因他的学问后来被聘做了教习，但素俊成丁后却摆脱不了庄丁的命运，与所有的庄丁一样，除了种地，还随时要应付皇差，每年的这个节令，便得上山采蜜，从寒露一直持续到来年的清明前。每进一次山，最近处也有二三百里，至少也得个把月的才能回来。

明毓想他应该进屋里坐坐的，来都来了，这样便走了，岂不是白白地折腾了一趟？

素韵看出了他的犹豫，说父亲也没在家。明毓听懂了，素韵没有请他进屋的意思。他只好站在院里和素韵说话。他问素韵，咋回来了？不再教五格格功课了吗？素韵说，五格格好像有啥事，让我先回来歇些日子，等她来叫我再回去。明毓说，你信她有事？她是故意支走你呢！素韵说，五格格这些日子学得挺上心的，还跟雪雁比着学呢。她支我走干啥？明毓说，怕我去找你呗！

素韵脸就红了，眼光躲闪起来，一时不知该看向哪儿。明毓也有些不自在，吭了两声也没说出话。沉默的气氛让两个人更不自在，正尴尬时，院门响了，一个女孩子拎着一筐山菜走进来，看见院里有生人，就愣在那儿，走也不是站也不是，倒是给明毓解了围。明毓问，这是谁呀？素韵说，她叫小琴，是咱一个屯的。我哥找来给我做伴的。明毓说，嗯，正想问你一个人咋住呢，有个伴儿就好。不对吧，小琴？你不是唱莲花落的那个姑娘吗？咋住这屯了？小琴一时不知怎么说，就看着素韵。素韵也不想解释，只说道，明毓你该走了吧，日头偏西了。

明毓只好走了，走得有些怅然，好像是有一件什么事想办却没有办成。走出十几丈远，他下意识地回了一下头，院门依然开着，素韵还站在门里，看不清她是什么表情，只是站着，目送着他。

明毓第二日便被调拨去土城子看守打鱼楼。土城子比韩屯倒是近了些，在乌拉城西北十五里处，可是在松花江左岸，出来进去都得用船摆渡。

刘佳氏嘟囔着说，伤还没养好咋的就又要派差？那苏肯黑着脸说，秀大人说了，既是能骑马跑到蜂蜜营，可见伤已无大碍了。

桑格说，准又是五格格捣鬼告刁状了。

明毓横了桑格一眼，说，这有五格格啥事？

第二十五章

看管打鱼楼的差事乏味而又辛苦，明毓每日要清点，要晒网，还要补网，修理损坏的渔具，靠岸的威呼还得系牢，免得被水冲走。这里也设了鱼圈，但里面没有鲟鳇鱼，不知是也顺水跑掉了还是本来就没有。即使没了鱼，也得维护鱼圈，每天检查加固不能有一丝马虎。渔丁们来了，吵吵嚷嚷了一番，领走或者交回捕鱼的家什，便又走了，只留下明毓一个人眼巴巴地站在江边，很有些依依不舍。按照规矩，每月都由总管衙门派一名牲丁值守，一年共派十二名，上三旗出派七名，下五旗出派五名。可自从明毓来了之后，再没有人来换他。他想这大概是对他的又一种处罚吧。打鱼楼是座二层小楼，还有东西配房各三间。渔网等渔具都堆在楼上，怕被老鼠咬坏，下层堆着那些乱七八糟的东西，楼上楼下同时散发着鱼腥气，熏得明毓一想起鱼便作呕。白天还好说，随便干点儿什么便混过去了，到了夜晚就难熬了。他睡在楼下的土炕上，长夜漫漫，屋里冷，想看看书，却伸不出手来，还得想着省点儿灯油。有时他干脆在房前拢起一堆火，烤干鱼坯子，弄一碗烧酒，喝得醉意朦胧再钻进屋；或者，熄了灯，蒙头躺在土炕上，睡不着便胡思乱想，想家，想素韵为啥不让他进屋，想到底是不是福儿害得他到了这个境地，当然也想素韵和福儿谁更好。常常是想不明白，或者是还没等想明白便睡了过去。早晨他经常是被冻醒的，赶紧爬起来，跑到外面，迎接那早晨的乌孙，一看到冉冉升起的日头，他就开心，就坚信这样的日子不会长久下去，他不会一辈子窝在这么个鬼地方。岸边的江水开始结冰碴儿了，薄薄的，透着亮；厚一点儿的地方冻出各种花纹，日头一出来，眼见着花纹一点点化掉。他想，等这江面结上一层厚厚的冰，再没有人来换他，他就自己走出去。

一天晌午，明毓听见江对面有人喊话，很尖细的声音，急忙跑了出去，跑向江边，临近了，看清竟然是福儿牵着马站在对岸。他兴奋得手舞足蹈起来，啊啊地喊着。福儿发出一连串笑声，说，快接我过去。明毓急忙解了一只威呼，划向对岸。福儿把马拴在一棵树上，威呼刚一靠岸，便挽着一只包裹跳了上来。威呼摇晃着，福儿吓得尖叫起来，明毓手拄着船桨笑着看她，待她坐稳了，开始往回划，心里有一种暖洋洋的感觉，不自觉地便笑出了声。福儿说，你傻笑啥？明毓说，没笑，我是冻得龇牙呢！福儿说，你就是笑呢！明毓说，你说我笑我就是笑，我真笑了。明毓便发出一阵畅快的笑声。

福儿让明毓搬来个破木箱子，把带来的包裹放在上面，摊开了，都是吃食，萨其马、黄米面黏饽饽、撒糕、鱼干、肉干、炒瓜子之类的。明毓饕餮般捡起便往嘴里塞。福儿说，这些黏饽饽得热热再吃，看把你苛勒坏了，我再晚来十天半拉月的你都能吃人啦。明毓就拣那能马上入嘴的吃起来，边吃边说，你啥意思？带这么多东西来是想让我在这鬼地方待一冬天啊？福儿呸了一声说，不知好歹的东西，人家巴巴地赶来看你，你倒不说句好话，你愿意待多久待多久，一辈子老死在这儿也没人可怜你。明毓说，待一辈子就待一辈子，这不就称了你的心愿了？福儿一把打撒了明毓手里的瓜子，起身便朝门口冲去。明毓见势头不对，冲过去拉住她说，我没有怨你的意思，就是在这儿待得烦了。福儿也缓了下来，嘟着嘴说，我没想到阿玛会把你发配这儿来，我也就是想出出气，谁想他当真了。明毓说，你有啥气的，我不就是去了一趟蜂蜜营吗？福儿说，我就是不喜欢你去蜂蜜营。明毓说，腿长在我身上我爱去哪儿去哪儿。福儿说，你去哪儿都行就是不能去蜂蜜营。明毓说，行，我不去蜂蜜营了，反正素韵在秀府呢，我去秀府行了吧？福儿还不依，说，去秀府行，只能去看我，不能看别人。明毓说，才录那个狗奴才不让我进去，我谁也看不成。福儿没话说了，坐在那儿生闷气。明毓也闷了一会儿，想解释，又不知该怎么说，只是不想惹福儿生气了，便劝着，好了好了，别生气了，都是我不好行了吧？以后我去秀府就只看你。福儿嗔道，我知道你不是真心认错，反正我也不跟你计较了，你记着我对你好就是了，还有谁会跑大老远的路来看你啊？那个狐狸精会来吗？明毓没搭话茬儿，心里也知道那个“狐狸精”是不可能跑来看他的，他专程跑去看她，她都没让他进屋还有啥可说的！这样一想，明毓就觉得还是福儿好。

接下来他就跟福儿商量咋把自己从这里弄出去，说再待一冬天他人不冻死心也冻死了。福儿有些犯愁，说，阿玛不知为啥特别恨你，我一说要治你他答应得可痛快了。后来我责怪他下手重了，他就发脾气，告诉我离你远点儿。明毓问，你阿玛知道你来吗？福儿说，我傻呀，让他知道？我就怕被人知道连彩玲都没让跟着，自己跑来了。明毓说，你歇一会儿赶紧回去吧。福儿说，你烦我了？明毓说，你阿玛若是知道你跑来看我，先不说要咋惩治你，我得跟着倒大霉了。福儿说，你怕了？明毓说，不是怕不怕的事，想是遇到坎儿了，这倒霉的事一桩接一桩，哪一桩都跟你有牵连，人家也警告我要离你远点儿，我还真得当回事。福儿说，是我自己贱，跑这么远来讨个没趣，你也不必费心想着咋能远离我，我这就走。明毓说，别走啊，还没想出救我的办法呢！福儿说，还有啥想的？我回家让我阿玛把你发配到更远的地方不就得了？咱们谁也见不到谁，你再倒霉也怨不到我身上了。明毓再也不敢跟她戗着说话了，气上来她或许真会这么做，福儿做事向来不计后果，由着性子来。

正说着话，听见外面好像有人声，明毓嘱咐福儿躲在屋里，自己跑出门去。就见江面上游过来几条大船，后面还尾随着几条威呼，首船上站着的竟然是秀山。

秀山着人去伯都讷和三姓等处，买回了五条鲟鳇鱼，凑足了贡鱼额数，送回圈养，单等入冬便挂冰送贡。他半路上船验看了一番，见五条鲟鳇鱼个个体形够大，很是满意，又不放心，吩咐放进土城子鳇鱼圈，并要亲自检查鱼圈情况，若是再次跑了鲟鳇鱼，那可就叫天不应叫地不灵了。首船靠了岸，秀山下船，没走两步就看见跪着请安的明毓。他视而不见，径直走了过去。

五条鲟鳇鱼分别被戴着笼头，拴在五条船的船尾，随船游过来，后面也并排着几条船，驱赶着鲟鳇鱼。明毓和渔丁们赤身下到水里，忍受着刺骨的冰凉，一条条地把鱼推着赶着送进了鱼圈，然后关好栅栏口，又用铁丝绑好。秀山站在岸上监督着，还不放心，又指令渔丁们顺着栅栏检查了一圈，每一处都摇晃几下看看牢不牢固，直到满意了才允许渔丁们上岸。明毓被冻得上下牙磕得咯咯响，穿衣服的时候，见秀山直盯着一个方向。他顺着秀山的视线，看见了对岸树林边拴着一匹白马，那是福儿的马。明毓知道糟了，他只盼着福儿别出现，只要秀山看不到福儿，他也许还能蒙混过去。

真是怕啥来啥。福儿竟不管不顾地朝江边跑来了，想是看江边人多，有热闹好看。她只奔了热闹和明毓，嘴里还嚷着看鲟鳇鱼什么的，根本没注意秀山在瞪着她。明毓急得直朝她摆手，她还以为是在叫她，跑得越发地快，一直冲到了明毓面前。

明毓只好朝着秀山傻笑。

福儿这才注意到秀山，吐了一下舌头，叫了声阿玛，就不知所措了。她下意识地靠近了明毓，似乎在寻求保护。明毓也没敢吭声，两个人都在等待着一场雷霆震怒，一副听天由命的架势。

不料，秀山只是意味深长地看了两个人一眼，然后问福儿，玩儿够了没有？玩儿够了就随我的船回街里吧。

福儿连连点头答应，扭头看了一眼明毓，就跟着秀山朝江边走去。明毓和留守的渔丁们跪地相送，他看着福儿踩着踏板上了船，转身朝他招了招手。大船调头时泊在了对岸，有人下船，牵了福儿的白马上了船，然后那船就顶着水走了。秀山从上了船就根本没回头，站在船头直视着前方。

大船走得不见了踪影，明毓悬着的那颗心也没放下来，暗想着是真倒霉，凡是跟福儿沾上边的事，就是这么背气。秀大人看到福儿和他在一起绝不会无动于衷。明毓只是不知道秀山会怎么发作如何发作。听着铺副喊他去收拾渔具，他就想着，爱咋咋的吧，然后就很卖力地去收拾渔具了。

明毓突然回到家，刘佳氏一阵惊喜，左看右看仿佛在检查他身上缺了什么部件。刘佳氏问，咋突然就回来了，再不用去看打鱼楼了吧？明毓说，不用了，四天后我跟着送贡进京，这次是特准我回来跟家人告别的。刘佳氏更惊讶了，咋会轮到你？

明毓也说不清。进京呈贡的车队年年岁岁都有，打牲丁们自然是送贡的劳力，各旗都要出派牲丁，而且每类贡品也都是由固定的一些人负责运送。弓匠通村镶黄旗的张家，因祖上是努尔哈赤帐下制弓的弓匠，自顺治八年被划拨在乌拉，便承担着运送弓箭的贡务，历年贡送便都由镶黄旗张家出派人手；桦皮厂正蓝旗牲丁专事采伐桦树，剥下桦树皮，分拣出紫桦皮和白桦皮，在泥里沤漕，数日后曝晒，晒出漂亮的各式花纹，用作弓面、箭囊、刀鞘、马鞍等的贴面装饰，每年出丁送贡，御用的直接送入内务府，另一部分则作为官用送入京城德胜门西大街桦皮胡同，那里有兵部的一处弓箭作坊；贡海东青则由鹰屯出派鹰把式……每次送贡，带队的翼领委翼领或者骁骑校委骁骑校，也都是多次送贡，一是知道每个环节的规矩，二是熟悉沿途路线。当然每次因了送贡的规模，添加或者减少人数，偶然也换些新人，所以明毓被挑去送贡也不奇怪。进京送贡的路途千里迢迢，一路风餐露宿，顶风冒雪地赶路，还要照应着拉车的牲口，管护好贡品，尤其若有活物，更要加倍小心看护，稍有差池便要挨罚挨骂，去过的人都知那是趟苦差，牲丁们大都不愿意进京送贡，只是身为奴才，身不由己。明毓却不同，能离开寂寞又无趣的打鱼楼使他很开心，尤其要进京，对他更有着大的诱惑。他一直记得素俊劝告他有机会要走出乌拉城的话，这次便是个机会了。听说过送贡的艰辛，也还听说过京城的繁荣和一路上的诸多新鲜事，这些足以让明毓忽略掉那些苦或险，只保持着神往。

从珠轩达那儿接到指令之日起，明毓便兴奋不已。按着规矩，无论是普通的牲丁还是领队的骁骑校，出发前三天都要沐浴，要斋戒，已婚之人忌与妻子同房。为防止有人犯规，所有送贡之人都要在出发前三日集结食宿，除了准备一切送贡差务，不得自行活动。明毓到家时已是下半晌，他只有半日和晚间的自由，他就想着如何利用好这短暂的时间。

明毓去了秀府，他想见福儿一面，同时也就见到了素韵。

才录仍然不许他进门，无论怎么说，只是一味地摇头。正说着呢，一顶轿子停在了大门口，轿帘一掀，老姑奶奶下了轿，朝大门走来。明毓忽然看到了救星，就奔下台阶上前施礼说，明毓给老姑奶奶请安了。老姑奶奶看着明毓爽爽地一笑，说，明毓来了，咋不进去？明毓说，正要去看老姑奶奶，赶巧老姑奶奶就回来了。老姑奶奶眉开眼笑地说，是吗？快跟我进去，陪老姑奶奶唠会嗑儿。明毓就跟着老姑奶奶跨进了秀府的大门，还没忘了回头朝才录挤眉弄眼地做鬼脸。

明毓跟着老姑奶奶往内院西厢房走。老姑奶奶显得很开心，笑得咯咯的，她说，小兔崽子以为我不知道，你哪是来看我，是要看福儿吧？明毓也笑着，说也是来看老姑奶奶，还得谢谢你老人家呢，上次我被关进监禁室时老姑奶奶去看我，我都看见了。老姑奶奶一听这话站住了，打量着明毓，然后说，可不是咋的，我就是去晚了，不然哪能让你受那一顿鞭子。明毓说，那我也要感谢老姑奶奶的大恩大德。老姑奶奶听明毓说要进京送贡，就有些担心，怕他吃不了路上的辛苦，说要是不想去她就去找秀大人说说情。明毓说他愿意走这一趟，出外走走能见世面，他不怕苦，咋也比窝在打鱼楼有意思。老姑奶奶让他进她屋坐坐，明毓也不好推辞，便跟着她进了屋。老姑奶奶很高兴，一会儿掀开了箱盖，拿出一盒点心让明毓吃；一会儿又打开炕琴的门，从里面掏出一个布包，打开了，是一块精致的和田玉的玉牌。明毓吃着点心，却不肯收玉牌，说太贵重了不敢当。老姑奶奶就有些不高兴地说，来不来地生分了，忘了从小在老姑奶奶屋里的日子了？明毓说，没忘，知道老姑奶奶对我好，可你看我这不是挂了一块？咋还能要你的？老姑奶奶就说，上次我就看着了，你那块不好，不透亮。明毓说，阿玛告诉我这块也不错，他年轻时友人送的礼物，他珍惜着呢！老姑奶奶笑笑说，你阿玛不长心，这么没成色的东西也往你身上挂！这块好，羊脂玉的，皇上赏给秀大人的，我特意给你留着，快收起来，也别告诉别人。老姑奶奶说着，用她的这块玉牌换下了明毓身上的，随手把换下的旧牌子扔进了炕上的烟笸箩里。明毓正疑惑着，听外屋有开门声，接着福儿就闯进来。老姑奶奶朝明毓使了个眼色，明毓也顾不得问啥了，心里突然感觉很不好，可又没办法表现出来。

福儿没理会他的表情，只顾了说，彩玲说看见你了我还不信，你咋不进我那屋？明毓说，先来给老姑奶奶请个安，正想过你那边呢。老姑奶奶就开始撵他，说，走吧走吧，反正也不是来看我的。明毓和福儿就笑着跟老姑奶奶告别走了。

福儿很开心，还出人意料地把素韵喊过来见明毓。听明毓说要进京送贡，福儿羡慕不已，又突发奇想，说也想去，明毓就嘲笑她，福儿埋怨明毓上次坏了她的好事。两个人热热闹闹地说笑着，素韵只是笑吟吟地听，问到了才说一句。别看福儿背地里一口一个狐狸精地叫素韵，当面与素韵却很亲，完全看不出她的嫉妒，倒还时不时地护着她。明毓看着她俩好也挺开心，只是不敢多耽搁，怕秀山回来撞见，趁着天还早就告辞了，临走许愿给福儿和素韵从京城带礼物回来。

第五天清晨，明毓随着鱼贡的车队回到乌拉城。在衙门口集结时，他意外地看见了素俊。素俊作为蜜丁，这次也被差遣进京，专伺贡蜜差事。各珠轩在衙门口排好了队，车、马、人各归其列。明毓和素俊分属两个珠轩，一是鱼贡，一是蜜贡，其他还有各类皇贡，均属不同珠轩，鱼贡珠轩和蜜贡珠轩的中间夹着干果珠轩、山牲珠轩等，明毓和素俊只能远远地望着，举手打着招呼。两个人都显得很开心，一路上能有说得来的朋友为伴，无疑让充满疲累艰险的行程有了乐趣。

岁贡的场面浩大而庄严，除了右翼翼领铁亦哈带队，还出派委翼领一员，骁骑校一员，委骁骑校、委官各二员，领催四员，珠轩达、铺副各十二员，牲丁五十六员。各类车马数十上百不等，整整一条街都被占满了。乌拉城的人们已见惯了这阵势，但每次送贡的队伍出发前仍然要聚集过来，除了看热闹，还要与自己的亲朋送行。他们懂得规矩，只静静地站在路边，从不干扰排列有序的车队。明毓在送行的人群中看见了阿玛、讷和嫩嫩，看见了尚先生，还看见了跟尚先生站在一起的素韵。尚先生和素韵站在离素俊最近的地方，素韵看着哥哥素俊，也偶尔面朝向他。他不能擅自离开队列，只能远远地看着他们。他趁素韵面朝他时招了招手，却看不清素韵是啥表情，也不知她是否看见了他。他又放眼寻觅了一圈，没发现福儿的身影。

吉时将近，秀山出现在大门口，身边站着穿上了神服的大萨满，还有永泰、赫尼达等人。大萨满领着栽力们唱起了神调，祈求万历妈妈保佑远行的队伍一路平安，顺利到达。

直到送贡的车队启程，明毓也没看见福儿。

第二十六章

从乌拉城进京，走的是一条大御路，当年圣祖康熙帝和高宗乾隆帝东巡曾经行经的御路。由乌拉城南行十五里至鄂佛罗驿站，行至吉林城外尼什哈站，这里是东西南北驿路的起始，西行一百里至蒐登站，西行七十里至伊勒门站，西行七十里是苏完延站，西南行六十里至伊巴丹站，西南行六十里阿尔滩额墨勒站，行六十里克尔素站，行六十里叶赫站，行七十里棉花街站，行五十五里开原站，行七十里高丽站，至七十里盛京城，中经十三站，全程七百六十五里，再从盛京过大凌河入山海关口，驶上京师驿道最后进京。全程算下来有二千三百七十多里，因车马人多，风霜雨雪的，顺当的话也要走上一个多月。

明毓骑着自己那匹枣红马走在装载着鲟鳇鱼的榆木车旁，拉车的马都是精心挑选的高头大马，车首插着一面黄色的小旗，上面写着一个大大的“贡”字。此次共进贡七条鲟鳇鱼，一条鲟鳇鱼占了一辆车，便有七辆专载鲟鳇鱼的大车。皇贡是圣品，至尊至贵，尤其鲟鳇鱼，都是用了黄绫包裹的，赶牲口的牲丁便不得坐在车上，只能随在车下步行。专伺护卫的披甲们骑在马上，一路提防山贼盗匪或宵小之人侵扰，还要监督牲丁们是否冒犯贡物。骁骑校和委署骁骑校骑着马前后巡视，不时会有吆喝声或者斥骂声传来，想是有那胆大的牲丁有所逾越或懈怠。明毓年轻，他的马好像也感染了他的兴奋，脚力正劲，走到鄂佛罗驿站时竟丝毫没有疲累的感觉。因刚出发不久，在此站稍事休息，给牲口饮口水添点儿料，人也只能站一站脚。车队太长了，再次启程时，素俊所在的蜜贡车队还没露面呢，想在歇脚时见面的心愿也未能实现，明毓便带着遗憾离开了。

一路顶风，西北风很硬，吹在脸上像针刺似的，狼皮帽子护住了耳朵却遮不住脸，幸亏讷给他带了一条兔皮缝制的脖套，明毓用它护住了半个脸，只露出一双眼睛。前有兵丁开路，后有兵丁断后，两边有不时巡视而过的兵丁。除了送贡的车辆人马，竟看不到路人，想是看到这浩浩荡荡的车队，生怕惹了麻烦，都远远地避开了。明毓回头看看，步行的牲丁们都低着头顶风躬行，谁也没精神头儿说话了。只有车轮碾着积雪发出的吱扭吱扭的声响，还有牲口打着响鼻儿喷着热气。

又前行了二十多里地，便到了下半晌了。身后一队人马急驰而过，不一会儿，前面的车队便停了下来。紧接着，一直骑马走在前面的铁亦哈随着那一队人马跑了回来，在鱼贡莫因的车队前停下。牲丁们不知出了什么事，只是猜测地看着这一队人马。明毓认出，骑马傍在铁亦哈旁边的是永泰。永泰不是这次送贡带队的职官，显然是特意从乌拉城追赶来的。

永泰喊，明毓在哪儿？

明毓一惊，拉下脸上的脖套，愕然地看着永泰，一时忘了应声。永泰手中的马鞭朝他一指，那一队人马一起朝明毓奔了过来。明毓莫名其妙，被几个人拉下马扭到了永泰面前。

铁亦哈下令车队原地休息，永泰将明毓带到了一旁，喝令他跪下。明毓不知自己所犯何事，一声未吭，听凭摆布，跪在雪地上。

永泰问，福儿在哪儿？

明毓这才明白，福儿不见了。他急了，说，我没见到五格格，我一天了都没看见五格格，从早上启程时我就没看见五格格。她跑哪儿去了？

永泰说，别装，你是不是事先跟她串通好的？

明毓说，我干啥跟她串通？我又不知道她想干啥。

永泰说，明毓，你前几天去秀府见五格格了，别以为没人知道。

明毓说，我是去了，见了五格格，我就是想跟她告别一声，又没做别的事。

永泰说，她跟你说啥了？

明毓就想，福儿跟他说了啥呢？福儿听说他要进京很高兴，还埋怨他搅了她的好事，不然她也进京了。嗯，看样子福儿是想进京，可她没跟他提，也没说想再次进京，更没说让他带她进京，他们的话题就没围着这件事说，他真的不知道福儿会跑哪儿去。

明毓把这意思说了，一脸着急，又一脸的无辜。可永泰和铁亦哈不相信他。永泰来追赶之前，肯定已经从秀大人那儿得到口谕了，就认定了福儿失踪的事跟明毓有关。无论明毓怎么诅咒发誓，永泰还是决定把明毓带回去。

明毓不情愿，他对这次进京充满了幻想，也做好了承受各种艰苦的心理准备，可还没等走出乌拉地界就要被遣回，而且还是因为莫名其妙的原因，真是运气太差。他争辩了几句，根本无济于事，几个兵丁扭着他往后面走。明毓不甘心，使劲儿往回挣扎了几步，朝永泰喊，翼领大人，我真不知道五格格去哪儿了，她要是出来了，肯定得来找我，你把我留下，说不定她就能露面了。

永泰说，福儿要是找不到你，自然就回去了。

明毓只能自认倒霉了，满脸沮丧地跟着永泰的人马往回返，一路经过送贡的车队，车队很长，长得好像总也走不到头。沿路的牲丁们不知出了什么事，都好奇地看着明毓。

明毓没好气，找碴儿冲人家吼着，看啥看，看啥看，有啥好看的？小爷我回家坐热炕头去了，不跟你们遭这罪了！

明毓忽然想起，他应该跟素俊打个招呼，本来两个人还约好，一路上有机会就见上一见，进了京城，更是要好好耍一耍，素俊还答应领他逛京城许多好玩儿的地方呢，可这都成了幻想了。他放眼去找素俊，专在那些步行的牲丁里找。送贡的差官由各驿站提供马匹，而差丁都是要自备马匹的，素俊家里没马，只能步行，明毓想着要把自己的马给素俊留下，可眼前的牲丁都裹得严严实实的，根本就看不出谁是谁，就巴望着素俊能看到他。他想素俊应该能看到他，素俊看到他肯定会迎上来。

眼看着走到了车队的队尾，素俊却一直都没露面。明毓失望了，也觉得奇怪，素俊对他不会视而不见，尤其他还是处在这样的窘境，不说应替他说说情，至少该来告别一声啊，可素俊却不露面。

明毓忽然意识到什么，素俊肯定知道福儿在哪儿。素俊不出来见他，是怕暴露了福儿。那他们是事先就商量好的，还是福儿贸然闯上来找素俊的？明毓怎么也想不通，福儿要随着呈贡的车队进京，也应该来找他明毓帮忙想办法，不该找素俊啊！

素俊又会把福儿藏在哪儿呢？

蜜贡用大车装载着，无论是生蜜、熟蜜、白蜜、蜜尖还是蜜脾，都用篓盛着，篓是用柳条编的，里面糊上高丽纸，篓口用猪皮封固然后粘贴印花。装车时一篓一篓地摆密实，再用草绳子一道一道地捆扎，以免随车颠簸晃动，根本不可能藏人；福儿出来最有可能是骑着她那匹白马，她会包裹严实夹在队伍里吗？送贡的差丁很多，都是各个旗出派的，互相并不认识，她真能伪装过去也是暂时的，那么长的路途呢，她和素俊打算咋蒙混过去？

明毓想不明白，他想不明白的事，别人就更想不明白了。明毓扫了几眼坐在马上一脸装腔作势的永泰，鼻子里哼了一声，很有那么点儿幸灾乐祸的意思。此时此刻他倒有些开心起来，好像已经成了福儿和素俊的同谋，三个人一起将永泰和铁亦哈们当猴耍了。

明毓想得入神，脸上不自觉地露出了笑模样，不料背上却结结实实地挨了一马鞭，随即听到一声吼，还笑？回去有你哭的！

明毓不用看便知道是永泰打了他，回嘴说，你抓我回去有啥用？五格格早跑没影了。

永泰说，倒是，抓你回去有屁用！我要的是福儿。你倒提醒我了。来人，把他给我吊在树上，赏他几十鞭子，看他知不知道福儿在哪儿。

平日里永泰没这么凶，对明毓也还温和，今儿个却是反常，想是福儿的出走令他很恼火。听了永泰的命令，几个兵丁不由分说便把明毓拉下马来，捆在了路旁的一棵大树上。明毓暗暗叫苦，心想这顿鞭子挨得真冤枉。

永泰说，明毓，别吃眼前亏，说出福儿的下落，我就放了你。

明毓苦笑着，说，翼领大人，大哥，我真的冤枉，你就是打死我，我也交不出五格格来。

永泰就挥起了马鞭。明毓刚挨了一鞭子，素俊就冒出来了。素俊是从前面跑回来的，跑到永泰面前就跪下了，叩头请求翼领大人手下留情，说他知道五格格在哪儿，明毓跟这事没关系。

明毓很惊讶地看着素俊。

永泰也很惊讶，惊讶片刻就愤怒了，他用马鞭逼着素俊问，说，五格格在哪儿？

福儿就藏在蜜丁的队伍里。她被找出来的时候，身上披着一件不知从哪儿掏弄来的破皮袄，腰间还扎着一根麻绳，狼皮帽子耷拉下的长毛遮住了大半个脸，下巴上围着脖套，只露出了一双眼睛。她的脚上竟然穿了双猪皮靰鞡，裤腿子掖进了鞋腰，扎着绑腿，除了瘦小一些，几乎看不出与差丁们有何不同。后来明毓才知道，福儿骑马跑出了乌拉城，在鄂佛罗驿站追上了送贡的队伍。她真是来找明毓的，却只看见了素俊。素俊听她说要跟着进京大吃一惊，百般劝阻，把事情掰开来揉碎了讲给福儿，可她就是不听，说急了就要离开他去追明毓。素俊怕她给明毓添乱，又知道明毓所在的莫因人少不好藏匿，她若真是自己走更是危险，便只好让她跟着自己，想着再慢慢劝她改变主意。他本来可以告发她，让领队派人遣送她回去，可那样肯定会激怒福儿，他不想惹她不高兴。她身上带了点儿银子，他要了几块碎银，从站丁那为她弄了件破皮袄和靰鞡鞋，既能伪装，又御寒。他还用一条旧绑腿帮她重新扎好了裤腿，把她裹得严严实实，便带着她混进了蜜丁群中上路了。蜜丁们有的步行，有的骑马，有的认识，有的不认识，福儿骑着马一会儿前一会儿后的，也没人注意她。就这样，一路也走了二三十里了。当永泰带着人马追上来，队伍又在半途停止前进的时候，素俊知道，肯定是来找福儿的。他眼看着无辜的明毓被扭送回去，又眼看着明毓被绑在树上要替他受皮肉之苦，几番犹豫，终于跑了出来。福儿自然也藏不住了。

明毓看着福儿的装扮，不知好歹地扑哧一声笑了，说，咋扮成这熊样了？

福儿一脸沮丧，她轻蔑地扫了一眼跪在地上的素俊，又朝明毓尴尬一笑，把脸扭到一边，看也不看永泰，一副悉听尊便的表情。她座下的白马似乎也感染了她的情绪，无精打采地呆立在永泰面前，不知所措地刨着蹄子。

永泰没理福儿，直盯着跪在地上的素俊，气不打一处来，随手扬起了鞭子，摇了几下却没打下去。他质问着，素俊，你咋能干这事？

素俊说，是我的错，跟明毓没关系，他啥都不知道。

永泰说，你就不怕把尚先生坑了？

素俊急了，连连叩头，说，翼领大人，这事跟家父毫无关系，都是我的错。你慧眼明鉴。是素俊自作主张藏了五格格，该打该罚我都受着。

永泰哼了一声，说，我就不该让你出来。

福儿嚷着，大哥，这事牵扯不到别人，是我自己跑出来的，跟他们都没关系。

永泰才不听她的话，吩咐手下，把明毓和素俊都带回去。素俊无话可说，明毓却不服气，嚷着冤枉，又喊福儿替他做证。

福儿就说，大哥，放了明毓吧，他真的啥都不知道。

永泰怒喝着，你住嘴！想想回去阿玛咋处置你吧。

福儿一撇嘴，不吭声了。

铁亦哈提醒他，若是少了明毓，怕那鲟鳇鱼车就少了一个照看的牲丁，别再出啥岔头。永泰虽说怒火中烧，还是没失去理智，他明白铁亦哈说的是实情，而且，送贡的差丁名单都是造了册的，一路过关都要核验人数，对不上数也得多费口舌。他决定放了明毓，让他继续跟着进京，只把福儿和素俊带回去。福儿似乎还想辩说两句，永泰沉着脸说，还嫌惹的乱子少啊？你是自己走回去，还是我让人把你拖回去？

福儿不敢再执拗了，看着明毓的眼神就有些可怜巴巴的，明毓爱莫能助地摇了摇头。

临分手时，素俊凑到明毓身边，偷偷塞给他一封信，只说了一句，明毓，拜托了。

明毓没敢多问，悄悄藏起了信，转身跑走了。

第二十七章

福儿出走以失败告终，直接受连累的有三个人，素俊、尚秉致，还有永泰。明毓侥幸逃过了一劫。

追究起来，福儿的出走已经不是重要的了，属于家务事，抓回来罚跪训一顿也就罢了。重要的是素俊作为流人之子，怎么会被派去送贡？旗丁们若要走出乌拉地界，还要有官衙的许可，而一个罪人之子根本就没有这个资格。若是被人诟病，怕是要百口莫辩。秀山关上公事房的门，喝问永泰为何把素俊充进送贡的差丁。永泰无奈之下供出尚秉致。原来尚秉致私下里找了永泰，请求他让素俊跟着走一趟差，进京开开眼界，并保证随队回来不会惹事。永泰碍于老师的情面勉为其难地答应了。

秀山对永泰大光其火，一直以来他就觉得这个儿子性情温和，心太善，耳朵根还软，关键是缺少心机，容易被人劝诱或者利用。说实话是缺少做官的秉性。当年在领催中拣放骁骑校，他心中是属意三儿子永恩的，无论是家人还是外人，也都能看出他对老三的看重，可永泰是老大，他若是“废长立幼”，势必要造成兄弟间的嫌隙，而且老大将来在人前也会矮人一头。犹豫再三之际，倒是老三看出了他的顾虑，主动提出应先拣放哥哥为骁骑校，他是弟弟，也还有机会。这就帮着秀山做了决定。永泰被拣放骁骑校不久，老三就自荐披甲从军，后来跟着魁福大人西征去了，因战功也晋升为骁骑校，结果战死沙场，成了秀山心中永远的痛。留在乌拉城的永泰因有他罩在上面，这些年做事尽心尽力，倒也没有大的闪失，很顺利地由骁骑校晋为翼领，只是秉性仍旧没改，结果就有了素俊充贡差这件事。幸亏事情没有闹大，秀山对永泰虽很生气，却也不想把事情张扬开去，只当作家事来处理，让永泰自囚三日，面壁反省。

可对尚秉致如何处理，秀山就有些难以定夺了。

秀山对尚秉致一直尊敬有加，从未将他当作罪人加以约束或者惩戒，无论在使用上还是生活上都给了充分的关照。尚秉致流放乌拉的十几年间，也正是秀山开始发迹的阶段，秀山在遇到难以抉择之事时，偶尔会向尚秉致请教。尚秉致也会倾心相告，以其曾在朝中为官的经验和见识，对秀山点拨一二，往往令他茅塞顿开。秀山是把尚秉致当作了幕后谋事，只是碍于他的罪人身份，才不便公开往来。尚秉致也是恪守规矩，谨小慎微，从不给他出难题，这也是秀山很放心地与他交往的原因。万万没想到，尚秉致突然做出这样的举动，暗中利用永泰将素俊塞进送贡的差丁中，这却是触犯律条的事，若不是因了追赶福儿才将此事暴露，素俊一旦逃出乌拉地界，那后果真是不敢想象。

尚秉致被传唤过来。

尚秉致一进公事房就给秀山跪下了，连连称罪说，一时糊涂犯下大错，辜负了总管大人的信任。罪人甘愿受罚。

秀山没让他起身，说，你是一时糊涂吗？怕是早就谋划好了吧？

尚秉致说，并非事先谋划，只是一时起意，想让素俊出去见识见识。

秀山问，就这么简单？

尚秉致略一沉吟，说，不敢欺瞒大人。罪人还有一个非分之想，想让素俊借机去拜见一下我过去在朝中的朋友，请他们帮忙周旋，看有没有可能请求皇上赦免，不敢奢望能官复原职，只求放我们一家回原籍。

秀山思忖着，片刻才问，真没想让素俊借机逃走？

尚秉致说，大人明鉴，真的没这样想。罪人深知，一旦素俊的身份被人察觉，势必给大人带来麻烦。而且，罪人和小女还留在这里，素俊不如期回来，便是陷罪人和小女于水火中了。所以，千叮咛万嘱咐，务必要准时回来，生怕惹出事端。

秀山知道这是实话，可他仍然无法原谅尚秉致。想想都有些后怕，这些年他是太放纵尚秉致了，以致尚秉致敢冒天下之大不韪，背着他鼓捣出这件事来。他还知道，尚秉致平日里喜欢与外面的一些文人墨客聚会，以往他只以为文人雅会，弄些诗词唱和的名堂，所以并不过问和制止。现在看，得警觉起来，再不能放任不理了。说到底，尚秉致不可能甘心陨落在乌拉，更不可能甘心让他的下一代甚至下下一代，在这塞外苦寒之地，过着人下人的日子。尚秉致谋求赦免虽情有可原，若果真能成，秀山也为他庆幸，可怕的是他会另有所图。他能谋求赦免之事，就能谋划其他勾当。焉知他不会笼络人心寻机生事？

秀山不禁浑身冒出冷汗，黑着一张脸，看着跪在地上的尚秉致，思忖着该如何发落。

秀山到底还念着情分，没把尚氏父子送官，何况真经了官，供词记录在案，白纸黑字，不说永泰要受处分，他秀山也无法脱了干系，所以这事也只能大事化小。于是，秀山寻了个由头，将尚秉致革除了官学教习，打发回五官庄当庄丁；素俊鞭笞三十，仍旧回去做庄丁。对于素韵，秀山左思右想，却是再也不敢留在府内，怕被人说三道四，又不忍心将其发落回五官庄受苦，便寻思着找个家境殷实些的牲丁指婚。

秀山把这个念头跟富察氏说了。富察氏说，那还可哪儿找啥？明毓啊！现摆在眼前的，不就合适？

秀山愣了愣，连连摇头，不行不行。素韵是汉人，旗民不结亲，不能破了祖制。

富察氏说，那都啥时候的规矩了？现如今旗人和汉人通婚也不算啥，乡间多的是。明毓也不过是个牲丁，谁还能追究不成。

秀山说，明毓还是与一般牲丁不一样。

富察氏说，你还能大张旗鼓地昭告？咋跟人说不一样？

秀山想想也是，说，倒是这么回事，可我总觉得哪儿不妥。

富察氏很果断地说，没啥不妥。素韵嫁给明毓，也是最好的归宿了，总比随便指给一个普通牲丁强。再说除了是罪人之女，素韵哪儿都好，知书识礼的，长得又可人，配明毓也不差哪儿。要不，把老姑奶奶找来商量商量？

秀山说，找她干啥？啥事叫她一掺和就乱。

富察氏还是说，找来问问吧，别过后计较起来，怕你更吃不消。

秀山就着人请来老姑奶奶。老姑奶奶一听是这事，当即一拍巴掌，说好事。又想了想，说，啥旗人民人的倒不必在乎，只是，素韵怕不是过日子的人，弱不禁风的。

富察氏说，明毓又不可能一辈子当个牲丁，他那个家境，还用素韵做啥活儿？

老姑奶奶转脸问秀山，哥，是这话？

秀山支吾了两声，说，那还得看他惹不惹事。

老姑奶奶笑了，算是默认。

随后，秀山把尚秉致和那苏肯传了来，当面为明毓和素韵指婚，随后客气地问了一句，二位意下如何？那苏肯和尚秉致大概谁也没想到被传唤来是为了这事，更想不到会有这事，面面相觑，一时都愣住了。秀山见那苏肯迟疑着，就叮问了一句，那庄头你啥意思？那苏肯就不敢再有啥意思，跪下谢了恩。秀山便笑了，说，这是件好事，回去操办去吧，该下聘下聘，该纳礼就纳礼，定下日子，等明毓从京城回来就把婚事办了。那庄头你别怠慢了尚先生，若不是尚先生落了难，凭你个庄头是断断攀不上这个亲家的。那苏肯连说，是是，是我高攀了尚先生。

那苏肯朝尚秉致作揖，尚秉致却毫无反应，只是看着秀山，一副欲言又止的表情。

秀山就问，尚先生，有啥不妥吗？本官是不是多事了？或许，尚先生还盼着官复原职的那天，不想在这乌拉地界将就了？

尚秉致急忙跪下，连称不敢，说这是喜从天降，罪人一时不敢相信。谢秀大人仁慈，为小女找了个好人家。罪人代小女谢恩了。

素韵离开秀府的时候，福儿没出去送别。

素韵哭着跪在堂屋地上，隔着一道门与她告别。自知道素韵被秀山指婚给明毓后，福儿就没跟素韵说过一句话，并且再不许素韵进她的屋。她把门关得紧紧的，靠在炕琴上抽烟，任素韵哭着，说着，就是无动于衷。后来可能是素韵想进屋，却被彩玲拉住了。彩玲说，素韵你快走吧，别找挨骂了！

福儿听见外屋门的响声，那是素韵走了；她还听见窗外雪雁哭哭啼啼地跟素韵说着什么；还有，老姑奶奶也从房里出来了，还大声嘱咐素韵常来玩儿；素韵可能边走边与遇到的人打招呼告别，声音渐渐地远了。凭想象素韵该到了前院了，该走出大门了，走出大门时会跟才录道个别，素韵总是礼数周到。不知谁会送素韵回乡下，也可能是赖德才，赖德才对素韵挺关照的，跟尚先生也熟悉。

福儿心里揣摩，虽然面对她时素韵一脸无辜，心里肯定偷偷地笑，这会儿离开了她，素韵更是要笑得满脸花似的了。福儿忽然气上心来，开始摔打屋里的东西，随手抓到什么摔什么，包括跟素韵学功课时的文房物件，摔在地上有的闷响，有的脆生。乒乒乓乓的声响终于把彩玲招了回来。彩玲看着满屋子的狼藉傻眼了，冲过去抱住摔得性起的福儿，抢夺她手里的东西。福儿劲儿大得出奇，嘴里咻咻地出气，又如同被黄皮子迷住时的神情了，眼睛都是绿的。

彩玲说，人家都走远了，你摔东西给谁看哪？

福儿就一下子怔住了。

彩玲又补了一句，也怨不着人家，要怨，你得怨大人。

福儿就蔫了，坐在炕沿上不吭声。彩玲急忙上前，给她装上烟袋，递了过去。

福儿明白，她怨不着素韵，阿玛指的婚，素韵也是身不由己。阿玛对她的私自出走很是恼火，追回来之后，硬是让她在堂屋地上跪了一宿，还令人看着，不许她起来，更不许给她水喝。阿玛没对她动用家法，已让她觉得万幸，便很乖顺地跪着，不喊不叫不哭也不求饶。下半夜的时候，她又困又累，膝盖也跪疼了，富察氏不忍心，过来劝她服了软，保证以后再不跑了。秀山这才发话，让她回屋睡觉，又说，等着，看我咋惩治她。

福儿等了几天，阿玛没什么举动。倒是听说，尚先生被撵回了五官庄，素俊挨了三十鞭子。她知道是受了她的牵连，心里有些愧疚，还跟素韵道了过，说有机会她一定想办法补偿。素韵很体谅地说，五格格也是无心，只是事都赶巧了。五格格以后做事千万想周全了，别再惹大人生气。福儿听出这话里还是有埋怨的意思，但也只能听着，谁让她有错在先呢！

这几天福儿出奇地老实，富察氏也劝她别再淘气，过段日子，阿玛自然就消了气，也就想不起来再惩治她了。福儿听了讷的话，她差不多也信了阿玛把惩治她的事都忘了。

昨儿个，福儿和素韵还有雪雁正在上课，彩珍来了，说大奶奶请素韵到上屋去。素韵回来时脸色就不对，吞吞吐吐地说，往后不能教五格格和雪雁姑娘功课了。福儿逼问了几回，她才满脸通红地说出被秀大人指婚给明毓的事来。福儿当场掀了炕桌。

福儿跑去上屋问富察氏，阿玛给素韵指婚是啥意思？富察氏说，没啥意思，素韵也到了婚嫁的年龄了，该给她找个好人家。福儿说，好人家多了，咋就偏偏是明毓啊？富察氏很不理解地说，明毓咋就不行了？我看他和素韵倒是挺般配呢！富察氏说得轻描淡写，根本就没在意她是啥心情，好像这事跟她没啥关系。福儿没话说了。

福儿出了秀府，直奔衙门。今年的岁贡已经送走了，衙门里清静了一些，院里除了值守的衙役，只有印务处的职官们还在忙着对账或者录呈文咨文的。福儿在院里转了一大圈，走了印务处、左右翼领公事房、左右翼捕鱼公事房、银库、账房，甚至存贮网具的哈什都找了，也没看见秀山。她坐在川堂的台阶上生闷气，她甚至怀疑阿玛是成心躲着她，就为了给她脸色看。等待的这几天，她曾经设想过阿玛惩罚她的各种手法，却根本想不到阿玛会来这一手。这一手真够狠的，叫她说不出，闹不了，打不起来，也哭诉无门。

福儿晚上去上屋给秀山和富察氏请安，假装没事似的，一如既往地说笑着。她的表情有些落寞，笑的声音却很夸张。雪雁也去上屋请安，正看见福儿没心没肺地笑，就撇着嘴说，姑爸爸你咋这么高兴，是不是素韵走了你再也不用读书了？转脸又问秀山，玛玞，你让素韵走了我跟谁读书啊？雪雁跟素韵学得很上心，比福儿的功课长进还快，她是真喜欢读书，除了陪着福儿上课，只要看素韵有空闲，就会缠着问这问那。她怕是最舍不得素韵走的。秀山便说，雁儿这么喜欢读书，等玛玞再给你请个先生回来。雪雁却说她就喜欢素韵。福儿就来气地说，你喜欢她就跟她一起嫁人！雪雁的嘴也不让人，就回了一句，我才不嫁呢，要嫁也是你嫁，你不是也喜欢明毓吗？这话戗到了福儿的肺管子上，她立时翻了脸，朝着雪雁扬起手来，吓得雪雁躲到富察氏的身后。富察氏喝着福儿，挺大个姑娘，咋就不能好好说话？福儿就挂不住脸了，忍了几忍，还是没忍住，哇的一声哭了。倒把秀山和富察氏哭得愣了。秀山说，咋还哭了？雁儿跟你开玩笑呢，还值得你哭？福儿嚷着，有这么开玩笑的吗？胡说八道啥呀？富察氏笑了，雁儿就是胡说八道嘛，谁也不会当真。雁儿，快给姑爸爸赔个不是。雪雁也上来了犟劲儿，躲在富察氏身后不肯出来，只露出个脑袋，补了一句，我没瞎说，姑爸爸就是喜欢明毓。福儿嗷的一声跳起来就朝雪雁冲去，被秀山喝住了。秀山嗔怪着她说，咋就没个深沉？还是长辈呢，跟个孩子一般见识。都回去睡觉吧。秀山明显是撵人了。雪雁机灵，先一步蹿出房门跑了。福儿站在屋地，一副欲言又止的样子。秀山却不由她说，站起了身，在火盆上磕着烟袋锅。富察氏就笑着推她的身子，说，回吧，回吧，你阿玛累了，要歇着了。

福儿走出上屋时算想明白了，阿玛和讷都在跟她装糊涂呢。

素韵走后不久，福儿听桑格说，她阿玛和讷商量好了，把过礼的东西也都预备了，只等明毓从京城回来，便带着他去蜂蜜营尚家下聘。

年关前，进京送贡的牲丁们回来了。

福儿早得知了信儿，随着人群跑到天泰门外候着，直到所有的牲丁都随着前来迎接的家人走得没有影了，也没发现明毓的身影。

明毓竟然没有回来，他和几个蜜丁被留在了京城，为内务府内果房熬制蜂蜜。这次进贡的生蜜有六千觔，熬制成熟蜜估算亦要有些时日，年前怕是回不来了。蜜丁们没有人愿意留下，却身不由己。这里本没有明毓什么事，他属于鱼贡珠轩，鱼贡呈交了内务府，便可随队返回，明毓却主动请求留在京城熬制蜂蜜。蜂蜜珠轩达倒是乐得有人能顶替一个留京的名额，向带队的铁亦哈禀明情况，铁亦哈也同意了。

福儿忽然松了口气，心里有一股说不出的滋味。明毓没有如期回来，自然就没法去尚家下聘，他就暂时娶不了素韵，这门亲事就得往后拖。她也知道，这毕竟是暂时的，明毓终归是要回来的，明毓回来的时候，她又该怎么做呢？

整整一个正月，福儿都是在这种纠结中度过的，年过得恍恍惚惚，没滋没味的。她在心中期待着，又害怕着，怀着这种忐忑不安，一直挨出了正月。

留在京城为内务府内果房熬制蜂蜜的蜜丁回来了。

明毓还是没有回来。

中　部

第二十八章

福儿到了十八岁还没有嫁出去。

同样没有出嫁的还有素韵，也是十八岁。

这个岁数还没嫁人，在乌拉城就是老姑娘了。乌拉城的老姑娘不止她们两个，但因了她们的特殊身份，便成了人们茶余饭后的谈资。

素韵没有嫁出去，是因为被秀山指婚的明毓跟着送贡的车队进京之后，便留在了京城，再未回来过。乌拉城的人都知道素韵被总管大人指给了明毓，虽说那苏肯家一直未去尚家下聘，素韵也是那家的儿媳妇了。明毓一辈子不回来，素韵就得等一辈子。明毓就算是死在了京城，素韵也得为他守一辈子。

这后面的话是福儿说出来的。福儿的话未免有些幸灾乐祸。也有人听出来了，福儿说这话时还透着一丝酸涩，好歹素韵还有个可以等的人，她却是连个指望的人都没有呢。

福儿不承认自己嫁不出去，她就是不想嫁。这些年来，不是没有人上门提亲，单是瓜尔佳氏的老舅妈就提了三四家，富察氏也托了七大姑八大姨帮着相看人选，甚至不惜降低了门槛择婿，可福儿就是不点头，偶尔有那三两个能入了眼的，她也会出些幺蛾子把人吓跑。后来富察氏和秀山都看明白了，福儿就是成心作人了。秀山倒是没太着急，还劝富察氏说由着她吧，等她啥时想嫁人了自然就嫁了。富察氏就顺嘴说了一句，可别学了老姑奶奶的样儿！秀山就横了她一眼，吓得富察氏赶紧噤声。这是秀山心上的一块疤，谁都不敢去揭。富察氏急忙赔了一个笑脸，说，我是说福儿太任性了。

福儿仍然不喜欢针线活儿，对那些花花草草的事也不感兴趣，倒是对读书有了些兴致，偶尔还会画上一两幅蝴蝶，只是那画面上没有了花花草草或者石头之类的，以前那都是素韵填补的。素韵离开了秀府，秀山又从省城请了一位塾师，是一位老秀才，在府里教雪雁等几个小孩子读书，还在南园子旁辟出了一间书房做学房。福儿是不肯去的，她说闻不得老秀才身上的酸腐味，宁愿自己学，反正素韵已经教她认了不少的字。福儿把自己的房间重新摆布了一番，添置了几样家什，摆上了笔墨纸砚，还把自己画的蝴蝶拿到省城裱画店裱了挂在墙上，明显是模仿了素韵的闺房。小炕桌上自然是要放几本书的，是从秀山的书房拿来的，有一本是秀山手抄的《论语》，有船厂“探源书舫”刊刻的《大学》《中庸》《随园诗话》，有萨英额《吉林外纪》的刻印本，还有绣像小说《小五义》之类的，她坐下来时会随手翻上几页。彩玲曾笑着说，冷不丁一看，五格格看书的样子，竟有几番像素韵呢。这是彩玲出嫁前说的，说过这话不久彩玲就嫁了，是秀山指的婚，嫁给了正黄旗的庄头常喜，常喜替贝勒瑞兴经管庄田，秀府上下都挺为彩玲高兴。彩玲私下里跟福儿嘀咕，她唯一不满意的是进门就当后妈，还是三个孩子的后妈，老大跟她的年龄差不多大。福儿说，差不多就行了，好歹不是嫁了！彩玲说，那你咋还挑肥拣瘦的？福儿说，我跟你能一样吗？彩玲自然就不敢再回嘴了。

现在伺候福儿的丫头也叫彩玲，是旗下人家的女孩儿，本来有名字，福儿见第一面就给改了，说叫彩玲叫习惯了，改不了口。秀府的人再说起以前的彩玲，就叫大彩玲。福儿出门还是不喜欢彩玲跟着，更多的时候是独来独往。福儿也没有更多的地方可去，也不可能像从前那样与一帮哈哈珠子混在一起玩儿闹了。明毓去了京城再没回来；富祥补了仓官笔帖式；阿森考进了省城的白山书院，毕业后被招进将军衙门做事；来昌挑上兵缺，不久随乌拉城的披甲兵奉调出征，据说也是编在魁大人的属下；苏穆做了官学教习，三年期满以主事引见去京城，被点去盛京内务府。除了明毓，这几个哈哈珠子都各自成家了，富祥娶了正白旗一个骁骑校的女儿，叫珠儿。珠儿个子高屁股大，说话也高声大嗓的，还很能生养，肩挨肩地连生了两个孩子，可惜都是丫头片子，看趋势还能继续生。一心想抱孙子的萨林保喜忧参半，盼她生又怕她再生丫头。富祥本来就不喜欢她，就在外面拈花惹草，乌拉城内不准开设戏院窑子等有伤风化之所，他就时常出城或者到乡下寻找乐子。这些都是福儿听别人说的，富祥不可能跟她说这些，自从提亲的事不了了之，两个人已经没了来往，偶尔在街上见面，也只是礼节性地点点头，或者含意不明地一笑，便过去了。

福儿已经好久没有去蜂蜜营了。素韵离开秀府的时候，福儿已经表明再也不想见到她，自然也就不见素俊了。可转过年，得知明毓再一次滞留京城的消息，她又寻着一个由头去了一趟蜂蜜营，去看素韵，还看素俊。因为明毓的久滞不归，她和素韵已经有了一些同病相怜的感觉。她替素韵鸣不平，替素韵骂明毓负心，说了一些宽慰的话。素韵只是静静地听着，脸上淡淡地挂着似笑非笑的表情，只间或抬眼看一下义愤填膺的福儿，便又埋下眼，盯着手中的绣花绷子。只这一眼，就令福儿突然地觉得自己多事，感觉没意思起来，她就起身去找素俊。当初因为素俊供出了她，她很是瞧不上他。她还后悔追到鄂佛罗驿站时不该留下来跟着他，应该继续往前赶去撵明毓，明毓会想方设法帮助她，就是大哥永泰追上来，明毓也不会出卖她。她把这话说出来时，素俊没为自己辩解。素俊还自认就是不如明毓硬气，明毓连皇贡都敢劫，他可没这胆量。素俊的好态度，让福儿原谅了他，便不提这话头，倒是为素俊因了她受鞭刑感到自责。素俊苦涩地一笑，说，哥就是这命，不怨你。这一笑，令福儿感动不已，心也变得柔软起来，便把所有的不快和埋怨都丢到脑后了。那天赶巧素俊要去参加诗友们的聚会，说了一会儿话就要走，她想跟着去，可素俊就是不肯，好说歹说都不行，说急了，就说男女授受不亲啥的，气得福儿一跺脚回了乌拉城。她感觉，这兄妹俩对她很客气，却在有意疏远她，她心里不自觉地泛起酸楚。回来的路上，她就发誓再也不去蜂蜜营了，大不了各过各的日子，老死不相往来。那天之后，她真的再也没去蜂蜜营，没见过那兄妹俩。偶尔细想，她对素韵的嫉恨一直就没有平复。她也明白这件事怨不得素韵，可终究是因为有了素韵，把她对明毓的那种渐渐清晰的情愫，凝成了一个结。明毓远在京城，她没办法解开这个结，距离又让思念越发地浓缩，这结就更紧了，时不时地会让她觉得痛，这痛每发作一次，她就嫉恨素韵一次。虽然时间久了，这种嫉恨会淡下来，她不自觉地会想想这兄妹俩，得着机会也询问一下尚家的日子过得怎么样。

尚秉致离开官学回到蜂蜜营做庄丁，少了官学的饷银，尚家的生活就显得拮据了。幸好后来尚秉致被一个大户请去做了塾师。附近的屯子还有几个大户人家，也都想请他，便商量着一起出钱，将离蜂蜜营不远的一座旧清真寺拾掇出来，办了个小学堂，让孩子们一起上课，尚秉致也可挣些膏火贴补家用。这样一来，家境倒是好些了，只是苦了素俊。尚秉致是顶了一个庄丁的，庄丁随时要出公差，尚秉致做塾师便不能做庄丁，但庄丁的活儿却不能免，素俊便一人担了两份，不是在田里侍弄地，就是在山上打蜜采菇摘果的，还经常会被派差出外干活儿，很少有闲在家里的时候。福儿听说了，有一次跟秀山提议，还是把尚先生请回官学吧。秀山皱着眉头，用探询的目光看着她，就把她看得心虚了，她知道尚先生是受了她的牵连才被革除教习的，再多说只能换来一顿申斥，便落荒而逃。她也动过念头再去一趟蜂蜜营，但都被她用各种理由将这念头硬压下去了。

秀山看福儿整天无所事事闲得无聊，突发奇想，对富察氏说，马上该收秋了，干脆让福儿去果子楼帮着经管那些丁妇整理晾晒山菜野果吧，也替你分担分担。富察氏觉得这是个好主意，以往这都是她的职责，调拨人手，分派活计，催缴、查验、分等装坛包篓的，一个秋天都不带闲着的。近几年她明显感觉体力大不如从前了，秀山还不肯让三个儿媳妇抛头露面，这次倒是难得主动提出让福儿替她分担，正是她求之不得的，只是担心福儿不肯干。不料跟福儿一说，二话没说就点头了，那股痛快劲儿，倒让秀山担心起来，嘱咐富察氏看着点儿，别弄出啥幺蛾子来，这可是皇贡，儿戏不得。

送进内务府的贡品中，出自乌拉的山野菜、山果子、松子、核桃等等都是不能少的，采摘回来后先要运至果子楼。果子楼是专为存贮、晾晒、腌制这些山货而设的，距总管衙门有四五里地，南临松花江岸，有公事房，有堆拨房①，还有晒晾楼三间，场院足有两个晒谷场那么大。从山里采摘回来的山货得在这里挑选晾晒脱皮或者简易加工。山里红要一颗一颗地挑拣，切去头尾，剥皮去核，渍成蜜饯；松子要从松塔里砸出来；铃铛米要一粒一粒挑拣粒大个圆的，蒸熟晾干；山韭菜和寒葱要剥皮清洗腌制；落霜的糖李子要晾干……从春天草木复苏直到秋末万物萧条，头次鲜、二次鲜、岁贡再加上年例，四次进贡期间这些活计一项接着一项就没断过，有些活儿只能雇佣妇人们来做，而做这些粗糙的活儿、下笨力气的活儿，都是打牲丁家里的，哪个旗哪个珠轩的都有，也有民人家的。有的活儿要分派到各家各户，如炕稗子米，都是在各家的炕席下炕干，炕出糊香味，然后碾压去皮，这得派人去查看验级收储；若干那大堆儿

---

① 堆拨房——满语，看守值班房、驻兵之所。

的活儿，就得聚在果子楼。几十个人凑到一起，闹闹哄哄的就是个大市场，就得有人管着吆喝着。那手笨脑子不灵光或者惹事的，就不光要嘴上训斥，有的得用鞭子抽。用鞭子的都是男人，不是领催就是委领催，他们有用鞭子的权力，心也够狠。果子楼事务由右翼翼领铁亦哈统领，但平日具体指派这些细活儿，尤其是管理这些丁妇们，向来都是特请富察氏监理的。

第一天，富察氏委派福儿经管女人们拾掇山里红，查验活儿做得是否合乎要求。果子楼的院子里堆了一筐一筐的山里红，几十个女人有的专门挑拣，有的切头去尾抠核，有的分类装坛。福儿时不时地走过去看看，指指点点地说上两句，然后就坐在房檐下的台阶上晒太阳。一名委领催拎着鞭子监工，看谁干活儿偷懒或者不用心便斥责几句，或者摇着鞭子威胁一番。福儿看他狗仗人势的样子觉得挺好笑，由着他，不耽误干活儿就行。

不料，当鞭子实实在在打在一个女人身上时，福儿还是被惊动了。本来她也没想管，只是那挨打的女人在向她求救，分明是在喊“五格格救我”。福儿听那声音很熟，在院子里干活儿的有几十号女人，她真没仔细看过她们的脸，听到那熟悉的声音，她想也没想，冲过去夺下了委领催的鞭子。

挨打的人是素韵。福儿很惊讶她怎么会掺杂在女人堆里干这种粗活儿。此时她手抚着手臂上的一条鞭痕，疼得眼泪直流，可怜巴巴地看着福儿。

福儿回手就抽了委领催一鞭子，质问道，为啥打她？

委领催挨了一鞭子，朝福儿翻着白眼，敢怒不敢言。

福儿说，你不服气是吧？知道她是谁吗？

委领催嘟囔着，我管她是谁，笨手笨脚的，耽误活儿！

福儿就转脸看着素韵。素韵的个子似乎长高了些，脸也不再白净，头上包了一块头巾，一件紫花的秋袄罩在身上，下身穿了一件毛青布的裤子，扎着裤脚，显得很是臃肿，也没了那股子清秀气，混在这一群丁妇堆里，几乎辨不出她来。

福儿斥走了委领催，面无表情地告诉素韵干不了就回家吧。素韵害怕地直摇头，说，不干不行，是领催派的活儿。福儿说，你公公也不替你说话呀？他咋让你出来干这活儿？素韵就低头不吭声了。

福儿不问了。那苏肯托词明毓没在家，一直不肯去尚家下聘。他对人说过，尚先生虽学问渊博令人尊敬，可终究是因罪流放乌拉，遇赦无望，且家徒四壁，若与他结亲，不说找了个大累赘，明毓的前程也堪忧；还有，素韵弱不禁风的样子，一看就不是持家的面相，将来能不能生养还是个事呢。那苏肯虽不满意秀山的指婚，却不敢当面违抗，只能阳奉阴违。所以这几年那苏肯也从未把尚家当成亲戚关照过，更没把素韵当作自家儿媳妇对待。按早先的规定，官庄的庄丁随时要抽派官差，而庄丁们的家属是不出差役的，可这规矩近年已经被打破了，遇到活计多尤其是应季的劳作时人手不足，就得临时抽派庄丁的家属。派到谁家头上，谁也不敢有任何龃龉。可若是那苏肯能关照一声，这活儿也派不到素韵头上，但他若无其事，派活儿的领催也就不管不问。何况谁家都不愿意出这个差，更有那平日与这领催有些交情或者人情往来的需要关照，他也就没必要照顾素韵了。素韵虽是未出阁的姑娘，也顶了一个人的差，又因为是罪人之女，更不敢有丝毫违拗，就跟着一大群丁妇被一辆大车拉到了乌拉城。丁妇们向来劳动惯了的，干点活儿根本不算什么，可素韵不行，杂在这一大群手脚麻利的丁妇中间，很快显出拙来，也就被那拎鞭子的委领催瞧见了。

听到素韵的呼救，福儿完全是下意识地冲了过去，看着素韵受屈，她本能地心疼，差不多忘了心中积蓄的嫉恨了。可当素韵真真切切地站在面前的时候，她心里被有意遮掩的伤疤又撕开了。看着素韵战战兢兢的样子，福儿来气了，素韵还是这种性子，一到掯劲儿的时候就来个闷声不响，让人琢磨不透她到底是啥意思。福儿心里有些别扭，一时不知该怎么做。

素韵默默地转身走了，回到干活儿的丁妇们中间，跟着一个丁妇搭伙抬筐子。素韵双手抓着筐沿，横着前移，脚下磕磕绊绊地走着，脸因为用力扭得变了形。福儿若有所思地看着她，就让素韵挨鞭子好了，就让素韵吃苦头好了，就让素韵不开心好了。福儿心里就是这样想的，可当她看到跟素韵搭伙抬筐子的丁妇大声申斥推搡着素韵的时候，还是坐不住了，她走过去，一把推开那个丁妇，喝着，喊啥?

丁妇才不管福儿是谁，瞪着眼睛嚷着，是她不好好干活儿，你推我干啥?

闻声赶来的委领催不由分说挥起鞭子，抽在丁妇身上。丁妇坐在地上号啕起来。素韵自觉理亏，想要去扶，不料被丁妇抬手一巴掌打在脸上，就捂着脸蹲在了一旁。那一声脆响让福儿的血都充到脑门子，她不管不顾对着丁妇就是一脚，委领催也趁势抽了几鞭子，打得丁妇直求饶。周围的女人们都停下手里的活儿聚拢过来，还七嘴八舌地论着谁是谁非。福儿吆喝了两声，却没人听，越发地乱起来。正闹着，富祥来了，也没多问，喝令哭闹的丁妇，起来，不听话就把你关起来！他身着官服，自然带着威严，丁妇乖乖地站起来。富祥又撵围观的女人们都回去干活儿，然后才回头问福儿，没伤着你吧？

富祥是仓官，来果子楼办事，恰巧看到了这一幕，便站出来替福儿收拾残局。他问话的口气，带着邀功的意思，还有点儿轻慢。福儿忽然觉得很没面子，没好气地瞪了富祥一眼，说，她敢！

富祥只微微一笑，站在一旁，没有要走开的意思。福儿也不想说什么，只看着干活儿的丁妇们。

富祥说，素韵也挺可怜的，放她回家吧。

福儿说，又不是我让她来的。

富祥说，不管咋说，也是明毓的媳妇。

福儿说，那可说不定呢！

富祥说，你还有啥想法咋的？

福儿说，滚！

富祥就哈哈一笑，滚了。

福儿知道富祥就是有意气她。他们从小在一起玩儿，知道彼此都是啥样，只不过年龄渐长，都有了各自的生活，也有了另一番心思，又经了许多事，就生成了无形的隔膜，言语间或者不经意的一种表情，就会刺激到对方，令人很是不舒服。

接下来这一天福儿都不舒服，干活儿的丁妇们再没闹事，天黑前收了工。明天还有活儿，丁妇们都被领着去了临时住处。福儿不管这事，转身要走，瞬间瞟到了素韵的目光。素韵迟迟疑疑的样子，像有话要说，福儿没理她，径自走了。

第二日，福儿跟着富察氏来到果子楼时，丁妇们已经集结在院子里。今儿个是收拾蘑菇。起大早去收山的牲丁们交上来鲜蘑菇，要抓紧择干净，分出大小，有的洗净装坛腌制，有的晾晒。富察氏照例地分派了活计，她不看人，只查数，这一拨人去洗坛子，另一堆人去挑拣蘑菇，再一伙人去摊晒。分派完了，又吩咐福儿几句，就赶着去别处忙了。福儿依旧地搬把椅子坐在台阶上，看着丁妇们干活儿，只是再没昨天那样的坦然，心里总有件事，目光有意无意地在寻找素韵。素韵似乎在躲避她，不给她正脸，福儿也只当看不见。丁妇们都很老实，埋头干活儿，不再叽叽喳喳地说话。渐渐地，福儿觉出不对劲儿，她从几个丁妇偷瞄着她的眼神里发现了异常，这异常与素韵有关。她观察了一会儿，便看出了端倪，站起来喊，素韵，你过来！

素韵朝她走过来，丁妇们的目光就一起朝这边扫过来。

素韵慢腾腾地走到福儿面前，施了一礼，说，五格格吩咐。

福儿问，素韵，你咋了？

素韵说，没咋，昨儿个干活儿累、累着了。

福儿朝素韵伸出手去，吓得素韵一激灵躲开了身子。福儿执意抓住她，拉开了衣袖，就见素韵的胳膊上到处是一块一块的青紫。

福儿黑着脸，问，谁掐的？

素韵说，不是……是干活儿磕的。

福儿撇下她，朝那群丁妇走去，站定了，问，谁打了素韵？乖乖站出来，别以为我眼瞎。

众人的目光就都朝向了一个人，是昨儿个哭闹的那个丁妇。那个丁妇见瞒不住了，扑通一声跪在福儿面前，哭着：五格格饶命，五格格饶命！

福儿质问她，为啥掐素韵？

丁妇鸡啄米似的磕着头，只会说五格格饶命。旁边有别的丁妇告状，说那丁妇昨儿觉得受了气，趁夜里住在一铺炕上的机会，把气都撒在了素韵身上，用手掐、拧，掐得素韵身上青一块紫一块。素韵哪是能与人对打的人，只能任着人欺负了。

福儿哼了一声，对那跪着的丁妇说，你跪着吧，打自个儿嘴巴。

丁妇就开始打自己嘴巴。

福儿把其他丁妇都遣开了，也不让自打嘴巴的丁妇停下，稍停一下，福儿就吆喝一声。丁妇们谁也不敢吱声，只埋头干活儿。最后是素韵不忍心了，跪在福儿面前替丁妇求饶。福儿这才叫丁妇起来，警告她再不许欺负人。丁妇千恩万谢地回去干活儿了。

素韵也要回去，福儿叫住了她，说，别干了，跟我回家。

福儿就把素韵领回了秀府。晚上向秀山和富察氏请安时，告了那苏肯一状。富察氏说，按理素韵是那家的人了，留在咱府里怕不妥。福儿说，那家啥时下聘，啥时让素韵回去。

秀山沉着脸说，胡闹，明天就让人把她送回蜂蜜营去！

后来是老姑奶奶表态了，让把素韵留下，陪她说说话。

第二十九章

福儿把素韵留在了秀府，仍然让她住在西厢房的北屋，把自己的衣物日用拿些来送给素韵，还特意嘱咐彩玲要好的、新的。第二日素韵过来请安，问福儿啥时开始上课。福儿笑起来，说我又没请你做先生，再说我都多大了。素韵是听出话音了，红着脸说，需要素韵做啥请五格格吩咐。福儿说，不敢了，你是人家的媳妇，说不定哪天明毓回来了，再说我欺负你。你安心住着就是了，想干啥干啥，没人管你。

之后的日子，福儿也不太理素韵，还是忙自己的事，有时兴致来了会请素韵在她画的蝴蝶上添几笔怪石虬枝啥的。不过谁都能看出来，福儿画蝴蝶的兴致比以前高了许多。老姑奶奶说是留下素韵陪她说话，却也不常来叫素韵。素韵都是跟着福儿去她那边请安，她就随便问几句话。有一天高兴，给了素韵一对东珠的耳坠儿，还惹得福儿吃醋，老姑奶奶说了句你又不缺，便岔过去了。

福儿还是喜欢去果子楼管事，她觉得对着那些丁妇吆五喝六挺有意思，显威风。看着那一筐筐一坛坛的野果山珍，晾晒后的果干，腌制的野菜，剥好的核桃仁，脱了塔衣的松子，等等，都能让人感觉喜兴，只是那东西是为皇家预备的贡品，由不得她随手抓吃，便抑制了欲望，感叹着宫里人真是好口福。彩玲说，当年五格格要是进了宫不是也能享受着了。福儿就呸她一口，说，小心把你嘴丫子撕烂了。彩玲一吐舌头咯咯笑着跑了。遇到这样的话题素韵是不敢接茬儿的，这件事是两个人彼此命运的转折点，虽说是明毓做下的事，但她总觉着是她欠了五格格的，好像五格格没有进宫，都是因为她的错。福儿偶尔也会拿小话掂对她，说要不是她多事，自己至少能进京城玩儿一圈了。还说，明毓最不够意思，不让我去京城自己却在那儿玩儿个臭够连家都不回了，你说他不会在那儿娶了亲吧？若真是娶了，那你算大房还是二房啊！素韵就小心翼翼地应对说，素韵薄命，哪有五格格的福气，啥命都得认。福儿就目光怪异地看着她，欲言又止，最后只是叹口气罢了。

有一天素俊来了，给素韵送来了一些日用和书籍。告诉素韵和福儿，父亲被秀大人聘来，要编《打牲乌拉志典》和《打牲乌拉地方乡土志》，他是特意送父亲进街来的，顺便看看她。素韵很高兴，福儿也很兴奋，像是盼来了亲戚，领着素俊把秀府的犄角旮旯都转了个遍，很有些卖弄的意思。素俊一声不响地看着，嘴角微微露着笑，只是为了迎合福儿的虚荣心，偶尔发出啧啧之声。福儿不满足地说，你咋笑得怪模怪样的？素俊说，没有，我都不知说啥好，快赶上皇宫了吧？福儿问，你见过皇宫？素俊说，没有。五格格说，尚先生在京城时也是做大官的，住的肯定也不差。素俊说，比不得，比不得。我家那就是小门小户了。福儿这才呵呵地笑起来。福儿还要留素俊玩儿几天，素俊说不行，他是罪人身份，不得擅自离开住地。福儿便有些失望，咂咂嘴说，你还一辈子都是罪人了？素俊说，只看皇上啥时候赦免父亲了。福儿说，皇上要是赦免了，你是不是就得走了？素俊不再吭声，那眼神却看着远处，迷离着，像蒙了一层雾一样。素俊今天穿了一件毛青布的长衫，也同满人一样外罩了一件马褂，头上戴了顶六块瓦帽子，帽顶缀着红穗子，脑后面垂着长长的辫子。长期的野外劳作，让素俊皮肤变得黝黑，体格也算强壮，可终是南方人的身子骨，与满人的壮硕不同，显得笔挺，玉树临风般。此时两个人正站在假山的茅亭上，有微风吹来，那长衫的下摆便随风舞动着，福儿的心像被拽了一把，也跟着动了一下。她突发奇想地说，你那么有学问，也来做官学的教习吧，要不，来我家做先生也行。素俊笑了说，福儿说傻话呢！福儿不好意思了，说，人家就是想跟你念书嘛！素俊笑说，有素韵教你足够了，不过你可别欺负她啊！福儿就不高兴了，说，你们都偏向素韵，咋就知道我会欺负她？说罢，阴着脸就走下亭子，再一句话不说，直到素俊告辞，也没露出个笑脸，倒把素韵弄得惴惴不安，直瞅着素俊，一脸的探询。

又几日，福儿看见雪雁等几个孩子在院子里玩耍，便抓住雪雁问，咋不去读书？雪雁一脸幸灾乐祸的表情，说，先生病了，可算不用闻他一身的酸臭味了。末了，雪雁还刻薄地说了句，他最好病得长久些。

福儿晚上去给秀山请安时，想起这件事，说起雪雁的态度，又跟秀山提议，不如请素俊来府里给孩子们教书，雪雁他们肯定喜欢，他们喜欢先生就能好好读书。秀山看了一眼旁边的富察氏，富察氏问福儿，是素韵让你来说的？福儿说，不是，她哪有这胆儿，我自己这么想的。素俊那么有学问，让他在屯里做粗活儿可惜了。秀山说，你咋知道素俊有学问？福儿说，尚先生那么有学问，素韵也有学问，那素俊肯定也不差啥。秀山说，素俊是学问不错，可惜是个罪人之后，想不想做粗活儿也由不得他，这是他的命。福儿还想说点儿什么，秀山却问起她跟素韵学得咋样，这是福儿最不愿意说的事，赶巧瓜尔佳氏来请安，便借机告退了。

没过几天，富察氏把素韵叫到上屋，说秀大人定下了，请素韵接替患病的老秀才，教秀府的孩子们念书。至于福儿，若是愿意跟着念书，就一起听课，不愿意就随她的便。显然秀大人和富察氏对培养福儿读书并不抱什么指望，顺其自然罢了。福儿听素韵回来禀报，脸上透出怪异的表情，说，你倒得了个好差事。话音里明显带着揶揄。素韵是听惯了福儿这样说话的，却不明所指，只是理亏似的解释说，素韵听五格格的，让咋做都行。福儿说，我说让你回家，替换素俊大哥来做先生，你敢吗？素韵就一脸愕然地僵住了。

福儿独自跑去了蜂蜜营。

她很是替素俊抱不平，可代替素俊的是他妹妹，福儿也就没话可说。她只是想去看看他，跟他说说心里的失意。她一路上催促着她的白马，这匹陪伴了她多年的白马已经有些老了，脚力明显不如从前。平日里骑着在乌拉城里转悠倒也不觉着什么，今日心急，就总觉得老白马误事，不自觉地就抽了它几鞭子。白马回头看了她一眼，那眼神里竟然透着一股子哀怨，让福儿心里一颤，再不忍心挥鞭子了。

到达蜂蜜营时已过了下半晌，福儿直奔了尚家。院子里晾着衣服鞋子，还有些山菜。房门开着，从里面往出冒着烟气，显见着素俊是在家了。福儿在院外拴了马推门进院，嘴里喊着素俊大哥。

院里的黄狗也见老了，却还认识福儿，很友好地跑过来，围着她转圈儿。屋里出来一个姑娘，见了福儿急忙施礼说，五格格来了，小琴给五格格请安，五格格吉祥。

福儿劈头就问，你咋在这儿？也不待小琴回话，径直就要进屋。小琴说，素俊哥没在家。福儿站住了，回头探寻地看着小琴，问，人家没人，你跑人家来干啥？说着，探头朝屋里看了看，又问，你做的饭？小琴点点头。福儿问，素俊大哥去哪儿了。小琴说，素俊哥去学馆了。她抬头看了看有些西斜的日头，说，这会儿该回来了。福儿说，你回家吧，我在这儿等他。看小琴迟疑不决的样子，福儿说，我帮他看家，你有啥不放心的？小琴不敢多说什么，只好走了。

不一会儿素俊就回来了，看见福儿也没惊讶，笑着说福儿来了。素俊还是那一身长衫，那顶帽子，腋下挟着一只布包，脚上穿着一双青布鞋，看鞋底还发白，想是新穿上不久。这一身的装扮，越发像个读书人了。尚秉致被秀山聘去乌拉城修志后，秀山又特别恩准素俊接替他做了小学堂的先生，这对素俊来说是莫大的幸事，意味着他不再被驱使做些牲丁的粗活儿，而学生的膏火也足以改善家里的生活。除了不能自由地离开住地几十里，不能参加各项考试晋身，他现在几乎与普通人无异了。福儿很替他高兴，也就不再抱怨素韵顶替素俊的事，只是还有些遗憾地说，这里离开乌拉城那么远，想找你玩儿都不易。素俊说，咋就远了，还不是说来就来了？福儿说，那不一样。我就不用着急往回赶路了。素俊这才想起问，福儿还没吃饭吧，赶紧吃一口就回吧，可别贪了黑。福儿说，咋刚一见面就撵我走？素俊笑笑，说，不是撵你走，你一个女孩子，一个人咋走夜路？

晚饭是小琴做好了的，焖了一锅小米干饭，素俊在外屋地找了一圈儿没找到熟菜，从碗架子上端下一碟大酱，洗了两根大葱。素俊直赔礼，说，不知道你来家里也没准备啥嚼果儿，委屈福儿了。福儿也不挑，大葱蘸着大酱，一口口地吃得很香。

福儿要走的时候，素俊看看天色，不放心，说要送她回去。福儿乐不得地答应了。素俊就出去借马，去了好一会儿才回来，身边还跟着小琴。小琴见了福儿咧咧嘴，说，慢怠五格格了，也没给你做啥好吃的。小琴的笑明显是硬挤出来的，连粗心的福儿都看出来她好像刚刚哭过。福儿就疑心地看了一眼素俊，问，她哭啥？素俊说小琴刚跟她爹拌了几句嘴，福儿漫不经心地嗯了一声，也不想多问。看小琴的架势，像是要跟着一起去，便说，你就别去了。素俊说，让小琴跟着，也是个伴儿。福儿说，你一个大男人还有啥怕的？素俊说，不是我怕。福儿跟着就说，你不怕就更不用她去了，要是太晚了你就住在城里，天亮了再回来。福儿的口气不容商量，小琴就看着素俊，素俊迟疑的瞬间，福儿似乎明白了什么，脸色突变，丢下一句话，我谁也不用送。说罢，任凭素俊和小琴如何招呼，头也不回地上马跑走了。

福儿沮丧不已。从素俊的表情里，她明白了为啥小琴出现在素俊的家，为啥小琴会给素俊做饭。素俊和小琴肯定是相好了，她却看不出，还自以为是地把小琴给撵走了。她很懊恼自己的愚笨，她更生气的是素俊怎么会和小琴相好。小琴就是个穷丫头，根本配不上素俊，可素俊为啥要相中她？

一路上福儿很不开心，突然闪在路旁呆头呆脑的狍子也令她气恼不已，照往常，她会放马追逐一程，追得它们失魂落魄然后大笑过瘾。今日她只是大骂一句傻样，就再不肯看一眼。一群兔子也被她惊起，惊慌失措地四散奔逃，她也全不理会，疯了似的打马，也不顾及老白马哀怨的目光了。终于，老白马一个失蹄，跪在了地上，猝不及防的福儿朝前摔了出去，结结实实地趴在了路边的草地上。

福儿还是清醒的，她知道自己受了伤，疼，却分不清是哪疼。她不想起来，被晒了一天的草地有些暖意，让她感觉到柔软，就有一种奇妙的情绪涌上来，未等她分清这是什么样的一种滋味，一阵急促的马蹄声伴着“福儿，福儿”的喊声飘了过来。福儿听出是谁的声音了，心里一热，眼睛潮了，等到那人抱起她时，便哇的一声大哭起来。

来的正是素俊。素俊是一直跟在福儿身后的，他知道她正在气头上，根本不可能让他近前，便悄悄跟在后面，看着福儿一路上狂奔。他知道福儿的骑术没有问题，怕的是遇到大牲口或者胡子啥的。他只要护送福儿平安无事地进了城门，也就可放心地返回蜂蜜营了。不料福儿竟在平地摔下了马。他眼看着她被摔出好远，惊出一身冷汗，一连声地喊着冲到了福儿身边，扶起她，连忙问伤到哪儿。福儿的脸颊上蹭掉了一层皮，额头上好像被什么划了一道伤，有血珠渗出来。再看了看胳膊腿，都无大碍，素俊这才松了口气，开始埋怨福儿咋会这么不小心，疯跑个啥？

福儿却只是哭，靠在素俊的怀里哭得很是委屈。素俊从自己的烟荷包里找出一块白手绢，轻柔地擦拭着福儿的伤处，刚擦了几下，福儿突然扯下手绢扔到一边，还不待素俊反应，又一把拽下他腰间的烟荷包，问都不问，扬手便抛，嚷着，不许用那臭丫头的东西！接着就惨叫一声，抱住了肩膀。素俊急忙查看，试着让她活动一下臂膀，动一下她就叫一声，显然是肩膀受了伤，刚才注意力没在这儿，没觉得疼，这一甩，又抻了一下，可不就更疼起来。素俊把自己的衣大襟衬布扯下一条，把她的胳膊挂在脖子上，说得抓紧赶路回家找个大夫扎古一下。福儿却赖着不动，还用脚踩着落在脚边的烟荷包。

素俊苦笑，说，那是素韵给我做的。

福儿不信，硬说是小琴的东西。素俊说，小琴不会做这些东西，她从小没了妈，跟着她爹四处游走卖唱，没学过做这些针线活儿。福儿哼哼冷笑一声，说一个臭卖唱的哪点好啊？素俊就呆坐着，眼神看着远处，不再吭声。福儿挣起了身子，问他，咋又是这眼神？咋不说话了？那个臭丫头哪点好？

素俊叹口气，收回了目光，说，小琴是个好姑娘。

福儿就盯着素俊的脸，问道，哥，小琴比我好吗？

素俊万料不到福儿会如此逼问，一时愣住，嘴张了张，却是没说出话来。福儿不饶他，还是问，哥，小琴比福儿好吗？

素俊尴尬地笑笑，说，福儿也是个好姑娘。

素俊说完，便沉默起来。

福儿就问，哥，我知道你一直都躲着我，为啥？

素俊说，福儿，咱不说这事。

福儿不依，还是问，哥我要你说。

素俊说，福儿，天快黑了，咱得赶路。

福儿说，你不说我就不走。

素俊无奈，只得说，福儿，哥是罪人之后，连命都不是自己的，哪敢想入非非。别说是不敢想能跟福儿如何如何了，没有秀大人的恩准，就是小琴，也不是想娶就能娶的。

福儿问，为啥？

素俊叹口气说，你刚才不是问小琴为啥哭？她爹不让她跟我好。

福儿急忙问，为啥？

素俊说，跟我有啥好？穷，还是罪人之后，没有出头之日。

福儿说，不让就不让呗，正好。

素俊没再吭声，捡起烟荷包，点上一锅烟吧嗒吧嗒抽起来。沉吟片刻，说，她爹让她给人家做小。你猜给谁做小？

福儿问，谁？

素俊说，协领大人的儿子，富祥。他有一次来乡下，看见小琴，就起了心，盯上了她。

福儿一听，哈哈笑起来。素俊说，你还笑。

福儿说，我觉得挺好啊，嫁给大户人家做小，就不会受穷了。

素俊说，也是，总比跟着我强。

福儿瞄着他的脸说，哥，我知道你不甘心现在的境况，娶了小琴，你真就得一辈子这样过活了。你认吗？

素俊苦笑了一下，沉吟片刻才说，一辈子很长，谁能知道自己这一辈子都是啥样？

福儿说，那你干啥还委屈自己？

素俊看福儿，眼神亮亮的，透着诧异，仿佛不相信她会说出这样的话，片刻间神情又黯淡下来，幽幽地说，谁不委屈呢？都忍着呗，等到忍不了时再说吧。

福儿问，忍不了时你想咋的？

素俊眯着眼睛，看着前面开始发暗的天际，说，福儿，哥就是说说，窝在这个地界，啥也别想。

福儿说，老天是不是瞎了眼？

素俊笑笑说，没有，老天都在看着呢，这世上的一切，老天都会看到。

福儿说，本来我是想让哥去秀府教书的，谁想让素韵得了这个好处。她是你妹，我又不能说啥。

素俊说，那我也谢谢你，福儿的心意哥心领了。

福儿突然说，哥，我要去跟阿玛说……

素俊慌了，急说，福儿你要说啥？你别害了哥。

福儿不解了，问，你知道我要说啥？咋就会害了哥？

素俊说，福儿，你不懂，好多事你都不懂呢！你若真想对哥好，就别跟秀大人说，啥都别说。

福儿看着素俊，不摇头也不点头，一副若有所思的样子。

素俊见她不再固执，便说，咱快走吧，再晚了就进不了城了。

福儿听话地站起身，腿脚虽有些疼倒没事，只是肩膀疼得厉害，怕是脱了臼。素俊说，回家得让赖管家捋巴一下了。

素俊扶着福儿上了马。福儿疼得龇牙咧嘴，骑在马上晃晃悠悠的。素俊骑着自己的马跟在一边，不住地嘱咐她坐稳了别再摔下来。福儿说，哥，这个走法天黑了怕也赶不到。咱俩骑一匹马吧，你带着我跑快点儿。看素俊迟疑，福儿又说，算了，这样走吧，进不了城我再跟你回去。素俊只好骑上福儿的马，把她拢在胸前，两个人一骑小跑起来，速度倒是快了许多。眼看着天边那一缕残阳一点点隐没，已能看到城门上的旗杆了。素俊勒住马，要下马告辞，福儿却不允，抓住他的手不让他脱身，非要他陪着进城不可。素俊知道律例，旗城里夜间是不许民人滞留的，执意要走。福儿说贪黑走夜路，遇上大牲口就糟了。素俊说，没事，我带着防身的家伙。福儿说，我受伤了，坐不住马，你得把我送进家门，不然的话，半道再出啥事你可说不清。素俊明知道福儿要懒，可也没办法，只好同意。

于是，乌拉城里很多人都看到了，秀府的五格格被一个男人抱在马上，慢慢悠悠地逛着夕阳下的街景。

第三十章

秀山忽然决定要过问官庄的事务了。起因是尤庄庄头告了蜂蜜营庄头那苏肯。促使他出手的，则是他忽然接到做了内务府会计司员外郎的二儿子永福来信，说皇上的钦差已经上路了，不日或到吉林。钦差来吉有何公干，永福却未说明，只是提醒秀山小心应对。

永福的信既然到了乌拉城，想必朝廷的公文也已经送达吉林将军衙门。秀山很想去省城探问一下，钦差前来所为何事，想想又不妥，只能假装不知，留在乌拉城静候。朝廷钦差来吉林也不是第一次，或查案，或巡视，每莅临一次，必要兴风作浪一番，搅得人人自危。乾隆朝的官参局“参务案”，吉林将军恒秀先是判斩，后免死，罚闭门思罪；嘉庆朝的“秧参案”吉林将军秀林被赐死。两桩大案轰动朝野，均是钦差查办，虽已过去多年，且非当朝事，可至今仍被人时时提起，说时自然是心态各异，可见对吉林地方的影响之深。此次钦差再次驾临，又会兴起多大的风浪？风波所及又会有多远？秀山不能不想，虽然自认继任总管以来，为皇家办事无一事不遵章守制，无一处不尽心竭力，可谁能保证没有疏漏之时？更何况谁敢担保手下数十职官没有贪墨之举？秀山想想都觉得后脊梁发冷。永福提醒他小心应对，可应该如何应对？从哪儿做起？

秀山坐在公事房筹谋时，尤庄庄头来了，来告那苏肯收留关内流民私垦荒地，说那苏肯私下购买站丁台丁或者打牲丁的旗田，说那苏肯隐瞒垦荒亩数据为己有。打发走尤庄庄头，他又想起福儿把素韵领回秀府那天也告了那苏肯一状，说那苏肯至今也不去尚家下聘，阳奉阴违，还说起她看到的那苏肯克扣庄丁饷银的事。当时他听了，表面不动声色，心里也不舒服。现在想起，福儿说的这件事，那苏肯冒犯的只是他秀山的权威，不足挂齿，可私瞒地亩侵吞丁饷，冒犯的则是朝廷是皇上，秀山再也不能坐视不管了。

五个官庄共有庄田一千零五十垧，分散在方圆几百里。秀山很少去乡下，官庄的事务譬如人丁造册、经理地亩、官粮送交、农具配放或牧放牛条等，他只问翼领和骁骑校们；五个官庄每年应交毛粮三千零二十四石，一石不能少，各官庄要按时保量保质入官仓，该赏的赏，该罚的罚，其余的也就不再催问，更多的时候是顾及不到。向朝廷进贡的数额和品类连年增加，而且进贡的时间也打破了定例，内务府随时下谕，他就得随时调动左右翼翼领组织牲丁们采捕，甚至要亲自出马，沿江视察或者巡山督促。已年近七旬的秀山，明显感觉精力大不如前，只因职责所在，使他不敢有丝毫的懈怠，唯恐辜负皇恩，也怕给居心叵测的小人假以口实危及他的职位。

其实五官庄庄头们假公济私的行为秀山心知肚明，对那些小打小闹偷偷摸摸的勾当，他都是睁一只眼闭一只眼，他只要保证该纳的官粮如数入了官仓，保证该出丁时丁数足额，保证村屯治安、旗人安分、民人不闹盗匪。不只是他，上任以至上上任的总管皆是如此。庄头虽不在品级，没有俸米，如一般牲丁们一样拿着月饷，但谁都知道是个肥缺。小到克扣牲丁的月银火耗，大到隐瞒垦荒亩数，只要动心，便处处有中饱私囊的机会，而为了保住这个位置，庄头们也会尽心尽力地做事，这也就是历任总管对庄头们的私欲都睁一只眼闭一只眼的原因，所谓民不举官不究。只是这次那苏肯惹怒了与蜂蜜营相邻的尤庄庄头。

五个官庄的地并未全部连成片，有的是你中有我我中有你，相互掺杂着，个别地段还夹杂着贝勒贝子及王公们的庄田。周围则是更广大的未被开垦的荒地，流民们私下开垦荒地，大都远离熟地，以避人眼目。久而久之，开垦的地多了，渐渐地也就与周边的熟地连成了片，庄头便找上门来，软硬兼施下，流民为保生计，只能带地投充，多少亩数归官，多少亩数隐而不报，但凭庄头摆布。其实谁都明白，那暗中隐而不报的，实际都归在了庄头名下。历年都有流民闯进关外私垦荒地，本朝初期时若被查实，除了没收私垦荒地，还要杖笞、充军、发配。后来朝廷开禁，关内流民如潮水般涌入，私垦现象泛滥，官府根本查究不过来，便逐渐改变策略，允许私垦的流民带地投充，成为旗下人。这些私垦的土地纳入官田，仍由旗下人耕种，根据亩数起科纳粮。可就在投充土地的数量上，是最容易被庄头们做手脚的。秀山很清楚这也不仅仅是那苏肯一人这样做。关键是那苏肯的手伸得太长了，竟然侵犯了另一个庄头的地盘，人家就告到了衙门，他就不能置若罔闻了。

这事若是换了别的庄头，只要派人将其拘传到衙门里审讯一番，事情自然明了，该如何处置便如何处置。可这个那苏肯却令秀山感觉有些棘手。这个曾经的家奴给他出了大大的难题。虽然现在那苏肯见了他，还当他是主人诺诺称是，可他明显能感觉到那苏肯那狡猾的眼神里的一丝不以为意。这种感觉是从何时开始的呢？在府里做管家时的那苏肯是个挺本分挺实诚的人，尽心做事，不多言多语，赢得了全府上下的欢心。那时秀山每天忙于贡务，根本无暇顾及府里的人和事，先前主事的是老太太，老太太过世后，便由富察氏主事。可规矩已经形成了，府里大大小小的事情，都已离不开那苏肯，那苏肯差不多成了府里的真正主宰。即便这样秀山也没觉得不舒服，那苏肯的忠诚和识大体懂规矩，让秀山毫无戒心。也许正是这样的无声放纵，才终于闹得无法收拾，等到秀山不得不想办法处理时，有些事情也都由不得他了，不得已只能将那苏肯外放。当那苏肯提出要去官庄做个庄头时，他也只好顺水推舟。那一刻，他从那苏肯的眼神里看到的，还是那一份诚实，甚至是感恩。转眼那苏肯出府也差不多二十年了，还曾经因了连续五年没有欠缴官粮，赏了八品顶戴，那种时时处处的奴才身份便淡化了，做了庄头的那苏肯已经有一种做主人的意思了。

将那苏肯外放到蜂蜜营做庄头的第一年，到了交官粮时，那苏肯却领着庄丁们闹到了衙门。起因是仓官在收官粮时一向以尖斛收平斛出，这原是为仓损鼠耗所设。损耗部分都由庄丁承担，这本已加重了庄丁们的负担，仓官仓丁们又借此作弊，收粮时以尖斛盛量入仓，一路将尖斛部分的粮谷倾洒在地，回来时将地上的粮谷连土一起收入斛底，称是不合格斗底，需将这部分土和谷用纯粮补上，庄丁们额外又被讹去一些。这种弊端已延续多年，庄丁都是敢怒不敢言，偏那苏肯拣放了庄头，第一年就聚众告了仓官一状。秀山讨厌那苏肯聚众闹事，可他也知那苏肯们所言是实，几经查验，坐实了证据，将仓官革职查办，并召集各采珠、捕鱼翼校和各庄头商议，才将“斛尖”核定为一升三合，此后征粮，以平斛征收，再每斛多收一升三合，作为仓耗和鼠耗。另外所有仓神祭品以及纸张、柴炭等费用，由庄丁们分摊。此事平息后，秀山命人刻了五块碑石，在五个官庄各立一碑，称仓官碑。碑文是秀山亲自撰写的：“……惟思仓储额谷，实国家根本之计，尤庄丁性命之需。本宪法酌定章程，恐世远年湮，无鉴前车，仍蹈故辙，谕有明条，勒碑仓左，以垂久远而肃纪纲。其有未身及者，知悉以闻。”

这件事替秀山赢得了好名声，但秀山并不感激那苏肯。他警告那苏肯，别以为本官治不了你，不要忘了，你就是个奴才。那苏肯在跪谢起身离开的一瞬，在他的眼神里，秀山看到了一种神情，那种不以为意的神情。

如今看来，那苏肯的不以为意，已经不只是神情上，而是发自骨子里。最近听说，那苏肯正在托奚师爷说和，打算买下花府。那花府可是咸丰朝衙门总管花凌阿的府邸，随着花凌阿后人家道中落，花府已风光不再，又是早年间的建筑，已然无法与现在的秀府比，但在乌拉城，那宅邸所显露的气势也不是普通人家可比的。可见那苏肯这些年以庄头的身份捞到的好处，不是外人能说清的。随着家财的积聚，庄头地位的稳固，还有在庄丁们面前的不可一世，那苏肯已经不再自甘奴才的身份，甚至在心里暗暗较劲，要与秀府比试个高低上下了。从他对待秀山为明毓指婚的态度，就知那苏肯心里的抵触有多大了。

要查处那苏肯，本来也是一件容易的事，可秀山知道绕不过去一个人，那就是老姑奶奶，他的妹妹。那苏肯之所以敢无视他，也是因为有老姑奶奶仗腰。老姑奶奶一旦闹起来，怕是全府都要翻了天，秀山是投鼠忌器。每想到此，秀山便长叹一声。在乌拉地界，作为衙门总管的秀山一言九鼎，他不发话，人们也没必要没事找事，也就任着那苏肯得寸进尺，直挨到今天。此次钦差巡视，不知所为何来。为除隐患，秀山也得把自己周边的事情料理清楚。

秀山单独和老姑奶奶聊了一次。他没说别的，只问素韵的事，说那苏肯不肯去下聘到底为啥。老姑奶奶刚嘬了一口烟，听这话拿着烟袋锅梆梆地就敲炕沿，说，问他！问我干啥？！

秀山说，你不管？

老姑奶奶说，跟我有啥关系？

秀山说，你要真不管，我可就收拾他了。

老姑奶奶说，随你，爱咋收拾咋收拾。

秀山就没说什么，告辞了。刚走到门口，老姑奶奶突然问，就这事还值得整治他啊？

秀山站住了，转身说，你还是想管？

老姑奶奶咳了两声，算是默认。

秀山就把那些跟那苏肯有关的事说了一遍，然后问老姑奶奶，你说咋整？

老姑奶奶问，能治个啥罪？

秀山毫不犹豫地说，死罪。

老姑奶奶重新点上了烟，吧嗒几下，说，哥，你既是能事先跟我说，还是想跟我商量是不？

秀山说，是。哥知道这些年你委屈，你面上没事似的，其实心里窝着呢！

老姑奶奶没表情，干坐着，只顾着吧嗒烟，最后说，哥，我还是想管。饶了他吧。

秀山一声未吭走出了老姑奶奶的房间。结果早在意料之中，这情景似曾相识，只是老姑奶奶的反应很平静，不再那么刚烈，而且是在深思熟虑之后的决定，秀山知道说什么都是多余的。

隔日，秀山派了左翼翼领永泰走一趟五官庄，第一站就是蜂蜜营。他嘱咐永泰不要通报那苏肯，也不要带骁骑校赫尼达。赫尼达总管着五官庄，庄头们要假公济私，绕不过赫尼达，他们必是串通一气。赫尼达是他做打牲丁时的伙伴，几十年间都追随着他，是他的心腹属下，可关键时候，他最相信的还是自己的家人。过了几日，永泰回来复命。事态远比秀山猜测的严重，且不说五个官庄的庄头没有一个干净的，就是那些代管的公侯、贝勒、贝子们的旗田亩数，也都成了一本糊涂账。有的是庄头私下瞒报，有的则是与主子共谋隐匿。

秀山从档房调取了官庄地册。官庄土地三年核验一次，新增亩数或地主等均有登记。历年核验官员所统计的田亩数都是按照庄头的申报登记，说多少就是多少，鲜有去按尺丈量的，这也正是庄头们私下操作的一个缺口，只要买通了骁骑校就行。秀山明知道这其中的门道，不过他还是得了解个概况，那苏肯们都是老奸巨猾了，对付他们，正经需要花些心思和精力。

秀山一本地册没看完，那苏肯倒来了，进了大堂就跪下，磕头，说，大人吉祥，奴才那苏肯给大人请安了。

秀山略一思忖便不觉意外了，想是有人给那苏肯通了信儿了，那苏肯是要抢个先机。秀山没让那苏肯起身，眯着眼睛看他，好一会儿没吭声。那苏肯竟也沉得住气，只是低垂着头，眼睛看着青砖铺就的地面，根本没有偷觑一眼的意思，一副镇定自若的架势。这更惹得秀山来气了。他压住了火气，慢条斯理地说话了，口气里不免带着讥讽。

秀山问，那苏肯，庄头做得不错啊！

那苏肯仍不抬头，回答说，全赖大人护佑，奴才尽力做事就是了。

秀山问，听说，你发财了？

那苏肯的眼睛倏地一亮，随即暗淡下去，头垂得更低，声音便也喃喃着，说，大人见笑，都是吃钱粮的，发不了大财，比那些丁户略有些结余罢了。

秀山嘿嘿一笑，又问道，听说，你准备买下花府那座宅子？

那苏肯说，大人说笑了。都知道花府要出手，可有几人能出得起那么大的价钱？做梦的人倒是不少，奴才也只是那做梦的人中的一个罢了。

秀山说，不是什么人都敢做梦的。

那苏肯也不知秀山是信他还是不信，只是没敢再回应。好在秀山掉转了话头，问，你来做啥？

那苏肯说，奴才前来，向大人请罪。

秀山不慌不忙地问，你有何罪呀？

那苏肯这才抬起头，一脸迷惑地说，奴才不知有何罪，请大人明示。

秀山脸色阴沉着，说，既是不知有罪，又请的哪门子罪？看我闲下来了是不？

那苏肯吭了几声，说，奴才回去便择个日子，去尚家下聘过礼。

秀山睁大了眼睛，探头去看那苏肯，一脸的惊讶，咋的，还没去尚家下聘呢？

那苏肯不傻，知道秀山是明知故问，却也不敢多言，只说，是奴才该死。大人亲自为明毓指婚，是天大的好事，奴才受宠若惊，本想立时立刻去尚家下聘，谁知明毓一直滞留京城未归，这才把婚事耽延下来，辜负了大人的好意。

秀山呃了一声，缩回身子，说，本官一时兴起，胡乱地指了桩婚事，又不是金口玉言，你就当本官放了个屁。

那苏肯慌忙趴在地上磕头，连声说，不敢不敢。奴才对大人不敢有丝毫的怠慢。实在是明毓没有回来，这才耽误了去尚家下聘过礼。

秀山说，单凭这，本官也治不了你的罪呀！走吧走吧，我还有事，就不陪你闲扯了。秀山说着就站起了身，似要离开的样子。

那苏肯愣了愣，冲口叫道，大人，奴才有罪，奴才知罪，奴才不敢欺瞒大人，奴才愿意交出所有隐瞒地亩，只求大人念在曾经伺候过你的份儿上，饶奴才一条命。

秀山这才笑了笑，重新坐下。那苏肯没再敢装大，老老实实地交代出隐瞒的地亩数和地块儿，还有流民人数等。那苏肯说到后来已是一脸哭相，最后又满腹委屈地说，大人明鉴，其实隐瞒流民私垦土地可不是奴才一个，大人不信，查查其他庄头就知道了。就连协领大人都在私下容留浮民开垦荒地，只是大人你不知道就是了。

那苏肯表示，愿意将隐匿土地如数造册上报，今年的官粮便按实际亩数上缴。若总管大人将土地收回，也没有怨言，只求免死。

那苏肯的争取主动，让秀山心里有了底。回到秀府时，老姑奶奶正在上屋和富察氏闲唠嗑。秀山随便聊了几句，然后告诉富察氏和老姑奶奶，过几日那苏肯该去尚家下聘了。老姑奶奶直视着秀山，明显带有探寻的意思。秀山也没再往深了说，他知道老姑奶奶心里明白。倒是富察氏说了一句，早该办了，他咋就拖到现在？

秀山传来左右翼翼领永泰和铁亦哈，并传谕下去，左右翼领督办骁骑校，速核准各官庄地亩人口造册上报，尤其查实新垦土地流民人数，各庄头若有隐匿瞒报，定当严惩；若翼领骁骑校与庄头沆瀣一气，彻查到底，一并治罪。

永泰问了一句，协领衙门项下的旗田，还有代管的旗田，是否也一并查实？

秀山横了永泰一眼，说，一并查实。

这之后，五个官庄的庄头先自行申报，因有那苏肯的先例，其余四个庄头也不敢存侥幸心理，为求得宽宥、保住庄头位置，都老老实实地申报了，衙门派员下去核查，私自瞒报的亩数悉数充了公，允许流民继续租种，不再追究容留浮民之罪。待到普查旗田以及代管下三旗王公贵戚的庄田时，就没那么顺畅了，庄头们的拣放不归打牲衙门，自然不肯受制于总管，但也不敢公然抗拒，便想出各种理由或敷衍或拖延。永泰跟秀山回禀，话语中就有些为难。秀山斥责他过于懦弱，连奴才们都敢骑上头欺负了。永泰不服气，回嘴说，奴才们有那么大的胆子？还不是有人从中作梗给奴才们仗腰？那腰粗得很，哪是我能动得了的？秀山问他指谁，永泰就说出了协领萨林保、右翼翼领铁亦哈，还有几个骁骑校的名字，包括赫尼达，并说，都拴在一条钱串子上了，七勾八连的，扯一扯就都响了。哪个是干净的？

秀山沉吟着，心下明白，以永泰的职位和秉性，是惹不了萨林保还有铁亦哈的，可不动这两个人，这普查之事就难以进行下去，且不说以后私瞒地亩和人口之事难以遏制，就是他的政令也无法通行，他总管的位置也就岌岌可危了。

秀山决定，先从铁亦哈下手。这个几十年的属下，一直都忠心耿耿地跟随他，他对铁亦哈也竭尽所能地提携，两个人的升迁几乎是相跟相随着。铁亦哈对他也言听计从，从不忤逆。可从什么时候开始铁亦哈跟他隔心了？有一次，铁亦哈给他送来一张五百两的银票，说是感谢他多年的栽培，被他斥责一番，并警告他，给皇家办事，切不可假公济私，若发现他手脚不干净，可别怪本官不讲多年的情分。自此，铁亦哈再没送过任何酬谢，对他只是越发地恭敬了。现在想想，这恭敬也许就是生分的开始。那么这些年，铁亦哈背着他，究竟都做了些什么？

傍晚，处理完公务，秀山走出大堂，左右翼领的公事房就在两侧，他信步就朝右边走去。铁亦哈正在屋里，看见秀山一脸惊诧，急忙起身施礼。寒暄几句，秀山说，好久没在一起叙叙了，今晚到家里喝点儿？铁亦哈显得很意外，忙不迭地应承下来，有些受宠若惊。

晚上，铁亦哈如约而至，被引到竹林轩，永泰以晚辈身份见了礼，就退了出去，不一会儿，几碟精致的下酒菜就端了上来。秀山撵走了下人，自己亲自斟酒，吓得铁亦哈连连起身致谢。秀山叹口气，说，咱俩都当打牲丁的时候，哪这么多礼数？铁亦哈说，多少年前的事了。

这顿酒喝得没有什么结果。其实秀山也没想要什么结果，只是提醒铁亦哈，他还顾念老友情分，如果铁亦哈遇到难事，他依然会帮他。铁亦哈也明白他的心意，却顾左右而言他，这让秀山很不满，但他记住了铁亦哈说的一句话。铁亦哈说，秀大人，你说，咱任劳任怨地干一辈子，图个啥？

图个啥？秀山从没认真问过自己，他只是尽忠尽职为皇家效劳而已。

秀山还明白，铁亦哈是不会跟他说真话了。接下来，如果真查出铁亦哈有徇私舞弊的勾当，他会如何处置？能下得去手吗？

晌午过后，秀山刚刚来到衙门，萨林保就来了。萨林保以探询的口吻问他，可否听说钦差要来省城巡视的消息。萨林保在官场上经营多年，与省城或者京城也是盘根错节的关系，提前得到消息不足为怪，秀山若否认，一是萨林保不会相信，二也显得他在京城没有背景，便点点头，说，也是听到点儿风声，并未接到将军衙门的公函，不知详情，更不知是哪位大人光临。萨林保说，下官倒是听说了些，钦差是贝勒爷裕兴。秀山微微一怔，想这萨林保得到的消息比他得到的要精准，可见他与京城的关系并不一般。这裕兴秀山是认识的，满洲正黄旗，在乌拉的庄田是祖上受封所赐，四百多亩，名下的打牲丁有三十名。贝勒府每年的贡俸都是由总管衙门负责送京的，秀山曾经亲自去拜见他，不过是礼节性的拜见，固然没有深交，却是不知萨林保与裕贝勒有何交情。萨林保说，裕贝勒可是咱娘家人呢，这是要回来探亲呐！萨林保说着呵呵笑起来，好像裕贝勒要探的亲戚就是他。秀山听出了这笑声里藏着什么，猜想着萨林保此次来的目的。萨林保又说，裕贝勒这是要国事家事一块堆儿办哪！

秀山明白他所为何来了。萨林保名下的旗田就是一本糊涂账，其中瞒报的亩数，究竟有多少是庄头私下侵占，又有多少是主子主使，怕是外人谁也弄不清的。若此事只涉萨林保便也无所谓，但要处置萨林保，就不能不拔出萝卜带出泥，那些代管的下五旗的王公贵戚的庄田，也肯定不干净。萨林保这是要拿钦差大臣裕兴当挡箭牌了。

秀山并没想好如何处置这件事，钦差大臣在这个时候降临，的确有些让他惊诧。当然，他完全可以简单处理，把一切都坐实，然后一纸奏折递上去，听凭皇上处置。可这样一来，他的忠心，未必会得到皇上的奖赏，还要担着失职之责，而同时，他也就成了那些大大小小涉贪之人的眼中钉，即便皇上不罢免他的总管之职，他又如何能安然地在官场上立足？在这天高皇帝远的地方，这种事以往都是睁一只眼闭一只眼的，但钦差来了，就等于皇上驾到，如何瞒得过去？而这个钦差又可能是涉案人，他又该如何应对？他很清楚自己只有两条路可选，要么以他对皇家的忠诚奋不顾身上奏，以博得皇帝的信任；要么冒着犯欺君之罪的危险，与这些王公贵戚包括萨林保及那苏肯之类的同流合污，还如以往一样相安无事。秀山明白后一条路更容易一些，但从他心里有些过不去。

秀山感觉手里抓了个刺猬。但是，他得抓在手里，疼不疼自己知道，得机会或许能占个主动，至少何时放手，他说了算。

萨林保的态度很好，说一定配合秀大人，核查清楚协领衙门名下的旗田，然后便只是闲聊。闲聊中萨林保告诉秀山两件事，听说那苏肯的儿子明毓留在京城，是在贝勒府上当差做事，很得贝勒爷赏识；另一件事，是替秀山管理田庄的永山和替裕贝勒管理庄田的常喜结了亲家。看似两件风马牛不相及的事，此时从萨林保的嘴里说出来却是大有深意。秀山敏感地听出了味道，但他只是笑笑，当一般家常听着，脸色平静。萨林保临走又想起一件事，说，要恭喜秀大人了，五格格何时出嫁，下官定要备份厚礼恭贺。秀山不以为意地说，小女心高气傲，难觅中意之人，怕是要剩在家中了。萨林保说，秀大人慧眼识人，为五格格选中乌拉最有才华的哈哈珠子，是一件大喜之事。秀山矢口否认。萨林保一脸困惑地说，满乌拉城的人可都看见了，五格格和尚素俊共乘一骑逛街呢！

秀山的脸色就变了。

第三十一章

那天福儿和素俊回府时，在乌拉城引起的震动可是不小，福儿倚着素俊走进秀府大门，看门的才录就被惊吓到了，大呼小叫地问候，又惊出了有事无事在前院出入的大人孩子，于是秀府里的人也都看到或知道了，福儿是被素俊抱着回来的。

只有赖德才说得清楚。赖德才说，不抱回来咋整？半个膀子都肿起来了，怕是骨头伤着了。

富察氏关心的是怎么就摔着了。

富察氏质问素俊，素俊就看着福儿。赖德才正给福儿揉捏着肩膀，揉得她龇牙咧嘴，才顾不得替他解释。素俊只好说，怨我，没照顾好五格格。

素俊的话更让人多心，连素韵也是充满疑惑地看着他。屋子里的寂静让素俊有些尴尬。幸好福儿疼得咝咝抽冷气时腾出嘴来说，看他干啥？我自己不小心，跑得太快了。

众人不再追究素俊为什么没照顾好福儿，又疑心他怎么会和福儿在一起，没人提问，却从眼神里透了出来。富察氏的脸色有些不好看，转而嗔怪着福儿，这么大个人了，咋就没深沉，到处跑个啥？然后喊彩玲送素俊走。福儿不允，说这眼瞅着天黑了，咋走夜路？留下住吧。

这话惊住了所有人，都看着福儿。素俊是最受惊了，缓过神儿来急忙说，不了不了，我走吧。说着就走。瓜尔佳氏说，是走不得，路上遇着个啥的。众人就看着大奶奶，大奶奶不发话，谁也不敢做决定。素俊还说，我还是走。福儿叽叽歪歪地说，走啥？遇着巡街的兵丁，抓你个流民！老姑奶奶出个主意，去尚先生那儿凑合住一宿吧。富察氏认了，吩咐赖德才陪素俊去官学找尚先生，遇到巡街的解释一下，又嘱咐，从边门出去，大人该从衙门回来了，别让他看见。

素俊走了，福儿肩膀的疼劲儿过去了，开始犟嘴，说，咋了？我做啥见不得人的事了？

富察氏轰走了闲杂人，独对着福儿，问，你跟素俊咋回事？

福儿说，咋也不咋，我就是去找他玩儿来着。天晚了，他送我回来。

富察氏说，让人说闲话不好听。

福儿说，谁爱说谁说，我不怕。

富察氏说，姑娘家家的得爱惜名声。

福儿说，我名声咋了？

谁也说不出福儿的名声咋了，这事就算搁下了，只瞒了秀山。晚上到了请安的时候没看到福儿，富察氏说她不舒服像是受了风寒，秀山也没再深问。

富察氏以为这事就过去了，不料，这天秀山从衙门回来，突然就问了一句，福儿和素俊到底是咋回事？富察氏知道他是听说了什么，只好把那天的事说了，末了轻描淡写地说了句，不过是一起玩儿玩儿。

秀山大怒，说，就一起玩儿玩儿？你没听见外面的人都在传说啥？

富察氏还真没听人说啥，便问秀山都听说了啥。这一句更惹得秀山发火，说那么大的姑娘家就让她在外面疯跑你这讷是咋当的？秀山发火，富察氏一般是不回嘴的，该抽烟抽烟，该做活计也不放手，任着秀山发泄一阵，然后再平心静气地问他火从何来。大半辈子两个人就这么过来的，没有真正红过脸。这次依然如故。秀山平静下来，说起萨林保说过的话，然后说出他的疑虑，福儿真要是跟素俊闹出事来，且不说姑娘家的声名，素俊那流人之子的身份，怕是要被人拿来说事了。

富察氏虽不认字，却识大体，知道丈夫说的事情重大。联想起福儿以往对素俊的种种念叨，不由人不生疑。她叹口气说，姑娘大了真是不中留啊！福儿不会真看上了素俊吧？秀山说，还管她看上看不上，你只把她给我看牢实了。富察氏说，那素俊看着倒实诚，不会主动招惹福儿。秀山说，你自己的女儿你不知道啥样？越是干不成的事削尖了脑袋都要干。富察氏默认了，说，咋就养出这么个不省心的东西？你说她啥眼神呢？不是明毓，就是素俊，哪壶不开偏提哪壶。秀山说，惯的，要是从小就看牢实了，大了找个人家也就嫁了，哪由得她。富察氏得着个理儿，说，怨谁？那也是你惯的，从小说一不二的，要你个总管位子恨不能都给她。

说是说，怨归怨，这事还不能放任自流。秀山还是那句话，把福儿看牢实了，别真惹出啥事来可就晚了。富察氏就犯愁，那么大的人了，又不能捆住她的手脚，咋就能看牢实了？

秀山就跟了一句，那就断了她的念想儿。

福儿是肩膀错了环儿，加上点儿皮外伤，没啥大碍，端上了贴上一贴膏药养着就是。赖德才警告她不能受重，不能再出去疯跑，长不好就是一辈子的事了。福儿倒是听话，端着肩膀老实了些日子。胳膊不好使，做不了活计也不能写画，福儿就常常坐着发呆，有时自个儿傻笑，被人撞见了还有些难为情。她不再高声大嗓地说话，也很少训斥下人或者与人争个口舌什么的，有几次还跑去学房听素韵给孩子们讲习文章，弄得素韵很紧张。福儿对素韵的态度亲近了许多，与她说话的时候也多了。那天尚先生捎信儿来，说那苏肯已经下聘，素韵也算那家的人了，不好再住在外面，要接素韵回蜂蜜营。福儿说，下聘也不是成亲，明毓又没回来，就让素韵住在府里有啥不行？雪雁也极力反对素韵回去，说就想跟着她念书，素韵走了她也不学了。素韵不敢表态，只能听候主人发落。还是老姑奶奶做主，让素韵留在府里继续教书，说好了，那家啥时娶亲再放素韵回蜂蜜营。

福儿是真心要留素韵，也没了以往拈酸道咸的话，跟素韵的关系更亲密了，常常在一起聊天，也会问些蜂蜜营的事，尤其跟素俊有关的事。素韵就尽可能地回答，说到有意思的事，福儿会哈哈大笑。福儿也问起小琴，说，小琴是不是总黏着素俊？素韵说，她是总上我家来，帮着做些活计。福儿又问，素俊哥是不是喜欢小琴？素韵说，看不出来，反正小琴来家里我哥倒是没撵她。素韵边说边看着福儿的脸色，话说得藏头折尾的。福儿倒干脆，说，小琴就是个卖唱的，才配不上素俊哥。

有一天，素韵主动来找福儿，吞吞吐吐地告诉福儿，大奶奶找我问话了，问的都是我哥的事。福儿说，问呗，关我啥事？素韵欲言又止，看福儿故作矜持的样子，便不再吭声。福儿没忍住，问了句，我讷是啥意思？素韵答非所问地说，大奶奶又找我父亲问话了。福儿有些生气地说，你有啥话痛快些说不行吗？咋这臭毛病！素韵就说，大奶奶不让我告诉你，是有关我哥的。福儿一听是素俊的事来了神，忙追问是啥事。素韵就告诉福儿，素俊和小琴定了亲了。本来小琴爹还不愿意，可说媒的是赖德才，赖德才那张嘴说得动鬼神，小琴爹只得点头了。尚先生已经按当地旗人的规矩领着素俊去下了聘，待收秋之后就办事。

福儿急赤白脸地问，你哥就同意了？

素韵说，其实这事是大奶奶提的，我父亲都应了，他咋敢不同意？

福儿明白，讷这是效仿当年阿玛处理明毓的做法，故伎重演了。当年她哭过闹过，虽然没有挑明了为明毓，但毕竟她是作过了。几年过去了，明毓一直没回来，她心里的念想儿也就淡了，也认命了。不知不觉间，她心里竟然有了素俊，她说不明白这是什么样的感觉，反正每日间素俊的影子总是在眼前晃。她曾在心里将素俊和明毓悄悄做了比较，如果说明毓是匹不羁的马，那素俊就是一头温驯的牛。明毓凡事都跟她较劲儿，非要争个你长我短的，总惹她生气；素俊更像个大哥，遇事哄着她顺着她，让她很是舒心。跟明毓在一起玩儿有趣，可以打可以闹，也不知道下一步他会出啥幺蛾子；跟素俊在一起则安静，素俊不会让你担心让你不知所措。福儿跟明毓一起玩儿的时候情窦初开，一切都是朦朦胧胧的，好与不好全凭直觉。当她明白与明毓再不可能有什么结果的时候，就总是有意无意地强迫自已忘掉明毓。或许正是在她挣扎的时候，素俊才开始走进了她的心，她真的喜欢上了素俊，不再是喜欢一个大哥哥，而是喜欢一个男人，是想要嫁给他那样的喜欢。她像所有的女孩子一样想着这个男人，有时会想得脸红心跳。当她明白小琴和素俊相好时，她嫉妒甚至憎恨小琴，但她不觉得那是个无法排除的障碍，小琴根本就配不上素俊，她也没把小琴放在眼里。她没想到，讷和阿玛却在帮着小琴，他们拧成了一股绳，要把素俊夺走，这是她不能容忍的，却也是不能掉以轻心的。

福儿没哭，也没闹。素韵出去后，她就捂着被子睡起觉来，一觉睡到了天黑，连晚饭也没吃。彩玲喊了她两次，她只说不想吃。富察氏过来看了看，问彩玲福儿咋了。彩玲不知道内情，也说不清福儿为啥这么贪睡。富察氏摸了摸福儿的额头，不热，看睡相很安稳，不像闹病的样子，便嘱咐彩玲留心照应。福儿睡了一夜好觉，第二天早上起来容光焕发的，该说就说该笑就笑，还没忘了请安吃饭。接下来的几天，福儿在大院里晃悠的时间多，偶尔出外面散散心，也没走远，都有时有晌的，差不多就回来了，谁也没发现有啥不正常的地方。

过了几天，乌拉城里的人都在传说小琴失踪的消息。

据说，富祥早就看上了小琴，要娶小琴做小。听说秀府大奶奶做媒的事后，急急忙忙给小琴家送去了不少聘礼。小琴爹本来就不看好素俊，只因为是秀府大奶奶做媒，不好回绝才勉强同意了。赶巧这时富祥也送来了聘礼，还连讨好带恐吓的，小琴爹贪图富祥家的钱财，又慑于富祥家的权势，也是为小琴的终身有靠着想，便应下了。小琴却不肯，又哭又闹。素俊也跑去找小琴爹理论，被赶了出去。小琴爹还把小琴关了起来，不许她再往尚家跑，就等着富祥来领人。不料，富祥来领人那天，小琴不见了。富祥找素俊要人，素俊却不知小琴跑哪儿去了，还怒斥富祥仗势欺人，扬言就是知道了也不会交出小琴，气得富祥指使家丁把素俊打了一顿。闹了一阵，几方面一对质，谁都不知道小琴在哪儿，一个大活人竟然失踪了。

福儿却不相信小琴失踪了，一口咬定小琴就藏在富祥家，早就做了富祥的姨太太，只是为了掩人耳目才谎称失踪了。福儿的口气令人生疑，素韵就悄悄地问她，是不是知道啥信儿？还说，五格格你要是知道啥信儿就告诉我哥，省得我哥着急上火，也让他死了心。福儿自然说不知道，但跟着说了一句，他还是死了心吧。

素俊找上门来，要见福儿，福儿高高兴兴地把素俊请进屋。自然就说到小琴的事。素俊说他去富祥家找小琴，人家根本就不让他进，还咬死了说就没见过小琴。他求福儿帮忙看看，小琴是不是真的进了富祥家。福儿问，为啥让我去？素俊说，福儿肯定知道些消息，不然咋就咬定小琴做了富祥的姨太太？福儿矢口否认知道啥消息，但答应可以去打探一下，然后又问了一句，若是小琴真的做了富祥的姨太太，哥你想咋办？素俊说，那就看小琴是啥态度了。不管咋的，我得见她一面。福儿说，见了又能咋的？人已经进了富祥家门了。

福儿出去一会儿就回来了，脸色有些不对劲儿，告诉素俊，小琴真的没在富祥家，富祥根本就没见过小琴，小琴怕是真的跑丢了。素俊还是不信。福儿说，富祥没必要跟我撒谎。素俊盯着问，福儿你说实话，是不是你跟富祥串通起来做下啥事？福儿脸色变得更难看了，说，我咋会跟他串通？哥我跟你说实话，我就是跟他说了你和小琴定亲的事，别的啥也没干。

素俊说，福儿，你知道你干了啥吗？

素俊说完就走了，脸上连个笑模样都没有，福儿感觉出那一脸的寒意，心里也凉了起来。

后来，乌拉城里流传出一个说法，说小琴被报号“关东好”的胡子掳上了山，做了大柜的压寨夫人。这当然都是后话了。

眼下，正有一件让乌拉人更感兴趣的事，那苏肯家的明毓回来了。

第三十二章

明毓是随着钦差大臣贝勒裕兴回到乌拉城的。

一直听闻明毓是在贝勒府当差的，至于怎么跟了贝勒爷又为什么回到乌拉，这其中的缘由乌拉人是弄不明白的，当然也不必弄明白，他们关心的是现在的明毓。明毓一尥蹶子走了，一走就是四五年，走时不过是个打牲丁，回来却身份大变，还跟了钦差，这中间就该是有说道了，各种的猜测和揣摩甚嚣尘上，都尽显着乌拉人的想象力。但说到底，凭乌拉人的脑力，也仅能想到说部或戏文里唱的那些个衣锦还乡的故事，比如遇到贵人提携啦，被招了东床啦，或者点了状元啦，逃不脱一个俗字，说的人和听的人都不太相信，只在茶余饭后咀嚼一番，谁也不下定论，心里都存了一个念头，只要明毓一露面，便一切真相大白。

但明毓却迟迟没露面，至少没独自露过面，连自家门都没回过，想从那苏肯嘴里打听点儿细枝末节的人也都失望不已，就只能听那街上流传的半真半假的消息。有的说见过明毓，戴着官帽，脚蹬高底靴，挎着刀，威风凛然地走在钦差身边，十足一个带刀侍卫；有的说明毓伴着女眷和阿哥呢，躬腰屈膝地十分殷勤，还是个奴才；有的说明毓给钦差的儿子当师傅，还是趾高气扬的那副德行，钦差的儿子对他都很恭敬……传言归传言，明毓硬是不露面，也让乌拉城人很是无奈。钦差一行住进了魁府，那魁府的气势照秀府一点儿不差，看门人换成了钦差的护卫，护卫往门口一站，不是谁想进就能进去的。

有机会见到明毓的，还就是总管大人秀山。但他根本就没注意到明毓，或者都没听说明毓回来的事，他满脑子想的都是如何接待钦差，根本无暇顾及其他。唯一着急的一件事，就是叮嘱永泰抓紧核查各庄田亩数和人口，以备钦差过问。永泰有些为难，说，核实地亩本就是棘手的事，时间又太紧迫，一时怕弄不周全。秀山却不通融，板着脸规定了期限。

秀山接到吉林将军手谕，得知钦差大臣是来吉林督办边务，顺便考察乌拉打牲事务。手谕特嘱不必去省城迎接钦差，只在乌拉城安排好一应事宜。钦差要逗留些日子，秋猎自是不必说，若能仿效乾隆帝亲自撒网捕上几条鲟鳇鱼则是最好不过的。秀山就寻思，安排钦差打猎，倒不是难事，假使打不到大牲口，便是野鸡、野兔、狍子、梅花鹿之类的也能有所收获，只是这鲟鳇鱼怕不是那么容易捕到的。鲟鳇鱼本就是稀罕之物，加上连年无节制地捕采，早已是濒临绝灭，每年的皇贡，都是费了九牛二虎之力凑足额定数，哪是谁想捕就能捕到的？何况若真要捕鲟鳇鱼，还得乘船顺流而下数十上百里地，也不是就近能下网的。秀山虽是这样想，可也不能怠慢，还得指令下属做好一应准备。届时钦差能否捕得到鲟鳇鱼，那也只能看他的造化了。

转念再想，钦差既是有这捕鱼的兴头，想也不是真的来办什么大案的，只是所为何来，还令人捉摸不透。钦差在乌拉有庄田，有自己的庄头，由打牲衙门代管，收多收少打牲衙门从不过问，只负责每年进贡的事项。这一项上秀山从来不差事，除了不敢僭越，给王公、侯爷、贝勒、贝子们的进贡数量及品类，都超过额定数量，还时不时地加上点儿“意外”，都是另匣奉送，直接呈到本人面前，恭请笑纳。秀山在总管任上近二十年，场面上的事拎得很清，这也保全了他一直能够稳坐的总管之位。多少年来不是没有人觊觎这个位置，从哪儿看这都是个肥缺，何况并非世袭之职，谁都有可能承继，只看谁的机遇到了。可机遇是什么？当年秀山靠那颗五钱重的大珍珠碰了运气，抓住了机遇，如今，他小心翼翼维护的不就是这个机遇吗？他不仅要紧紧地攥住，还得抓牢了，不能松手，伺机传续下一代，若能世袭，家族方得永沐皇恩。

钦差是乘船到的乌拉城，一同来的有他的儿子巴铎，随从人员二十几人，将军衙门派出的五十多名披甲护卫。吉林将军并未陪同，说是留在省城准备陪钦差视察边境防务诸事宜。这倒省了一道麻烦，秀山只一心照应好钦差一行人即可。秀山从码头上接了钦差下船，一路鸣锣开道地送到了魁府东院。把钦差安排住在这里，秀山也是煞费了苦心。魁府的主人王魁福，人称魁大人，汉军正白旗人，也是罪人之后，祖上曾在内务府当差，因罪贬到乌拉做了渔丁，熬到魁福这一代开始转运。魁福擅长骑射，十六岁披甲从军转战各地，因军功一路升迁。光绪十一年从征新疆，颈部受重伤，立下战功，受到光绪皇帝召见，赏银千两和衣锦等物，升为察哈尔副都统。后来回乌拉城建了这座府邸，只住了一年，又升了都统，带着小妾到张家口赴任，留下一妻两妾在乌拉城。这宅子不仅阔大，而且簇新，何况重新打扫装点，新配了家具，虽比不得京城的贝勒府，但在乌拉城也仅次于秀府，钦差住着不失身份。说服魁府主事的大奶奶并不费事。秀山与魁福大人私交甚好，魁福大人往张家口赴任后，秀山平日里对这府邸里的人也是关照有加，他提出暂借魁府东院一用，魁府大奶奶很是爽快地便应了，把东西院相通的月亮门一封，那东院的事就归了钦差一行了。

晚上，秀山设宴款待钦差裕兴和他的儿子巴铎一行人，协领萨林保作陪。席间觥筹交错，说的都是官话场面上的话。钦差兴致不错，谈笑风生，看不出什么城府。秀山与裕兴算是旧交，两个人之间便有诸多话头，打听几个京城故人或者介绍一番关外风情什么的。萨林保是初次见到裕兴，裕兴与他的对话便多是客套，讲个礼数而已。散席后秀山乘轿子回秀府的一路，都在回味席间细节，检索着有无差池，或者钦差在不经意间透露出了什么信息，可是没有，一切正常。

回到上屋，富察氏还没歇下，说，刚把福儿撵走，非要等着给你请安。她哪是等你，是等着你带回啥消息呢！秀山就不明白了，问，她等啥消息？富察氏有些惊讶，说，你没看到明毓吗？

秀山这才知道明毓随钦差回到乌拉城的事。按旗人管制，乌拉城的牲丁未经允许不得外徙，明毓滞留京城，属触犯规矩，只是秀山没当回事，不过是一个小小的牲丁，若不是与府里的人有些瓜葛，秀山压根儿不会注意他，他走了，不回来了，正中下怀。何况领队的铁亦哈禀报说是贝勒府留下的，他更没必要过问了，几年过去，他差不多真的将这个碍眼的哈哈珠子忘记了。

明毓又回来了，这让他心里有些不舒服，但也只是不舒服而已。

翌日，正式觐见钦差，裕兴也只是说秉皇上旨意，与吉林将军一同督办边防，顺便巡视乌拉打牲事务。还嘱咐秀山和萨林保，这一趟来得不易，舟车劳顿的，但心情不错，希望乌拉之行顺风顺水不多劳神，他也好借机领略关东风情之类。秀山是聪明人，一听这话就明白了，裕兴不想生出事端。从魁府出来，秀山和萨林保都心照不宣，交流了几句如何安排钦差秋猎的事。临分手，秀山说，咱们都好自为之，各安其所，吩咐下边，千万别节外生枝。萨林保连连称是。

秀山的心情放松下来，轿子一路忽忽悠悠的，很是让他舒服。闭目养神之际，就听轿外有一个马队驰来，听声音至少有七八匹马，临近了，也未放慢速度，人喊马嘶地急驰而过。在乌拉城从未有过见了秀山的轿子不下马的人，这一队人马竟然对他视而不见，还穿街跑马，真是胆大妄为。秀山生起一股火，吩咐走在轿子外面的荣升，去查一查，谁这么不懂规矩。

秀山回到衙门没一会儿，永泰进来了，身后跟着明毓。

明毓见到秀山，双膝跪地，口说明毓给秀大人赔罪。

秀山有些惊讶，明毓是来请罪的，就是说那一伙穿街跑马的人是钦差的人，明毓领的头。明毓个子长高了，也壮了，那眉眼却清晰可辨。他一身家常装扮，长衫外罩了一件马褂，戴了一顶圆顶小帽。许是京城的生活好了，不用风吹日晒，皮肤竟有些白了，倒透出些清秀来，看着也比以往沉稳了些。秀山打量片刻，面无表情，说，明毓啊？！听说你回来了，在京城有了出息，怎么回到乌拉城，连起码的规矩都忘了？

明毓仍然跪着，说，明毓不懂规矩，冒犯了大人，请大人责罚。

秀山笑笑说，是不懂吗？

明毓一叩头，说，请大人责罚。

秀山说，看你这样子像是挺驯顺呢，你是料定了我不敢处罚你，仗着你是钦差大人的人？

明毓伏在地上，没敢抬头，回说道，明毓不敢，甘愿领罚。

明毓的一味温顺，更惹得秀山恼火，眼神就透出凌厉来。永泰急忙近前，与秀山低声说了几句，秀山的脸色更难看了，忍了忍，还是问道，明毓，你说实话，穿街跑马的是不是钦差大臣的儿子？

明毓说，大人不必细究，明毓领罪就是。

秀山问，你想替他顶包？

明毓说，大人，明毓没大本事，担了个三阿哥师傅的虚名，三阿哥触犯规矩，是师傅教导无方，理应担责。

秀山沉吟着。涉及钦差儿子，如何处置就难以定夺了。正思忖着，钦差派人来了，说是过问一下，下边的奴才冒犯了总管大人，想听听如何处置。秀山告诉来人，回去禀报钦差大人，调明毓来问话，只问及一些家事，并没有冒犯一说，问完话就放他回去。

明毓临告辞时，却请求道，晚饭后想去秀府看看五格格，还有素韵，还有老姑奶奶、大奶奶，请大人恩准。明毓说完，也未等他回应，竟自退身走了。

晚饭过后，秀山到书房刚坐下，才录就跑来禀报，说明毓来了，问大人让不让他进来。秀山忍不住多问了一句，是要见我吗？才录倒愣住了，张了张嘴没说出什么。秀山说，让他进来吧！

才录出去不一会儿，就听见明毓的说话声，好像在与才录斗嘴，然后，明毓就进来了，收敛了脸上的笑容，给秀山请安。

秀山笑笑，说，你不是来看福儿和素韵的吗？

明毓说，禀大人，进了秀府，得先拜见大人啊！

秀山嗯了一声，说，明毓，长大了，在京城历练得不错，也懂规矩了。

明毓说，是大人教导有方，在咱乌拉城学了不少东西，到京城还显着了，也算没给大人丢份儿。

秀山笑笑说，会说话了。都是你自己的造化，小子，好好干，瞅着机会取个功名，京城不比咱这闭塞之地，没有功名难以晋身。

明毓说，谢谢大人指点。明毓因战功晋为候补骁骑校，只是运气不佳，一直未有机会补缺。这几年得贝勒爷赏识，做了护卫，此次也是以钦差家人身份随行。

秀山惊异地看着明毓，想他果然是有身份之人，因战功晋升？那是上过战场了？这几年竟也是有些经历了。便问，今后有何打算？

明毓说，还需大人指点呢！京城如今乱得很，甲午年与倭人打了一仗后，时局更是难测，有上书的，有要新政的，洋人也跟着掺和，朝中皇上和太后各有想法，弄得大臣们莫衷一是，往后还不知道会怎么样呢！

秀山脸色有些冷，责问道，知不知道你在说什么？

明毓低了一下头，说，我也是跟着贝勒爷出入各处，听各位王爷说的，学着说给秀大人听，觉得秀大人应该知道这些。

秀山沉吟片刻，警告道，别到处乱说，也不知道个深浅。

明毓应着。秀山又问，这次回来，还走吗？

明毓说，得看钦差大人的意思。

秀山愣了愣，问，怎么说?

明毓说，大人，钦差大人不会无缘无故地来吧。

秀山说，不是奉旨视察边务?

明毓笑笑，说，眼下打牲衙门或者说省城可有紧急边务之事?

打牲衙门并没有防务，国内遇有战事，吉林将军都向协领衙门调兵，平日里协领衙门也很少涉及边防事务，明毓显然也是明知故问。秀山没有回答，意味深长地看着明毓。

明毓却掉转了话头，说，听说大人在核查官庄田亩和人口，这事有人忌惮呢。

秀山笑笑，问，你阿玛向你告状了?

明毓说，我阿玛不过是个小小的庄头，大人治了也就治了；明毓也就是贝勒府里的奴才，兴不了风也掀不起浪，不足虑。

秀山说，跟我说这些，是啥意思?

明毓说，明毓只能说到这儿了，再多的也不知道。大人您啥都见过，防着点儿总没错。

明毓说完就告退了，还没忘请求秀山，允许他去见五格格和素韵。

直到回上屋睡觉时，秀山的心里都是沉甸甸的，富察氏跟他学说明毓来秀府拜见的细节，他都只是嗯嗯啊啊地应着，只顾想着心事。他相信明毓的话，虽说明毓在乌拉时，他没少惩治他，但觉着明毓不会蒙他，更不会害他。虽说这种直觉莫名其妙，他也辨不清明毓为何会跟他说真心话，但他就是相信明毓，在确信的这一刻，心里忽然就有了一种柔软的感觉。正是这种柔软，才让他之前几次想要置明毓绝地时，放了他一马。他怀疑，明毓的心里，是不是也能感觉到这种柔软。

第二天，安排钦差上山打猎，秀山和萨林保陪同，协领衙门的披甲几乎倾巢出动，担负护卫。秀山让铁亦哈派了些牲丁先行进山踩点扎营。队伍集结时，秀山看见了明毓。明毓骑在马上，伴在巴铎身边，身板挺拔，一脸的轻松和自信，倒把巴铎比了下去。巴铎是在京城长大的少爷，练就的骑射武艺都是花架子，连满人的话都说不圆全了，一身的肥膘，哪还有点儿巴图鲁的样子。而明毓自小生长在乌拉，满文骑射样样出色，又风吹日晒地做些粗活儿，早磨砺出一身的精气神，看着就让人喜兴。这是秀山从来没有过的感觉，但也由不得细想，吉时已到，狩猎的队伍鸣锣出发了。

狩猎点选在鹰嘴砬子，半山腰一片开阔地，很适合扎营。说是钦差要打猎，但他年龄不小，加上肥硕，连上马都费劲，更不要说骑马射箭了，秀山和萨林保便只能陪着他慢悠悠地走。钦差倒也有自知之明，对着树林中若隐若现的目标，煞有介事地拉了几次弓，然后说，年龄不饶人了，就看着小子们玩儿吧。几个人回到大帐前下马，地上已经铺好了毡布，摆了小桌，各种吃食饽饽，还有酒。四周布了兵丁，防着有野兽突袭。秋日晕染，微风徐徐，树叶飒飒，暖意洋洋，很让人惬意。

裕贝勒呷一口酒，很羡慕地说，秀大人，萨大人，乌拉真是风水宝地，二位可是生在了福地啊!

秀山说，蒙圣上恩宠，让奴才替皇家守着这后园子，荣幸之至，也是诚惶诚恐。

萨林保说，秀大人过谦了，谁不知道秀大人为朝廷做事，可谓殚精竭虑。

秀山笑笑说，萨大人就不要谬夸了，你我同命!

裕贝勒呵呵笑着，说，是啊，好命，好命啊！都说乌拉山好水好，人能长寿。

秀山说，乌拉是我朝龙兴之所，天佑大清福祚绵长。

裕贝勒没接话茬儿，眯眼看着前方，若有所思，似笑非笑。秀山不知他想着什么，也不好多话，便陪着望远。明毓护着钦差的儿子巴铎追逐猎物，已经跑得不见了踪影，偶尔从山脊处传来几声呐喊，时而独自长啸，时而相互呼应，夹杂着砰砰的枪声，被茂密的树林一层层折射了，余音缭绕。秀山又想起明毓昨晚说的话，那些他听王爷们说的话，忽然就有所悟，再看看钦差的神情，便窥出一丝惆怅来。

打猎收获颇丰，巴铎用一支洋枪挑着一只狍子，兴高采烈地炫耀着，其他的随从也都不空手，野鸡、兔子随手提着，几个牲丁列在后面，分别抬着几只鹿，那鹿有箭射的，有枪打的，哩哩啦啦地还滴着血。明毓的手里倒是空着，笑眯眯地骑在马上，走在巴铎旁边。

裕贝勒好奇地问，巴铎，都是你打的?

巴铎说，是啊，阿玛，这洋枪就是好用，一打一个准。这一比，那弓箭就太笨了，要不开。难怪洋人那么张狂。

萨林保问，这枪是巴铎阿哥从京城带来的？难怪，这林子里的山牲都没见过洋枪，吓也吓呆了。

裕贝勒说，碰运气罢了。照你这一说，咱们八旗劲旅还不堪一击了呢！

萨林保没敢接话。巴铎不服，说，要不咋就设了火器营？皇上也看到了，没等咱那弓箭搭上弦呢，人家的枪早响了。

秀山下意识地看了看明毓，他不信明毓会毫无所获，他还怕血气方刚的明毓沉不住气。巴铎虽然没有明着贬明毓，但明毓是教他骑射的师傅，他这样说话，显然也是没把师傅放在眼里。

明毓竟然没吭声。

秀山觉得，眼前的这个明毓，和几年前在乌拉当打牲丁的明毓不是一个人。

第三十三章

福儿说明毓没变，别看他走了四五年，又是在京城混着，可还是原来那副德行。

福儿这样说，别人也没办法辩驳。那天明毓来过后，秀府里的人就七嘴八舌地议论，有说他长成个男人了，有说他变得不毛糙了，有说他懂事了，赞誉之情溢于言表。福儿就撇嘴，仿佛府里的人都是些趋炎附势之徒，看着明毓出息了，都恨不得巴结上去，很是让她瞧不起。再说，他有啥出息了？不就是学了口京腔，一会儿“你”一会儿“您”的，显着他是在京城待过的人。给贝勒爷的儿子当师傅就出息了？给贝勒爷当护卫就出息了？不还是个奴才？侍候更大的主子罢了。瞧他那德行，狗改不了吃屎，还是一副嬉皮笑脸的样子。她问，素韵，你说是不是？

素韵哪敢说不是？

素韵连明毓的面儿都没见着。明毓来了，直接去拜见了大奶奶，在大奶奶屋里见了老姑奶奶，还见了大嫂、二嫂、三嫂。大奶奶让彩珍去西厢房喊福儿和素韵。福儿来了，说素韵不肯来。大奶奶想起来了，说素韵懂规矩，汉人有讲究，定了亲没过门儿是不能见面。

福儿说，啥破规矩，要不，明毓，一会儿你自己去她屋吧。

明毓有些难为情，说，再说吧。

福儿说，矫情！

这是福儿和明毓见面时说的话，没有久别重逢的生涩，倒像是昨天刚刚见过。有大奶奶老姑奶奶在场，也不敢乱说话，都是二位长辈问，明毓老老实实地回答，礼数够了，明毓就告辞了。

福儿追出了大门，喊住明毓。明毓笑嘻嘻的，与刚才在上屋时比像换了一张脸，说，福儿，你咋没变？

福儿说，我变啥？你才变了呢！就这么走了？

明毓有些为难，说，想多说会儿话的，可告了假，不敢多耽搁。福儿有事？

福儿说，你真不去见素韵？

明毓说，再说吧。

福儿说，要不，我让她回家吧。我答应过，只要你回来，就放她回家。

明毓说，别，就让她在府里住着吧，总比在外面强。

福儿问，打算啥时候娶她过门儿？

明毓的神色就有些迟疑，还有些恍惚，有些欲言又止。然后说，没想呢，看看吧，我还不知道上哪儿去呢！

福儿说，上哪儿去你的根也在这儿。别老让人家悬着，把人耽误了。

明毓笑了，说，福儿，你也能说出这样的话？

福儿说，我咋就不能说这样的话？错了吗？

明毓没立即回答，沉吟着，片刻才说，你没错……总有人是错的……

福儿听出这话音不对，想追问一句，刚张了口，就听门房才录喊着，五格格，天晚了，要关大门了！

福儿气就不打一处来，扭头喊着，关！关！就知道关大门，你还会啥？

明毓说，福儿，先回吧。

明毓也不待福儿说话，径自先走了。

福儿看着他被月光拖得老长的影子，一点点变短，融进夜色。

福儿没再跟素韵说起明毓，只觉着明毓有什么难言之隐，要不是才录多事，她都能追问出来。第二日明毓跟着钦差进山打猎了，第三日明毓又跟着巴铎捕鱼去了，要两三日才能回来。放在以前，明毓去哪儿她都会追上去。今日，终究不是从前了，她要顾忌的事很多。

这些日子，富察氏都派福儿在果子楼照看，她下到各屯看看各家收秋的情势。牲丁们收下来的松塔、榛子、核桃都送到了果子楼，丁妇们要逐一挑拣，松塔要分类，饱满的整颗晾晒后装筐，成色不一的要剥去果鳞拣出松子；核桃、榛子也都要去皮晾晒，还有的要剥壳取仁儿。福儿分派活计已经很娴熟了，她生性[1]的脾气也让丁妇们不敢惹是生非，只能闷头干活儿，所以她很清闲。闲下来就会胡思乱想，有时候看着在场院里劳碌的丁妇们，她也会想，宫里的女人穿着绫罗绸缎吃着山珍海味，这里的丁妇们却是衣衫褴褛吃苦受累，这命咋就不一样？她又想自己，想自己因为生在总管的家，不用像这些丁妇们一样受苦，还能役使别人，这也是命吧。今天她闲得有些腻烦，就嘱咐监工的委领催好生看着不能出差错，然后走出果子楼。走到半路时，她发现自己是在朝魁府的方向走，想想也不是，乌拉城就巴掌大块地方，去哪都绕不开这条道，她就信步走着，琢磨着终归是要干点儿什么。走到一处房舍前，她立定了，发现竟是明毓的家，就推门进去了。

明毓不可能在家，这她知道，那苏肯和刘佳氏也不在，只有桑格一人在家，坐在炕上绣枕头顶呢。桑格告诉她，阿玛去蜂蜜营了，讷跟着大奶奶忙着跑各处收秋的事呢。福儿问，你哥回来过吗？桑格说，回来扎了一头就走了，都四五年没回来了，回家也不多待会儿，你说他忙啥呢？福儿说，忙着当奴才呢！桑格就嘻嘻地笑，问，你们见了？福儿说，见了，没说上两句话，火燎腚似的。你家啥时候娶素韵过门儿？桑格说，没听他们说起。你说，我哥会不会不认这门亲？福儿瞪着眼睛问，是你哥不认还是你阿玛不认？桑格被问住了，咧咧嘴说，我瞎问的。

桑格送福儿出门，最后说了一句，额云[2]，我还是喜欢你当我嫂子。

福儿回了一句，瞎说。她知道桑格是瞎说，这是不可能的。阿玛指的婚，那家也给尚家下聘了，得有多大的阻碍才能悔婚？再说，就是那家悔婚了，不认尚家这门亲了，她就能嫁给明毓吗？她会吗？

福儿的心情却被桑格这一句瞎说的话给搅乱了。乱了心境的福儿在街里乱逛了一气，傍晌午的时候才回了秀府。素韵没在，彩玲说，学房还没下课呢。福儿就坐在炕沿边，伸手拽过烟笸箩，略一沉吟，随手又推了回去。彩玲见状，急忙替她装上烟，点上，递过去。福儿乜斜她一眼，斥责道，不知道我想戒烟吗？彩玲笑，说，知道，知道，五格格一直想戒烟，下次不劝了，这次反正也装上了，你好歹抽一口。福儿这才吧嗒了两口烟。彩玲问，五格格，遇到啥事

① 生性——方言，性格急躁、不容人。

② 额云——满语，姐姐。

儿了？

福儿白了她一眼，彩玲知趣地不再问，转身退出去。不一会儿，素韵进来了，缓了口气问，五格格，找我？

福儿问，谁说我找你？

素韵说，彩玲……那要没事，我先回学房了，雪雁她们还等着……

素韵说着往门口退去，福儿突然说，让她们等着！

素韵就站住了，静静地等着福儿发话。

结果，福儿什么也没说出来。

晚上给富察氏请安时，富察氏问，素韵说没说啥时候回去？

福儿照实说，没有。她其实很想跟讷讨个主意，到底是把素韵留在府里好还是送回去好，但终究还是没问出口。

隔一天，福儿决定去一趟蜂蜜营，她骑马直接奔了旧清真寺，那儿做了小学堂，素俊在那儿当先生。自从小琴失踪，她与素俊之间就隔了一层，素俊临走说那句话时很冷很硬，也伤了她，气得她不想再理素俊。这几日，被明毓的归来搅得乱了心境，竟忘了与素俊还梗着，接近小学堂时，突然有些心虚，下了马，就坐在了清真寺旁边的大柳树下。

只片刻工夫，几个小孩子先从学堂里跑了出来，紧接着，素俊出来了，看见她倒没惊讶，只是劝她起来，说地上有潮气。福儿听话地站起身。素俊说咱回家吧，福儿就跟在了他的身后。进了家门，素俊说给她弄点儿吃的，就在灶间忙起来。福儿倚在门框边看着，也不出声。素俊端上桌的是小米干饭，一小碗蘑菇酱，还有一碗蒸野鸡蛋糕。说福儿对付吃点儿，垫巴垫巴。福儿就端起碗扒拉着饭，眼泪就流了下来。

素俊说，哭啥？

福儿干脆放下饭碗，说，哥，小琴的事真不怨我。

素俊说，哥没怪你。当时着急了，话说重了。别哭了，都多大了，还说哭就哭？

这一说，福儿的眼泪不仅没止住，越发地汹涌起来，仿佛一世的委屈总算找到了出口，没完没了地流。素俊也不阻止，闷头抽着烟，直等到福儿自己难为情地收住了泪。

素俊说，跟哥说，遇到啥事了？

福儿嘟囔着说，跟你说，你也解不了。

素俊就又不吭声了。还是福儿耐不住，说，哥，明毓回来了你知道不？

素俊说，知道。

福儿很惊讶，你们见过了？！

素俊说，哪有机会见！满乌拉城的人都知道他回来了。

福儿说，他都没正式来拜见准丈人啊？

素俊很体谅地说，他哪有自由，不是说出来就能出来的。你见到他了？

福儿说，见是见了，也是匆匆忙忙的，啥都没细说。他咋不着急呢？

素俊抽出烟嘴儿，问，他急啥？

福儿说，他啥时候娶素韵哪！

素俊说，这在他不一定是要紧的事。

福儿说，咋不是要紧的事？他想啥呢？

素俊说，福儿，他进京都五年了，人这五年里不知道会遇到些啥事，别人没法儿猜测。

福儿说，我咋觉得，他这次回来，变得挺窝囊呢？

素俊说，是吗？你咋会这么觉得？

福儿也没说出啥来。看日头西斜了，素俊开始撵福儿回去，福儿走得依依不舍的，素俊却嘱咐她，以后不要一个人往这儿跑，有事捎个信儿。福儿最后问道，哥，还等小琴吗？

素俊说，那得等啊！咋也得等个准信儿。

多少年后福儿想过，她在素俊那儿，从来就没等到过准信儿。

傍黑时福儿骑着马进了城，赶上一队人马走在街上，是从码头那边过来的，知道是出去打鱼的巴铎回来了，细看就看到了明毓，骑在马上，伴在巴铎身边，看那身架就比巴铎英气。福儿忍不住喊了一声明毓，明毓拨转马头过来了，巴铎竟然也带马跟过来。巴铎看着马上的福儿，一脸的惊奇，问，这是谁家的姑娘？

明毓只得先引见，说，是总管大人家的五格格。

巴铎更是惊讶不已，说，格格？在京城可没少见格格，就是没见过会骑马的格格。

福儿听出这话里透出的轻浮，就不高兴，吊着脸子看明毓。明毓急忙转对巴铎笑着，说，乌拉城的女孩子都会骑马，不稀罕。

巴铎嫌明毓挡了他的视线，拿着马鞭往一旁拨拉明毓。明毓让了让，巴铎对福儿说，我稀罕，马上的格格，稀罕，会点儿功夫不？

福儿说，会，我会赶蠢狍子。说着扬起马鞭，照巴铎的马屁股抽了一鞭。巴铎的马一耸，朝前蹿了出去，巴铎连挣扎都没来得及，就摔下了马。福儿咯咯笑起来，心情大好地催马走了。

晚饭后，明毓来秀府了，要见福儿。福儿叫来素韵，问她见不见。素韵粉着脸不吭声，福儿就不问了，直接对传话的才录喊，让他进来。

明毓进屋的时候，福儿和素韵一左一右坐在炕桌边，完全是主子召见奴才的架势。明毓施了一礼，说见过五格格。素韵慌忙要起身，被福儿喝住，坐着，别动！

明毓笑了笑，说，福儿还这么霸道。

福儿看明毓在偷眼瞄素韵，说，是啊，素韵在我这儿挨老欺负了。你啥时候把她接出去享福啊？

素韵的脸在灯光的映衬下显得更红了，也不敢抬头。

福儿又说，素韵不好意思问，我得替她问个准话。

明毓神情很尴尬，张了张嘴，一副欲言又止的样子，说，今天不说这事。我来是替三阿哥传话的。

福儿笑了，说，咋？替你那个主子讨公道来了？

明毓笑了，说，福儿你胆子忒大，连钦差的儿子都敢惹。

福儿说，是他惹我的！怕他？瞧他那一副熊样！

明毓说，再咋熊样，也是钦差的儿子。

福儿说，就惹了，能咋的？是吃了我还是抓我？派你来动手啊？

明毓也不急，只是笑，说，借我个胆儿也不敢哪！

福儿说，你狗仗人势啊！

这一句骂得狠，明毓的脸灰了，站在那儿不吭声。福儿也觉出点儿什么，朝素韵吐了一下舌头，使了个眼色，想让素韵解个围。素韵领会了，站起身，端起桌前的一杯茶，递给明毓，说，请喝茶。

明毓谢过素韵，端着茶杯，站不是坐不是，左右为难。

福儿扑哧一声笑了，说，你坐下吧。素韵也是，倒是给看个座啊！

明毓这才坐在案几边的椅子上，放下茶杯，吁了口气，说，在外面遭人骂也就算了，回家来就别骂了……

这句话，倒让福儿的心里热了一下，走了四五年，明毓还是把这里当了家，把她当了家里人。他那神情和口气，也是憋了一肚子的委屈，看着倒叫人心疼了。

福儿就缓了一口气，问，那蠢胖子让你传啥话来了？

原来巴铎被摔下马来，很是恼火，被一个女孩子打了个下马威，也很没面子，咬牙切齿地要寻机报复。明毓一番解释，说乌拉地方民风粗犷，女子亦豪迈，五格格不认识三阿哥，才冒犯了。她是总管大人家的小姐，钦差身负使命，咱们还是不要给他惹事，与总管大人弄拧了，下面的事就不好办了。巴铎还是不顺气，说咽不下这口气。明毓就出了主意，说好男不和女斗，三阿哥肚大能容，不如卖个面子，与五格格交个朋友，外面说起来，也是三阿哥你大人有大量。巴铎听入了耳，欣然同意，就让明毓带个话，想请五格格吃顿酒，交个朋友。

福儿把头摇得像拨浪鼓，一连声地说，不去不去，瞧那胖子就不顺眼，还吃酒呢！

明毓说，就知道你不愿意去。不过，他是钦差的儿子，咱尽量别得罪他，免得给秀大人惹麻烦。

福儿还犟，说，钦差还能因为这事给我阿玛奏一本哪！

明毓说，这里的道道多了，我也说不清。

福儿仍然一脸的不情愿，还是素韵说了一句话，才让她点了头。

素韵说，五格格，你若不答应，倒显得小气了。再说，为秀大人着想，防着点儿总没错。

福儿答应了，明毓喜笑颜开，说，还是素韵会说话，福儿，你就是应该……

福儿当即回了一句，我还是不如素韵，是吧？

明毓哪敢接这话茬儿？

酒席摆在了德盛园酒馆。明毓引着福儿进了包房，巴铎请福儿坐，让明毓出去。福儿不干，巴铎就让明毓站在一边伺候。福儿还是不干，非让明毓一同入席，巴铎没表态，明毓就不敢动，僵持了片刻，福儿站起来要走，巴铎拦住她，说，得，依你，真是姑奶奶。明毓，自己搬把椅子坐吧。明毓就坐在了福儿的对面。

巴铎说，昨天的事就过去了，今天想与五格格交个朋友。福儿说，那就喝酒吧。巴铎高兴了，直嚷着让明毓给倒酒。明毓劝巴铎悠着点儿，这高粱烧酒劲儿大，一般人扛不了。巴铎说，我是一般人吗？福儿说，就是，三阿哥哪是一般人。这高粱烧是给皇上进贡的，三阿哥也是配这享受。两个人你一碗我一碗地喝着，福儿还间或跟明毓碰一下碗，明毓就连她的酒一起干了。巴铎就申斥明毓，福儿再不让明毓喝，只对付巴铎。眼看半坛子酒下去，两个人都有了些酒意，明毓就提议收杯。巴铎不干，说与五格格喝得顺溜，还没尽兴，要是五格格能天天陪他喝酒才开心。这句话惹了福儿，就喊明毓倒酒。巴铎捂着碗说，得赌点儿啥的。福儿问，你想赌啥？巴铎说，输了你跟我回京城。福儿问，回京城干啥？巴铎笑嘻嘻地说，你想干啥都行，当我的侧福晋吧？福儿很爽快，说，行。你输了呢？巴铎说，我输了？我不能输。福儿说，要赌就公平些，你输了就得认。巴铎说，行，我输了随你处置，留在乌拉城，当你的、当你的……给你当啥都行。福儿说，我不要你。巴铎问，你要啥？除了天上的星星，要啥我都能给你。

福儿看了明毓一眼，慢悠悠地说，把明毓留下。

巴铎就看着明毓，眼神充满了惊异，还有质疑。

明毓显然没想到自己被当成了筹码，立时跳了起来，责怪道，福儿，开啥玩笑？

福儿说，我没开玩笑。三阿哥要是开玩笑，那就算了，这酒就不喝了。说着，把酒碗倒扣在桌子上。

巴铎连忙用双手翻开倒扣的酒碗，说，不是开玩笑，有意思，这有意思。喝，接着喝！

明毓还要反对，巴铎申斥他，坐下，老老实实当你的筹码。喊个人进来，给我和五格格倒酒。

福儿在酒醉失去意识的最后一刻，看到的是明毓气急败坏的脸。

第三十四章

明毓又一次把酒醉的福儿背回了秀府。

才录开了门，见明毓背着福儿，也没敢多问，由着他穿过垂花门，进了内院。

还是熟悉的景致。青砖铺地，一道隔扇挡住直通正房的甬路，分了两岔，建了回廊，通往东西两厢房；院中间一条甬路，连接起正房，两侧的花架，摆着盆栽石榴、四季海棠、蟠桃、夹竹桃和各种花草。正是秋日，各种果子缀满了枝头，有香气袭人。恍然间，明毓感觉又似回到几年前。

福儿在明毓的背上直嚷嚷，我赢了吧？赢了，我赢了……

福儿说的是醉话，一路上都在嚷嚷，明毓不搭腔，只是有些气恼，平白地被人当了筹码，有一种羞辱感。还有，福儿和巴铎对赌，虽是酒桌上的一时兴起，但两个人都能决定他的命运，他却不能不当回事。还好，福儿赢了，进退他都不怕，可她到底存了什么心？

站在西厢房前，他用脚踢门，把素韵"踢"出来了。素韵看着他发愣，待看清他背上的人，才慌忙开大了门。素韵帮着明毓把福儿放在炕上，爬上炕拽枕头翻被子的。明毓说，彩玲呢，喊彩玲回来。素韵连说，我行我行。偏这时福儿又醒了，看着素韵呵呵笑，说，素韵，我把明毓给你赢回来了……

明毓站在屋地当间儿，炕上是昏昏睡去的福儿，素韵靠在炕沿边站着，眼睛只盯着福儿。他知道得说点儿什么，然后他说，没事了，我走了。

不待素韵回应，明毓就走了，一出房门，却被老姑奶奶喊住。明毓急忙请安，老姑奶奶安好，老姑奶奶有何吩咐？老姑奶奶就问他，啥时候回京城？明毓说，得看钦差大人的意思。老姑奶奶又问，啥时候娶素韵？明毓就迟疑了，顿了顿说，要问阿玛的意思。老姑奶奶哼了一声，说，你啥时候那么听话？是不是有别的心思了？

明毓连忙说，不敢，现在啥心思也不敢有，命都在人家手里攥着呢！

老姑奶奶说，咋说的？遇到啥事了？

明毓笑笑说，没有，老姑奶奶别担心。只是身不由己，跟着钦差大人，得听主子驱遣。婚姻的事只能往后放一放了。

老姑奶奶放心了，笑说，吓我一跳。没事就好，媳妇给你订下了，早娶过门儿就安生了。回去跟你阿玛说，就说我说的，让他开点事儿。

明毓应着，告辞时，偶一回头，看见素韵站在门前。明毓下意识地扭回了脸，也没看清素韵是啥表情。

明毓知道应该跟素韵说点儿什么，可每一次面对，他都不知道该说什么好，那一种原本就有的客气，好像被时光和距离变得更加沉重了。他看出素韵也是有话要说，可她总是欲言又止，也让他不知所措。五年的分别，让他们变得生分了，可和福儿见面，却丝毫没有这种生分，像他从来就没离开过一样的熟稔，在福儿面前，他就是自在，两个人拌嘴也自在。素韵和福儿的性情太不一样了，他曾设想过，将来结婚过日子，若两个人总是这样客客气气的，该多难受？在京城滞留期间，家里去信告诉他与素韵定亲的事，他竟有些疑惑，脑子里还闪了一个念头，要是福儿他会咋样？他也知道，以他的身份与福儿是不可能的，他只是怪怨，定亲的事为啥不和他商量，还偏赶在他不在家？后来的书信往来，他弄明白是总管大人指的婚，就知道与福儿是更不可能的事了。与素韵定亲，没让他惊喜，也没让他急于返家，有意无意间，他竟在京城滞留了五年。

五年的时光，什么都可以改变。他回来了，却不知道该如何面对素韵。

明毓滞留京城，一开始也只是想多逗留些日子，素俊托他带的信还未带到，而京城的热闹和层出不穷的新鲜事，也让他开了眼界。他顶替的是蜜丁，他的差事就是将野蜜过滤，用炭火将生蜜熬成熟蜜，将红蜜、白蜜分份装匣。匣是用暴马子丁香木做成的，木质阴凉，适宜长久保存储物。熬蜜的活儿看似简单，却是极其精细麻烦，需要慢慢出活儿，耗时耗力。每天往返于住处和内务府内果房，他不能自由行动，但来来回回出来进去，街路上的见闻也能让他目不暇接；他还总有机会接触内务府的小太监，从他们嘴里听到的故事五花八门，不独有宫闱之事，还有皇上和太后的恩恩怨怨，大臣王爷们的喜怒哀乐，甚至洋人们的丑闻笑话。他忽然觉得天地变大了，在乌拉城的生活虽然安逸，但却孤陋寡闻，犹如井底之蛙，难怪素俊鼓动他离开乌拉城出去见世面。可惜，他只是个打牲丁，京城再热闹，天地再宽阔，也不属于他，他终归还是得回去。

回去之前，他得把素俊托付的事办了。素俊在匆忙之间塞给了他一封信，只来得及说一声“交给吴大人吴大澂”，就被兵丁带走了。他听说过这位吴大人，曾经两次作为钦差大臣去吉林。一次是光绪七年作为钦差大臣奉谕筹办吉林边务，在省城建了机器局。机器局不仅制造枪支弹药装备吉林、黑龙江驻防八旗，还铸银圆于市面流通。银圆两面的图案和文字都出自吴大人的手笔。而吴大人最为吉林人津津乐道的，是单身匹马招安桦甸金匪“韩边外”的故事。韩边外原名韩宪忠，靠勇武专横私揽金厂开采，独占一方几十年，称霸柳条边[①]外，人称“韩边外”。韩边外自设衙门，私法治理，当地人不知道有国家，只服从“韩边外”。历任吉林将军都曾派兵清剿，却无功而返，只能坐视其壮大。吴大澂只带一亲兵一车夫，便进入韩边外的地界，拜见韩宪忠。至于两个人如何相见、如何唇枪舌剑又是如何快意泯恩仇，坊间有多种传说，结果是，韩边外摘下挂在厅堂上“威震江东”的牌匾，换上了吴大澂亲书的“安分务农”，承诺归顺朝廷，并跟随吴大澂走出深山老林中的老金厂，来到吉林，跪拜吉林将军，还将名字改为“韩效忠”。韩边外在吉林是妇孺皆知的金匪，朝廷几番武力清剿都不奏效，而吴大澂靠三寸不烂之舌便招安了韩边外，由此声誉大振，也差不多家喻户晓了。明毓听说过吴大澂的名字和故事，却不清楚上哪儿去找吴大澂。他还不敢乱打听，他知道尚先生是罪人，为罪人传递书信，是一件担风险的事，他只能伺机而动。

熬制蜂蜜的活计马上就要完工了，一同干活儿的蜜丁们开始计算回家的日程。明毓也着急，急的是素俊托付的事还没办，再者，他也不想回乌拉，京城对他有着极大的吸引力。可他只是一个打牲丁，他不可能留下，他得找个恰当的机会。在这人生地不熟的京城，他着实有些蒙，还不敢冒失，眼看着归期临近，他都有些绝望了，留不留在京城已经不重要，最让他愧疚的就是辜负了素

① 柳条边——清廷视东北为“龙兴之地”，为防外藩入侵、关内汉人偷越，对东北地区施行封禁政策，并沿边缘筑土为壕，在壕上植柳条，谓之柳条边。

俊的嘱托。

那天，铺副陪着一个太监来到内果房，说要调两个人去贝勒爷府上熬蜜。这边儿的活计眼看着干完了，蜜丁们已开始收拾回家的行囊，归心似箭，谁也不想留下。太监说完话，好一会儿没人搭腔，太监说没人报名我就点了。明毓没等他点名，先说愿意留下来。太监笑了，然后直接点了小梭子，也不管他愿意不愿意。其他蜜丁兴高采烈启程回家的时候，明毓和小梭子搬进了裕府。

裕府不像紫禁城，自由度大多了，歇下来的时候，可以在外院走动走动，四处瞧瞧热闹，有几次他远远地看到贝勒裕兴乘轿子进出，他就想贝勒爷肯定知道吴大人，但他没敢冒失。贝勒爷的轿子旁边总有几个护卫，他怕被人当了刺客，据说那几个护卫功夫了得。裕府还专门养了卫队，看家护院，无人敢犯。他看过卫队的亲兵操练，砍砖、轮刀、砸石板、踢腿、挥拳的，倒也硬实，但他总觉得都是些花拳绣腿，真上战场打起来怕不管用。有一次，他看着看着就扑哧一下笑出声来，两个护卫对练，假模假式地比画着，嘴里却发出巨大的喊声。他的笑声还未落，只觉得脖梗后面一股风袭来，他下意识地一闪身，腿抡了出去，就听身后扑通一声，一个人摔在地上。愣神儿的工夫，几个操练的护卫扑了上来，对着他就拳打脚踢。明毓一边让开护卫们的拳脚，一边喊着别打别打。他机敏地躲避着，却不还手，这更让几个护卫感到受辱，越发地来劲儿。明毓不敢出手，只想着如何脱身。谁想原在旁边观战的护卫也上了场，一起将他围在中间。圈外有个胖子，被两个人搀扶着，气咻咻地瞪着他，正是被他刚才撂倒的那个人。明毓猜想这个人应该是裕府的三阿哥巴铎，听人说过裕府的三阿哥是个胖子。明毓知道惹了祸，正琢磨着是逃是打还是告饶时，有人喊了一声什么，护卫们突然都收了手，一起跪地。明毓定睛一看，竟然是贝勒爷来了，他也慌忙跪了下来。

贝勒爷问，闹腾什么呢？

巴铎说，不知哪来的奴才，竟然敢打我。

贝勒爷说，这么多护卫呢，怎么就打着你了？

巴铎说，没防备嘛！

贝勒爷说，要是刺客，还等着你做好防备再动手啊？

巴铎一时语塞。明毓一听这话头不好，急忙说话，贝勒爷明鉴，奴才是来府里干活儿的，不是刺客。刚才不知道是三阿哥，才冒犯了。

巴铎说，胡说。我怎么没见过你？怎么混进来的？

明毓说，内务府派来的，熬蜂蜜的，刚来两天。

贝勒爷问，是从乌拉城来的？

明毓说是，贝勒爷眼睛就亮了，脸上有了笑模样。后来明毓听说，贝勒爷是看他好身手，又是从乌拉城来的，才放过了他。贝勒府在乌拉城有自己的庄田，算是亲戚。

明毓侥幸被免了惩罚，回去接着熬蜂蜜。分派和监管他干活儿的，是裕府的管家，就是把他和小梭子挑选来的太监，叫王福升。熬熟的蜂蜜要分装入猪皮篓，然后封口，在外面糊上一层纸，王福升告诉他，用墨笔画好标记，就是各种圈、框、三角之类的，表示品种、熬制的时间、贮存日期等。明毓问，为啥不直接写上字？王福升说，都是白丁，字认识我，我不认识字。明毓就按照王福升教的图形往纸上画。他已经好久没摸过笔墨了，画了个圈，一时兴起，旁边写上一行汉字，又起了闲心，再加上一行满文。然后自己端详，忍不住得意，收不住手，一口气写下去，直到小梭子惨叫一声。

明毓只顾了写，忘了看火，一锅蜜都熬糊了。

一顿鞭子是免不了了，四十下，连带着小梭子也要挨二十下。本来小梭子和他同样待遇，各打三十鞭，明毓仗义，说，小梭子出去小解，交代给我了，是我没看好火，我该替他挨鞭子。王福升说行，你替他挨十鞭子，就由三十增到四十。小梭子先挨了一顿鞭子，足足二十下，打得惨叫不已。明毓看着小梭子龇牙咧嘴地被人拖下去，胆战心惊地走向刑凳。在乌拉挨过鞭子，那种撕心裂肺的痛让他没齿难忘。没想到，离开乌拉城进了京城，还得挨鞭子，可感觉好像又不一样。在乌拉挨鞭子，总觉得会有人来救、会有人手下留情、会有人心疼，可在这人生地不熟的京城，没根没蔓的他真是叫天不应叫地不灵了。王福升站在一边监督着，那两个打手下手也真够狠的，明毓都怀疑是不是那天和他打斗过的护卫借机报复。明毓故伎重施，不管鞭子落不落下，只是没命地号叫，这更惹得打手兴起，下手更重。明毓自忖今儿这一顿鞭子怕熬不过去了，便默念吾命休矣，他已经没有力气号叫了。

恍惚间，他听见一个女声，声音很不耐烦，女声说，不就是一锅蜜吗？教训教训就是了，还真往死里打呀？差不多就行了，号得人一阵阵闹心。

明毓直觉着是五格格来救他了，一激灵，头脑清醒了，这声音比五格格的声音轻柔，还细弱。他抬起眼皮，影影绰绰看见一身着素衣的女子，头发束着，一绺头发顺着耳后根垂下来，便猜到是贝勒府的二格格。他已经顾不得二格格是说打得差不多就行了还是说他号得差不多就行了，反正他有救了。

王福升果然没再坚持行刑，喝令明毓站起来，说，二格格发话了，算你捡了便宜。还不快叩谢二格格！

明毓咬着牙忍着痛，好不容易站起来，看着二格格，一拱手说，二格格开恩！屁股打烂了，跪不下去了，改日养好伤，明毓行三跪九叩大礼拜谢二格格救命之恩！

二格格抿着嘴笑了，说，算了。王福升，扶他回去吧。

明毓没用别人扶，自己挪着两腿走回了下处。小梭子听说了他的遭遇很是羡慕，说，哥你真有女人缘。明毓就很得意，说，那是，哥走到哪儿都招风。得意归得意，明毓也就痛快痛快嘴，他可不敢有非分之想。听裕府的下人说过，裕府的二格格出嫁没多久就守了寡，便经常回娘家住。贝勒爷虽顾忌世俗常规，可他怜爱自己的女儿，便也任其自然了。二格格由一开始的小住，渐渐变成常住，倒是偶尔回婆家小住几日，堵一堵外人的嘴。时间久了，外人说三道四的兴头也就没了，二格格在娘家住得很是心安理得，在自己房里闷久了，就在府里四处溜达散心。明毓从她梳在耳后的那一绺头发，认准她是二格格，那是守寡的标志。在这样的情形下见到这位二格格，很是让明毓没面子，一想起来就觉得丢人现眼。

挨了鞭子的明毓和小梭子，后背和屁股被抽得皮开肉绽的，那也得强撑着干活儿，坐不能坐，只好站着，回到下处，睡觉时也只能趴着。小梭子整天哭咧咧的，担心不一定哪天又惹上事，别把命搭上。明毓也烦，就盼着赶紧熬完了蜂蜜离开贝勒府。

可素俊的信咋办？不能原封带回去吧？

工坊里闷热，加上后背有伤，屁股也是烂的，汗流下来蜇得要命地痛，明毓和小梭子干活儿时就脱了衣裳，赤裸着身子，用一块粗布围在了裆部，因为要不时地把装满了蜂蜜的猪皮篓搬运到果窖里，怕见人。这天，正捧着猪皮篓往果窖走，离着几丈远就看到了二格格，他慌忙躲在了一棵大榕树后。二格格显然是闲极无聊，在前院逛得无趣，竟然走到这后院来寻乐子。她看见了躲在树后的人，站在不远处，喊，谁在那儿？出来！明毓不敢现身，拗了一会儿，只好出声，二格格，别过来，我怕见人。没承想，这句话倒把二格格招来了，径直就转到了他的正面，吓得他捧着猪皮篓蹲在了地上，那样子肯定很狼狈。二格格看见了他的窘态，咯咯笑起来，然后，随着笑声飘走了。

回到工坊，与小梭子说起来，明毓仍然沮丧，觉得在女人面前丢了大脸。小梭子不以为然，说你把自己当个啥呢？人家根本就没把你当男人看，你连个人都不是。一句话倒点醒了明毓，想想，小梭子说得在理。小梭子家祖祖辈辈都是渔丁，安于身处的境遇，从来都是清醒的，倒是自己常有些非分之想，便总弄得难堪。这样一想，心里释然了，就把自己在二格格面前的窘态丢到脑后了。

隔了一日，王福升颠儿颠儿地跑来工坊，让正在劳作的明毓穿戴好，去见贝勒爷。明毓懵懂着跟去了，被领到前院回廊处的亭子间，看见贝勒爷和二格格对坐茶饮，贝勒爷面无表情，二格格一脸矜持。明毓趋前，跪下叩头，心里打鼓，实在想不出会有何厄运。贝勒爷让他起身回话，问他家世出身、官学几年、清语如何、骑射技艺，中间还夹杂着清语。明毓收敛着口气，谨慎着一一作答了，贝勒爷用清语问他就用清语回话。贝勒爷沉吟时，二格格又问，听你说，家境尚好，即是官学结了业，也该考个差事，怎么就当了打牲丁？明毓说，年少无知，触犯了规矩，被总管大人惩戒。他没敢说得详细，更不敢提劫福儿的事，反正千里迢迢的，贝勒爷和二格格也不会去验证。他也不知贝勒爷和二格格问他这些做什么，看情形不像是坏事，便静静地等候发落。贝勒爷说，熬完了蜂蜜，你就别回去了。贝勒爷的口吻不容商量，连解释都没有。能留在京城正中下怀，可总得知道留下来做啥吧？明毓不敢冒失发问，顺从着应了，下意识地瞄了二格格一眼，直觉着她与这事有关。二格格笑笑，看着贝勒爷说，阿玛，您该告诉人家留下来做啥吧？贝勒爷说，先留下来再说。

明毓就这样留在了贝勒府。后来才知道，三阿哥左翼宗学结业时要应选宫内侍卫，需擅长骑射武艺，还要通晓清语。三阿哥本不是读书的料，骑射武艺勉强可比画几下，可清语就提不起来了，别说书写认读公文，就是口语也是三句对不上两句半，第一年就落选了。三阿哥不在乎落选，他也不感兴趣，操着一口京腔可以通行无阻，也碍不着他吃喝玩乐。可贝勒爷不甘心，三阿哥别无所长，要晋身仕途，应选宫廷侍卫是唯一通道，若非宗亲，就连这点儿便宜也占不着的。他又先后为三阿哥延请了几位清语教习，都是老夫子，糟得掉牙，三阿哥不喜欢，自然就学不进去，没几日就都解了聘，还得多付些银两表示歉意。明毓进裕府时，三阿哥的清语教习已虚空多月，二格格有心，偶然知道明毓能说写清语，便向贝勒爷推荐了他。

明毓给三阿哥当起了清语和骑射师傅。说是师傅，也只是随从而已，好在三阿哥不反感他，年龄相仿，平日里出出进进的，倒成了好的玩伴儿。明毓有心教他些骑射技艺和清语，三阿哥带学不学，还真的有长进。明毓替他发愁的是那一身肥膘，他建议三阿哥少吃多练，把一身肥膘练实成了。怎奈三阿哥吃不了辛苦，每天不睡到太阳照腚不起炕，胡吃海喝地大快朵颐，怎么劝都不听。明毓说，看你这一身肥膘，怎么着也不像个宫廷侍卫。三阿哥说，你以为我愿意当什么宫廷侍卫？当个侍卫得听人吆喝，哪有现在自在？明毓以为他也就是这样说，没想到，贝勒爷再一次让他申报应选侍卫时，他却说什么也不干，任凭贝勒爷软硬兼施，苦口婆心，就是不应，最后说，我这一身肥膘，可像个宫廷侍卫？贝勒爷好像才发现儿子的一身肥膘，定睛看了一会儿，终于叹了口气，不再坚持。

三阿哥不再备选宫廷侍卫，明毓也就没用了，他做好了回家的准备。等了些日子，三阿哥也没有辞他的意思，偶尔遇见贝勒爷，对他也是视而不见，仿佛他不存在。明毓没办法，仍然如往常一样跟着三阿哥混日子。

好在，在这段日子里，他弄清楚了吴大人的下落。那天明毓得闲翻起书，屋里闷热，憋得透不过气，就揣着书来到贝勒府后院的花圃。贝勒府里有花有树，有凉亭有假山，有水塘还有回廊，可那不是他这样身份的人能享受的。花圃是下人们出入的地方，正是繁花盛开的时节，姹紫嫣红的也很喜人，明毓就靠坐在树荫下看起来。那是份《邸报》，黄皮纸封皮，同文报房印发。贝勒爷订阅的，偶尔会流落到三阿哥的书房，他看见了，便借来一阅，三阿哥也不在意。内容多是皇帝起居、官员任免，还有大臣奏章、政事变动、水旱灾情和蠲赈等。他本是随意浏览，不想在这一期的官员任免名单中，却发现了吴大澂的名字，吴大澂以河道总督改任湖南巡抚。再看邸报日期，已是几月前的事。明毓算了算日子，他来京城之前，吴大澂就已赴湖南任上了。就是说，他是见不到吴大澂的，素俊的信也是注定到不了吴大澂的手中。这样一想，不自觉地松口气，心里少了一份内疚，不过也替素俊遗憾，若是素俊有要紧事，怕也是晚了三秋了。明毓想得入神，直到有人靠近了才醒悟，抬头见是二格格，慌忙起身见礼。二格格笑笑说，不必多礼，是我叨扰了。我猜是你，这府里还没人肯这样用功呢！看的什么书？明毓说，闲书，跟三阿哥借的。他知道二格格识字，便把手中的京报递过去。二格格随意翻了一下，说，这种阁抄公文，还能看得入迷？明毓说，里面有个人，吴大澂，是湖南巡抚。二格格问，你认识？明毓说，不认识，有人托我给他捎封信，哪想到他去了湖南。二格格对吴大澂不感兴趣，把京报还给明毓，一时也没了话头，气氛倒有些尴尬。明毓寻了个合适的话头，说，谢谢二格格抬举，一直没找到机会答谢呢！二格格笑了，说，想怎么答谢？明毓就窘了，吭吭两声，说，若是在乌拉城就有办法。二格格问，在乌拉城有什么办法？明毓说，那办法多了去了，你想怎么着都行。二格格说，我能想怎么着啊？明毓说，在乌拉城，我会让你玩儿飞了。二格格问，怎么就玩儿飞了？明毓就想起了福儿，忍不住笑，说，反正，你若是去那儿，想怎么玩儿都行。二格格问，乌拉城的女孩子，想怎么玩儿都行？明毓说，对啊。二格格又问，你有相好的女孩子吗？明毓脸红了，说，算有吧。

二格格没再问什么，笑笑走了。明毓松了口气，庆幸二格格没再深问下去，不然就不知道该怎么回话了。他承认有相好的女孩子时，脑子里闪着福儿的影子，可他和福儿从来就没有过什么约定啊？要是深究，他就说不准了，那算不算跟二格格撒谎？他也说不清，为何要跟二格格承认有相好的女孩子。

这之后不久，家里捎了信儿，告诉他，总管大人亲自给指了一门亲，是素韵。他心里纠结着，说不清道不明的感觉，不过有一点他清楚了，他跟二格格说的话，是真的，他没有撒谎。

第三十五章

明毓没有急于回魁府，此时巴铎肯定也是人事不省地睡在炕上，他仿佛都听见了巴铎惊天动地的呼噜声，看看天色还早，就回了家。自从回到乌拉城，每天身不由己地听主子吆喝指使，他也不敢擅自行动，只匆匆回家照了一面。此刻的偷闲倒是难得，可以好好跟家人团聚一下。

那苏肯却喝了酒，沉沉地睡在炕上。明毓说，这不早不晚的，咋还喝大了？刘佳氏说，你阿玛心里不痛快，借酒浇愁呢。刘佳氏就说了秀大人强迫那苏肯交出隐瞒地亩并全部充公的事。刘佳氏又说，你阿玛心里窝囊呢，这么多年搜肠刮肚算计的那点儿地，一下子都没了，跟剜肉似的，能不疼吗？明毓看着那苏肯，酒醉沉睡的阿玛仍然纠着眉，一嘴被烟熏黄的牙外龇着，连睡相都那么不安分。明毓对刘佳氏说，知足吧，没夺了他的庄头、绑了定罪，也算便宜他了。刘佳氏撇撇嘴说，不信秀大人敢这么绝情，真做了，用不着咱们，自会有人跟他闹。明毓也没往旁了想，一回到乌拉城，他就听说了秀山普查官庄和旗田的事，协领大人萨林保向钦差大人禀报过，为钦差大人管理庄田的庄头常喜也来找过，都没避讳他。想来，这些人都不会老老实实地交出私下隐瞒的田地，怕是要指着钦差替他们撑腰呢！

刘佳氏说，也怪你阿玛，攒了点儿钱就烧包了，还掂量着要买啥花府。你凭啥能买花府？你一个庄头，有啥本事跟秀府较劲？活该你触了霉头。

刘佳氏又说，咋说也是主子不是？都是金口玉言，你背地里不当回事也就罢了，明着也敢抗，人人都知道指了婚，你还装糊涂，硬挺着不去过礼，可不就得被人家一起收拾了？

阿玛睡得沉实，讷才敢这样斥责。以前也不是没见过讷附和阿玛摆脸子的事，明毓并不戳破，由着她痛快嘴。不料，刘佳氏话锋一转，问他，与尚家的婚事，拖到现在也没个拖了，都过了礼了，正好你也回来了，到底咋整？

一直坐在对面炕绣活儿的桑格凑了过来，问，哥，你咋想的？

明毓说，还能咋想？娶了就是了。

刘佳氏问，那打算啥时候娶过来？

明毓说，我跟着钦差大人呢，身不由己的，说走就走了，看看再说吧。

睡在炕上的那苏肯突然发声，看啥看？一个朝廷钦犯的女儿，谁敢娶？！

明毓知道该去见尚秉致了。

回乌拉城这几天，见或不见尚先生成了他心里的一个梗，他知道必须见尚先生，他只是没想明白以什么身份见尚先生，见了尚先生该说些什么，好像所有的事情都说不出个所以然来，又回避不了，就拖下来了。他还想过先去乡下见素俊，可一时又没办法走得那么远，他也请不下来假。拖到今天，他知道再也拖不下去了，无论怎样，他都得去见尚先生。

尚秉致被秀山调来编制《打牲乌拉志典》和《打牲乌拉地方乡土志》，住在衙门的后院，离档房近，便于随时调取卷宗账册什么的。明毓是钦差的随从，知道四处都有眼睛盯着自己，擅自出入衙门真要引起误会，不是闹着玩儿的。何况尚秉致的身份还特殊，与一个流人往来，也是担着风险的，他必须找个合适的由头。其实最好的理由就是拜见未来的岳父，可这是他目前最无法面对的一个身份。他忽然意识到，从前在乌拉城时的自由自在再也回不来了，他年龄长了，身份变了，一切都变了，变得他难以适应。

明毓慢吞吞地走着，走在回魁府的路上，与总管衙门是一个方向。在魁府大门前，他站定了，迟疑着是否继续走。这时，他看见富祥从魁府的门房里迎了出来。

富祥的面相已经变得太多，身材也粗了，明毓是从那一只空着的袄袖认出他来的。富祥专门候在这里等他，盛邀他去家里坐坐，再不就去德盛园吃火锅，还像从前那样。明毓说，咋可能还像从前？物是人非了。富祥仍是力邀，明毓想想也就答应了，告诉值守的门卫，有事到德盛园酒馆找他。

然后他跟富祥商量，把尚先生请出来，作为学生，回乌拉城理应拜见先生。

富祥也是尚先生的学生，便欣然应允，打发随从给尚先生送信儿去。

德盛园还是老样子，只是年久未修，门脸儿有些陈旧，门帘子上也沾着油腻。富祥选了过去他们几个哈哈珠子常用的带火炕的包间，立时让人想起诸多的往事，都是年少时的胡闹。两个人便感慨不已。富祥已是仓官，入了品级，三年任满，本可以保奏入京进内务府以主事候补，但他和他的阿玛都清楚，以他的残缺之躯，在京城候补实缺怕要艰难许多，便申请留在本地，但等总管衙门或者协领衙门骁骑校出缺，即可升用。明毓拱手贺喜，富祥自谦地说，这小地方再尥蹶子又能蹦跶多高？倒是明毓你的前途未可限量。明毓说，我官运不畅，不敢奢望。富祥说，跟着贝勒爷和三阿哥，咋也差不到哪儿去。

明毓笑笑，没接话茬儿。富祥的随从进来回话，给尚先生的信儿捎到了，尚先生说要晚一会儿才能来，让他们不要等他。富祥说，正好，咱们先说说话。

店伙计端上了火锅，调好炭火，将锅底料都铺上了，几盘子涮肉、下酒的小菜也上来了。气氛有了，却没了当年和同伴们一起玩儿闹时的率性和随意。明毓不敢多喝，怕一会儿见了尚先生失态，也知富祥找他有事，万一喝多失了分寸。富祥不强求，两个人随意喝着说着，自然说到福儿。富祥就笑，说，以为你能娶她，还是秀大人狠，直接断了你的念想儿，五格格可没忘了你。明毓说，你喝多了瞎扯啥？富祥说，是不是瞎扯你还不清楚？不过，倒是听说，五格格和那个尚素俊相好了，还闹得满城风雨呢！

明毓看富祥，难以置信的表情，然后一笑说，富祥你真没变，咋还这么能挑事？谁不知道你对五格格有念头，说你自己的事，别往我身上扯。富祥说，有本事问五格格去，看是不是我多事。再说了，他俩好不好，跟你跟我也没啥关系了，我挑啥事？

明毓想想也是，跟他是没啥关系了，可心里还是五味杂陈，说不出来，就转了话题，问富祥找他何事。富祥说，没事，就是叙叙旧，多年不见了，你回来咋也得请请不是？要不显得咱小地方人不懂事理。明毓明白这是虚晃一招，也不戳破，由着他说。终于就说到秀山普查庄田的事。富祥说，你阿玛咋就那么老实把自家田产都交出去？他得窝囊死了，可不少呢！想不到你阿玛蔫巴登地弄了那么多地，平日里看不出嘛！富祥的眼睛里透着嫉妒，更透着幸灾乐祸。

明毓说，他窝囊啥？破财免灾。再说那些财本也不是正道来的。

富祥嘻嘻一笑，说，想不到你这样看你老子呢！

明毓哼了一声，说，何止是他！谁的财是正道来的？咱旗人得天下之初，说是跑马占荒，可没少占民人的田。占了也就占了，一代代传下来，都以为自己是带着土地出生的呢。

富祥说，明毓，你这是替谁说话呢？

明毓白了他一眼，说，听着不顺耳了？

富祥说，你不是旗人哪？

明毓说，这跟是不是旗人没关系。

富祥说，那跟秀大人有关系了？

明毓听出这话里的意思，那种别有用心的意思，他就看着富祥，猜测着他的用意，问，富祥，你到底想说啥？

富祥说，不能让秀大人再查下去了。再查下去，不止你家，这乌拉城上上下下的，不都得查个倾家荡产？

明毓问，这么说，协领大人很担心了？

富祥顿了一下，说，难道你不担心？你阿玛弄那些地，最后不还得落到你名下？

明毓说，我没啥担心的了，我阿玛已经把地都交出去了。

富祥说，你真以为你阿玛都交出去了？谁信？他才没那么傻！

明毓似信非信，再想想，也就无话可说，定定地看着富祥，好一会儿才说，你是想让我阻止秀大人？你认为我有那个本事？

富祥说，钦差大人有啊！

明毓笑了，说，我明白你请我来的意思了。

富祥说，明毓，不管你咋想的，这件事，咱们是拴在一起了，你不能袖手旁观。

明毓就主动端起酒碗敬富祥，说，喝酒，喝酒。

尚秉致进来的时候，富祥已经喝大了。明毓起身下地跪拜尚秉致，富祥却无论怎么挣扎也站不起来。尚秉致说，不必拘礼。富祥也就势坐着没动。

尚秉致已经明显见老了，瘦削的脸上，胡楂儿横生，更显沧桑；身上的青布大衫上缀着好几块补丁，缝的针脚却有秩细密，想是素韵的手工。明毓扶尚秉致坐下，喊来店伙计重新点了菜。尚秉致抱歉地解释，刚从档房借出来的账册，当日一定要还上，就多看了一会儿。明毓说，拿住钥匙不就好了？随用随取。尚秉致说，罪人身份，遭人疑忌，能少一事就少一事。富祥大着舌头说，尚先生，你好运气呢，有大人罩着，谁敢小瞧你？是不是？明毓你说是不是？

富祥已经喝大了，说话口齿不清，身子也摇摇晃晃地坐不稳。明毓顺势将他推到炕里，由着他睡去。

明毓转了话题，说，先生编书耗心血，多吃点儿补养一下。尚秉致就拈起筷子吃起来，那吃相也是明毓从没见过的，想是平日里粗茶淡饭的，能吃饱就不错了，哪还能见着这一桌子的荤腥？明毓禁不住有些酸楚。尚秉致似乎只顾了吃，明毓说啥他只是听，不多问，最多嗯嗯两声，也是出于礼貌。明毓有些急了，终于忍不住问，先生，您为啥不问我这些年都干了啥？

尚秉致说，不是都让人捎信儿来说过了？

明毓说，还有没说到的呢！

尚秉致说，你想说就说，不想说，不必勉强。

明毓听出这话音里的冷漠，是戒备，还是敌意？抑或只是生疏了？或许，分别这五年的时间，世事变化太快，京城与乌拉两地终是相隔太远，也让本来相通的心，有了距离和时间的隔膜。

明毓说，先生写给吴大人的信，我已经面呈吴大人。不知可有回音，是不是我误事了？

尚秉致摇摇头，问，你不知道那信里写的什么吗？

明毓说，没敢擅自拆阅。

尚秉致告诉明毓，那是一封求助信，想求吴大人在朝廷帮着疏通关系，请求皇上特赦他带着儿女回原籍。

明毓恍然。如今尚先生一家仍然滞留乌拉流放之地，显然吴大人并未帮上什么忙。

明毓能够面见吴大人并呈上信，也多亏了二格格。二格格竟然还记得他要面见吴大人的事，在贝勒裕兴那儿偶然听说湖南巡抚吴大澂回京述职的消息，便告诉了明毓，还告诉他家眷不在京城的官员回京述职所住的驿馆。明毓喜出望外。看他为如何请假外出为难，二格格说，你去吧，就说是我让你出去买东西的。明毓自是感激不已，千恩万谢地去了。

明毓在驿馆大门口请人通报时，报的是关外故人求见吴大人，这也是二格格教他说的。二格格说吴大人曾以钦差身份两次巡视关外，必是印象深刻，念旧之心人皆有之，才不会拒绝接见你。果然这一招好使，他立刻被请到了吴大人面前。吴大澂一身便装，正伏案疾书，神情很是专注。明毓没敢出声，静静地候着。当年吴大人单骑进山招安韩边外，想象中也是一豪气冲天之人，而眼前这位，只是一老者，一抹黑黑的唇髭，颔下一缕短须，面无血色；一身常服，显得身形瘦弱，竟是一儒雅之士。吴大人悬笔凝思的一刻，终于注意到他，目光如炬。明毓跪下，叩拜，然后拿出那封信呈上去。吴大人看完信，问明毓，你是尚公子？明毓急忙表明身份，解释了为何信在自己手里，如何直到现在才面呈吴大人，又三言两语说明了眼前的处境。吴大人静静地听着，又简单问了下尚先生的情形，然后说，你回去吧。

就这么简单的一句话，把明毓打发走了。明毓也知道吴大人不会跟他说什么，他只是个送信儿人。没过几天，明毓正在院里训练贝勒府的亲兵，王福升跑来喊他，说贝勒爷要见他。明毓赶去见贝勒爷，却看见一旁坐的还有吴大人。明毓一同拜了，静候发落。贝勒爷说明毓你收拾收拾就跟吴大人走吧。

明毓就这样跟了吴大澂，做了他的贴身护卫，随后保着吴大澂率二十营湘军北上出关，开赴田庄台，与海城附近的三万余清军会合，准备反攻海城，与倭寇决一死战。自光绪二十年中日甲午海战清军失利，时任湖南巡抚的吴大澂就多次奏请从军，终于获准，委以帮办东征军务，“带勇北上”。吴大人是江苏吴县人，周边幕僚及侍从均为南方人，请命出关北上的当口，见到明毓，知道他是贝勒府的护卫，对他的谈吐很是赏识，而他的关东人身份显然更让吴大澂看重，便与贝勒裕兴商请，将明毓调到身边做了护卫，随他开赴关外。

二十营车马辎重浩浩荡荡出关的情景，让明毓很是兴奋，他终于有了建功立业的机会。吴大澂的大帐扎在田庄台，他是吴大澂的随身护卫，天天看着吴大澂在军帐中商讨敌情、部署兵力调遣将领，没有机会冲锋陷阵。他心痒难耐，盘算着有机会跟吴大人请命上阵。吴大澂选择明毓做他的贴身护卫的确有预见，也真是借了力，湘军无法适应的极寒天气，在明毓来说根本不是问题，诸多传令、交通、饮食甚至军中防寒的措施，吴大澂都要明毓参谋帮划。吴大澂很是满意，特颁军功牌一块以资奖励，并晋其为候补骁骑校，等待机会补缺。可惜战事并不顺利，接连传来的都是清军溃败的军情，牛庄失守，田庄台危急。吴大澂身边已无人可派，便命明毓去驻守营口帮办军务的淮军将领宋庆处请援。

明毓单骑驰往营口，沿途只见清兵溃逃，如水泄山倾。营口成为最后的屏障，四处求援已令宋庆顾此失彼，乱了阵脚，见到吴大澂的求援信，终于下令派兵驰援。明毓带着援军驰赴田庄台，半路上突降大雪，不一会儿已深达半尺，马卒步履维艰，炮车辎重更是艰难。援军前行缓慢，且士气低迷，明毓就有一种不好的预感。果然，援军尚在半路，就接到营口失守的军报，宋庆便率军也撤往了田庄台。

营口失守，清军最后的屏障被突破，倭寇分三路向田庄台进攻。宋庆所率清军，加上吴大澂的湘军，尚有三万余人，与倭寇展开激战，整整一天，终于败退。吴大澂的百余亲兵仅剩二十余人，明毓紧护着吴大澂且战且退。战场上尸横遍野，血水浸染着白雪。一颗炮弹在不远处炸开，吴大澂和明毓都被掀下马来，明毓扑到吴大澂身边，见他还活着，把他扶起来，回身截住一匹脱缰无主的马，纵身跃上马背，伸手把吴大澂拉上去，纵马狂奔起来。漫山遍野的溃兵，拥在一条逃生的路上，宛如泄洪，无人能挡。终于逃到石山站，身边仅余七八个亲兵，吴大澂带出来的二十营湘军几乎全军覆没。那一夜，吴大澂彻夜未眠，忽而喃喃自语，忽而泣泪交流。明毓紧守在吴大澂的营帐门口，不敢离开半步。听到吴大澂的狂笑声，他忽然意识到什么，掀开门帘冲了进去，一把抓住吴大澂横在颈项上的剑。吴大澂瞪着他，眼睛是红的，一脸的狰狞相。

吴大澂最终没死。为防止吴大澂自杀，明毓和其他亲兵寸步不离其左右。过了那个最冲动的时刻，死的念头就淡了，吴大澂冷静下来，自叹“余实不能军，自请晋议”。后来朝廷以“徒托空言，疏于调度”裁去其帮办军务职，交部议处。

吴大澂在等候吏部结论期间，遣散了身边的幕僚亲信，他特意召见了明毓，首先感谢救命之恩，又说按理明毓应该因军功升迁的，只因他是戴罪之身处境尴尬，也拖累了身边人，非常抱歉。明毓弄不清吴大人为何这样绝望，但他是眼看着吴大人从官场得意处跌入谷底，能够感受到他的沮丧、失意、怅然、内疚。他为吴大人痛惜，却无能为力。他想以自己的忠心追随，表达对吴大人的敬仰，却被吴大人拒绝。吴大人写了一封举荐信，让明毓带回贝勒府，说跟着裕贝勒或许有机会补缺。吴大澂说，假如有一天朝廷重新起用他，他一定会再次任用明毓。

就这样，明毓又回到贝勒府。

明毓告诉尚秉致，他临回乌拉城前听到消息，皇上已降旨，吴大人被革职，而且“永不叙用”。吴大人自身已不保，恐怕也无力替先生奔走了。

尚秉致摇头叹息，说，书生意气。我若在，断不会同意他意气用事请命从军。误国误民，也误了自己的前程。

明毓说，学生也仔细想过，吴大人自请从军，却不懂军务，自有他骄狂误国的一面，这其中总是有原因的，不能归罪于吴大人一个人吧？学生在吴大人身边，目睹耳闻一些事情，将领们拥兵自重，迟不赴命，畏战不前，临险自退，遇到这样的一些将军，吴大人纵有天大的本事，恐怕也无法统帅，更不要说取胜了。

尚秉致看着明毓，好一会儿才说，明毓，这些话不要乱说。

明毓说，没有，只是憋在心里难受，才与先生说出来。

看尚秉致沉默不语，明毓也不敢再多说。

好一会儿，尚秉致说，明毓，这些年肯定长了不少见识，又经历了战事，自是与常人不一样了，往后，咋想的？

明毓咧咧嘴，说，也没咋想……想也没用……原来一直想从军报国，可现在看……先生，那是几万清军啊，咋就打不过几千倭寇？靠这样的清军，怎么报国？朝廷难道看不到吗？就认着这样下去吗？明毓又忍不住问，语气竟有些激动了。实在是那一场战事的惨烈，时不时地就会出现在脑海里，令他难以释怀。

尚秉致说，明毓，我是个罪人，不问世事。再说，离开京城多年，朝中之事也不甚了解，怕是无法回答你的问题。

明毓默然。尚先生是太谨慎了。流人的身份，是一种禁锢，捆住的不只是尚先生的手脚。这些年，尚先生的唯一心愿，就是能得到皇帝赦免回归原籍。明毓忽然觉得抱歉，后悔自己用这么敏感的话题刺激先生。

许是看明毓沉默得太久，尚秉致好似抱歉地笑了一下，说，明毓，你已经官学毕业了，也经历了那么多事，你应该比先生我看得更明白。我教不了你了。

明毓说，先生，如果得不到皇上赦免，您真就打算一辈子窝在这里吗？

尚秉致沉默着，不置可否，僵硬着表情。明毓自知又问错了，急忙道歉说，先生，学生冒失了，先生见谅。

尚秉致突然说，明毓，你只按自己的心愿去做好了，没必要求教别人……你和素韵的婚事……你也不必勉强……

明毓跪在了尚秉致面前说，先生，总管大人指的婚，也过了礼，明毓万万没有悔婚的意思，只是请先生容我一段时日，待一切安稳了，就娶素韵过门儿。

尚秉致看着明毓，似信非信，摇着头说，明毓，你阿玛是不会同意素韵进门的。

明毓说，我会说服我阿玛。

尚秉致笑了笑，说，明毓，其实，我最担心的是你。

明毓说，我不会做负心之事。

尚秉致说，明毓，你的心大着呢，素韵占不住你的心。

明毓说，先生是啥意思？您是不同意我和素韵的婚事？

尚秉致叹口气说，素韵命苦，摊上我这样的父亲，已是不幸。若是跟了你，怕一辈子都要守活寡了。

明毓苦笑着，说，先生，不知这话从何说起，请先生放心，明毓会对素韵好，好一辈子。

尚秉致也笑笑，说，我信，只是，天不遂人愿啊。

明毓就不知道该怎么回答了。

第三十六章

连着下了两天的雨，天上地下都黏黏糊糊的，还带着一阵秋意，原本给钦差一行安排的赶山只得暂停。钦差忽然传谕，说要看看打牲总管衙门辖域贡山贡河和官庄旗田及人口账册。秀山有些惊讶，还是让永泰去账房调齐了所有账册和卷宗，自己亲自带去魁府，呈到钦差面前。裕兴说，听说秀大人正在普查近年各官庄旗田及人口变动情况，可有造册？秀山回禀说，正在普查登记，待核准后呈报钦差大人审定。裕兴说，这是秀大人的职权，本钦差不干预。何况，本钦差在阁下辖区也有庄田，就更不便插手了。秀山说，钦差大人多虑了，普查是例行公事，不存在便与不便的事。裕兴就哈哈笑着，说，若不是奉旨，本钦差倒是乐得清闲，多一事不如少一事啊。

秀山听出了弦外之音。裕兴并非要看这些陈年旧账，而是关注他正在普查登记官庄旗田的举动。这些天，他没再催促普查进度，也是有意搁置，他没必要在钦差面前多事自找麻烦。可看样子，还是有人多嘴，他意识到，普查的事，让贝勒爷不爽了。永泰反馈回来消息，贝勒爷的庄头常喜隐瞒不报的田亩数，与那苏肯比，有过之无不及，但是否得到贝勒爷的默许就不得而知了。他能处置常喜吗？处置了常喜，那些瞒报的土地如何处置？能在贝勒爷的眼皮子底下悉数充公吗？多年为官的经验告诉他，不能。他只能睁一只眼闭一只眼，至少在钦差大臣离开乌拉城前。他一直压着没传唤常喜，但有人在街里看到过常喜，常喜是替裕贝勒管理庄田的庄头，进街来向主子禀报也属正常，至于说些什么，外人就不得而知了。

天放晴了，三阿哥巴铎张罗着要去赶山挖棒槌。

秀山听了明毓禀报，心里就别扭。多年采挖，近山已很难发现棒槌，尤其多年生大支棒槌。便是深山密林里，想要挖到一支棒槌也不容易，何况还得翻山越岭，备尝艰辛，三阿哥吃不消不说，还得兴师动众。秀山责怪明毓为什么不劝阻三阿哥。明毓说，劝过了，三阿哥不听劝，执意要去，说他好不容易来一趟乌拉，怎么能不去玩儿玩儿挖棒槌？近处没有就往远了去，不信挖不到一支棒槌。若是这山里没有棒槌，那年年往京城贡送的棒槌都是哪来的？明毓无话可说了，只好来请秀大人的示下。

秀山仍是迟疑不决。

参贡曾是打牲乌拉衙门最重要的贡务之一，后来因为参源匮乏，内务府将原来由打牲衙门和吉林将军衙门共同承担的采参贡务，改由吉林将军衙门承办，打牲衙门的参贡就基本停止了。乾隆朝时，为防止私采，吉林将军衙门在各个主要采参山口分设台、卡，派兵把守，严查进山之人。到了后期，已经很难组织起大规模的官采，只能零星采挖，很难满足贡额。将军衙门为完成额定参数，也是想出各种招法，比如由官参局给进山的刨夫[①]发放参票和接济银，未承想，此举却酿出一桩惊动朝野的“参票案”。乾隆五十九年，吉林官参局本应发放一千四百张参票，可刨夫们因为很难采到人参，加之官府税费提高，揽头[②]和把守卡伦的兵丁层层盘剥，刨夫劳而无获甚至还要倒贴，便都不愿意进山，参票短放了五百八十张。时任吉林将军恒秀听从了官参局协领诺穆三的建议，将短放的参票摊派给商家和民户，可雇佣刨夫采参，也可折银抵扣。参票发放完了，有些民户既不进山也不交银，趁着新任吉林副都统秀林到任，竟然聚众告状，说官参局强行摊派、勒索民户。秀林查实后上了一道奏折，内中还指陈吉林官参局历年来亏空官银十六万两。乾隆震怒，派下大学士福康安、刑部尚书胡季堂和侍郎松筠来吉林查办此案。三位办案大臣却避重就轻、敷衍塞责，乾隆一怒之下发出谕旨，将三位办案大臣交部议处。此案最后判决，诺穆三斩首，家产抄没入官；恒秀先是判死，后又改判在家闭门思过。亏空的银两由历任吉林将军和官参局官员按年补赔。到了嘉庆十五年，又一桩与人参有关的案子，牵连上了刚刚离任吉林将军转任正白旗蒙古都统的秀林。起因是内务府会同稽查御史共同验看由吉林将军衙门贡送的官参发现，其中近六十斤的官参中，秧参

① 刨夫——方言，挖参人。

② 揽头——方言，经纪人。

有三十七斤多；四等以上大参三十二斤，大支参十斤，竟然全是秧参。所谓的秧参，便是人工栽植的人参。参源减少，刨夫们进一次山转大半年，却很难发现大支人参，偶尔看到一两年的参苗，采不得又舍不掉，便挖了参苗栽在自己住的窝棚附近，但等数年后人参长大了再来采挖；还有的刨夫选块好地，将人参籽种了，连年栽种成圃，形成“棒槌营子”。这种移植或栽种的人参，药性虽差了许多，品相却很好看，在市面上常常被当作山参交易，竟也被拿来充作了贡品呈入宫中。钦差大臣松宁和文宁奉旨来吉林查办。由此秧参案又查出秀林营私舞弊、侵贪官银。嘉庆帝闻报大怒，谕令秀林自裁。人参是这片福地上生长的瑞草，却让两任吉林将军栽在人参上，令历任吉林将军和打牲衙门总管提起人参就讳莫如深。

明毓见秀山踌躇，便说三阿哥挖棒槌，也只是图个好玩儿，能不能挖到并不是关键。八九月份正是棒槌“放红头”的时节，如若运气好，或许能有意外收获，不如打发他高兴。若硬是不让他去，怕他在贝勒爷面前拨弄是非，对秀大人不利。

秀山听着有道理，便着手安排。他指示铁亦哈派骁骑校赫尼达带几个老练的刨夫跟随着，备齐一应用品，帐篷、锅灶、衣物和粮米等，进一次山也得个三五天，人吃马嚼的，不是个小数。三阿哥虽有卫队，但在平地或许有用，进了山，对付那些山牲野兽恐怕施展不了，那一群人里头，也只有明毓能耍开，可毕竟身单力薄，萨林保又从协领衙门选调了十几个身强体壮骑射技艺好的披甲兵，作为护卫。秀山嘱咐，一定要加倍小心，千万保护好三阿哥。萨林保和铁亦哈异口同声地保证，说早传令下去，请秀大人放心。

队伍出发前，秀山意外地看见了福儿。福儿一身进山装扮，身上背着箭挂着匕首，骑在她那匹老白马上，与明毓一左一右伴在三阿哥旁边。秀山别提有多惊讶了，走上前，阴着脸说，福儿，你跟着凑啥热闹？一个女孩儿家进山多不方便，别给三阿哥添麻烦。

三阿哥在一旁笑道，秀大人，不麻烦，是我约的五格格。

福儿开心地说，阿玛，放心，我就是跟着去玩儿玩儿，有三阿哥和明毓在呢。

秀山还想说什么，可他知道是徒劳，以福儿的性情，越是阻止她做的，必要坚持到底，尤其还在众人面前。秀山只好走回来，想想还是不放心，把明毓喊来，当着钦差的面嘱咐，保护好三阿哥，不许有任何闪失。明毓朗声应着，请秀大人放心，钦差大人放心，明毓愿舍身保护三阿哥的安全，照顾好五格格。明毓说完，刻意地朝秀山点点头，秀山知道他领会了，便也点点头。

裕贝勒忽然哈哈笑道，想不到，他们倒是玩儿到了一起。毕竟是孩子啊，心地单纯，没那么多心思。

秀山也只得笑笑，说，我那女儿……让钦差大人见笑了……

裕贝勒说，挺好，挺好。

秀山却不觉得好。他猜不出三阿哥为何要约福儿一起进山，他能想到的，一定是明毓牵的线，就很生明毓的气。除了担心福儿上山遇到危险，还担心她会闯祸。他心里有些气急败坏，表面却无可奈何。福儿贪玩儿不听话，明毓不在他的治下，三阿哥他管不了，他更左右不了钦差大臣，只能祈求天神保佑别出意外。

三天后的下午，正在衙门里的秀山得到报信儿，赶山的人都回来了。秀山奇怪这么快就回来了，推开公务赶出去，在永安门，秀山迎到了队伍。巴铎骑马走在前面，虽有疲惫之色，却掩饰不住喜气；看到随在后面的福儿和明毓，秀山便放下心来，转头慰问巴铎，说，三阿哥辛苦，这一趟收获咋样？巴铎说，挺好挺好，挖了两支棒槌，三品的。秀山说，也是难得了，三阿哥好运气。

秀山嘱咐明毓带三阿哥回魁府歇息，明毓应着，临走看着他，欲言又止。福儿说，你走吧，我跟我阿玛回家。

巴铎与福儿道别，说今儿个很开心，哪天再约着一起玩儿。

福儿留下来，陪着秀山站在路边，目送巴铎和明毓的人马走过去。之后，赫尼达走近了，跪在秀山面前。

秀山看见，在赫尼达的身后，几个披甲兵抬着一具尸首。

秀山心里咯噔一下，急问，是谁？

赫尼达说，庄头常喜。

常喜是被协领衙门的披甲误当作野猪射杀的。

进山打猎误伤人的事时有发生，也算不得稀奇，可奇怪的是怎么误杀了常喜？他跟着进山干什么？秀山问福儿。福儿说进山前路过常喜的地盘，常喜出来迎接三阿哥，就跟着一起走了。到了山上，常喜也一直跟在三阿哥身边，还领路说哪儿哪儿发现过棒槌，她和明毓也一直跟三阿哥在一起的。不知道常喜什么时候自己跑远了，就出事了。

秀山带着满腹疑惑回到衙门，传来赫尼达。赫尼达跪下请失职之罪，秀山让他起来说话，说先把事情弄清楚再说是谁的罪。赫尼达说的与福儿说的一样，只是他负责四周警戒，没紧跟在三阿哥身边，也没看到常喜是怎么要单儿的。

正说着，萨林保来了。萨林保先懊恼自责感慨一番，还庆幸地说，幸亏死的不是三阿哥，不然咱们都得掉脑袋。最后说，那个误杀常喜的兵丁是协领衙门的披甲，已经关起来了，等候发落。

常喜算是裕兴的人，要发落误杀常喜的凶手，也得裕兴发话。秀山就和萨林保一起去魁府求见钦差大人。裕兴对发生这种意外感到很遗憾，说如何处置全凭秀大人做主，他不便多问，不过他会对常喜的家人格外抚恤，确保他们衣食无虞。

裕兴并没有深究的意思，死个庄头不是什么大事，家属得了抚恤银也无话可说，更不敢浑闹。接下来，依例该打该罚慢慢处置就是了。

接着，裕兴做了一件令人意外的事。他告诉秀山和萨林保，常喜死了，他的庄田不能无人经管，他得重新拣放庄头。秀山说，那是自然，这是贝勒爷的家事，贝勒爷选谁就是谁。裕兴就把明毓叫出来，叩见了秀山和萨林保。

秀山和萨林保都很意外，但也没多说什么，异口同声地恭维贝勒爷能识人用人。明毓正式叩拜秀山和萨林保，说，今后归在两位大人治下，请多多关照提携。

秀山总觉得这一连串的事有些蹊跷，但细捋一捋，一环一环的又扣得很合适，挑不出毛病来，硬要计较，也都是赶巧而已。与钦差大人告辞时，秀山的心里还画着魂儿。萨林保说，那苏肯的儿子倒拣了大便宜，这小子可不是省油的灯。秀山没表态，萨林保又说，钦差大人不追究误杀常喜的事，咱们就顺水推舟好自为之吧。两个人在魁府大门口分了手，各自乘着轿子走了。

秀山回到总管衙门，仵作在等着向他禀报。仵作查验了常喜的尸首，常喜中了两枪，一枪在肩膀处，另一枪致命，在心口。秀山唔了一声，让笔帖式录了，仵作画了押。仵作欲言又止的表情令秀山起疑，秀山问他还有什么话。仵作说，秀大人，奴才家世代相传，靠着这本事吃俸禄，从没有误判过，不能在奴才这儿失手。秀山奇怪地看着仵作说，啥意思？不都是你在说？难道不是枪伤？你是承认本事不济了？不行就召协领衙门的仵作一起验看。仵作说，不是这个意思，是枪伤。秀山说，那还有啥说的？仵作说，枪伤是枪伤，可不是协领衙门的披甲配的枪，披甲枪的枪弹是枪砂，散弹。秀山说，常喜中的不是枪砂？那是啥枪？仵作说，洋枪。秀山本能地反问，哪来的洋枪？仵作说，这就不归奴才管了，是大人的事。

秀山叫了轿子，直接去了协领衙门，让萨林保提出那个误杀常喜的披甲兵开审。披甲兵神情很是沮丧，承认是他误杀了人，看走眼了，愿意抵罪。然后问了一句，不会让奴才抵命吧？秀山说，那得看你是不是如实招认。披甲兵说他说的就是实情。秀山突然问了一句，谁给你的洋枪？披甲兵就愣了，问，啥洋枪？奴才没有洋枪。

秀山就明白了，这是个顶包的。他没再追问，挥手让人带走披甲兵，阴着脸，问坐在一旁的萨林保，萨大人，是你安排的？萨林保承认了，说，秀大人，钦差大人还没走，别惹麻烦，这事先搁下。秀山问，误杀人的是三阿哥？萨林保摇头说，秀大人，下官还是那个意思，别再追究。秀山说，我至少得弄明白，他是替谁顶包？

萨林保说，弄明白又能咋的？再说，不是你想的那样。

秀山明白萨林保这是话里有话，萨林保也不会跟他说真心话，他得怎么能弄明白？披甲兵只知道收了银子替人顶包，至于为谁顶包却不清楚；直接讯问巴铎？且不说巴铎能不能承认，只这样一来，不是打钦差大人脸吗？他还真能跟钦差大人撕破脸吗？再想一想，其实，这事也没到撕破脸的程度，只要巴铎承认是自己误杀，也不会治什么罪，顶多是个赔偿，事情也就能有个清晰的结论，不至于让人生疑。回衙门的半路上，秀山又犹豫了，觉得还是不能直接传巴铎，还得从旁处验证，而最关键的一个人……没错，就是明毓。

明毓很快就来了，与预料的一样，也是不肯说实话，咬定了是负责护卫的披甲兵误杀。秀山冷笑着说，糊弄傻子呢？常喜死了，你是最直接的受益人，就不怕被人诟病？明毓说，想过了，也不怪大人会这样想，任谁都会这样想，实在躲不过去，明毓认栽，担了这罪就是。秀山说，替三阿哥顶包，换一个庄头当当？挺划算嘛！明毓说，大人，如果这样能说得通，您就处置明毓，只是求您，别再节外生枝，明毓也是为大人着想。

明毓这最后一句话，让秀山大为光火。明毓知道他不敢擅自处置，才敢这样叫板，明摆着让他难堪。秀山还真不是能叫人拿捏住的，可眼下无凭无据，确实无法处置明毓，何况投鼠忌器，这案子的最终指向是巴铎，就是查清了，他又能治巴铎什么罪?

秀山压住火气，撵走了明毓。他想着必须跟钦差大人再谈谈这件事，就顶包这件事，他得让钦差大人明白，他不追究，不等于他不清楚事情的真相。他不能让人当傻子，他也不否认有在钦差大人面前买好的意思。他再次去了魁府，等候通报的时候，看见了明毓。明毓直接奔他来了，低声说，求您了，秀大人，不要再提顶包的事。秀山冷着脸说，笑话，该怎么做要你来指教本官吗?

秀山还是跟钦差大人提到了顶包的事，他没直接说“顶包”这个词，只是说披甲兵的供词中有诸多疑点，与仵作的勘验有不符之处。不过钦差大人的乌拉之行本是高兴的事，他不想给大人添堵，留待日后再详察不迟。

裕贝勒很领情，说不想本官的乌拉之行给秀大人添了麻烦，抱歉得很。如果需要犬子出证，秀大人也不要顾虑本官的面子。

秀山说，不必不必，不必劳烦三阿哥。不是什么棘手的案子，下官能搞明白。

裕贝勒哈哈一笑，说，是啊，是啊，本来事情就不复杂，秀大人没回去问问贵府的五格格，她不是就在现场?

秀山忽然就有一种被捉弄的感觉。

看到福儿一脸的萎靡，还有不时躲闪的眼神，秀山就断定，福儿与这事有关。此时是在书房，就他们父女二人。秀山好言相劝，让福儿把实话说出来。福儿闷了好一会儿，说，我说不清。秀山问，是不是你误杀的?福儿说，我不知道。秀山提高了声音问，你开没开枪不知道?福儿说，开了，开了一枪。秀山急着问，另一枪是谁打的?福儿就瞪着眼睛，问，两枪吗?我开了两枪吗?不对，我就开了一枪。秀山说，是不是你记错了?当时慌了，不知不觉就开了两枪。福儿说，我慌啥?又不是没打过猎，啥阵仗没见过?秀山想，福儿是不应该慌，她不是一般的女孩子，胆大，骑马射箭的，也打过猎，没道理慌神。那怎么会看走眼了?秀山就问，知道打着人了吗?福儿说，知道，听见人叫了，知道打错了。秀山问，枪咋会在你手里?福儿说，三阿哥借我玩儿的，没玩儿过，稀罕。秀山问，明毓当时在哪儿?福儿边想边说，在哪儿?知道伤人了，他们都跑去看了。我知道闯祸了，给阿玛惹祸了。后来他们告诉我，别承认是我打的，找个人顶了。秀山问，谁告诉你的？福儿说，明毓，是明毓回来告诉我的。

秀山没再问，沉默着，其实是在想事。福儿打断了他的思路，小心地问，阿玛，我给你惹祸了。咋处置我都行，我不怪你。

秀山打发走福儿，接着想事。事情似乎是问清楚了，可还是哪儿不对劲儿。百思不得其解之际，忽然就有了一个可怕的念头，这不是一场意外事故，倒像是蓄意谋划。

如果真是蓄意谋划，那这一招真是太毒了，也太用心了。所有的人都被设进了这个棋局，只为最后的落子。秀山很清楚，这个局他是无法厘清的，即便厘清了，他又能做什么？

还要追下去吗？何况，时间也容不得他把这件复杂的事情完全梳理清楚。他只有明天一天的时间，后天，钦差一行就将启程回船厂，然后由吉林将军陪同，继续巡视边务。

翌日一早，裕贝勒忽然传谕，说要带三阿哥去自己的庄田看看，吃了几辈子的庄田，还没见识过啥模样呢，愧对了先祖的恩赐。吃过早饭，秀山和萨林保等官员陪同着，于是坐轿的，骑马的，徒步的，一干人马，浩浩荡荡，逶迤在乡间路上。

明毓的手里拿了一本账，按图索骥般地对照着各个地块，一一确认。然后裕贝勒和秀山、萨林保们就评论一番，土质如何，庄稼长势怎样，预估能打多少粮食。正是秋收的时节，地里的谷子、麦子、大豆、稗子都正在收割，散落在各个地块的庄丁们半裸着，舞动着镰刀，挥汗如雨；看着田埂上骑马坐轿的人们，或者视若无睹，或者麻木不仁，还有的躲得老远。

秀山明白，明毓手里这本账，必是常喜交上去的地册，至于是老账还是新账，是否完全就不得而知了，但这肯定是贝勒爷认可的，而且是被像他和萨林保这样的地方官员亲眼看见并认证的。

一天走下来很累，有的地块是连成了片的，一眼望不到边，贝勒爷或骑马或坐轿，走得畅快而惬意。那藏在山坳或边边角角的地带，贝勒爷就不必亲眼看见了，打发了明毓陪着三阿哥前去视察一番。看着自己的领地这样广阔，而且庄稼长势良好收割在即，贝勒爷很开心，还教育三阿哥要感恩祖宗的荫庇，记住这片供养了爱新觉罗家族的富庶土地。

晚上秀山在魁府设宴，算是为钦差大人饯行。特意请了德盛园的厨子，将各式拿手的菜肴都端上了桌，白肉血肠、鹿茸三珍、红烧熊掌、干炸飞龙、汆狍子肉丸、砂锅人参鸡、清蒸白鱼、枸杞雪蛤、孔雀[1]猴头、松茸鹿筋、雪衣豆沙、拔丝白果……全是地地道道的乌拉风味。裕兴说，乌拉之行没齿难忘，这是走在祖宗的发祥之处龙兴之地，平添了安稳和踏实；秀山、萨林保等一干官员对朝廷的忠心日月可鉴，回京后定要上折请奏，予以嘉奖。

子时，秀山被管家赖德才的敲门声惊醒。

赖德才告诉秀山，钦差大人差人来报信儿，三阿哥被绑票了。

① 孔雀——指野鸡。

第三十七章

明毓在晚宴后发现巴铎不见了。

明毓仍然是护卫，担任警卫的角色，在大院各处巡视着。这也将是他最后一次履行这个差事，明天，送走钦差大人和三阿哥，他就留在乌拉，以候补骁骑校的身份等候开缺，同时做经管贝勒爷田产的庄头。这并不是他喜欢的安排，但他没办法，至少暂时很无奈，自由生死都由别人掌控着。好在，这里是他的家，有他的根。

客厅里觥筹交错，一阵阵欢声笑语，看似融洽的气氛潜藏着各自的心思，大人们机关算尽，只把他们这些小人物当作了筹码，随意摆弄，这常常令他愤愤不平。京城之行以及随吴大人征战的日子，曾让他以为可以有机会摆脱这种境遇，不料天不遂人愿，或者说他运气不佳，转了一大圈，仍然回到了原来出发的地方，这难道是他的宿命？

巴铎中途离开宴席，说要出去一趟，明毓要跟去被挡了回来。巴铎诡异的笑容，让明毓只能顺从。深夜，当空一轮满月，与大院的灯火辉映，照得满院子透亮。钦差大人站在台阶上拱手相送，余兴未尽的大人们蹀躞而去，丢下一片言不由衷的留恋。明毓领命，送大人们出魁府。秀大人走在最后，他没喝多，还很清醒，看着明毓的表情有些意味深长。明毓明白这其中的意思，但他解释不清，就视而不见。大院里静下来的时候，他想起了三阿哥，他看见三阿哥出去却没见他回来，或许在他巡视后院时三阿哥就回来了。他顺嘴问了声三阿哥的贴身侍从小顺子，回话说还没回来。明毓警觉起来，追问小顺子三阿哥去哪儿了去见谁，小顺子却一问三不知。明毓急忙暗中分派人到三阿哥有可能去的各处寻找。乌拉城向来管束严格，买卖家只能开在西门外，更不许设青楼戏馆。明毓带着人赶到西门，堆拨房里值更的兵丁认识明毓，又是贝勒爷的人，也不敢阻拦，便开了西门，放人出去寻找，酒馆、客栈、大车店、暗门子等无一处遗漏。不多时辰，各路人马都回来了，没见三阿哥的踪影，连点儿消息都没有。明毓觉得事情蹊跷，犹豫着要不要告诉贝勒爷。他在想三阿哥出门时的表情，想三阿哥那诡异的笑。谁的约请能让三阿哥自觉自愿地赴约，而且还透着暧昧和欢喜？明毓心里倏地一下，像被凉水激着了。他嘱咐身边跟着的人，先不要声张，等他回来的消息。

明毓牵着马独自出去了，悄悄奔向秀府。他没有叫大门，绕到西面，拴了马，翻过高墙进了西花园，熟稔地通过角门走进内院，直奔西厢房。一排厢房都熄了灯，窗子里静悄悄的。找到福儿的窗下，听了听里面没啥动静，便用匕首把格子窗撬开，掀开一条缝，借月光看见炕上睡着人，心里松了一下，放下窗，刚要离开，里面竟有了动静，便低声唤“福儿”，里面又静下来。就这一下，引得他起了疑心，索性掀开窗子，炕上的人还睡着，再叫，还是不应，索性跃身跳到炕上。睡着的人蒙着头，身上的被子在抖。明毓又唤了两声，后来干脆掀了被子。炕上的人惊叫一声坐起来，倒把明毓吓了一跳，竟然是素韵。明毓结巴了，问，咋是你？素韵缩到了炕梢，一脸的惊吓，说，你咋还进来了？

暖阁的小窗亮了，彩玲的声音送过来，五格格，回来了？

明毓就看素韵，问，五格格去哪儿了？素韵没办法隐瞒了，却说不清，五格格只嘱咐她睡在炕上迷惑人，若有人找就让彩玲回话说睡下了，别的啥也没说。

彩玲举着灯进来了，看见明毓在屋里，张口结舌了半天。明毓问了她同样的话。彩玲也说不知道，五格格只说出去办件事，啥时候回来说不准，让她留在家里帮素韵打马虎眼[①]。细问，又说出一句，五格格穿了一身短打扮，进了后面的马棚，估计是骑马出去的。再问，又逼出一条，五格格说，明毓也不是啥好东西，等着再收拾他。素韵说的时候，看着明毓，一脸的担心和疑问。

明毓什么也没解释，只嘱咐素韵继续假装五格格，直到她回来。然后原路跳出秀府，值守天泰门的兵丁早被惊动了，都是平日认识的，加之明毓身份特

① 打马虎眼——方言，掩饰。

殊，没费多少口舌开了角门，明毓便直接奔了鄂佛罗驿方向进了山。想起当年他劫福儿的事，就是走的这条路，然后就到了那个山洞。他在赌，赌福儿带着三阿哥去了那儿，可去那儿干什么，却不敢想，只能祈祷福儿别干傻事。

夜色很凉，月光如水，草木俱寂，奔跑的马蹄声穿透了夜的沉静，惊飞了野兔狍子不知名的飞禽，远处有狼和狐的叫声。明毓心急，只想快一些找到福儿或者三阿哥，或许，一切还都可以挽回。

只有明毓最清楚福儿和巴铎之间是怎么回事。巴铎对福儿着了迷，每有行动都要约着福儿一起去，并让他去传话。明毓非常不情愿，又没办法公开违拗，就希望福儿能拒绝，但每次福儿都来而不拒而且兴致勃勃，这让明毓很负气。明毓也明白，就福儿那爱玩儿爱闹的秉性，对这种热闹事会乐此不疲，尽管她很不喜欢巴铎，当面背后地骂死胖子，可并不妨碍她跟着借光去玩儿个开心。何况每次都有明毓在身边，即便巴铎把明毓支开，福儿也会想出由头把明毓喊回来。明毓倒是把一切都看在眼里，福儿明里迎合暗中拒绝巴铎的小伎俩，他都了然于心，他若无其事的表情似乎纵容了福儿，她就对巴铎更是热情不减，好像有意做给明毓看。巴铎并不傻，也看出他们俩之间非同一般的关系，背地里追问过，明毓自然否认，巴铎就表示，要把福儿带回京城。巴铎已经娶了妻，把福儿带回京城又能怎么安排？明毓可不想福儿走这条路，就提醒她离三阿哥远一些，最好别再露面。福儿才不是听劝的人，尤其还是明毓含义不明指向暧昧的提醒，她更不会在意，仍旧往来如常。明毓是真的担心了，福儿不知深浅，她哪里知道贝勒爷和巴铎的道行？别玩火不成烧着了自己。得着机会，他把巴铎的话对福儿说了，也把自己的担心说了。福儿竟然笑了，怪模怪样的，然后说，我要是愿意呢？明毓说，愿意也不行，若不听劝，我就告诉秀大人。福儿立起了眼睛，说，你敢！又问，你干吗这么担心我？你是谁呀？明毓就无话可说，躲了眼神，好一会儿才说，素俊挺好的，你们……不是挺好的？福儿忽然就哭起来，哭得无声无息，却泪如雨下。从小到大，见过她无数次哭，这却是从未见过的哭法。明毓知道自己这句话说炸了，也不知怎么劝，就任着她哭。说这番话时，他们是在德盛园的包间里等着巴铎，巴铎进来时，福儿的眼泪已经擦干了，若无其事地笑着，还把明毓撵出了包间。

然后，就发生了误杀常喜的事。

明毓疑心这里面有名堂。

出事那天，他跟在福儿和巴铎身前身后，听着他俩说说笑笑，没见什么异常。不知死期将至的常喜是头一天在半路上跟来的，说常听进山的刨夫说起哪儿容易发现棒槌，巴铎就让他带路。临进山时拜了山神老把头，巴铎边拜边请求山神爷保佑他挖到大支的棒槌，福儿还戏谑地说最好是八两的，七两为参八两为宝嘛。进了老林子，队伍就三三两两地拉开了距离，各自寻找目标。常喜和两个刨夫走在前面，巴铎和福儿一直在一起，明毓和两个侍从紧跟着，四周还有负责护卫的披甲兵。寻找棒槌是个枯燥的事，林子茂密，荒草遮身，枯叶铺地，一踩就陷进去，目光却看不出几丈远。有两个刨夫引路，第一天还真挖到一支棒槌，虽是两品的，倒也是收获。刨夫拿出鹿骨刀，告诉巴铎挖棒槌不能用铁器，参一沾铁就会变黑，然后又帮着巴铎起棒槌，先用手扒开棒槌周围的杂草树叶开盘子，用签子剔除棒槌身边的泥土，然后从棒槌下面的芦头开始捋，每一条根须都不能断；起出棒槌后要“打参包子”，连须带尾、小心翼翼地用苔藓包了，外面再包一层桦树皮。第二天继续往山里走，走了多半天不见收获，巴铎就有些兴致索然，开始寻找其他乐趣。他手里拿着枪，不时地朝着逃生的野兔或者野鸡砰砰地放。巴铎骑马射箭不行，枪打得还是准的。看着两个侍从捡回的野兔野鸡，福儿很是惊讶，非要看看巴铎手里的枪有何神奇，巴铎把枪借给了她。福儿瞄着各种目标放起枪来，却一个都打不准。巴铎就教她怎么打枪怎么瞄，手把手地教，俩人差不多搂在了一起，福儿竟一点儿没有反感的意思，明毓看着就生气，躲到了一旁，由着他俩玩儿，图个眼不见心不烦。直到听见一声惨叫，忽然觉得不对，这才奔向枪响的方向，看见福儿一个人站着发呆，巴铎不知去向。福儿结结巴巴的，说，伤着人了。明毓心里咯噔一下，以为伤着巴铎了，朝着福儿手指的方向跑去，也就二十几步远，就看见了巴铎，赫尼达也先一步赶过来。巴铎倒没事，脚下躺着常喜，已经咽气。问明白是五格格开的枪，赫尼达就埋怨五格格总惹事，说这下好了，秀大人也跟着受牵连。巴铎说，我担下来吧，是我借给她枪。明毓说，哪能让三阿哥担事，我来吧。赫尼达最后出主意，找个披甲兵，多给些银子就顶了，我跟协领大人说。三个人就这样商量了，明毓去安抚受惊的福儿。出了这事，也没了再继续挖棒槌的兴致，就开始往回返。一路上巴铎倒是无事人一样，仍是兴高采烈，福儿却不言不语，逗着她说话，也只是翻着白眼，最多嗯啊两声。显然，知道误杀了人，肯定很难受，虽说有人顶了包，毕竟心里明白是怎么回事，一时难以解脱。明毓也没多想。回到乌拉城的第二天，福儿把明毓约出来，就在魁府的大门外。福儿问明毓，常喜中了几枪？明毓说两枪。福儿就翻了脸，骂明毓帮狗吃食，还说，我可不是那么好骗的，我阿玛能忍，我可咽不下这口气。看着福儿愤愤离去的背影，明毓就明白了，这次误杀，里面是有说道的。福儿被人设计，他也被人设在局里，无意中成了受益者，难怪福儿对他怨气冲天。

明毓可以断定，巴铎的失踪，肯定是福儿所为。被人算计，莫名其妙地担了杀人的名声，还百口莫辩，她不会悄无声息地咽下这口窝囊气。想到此，明毓就更为福儿担心，催马狂奔起来。

明毓在山洞里找到了巴铎。巴铎的手脚被捆着，头上罩着一块破包袱皮，还昏迷着。明毓手忙脚乱地解开他身上的捆绑，喊了好一会儿才把他喊醒。巴铎的头脸已经肿胀得变了形，一条腿折了，浑身的血迹，看见明毓，禁不住又哭又笑。明毓忙问他咋回事。从巴铎断断续续的讲述中，明毓听明白了，有人给巴铎传了口信儿，说五格格在西门外的天泰茶社等着他，要给他饯行。他兴冲冲地去了，半道上却被人兜头罩上绑到了这里。明毓问，你确定是五格格约你吗？巴铎说送信儿的人说他是秀府的阿哈。明毓说，三阿哥你上当了，绑匪知道你跟五格格走得近，才打着她的旗号约你出来的。又问巴铎，能不能猜出绑你的是啥人？巴铎有些发蒙，说听声音好像有三个男人。他反问明毓，会是谁？明毓说，在这地界能干绑票的只有胡子，有没有报号？巴铎不懂啥叫报号。明毓说，这周围山上有好几伙绺子[1]，没有报号，还真不知道会是谁干的。巴铎还不明白，问，他们绑我干什么。明毓明确地告诉他，你是只肥羊啊，能拿出银子啊，要多少有多少，这一票干成了，那胡子可就赚大发了！巴铎满脸的狐疑，问，能不能是五格格干的？明毓说，五格格为啥要绑你？她又不缺钱。再说，她傻啊，她要做这事，还以自己的名义约你出来，不是不打自招吗？明毓正扶着巴铎站起来，巴铎的嘴里发出咝咝的声音，想是伤腿疼的，也顾不得再说别的了。

乌拉城乱了一夜。总管衙门的衙役和协领衙门的披甲都集结起来待命，骁骑校们骑着马往来穿梭，有些临战时的乱象；闻讯的百姓纷纷拥在街头看热闹。

① 绺子——方言，土匪。

都知道钦差大人的三阿哥被绑票了，索要一万两银子，报的号是“关东好”。钦差大人和总管大人、协领大人正商讨着是交赎金还是派兵进山剿匪，或者是两项并举。派出去的哨探还没回来，在商讨和等待中天大亮了。

明毓带着巴铎回来了。

巴铎虽说伤得不轻，毕竟人回来了，没有性命之虞，三位大人心里一块石头落了地，剿匪的事暂且搁置一边，那一万两的赎金也就可以置之不理了。

没有人提起五格格。

明毓在回来的路上跟巴铎商量，不要说是赴五格格的约会被绑的，不然就解释不清了，钦差大人和秀大人的脸面也都不好看。巴铎负气地说，我得问问五格格，是不是她约的我。明毓笑了，说，三阿哥，我要是你就不问，免得被人嘲笑。巴铎不以为意，说，谁敢嘲笑我？明毓问，你估摸着，五格格会咋回答你？巴铎没再吭声，明毓知道，巴铎再笨，这么明摆着的事，自然也能想明白。

明毓听说有胡子的信，是直接送到魁府的，便索要了来。看着笔迹，并不是福儿的，也没提她的事，便松了口气。

但是，明毓成了目标，钦差大人、秀大人，还有萨大人，包括巴铎都在追问，你怎么知道三阿哥在那个山洞里？

明毓如实回答，不知道，就是冒蒙儿[①]去的，小的时候知道那有个洞，是胡子落脚的地方。

又问，咋就知道是被胡子绑了？为啥不赶紧回来搬兵？

明毓说，自己揣摩的，只想快点儿找到三阿哥，一个人目标小，若是遇到胡子，他们也不会防备。

再就没有人追问了，都去顾着巴铎。秀山特意传了赖德才来瞧巴铎的伤，用宫廷治红伤的方子，给患处敷上了，腿上打了夹板，说好好养着，应该落不下残疾。

秀山不停地自责，没有管理好地方治安，土匪作乱，以致让三阿哥遭遇险情，请钦差大人降罪重罚。萨林保也跟着领罪，说维持地方治安，本是协领衙门的职责，是奴才失职，险酿成大祸，也请发落。

钦差大人黑着脸降下口谕，尽速剿清周边胡匪，以保我龙兴之地万年太平。

---

① 冒蒙儿——方言，揣测、尝试。

钦差一行按照原定的行程离开了乌拉，只是晚了几个时辰。直至上船，贝勒裕兴的脸色都是阴的，没了这些日子的平和，看着秀山和萨林保的眼神也透着火。秀山和萨林保还有左右翼翼领们都要送钦差大人到吉林，还备了各种礼物，船上用的、路上吃的、回家后把玩的，足足装满了一船。明毓没有跟着送行，他跟贝勒爷和三阿哥说，有一个案子的线索需要马上确认，就留下来。他站在码头上，看着浩浩荡荡的船队走得不见了影子，不自觉地松了口气。

启程前，裕兴私下里召见了他，除了告诉他如何经管田庄如何交贡，还指令一件要事，查清这次绑架的真正主使。

明毓知道，他就是贝勒爷留在乌拉城的一个内线，他要替贝勒爷掌管田地家产，供养贝勒爷一家的生活日用。他还得忠心耿耿不得有私念，否则就得像常喜一样被除掉。现在他已经完全认定，常喜就是被贝勒爷设计杀掉的，一是惩罚常喜的贪欲，一是将常喜隐瞒的土地据为己有。至于都有谁参与其中，还得慢慢观察，反正凭巴铎一个人的能力，无法办得这么天衣无缝。

明毓也明白裕贝勒担心什么。巴铎被绑架，或许与常喜被杀有着关联。毕竟是死了一个人，不可能没有破绽。如果真的被人查清真相，他就有可能被送进宗人府惩戒，褫爵降级算轻的。裕贝勒不得不警觉，他要明毓查的就是这个人。

他们想不到福儿。当明毓看到那张索要赎金的信时，他都有些怀疑自己的眼睛，那字迹不是福儿的，可他也太熟悉了，尽管字体有意变形，可那笔势圆转的功夫是抹不去的。他很难相信这个人会跟着福儿做这种出格的事，但也许正因为有他的参与，才使这桩“绑票案”做得滴水不漏，分寸拿捏得恰到好处。福儿虽聪明，却策划不出这么周全的事件来。

明毓不能说出来，什么都不能说，他也什么都不知道，一切都只是他的揣测。待等钦差大人们走后，他有的是时间，可以慢慢弄清这件事的前前后后。

钦差大人把他当了心腹，却也防着他。除掉常喜这件事就背着他，或许是知道他与福儿的关系，怕他有意无意中露馅，可也利用了他与福儿的关系。正是因为他被蒙在鼓里，发生的一切才都是真的，至少最初，福儿信以为真了。福儿信以为真，秀山自然就信以为真，即便有所怀疑，事件牵涉到自己的女儿，他也不好深究下去。这也就是裕兴的目的。明毓恼恨裕贝勒把他当棋子，随意摆布，尽管贝勒爷给了他个庄头的位置，他也不领情。

明毓很清楚，贝勒爷把他留在乌拉城，还另有一番心思。

第三十八章

送走钦差大人和巴铎，明毓刻不容缓地奔了蜂蜜营。

他自由了，没有人管了，也用不着看别人的脸色了，他毫不迟疑地就奔向蜂蜜营。只有到了蜂蜜营，他心里的种种疑问才能找到答案。有一点他是肯定的，素俊参与了这次绑票。

明毓认出了素俊的笔迹，那笔迹他是再熟悉不过了，他没离开乌拉时，两个人经常畅谈，有时边聊边写，还有时随手写一便笺，素俊一手漂亮的颜体字曾令他称羡不已；素俊还能写馆阁体，显然是自小受到尚先生的训练，也是准备科举出仕的。或许尚先生还期待着有被皇上赦免的那一天，素俊便可以有参加科举的机会。可惜，随着时间的流逝，遇赦的可能很是渺茫，尚先生的希望几近破灭，素俊也只能空怀壮志。虽然素俊心中怀着激愤，但做事一直很是稳重，怎么会和福儿一起参与这样一起掉脑袋的事？

素俊见到他时很平静，平静得如同昨天刚刚离开乌拉城。素俊还客气地摆上了一碟榛子仁和一碟核桃仁，好像知道他要来一样。进屋时明毓就留意过，没有福儿的影子，他怀疑她藏在素韵住的西屋，但他没办法过去查看。

明毓笑着问，大哥，你知道我要来？

素俊也笑着，说，你好不容易回来了，我不信你不来见我。我只是猜不出你会以什么身份见我。

明毓说，大哥，我还是原来的明毓。

素俊摇头，说，不是了，不再是了。如果还是原来的明毓，不是白白在外面折腾这些年？

明毓不能否认，便没顺着这话茬儿，直接问了，福儿在你这儿？

素俊不笑了，板着脸问，咋找到这儿来了？

明毓却笑着说，你告诉我的。

素俊写那封勒索信时就能想到信会落到他的手里，凭他不可能认不出素俊的笔迹。素俊敢这么冒险，就暗示了他，他会猜到这其中有福儿和素俊的事，也会尽力帮着弥补漏洞。素俊仍然将他视作一伙的，不会出卖他们。

明毓把他的想法说了出来，素俊却不认可，说他瞎猜，绑架的事也不是他能做出来的，他一直在蜂蜜营待得老老实实，不知道福儿为啥要做这种事，他俩又怎么会联手。

明毓也不反驳，接着说自己的想法。以福儿的脾气，肯定是不计后果地杀掉三阿哥巴铎，但那样会让事件陷入无可挽回的地步，裕兴在狂怒之下必然一追到底毫不手软，从总管秀山开始，乌拉城所有可能涉案的人都会被牵连，后果无法想象。可不让福儿出口恶气，也无法打消她的报复之念，所以，就有了现在的局面。在明毓的配合下，这恐怕也是最好的结果了。裕兴贝勒虽然盛怒，毕竟还没失去理智，还是按原定日程离开乌拉城了。裕贝勒留了话，要追究事件的主使人，可他回京后鞭长莫及，这就看明毓怎么给他回话了。

素俊问，裕兴为啥这么信任你？

明毓咧咧嘴，似笑非笑，说，那是他的事。

素俊说，我为啥信任你？

明毓说，大哥，我一步步的，可都按照你的谋划做的。你们想要治巴铎，把他暴揍了一顿，丢在那个洞里。他受了伤，又没吃没喝的，必然饿死在那里。但你们不想让他死，你们知道我会想到那个洞，所以他死不了。

素俊不吭声了，若有所思，像是默认了明毓的猜测。明毓也不说了，该说的都说了，也表明了态度，他其实就想让福儿赶紧回乌拉城，在秀大人发现她失踪前回到家里，把一切漏洞都堵上。他就问，福儿在哪儿？

素俊脸上露出笑模样，有点儿怪异，然后说，明毓你挺精明，该想的都想到了，不过，有一点你没想到……

明毓觉出素俊的笑不是好笑，听见身后有响动，还没反应过来，背上就挨了一闷棍，接着那棍子就雨点儿似的落在他身上，同时福儿的骂声，也灌进他的耳朵。他躲闪着，招架着，试图解释，可福儿不容空儿，劈头盖脸地打。他想让素俊劝阻，抬头看，素俊竟若无其事地嚼着榛子仁，脸上还笑眯眯的。他知道，这顿打他是躲不过去了。

终于打得他失去了耐心，回手夺过福儿手里的木棍，说，不带这么玩儿的，你们俩商量好的，凭啥打我呀？

福儿余怒未消，骂着，你个帮狗吃食的东西，谁跟你玩儿？

说着要去夺木棍，明毓抓住她的手，福儿挣着，哪是明毓的对手，挣了两下没有效果，两个人就那么僵着，斗鸡似的瞪着眼。

素俊终于出声了，说，福儿，行了！

明毓甩开福儿的手，把木棍掼在地上，一边擦着脸上、手臂上的血，一边恨恨地说，还真打呀？真下得去手。咋不把另外几个帮手喊来。

福儿说，喊来他们，你还想活呀？

明毓哼了一声，说，要不是我替你们圆着，还不知道谁能不能活呢！

素俊听着两个人斗嘴，也不插话，一副若有所思的表情。

明毓还是觉得委屈，说，你们真是冤枉我了。福儿又想还嘴，被素俊用眼神制止住，不自觉地往素俊身边靠了靠。明毓看在眼里，忽然有一种酸酸的感觉，也不再说什么。

屋里就有些沉闷。

明毓又说，真的冤枉，他们设的局咋能让我知道？我要是知道了，咋也不能让你傻呵呵地跟着进山。还以为三阿哥对你挺好，你也高兴跟他玩儿。

福儿说，好个屁！又看了素俊一眼，知道自己说粗话了，放轻了语气，说，谁稀罕跟他玩儿？人家就是……

福儿瞟了明毓一眼，嘟着嘴不吭声了。明毓也猜出她没说出的后半句话的意思，转了话题，询问起她是怎么认定自己被设了局。福儿断断续续地讲着，明毓也听明白了。那天三人喝酒，明毓被福儿撵走后，巴铎就跟她摊牌了，说要带她回京城。福儿嗤之以鼻，说你回去先把你大老婆休了再说这话，姑奶奶我才不给人当偏房呢。巴铎软磨硬泡，福儿就是不松口。福儿还说起他俩赌酒巴铎输了的事，让他践约，把明毓留在乌拉城。巴铎竟然说，明毓在贝勒府早有牵挂，二格格对他好着呢，是真正的格格，他才不会回乌拉城娶个关东大妞。言来语去间巴铎的手还不老实，就惹恼了福儿，将他摁在炕上捶了一顿。巴铎撂了狠话，说要收拾五格格，不能把面子丢在乌拉城。福儿就不是怕事的人，等着巴铎报复，不料过了两天，巴铎又找她，恢复了常态，仿佛什么事都没发生过。福儿也就不介意了，巴铎约她进山挖棒槌，她没拒绝。巴铎的枪好玩儿，打得还准，她就借过来玩儿，看见前面的林子里有个黑影，巴铎说是野猪，她正迟疑呢，巴铎把着她的手开了枪，听见人的惨叫声，就知道打错了。当时她也慌了，真以为是自己开枪杀了人，后来知道常喜中了两枪，而她清楚自己只打了一枪，回过味儿来，前前后后地想了几遍，就知道这是巴铎设计报复她呢。她咽不下这口气，就想杀了巴铎，可她怕一个人做不来，想到常喜有三个儿子，就去找大彩玲，讲明了事情的经过。大彩玲新寡，满脸的忧戚，平日里与三个继子并不睦，此时目的却是一致；常喜的儿子也恨不能给阿玛报仇，自然同意帮福儿。几个人商量一番就奔乌拉城，路过蜂蜜营时想歇歇脚，福儿动了一念，去找素俊。素俊坚决不同意他们干，说她只能葬送自己。福儿就不指望素俊了，扬言帮不帮她都要干。素俊只好先稳住她，然后帮着她出主意，就策划了这么一出绑票。

福儿还有些遗憾，说没杀了巴铎，难解心头之恨。素俊直摇头，说这是裕兴设的套，是裕兴要除掉常喜，你只不过被巴铎顺手拿来当枪使了，又堵住了秀大人的嘴。裕兴就是要占有常喜私下侵吞的那些地。你看，他达到目的了。

福儿说，是啊，有人为虎作伥，帮狗吃食，他当然能达到目的。

明毓知道这是在说他呢，他是现得利，事实上与这事脱不了干系，他苦笑说，我也是被人当枪使呢。

福儿却另有想法，说，你是自愿的，有二格格罩着，将来入赘贝勒府，不就是一家人了。

明毓脸色变了，一会儿红一会儿白的，张了张口，说福儿胡说八道。福儿说，是不是胡说你心里清楚，巴铎能埋汰他自己的额云吗？有本事你马上娶了素韵，那才证明我是胡说呢！

明毓就看素俊，说，娶就娶！哥，定个日子，我就娶素韵。

这一下，轮到福儿没话了。

素俊没接明毓的话茬儿，却问了问钦差走时乌拉城里的情形，然后说，福儿，你得回去，回去把你阿玛这一关过了。

素俊的表情，就像运筹帷幄的将军，沉着，冷静，还高深莫测。

明毓忽然觉得他有点儿陌生，不再是几年前那个朴实耐劳的打牲丁。

明毓信了，时间真能改变一个人。

明毓先一个人回的乌拉城。一进城门，堆拨房里就跑出一个人截住他，竟是赖德才，想是在这儿等了很久，急不可耐的样子。他喊明毓小爷，倒把明毓喊愣了，笑问他为啥这么叫。赖德才说，小爷如今不比以往了，贝勒爷的大管家，不叫爷叫什么？你头上有个那爷，你可不就是小爷？明毓哈哈大笑，笑得很得意，笑过了，问是不是找他有啥事。赖德才急忙说是秀大人想见小爷，寻了几圈都不见，有人看见你出城了，就在这儿等着，等得这个心焦。明毓跟着赖德才往秀府走。路上赖德才告诉他，五格格不见了，府里都乱了，秀大人问了彩玲和素韵后，就让找明毓。

如果不是秀山要找福儿问话，也许素韵假装福儿就能蒙混过关了，但秀大人要见福儿，素韵和彩玲编了几个理由，还是被三番五次地催促，就露了馅儿。责问之下，回话说是从昨晚上就不见了，这才急忙报给秀山。秀山单独问了素韵和彩玲，两人一问三不知，最后就把明毓供出来了。

明毓站在秀山面前，脸上和手臂上的伤，就那么裸露着，他也没想着遮掩。福儿提前败露，他知道瞒不住了，得让秀大人了解真相，才能把整桩事情圆下来。他怀疑，秀大人对误杀、绑架等一系列事情不会无知无觉，关键取决于秀大人的态度，他也不信秀大人真会大义灭亲。明毓沉默着，静等着秀山发难。屋里就他们两个人，其他人都被秀山撵走了，显然秀山也是心里有数。

秀山先注意到了他脸上和手臂上的伤，问是怎么回事。明毓实话实说，是被五格格打的，接着就讲了事情的前前后后。他略去了素俊，他不想节外生枝。明毓还提出自己的怀疑，说除掉常喜这么大的事，钦差大人虽大权在手，但人生地不熟的，绝不敢轻易操作，怕是有人在帮着出谋划策并暗中协助，才能把事情做得天衣无缝，连他这个天天守在钦差面前的人都瞒过了。秀山很平静地听着，鲜有表情，仿佛一切都在预料中。明毓讲完了，秀山还那么平静地坐着，看不出什么心思，倒让明毓摸不着头脑了，也不敢贸然问，就那么站着。

终于，秀山说，你回去吧。知道福儿还活着，还能打人，就行了。

出了秀山的书房，明毓还是一脸的懵懂，秀山的态度让他不知所措。快到大门口时，看到了素韵和彩玲，一脸关心地看着他。他知道她们关心的是福儿，忽然有些负气，恨恨地说，五格格还活着，还能打人呢。

明毓摸不透秀山的心思，但有一点可以肯定，秀山不信任他。不过他也不觉得委屈，秀大人凭啥要信任他？若是在以前，他是秀大人治下的一个打牲丁，秀大人咋不待见他，也像是对待一个不讨喜的家人，但现在不一样了，离开乌拉城这么多年，如今又做了贝勒爷的庄头，谁能说清是什么路数？绑架巴铎这么大的事，怎么能单凭他说？这么一想，也就释怀了，反正福儿回来后，他自然就能洗清了。

一进院门，妹妹桑格就迎过来，告诉他萨大人来了，在屋里等他。明毓很是意外，不及多想，急忙进屋，见萨林保与那苏肯坐在堂屋说话。明毓行了单腿跪礼，萨林保忙起身说免了免了，快坐下说话，语气异常的客气。看那苏肯的表情，一副欢心的样子，显然协领大人亲自上门拜访，实出意外，还与他平等交谈，更让他有些得意。明毓知道这礼遇所为何来，不敢忘形，只是站着，将萨林保与阿玛一起恭敬。萨林保倒也无事，只是说来看看那爷，一条街上住着，老街坊了，再不走动就更生分了。那苏肯受宠若惊，说请萨大人多加关照。萨林保哈哈笑着说，好好，明毓阿哥是我看着长大的，从小就看他有出息，果然不出所料，前途无量啊！

萨林保走后，明毓前后想了想，也没品出萨林保说过一句实实在在的话，显然萨林保是来探路的，起码套套近乎。那苏肯已经很受用了，在秀山那受到的蔑视和惩治，在萨林保这里找回了平衡。晚饭时，那苏肯又喝多了，直夸明毓给他长脸，连萨大人都给他面子，看乌拉城以后还有谁敢找他的碴儿。

那苏肯借着酒劲儿提出，把被秀山罚没的土地再收回来。明毓嘲笑他，不可能，已经交出去的地，那就是官地，怎么还能收回来？我做多大的官也做不到。阿玛你可别以为你儿子有多大的能水。

那苏肯才不听他的，固执着自己的念头，并称早晚要买下花府，就跟他秀府叫个劲儿。

明毓喊讷，说，阿玛喝多了，扶他睡下吧。

明毓回到东屋，还是他原来的房间。讷给他换了全新的被褥枕头，还挂上了嫩嫩绣的新幔帘和幔套。炕烧得温温的，透过新褥子烙在皮肤上很是舒服，一切都像没有离开乌拉城时的样子。明毓突然就放松起来。滞留京城或者跟着吴大人参战的这些年，他从来就没有过真正的轻松，跟随吴大人的日子是提着脑袋过。在贝勒府的时候，每天看着主子的脸色，生怕出错。尽管后来有二格格的关照，有时会让他有一种温暖，可更多的时候，那种超出了主仆关系的关怀会让他提心吊胆，以致生出一种偷儿的感觉，更让他惶惶不可终日。他能看到府里的仆人们窃窃私语，能感觉着贝勒爷意味深长的注视，还偶尔听着三阿哥巴铎带着揶揄的嘲讽，他希望这是自己杞人忧天，可他明明能感觉到危险的一步步逼近，令他生出逃跑的念头，并时时准备着。

现在，他逃出来了，尽管是被动的。他很清楚，贝勒爷不是因为信任才将他安排回乌拉城做庄头，贝勒爷是为了让二格格无话可说。

明毓沉沉地睡了过去。

半夜时分，明毓是被屋外的吵嚷声惊醒的，睁开眼睛，窗外闪着光亮，院外有很多人的跑动声，还有喊声，走水啦！走水啦！

第三十九章

钦差大人的乌拉之行，就像一股旋风，旋着转着，没个定数，又如扫帚尾巴，捎[①]到谁，谁跟着倒霉。人走了，风住了，定下神来看看周边，恍若梦境。可细一打量，又仿佛到处残垣断壁。这残局如何收拾？

明毓退出后，秀山心乱如麻。他知道，日子不可能再像从前那般平静悠然，钦差大臣的乌拉之行，看似什么也没做，却让他时时感觉着惴惴不安。钦差来就来得莫名其妙，走也走得后患无穷。他万万没想到，他小心翼翼地恭迎着钦差一行，却将自己的女儿卷进了这一场莫名其妙的厮杀中。此时，他甚至已经感觉到他身下的座椅岌岌可危的情势。

把钦差一路恭送去省城，回乌拉的路上，萨林保特意上了他的船，跟他商请调查巴铎被绑票一案。协领衙门负责乌拉地方的治安，此案自然在他的职权之内，请秀山示下，也是出于客气。秀山不便多说，只说要彻查到底，绑架钦差家人，亦如绑架钦差，罪不可赦。萨林保将左右的人遣开，船舱里只剩下他们俩人时，才悄声说，秀大人，你不觉得这桩案子很蹊跷吗？秀山怎么会不觉得，只是没有说出来。萨林保主动提及，他便做出倾听的样子。萨林保说，我现在说不清，就是觉得蹊跷。

秀山笑了笑，说，你不觉得，钦差大人这次的乌拉之行就很蹊跷吗？

萨林保愣了一下，说，是有些蹊跷，所为何来呀？

秀山说，就看钦差大人是不是满意而归啦。

---

① 捎——方言，捎带、顺带、牵扯。

萨林保想了想，点头说，是啊，若不是出了这桩绑票案，一切都挺顺心的。

秀山说，贝勒爷应该庆幸，三阿哥还能活着回去。若真把命扔在这儿了，这一趟出行岂不是因小失大？

萨林保说，听秀大人的意思，知道钦差大人所为何来？

秀山反问，萨大人不知道？

萨林保笑了，说，能猜到，能猜到。

秀山也一笑，不想再往深了说什么。

萨林保不甘寂寞，又提起话头，问，不知秀大人核查地亩的事可有进展？

秀山好像突然想起来，说，呃，对了，还有这事，忙着迎接钦差大人，把这事撂下了。既然开头了，就停不下来了。

这回轮到萨林保不说话了，大概是受不了这尴尬的沉默气氛，萨林保回到了自己的船上，直到靠岸再没露面。

秀山隐隐地觉得萨林保与钦差的这一趟乌拉之行是有关联的，甚至直接参与了这一系列事件的策划和执行。萨林保多年觊觎衙门总管的位置，何况也私下侵吞了不少土地防着他核查，巴不得他出事。他甚至推断，钦差大人就是萨林保请来的，目的也是不言自明。

明毓第一次单独见他时就提醒过，刚才又明确提出自己的推断，无疑验证了他的想法。明毓并不完全可信，不过明毓对福儿绑架巴铎这件事的处理，让他很领情。他摸不透明毓的真实意图，但至少是在保护福儿，也可以说是在保护他。

秀山忽然发现，在这一场角斗中，自己一直处于被动，甚至是任人摆弄。

秀山不自觉地吸了口凉气。

傍晚前福儿回来了，以为没人知觉，悄悄地溜回自己屋里。荣升来禀报，秀山只是说了声知道了，就再没有表示。此时他已经由刚开始知道福儿谋划绑架巴铎时的震怒，转为平静，甚至有些不自觉地赞赏。福儿倒是比他硬气，不肯受一点儿窝囊气。

福儿是自己来到书房的，大概知道躲不过去了，硬着头皮来见他。秀山如同平日里询问功课似的，让福儿讲述了一遍绑架巴铎的事，不插言，还不表态，就那么沉着脸听。福儿被他的表情弄得心里没了底，磕磕巴巴地说完了，少不了偷工减料，秀山也不戳破她。福儿讲的他已经从明毓那听过了一遍，唯一让他吃惊的，福儿说出了素俊。

秀山终于解开了心中的疑惑，没有素俊，毫无心机的福儿策划不出这么完美的一出绑架案。素俊为何要参与这桩绑票？他想干什么？仅仅是为了帮福儿？他为什么帮福儿？是不是还对福儿存着非分之想？再想想几年前素俊差一点儿脱离他的视线混进京城，他就禁不住倒吸一口冷气。眼下他还不能做什么，若追究素俊，势必牵出福儿，这是他最害怕的局面。他暗暗提醒自己，今后对尚家父子得留心了。

秀山阴着脸一声不吭，福儿被秀山的态度吓着了，临走时又转身回来，扑通一声跪在地上，说，阿玛，我是不是给你惹乱子了？

秀山叹口气，说，福儿，你真该嫁人啦！

午夜时分，熟睡的秀山被窗外的喊声惊醒了，细听是荣升急切的声音，大人，走水啦！衙门走水啦！

秀山赶到衙门时，看见前院中院都没有过火，只后院还烧着。院子里四处安置的贮水大缸派上了用场，平日里预备救火的喷水枪也赶劲儿[1]，加上就近赶来的人拿着桶和盆齐上阵，火势已经被压住了。

院子里到处是人，来回奔跑着，救火的，看热闹的。秀山忽然心里一悸，抓住随侍在身边的荣升，喊着，快去找尚先生！

然后就看见，明毓背着一个人从火场跑出来，正是尚秉致。

尚秉致还活着，只是昏迷，想是被熏着了。秀山喊来人，有的帮着明毓抬走尚秉致，有的去喊大夫。

火是从后院的档房烧起来的。档房烧得最惨，塌了架，里面的阁架卷柜连同档案卷宗尽数化为了灰烬。而尚秉致暂住的屋子离档房最近。

糟透了，那么多的档案、文献、账册，都烧没了。永泰禀报说，语气里很是惋惜，浑身湿漉漉的。陆续地，铁亦哈、赫尼达等，也都聚拢过来，都是灰头土脸的。秀山黑着脸，问晚上谁当值？赫尼达跪下了，自领失职之罪。秀山嘱咐铁亦哈严查此事，不得姑息。萨林保赶来时，火场只剩下余烬。萨林保自责来晚了，说还以为是民宅走水，咋也想不到是总管衙门，幸好没烧起来。

---

① 赶劲儿——方言，关键时刻管用。

尚秉致昏迷了几天，终于没有醒过来。朝廷有严律，流刑之人在流放地死亡就地安葬。秀山嘱咐永泰好好料理尚秉致的后事，特准衙门出了一口柏木棺材。尚素俊和素韵迎尚秉致的灵柩回蜂蜜营。福儿要陪素韵回去，秀山允了，还特配了一辆马车，命赖德才亲自护送。尚秉致在乌拉城有不少学生，明毓聚起几十号人送葬，秀山也默许了。起灵时，素俊披麻戴孝打着灵幡，明毓随在后面扶灵。

萨林保问了一句，明毓这是准姑爷身份，还是弟子礼啊？

秀山没回应。

目送着渐行渐远的送殡队伍，秀山的心里泛起一股酸楚。尚秉致流放乌拉近二十年，一直在寻求赦免回归故里，却终究没能如愿。想想，尚秉致到底犯了什么不可赦的重罪，招致流刑，连累得一家人在这苦寒之地苦苦求生，终致死于非命？秀山禁不住唏嘘不已。

协领衙门对这场火灾定案，尚秉致用火不慎造成走水，烧毁档房及总管衙门历年存档文献卷宗。因尚秉致为流刑之人，且在火灾中死亡，故不再追究罪责。

好多天了，衙门里都飘浮着一股烟熏火燎的味道。

秀山的心情极度沮丧，甚至是心灰意冷。他不想去衙门，不想闻那烟熏火燎的味儿，他把自己关在书房，想清静一下，却被放在书案上的书稿吸引了目光。那是尚秉致前几日交给他的《打牲乌拉志典》的书稿和《打牲乌拉地方乡土志》的书稿，厚厚的一摞，一册册装订好的，全是尚秉致的笔迹，清秀工整的馆阁体。尚秉致还说待核查地亩和人丁的最新结果出来后，他会尽快补充完善、誊写抄录清楚。秀山禁不住拿起其中的一册，随手翻着，却看到满篇都是尚秉致的影子，迫得他闭上了眼睛。可随即他心里动了一念，尚秉致真是死于火灾？

秀山忽然被自己的疑问惊得毛骨悚然。

明毓曾讲，他是在档房的外屋地上发现尚先生的，头上流着血，想是倒地时跌伤的。

半夜三更的，尚先生怎么会出现在档房？

这一场回禄[1]，将总管衙门历年来存档付之一炬，历年与内务府、吉林将军

[1] 回禄——满语，火灾。

衙门等衙署往来文案、公牍无一幸免，总管衙门辖区土地、人丁数量账册，房屋、地契变更凭据等等，均烟消云散。

这场火对于某些人来说，真是恰逢其时啊！

翌日，秀山部署完公事，忍不住去了后院，在废墟旁意外地看见了明毓。明毓看见他，行单腿跪礼请安，起身就告辞。秀山喊住了他，问，是不是想发现点儿啥？明毓说，只是想凭吊一下，尚先生死得太惨了。秀山黯然，片刻说，本来想，请尚先生编纂志典，是用其所长，也能免去他的劳役之苦，不料却让他命丧于此。明毓没搭腔，沉默着。秀山又说，尚先生做事也太心急，我又没规定时限，慢慢做就是了，犯不上半夜三更的还去档房查阅文献。明毓说，尚先生又没有档房钥匙，半夜三更的去干啥？！秀山就看定了明毓，眼神里满是疑问。明毓自知多言，不再多说，低头看自己的鞋尖。

秀山说，这也是我的疑惑。

明毓抬起头，看着秀山，似在期待。看秀山只是眯眼盯着废墟，便问道，大人是不是怀疑尚先生的死另有原因？

秀山没点头，也不摇头，只是想自己的心事。明毓也不追问了，静静地等着。

秀山突然问，明毓，你说实话，素俊参与绑架三阿哥，真的只是要帮福儿吗？

明毓一惊，慌忙跪下了，说，大人见谅，明毓没说实话，是不想节外生枝，把事情弄复杂了。

秀山没心思追究明毓说谎，只是想弄清楚素俊的真实意图，他让明毓站起来说话。明毓就把素俊参与绑架的经过说了一遍。秀山听着，好一会儿没吭声，明毓说的与福儿说的一样，不像是串通好的，毫无城府的福儿想编也编不圆全，倒也印证了明毓说的是实话，素俊在阻止不力的情况下，不得已才帮着福儿谋划了这场绑架案。

明毓不知秀山在盘算什么，只觉着他是对素俊起了戒心，便再一次跪下，说，大人，求您原谅素俊，他也是不得已。眼下尚先生又遭遇不测，素俊和素韵真是太可怜了！

终于，秀山说，明毓，查一下，给尚先生一个交代，也算帮我。

然后，秀山就走了。他不用等明毓回答，他知道，不管他说不说这话，明毓都会去查，他只是想表明自己的态度。至于查实之后如何处置，并未想好，但起码他不想糊里糊涂地被人蒙蔽。

明毓从后面赶上来，问，大人，明毓还要向贝勒爷禀报三阿哥遭绑之事。

秀山说，随你。

秀山的表情，就像此事与己无关，但他相信明毓应该能听出这语气中的信任。钦差留下口谕，要清剿土匪，他唯唯诺诺地领了命，可这不在他的职权范围，萨林保却很热衷地要查清绑票案，他又没有理由阻止，若萨林保真的查出真相，他将面临万劫不复的灾殃。他只能寄希望于明毓抢个先机。至于为什么这么相信明毓，他说不清，可除了明毓，这件事再也没有人能帮他了。

眼看着要到中秋，过了中秋冬捕在即。

这一个季节正是衙门贡务最紧张的时刻，秀山不敢有任何松懈。

年初内务府并转盛京礼部咨文，泰陵并皇贵妃园寝等处大小祭祀需用细鳞鱼，也就是俗称的鲑鱼一千尾；泰东陵大小祭祀需用细鳞鱼一百五十尾；昌陵并和裕皇贵妃园寝等处，大小祭祀需用细鳞鱼一千零六十尾；昌西陵大小祭祀需用细鳞鱼一百五十尾；墓陵并公主园寝等处大小祭祀需用细鳞鱼一千一百二十尾；慕东陵孝静成皇后暨庄顺皇贵妃等，大小祭祀需用细鳞鱼八百五十尾。一年中总需用细鳞鱼共四千三百三十尾，春季已贡送三千二百一十七尾，秋季尚需贡送一千一百一十三尾。他已出派一名骁骑校、一名委骁骑校、领催三员、珠轩达六人、渔丁六十六人，分为六个莫因，前往东山、舒兰、霍伦、珠策、拉林、三岔河、牡丹江、大石头河、都林、黄泥河子等处捕打。今年应进贡的鲟鳇鱼仍不足数，还差着两条，已着人去黑龙江采买，尚未回来，又派了一名委署翼领去催办。往年采捕贡物也是这样多而杂，却不像今年感觉这般烦心而费力，说不清是真的杂乱无章还是心有余力不足，抑或是掣肘之事太多。

铁亦哈来报，前厅里奚师爷聚了几个买卖家来求见。这个奚师爷专事讼案，是个难缠的人，当年秀府初落成，就是这个奚师爷多事，状告他“僭越”，他为免事端，将没收的旗下人在租种的旗田外私自开垦的荒地拨了五十亩给奚师爷，才平息了此事。这件事一直是秀山心中的一个梗，可又梗在喉中吐不掉，从此也知这奚师爷是不可轻视的人。好在这些年奚师爷倒也没找他什么事，两个人相安无虞。秀山不知此时奚师爷又要出什么幺蛾子，只是不敢怠慢，急忙去了前厅。

原来吉林府发了告示，在乌拉城及周边溪浪河屯、白旗屯、七台木屯、缸窑、两家子屯等乡下集镇征收子母税和落地税、牲畜税等，公然违背祖制。奚师爷为乌拉各买卖家代书，求总管大人体恤民情，上达民意，以保乌拉城子民福泽。

秀山当即表明态度，乌拉子民向蒙先皇天恩，从乾隆朝开始，从未有税费之累，今日吉林府是假新令紊旧章，请宽以时日，若查实，本官定当入奏，为乌拉民众陈情。

打发走奚师爷，秀山命人速速查明事情回来禀报。

乌拉地面不准设税务，是乾隆朝恩泽。乾隆三十六年，时任乌拉衙门总管索柱曾拟请在本处街市添设畜税、斗税，备抵心红资需，有余充饷。朝廷议复，“如立税输银，事必繁杂，难保不无不肖员役。藉端苛救，需索地面，圈削旗民，实与生计有碍”“所奏添税，碍难议准”。乌拉衙门所需纸、朱等项银两，仍由吉林将军需费内，从俭酌核拨给。此项圣谕，奉行至今，虽期间或有设局抽收科税动议，均被朝廷议绝。光绪八年，吉林知府李金镛曾禀请在乌拉界内等处集镇设局，秀山一纸奏折，将李金镛连同吉林将军一同呈告内务府，“先皇谕旨在前，岂容湮没弗彰？”朝廷再次下旨，乌拉界内府、外旗各有专辖区别，与省会有别，不准税取。为警醒历任者遵章守制，光绪十年，秀山曾在乌拉城及兴隆、凉水泉、土桥子等处各立“免税碑”，以昭告天下。

秀山很是奇怪，如何此时又有违谬妄税之事？是吉林府和将军衙门联手推动还是吉林府擅自作为？在我乌拉地界设税为何不事先报知？这奚师爷果真是为乌拉百姓代言还是受谁人指使？

秀山很清楚，如果他率而抵制，势必又一次得罪吉林知府，还可能连带得罪将军衙门，可若视而不见，苦的就是辖下的旗民百姓。乌拉城在旗牲丁的饷银甚至他们这些官员的俸银，连年都被拖欠，偶尔补发亦不足额，靠旗田种粮仅能糊口，难有节余，普通牲丁生活日艰，勤劳又有些头脑的人倒腾点儿小生意也就赚个针头线脑，若再抽税，岂不是断人生路？而那些民人开办的买卖，势必会将税费移嫁到价格上，最终坑的还是旗民。

秀山撩开轿帘朝外望去，街路两边按八旗建制分配的宅子，还是乾隆朝搬迁新城时规划建造的，虽住户几经变换，也时有修缮，终是年月久了，显得老旧，呈着一种衰败相。家境好的人家，大都是官员，积累了家资，早已择地另建了新府，只是那些普通旗人家，无力改善，仍在这老宅中栖居，一边为皇家卖命，一边过着小家小户的日子。早年这些统一建造的营房如同旗田，不得转让私售，而近些年私下租售的现象已屡屡皆是，就如同乌拉城免税的旧制，可以被人践踏了。很多事都不按照朝廷规章办了，礼乐崩坏；很多人如同末日来临般地大肆搜刮，留着后手。就像贝勒裕兴，这一趟乌拉之行，堂堂的贝勒爷，挂着钦差大臣的招牌，却为一己私利，不择手段，显出十足的贪婪之相。秀山忽然被这一念头惊出一身冷汗，急忙放下轿帘，深深地吸了口气。

可他甩不掉这个突然冒出来的念头，他效忠的朝廷，原来豢养的都是些贪渎之辈。那他几十年的忠心耿耿、任劳任怨到底是为了谁？

秀山在秀府大门前下了轿，没有立刻进大门，而是绕到影壁后，站在影壁前观望起来。如同王府一般的宅邸，占据了一条街，是用皇家赐给他的资财建造的，可也是他付出一生的血汗换来的。他与朝廷已是唇齿相依的关系，朝廷在，他才有价值。若是没有了大清朝他会怎么样？

秀山不敢想了，转身的瞬间，看见一个人影匆匆忙忙地出了大门，逃似的走远了。从那个人慌里慌张的步态，习惯于前躬趋步的身影，他认出是那苏肯，一个曾在他的府里当奴才的人。

回到秀府，秀山在书房盘桓了一会儿，便去了老姑奶奶的西厢房。老姑奶奶正坐在炕上给几个小孩子讲瞎话[①]，素韵奔丧未归，孩子们不用上课了，便聚在老姑奶奶屋里。老姑奶奶也是闲得无聊，竟然有耐心哄起了小孩子。看他进来，老姑奶奶很惊讶，便轰走了孩子们。

秀山与老姑奶奶随便聊了几句，或许是看出他心不在焉，老姑奶奶直截了当地问，哥，是不是有话要说？

秀山也只得说，我看见那苏肯了。他来找你？

老姑奶奶说，是，就是说几句话。

秀山问，说了啥？

老姑奶奶乐了，说，哥，他跟我说啥，我一定要告诉你吗？

---

① 讲瞎话——方言，讲故事。

秀山倒尴尬地一笑，说，不是，我是怕他要挟你。

老姑奶奶也笑，说，借给他个胆子吧。

秀山说，总觉得他不像以前那个人了。

老姑奶奶说，是，是不像那个人了。啥都经过了，变了也不奇怪。

秀山想了一会儿，说，明毓……明毓那小子不错，不像他阿玛。

老姑奶奶也说，我看也是。哥，那你多照应他。

秀山说，他跟素韵的婚事，你咋想的？

老姑奶奶叹了口气，说，咋想也白扯，素韵戴着孝呢。

秀山问，那苏肯啥意思？

老姑奶奶说，他啥意思也没用，听明毓的吧。

秀山点点头，看看没啥话说，便告辞。刚到门口，老姑奶奶忽然说，哥，他想要回那些地。他说反正那些老地契都烧了，你说啥就是啥了。

秀山站在门口愣了一会儿。

老姑奶奶又说，我没答应他。

第四十章

明毓很清楚，当务之急他得弄明白两件事情，或者说是解开两桩案子。巴铎遭绑架一案他其实已经明了，只是他得编出一个天衣无缝的故事把福儿和素俊解脱出来，然后上报贝勒裕兴交差。虽说有违贝勒爷的信任，但是贝勒爷和巴铎不义在先，他也就问心无愧。另一桩，就是尚秉致的死因。他没想到秀大人私下相授，让他查清这桩案子，而且很有些推心置腹的意思，于情于理他必须把这事搞个水落石出。是的，他怀疑尚先生的死因，尚先生不会无缘无故半夜三更地去档房，而且尚先生倒地的位置并没有起火，身上也没有火烧的痕迹，这就说明火灾不是尚先生跌倒引起的。尚先生已故，不能开口说话，他只能凭着现有的蛛丝马迹来推断，然后找出人证物证。

从秀山那儿领命回来，明毓心里有了底，秀大人也在怀疑这场回禄，那他调查起来就有倚仗了。

那苏肯对他调查回禄事件非常抵触。饭桌上，明毓跟那苏肯说起自己的怀疑。他说那火着得蹊跷，咋偏偏是档房烧落了架？不可能是尚先生用火不慎引着的，像是有人纵火。那苏肯却不以为然地说，烧一堆破烂纸头子有啥意思？再说尚先生一个流犯，死不死的，能有啥大碍？那苏肯的话冷冷的，一点儿同情心都没有，令明毓很是不舒服，甚至一时怀疑阿玛是不是与这场回禄有关。他知道这不可能，阿玛贪财，爱占便宜，心胸窄，但还没有胆量做这种伤天害理的事。可那苏肯却知道有了机会，他认为儿子是贝勒裕兴留在乌拉城的，秀大人肯定会高看一眼，便又提出让明毓想办法讨回那些被没收的土地。明毓说，这不可能，已经交上去的东西咋还能讨回来？那苏肯说，不是没有账了吗？都烧了，谁知道谁家有多少地？还不是总管大人一张嘴！明毓觉得可笑，想阿玛怎么会这样想？再一细想，这恐怕也正是纵火之人想要达到的目的吧？查无实据，秀大人就无法确认谁家实际占有多少田地。这些人也太蠢了，总管衙门的账册烧没了，可京城内务府还有存档呢。明毓在京城混迹这几年，有意无意间也弄明白了些官场的规矩，他知道，秀大人如果想，肯定会派人去抄录，只是时间要长久一些罢了。明毓警告阿玛不要痴心妄想做梦，说，等我查清了纵火之人，谁贪占多少地都得吐出来。这些人也太嚣张了，蛀虫，堂堂大清就养了这些个蛀虫！那苏肯黑着脸说，连你阿玛一起骂是不是？明毓笑说，是骂你，也骂我自己，我不是得靠你养着吗？咱们算个啥？你看贝勒爷，出手就是不一般，来咱乌拉城这一趟，谁都知道他干了啥，可谁能说出个啥来？不还是因为他是贝勒爷吗？大清的江山都是他们家的，在这儿划拉点儿田产算个啥？可他出手也太下作了。那苏肯听他这样说，刚刚喝得泛红的脸都吓白了，骂道，作死啊？啥话都敢说！明毓说，这不是咱爷儿俩闲唠嗑吗？出外面敢说吗？都快憋死了。还有这场回禄，谁知道是不是贝勒爷谋划的？连萨大人都脱不了干系。那苏肯更是惊恐万状，骂他多事，协领衙门都结案了，秀大人也没说啥，你要是唱反调，得罪了贝勒爷和萨大人，不是自找麻烦？明毓不再跟阿玛理论，只说一定要把事情搞清楚，不然对不起尚先生。那苏肯一听这话更急，他本来就不同意与尚家的亲事，也不想让明毓与尚家有牵涉，尚秉致暴亡，更是让他有了说辞。明毓不以为然，让那苏肯更来气。这一顿饭的工夫，没一件事说得顺气，父子俩言来语去地就说崩了。照以前，那苏肯必定让明毓跪下，恨上来扇两巴掌踢两脚，现在不行了，明毓大了，好歹还有个身份，那苏肯气得掀了桌子，嚷着，滚！

刘佳氏赶忙抓住了那苏肯，将他四脚朝天地摁在了炕上，回头对呆立着的明毓说，你阿玛喝大了，别跟他计较！吃完了就回屋去吧！

明毓直接走出了家门，顺着街路信步闲逛，不知怎么就走到了秀府大门口，就看见了永泰。永泰刚刚下马要进大门，看见明毓，站住了，问明毓是不是有事。明毓行了礼，说只是晚饭后闲逛，刚巧走到这儿了。永泰很客气，不再像从前那样把他当小孩子看。永泰领着人在乡下勘验土地，刚刚回来，一脸的疲惫。明毓问他还有多久能勘验完毕。永泰说，看咋个验法了，按各家自报，简单省事；要是实地踏查，邻界互相验证，地主和租户对证，核对地契租约，那就费了事了。明毓问，不知翼领大人是用啥法子？永泰苦笑，说，听秀大人的。你看我现在累这熊样，是用的啥法子？

明毓自然能猜到。以秀山的秉性，决定要做的事，不会轻易放弃，不然也不会惹出这许多莫名其妙的事来。可要在乌拉地界方圆五百多里辖域内做这样的勘察，得付出多大的劳动？或许，这正是纵火之人制造的麻烦，以迫得勘验之事不了了之。秀大人肯定也看到了这点，才私下嘱咐他查明火灾原因。看来，一向行事谨慎中庸的秀大人也不想被人糊弄了。可该从哪里着手调查？都知道如果勘验土地的事不了了之，最终得益的会是谁们，但你没有一丝线索去指证他们操弄纵火，这是最令人头疼的事。

明毓问永泰，翼领大人，各位大人的庄田可勘察过？

永泰说，还没呢。总管大人口谕，要各位大人自行申报名下庄田、户下人口，至今还没有人申报上来。

明毓哼了一声，说，想是要用拖延战术耗时日了。

永泰奇怪地看了他一眼，说，还是贝勒爷有先见之明，大庭广众之下就把名下的庄田确认了，谁敢说个不？各位大人巴不得效仿呢，只是没那么大的胆量。

明毓咧咧嘴，说，那是。不过，这纵火之举，也不亚于贝勒爷啊！

永泰一听这话，瞪着眼睛看明毓，问，你认定是纵火？有啥根据？

明毓晃晃头，说，没有，是尚先生托梦了。

永泰喊了一声，说，这么大的事你也开玩笑，没有证据不要瞎说。

尚秉致烧头七这天，明毓独自骑马去蜂蜜营，他想去看看素俊和素韵，送殡那天一片忙乱，也不及详谈。半路看见前方有一辆带篷马车，看着眼熟，赶上去，果然是秀府的车，驾车的是赖德才。明毓问车里是谁，没等赖德才回话呢，车帘撩开了，露出了福儿的脸。明毓咧嘴笑了，问是去蜂蜜营不。福儿说，是，把你媳妇接回来。又说，你自己的媳妇，咋不知道往回接？明毓笑笑，说，这不还没过门儿嘛，就劳驾五格格帮着照应了。福儿呸了一声，说，我是你啥人啊？还帮着照应你媳妇？明毓也不直接回应，转对赖德才，说，五格格就是嘴硬，做都做了，还不得好，真是噘嘴骡子卖个驴价钱。赖德才呵呵地笑，说，小爷，也就你敢说五格格。

明毓也不急着赶路，路上有了伴儿，边说边走倒很轻松。说起尚秉致，都禁不住黯然神伤。赖德才吐了真话，说早在京城就认识尚先生，尚先生在礼部为官，他在御膳房供事，专司礼仪祭典之职，两个人常有交集，便相互熟稔，没想到流徙之路又走到了一起，在这苦寒之地，人生地不熟，两眼一抹黑，便似乎有了默契，引为朋友，虽不敢公开往来，私下彼此视为亲人，遇事或有照应。尚先生多年寻求特赦未果，不想竟死于非命。赖德才说着，竟流下泪来，引得明毓也眼眶湿润了。福儿扒着车帘说，非要等啥特赦，自己跑回家去那皇上还能知道？赖德才说，五格格说话轻巧了，流放之人哪敢擅自离开流放地？再说咋能跑出去？出关要验明身份，没有路引公文，千里迢迢的，四处关卡，怎么过关？抓回来就是死罪。明毓说，话是这么说，总归还是有办法，大清国地域这么大，哪就没有路走了。赖德才又说，也不是没这样劝过先生，不听啊，说隐姓埋名就等于这个人已经死了，活着也是躯壳，偏要等皇上赦免，堂堂正正地回去。明毓说，是不是还指望着官复原职效忠朝廷呢？那些在朝为官的朋友都爱惜头上的顶戴花翎，谁敢替一个罪人申冤？皇上日理万机，咋会想起你在几千里之外的苦寒之地受苦呢？赖德才也说，谁说不是？闯出去了，寻个方便处，隐姓埋名，咋还活不下去！福儿戗着他问，那你呢？你咋不这样去隐姓埋名？赖德才说，你咋知道我没跑？不是没跑成吗？结果判了个永充重役，给打牲丁为奴，一生不得离开流放地。我命好啊，落在了秀大人手里。秀大人是个善人，没把我这烂人当罪人待，我在秀府里待得挺好，再也不想跑了。赖德才含意不明地呵呵两声。他在乌拉城是待得服帖了，在秀府里被信任，当管家吆五喝六的，俨然半个主子。出了府门，人们也都只把他当秀府的人恭敬着，没人在意他是获罪的太监。赖德才没啥坏心眼儿，脾气也不乖张，倒闹了个好人缘，天长日久的，就成了乌拉人，若不是头上还顶着流放犯的罪名，他也真是没啥不舒坦的了。

素俊和素韵站在院门口迎接着，看到福儿下车，素韵急忙上前，先施一礼，苍白的脸上挤出了一丝笑意。素俊明显瘦了一圈，脸色憔悴，看到赖德才，眼眶竟有些湿润。几个人进了屋，给尚秉致的灵位上了香，然后落座，竟一时无语。福儿打破了沉默，说素韵今天跟我回去，我阿玛说了，还在秀府当先生。素韵瞄了一眼明毓，又看看素俊，说，谢谢五格格，谢谢秀大人的好意。我不回去了，要照顾哥哥。素俊说，回去吧，你在秀府，我也省心。素韵垂着眼皮说，我不省心。素俊就笑了一下，说，我不老不小的，不用你照顾。福儿说，素韵先回去，等有机会，我跟阿玛说，给素俊大哥在街里找个差事。素俊急忙摆手说，别，福儿，千万别给秀大人添乱了，照顾好素韵就行。素韵竟落了泪，还是那句话，反正我不回去。福儿就冲明毓嚷嚷，你倒是说句话呀！明毓迟疑了一下，素韵就站起身，走了。

明毓一脸的尴尬，福儿瞪着她，看意思就要发作，素俊先说话了，福儿，你去劝劝素韵。

福儿瞪了明毓一眼，起身走了。赖德才有眼力见儿，也跟着出去了。屋里只剩下明毓和素俊。明毓知道素俊有话要说，也肯定是与素韵有关的话，便先抢了话，说，大哥，我知道你想说啥，你放心，我会待素韵好的，不管我阿玛咋想，反正，等素韵守完百日孝，我就娶她。

素俊笑了一下，笑得有点儿勉强，说，明毓，哥谢谢你。父亲没了，我唯一的牵挂就是妹妹了，我就是放不下她，不管走到哪儿，我都放心不下。

明毓听出了话音，问，大哥，你是不是有了啥打算？

素俊说，我一个流人之后，同样不是自由身，啥打算也白搭。我只是想把妹妹托付一个可靠之人，就再无牵挂。

明毓说，大哥，不管你有啥打算，必须等我办完两件事之后再说，一是查清回禄的真正原因，给尚先生一个交代；二是等我和素韵完婚。

素俊哭了，由开始无声的哭泣逐渐变成了号，那是一种发泄似的号，一种压抑了许久的情绪的释放。

明毓没有劝慰他，也不知道该怎么劝，就任由他哭。哭声萦绕于低矮狭窄的屋内，实在是太戳心，他挺不住了，走了出去。外间，福儿和素韵大概是被素俊的号哭惊动了，也哭得一塌糊涂。

明毓不容置疑地说，素韵，跟我们回去！

回来的路上，素韵没断了流泪，只是不敢大声哭。福儿劝了几次不管用，终于没了耐心，脸就酸了，说话也不中听。素韵被戗得噤了声，嗫嚅着说了一句，我哥他要走。

福儿撩开车帘就喊，停车，回去，掉头回去！

骑马走在车旁的明毓问，你要干啥？

福儿急赤白脸地说，素俊大哥要走！

明毓说，走啥走，你别管了！赖管家，别停车，接着走。

马车起动，福儿钻出车厢，不管不顾地直接跳下地，过来就抓明毓的马缰绳，另一只手把明毓拽下来，翻身上马，一拍马掉头跑了。这一连串的动作几乎同时进行，令人猝不及防。醒过劲儿来的明毓打了一声口哨，哨声尖厉清脆悠长。福儿座下的马猝然停下，原地转起圈来，任凭福儿如何拍打催促，就是止步不前。

明毓笑嘻嘻地赶上来，说，咋不跑了？

福儿很无奈地看着明毓，带着哭腔说，不能让素俊大哥走！

明毓最终还是把福儿劝了回来。他保证素俊不会走，他们约好了，素俊还要看他娶素韵呢。

明毓想起富祥跟他说的传言，想着福儿的失态，他信了，至少福儿对素俊是动了心。明毓心里禁不住又一次泛起酸酸的感觉。

明毓在乌拉城成了闲散之人。替贝勒裕兴管理田庄并不复杂，事找上来了就处理一下，不想管事的时候就看不到事。眼下正是秋收的时候，督促庄丁干活儿、请领粮米银两、分发农具牛马等诸多杂事，都是领催们的差事。没有人小看明毓，都知道他是贝勒爷留在乌拉城的人，必是有大用场的，谁知道将来是什么造化？“小爷”的称呼不胫而走，明毓先还谦逊一下，渐渐也听习惯了。走在乌拉城不大的街面上，面对着各种笑脸，明毓心里也很熨帖。

只是对回禄事件的调查一直没有进展，让他很是郁闷。

明毓找过赫尼达，闲聊天似的，问他那天当值时可发现什么异常。赫尼达很是不解，反问他，走水了不就是异常？要是事先察觉了，还咋能走水？尚先生一个人住在后院，一向晚睡，你不妨问问他发现了啥异常。赫尼达开着玩笑，语气里却带着揶揄。他是长辈，还是官长，明毓拿他没办法。明毓还找过当夜在总管衙门里巡夜的衙役，找过值更的门房，找过巡街的披甲，还找过协领衙门验看过尚先生尸身的仵作，竟没有丝毫收获。

明毓想散散心，便走出了西门。

过几日就是中秋了，西门外的街市上有了过节的意思，门面上挂起了串串彩灯，摊床上五颜六色的彩纸、各种形状的蜡烛；卖玩具的摊床上有兔爷儿、扳不倒、风筝、万花筒，水果店摆出了海棠、柿子、葡萄、桃子、石榴、香瓜、西瓜，糕点铺的西洋糕、芙蓉糕、萨其马都是新鲜出炉的，提浆月饼、翻毛月饼也提前亮出来了。周边村屯进街采买的人多了起来，挤挤挨挨地在狭窄的街路上涌动着。

明毓看见了福儿，在一家卖糕点的摊床前。摊床前围了一堆人在选购各式糕点，福儿却直挺挺地站在外围，不靠前也不捎后，聚精会神地看着前方绸布庄的一处摊床。明毓凑上前去，拍了她一下，喊，嗨，福儿！

福儿一惊，回头看是明毓，示意他别出声，又回头去看，却再找不到目标。福儿很生气，斥责道，都怪你，看吓跑了吧？

明毓问，谁呀？

福儿很神秘地一挤眼睛，说，小琴。

明毓很惊讶地问，真的吗？你没看错？

福儿说，没错，她我咋能看错？盯了半天了，一转眼就没了，够机灵的。

小琴当年的失踪就是个谜，活不见人死不见尸，有人猜测是被胡子掳上了山寨，但也只是猜测，谁也没亲眼看见。再后来小琴的爹也不见了，还没留下任何话，人们又猜是被小琴接走了，估计小琴混出了样子。这父女俩本就是流民，又离群索居，与当地人很少往来，他们的生死去留，都不在人们的日常关注中，议论一番也就过去了，再无人提起。只有素俊耿耿于怀，毕竟他与小琴曾谈婚论嫁，日常如亲人一般相处，一个大活人说没就没了，无论如何难以释怀，他曾经到处寻找，甚至故意进山里转悠，希望被哪个绺子抓去，也好打探点线索，可却没能如愿。这些年，小琴的失踪就一直梗在素俊的心里。

福儿说，小琴买了些东西，刚才是要扯布料，被你吓跑了。

明毓说，你咋不叫住她？

福儿说，她就是躲着熟人呢，身后还跟着两个人，我看得很清楚。

明毓拉着福儿就朝西北方向追去。他推测，小琴若真是被掳上了山，也离得不太远，才会到乌拉城来采买东西。离这儿最近的绺子经常出没的地方，就是西北方向的尖山子，四十来里地。两个人追了四五里路，也没见小琴的踪影。福儿埋怨追错了方向，明毓不承认，说小琴肯定躲起来了，不会跑得这么快。看看追下去也不会有结果，便停了脚往回走，福儿一脸扫兴。明毓忽然问，追上了想咋的？福儿倒愣了，说，没想。明毓就笑福儿，说，按道理小琴是素俊没过门儿的媳妇，追上了，让小琴回去跟素俊成亲吗？小琴能答应吗？不答应还能绑了去？小琴如果同意了，素俊能答应吗？素俊如果跟小琴成亲了，你咋办？福儿被明毓问得一声不吭，直到最后这一问，福儿炸了，说，跟我有啥关系？明毓你胡说八道个啥！明毓撇撇嘴，说，得了，能瞒得了谁呀？不如跟我承认了，或许我还能帮上忙呢！福儿戗了他一句，有谁说也没有你说的份儿！

明毓不吭声了，福儿也再不说话，直到进了城门。分手时两个人客气地道了别，福儿突然说了一句，小琴还买了一只兔儿爷。

小琴突然现身乌拉城，明毓也没多想，即便她真的当了胡子，出入乌拉城也不奇怪。胡子们也不是天天猴在山上，有的父母妻儿还在村屯里，平日里也有住在家里的，和普通村民没什么区别，有事了聚上山去；还有的农忙时在家种地，闲时上山为匪。这也是官兵年年剿匪却无法彻底剿灭的原因之一。平日里胡子也有进街里的，有的采买，有的踩盘子[①]，只不过没有人认识他们；小琴是他们唯一认识的与胡子有关的人，才会引起注意。她一个女人赶集，除了买点东西，还能干什么呢？

小琴买了一只兔儿爷，那是孩子玩儿的东西，买给谁的？

中秋节这天，乌拉城又发生了一起绑票，被绑的是协领萨林保的大阿哥、仓官暨候补骁骑校富祥。

---

① 踩盘子——土匪黑话，踩点。

第四十一章

乌拉城有中秋踏月的习俗，月亮升起来后，家家供月，然后便出门踏月。有的人愿意到野地里望月，那儿空旷、幽静，有惊飞的宿鸟，有凉爽秋风，手中的灯笼与天上的月亮星星相映，很是惬意。这一天特例，城门关得也晚，踏月的人不分男女，缕缕行行地走出城门，融进城外的夜色。

富祥在家里供完月，出门踏月后再就没回来。天一放亮，萨府的大门上就插了一把匕首，门板上面扎了一张字条，索要一千两银子，三日内交钱领人，报号关东好。

富祥是在哪儿被绑的，没有人能说清楚，萨府也没声张，事情只是被下人们悄悄议论，后不胫而走。萨府虽然没报官，可协领本身就是官家，没报官也相当于经官了。谁能想到胡子绑票竟绑到协领家呢？

据说，萨林保把自己关在房里苦想了半日，派出去打探消息的探子也回来复命了，他才打开房门。然后就看见协领衙门的一队披甲兵出发了。傍晚之前，乌拉城的很多人都看到，这一队披甲兵押着一个五花大绑的人回来了。有人认出来，那被抓回来的人是尚素俊。

明毓刚听刘佳氏从外面回来学说富祥被绑票，脑子里就闪了一念，随即就否认了，等到听说素俊被抓，这一念就更清晰了。尽管他不愿意相信，还是着急忙慌地出了门，要探听详情，半道上遇到了也是心急火燎的福儿。

福儿说素韵哭着跪求她救哥哥，她跑去衙门找阿玛求救，可阿玛只答应过问一下，三言两语地就撵她走。她觉着阿玛是在敷衍她，出了衙门，就奔了明毓家，半道上正遇着了。

福儿问，真的会是小琴干的吗？

明毓说，不好说。或许是凑巧呢。

福儿说，我觉着是。她肯定恨富祥，若不是富祥逼婚，她也不会被掳上山为匪。

明毓说，这都多少年了，咋刚想起来报复？

福儿说，刚好有机会呗！

明毓思忖着，自言自语地说，啥机会呢？这个时候是啥机会呢？萨大人咋就认定这事跟素俊有关系呢？

福儿说，是不是还有别人看见小琴了？

明毓有些明白了，小琴来乌拉城赶集，既然福儿能认出她来，那别人也有可能认出她。不出事没人会多想，出了事，好多看似不相干的事，就都可以联系起来了。

明毓说，不管因为啥，都得救素俊大哥，真要是与胡子扯到一起，那可是死罪了。福儿，你还得求秀大人，只要他肯出面，事情就有转机。我想办法打听清楚，萨大人为啥抓素俊。

明毓正边走边琢磨找萨府的谁能打听出情况，迎面就遇上了萨府的管家。管家说，萨大人想请小爷过府去一趟。明毓连想都没想，就跟着走了。

还真是有其他人看到过小琴，恰巧是萨府的下人。当年富祥欲娶小琴的事以及后来小琴被胡子掳上山的事，也曾闹得沸反盈天的，加上小琴在乌拉城唱过莲花落，好多人记得小琴，她被人认出毫不奇怪。出了绑票案，这下人便把在街上看到过小琴的事禀报了上去。萨林保本来是准备了一千两银子，装好了袋子，连送赎金的人都调备下了，认着拿银子赎票，听了下人的禀报，忽然就心生一计，派人抓了尚素俊。

然后，派管家去请明毓。

明毓迈进了萨府。这座嘉庆朝三任总管吉禄的宅子，有其自带的豪气，转到萨林保手上，又不断扩建修缮，与后来建造的秀府、魁府已是不相上下。明毓已多年不曾进到这座宅子里，那种由隔膜造成的陌生，不是用分别时间太久能解释得清的。对萨府的戒心好像是本能的，他不知道萨大人为啥要请他来，萨府二进院落的路程足够他想明白事的，但他还是猜不出萨林保的意图。

萨林保坐在客厅，看他进来，急忙起身相迎。仅一天的时间，萨林保的气色就衰了很多，平日里的雍容和城府都淡了，看起来就是个为儿子忧心的父亲，殚精竭虑让他耗费不少心血。明毓行礼请安，萨林保急忙让座，一副急不可耐的样子，显然是有求于他。

明毓也有意端着坐下了，只等着萨林保开口。

萨林保开始说，说了富祥被关东好绑票，说了胡子索要一千两银子，三天为限，不交足银子就撕票，说他急得一天水米未进，富祥媳妇当时就急得昏死过去，好不容易扎古过来了。她肚子里还怀着呢，这回应该是小子，可不能掉了，富祥要是真有个好歹，萨府可要绝后了。

萨林保的叙叨，让明毓疑惑他是被儿子遭遇不测吓得乱了阵脚，才会一反往日的从容。明毓忍不住问，萨大人是想经官，还是想赎票？

萨林保忙不迭地说，赎票，赎票！

想要赎票，又有足够的银子赎票，事情就好办多了，胡子都讲信义，一般不会坏了规矩，不然在道上也不好混。可看萨林保这样子，好像不这么简单。

明毓没心思跟他兜圈子，直截了当地问，萨大人抓尚素俊是啥意思？

萨林保一笑，说，抓尚素俊跟这事没关系。这两件事扯不到一起去，只是赶巧了。

明毓说，萨大人，斗胆问一句，为啥抓尚素俊？

萨林保说，据查，尚素俊与绑架三阿哥巴铎一案有牵连。

明毓问，有证据？人证还是物证？

萨林保说，蜂蜜营的人看到，三阿哥被绑的那天，胡子们曾经在尚素俊家落脚。

明毓问，确定是胡子吗？

萨林保说，都蒙着面，看身形是三男一女。那女的肯定就是小琴。不过，我现在没心思处理他的事。明毓啊，请你来，是想请你帮个忙。

萨林保说想请明毓出面，进山与关东好接洽，领回富祥。明毓有胆有识，足智多谋，还有防身的功夫；听说那关东好大柜的压寨夫人就是小琴，与明毓是旧识，熟人好说话；萨府的人都是酒囊饭袋，平日里人模狗样的，动真章儿[1]的时候没一个人拿得出手，只好请明毓冒险，事后必有重谢，领回富祥，明毓

① 动真章儿——方言，拿出办法。

就是萨府的救星，一辈子打板儿供着也不为过，尚素俊的事也好说。

明毓听着萨林保的表白，心里在冷笑。萨林保这一着儿够狠，把他也做了人质，知道他跟素俊要好，素俊还是他未来的大舅哥，即便知道与胡子打交道危险，他也不可能拒绝出面。明毓答应上山与胡子交涉，但不敢保证能领回富祥。萨林保感激涕零，吩咐管家给明毓收拾房间，今晚就住在萨府，等绑匪来了准信儿就出发。明毓说得回家跟父母道个别，毕竟做的事生死攸关。萨林保同意了。

从萨府出来，天已经黑了，明毓直接去了秀府，福儿和素韵都守在大门口等他呢。明毓说要见秀大人，福儿还想问什么，明毓无心理她，催着快去通报。福儿也不敢怠慢，小跑着奔了里院。外院，就只剩下明毓和素韵。素韵也顾不得礼数了，只想知道素俊的境况，直盯盯地看着明毓。

明毓就勉强笑了一下，说，素俊大哥没事，我会救他。

素韵问，为啥抓我哥？

明毓没正面回答，只说事情麻烦，一两句话说不清。可能明毓的话说得有些敷衍，有些心不在焉，素韵多心了，抽抽噎噎地说，明毓，求求你救救我哥，你不娶我没关系，只求你救我哥。

明毓说，说啥呢？我会想办法救大哥，这跟娶不娶你有啥关系？

素韵还坚持说，我说的是真的，你不娶我没关系，你别为难，不娶我没关系，我只求你救我哥。

明毓说，我啥时候说过不娶你了？这不是刚回来，又出了这么多事……

素韵说，不是……没关系，你不用娶我，真的没关系……

明毓就不知道该说什么话了，也猜不透素韵是什么心思，只是看她那孤独无助的样子觉得可怜。与素韵面对，他总是觉得隔了一层，他得去猜，去揣摩，然后还得掂量下一句话怎么说，很累。素韵的心思太重，把自己包裹得太严实了，这一点上，真不如福儿。他就是喜欢福儿的开阔和透亮，与福儿在一起，他从来都不用左思右想，说什么做什么，全凭自然。

秀山来了，引着明毓进了竹林轩，把紧随在后面的福儿和素韵挡在了外面。秀山告诉明毓直接说话，不必拘礼，显然他已知事情严重。上午时，他本来与萨林保约好，协商总管衙门与协领衙门各自的秋捕事宜，左等右等，没等来萨林保，等来了协领衙门的一员佐领，佐领带来萨林保的歉意，说家中遇到难事，特向总管大人告假。佐领也说不清萨林保家中遇到何事，秀山暗中派人打听，得知富祥被绑，萨林保不想报官。这种事确实不宜声张，免得被撕票。秀山能理解，也知萨林保想自己解开这个结，便佯装不知，只是暗中关注。探子来报，说尚素俊被协领衙门抓了，秀山很是惊讶，难道是素俊和福儿谋划绑架巴铎的事露了？恰在此时福儿跑来了，心急火燎地求他救救素俊。他知道这事可不止富祥被绑架这么简单，弄不好要闹大。对福儿他不能多说什么，应付着撵走了，随即嘱咐荣升，密切关注萨府的动静。不一会儿荣升回来了，说萨府把明毓找去了。秀山琢磨不透萨林保找明毓的意图，但心里稍稍有了底，便静等着后续消息。明毓果然如他所愿，来找他商量了。

明毓把萨林保召见他的事都学说了一遍，末了说，我觉着萨大人除了要用素俊要挟小琴放了富祥，还瞄着秀大人您呢，不得不防。

秀山问，萨林保抓素俊是为巴铎被绑架一案，可有真凭实据？

明毓说，真凭实据不一定有，听萨大人说，是蜂蜜营有人看到胡子在素俊家落脚，也没看清长相，其中一个女的，他们认定是小琴。这事怨我，只想着怎么把事情抹乎平了，没想到萨林保的动作这么快，看样子，他早就有谋划了。

秀山说，你答应去找关东好了？

明毓说，答应了，不管从哪方面说，我都没办法拒绝。

秀山默默地点着头，思忖着，问，啥时候走？

明毓说，等信儿呢，估计得明儿早上。

秀山问，有把握领回富祥吗？

明毓说，就看小琴是不是还念着与素俊的旧情了。看萨大人的意思还不想舍银子，只拿素俊当了人质，不然他也不会找我出面。

秀山冷笑道，他就是太爱财了，早晚是个事儿。

明毓说，秀大人看低他了吧？

秀山问，怎么说？

明毓说，他不止贪财，还瞄着您这总管的位置呢！

秀山笑笑，说，他弄这一连串的事情出来，不就是想扳倒我，然后取而代之吗？我怎么会看不出来！

明毓问，那秀大人想怎么应对？

秀山叹了口气，说，他们这是步步紧逼呀！想想又说，这一局我怕是落了下风。明毓，辛苦你，明儿个先想办法把富祥囫囵个儿领回来，再说下一步。

明毓说，领回富祥，他们也不肯放回素俊呢？

秀山暗暗颔首，思忖着说，萨林保能做出来。素俊在他们手里，早晚都会成为中伤我的把柄。

明毓说，大人，得早点儿把素俊弄出来，素俊在他手里，您就总是被动。

秀山说，我若现在出面，怕还不好说了。有没有别的法子？

明毓想了想，说，那就还得拿富祥说事儿……不过，得借用一下福儿……

秀山不太高兴，说，咋还扯到福儿？够乱的了。

明毓说，是够乱。如果再让别人掺和这事，会更乱。

萨府头半夜时接到飞镖传信，警告萨林保，不准伤害尚素俊，动他一鞭子，肉票就得挨十鞭子；少他一根手指头，就剁了肉票一只手。子时一过，又接到飞镖传信，写明肉票和赎金的交割地点及时间。两封信对照着看，显然关东好知道尚素俊被抓，却并没有少要一两银子的意思。萨林保急忙叫醒明毓。明毓看了两封信后说，不拿赎金是不行了，怕的是交了赎金，肉票还是赎不回来。萨林保问，咋讲？明毓说，素俊是小琴的旧情人，就是关东好的情敌。我猜啊，小琴若是念旧情，知道你抓了素俊，会毫不犹豫放了富祥换回素俊。关东好不会，他巴不得你做掉素俊呢，可他还得照顾小琴的情绪不是？所以，他就会拿肉票要挟，不断地朝你要银子，你心疼儿子，怕他受伤害，可关东好不会心疼素俊，是吧？胡子窝里说了算的，还是关东好，不是小琴。

萨林保犹豫着，明毓也不催他，由着他想。又犹豫了一会儿，萨林保看明毓的眼神就带了疑问，问，你的意思是现在就放了尚素俊？明毓说，这话我可不敢说。我说的只是想法，主意还得萨大人您来拿，我跑腿就是。

明毓出发时看到了素俊。

天刚放亮，明毓带着两个协领衙门派给他的随从，三人三骑从萨府出来，正看见素俊从协领衙门的角门走出来，等在门口的福儿和素韵欢喜地迎上去，围着他问长问短。明毓没有停留，纵马奔了过去，身后，他听见福儿在喊，明毓——明毓——

午时，三个人到了白旗镇。正逢集市，街上人来人往，市声不绝。三人牵着马，沿街寻找一个叫宏运酒馆的地方。一条小街，一眼便望到了头里，不远处一个挂着两个幌的门面吸引了眼神，走到近前看清了，正是宏运酒馆。明毓嘱咐两个随从等在外面，一边观察周围动静一边照看马，只身进了门。门面看着不大，里面却很宽绰，安了七八张桌。已是午饭时刻，吃客陆续上来了，店小二的招呼声，吃客的吆喝声，灌满了空间，嗡嗡嘤嘤地闹；吃客的旱烟和灶房的油烟把屋里弄得烟气罡罡，五味杂陈，让人有一种作呕的感觉。

明毓踅摸了一圈，在靠墙角的桌子看到个空位，坐下来，正好可以扫见全屋，便仔细地观察，想看出点儿苗头。满屋的人都只顾吃着喝着说着，没有人理他，连店小二也不过来照应。明毓猜测，这一屋子的人里不知道会掺了多少胡子呢！不过，胡子也不会把交割的地点选在这么热闹的所在，这里只是个中间接头的地方。谁会来？小琴会露面吗？

一个要饭的瞎子蹭到明毓的桌前，伸出黑黑的一只手。明毓没心情答对，嫌他挡了视线，歪着头看他身后的人群。瞎子固执地站着，等着，直到明毓不耐烦地收回目光。

明毓喝了一声，滚开！

瞎子朝他龇出一口白牙。

明毓心里猛地打了个滚儿，定睛看去，乐了。

瞎子竟是小琴爹。他在明毓面前坐下来，仍然瞎着眼睛，说，爷，赏口饭吃吧！

明毓明白了，他是关东好派来的联络人。环顾一下四周，没见异常，便招手叫来店小二，点了几样饭菜，给在门外等候的随从也点了两份儿。等饭菜的工夫，两个人唠起来。明毓没敢往深了问，毕竟小琴爹也是胡子窝里的人，便只问他身体好不好，靠啥过日子，小琴过得好不好，是不是有孩子了。小琴爹倒很开心，如遇故交，有问必答，还有些炫耀的意思。小琴果然是那年逃婚途中遇到关东好的崽子，被掳上山献给了大柜关东好。后来有了孩子，小琴也就死心塌地地留下了，还把爹给接上了山。关东好对她父女俩很好，在山上小琴也是说一不二的人，小琴爹做了老太爷，他初通文墨，走南闯北有见识，时不时出谋划策，有闲心了就下山蹚蹚水。这次下山，就是他自请的，绑了富祥，是笔大活儿，他得露露脸儿。没想到，嘿嘿，遇到故人了！小琴爹说到这儿，好像还有些难为情，眼白一翻一翻的，做出一副瞎子状。

明毓笑说，别装了，又不是不知道。

小琴爹说，没外人知道，山上的人连这周边的人都知道我就是瞎子。

明毓问，连关东好都瞒着？

小琴爹说，那也得瞒。胡子嘛，谁知道啥时候翻脸？

明毓惊讶不已，转而也能理解，毕竟身在胡子窝，防人之心丝毫松懈不得。小琴爹也算是个有心计的人，懂得自保，亦是智慧。

话就说到了绑架富祥。小琴爹说是萨林保先惹了关东好，萨林保的人到处调查，说是关东好绑架了钦差大臣的儿子巴铎。关东好是条汉子，敢作敢当，可没做的事也不想枉担了虚名，盛怒之下才决定绑富祥，给萨林保一个警告。乌拉城周边绺子不少，可从没听说街里哪个大户人家遭胡子的事，装满皇贡的驲车，不分四季驶往京城，也从没有人敢劫掠，因为绺子们都知道，惹了乌拉城人也就等于惹了官家，乌拉城的披甲兵以勇敢善战著称，多次被朝廷征调南方平叛剿匪，若官家兴兵清剿周边的绺子，绺子们的日子就不好过了，也真是得不偿失。

明毓心里清楚，绑架巴铎这事其实是素俊和福儿做假，栽给了关东好，此时也没必要解释，就问，是不是小琴要报复富祥？

小琴爹模棱两可，说，也不能这么说，赶在点儿上了吧，她心里有个梗儿。

明毓说，你们绑了富祥，萨林保就抓了素俊。

小琴爹瞪大了眼睛，忘了装瞎，也就是瞬间，然后又如故，垂了眼皮说，抓了素俊？抓素俊干啥？

明毓说，换富祥啊！小琴若念旧情，不会眼看着素俊遭殃吧？

小琴爹不以为意地嗞了一声，说，这么说，你是空手来的？

明毓没正面回答他，只问富祥在哪儿，能不能见一见小琴。小琴爹也不正面回答，却说他只是确认来领肉票的人是不是带了赎金，带了赎金才会亮肉票，没带赎金，他空手回去山上就撕票。

明毓暗自庆幸是带了赎金来的，不然富祥真就可能被撕票，尽管他与富祥有着种种芥蒂，毕竟还是从小一起玩儿到大的，也不想富祥遭此厄运。他心里还有一番打算，想见到小琴，便告诉小琴爹，见了小琴和富祥，他自会交上赎金。

吃过了饭，明毓随着小琴爹上路。两个随从被留在了宏运酒馆，小琴爹说自会有人关照。想来那地方就是个胡子窝点，明毓也不强求，由着他安排。小琴爹赶着马车，不吆喝，也不催促，由着那马晃晃悠悠地走。明毓傍在一旁，也不能快走，走了一阵子，才发现那马是瞎了一只眼的，难怪不走直道。小琴爹说，瞎子赶瞎马，配套。明毓说，这个走法天黑也到不了地儿。小琴爹说，咋走天黑也到不了地儿。

小琴爹是故意要磨蹭到天黑，让明毓坐上马车，从随身的褡裢里扯出一条布，把明毓的眼睛蒙了，笑说三个瞎子开始赶夜路。又不知转了多久，马车终于停了，明毓摘了蒙眼布，周围黑乎乎的也认不出是啥地方，眨了眨眼睛，月光下有几幢房子，四周全是树和庄稼地。这一路也没感觉出是上山，都是在平地蹚着，看眼前情景，似一个有几户人家的小屯子，远望，有山的轮廓。

进了屋，不过是普通农家，收拾得干净整齐。刚坐定，小琴露面了。从外面进来的，不再梳大辫子，头发绾在脑后盘了卷，两只耳垂坠着金坠子，笑盈盈地看着明毓，还请了个安，宛如当年在蜂蜜营时。明毓的感觉是到了一个农家做客，小琴就像一个普通妇人跟他唠起了家常，脸上挂着温和的笑，只有说到萨林保抓了素俊时，才阴了脸，说，回去告诉萨大人，素俊若有啥闪失，可就不是绑了富祥这么简单了。

明毓听出她心里那一块硬硬的梗儿。

第四十二章

明毓全须全尾地把富祥领回了乌拉城。

萨林保感谢明毓，表示大恩大德容当后报，然后要留他吃饭，要好好犒劳他，他谢绝了，说要回家睡觉。

明毓能感觉出萨林保对这个结果并不十分满意。萨林保原来指望明毓出面，又有尚素俊做人质，可以不用舍出那一千两银子，结果并未如他所愿，似乎还处处受制于匪了，这让他不爽。明毓也不指望能从他这儿捞到什么好，救出了素俊、领回了富祥，还是很开心，不过，他的心里是惴惴的，他知道这件事情还没完。

明毓很困，昨儿一晚上等于没睡，小琴让他安心休息，说这里很安全。他还是不踏实，毕竟是在胡子窝，那个神秘的关东好并未露面，小琴也出去了，他苦等结果，实在困得不行了，才打了个盹儿。天没亮，他再次坐上小琴爹的马车，稀里糊涂地回到了宏运酒馆。定神之际，小琴爹已不见了踪影。

在一片树林子里，他见到了富祥。富祥的身后站着两个关东好的崽子，一只胳膊的富祥除了一脸沮丧，并没少了什么。明毓让两个随从将装着一千两银子的木箱子搬过去，其中的一个崽子验看一番，富祥就被放了。富祥走过来的时候脚步还是稳的，到了近前身子就软了，明毓伸手去扶，富祥竟堆了下去，哇的一声哭了。

这一天一夜的经历，恍若梦境，之前想象的走进胡子窝的种种艰难和奇遇都没有发生，明毓感觉倒像是走了一回亲戚。

从始至终，关东好都没有出现。

明毓向秀山禀报的时候，说起自己的感觉和疑惑。秀山却不感兴趣，只关心他想要的结果。秀山在明毓出发去尖山子前，特别嘱咐他通过小琴说动关东好，借此机会审一审富祥，看看能不能挖出衙门纵火案件的线索，富祥肯定知道些内情。这也正合明毓的心思。他怀疑过富祥，尚先生曾当着他们俩的面说起在档房借阅的事，当然这也不是秘密，谁都可能知道，但明毓就想到了富祥，或许是一种直觉。他没办法贸然去问，更不可能强迫富祥交代，富祥被绑架，无疑是个机会。他与秀山想到一块儿了。小琴果然帮忙，明毓说明情况后她就出去安排了。启程前，小琴告诉他，富祥确实不知道纵火事件，更不知道尚先生的死因，不过他说出了一件事，火灾之后，萨林保让他去勘察验收五十垧地，是掌管五官庄骁骑校赫尼达名下的旗田。

明毓问，秀大人，这能说明啥问题?

秀山思忖片刻，说，那得搞清赫尼达为啥要出让旗田，是卖，是租，还是无偿转让。

明毓说，除了萨林保和赫尼达，恐怕没有人能搞得清。即便有内情，两个人也早暗中做好扣儿了。

秀山冷笑道，萨林保是协领，朝廷命官，不是轻易动得的，赫尼达一个小小的骁骑校，本官还动不了他吗?

明毓知道秀山为什么一定要查清衙门纵火一案。萨林保抓了尚素俊，很可能也摸着了福儿与绑架巴铎一案有关联，或许正等待机会与秀山摊牌；如果秀山手里没有能让萨林保惧怕的把柄，就得被萨林保牵着鼻子走了，到时候就不只是被迫停止勘察土地一事，连头上的官帽甚至身家性命都将不保，这才是最可怕的结果。正是怕生变故，明毓上山前，两个人设计，以关东好的口气写了一封恐吓信，让福儿乘夜黑飞镖扎在萨府的门板上，借机说动萨林保把素俊放了，也是怕素俊在萨林保手上，一旦被萨林保逼问出福儿的事，事情就无法收拾了。眼下，尚素俊是被放出来了，富祥也赎回来了，萨林保会就此罢手吗?

秀山想到了什么，说，常喜的三个儿子得嘱咐到了，别胡说八道地惹事。

明毓告退的时候，秀山忽然叫住他，说，明毓，以后有事可以随时来找我，到衙门去也行。

明毓心里暖了一下，很痛快地应着。

福儿在竹林轩外等着，领着他去看素俊。素俊被赖德才安排藏在外面，秀府的一个仆人家里，没让他回蜂蜜营，是怕万一富祥回不来，再被萨林保抓去。

见了明毓，简单说了一下情况，素俊就说，这事怕还没完呢！

福儿问，富祥也赎回来了，咋就没完了？

明毓啧了一声，说，你没脑子吧？惹了这么大的乱子，咋会那么容易就完了？幸亏有秀大人罩着，不然，咱们几个全完。

素俊说，秀大人若是被参了，后果不堪设想。明毓，这事你得圆下来。

素俊又嘱咐福儿，最近少出来，别惹事，别总让人牵肠挂肚的。

福儿却担心素俊的处境，想说服他躲在这儿，别回蜂蜜营，怕萨林保再抓他说事。素俊摇头，说不回去是不可能的，他的身份不允许，多少双眼睛盯着呢，不回去更是授人把柄了。

明毓听他俩说得情真意切的，觉得自己多余了，想躲开。刚要挪步，素俊叫住了他，说要单独跟他说几句话。

福儿很不情愿地躲开了。

骁骑校赫尼达惹上事了。

赫尼达以骁骑校之位，多年代总管署理经管五个官庄的事务，五官庄私自垦荒隐瞒土地和流民之甚，他是脱不了干系的。秀山开始核查土地之初，先拿那苏肯开了刀，各庄头为了自保，不得已主动申报隐瞒的土地和流民。秀山没收了这些土地后，并未再深究庄头的罪责，而是让他们留在庄头位置，且允许原承租人继续租种，只是秋后必须向官仓纳粮。秀山知道，若是再换上一茬人做庄头，仍然难免故伎重施，可谓喂饱一只虎又来一群饿狼，人贪婪的天性在这片富饶的土地上都会暴露无遗。与其得罪了这一批人，不如好好管教监督起来。秀山实在是不想将事态扩大，那是自找麻烦，弄不好会引火烧身。而是否处置骁骑校赫尼达，秀山犹豫了，赫尼达跟随他多年，交情也是在一起做打牲丁的时候就种下的。这些年秀山已经感觉着赫尼达与他有了隔阂，也没太在意，毕竟两个人地位上有了巨大的差距，不会再像从前一般毫无芥蒂地来往，他只是做到能关照的时候尽量关照他，不让人以为人一阔就变脸。平日里也听说过赫尼达种种的贪财侵占之举，但没有人直接举报，他都睁一只眼闭一只眼。如今，赫尼达竟然与萨林保走得如此近便，而且很可能与衙门回禄之事有牵涉，他就不能再坐视不理了。

事情还是出在五官庄。

核查了五官庄地亩，将庄头们隐瞒的土地悉数充公后，永泰奉秀山之命开始清查周边的无主地。租种的佃户们异口同声地说地租都是交给庄头的，叫来庄头对质，庄头们对地主是谁却三缄其口。五个官庄周边及延伸地带的无主地，合计起来竟然有上百垧之多。其实要查出真正的占有人也很容易，只是需要有人指证。既然无人认领，那这些地就得充公，谁刻意隐瞒真相，欺骗官家，将与侵吞官地的人一同定罪。庄头们知道事态的严重，不得不说出实情。事已至此，赫尼达就不能再装傻了。

赫尼达跪在秀山面前，痛哭流涕，乞求宽宥。

秀山也痛心疾首，冷冷地说，给过你机会，只是你太不知轻重，是不是觉得本官庸碌无为呀？

赫尼达不敢顺着秀山的话说，头深深地埋着。

秀山又说，你自己说，欺君罔上，侵吞皇产，数额巨大，该怎么处置？

赫尼达鸡啄米似的叩头，声音颤抖着，说，大人，大人，随你咋处置都行，只求留下奴才一条贱命，给一家老小留条活路！

在场的有左翼翼领永泰、右翼翼领铁亦哈。审到半路时，协领萨林保来了。赫尼达除了认罪乞命，再也不肯说出什么，秀山便吩咐，将赫尼达羁押在总管衙门的监禁房，待审理明白，再解送吉林将军衙门。

第二天，秀山想再提审赫尼达时，去提人的衙役跑回来禀报，赫尼达在监禁房里上了吊。

秀山气急败坏，命人仔细勘查现场，仵作验看尸身，回话都说是自缢身亡，并无外力致死症状。赫尼达用绑腿带将身体挂在气窗的栏杆上，生生地勒死了自己。

秀山只得向吉林将军衙门行文，历数骁骑校赫尼达私吞田亩数量、欺君罔上的种种罪责，最后以案犯畏罪自缢身亡结案。

乌拉城的人都说，对于赫尼达来说，这是最好的结局，他若不死，送到将军衙门定罪，不只他活不成，一家老小必受牵连，不满门抄斩，也得流徙千里之外。

秀山的心情糟糕透了。赫尼达的死让他有一种深深的挫败感，所有与赫尼达有关的案件线索，都被赫尼达带走了，再无法深究。

清点赫尼达名下旗田时，其家人出示了一份五十垧旗地的出售关书，买受人是仓官、候补骁骑校富祥，中人奚师爷，日期则是在钦差大臣来乌拉城之前。立国之初有关旗地不得转让出售的禁令，如今已是形同虚设，出售旗地的事不是个例，大有蔚然成风之势，朝廷都睁一只眼闭一只眼。

秀山冷笑一声，再没说什么。

赫尼达出殡的那天，明毓见到了赫尼达的儿子来昌。来昌挑上缺不久，就随协领衙门被征调的披甲兵跟着魁福大人去新疆伊犁参战，后来魁大人晋升副都统调任张家口，同时也带去了一批乌拉子弟，其中就有来昌。来昌是昼夜兼程赶回乌拉城奔丧的，他一身重孝，满面哀容，一脸的胡楂儿，更显得有些老相，一副饱经沧桑的样子。其实他跟明毓同龄，小时候是很好的玩伴儿，五六年未见，当年的哈哈珠子，转眼都长大了，成了稳重的男人。明毓与来昌行了抱腰大礼，随后在赫尼达的灵位前点了一炷香祭拜。来昌以孝子身份跪谢，然后就被叫去辞灵、摔瓦盆。来昌与明毓没多说一句话。赫尼达是自缢身亡，属横死，应尽快入殓入葬，家人为等来昌回来尽孝，宁愿违背祖制停灵多日。来送葬的人不多，明毓在人群中看到了富祥，也没说话。送葬回来，在门口净手时两个人遇上了。脸盆里放了一把剪刀，几枚大钱，来昌跪在一旁侍候。明毓示意让富祥先来，富祥一只手在水盆里象征性地划拉了几下，来昌递上手帕，富祥沾水的手直接在手帕上蹭了蹭；轮到明毓，双手接过了手帕，擦了手还给来昌。吃回灵饭时，明毓和富祥坐在一桌，来昌来敬回灵酒，跪在两个人面前，酒杯高举过头。

看着来昌起身走了，富祥幽幽地说，可别出啥事！

明毓问富祥，你担心出啥事？

富祥说，来昌脾气不好。

明毓说，这谁都知道。

没过几日，在总管衙门的右翼翼领公事房里，来昌用刀逼住了翼领铁亦哈。之前来昌曾到铁亦哈家拜访，被拒之门外，这才闯进公事房，言语不和就掏出了刀子，架在铁亦哈的脖子上。铁亦哈的随从不敢轻举妄动，吵吵嚷嚷间，院子里就聚起了一堆的人。来昌架着铁亦哈站在公事房的门口叫嚣，要秀大人出来见面，不然就杀了铁亦哈。秀山得报，急忙来到中院，众人让开道。秀山安抚来昌，问他想要怎么样。来昌说要铁亦哈当众说清如何谋划杀死常喜、纵火烧总管衙门的事，请秀大人做主，他阿玛被胁迫参与，事后代人受过，被逼自尽。一瞬间，院子里鸦雀无声，都在盯着铁亦哈和秀山，还有来昌架在铁亦哈脖子上的刀。铁亦哈不可能当众承认来昌的指控，可也不敢轻易开口，怕惹怒了来昌，只要来昌顺手一划，他就得丧命。他难堪地咧着嘴，透着一丝苦笑，想是在众人尤其是属下面前出丑，很是难为情，却没显出丝毫的慌张来，只是意味深长地看着秀山。

秀山问来昌，来昌，你这样指控翼领，可有证据？

来昌说有，是他阿玛临自首前跟他讷交代的，他阿玛肯定觉得凶多吉少，才会把事情的前前后后都说出来，就怕做了冤死鬼。

秀山相信他说的是实情，可凭他这样说做不了证据。秀山知道，还不能再刺激来昌，若来昌真的一激愤当众杀了铁亦哈，事情就闹大了，他不能眼看着来昌赔上性命，可这样当众劫持官员，已然是触犯了律法，该如何解开这个死扣？

秀山说，小子，你阿玛可有让你拼了性命替他鸣冤？他不惜上吊自杀，就是为了保全你一家老小，你若搭上了小命，你阿玛可就白死了。

来昌就哭了，哭得涕泪横流，边哭边喊，我不管，我阿玛死得冤，我就是要给他讨个说法……

来昌哭得就像个孩子，没有了一点儿征战沙场的硬汉劲儿，憋闷了多天的悲伤和委屈，此刻才得以发泄，有些抑制不住了。他哭喊得分了神，铁亦哈突然一个仰身，躲开他持刀的手臂，顺势将他反按在了地上。铁亦哈从小习练得一身力气，且身手敏捷，打猎捕鱼都是一把好手，能做到翼领，也确实不是白给的。

来昌被按在地上，仍然哭喊着，铁亦哈，你个杀人凶手，我饶不了你！叔叔大爷们，你们咋不信我？来昌是你们看着长大的，来昌不是会撒谎的人……

明毓没在现场，事后听说了来昌的事，跑来衙门要看看他，被看守的衙役拦住，说没有秀大人的手谕，任何人不得接近。来昌被关在了总管衙门后院的监禁房，干鱼库旁边的耳房，也正是他阿玛上吊的那间。衙门里也就设了这么一间临时监禁人犯的地方，谁犯了事都被关在这里，小小不言的过失，处分一番也就放了，违法的送到协领衙门审理，事大的会被提送到吉林将军衙门。来昌这次犯的不是小事，后果难料，此时又被关在阿玛上吊的监禁房里，心情难以描述，怕是糟糕透了。明毓站在离门几步远的地方，喊，来昌，别再做傻事啊！

来昌在里面说，明毓，让他们给我松了绑，太难受了，我保证不跑就是了。

明毓回头询问地看着衙役，衙役摇头，说是秀大人吩咐的，要绑了，还得绑结实，别让他跑了，或者，再像他阿玛似的上吊。

来昌在里面听见了，骂道，放屁，老子敢做敢当，谁跑谁是孙子！老子也不想死，死也要死个明白！

明毓听了倒放了心，隔门嘱咐着，来昌，你自己警醒着点儿，怕有人要你死呢！

来昌好一会儿没吭声，末了问一句，明毓，能判死罪不？

明毓说，我去问问看。来昌，你得听我话，别犟。

来昌说，我听你的。

明毓去秀山的公事房，被荣升拦在门外，说萨大人在与秀大人议事。荣升从年轻时起就跟着秀山，随从兼保镖。明毓小时候在秀府时，曾跟着他学过功夫，也算有师徒之谊，每见到荣升，都以礼相待。荣升不让他进去，他也不勉强，就坐在院子里等，荣升也不撵他，俩人有一搭无一搭地说着话，明毓也有意打听。从荣升只言片语的话里，明毓听明白了，萨大人是来提人的，来昌触犯了刑律，一般情况下是应该交给协领衙门审理；但秀大人想绕过协领衙门，直接将人犯交给吉林将军衙门。两位大人正在协商。明毓琢磨着，两位大人各有心腹事，不管谁的意见占了先，对来昌都没好处，结局可想而知。

萨林保出来了，脸色不太好。荣升急忙上前迎着，引领着送出中院。

明毓见到秀山时，秀山也是一副冷面，估计是两位大人没谈拢。见过礼，秀山说，如果是为来昌说情，你就告退吧。明毓没否认，只是问，秀大人当真想把来昌送到将军衙门？秀山说是。他的想法很明确，来昌送至将军衙门审理，如果顺藤摸瓜，很多事情也就捂不住了，有些他无法触碰的禁区借机可以探探实底儿，包括尚秉致的死因，到时别说是铁亦哈、赫尼达、萨林保，就是贝勒裕兴怕也逃不脱干系。且不管吉林将军如何奏禀朝廷，秀山只是想把事情弄个水落石出。而萨林保却坚持要把来昌留在本地审理。秀山推测，萨林保是想先把来昌弄到自己手里，如何审理以及结果如何，他都可以占据主动。秀山自然不能让他如愿。

看着萨林保黑着脸告退，秀山心里也开始犹豫。他知道，一旦把这一伙人逼急了，他们会不顾一切地反扑。他掌管打牲衙门近二十年，年年月月的，那么大一摊子事，哪能没一点儿纰漏？就算自己没有纰漏，那么多的人，还都是他的属下，在他掌管的地界触犯朝律，他能脱了干系吗？更何况，欲加之罪，何患无辞。还有，福儿绑架三阿哥巴铎的事，一直是埋在他心中的一个隐忧，不知何时能抹去。细想想，秀山竟有了一丝恐惧。

明毓进来时，秀山正被这一丝恐惧纠缠着，他感觉来昌粘在他手上了，有点儿烫手，又扔不掉。当然他不会让明毓觉察到他内心的恐惧，但他需要明毓。

明毓出了一个主意，这主意很馊，让秀山有些愧对朝廷的信任，也有违他为官的宗旨，但却是目前为各方解困的最佳办法。明毓胸有成竹地说，大人您不用出面，我去办。

几天后，来昌被魁福大人派来的人带走了。来人带着魁福大人的亲笔信，信中阐明，来昌是他治下的军官，触犯律法，也应带回军中，依军法从事。

交割文案和人犯时在场的，除了秀山，还有萨林保、永泰、铁亦哈等人。大家都很平静，看不出什么情绪来，就连来昌都老老实实的，松了绑，也只是乖乖地站着，目不斜视。后来有人质疑来昌被魁福大人要回去是否能真的军法从事，但也没有引起大的反响。

明毓给贝勒裕兴写了一封长信，就三阿哥巴铎被绑架一案的调查结果做了禀报，认定绑架案确系报号关东好的匪帮所为，继三阿哥被绑之后，协领大人萨林保的儿子富祥亦遭遇绑架。乌拉周边土匪猖獗已成地方祸患，总管衙门和协领衙门正报请吉林将军衙门调兵清剿，云云。

秀山对总管衙门回禄事件，还有尚秉致的死因，没再继续追究下去。虽然有点儿愧对尚秉致，但也会保全素俊不再因巴铎绑架案而被牵涉。

这之后，乌拉城就进入了一年中最重要的贡品采捕、加工、贮备、运送的季节。官粮入仓也赶在这个时候，核查过的土地按新的亩数纳粮，没有核查清楚的，暂时按既定亩数纳粮，待日后重新审定。秋贡之后紧接着是年贡，这是皇差，头等要事，耽误不得。完不成额定数量或者品质不合格，挨一顿鞭刑都是小事，罚俸或降职也司空见惯。从普通牲丁到领催、骁骑校、左右翼翼领直至总管，概莫能外。乌拉地方从街里到村屯，人人都忙着，丝毫不敢懈怠，也无暇顾及其他。这之前发生的事，尤其是钦差大臣巡视乌拉城前后发生的那些事，慢慢地就被模糊了，淡忘了，只偶尔被好事者谈论几句，前后经过以及所涉人物都变得不甚清晰，渐渐地，便成了一些传说。

这期间也出了两件事，秀山都妥善处理了。总管衙门派出采捕鲟鳇鱼的人与协领衙门前去黑龙江采买鲟鳇鱼的人发生了冲突。总管衙门这边带队的是一个委属翼领，是秀山派去督办采捕鲟鳇鱼的，捕到的几条鲟鳇鱼都个头儿不足，正愁无法交差，船行途中遇到一伙人在岸边交易，看那条鲟鳇鱼的个头儿够大，委署翼领一声令下，手下的人不由分说将鲟鳇鱼强行截下，送进鳇鱼圈回乌拉城交了差。不料第二日萨林保就找上门来告状，说委属翼领带人抢了协领衙门的鲟鳇鱼。当着秀山和萨林保的面，委署翼领说他们不是抢，是买，是从当地渔民手中买的鲟鳇鱼，其间并没有见过协领衙门的人。秀山知道他在强词夺理，却不好当面揭穿，便说要调查清楚，若真有其事，定不姑息；又息事宁人地劝说萨林保，今年总管衙门与协领衙门的鲟鳇鱼贡不分彼此一并呈贡进京，若有差池，由他担责。话说到这个份儿上，萨林保也不好再多说了。

第二件事便是回应吉林知府在乌拉城课税一事。秀山后来查明，奚师爷不过就是个讼棍，哪儿有官司谁出钱就替谁主事，就是没有官司他都会搅出点儿动静来，此次为乌拉城商家出头，也不过是想挣点儿银子，并无背景。秀山可以不理会奚师爷，但不能任凭官家在乌拉城课税，这个口子一开，以后各种乱七八糟的税费就挡不住了，这有关他治下的乌拉子民的日常生息。为此他专程去了一趟省城，去将军衙门拜见刚刚到任不久的吉林将军长顺。长顺将军正为在吉林玄天岭上修筑炮台四处化缘，听着秀山理直气壮地阐述乌拉城买卖不上税的前因后果，脸色就不太好看，却也无话可说。

秀山从码头下船，乘轿走到西门外，忽然来了兴致，便下了轿，放松下腿脚，顺带巡视街道两边的店铺。走到城门处，就看见了那块免税碑。碑身本来就不大，经年累月的，早已被土埋了半截，越发地不被人在意，常常会被人当了垫脚的石头。伫立片刻，秀山旋身进了城，一路走着回秀府。好久没有走这么长的路了，可也没觉着累。

隔日，秀山便命人勒石刻碑，碑文重新书丹，“……本衙署既属内府之分司，殊非外旗之可比拟，合明宜以彰定制，则先皇之厚泽深仁，庶可家喻户晓也。……铭诸碑以息更张，简章可据；勒于石以昭法守，铁案难移。管属各有专司，职守实难侵越。官箴宜肃，国法无亲，历斯任者，其慎之，凛之，勿违……”

免税碑重新立在城门处，碑身比原来的足足大了二尺有余，“免税碑”三字赫然醒目，令往来人等无法藐视。

第四十三章

乌拉城下雪了。第一场雪就存住了，都没容天和人缓口气，直接冻上了。各家的屋顶上都铺上了一层白，街道结了冰，被人踩马踏的，成了黑色。黑和白就成了乌拉城冬日的主色调。

明毓开始操办给贝勒府进贡年货的事，他得保证赶上总管衙门的进贡时间。每年给皇亲贵戚们的贡物，也都是随着打牲衙门送年贡的车队走的。

吃早饭的时候，明毓提起忙过这段时间，年前要娶素韵过门儿的事。

那苏肯说，不急，等你啥都安稳下来再说。

明毓知道阿玛还是不满意这桩婚事，只是曾迫于秀山的威势给尚家过了礼，没办法反悔，现在只能拖延。明毓想从讷这边得到支持，哪有当讷的不着急儿子婚事的？可刘佳氏好像也不热心，只说反正素韵还没守完孝，等守完孝再说。明毓就有些力单。想想自己对尚先生和素俊、素韵许下的承诺，心里就很愧疚。他不想做个不义之人，可如果阿玛坚持不允，他该怎么办？

跟他一样着急的是福儿。有一天福儿还特意跑来，问他跟素韵的婚事什么时候办。福儿俨然就是素韵的保护人，说话都带着质问的口吻。明毓不高兴了，说，素韵都没着急，你急个啥？福儿真急了，说，你是不是反悔了？明毓赌气说，反悔不反悔也跟你没牵连。

福儿就打开了东屋的门，站在屋地当间大声说，明毓，你要是负了素韵，看我咋收拾你！

那会儿那苏肯和刘佳氏都在西屋呢。

明毓倒不怕福儿收拾他，但他知道这事得有个明确的交代。瞅准素韵回蜂蜜营的那天，明毓也去了。还像往常一样，素韵客气地跟他打了一声招呼，便躲进自己的房间，他就和素俊说话。小学堂放假了，素俊得以在家休息，他和几个朋友结了个诗社，正准备利用这段空闲时间搞一个雅会，他问明毓有没有兴趣。这让明毓挺惊讶，在京城时听说过有这样的结社，还挺羡慕，没想到边远的乌拉城竟也有了。明毓问诗社都干些啥。素俊告诉他，品诗论画，饮茶听曲。明毓说能不能算正式社员？素俊说不行，为什么不行却没说，明毓也不好勉强，说愿意参加见识见识。明毓还怕素俊问总管衙门回禄事件的调查情况，他不知道该如何解释，好在素俊没问。

然后就说到了婚事，明毓先提到的，这是他今天来的主要目的。他说正忙着准备给贝勒府进贡的年货，等忙过这一阵子，素韵也守完百日孝了，就择个日子完婚。

素俊沉吟片刻，说，明毓，我知道你阿玛不中意这桩婚事，我也怕素韵将来嫁过去要受气，我这妹妹命苦……父亲不在了……

素俊竟有些哽咽，说不下去了。

明毓急忙说，大哥，我不会让素韵受气……

没等明毓说下去，素韵进来了，手上捧着一堆布料之类的东西，放在明毓面前。

素韵看着素俊说，哥，父亲没了，你做主，退了婚吧。这是他们家过礼时送来的东西，都没动。

明毓惊愕地看着素韵，不认识似的，从来没看到素韵这样决绝的表情，一直都是软软的、温吞吞的性子，怎么突然就变了？

未等明毓表态，素俊先说话了。素俊说，妹，别这样，哥保护不了你，你得找个人靠着……明毓是个好人，不会欺负你……

素韵说，哥，别让他为难了……

明毓说，谁说我为难了？素韵，咱俩也是打小时候就在一起，你还不了解我吗？

素韵哭了，说，我咋不了解你？从小就没见你怕过啥，想做就做了……

明毓语塞了，张口结舌地看着素俊，一时不知从何说起。

素俊替他解了围。素俊说，妹，这事不是明毓一个人说了算的事。别怪他。

素韵泪水涟涟地说，哥，我不怪他，我也不想看到他为难的样子，你去那家，把我和他的婚事退了吧。

素韵说完，看也不看明毓一眼，转身走出屋去。

素俊苦笑着看明毓。

明毓说，我不退婚。

福儿又起兴画蝴蝶了。

吃过了早饭，她就喊彩玲给她找纸墨和笔，这些东西已经被冷落了一些日子，摆在屋中央的书案上，彩玲每天收拾房间嫌碍事，就给归拢起来。福儿天天着三不着两地往外跑，留在家里时也是心不在焉，根本就没注意书案上多了还是少了什么，突然想拿画笔了，才发现笔墨纸砚都不见了。福儿喊起来，吓得在外屋地忙碌的彩玲急忙跑进来，知道是要找笔墨纸砚，才松了口气，边翻找边说，吓死我了，还以为丢了啥了不得的东西，不就是那堆纸吗？咋又想起来找了？

福儿说她做了一个梦，梦见蝴蝶了，一只好大好大的蝴蝶，没见过那么大的蝴蝶。

彩玲笑说，做梦嘛，蝴蝶多大都行。

福儿说，你说，这是啥兆头？

彩玲说，啥兆头？咋平白地梦见蝴蝶了？

福儿不吭声了，铺开了纸，想着梦中的蝴蝶，信手画起来，画了几笔就不满意了，团巴团巴扔了，又接着画，还是不满意，坐在炕沿上发起呆来。

彩玲进来了，看着满地的纸团儿，又看看福儿的神情，说，叫素韵来吧，你俩一起画就能画好。

福儿白了彩玲一眼，说，叫她干啥？

素韵请了两天假回了趟蜂蜜营，也不说为啥事，回来时一副郁郁寡欢的样子，问她是不是素俊大哥出了啥事，说不是，再就不多说了。福儿知道她就这脾气，也不想深问，想着瞅个机会去蜂蜜营看看。这段日子阿玛和讷把她看得挺紧，千叮咛万嘱咐她少出去惹事。讷整天带着那些丁妇们忙着准备年贡，做糕点、择山菜、选干果之类的，下午回来累得腰酸腿疼，也不让她去帮忙了。她也知道阿玛好不容易平息了绑架巴铎一事，做这事时没想那么多，就为出口气，事后想想是莽撞了，若不是阿玛和明毓想方设法捂着，怕要出大事。这事情的轻重她是分得清的，尤其还牵涉到素俊，她更得小心。这一段日子她一直在家里闷着，捂得浑身快长毛了！她跟彩玲发牢骚说，可也只是说说，没敢乱动。

彩玲看着她一副落寞的样子，说，五格格，别怪我多嘴，你该嫁人了，再不着急，就剩家里了。

福儿破天荒地没生气，叹口气说，谁说不是。

彩玲没敢接话茬儿，反正福儿也不用她接话，很多时候福儿都是自说自话，说完就忘了。

福儿说完就出门了，没出大院，只到了小书房。小书房里读书的孩子没剩几个，吉祥去上官学了，雪雁还在，是这里最大的，素韵早就跟她说不用来小书房，自己在家里读书就可以，她还是每天都来，她就是喜欢念书，喜欢这个氛围，喜欢跟着素韵。此刻，素韵正指导吉禄、吉成等几个孩子描红，福儿隔窗站着，被她看见了，急忙出来，问，五格格有事吗？

福儿说没事，想画蝴蝶，又没意思。又问，素俊大哥真没啥事？

素韵说，没有，他挺好的。

福儿说，这就怪了。

下了学，素韵上福儿屋里来了。福儿正看着案上那只展翅欲飞的蝴蝶发呆，那蝴蝶耷拉着一只翅膀，与她一样无精打采。见素韵来了，福儿就让她添几笔花草，还说再搬块石头来。素韵上手画了起来，刚画完花草，福儿就嚷着，说，你看看这花草都蔫了，耷拉着头，能吸引蝴蝶吗？素韵审视一遍，尴尬地笑笑，说，是你的蝴蝶没精神，你看都快掉下来了。福儿不承认，说她画的是蝴蝶要落下来的姿势，素韵认为是要掉下来。福儿还犟嘴，说我的蝴蝶要掉下来，关你的花草啥事？素韵低头看着画，喃喃着，才伴游蜂来小院，又随飞絮过东墙。长是为花忙。福儿没听清，问她嘟囔啥。素韵说是首词，欧阳修的词，说着又念了一遍，还给福儿解释了意思。福儿似懂非懂，说，这说谁呢！

晌午过后，明毓来了，要见素韵。素韵躲在屋里不肯出来，明毓就站在窗外喊福儿，福儿出去了。明毓告诉她，这些日子操办给贝勒府的年贡，瞎忙，也没来请安。福儿说，知道，我阿玛忙，我讷也忙，还有我大哥也整天忙，都好些日子不着家了，不都是为宫里忙吗？这有啥？从小到大见惯了。你刚当上个破庄头，跟我显摆呢？明毓就难为情地咧咧嘴，才说起素韵要退婚的事。福儿说了句，难怪。然后问明毓想咋办。明毓说不想退婚，想求福儿帮忙劝劝素韵。福儿说，你们的事我不管，自己折腾去。

明毓就没声了，尴尬地笑了笑，转身要走。

福儿突然说，赶紧娶进门不就得了，还执拗啥？

明毓站下，苦笑着说，我阿玛不吐口，我咋办？

福儿看着明毓，不说话。明毓不自在了，说，看啥？不认识啊？

福儿说，是不认识了，没见你怕过谁。

明毓说，这事跟别的事不一样，我阿玛和讷不高兴，就是把素韵硬娶过门儿来，将来咋过日子？素韵还不得天天受气？我又不能一天到晚守在她身边。

福儿说，你干脆领着素韵私奔得了。

明毓哭笑不得，说，算了算了，从你这也讨不到啥好主意，我还是走吧。

明毓转身要走，福儿跟了一句，你还是没胆量。

明毓回头说，我有胆量，那你问问，素韵有胆量吗？她是那样的人吗？

福儿想想也是，素韵确实不是能做出这种事的人。

明毓突然补充了一句，说，福儿，换作是你，我啥都不愁。

福儿愣住了，忽然有一种欲哭无泪的感觉，忍了忍说，你走吧！

明毓就走了。

半夜里，福儿是被轻轻的开门声惊醒的，接着就听见有人进了堂屋，有轻声细语的人声，然后是对面房间小心翼翼地开关门声。

福儿下了炕，披上外衣，悄悄地推开门，走向对面。素韵的房间没有灯亮，好像有嘤嘤的哭泣声，和压低了嗓音的说话声。福儿的心里忽然揪了一下，脑子也空了，愣了片刻，悄无声息地回到自己屋里，坐在炕沿上发起呆来。

她怀疑自己在做梦，四处张望了一下，一片月光透过窗棂，折射成几道，洒在炕上、被子上、墙上、屋地中间；屋地中间的火盆还闪着星星点点的亮——一会儿彩玲该起来添木炭了……

院子里有了人声，然后有人敲她的窗子，低声唤五格格，像是赖管家的声音。福儿一惊，急忙下地出门，见赖德才裹着棉褛，头上也没戴帽子，不知是冻的还是着急，一个劲儿地跺脚。

赖德才都顾不得礼节了，张口就说，五格格，来抓人了，快把素俊送走！

福儿一脸懵，问，抓谁？素俊咋会在我这儿？

福儿说出这话，心里一紧，恍然明白，在素韵房间里的应该是素俊。她也顾不得再问，返身回屋，直接进了素韵的房间，拉起正不知所措的素俊就走，素韵还要跟着，福儿呵斥她别添乱，给吓了回去。

福儿拉着素俊，沿着前廊拐过角门进了后园子。后园子铺上了一层雪，花草树木都荒败着。两个人踩着雪来到墙根下，望着两丈多高的围墙，正踌躇着，围墙外忽然抛上来一只抓钩，紧接着一个人从外面翻上了墙，竟然是明毓。明毓把抓钩摘下来，返手又抛向外面的一棵树上勾住了，把另一头顺了下来，说，快上来。福儿惊喜不已地问，你咋来了？明毓说外面都翻个遍了，就你们还犯傻呢！

素俊抓住绳子爬上了墙，福儿也要爬，被明毓喝住，回去！你也跑了就说不清了！

福儿回去了，转过角门，就看见一堆拿枪的人聚在西厢房前，赖德才和一群拿着家什的家丁挡在前面，老姑奶奶也被惊动了。老姑奶奶站在门口的台阶上骂人，说，我看谁敢闯我家福儿的屋子，我让他吃不了兜着走！

福儿想了想，直接去了上屋。

不一会儿，秀山来到西厢房前，也不问青红皂白，夺过旁边家丁手里的鞭子，照着领头抓人的佐领就是两鞭子，吼道，敢闯进我家里抓人？知道我是谁吗？

佐领没敢犟嘴，递过一张纸。秀山接过来，竟是吉林将军的手谕。手谕是下给协领衙门的，明令协助抓捕乱党，上面开列了几个人的名字，其中就有尚素俊。秀山实在不清楚，尚素俊怎么会是乱党，但他明白，无论如何，不能让秀府跟尚素俊扯上关系。

佐领试图解释说，我们是一路追踪乱党过来的，有人看见他进了贵府，总管大人……

秀山大怒，挥手又是一鞭子，骂道，放屁！你是说乱党进了我女儿的房间？你是要毁我女儿的清白，还是想给本官扣上乱党的帽子？

萨林保赶来了，看见盛怒的秀山，急忙上前劝解说，秀大人息怒，这帮奴才是将军大人差遣来的，不知深浅，更不知秀府森严。

萨林保转身骂道，狗奴才，还不快给总管大人赔罪！

那个佐领一脸委屈加上不情愿，又不得不听令，跪下赔罪说，下官该死，请总管大人息怒！

萨林保又来讨好秀山说，秀大人，这奴才肯定是搞错了，他听说尚素俊进了秀府，就以为是找五格格的，他恐怕不知道尚素俊有个妹妹住在秀府……

秀山冷笑着说，萨大人，他一个外人，当然不知道这些，怕是受了别有用心人的蛊惑。狗奴才们，想在我这府里抓出乱党是吗？好啊，赖管家，都让开，让他们进去抓！

赖德才摆手，家丁们让出路来。

秀山喝道，去啊！

佐领就看着萨林保，萨林保一脸难堪，没好气儿地吼着，都给我滚！敢在太岁头上动土，吃了熊心豹子胆了！

佐领一挥手，带着他的人灰溜溜地走了。

第二天早上，彩玲哭着喊着跑来上屋禀报，说五格格不见了，还带走了一些衣物和随手用的东西。

秀山传来素韵。素韵一问三不知，只是哭，说她最后一次看见五格格，就是她拉着素俊出了西厢房。

秀山脸色铁青，当即命令荣升，快马加鞭，去把尚素俊抓回来！

明毓和素俊躲在圆通楼里，避寒也避人，等待天亮。

开城门的梆点响了，住在城外的商家还有小商小贩都拥了进来，出城的人却不多。以往城门一开，守城门的兵丁就无所事事了，都待在堆拨房里，今儿个却是站在外面挨个检查行人，而且还增加了人数，显然是奉了命令盘查。两个人躲在林子里观察了一会儿，发现这几个兵丁并不认真，都是常来常往的熟人，随便看看就放过去了。一辆去城外拉水的马车停在了路边，车上装了几只木桶，车老板大概内急了，跑到路边林子里。明毓朝素俊使了个眼色，两个人凑到马车前，明毓帮着素俊钻进一只空桶。车老板回来了，跟明毓也是眼熟的人，打了个招呼，赶着马车就过城门，明毓很自然地傍在旁边走着，边走还边与车老板扯闲话。一个兵丁瞄了一眼车老板，并没阻拦，他也认识明毓，还问明毓这么早就出城干啥去，明毓说去官庄，给贝勒爷拾掇过年的嚼果儿。拉水车顺利地出了城门，明毓心里放松了，不紧不慢地跟在车旁。

明毓跟着拉水车到了江边。瞅着车老板下江边取水的时机，明毓掩护素俊钻出木桶，两个人快速跑开了。分手时，明毓问素俊要去哪儿，素俊说不知道，走着看。他说这些年采蜂蜜、打松子，这周边的山连同远处的山都转遍了，知道哪儿有路哪儿有卡伦，知道怎么绕过卡伦。只要进了关就好办，不用担心他。

明毓没想到素俊会与乱党扯上关系，素俊也只是浮皮潦草地说了几嘴。诗社里，有个人在京城时参与了维新变法，事败后侥幸逃回来了，还是被人觅到了踪迹。这个人被抓，连同与他有交往的诗社成员也都成了乱党而被抓捕。素俊住得偏僻，好在事先听得了风声，准备逃离乌拉，这一跑前程未卜生死难料，就想与妹妹告别一下，不料进城时被人盯上了。明毓听得都傻了，在京城时听过变法的事，还有戊戌六君子，还有菜市口的铡刀。表面上戊戌六君子是忠于皇上却被太后所不容，皇上想变法革新太后求稳守中，这样的党争难免不刀光剑影，血腥而且残酷。但事实上这绝不是简单的党争，事关大清的国运。那都是一些有见识有学识的人，都是汉人，却有一腔报国热血。他挺钦佩那些视死如归的壮士，可惜这样的人离他都很遥远。不承想，眼前的素俊，竟然也是一个“乱党”。平日里素俊会流露出一些愤怒、不满、牢骚，偶尔会冒出一些愤激之语，原来只以为是对家人及自身处境不满，现在看，却是藏着叛逆之心，是长着反骨的。细想想，他和素俊是朋友，却没有达到无话不说的地步，有时素俊想说什么却半遮半掩的，或许就是因为两个人有旗、民之分，素俊本能地对他是有一种戒心的。上次素俊约他去参加诗社雅聚，却不肯接收他为社员，想必就是因了这种戒心吧。明毓不是没有感觉，也曾失落，但却仍然视素俊为朋友，愿意和素俊往来，也一直认为，在乌拉，素俊是最能和他谈到一起的人。再细想，素俊其实也是这样认为的，不然不会约他去参加诗社雅集。虽说诗会没有来得及举办，明毓也未能如愿参加，但现在看来素俊视他为知己，或许，也想把他变成同类人呢！明毓真想问问素俊到底是怎么想的，可眼下是来不及了，他得想办法帮素俊脱身。他知道胁从乱党犯的是死罪，可素俊是他的朋友，他尊敬的兄长，还是他未来的大舅哥，他应该义无反顾地施以援手。可是，素俊逃了，素韵能平安无事吗？

素俊给明毓跪下了，一边拜谢一边哭，说生死他都不惧了，可妹妹是他唯一放不下的。他说，明毓你如果不能娶素韵，也千万不要丢下她，就当你自己的妹妹一样照看她。

素俊这样一个高傲的人跪在面前，令人情何以堪。明毓急忙拉起素俊，他让素俊放心，他一定会娶素韵，好好待她，不让她受委屈。然后欲言又止，迟疑片刻，还是忍不住问道，哥，福儿那儿……你咋想的？我咋跟她说？

素俊苦笑着问，明毓，你觉得我们俩有可能吗？

明毓无言以对。

素俊说，福儿是个好姑娘……可我这种罪人身份，现在又是这个处境，一切都枉然。你转告福儿，是我辜负了她……

明毓默然。素俊转身欲走时，明毓摘下自己的狐皮帽子，递给素俊，说这个抗寒。素俊感激地接过去，换下了头上的六块瓦帽子，想了想，递给明毓，说他此去怕回不来了，愿意的话就留下，只当留个念想儿。话没说完就转身走了，竟然没有回一次头。明毓心里禁不住酸酸的，手中的帽子是蓝缎面的，上面缀着红穗子，好像还留着素俊的体温。

明毓看着素俊消失在茫茫森林，再没了踪影才转身回走。约莫走了三袋烟的工夫，接近城门了，看见荣升带一伙人骑着马冲出来，细看都是秀府的家丁，快马加鞭、不管不顾地直管前冲，想是在追赶什么人。明毓心里一紧，是去抓素俊吗？秀大人真的会下令抓素俊吗？素俊已经隐身老林子里，明毓不信他们会抓到他，明毓也不想让他们看见自己，便躲进了路边的林子，等这伙人冲过去了，明毓便改了回城的主意，搭了一辆马车，去了贝勒裕兴的官庄。

第二天，永泰带人在官庄找到明毓时，明毓正忙着检查给贝勒爷进贡的山菜咸菜装坛打包。看着永泰一脸严肃地朝他走来，明毓迎上去行礼请安，问，翼领大人是来检视给贝勒爷的贡品吗？

永泰问他，你把福儿弄哪儿去了？

明毓这才知道，福儿失踪了，连同她那匹老白马。

隔天，秀府传出消息，五格格暴病身亡。因为是暴亡，都没有停灵，也未举行葬礼，当天就出殡了。五格格是未出阁的姑娘，入不了祖茔，只在汪屯祖茔地的旁边选了块地，草草地葬了，堆了个小小的土堆，连块碑都没有。

第四十四章

进京呈贡车队出发的头三天，秀山突然决定，让明毓监运贝勒裕兴及其他皇亲国戚的贡品车队，随永泰带领的总管衙门皇贡车队一同进京。他让永泰传他的口谕，让明毓即刻到衙门集结，不得违命。

明毓没有一点儿心理准备，但他知道事出有因。

福儿过世已经十来天了，明毓几次想见秀山，都被拒绝。无论是在衙门里的提前禀报，还是在秀府附近的不期而遇，秀山一概不允。最令明毓愤怒的，是刚闻听福儿暴亡，看门人才录还拒绝他进秀府吊唁。明毓只得悄悄守望着，远远地跟在秀府的出殡车队后面，默默地送福儿一程。等送葬的人散去，明毓在福儿的坟前默默坐了许久，他无论如何不相信，先前还活蹦乱跳的福儿突然之间就没了，躺在了这个小土堆里。

明毓宁愿相信，这是秀府为了掩人耳目演的一出戏，谋划者只能是秀大人。

福儿应该是失踪了。福儿很有可能去追赶素俊了，难道她半路上出了意外？对于秀府来说，福儿的失踪不是一件可以示人的事，更何况还牵涉到乱党尚素俊。若被萨林保之流抓住大做文章，对秀大人或者秀府来说，将是灭顶之灾。

唯一知道这件事底细的，只有明毓。除了福儿，没有人知道是他帮助素俊逃跑的，福儿不会说；秀大人或许能猜到，只是佯装不知，这让他暗自庆幸。他也能感觉出之前发生的这一桩桩一件件的事件背后，秀山对他的那一份格外关照。他不知道秀山为什么这样对他，但他心里是存了一份感激的。这次突然让他随皇贡进京，肯定也是秀大人的盘算，他只得从命。

趁着刘佳氏给他收拾东西的时候，明毓出了家门，直奔秀府。他已经好久没见到素韵了，福儿出殡那天，也没看到素韵的身影。这次要进京，最快也得两三个月才能回来，怎么也得道别一下，有些事要交代一番，现在，她是他唯一放不下的心事。

才录把他挡在了大门外，告诉他，素韵已经不在秀府了。明毓惊讶不已，追问着，是回蜂蜜营了吗？她一个人回蜂蜜营咋活？咋没告诉我？

才录一问三不知。

明毓知道跟他说不清，说多少都是废话，便转身就走，面前却站着永泰和四个衙役。

永泰问，明毓，去哪儿？

明毓说，我去一趟蜂蜜营，晚上赶回来。

永泰说，不行，所有进京人员都已经集结了，你不能特例。

明毓不听话，执意要走，永泰一挥手，两个衙役就上来抓明毓。明毓哪是轻易就犯的人，三两下就挣脱了，另两个衙役见状也扑上来。明毓不管不顾，拳打脚踢的，只想脱身。他一个人对付四个人，也没少吃亏。正打得不可开交，秀山的轿子到了门口。秀山喊了几声，双方这才住了手。明毓还要走，被秀山喝住了，说，跟我进去！

明毓跟着秀山进了秀府，进了竹林轩，才得以正面看秀山。

秀山一脸憔悴，透着哀容，像极了一个失去女儿的老人。

明毓禁不住鼻子一酸，眼泪就上来了，哽咽着说，为啥？为啥不让我送福儿？连最后一面都不让见？秀大人你告诉我，福儿是不是还活着？

秀山断喝一声，跪下！

明毓扑通一声跪下了，眼泪下雨似的流着，还是不住嘴，追着问，福儿是不是活着？秀大人，你告诉我她还活着！

秀山的眼睛禁不住湿润了，忍了忍，警告说，明毓，听着，再敢胡说八道，我就割掉你的舌头！

明毓睁着泪眼，看秀山是真的在生气，他反倒不怕了，似乎明白了什么，心里忽然一暖一喜，顺势坐在地上，暗自垂泪。

秀山长吁口气，说，明毓，知道为啥要你跟着进京吗？

明毓急忙说，知道。我去，我去！

秀山说，不管死活，你都得给我个信儿。

明毓应着，心里轻松了许多，站起来，说请秀大人允许他在进京前去一趟蜂蜜营。秀山不允，明毓又急了，说，于情于理我都应该跟素韵告别一下。她一个人在蜂蜜营咋过活？秀大人你能不能再把她招进秀府，等我从京城回来就把她娶回家去。

秀山说，不能。

明毓知道秀大人想什么，素俊的乱党之罪不可赦，将军衙门如果追究起来，连素韵也会遭殃，把素韵留在秀府，难保不会受牵连。秀大人是怕了。明毓也不好勉强，多说无用，何况秀大人也不会听他的，他告辞一声转身要走，秀山却让他等等，随即一挥手，刚才跟他撕巴的那四个衙役又露面了。明毓只好乖乖地跟着他们走了。

所有准备进京的职官和牲丁，都集中住在总管衙门的后院，三天里不得随意进出，管吃管喝，每天沐浴，不得沾染肮脏事。众人是乐得这样待遇的，住在自家哪有这种享受？虽说进京的路上要遭些罪，可留在家里的日常劳作，也轻松不到哪里，所以一般不会触犯规矩惹事上身，因而对这些人的管制向来用不着关押式的。明毓却是被押送进来的，专人看管，如坐监一样，他负责监运的那部分活计也都由别人暂时代理。秀山明令，进京前不许他随意出入。明毓心里倒犯起了嘀咕，他不过是想去一趟蜂蜜营与素韵告别，何至于让秀大人如此费心？这倒越发地让他心疑起来，打定主意，得着机会，他还是要跑出去一次。

晚上，老姑奶奶来了，是专门来看他的，带了一些路上御寒的衣物，还有零用的东西，包了一个大包裹。明毓说，我讷都给我预备下了，用不了这么多。老姑奶奶说，我的跟你讷的一样，都带上。穷家富路，别到用时为难遭窄[1]。老姑奶奶的格外关照，让他挺意外，他也不管老姑奶奶是什么用心了，得寸进尺地乞求老姑奶奶，让他出去看看素韵。

老姑奶奶说，你不用担心素韵，有老姑奶奶在呢，跟着你大哥进京吧。

与那年进京一样，走的都是大御路。

---

① 为难遭窄——方言，窘境、困境。

这次，明毓不再只是一个普通的牲丁，他有了身份，负责监运裕府和其余几位皇亲的贡品车队，随时处理事端，无论是车还是人都不能出岔头。除此，他还有着另一个不能示人的差事，寻找失踪的福儿。左翼翼领永泰知道他的使命，两个人心照不宣，彼此也不多言。永泰作为总领队，随时调度人和事还是方便的，这样明毓就有机会见机行事，尤其到了驿站，趁着吃饭或者休息的当口，明毓就可以脱队，到周围转上一转，遇到村屯或行人，打听一番。明毓猜测，福儿如果是追赶素俊，就不会走大路，她也不会在有人的地方留下真实身份和名姓，甚至会女扮男装。私下里与永泰交流起来，两个人的心思都很纠结。福儿怎么知道素俊会走哪条路？如果追上了，彼此倒是有个照应，可素俊会带着福儿一起逃亡吗？既不方便也很危险；如果没追上，福儿一个人穿行在荒路上，那情形真是难以想象。每说到此，都忍不住叹气，永泰就骂福儿是个缺心眼儿的傻丫头，明毓没骂，他总怪罪自己，那天如果他不是有意避开荣升躲到官庄，就能及时得知信息，他立马追赶或许能追上福儿，那就不是今天的局面了。

插着黄色“贡”字旗的车队浩浩荡荡地走在驿路上。已经过了盛京界，过了大凌河，前面就要进关了，迎面遇见的逃荒人开始多起来，都是刚刚出关的，一副担子或者一辆小侉车装着全部的家当，拖儿带女，全凭脚力，想是要往更远的关东方向去。这些闯关东的人若运气好，能走到关东地界，就真能活命；可半路上病了或者没有了充饥的食物，倒毙途中的，也不罕见。这都是一些冒死求生的人，随时有可能做出过激举动，永泰紧张起来，下令各领队不得懈怠，小心警戒。两旁护卫的兵丁，不时驱赶着路边的行人，吆喝他们远离车队。

傍中午时车队在马关驿停下，休整队伍补充给养，这是进关前的最后一个驿站。负责此段路程护送的盛京将军衙门的兵丁，到了山海关与直隶总督衙门派出的兵丁交接完，就可以回去了。带队的骁骑校着急，一个劲儿催促要快点儿启程赶路。永泰却不想走，车队已经走了近一个月了，人困马乏的，他想在此住下，好好休整一下，第二日起早赶路，傍中午就能过关。骁骑校却不情愿，他是想早日完成护送摆脱责任，轻轻松松地回盛京，按时间来算，今日是可以过关的，他就想跟永泰理论。永泰好脾气，也不发火，只是坚持自己的盘算。他带领的是为皇家进贡的车队，没有人敢违抗他的命令，骁骑校再不情愿，也不敢抗命，只好服从，冷着脸子告退了。

明毓明白永泰的心思。这里是进关的必经之路，无论是素俊还是福儿，要进关都得从此处经过，或许就会留下什么线索。永泰就是想在山海关附近多停留一阵，再打听打听福儿的消息。明毓快速安顿好自己的人马，嘱咐领催们各司其职不得有闪失，然后奉永泰之命“打前站”去了。

明毓没有走驿路，下了道，挑拣着荒路，朝深处走去。这里虽也下过了雪，到底还是比乌拉那边暖和些，风不是那么硬，身上裹着羊皮袄还不至于吹透。明毓边催马边想，福儿或者素俊若真走到了这里，或许会好过一些，至少冻不死了。这附近明毓是走过的，跟着赴京进贡的车队走过，跟着吴大澂的队伍去辽东一带抗倭时行军路过，最后一次应该是跟着钦差大臣裕兴巡视吉林。他知道哪一片有村屯，哪儿有客栈，哪儿又有逃荒者栖身的破草屋。他只有一个下午的时间，天黑前得赶回马关驿，他无法找遍所有能想到的地方，只能顺着一个方向走。素俊是逃跑，肯定要避开人走的；福儿呢？她的目标应该是比较大，至少她那匹白马无法避人眼目，离开了乌拉城，她也不会有意识地躲着人。

这是一片平原，视线内藏不住任何东西，明毓奔着一个小屯子跑去。说是屯子，目力所及也就两座草房，隐在一片林子后面，林子都枯了叶，只剩树干挺着，透着萧瑟。林子里藏了一条小河沟，有水便聚了人，两座草房前后相隔了一段距离，散落在河沟的那一边。河面上了冻，冰是透明的，下面的水还在流，隐隐地有汩汩的水声。明毓纵马过河，马蹄踏碎了冰面，发出脆响，几个跃起，便到了对岸。认准最近的一座房靠近。草房很简陋，四面用木杆围起来，从房顶到四周，都苫的干草，门窗都用草帘。明毓站在外面喊人，里面有动静，片刻出来一人，一个老太太，裹了小脚，头上包着布巾，穿着过膝的粗布大褂，见了明毓露出胆怯样。明毓解释只是想找人，又细说了素俊或者福儿的样貌装扮，老太太摇头说，你去别处找，快走吧。说罢转身进了屋。明毓正疑惑着，身后有人走来，发出咯吱咯吱的声音，转身看去，一个中年汉子走过来，肩上扛着一捆柴，到了近处，放下柴梱，打量几眼明毓，眼神木木的。明毓又说起找人的事，描述了一番素俊和福儿的样貌。汉子想了想，指着后面不远处的一座草房，说去那边问问看，好像有这样两个人。明毓惊喜不已，牵了马就走。那汉子热心，赶上几步，说我带你过去。明毓谢过了，继续走，边走边聊，聊了几句就觉得不对劲儿了。他问到的所有关于素俊或者福儿的线索，那汉子都点头称是，可有些是他猜测的，似是而非，那汉子也只是逢迎。明毓站住了，看着汉子，问，你是真看到他们了还是瞎说？汉子愕然，结巴了两下，说，真的，真看到了。明毓又问，看到一个还是两个？汉子说，一个，不对，两个，都看到了。明毓警觉起来，感觉这汉子不是个好人，如果素俊或福儿真落在他手里，那可就凶多吉少了。明毓心里禁不住一阵发凉，可他不能表现出来，无论如何他得探个清楚。

明毓一进屋，身后的门立时被关上了。过了灶间，里面有一铺炕，一个人坐在炕沿边抽烟，屋子里只有微弱的光线，又被烟雾缭绕着，看什么都是模糊的。明毓也不意外，进屋前心里就有数，判断这屋里应该有两个人。明毓侧了下身子，后背靠墙，看清了，另一个人堵在门口。明毓若无其事地笑了笑，客气地问了声好，就说起自己要找的人。抽烟的汉子开口了，一嘴山东腔，说，见过你要找的那个人，还在这儿吃了顿饭。明毓问是啥时候的事，那人去哪儿了？抽烟的汉子说，两天前，说要去关东。明毓知道他在撒谎，却没办法判断他是不是在说素俊。他没有心情跟他软磨，便直截了当地问，告诉我，他现在在哪儿？抽烟的汉子笑笑，说，年轻人，你总得买个人情吧？

明毓知道这是要钱呢，这一路吃住所需均由公家开销，不用自己掏钱，他只带了少许银两，以备不时之需，可刚才来的时候又都随包裹放在驿站了，这会儿身上只有一吊大钱，他拿出来，抛给抽烟的汉子。那汉子接着了，很不屑地笑笑，说，这乱世，人情薄如纸啊！明毓明白他是不满足，解释说他只有这么多。抽烟的汉子让他把马留下来。明毓料定这汉子不仅不会提供素俊的信息，甚至都不会轻易放他走，他撂下脸来，说，别太过分了。那汉子也不装老实了，站起身，给同伙丢了个眼神儿，两个人就朝明毓凑过来，手里竟然掂着刀子。明毓看了看，这屋子狭小，转不过身来，不把这两个家伙撂倒，他根本无法脱身。他一手攥着马鞭，另一只手顺势摘下腰间的匕首，唰地亮出来。两个家伙吓了一跳，但也只是一愣神儿，接着就扑过来。几个回合，明毓发现这俩家伙不过是土贼，毫无功夫，却有蛮力，也不好制服。他把主攻目标定准了抽烟的汉子，挥鞭逼退另一个家伙，回手一刀划在抽烟汉子的脸颊上，乘势把匕首架在那汉子的脖颈上，回头喝住另一个家伙，让他把手里的刀子扔掉。抽烟的汉子捂着脸，有血水顺着手指缝淌下来，告饶了，求明毓手下留情。明毓就逼问他那个在这儿吃了一顿饭的人在哪儿。抽烟的汉子说没有这个人，他瞎说的。另一个家伙也说没看见这个人。明毓迟疑着是不是该相信他们，正犹豫间，听见外面马的嘶叫声，那是他的马在叫，他顾不得屋里的两个家伙，几步蹿出门去，正看见那个诓他来的汉子想弄走他的马。马嘶叫着，任凭踢踹，就是不肯走。明毓赶上来，一鞭子抽在那汉子的脸上，打得他惨叫起来。这工夫屋里的两个家伙也跑出来，三个人一起朝明毓逼近。明毓不想恋战，一拍马屁股，飞身上马跑走了。

明毓回到驿站已经天黑了，永泰正等得着急。明毓把情况跟他说了，永泰倒替他庆幸。明毓却有些不甘心，说想带几个人再回去一趟，没得到素俊或者福儿的准信儿总觉得不踏实。永泰就叫人请来了那位骁骑校，把事情跟他说了，请他派几个人跟着，随手递过去一包银子，说是给弟兄们的辛苦费。骁骑校欣然同意，派了十个兵丁跟着明毓。

明毓领着十个兵丁跨过那道河沟时已是午夜，相隔不远的两座草房像两个孤零零的坟丘，黝黑沉寂。分头去查看，都已人去屋空，大概是害怕明毓再回来报复才弃家而逃。明毓让兵丁们分别在两座草房里翻查一遍，看看能不能找到一些有用的线索。仿佛是天意，明毓说话时就站在第一座草房的灶坑旁，他抓起一把草，挽成了火把，掏出火石打火点着了，无意中眼神瞄到了风箱，看到了垫在风箱底脚下的一块见方的石头。明毓弯腰抽出那块石头，拂去上面的灰土，看清这竟然是一块端砚，显然不是这家人家该有的东西。看着这砚台，明毓心里发悸，恍惚是素俊曾经用过的，就摆在炕桌上，石质细腻温润，素俊说是吴大澂送给尚先生的。翻过砚身，果然有铭文，借着火光凑近了细看，认出几个字：塞外听林，江南看雨。恒轩。明毓知道，恒轩正是吴大澂的号。他的腿抖起来，料想素俊凶多吉少，细查两座草房，再无发现，也不敢多想了。还不敢耽搁太久，再不走天亮赶不到驿站会误了行程。明毓收起砚台，告诉那些兵丁烧了草房，免得强人再回来害人，兵丁们就放起火来。草房一点就着，片刻间火苗就蹿起老高，一直走出好远，隐隐地还能看到火光。

明毓跟着皇贡车队走向山海关。关卡戒严了，闲杂人等都被清得远远的，兵丁们持枪列队，护卫着车队缓缓驶过。

过了关，等待交接公文的空当，明毓终究不死心，跟永泰禀告一声，就跑回了关口，直接进了堆拨房，想跟守关的兵丁打听点儿消息。

明毓看到了一幅画，画在堆拨房的墙砖上，用硬物刻出来的——两只蝴蝶，一前一后翩翩追逐着。

第四十五章

明毓随着左翼翼领永泰总领的乌拉打牲衙门进贡的车队进了京。

明毓主要监运送给裕府的方物，装了满满十辆大车，除了庄田的收成，还有各种山珍野味，鹿肉、鹿茸、野猪肉、熊掌、狍子皮、野鸡、各色杂鱼、干菜、干果等等。虽数量上比不了皇贡，品种和质量却不相上下。随永泰到内务府报备查验后，明毓将方物直接送到了裕府，呈上贡单，与管事太监王福升做了交接，就回到驿馆，等着贝勒爷召见。

晚上，王福升来了，说三阿哥要接明毓到贝勒府住，且要住些日子。明毓就去找永泰告假，然后随王福升回到裕府。路上问王福升三阿哥找他做什么。王福升笑说，你自己找的麻烦，送个啥东西不好，送只海东青，是随便啥人都能玩儿的吗？

明毓明白了，这次进京，他特意给巴铎带了一个礼物，一只海东青。巴铎来乌拉城时就说要弄海东青，只是那时不是拉鹰[①]的季节，临走留下话，让明毓给他弄一只送进京城，最好是极品的白玉海东青。这让明毓很是为难。海东青被满人视为飞得最高最快的鹰，属于贡品，不得私自蓄养，鹰把式拉到鹰都是要报多得拨什库备案的。而白玉海东青更是得之不易，每有捕获必要送内务府。巴铎发话，明毓明知难办也只能暂时应承下来。在拉鹰的季节，明毓特意去了一趟鹰屯。鹰屯的许多人都是鹰户，靠放鹰行猎，所以叫了鹰屯。鹰屯在鹰道上，每到二八月过鹰的季节，村里的猎户便上山请鹰。朝廷有制，鹰户每年需

---

① 拉鹰——方言，捕鹰。

上交一百只，欠交一只罚银一钱；鹰把式每上交一只鹰，一等的折银十五两，二等折银十两，三等折银五两，四等折银一两；当年生的幼鹰折银五钱。明毓要截留自然要付大价钱，还得有胆大的鹰把式敢跟他私下交易。明毓找了镶蓝旗伊尔根家的双喜。双喜是著名的鹰把式，家族世代都是鹰户。双喜让出一只三等的海东青，却要二十两银子，明毓也认了，又跟着双喜把鹰驯服了，这次进京就带来了。这只海东青没在贡单里，一路上好吃好喝地喂着，藏着掖着的，交接贡品时他特意嘱咐王福升是送给三阿哥的。海东青换了主人，肯定桀骜不驯，巴铎摆弄不了，找他去是要重新驯服，重新驯服就得熬鹰，最多也不过七天的时间，他还能赶上跟着永泰回乌拉。

巴铎见了明毓眉开眼笑，显然很开心，说，那只海东青真招人喜欢，可那家伙太凶了，要吃人啊！你得帮我把它驯服帖了。

明毓应下，讲好了，驯完了鹰就放他回乌拉城。明毓就又住进了裕府。

海东青认他，见他来了，在笼子里扑腾起来，啾啾地直叫。明毓打开笼门，解开绊在它脚上的襻绳，那鹰直冲出来飞上了蓝天，吓得巴铎叫喊起来，跑了跑了！明毓捏着嘴唇打了个长长的呼哨，鹰折转回来，在头顶上盘旋几圈，落在了明毓的手臂上。

巴铎看得热血沸腾，凑上去要伸手摸它。明毓吓他，别动，小心啄了眼。果然，那鹰瞪着一双圆眼，直盯着巴铎，随时要扑上去的意思。巴铎就僵在那不敢动了。

明毓说，得让它服你。

巴铎问，怎么能让它服我？

明毓说，熬鹰。

熬鹰其实也是熬人，鹰和人大眼瞪小眼地互相看着，谁也不能睡觉，人不让鹰睡觉，人就得挺着不睡，最后就看谁的意志力强了。人靠毅力将鹰的野性磨没了，鹰就服你了。

明毓给巴铎讲解熬鹰的方法和目的，他有些怀疑巴铎能不能熬过鹰。巴铎不以为意，一脸轻蔑地看着海东青。

明毓让人找来一团线麻，捆了一块瘦肉喂海东青，海东青将麻团吞了下去。明毓说到了晚上，鹰受不了会把麻团吐出来，麻团将肚子里的油水也一起带出。这一路上它吃得太好太饱了，吃太饱就不玩活儿。他又教匠役做了个鹰架，支在了巴铎住的房间后身的耳房，那是巴铎的贴身随从小顺子住的地方。

第二天，明毓早早地起来了，过到耳房这边，推开门，见巴铎四仰八叉地睡在炕上，鼾声如雷。小顺子窝在炕沿下，也呼呼大睡。再看鹰架上的海东青，眯着眼睛睡得极安稳，地上是它吐出来的麻团，沾着些黏液和残食。明毓哭笑不得，喊醒了巴铎，巴铎翻了个身，接着又睡起来。

吃过早饭，王福升打发人来找明毓，说贝勒爷要见他。明毓跟着去了，见到裕兴，跪拜下去。裕兴很和气，让他起身，问了些话，今年庄田的收成，按多少垧地纳的粮，他巡视乌拉时听闻和见到的一些事情，秀大人勘察土地的事是否还在继续，明毓都一一作答了。裕兴对他管理的庄田事务很满意，该缴的粮食如数上交了，比往年多了许多，进贡的方物也令人满意。看样子明毓很胜任这个庄头，他没看错人。又问到协领大人的儿子富祥被绑架一事，明毓也详详细细地说了。人是他去领回来的，说起来就更细，有枝有蔓的，如说故事。裕兴信了乌拉周边胡子猖獗的现象，却不理解何以如此。明毓说，极寒之地，生存艰困，加之流民泛滥，无立足之本，所以入山为匪。裕兴还是不解，说看周边土地辽阔，租种些土地总该可以养家糊口，那山里野味更多，勤劳些不至于挨饿嘛！明毓顿了顿，不知如何作答。明毓心里明白，乌拉地界土地辽阔资源丰富，可都是贡山贡河贡江，是皇家禁地，岂是小民可以随意踏入或轻取的？那些租种土地的佃户，辛辛苦苦地干，一年到头，打的粮食交给地主后，所剩无几，根本不够养家。而几辈子养尊处优、衣来伸手饭来张口的贝勒爷，哪里知道普通旗丁和民人的苦楚？明毓当然不能这样说出来，想了想，也只得附和说，也是，好吃懒做的人，什么地方都有。裕兴笑笑，笑意很不明确，明毓有些忐忑，不知哪句话没对上茬儿。

裕兴又笑了一下，这回是冷笑，明毓看明白了。

裕兴说，自作聪明的人，什么时候都有，是吧，明毓？

明毓没敢贸然接话，静等着，不知贝勒爷有何心思。

裕兴突然说，明毓，我这么抬举你，你却吃里爬外，可对得起我？

明毓急忙跪下，说，贝勒爷，明毓不敢，明毓一直尽心尽力为贝勒爷做事，不知道贝勒爷说的吃里爬外指的是啥。

裕兴说，不知道啥是吃里爬外？看样子，你需要静下来想想。

明毓就被关进了一间黑屋子，这是贝勒府私设的小牢房，他在府里做侍卫的时候，奉命往这里关过犯事的人，什么罪名的都有，后来什么结局他也懒得打听，没想到自己也进来了。他没有反抗，也没有争辩。贝勒爷想治他肯定是事先有算计，他得好好想想问题出在哪里。能不能跟帮助素俊逃跑有关？若是这个罪名就重了，可在乌拉城，除了秀大人和福儿，别人好像不知道内情。看贝勒爷的表情，应该不是为这件事。那是为啥？贝勒爷说他吃里爬外，贝勒爷是把他归在了自己名下，那他做事不为贝勒爷着想，就应该是吃里爬外。他做的“吃里爬外”的事，只有帮秀山摆平巴铎被绑架这事，也是为了开脱福儿和素俊。看样子这事做得不周密，被人捅了出来。可贝勒爷到底知道多少？是全部还是部分？“吃里爬外”不是啥罪名，是做事的态度，但要捏个罪名也易如反掌，何况事涉“胡子绑票”，安上多大的罪名都有可能，不能掉以轻心，也不能轻易认屃。

下半晌，巴铎来了。巴铎先申明，他可没有把明毓骗进裕府，他真是想请明毓帮着熬鹰的。明毓信他说的，贝勒府要抓个人还用费那么大心思设计吗？他想知道巴铎的态度。他问，贝勒爷说我吃里爬外，三阿哥，您告诉我，我咋就吃里爬外了？

巴铎说，这你得问自己。你自己做下的事，自己能不清楚吗？

明毓说，我就知道为贝勒府尽心尽力地做了许多事，可不知道哪一件事是吃里爬外了。

巴铎说，你还不说是吧？我可是来帮你的，你快点儿出去还得帮我熬鹰呢！

巴铎说着，诡秘地一笑，又说，要不，我先熬你吧，把你熬服了，你再出去熬鹰。

巴铎呵呵地笑着走了，想是为自己的主意得意不已，走出好远明毓还能听到他的笑声。

接着就来了四个护卫，两个在门外守着，两个在屋里看着不让明毓睡觉，隔一段时辰就轮换一下。明毓被双臂反绑在木桩子上，脚尖着地，紧贴颈部拦一道细绳，只要身子下坠，那道绳子即刻勒住脖子，结果就是自缢，他得全身紧绷着才能撑住身子。明毓清醒的时候还在心里咒怨，贝勒府的私刑竟有这样的花样，也不知是谁想出来的。两组护卫不打他也不骂他，还不逼他，只是不让他睡觉，稍微有些困意，就被用木榀敲一下，或者被一瓢冷水浇头。第一天，明毓挺过来了，虽筋疲力尽，可还有精力开玩笑，说他有熬鹰的根底，还有在战场上一天一夜奔袭的功夫顶着。第二天他就有些顶不住了，白天里给他吃喝，只是不让睡觉，到了晚上就是干熬。困意不可遏止地袭来，身子坠下去，脖子被勒住了，惊醒过来，靠着求生的本能强撑着。他还听见巴铎的说话声，却分不清是在外面还是在屋里，他的脑子乱了。浑浑噩噩中觉得天亮了，他想这第三天无论如何熬不过去了，不被勒死，也得困死，或者神志错乱，这更可怕。不会有人来救他，甚至外面的人都不知道他的处境。永泰若派人来裕府找他，也会被告知说他不跟送贡的队伍回返了，永泰定不会起疑，还会按照原定计划在年前赶回乌拉；退一步想，就算永泰知道他面临险境，想救他也无能为力。他必须自己想办法，除了屈服，还有别的办法吗？谁有可能救他？

明毓想到了二格格。这次进府没见到二格格，不知她是回婆家了，还是避而不见，或许她还不知道他来了。她会救他吗？她凭什么要救他？可除了她，明毓再也想不出第二个可能救他的人了。

趁着头脑稍微清醒，明毓开始想怎么能让二格格得到信儿。眼前折磨他的这四个护卫，都是生面孔，估计是巴铎故意选的人，就怕对他手下留情。可除了这四个人……对了，还有一个人，这两天见过，是来给他送饭的苏拉，一个十四五岁的孩子。当初训练裕府的护卫时，经常能看见这个打杂的孩子跑跑颠颠地从旁边经过，偶尔还会站下来看一会儿。有一天训练结束，这孩子畏葸地凑过来，说要跟他学本事。明毓觉着他挺机灵，看着也本分，就答应教他，让他同掌事的说一声，早晚抽出空闲跟着练两招。谁知这孩子第二天没露面，第三天在路上遇见了，竟要躲他。明毓倒好奇了，拦住他想问个究竟，却看见孩子的半边脸是肿的，孩子说因为他要调班跟明毓学本事，掌事的就赏了几巴掌让他断了这个念想儿，他再不敢妄想了。

明毓的意识虽有些恍惚，还是认准这就是那个小苏拉，虽长大了两岁，模样却没大变，可他会为救他甘冒风险吗？毕竟他们的师徒缘分未成，他甚至都不知道这孩子叫什么……又一记木槌敲在明毓的头上，明毓心里激灵一下，下意识地挺起了脖子。他提醒自己挺住，咬牙挺住，再有一会儿该来送饭了……果然……来了，来送饭了……想吃，饿了……你喂我……救我……二格格……救我……

二格格没来……明毓的最后一点理智即将崩溃……我说，我都说出来……

让我睡觉……要死了……

明毓醒来的时候，身子还被绑在木桩上，颈上拦的那道细绳没了，脚跟儿落了地，他才能站着睡着。他不知道自己睡了多久，不知道是白天还是夜里。拿着木槌的护卫不见了，他们不熬他了，是熬不过他了，还是他熬不过去了？……明毓心里又激灵一下，想，坏了，是自己没熬过去，没挺住，都说了，都说出来了……明毓忽然很沮丧，有一种心灰意冷的感觉袭上来，还有一种爱咋咋的的无奈，他又睡了过去。

明毓是被一盆冷水激醒的，睁开眼睛，巴铎站在面前，诡笑着。

巴铎说，没想到，我那只海东青没熬成，倒把你熬服了。

明毓问，我服了？

巴铎说，你服了，全招了。看看吧，这是你的口供，你亲自画的押按的手印，想赖也赖不掉。给他看。

这后一句是给随从下的令。随从走上前，在明毓面前展开几张纸，上面密密麻麻写着字，末尾是明毓的签字，还画着圈，按着鲜红的指印。

明毓侧脸看了看自己的手指头，食指上沾着印泥，清晰可见。

明毓说，我得看看上面都写了什么。

巴铎说，可以。口供照录，一字未改。

随从把口供擎在明毓面前。明毓急切地看着，辨认着，想在里面寻找那几个熟悉的名字，他最怕出现的名字……竟然没有。

随后，明毓被带到了裕兴面前，跪着，等候发落。

裕兴看着明毓的口供，摇头不已，遗憾地说，与土匪勾结作案，绑架钦差随员，这可是重罪。

明毓苦笑着，说，你们屈打成招。

裕兴问站在旁边的巴铎，你们打他了吗？

巴铎说，没有。你看他身上可有一道伤痕？

裕兴还真起身绕过书案，走到明毓面前，前后左右仔细看了看，然后说，明毓，我也不相信你会做出这些事，可这是你自己的口供，你想翻供吗？

明毓问，贝勒爷，会给奴才判个啥罪？

裕兴说，我不能给你定罪，那不是私设公堂了吗？我得把你送到顺天府。由顺天府尹来判。

明毓说，送顺天府？不是宗人府吗？

裕兴笑了一下，说，你也配送宗人府？你还不够资格呢！

明毓恍然大悟似的，说，奴才愚笨，以为旗人犯了罪都要送宗人府的。那只有像贝勒爷这样的皇室宗亲犯了罪，才有资格送宗人府，是吧？

明毓又被送回了私牢，好在没再绑他，可坐可卧，身体算是暂时松快了，可心里却沉重起来。他最后一句话触怒了裕贝勒，也提醒了裕贝勒。裕贝勒应该清楚，如果他被送到顺天府，一过堂，难免不把整个事件的前因后果都说出来，到时候，裕贝勒在乌拉时的种种不法行径就得暴露，宗人府就该过问了。或许忌惮于此，裕贝勒才没把他送出去，可是，接下来裕贝勒会怎么处置他？裕贝勒会不会私下行刑，神不知鬼不觉地让他消失？贝勒府要处置他还不像碾死一只蚂蚁？明毓真有些害怕了。

有人来送饭了，是那个小苏拉。明毓忽然想起动过的那个念头，他已经记不得是不是跟这个小苏拉说过什么，也许一切都是他在混沌时的臆想。也许他说了，但小苏拉没给他办；也许是小苏拉给他办了，但二格格没答应。反正，结果都是，二格格没露面。

小苏拉从篮子里拿出一碗咸菜，一个玉米饼子，不说话，低眉顺眼的样子像是有啥愧疚。明毓就盯着他看，想看出点儿端倪来。

小苏拉迅速地瞄了一眼门外，说，我告诉二格格了。

明毓急问，她说啥了？

小苏拉说，她啥也没说。

小苏拉提起篮子走了，明毓看着摆在眼前的碗和饼子发呆。二格格知道他被抓了，却没来救他，她啥也没说是啥意思？是想不起他了，还是不想管？

再说，二格格凭啥救他？二格格为他做过不少事，不顾礼数地对他好，他能感觉到她的心思，可他是怎么回报的呢？他有婚约在身，他心里有中意的女孩儿，他与二格格是不对等的关系，他不能也不敢有非分之想，面对二格格，他要么装傻，要么躲避，直至最后逃跑。他随钦差回到乌拉城不再返回京城，固然是贝勒爷的有意安排，其实也正中下怀。他无法想象他的逃避对二格格会造成多大的伤害，他只是以为留在了乌拉城，他在贝勒府的一切经历就都翻过去了，与二格格再无瓜葛，孰料，人算不如天算，他又落在了贝勒府，才又想起了二格格，那二格格怎么会帮他？

明毓彻底死了心，不再奢望二格格，他得另觅途径自救，反正不能坐以待毙，把性命断送在贝勒府。

明毓又一次想到逃。要逃出这个私设的监牢好像并不难，只要出了这道门，凭他对贝勒府的熟悉程度，别人想要追上也难。可逃出去了又能去哪儿？回乌拉城显然不行，普天之下莫非王土，贝勒爷一个手谕下去，别说萨大人之流的，就是秀大人也得捉了他献上去。那么，不回乌拉城，一辈子浪迹天下？素韵怎么办？真把她丢在乌拉城了？那他对得起尚先生和素俊大哥吗？临进京前他都没见素韵一面，也不知她怎么样了，老姑奶奶让他放心，好像暗示他什么，可他怎么能放心？让素韵离开秀府肯定是秀大人的决定，秀大人是怕受牵连吗？老姑奶奶说把素韵送到乡下一个远亲家里了，等躲过了风头再说。那是家什么样的亲戚，老姑奶奶却没细说。原以为从京城回去他就去找素韵，不管怎么的也得找到素韵，领回家，至于父母同意不同意他们结婚再说，反正能把素韵留在身边也让人放心些。如今素俊生死不明，素韵若再有个什么意外，怎么对得起素俊和尚先生？

又到了送饭的时间，来送饭的不是小苏拉，而是曾经折磨他的四个护卫中的一个。明毓问了一句小苏拉咋没来，这护卫讥笑他，说，送饭的你还得挑个人，摆谱啊？你够有谱的了，连三阿哥都亲自过问给你送啥饭。

明毓看那篮子里的饭菜，一碗白米饭，一碗肉，还有一碟咸菜，倒是比平日讲究。

明毓笑了，问，咋没有酒？

护卫说，美的你。吃吧。

明毓说，放那儿吧，没饿，一会儿再吃。

护卫说，不行，我得看着你吃。

明毓这才警觉起来，看着那饭菜，心里画魂儿。难道裕贝勒真要杀人灭口给他的饭菜下了毒？他该怎么办？冒险吃下去，还是夺路而逃？明毓端起饭碗，他无法判断这饭食里是否有毒，他又瞄了一下门口，护卫进来时没锁门，门外站着一个人影，估计是另一个护卫。明毓端着碗端详起来，仿佛要看清碗上的花纹。护卫很不耐烦，催他快吃，别看花。明毓不看了，顺势一掷，那碗就飞向护卫的头，他是练过飞镖的，有准头。毫无防备的护卫被击中，倒下去，发出扑通的声音，惊动了门外的人。门外的护卫推门进屋，还发问，倒了？看见明毓站在面前，只顾了惊愕，瞬间被明毓一拳打昏了。他倒的位置不好，挡住了门，明毓费力地搬开，推开门，不料，门口又站了一个人，明毓本能地挥起拳，半路上收住了，定睛细看，竟是二格格。

明毓被二格格领回了内院。明毓本不想跟她走，二格格说不跟我走你就是死，明毓就再没抗拒。二格格住的是裕府后面的一个小院，月亮门上刻着“怡园”两个字，一坐北朝南的正房，一西厢房，院内还设了飞流假山，摆了一块灵璧石，有几株老树，小河卵石子镶铺的甬道，很清幽的一处院落。明毓做护卫的时候也只是在院外巡视走过，从没涉足里面。不想今日这里倒成了避难处。二格格把他安置在西厢房的一间屋子，是二格格做姑娘时跟随她的贴身丫鬟的住处，二格格出阁后，贴身丫鬟也被指婚放了出去，这处就闲置下来。二格格领着明毓进来，还没等细说什么，二格格的丫鬟小芸跑进来，说三阿哥带人进院了。二格格告诉明毓，老实待着，外面的事你别管。说完就出去了。

明毓很老实地在屋里待着。说不清为什么这样信着二格格，如果二格格真能替他摆平了这件事，他还是希望能光明正大地活着。透过窗户，他看见二格格在跟巴铎说着什么，巴铎很生气，不断地挥舞手臂，想是指挥手下去拿明毓，但几次都被二格格拦下了。最后，二格格和巴铎一起走了，明毓推测是找裕贝勒理论去了。

二格格再露面的时候一脸平静，对着明毓先笑了一下，这让明毓心里有了点儿底。二格格告诉明毓，先留在这儿，当我的随身侍卫。

明毓急忙问，那以后呢？

二格格看着明毓，想了一会儿，说，以后？再说。

第四十六章

正月十五一大早，赖德才就领着下人们把院子的各处都打扫了一遍，积了一冬天的雪都运走了；外院东厢房外墙上的几十个鸽子窝也清理了一遍，鸽子粪送到了菜园子留待开春做肥料；树篱笆还枯着，挺着光秃秃的干，也修剪了一番；事先做好的冰灯，南瓜样、西瓜样、水桶样、花盆样等等的，都摆在了各房门旁、甬道边；从暖窖里选了一批正开着的花，月季、水仙、八宝树、文竹、杜鹃，送到各屋摆上。上半晌，从点心铺、水果铺预定的果盒果匣子也陆续送来了，引得孩子们追着讨要，赖德才哄骗不过，只得抓一把挨个儿分了，然后赶紧藏起来，不然到不了晚上摆供就都偷吃没了。

各道院子还有门廊都挂上了灯笼，是老姑奶奶领着吉祥、雪雁带着几个下人扎制的。老姑奶奶承继了祖上这手绝活儿，能扎出各种精巧、各种形状的灯笼，每年的正月十五就是她显手艺的时候。那灯笼有的还是里外两层的，里面的能转，上面画着各种图案，有唱本里的人儿，有各种花卉鸟兽，这几年都是素韵亲手画上的，今年素韵没在府里，老姑奶奶就逼着雪雁画。雪雁也跟着素韵学画画，画得自然不如素韵，可也说得过去了。

吉祥、吉成、吉禄还有雪雁等几个孩子正在前院跑着追着打画墨儿玩，个个脸上都被抹上了锅底灰，老姑奶奶站在旁边看热闹，看到哪个孩子被追上抹上了锅底灰，便笑得哈哈的。吉成成了目标，其他几个孩子一起喊着笑着追在他身后，老姑奶奶正喊着“快跑”，不料正跑在她身边的雪雁趁她不备，在她脸上抹了一把，老姑奶奶的脸上就被抹了一道黑。老姑奶奶笑骂着死丫崽子，伸手要抓雪雁，雪雁笑着跑开了。众人正笑作一团，就听吉成在大门口喊，灯官快到大门口了！

每年的灯官都是商家们随意推举出来的，有店掌柜，有裁缝，有卖膏药的，还有叫花子，都得是嘴皮子厉害的主儿，能说会道，还有会唱的。被推举出来的人走马上任，从正月十四到正月十六，只有三天的特权，督察谁家挂没挂灯，谁家的灯挂得合不合适，灯数够不够。灯官如果不满意就要罚，罚的东西也就是一两包蜡烛或者元宵或者几个大钱儿，灯官随手就赏给了跟着起哄的叫花子。灯官在任的这三天，还能抖抖威风，路遇的官员，不管多大官，都得下轿礼让。灯官巡察的队伍经过之处，常常热闹非凡，笑声不断，官与民同乐，尽显其乐融融的民风。

今年的灯官竟然是奚师爷，穿着不知从哪儿淘换来的旧官服，坐在轿子上，前面有仪仗队，都由各商家的伙计、跑堂、学徒充当，敲锣打鼓，打着“灯政司”“七品正堂”“回避”“肃静”的执事牌开道，后面由叫花子们扮成的跟班护轿，路两边追着看热闹的人，男女老少都有。

灯官巡察队伍停在了秀府门前。秀府是灯官必巡视的地方，已是惯例，早候在门口的赖德才急忙上前迎接，打了千儿，点头哈腰的样子有些滑稽，逗得看热闹的人一片哄笑。奚师爷没下轿，端坐着，拿捏得矫情，看热闹的人静下来，等着看奚师爷如何挑刺儿。赖德才很有耐心，再三邀请，奚师爷总算下了轿，假模假式正了正官帽，用眼光踅摸一圈，迈着官步朝大门口走来。

秀府的大门楣上挂着四只红纱灯，分别写着“普天同庆”“与民同乐”“国泰民安”和“五谷丰登”。灯笼硕大，白日虽没点上蜡烛，却也红得耀眼。秀府的灯笼历来都是最讲究的，不仅大，还样式新，质地好，透着大气和尊贵。历年灯官装模作样地挑点儿刺，也是为了从赖德才那讨点儿赏钱。其实人们也知道，就是灯官不鸡蛋里挑骨头，赖德才也会掏出赏钱，以博大家开心，秀府大家大户，不在乎这些钱，图个喜庆乐呵罢了。

奚师爷站在灯笼下，挨个审视着，嘴里还念着上面的字，然后“吭吭”咳了两声，嘴角爆出个冷笑，说，这口气不小嘛，与民同乐，普天同庆，当自己是啥人了？

赖德才听这话头不对，不像善意，急忙从腰上摘下一荷包，托在手上，笑脸递到奚师爷面前，说，灯官老爷，不成敬意，请笑纳。恭祝灯官老爷升官发财啦！

奚师爷笑眯眯地一努嘴，旁边一个扮随从的接过了荷包，掂量着，笑得咧开了嘴。看热闹的人也跟着喜庆，有人喊着，撒了，撒了！赖德才又掏出一把大钱儿，朝着仪仗队伍抛过去。

仪仗队先乱了，队员们哄着去捡钱，也顾不得礼仪了。

奚师爷倒没生气，气定神闲地看着他的部下一个个匍匐在地的狼狈样，笑笑，说，赖管家，都说秀府里的灯饰花样繁多争奇斗艳，今日可否让本官开开眼啊？

这却有些过分了。往年灯官的队伍只是在秀府门前笑闹一阵便开拨了，即便灯官在这一天有特权，也从不曾或者说不敢提出这样的请求，这奚师爷想是来挑事的？看他刚下轿说出那不知深浅的话，怕是不怀好意，赖德才犹豫了。

奚师爷自作主张抬腿就上了台阶，那些随从们也趁势跟了上来。深宅高院的秀府曾是外界多少人的好奇之处，却很少有人获准进入，今日若是能踏足进去，倒是偏得，看热闹的人就都在奚师爷的身后拥着。

一直站在台阶上的老姑奶奶跨前一步，挡在奚师爷的面前，说，慢着！谁让你进了？

奚师爷一脚高一脚低地站着，一时语塞。不过奚师爷到底是奚师爷，脑子灵便，嘴皮子也溜，尴尬也就是一瞬间，缓过神儿来立刻坦然了，说，老姑奶奶，本官是代表乌拉百姓巡察全城灯事，享有特权，秀府权高势重，难道要藐视规矩、枉顾民风吗？

老姑奶奶呵呵笑着，一脸的和气，说，从来没有听说民风是允许擅闯民宅的。

奚师爷笑着，说，不过是看看府里的灯饰，怕啥？难道老姑奶奶还藏着啥不能见人的秘密？

老姑奶奶脸立时酸了，挥手就是一巴掌，打在奚师爷的脸上，动作快得谁都没反应过来，奚师爷被打愣了。

老姑奶奶狠狠地吐出一个字，滚！

赖德才有眼力见儿，脑子反应也快，迅速从怀里又掏出几吊钱，拆开了，朝人群撒去，喊着，散了！散了！

奚师爷身后的人群一哄而散，奚师爷也被才录和秀府的几个家丁架着下了台阶。

事后人们都说，这是乌拉城有史以来灯官遭受的最难堪的待遇，也是奚师爷最没脸的一次遭遇，在乌拉城能惹事也能平事的奚师爷什么时候受过这个？但人们还是觉得他该打，谁让他去秀府搅事，竟然还敢惹老姑奶奶。老姑奶奶在秀府的地位无人能比，连秀大人和大奶奶都尊着她供着她，更别提其他人了；就是在乌拉城，老姑奶奶也是不怒自威，她平日很少露面，也不多言，但只要她到的场合，没有人不给面子的。奚师爷怕是出门前没烧香，这才错了脑筋，没屁搁楞[①]嗓子，自讨没趣，也只能自认倒霉了。

秀山不这样认为。奚师爷绝对不是没脑子的人，他就是到秀府挑事来了，只不过是遇到了老姑奶奶，不由分说当众给了他一巴掌，断了他的算计而已。奚师爷只是一个讼棍，没品的人，谁给点儿好处就替谁操弄事，这次，肯定也是受人唆使，不然怎么敢三番五次地招惹秀府？奚师爷的祖上不过是个带地投充的汉人，繁衍到他这一辈，念了点儿书，童试考了个秀才，在乌拉城也算个有身份的人了，却不务正业，操弄起诉事来，凭着没皮没脸的劲儿，无理搅三分，属狗皮膏药的，人见人烦，却又不敢得罪，谁知道什么时候会用到他或者被他咬一口？秀山刚刚坐上总管之位时，奚师爷曾想在衙门里谋个职位，找了中人引荐，甚至登门自荐，按理他算是个人才，给个舞文弄墨的差事也可以胜任，无奈秀山就是看不上他，当场卷了他的面子。梁子就是这么结下的。奚师爷得着机会就找碴儿，只是都被秀山摆平了，没掀起什么大浪。这几年秀山也听说，奚师爷与萨林保走得近乎，他只是不屑地一笑，信了那句乌龟找王八的俗语。

没出正月，那苏肯来府里了，求见秀山，进了门就给秀山跪下请安，秀山让他站起来说话，他却不肯。秀山知道他是有事，也不想跟他废话，直截了当地问了。那苏肯说昨儿有将军衙门的官爷去家里查问素韵，还说素俊乱党的罪名坐实了，素韵就是乱党余孽，谁包庇就一同问罪。他便谎称已经退了婚，与尚家再无瓜葛，也不知素韵下落。他这也是无奈之举，求大人体谅。

秀山禁不住冷笑两声，说，尚秉致死了，尚素俊逃了，素韵不知下落，你完全可以把自己择个干净。明毓又不在家，你是他阿玛，你说退婚退了就是，不必来禀报我。

---

① 搁楞——方言，搅和、搅拌。

那苏肯说，当初是大人口头指婚，双方并无婚约，所以还要大人一句话，若官爷再来查问，求大人做个证。

秀山答应了，事到如今，也没必要较劲。看着那苏肯千恩万谢地退下，他感觉自己的心在一点点收紧，然后揪在了一起，揪得他有些喘不过气来。他急忙点上一袋烟，紧着吸了两口，才喘匀了气，然后就去了西厢房，找老姑奶奶。

老姑奶奶也正抽着烟袋呢，秀山说的消息着实吓着了她，一时间醒不过劲儿来，那烟嘴儿含在嘴里好一会儿没拿出来，终于拿出来了，才说出话来。

老姑奶奶说，这咋整？明毓又没在家。

秀山说，他在家还能让他娶了素韵？不说误了前程，怕是要株连呢！

老姑奶奶说，哥，会连累到你吗？

秀山说，会。

老姑奶奶说，那也不能把她交出去啊！

素俊逃走后，秀山让老姑奶奶把素韵送到了汪屯，一是让素韵避避风头，再也是为了避嫌。知道这只是权宜的办法，等风头过去，明毓把她娶回家也就是了，没想到明毓又一次滞留京城迟迟不归，娶亲的事也就撂下了。这些日子风平浪静，原以为风头过去了，不料又被人翻出这件案子，也定是有人从中捣鬼。素俊逃了，罪名却坐实，将军衙门抓不住素俊，可不就得拿素韵顶罪？可抓一个小姑娘又有什么意思，莫非真是瞄准了他？

老姑奶奶问，官府会咋处置她？还能斩了？

秀山不作声。素韵是流人之后，本已是奴才，再处置……秀山禁不住身上发冷，没敢往深了说，感慨道，这孩子够可怜了……

老姑奶奶说，你不是乌拉最大的官吗？咋就管不了啦？

秀山说，我是乌拉最大的官，可管不着这事。再说，这个时候替她讲情，不是自己寻死吗？你以为就是单单要抓素韵这个乱党余孽？她一个小姑娘有啥可抓的？这是有人要借机整我呢！

老姑奶奶恨恨地说，你这官做得可有啥好！

后来还是富察氏出了个主意，说她有个远房亲戚，住桦皮厂，家境还过得去，刚死了老婆，把素韵嫁过去做个续弦，也算有个落脚之处，跟咱家也就没啥关系了，官府还能穷追猛打一个女孩子？那亲戚就是个给皇家做箭杆的，也不怕啥连累不连累的。岁数是大点儿，四十多了，还有一窝孩子。

老姑奶奶先还有些不中意，可眼下也没有别的法子，这至少能让素韵有个安身立命之地，或许能躲过这场无妄之灾。事情就这样定下来了。秀山让抓紧办了，富察氏立即就着人去远房亲戚家说媒，隔天就回了信儿，说成了，连日子都定下了。富察氏拣了不少给福儿预备的嫁衣和一些零用，老姑奶奶拿出了几样首饰，都一起包了，又拿些银两，交给赖德才，嘱咐了一番，赖德才赶着车就去了汪屯。

隔一天，赖德才回来了，垂头丧气地禀告说，素韵自尽了。

秀山是乘船去的省城吉林。永泰欲跟随，被秀山拦下了，只带了荣升和几个轿丁。晚上，荣升和轿丁回来了，禀告大奶奶富察氏说，将军大人依朝廷公文把秀大人留置下了。

大奶奶富察氏就蒙了，一会儿哭一会儿吼，只嚷着要救秀大人，却毫无章法。永泰就要备船连夜去省城打探，被荣升拦住。荣升说秀大人千叮咛万嘱咐，让大阿哥稳住，一切如常，照例操办春贡之差，静等朝廷旨意。永泰不听，执意要去，还是被老姑奶奶喝住了。

老姑奶奶说，你去，不是自投罗网？

富察氏醒过劲儿来，不再催促。

既是不能去，也不能眼巴巴地等着。天一亮永泰就派荣升去船厂，给秀山送去些衣物和日用，连带探探消息。下午荣升回来禀报，说秀大人被收监羁押，长顺将军亲自过了堂，也没用刑，过后送回单人监舍再无人过问，说是等朝廷公文再押送进京。荣升没见到秀大人，从衙役嘴里探听了点儿消息，说堂上将军大人问的都是尚秉致一家的事，恐怕是牵涉乱党的案子。将军大人与秀山阶品相近，这种案子事关重大，他也无权定谳，只是听凭朝廷旨意。永泰听过戊戌六君子在京城菜市口伏法的事，若真是以乱党哪怕是包庇乱党的罪名将秀山押送京城，后果不堪设想。永泰就赶紧给在京城的二弟永福捎信儿，让永福在朝内找人探明原因斡旋局面。又派荣升几次三番地去船厂，使上些银两，请托那些衙役狱吏关照秀山。

永福回了信，说是有人上奏弹劾秀山，与朝廷钦犯过从甚密，重用流人，包庇乱党余孽。朝廷行文着吉林将军预审，结果报送候旨。后来永福又来了一封信，朝廷被洋人和义和团的事搅得焦头烂额无暇他顾，秀山的案子也无人过问。

蹉跎间到了四月，春暖花开了，也到了一年中采捕贡物最紧张繁忙的时节。秀山仍被羁押在省城，再没牵涉其他人，朝廷既不发文送京，也不免职，还不放回。案子可以悬在那里，可皇家的朝贡不能耽搁，吉林将军呈文，由协领萨林保暂行署理总管衙门事务，朝廷准奏；永泰仍旧领左翼翼领衔、铁亦哈领右翼翼领衔，督办春贡事宜。

永泰和铁亦哈多年襄助总管办理打牲事务，已是驾轻就熟，依照往年旧例，调派骁骑校率各珠轩往江河湖口采捕鱼鲜，分理相关贡差，不料却遇重重阻遏。先是各珠轩报牲丁人数不足，接着诸个捕鱼莫因纷纷禀报渔船修补不能如期完成，随即又报请领渔网、渔具、火石、帐篷、粮米等数量不够，指派先期踩点的委署骁骑校临出发前又称病告假。永泰和铁亦哈一件件向萨林保禀报，请示如何处置。萨林保大为光火，斥责永泰和铁亦哈督办不力，两个人唯唯称诺，也不辩解。萨林保着人传称病的委署骁骑校。委署骁骑校来了，却是被人扶来的，有气无力地说着请罪的话，还称甘愿受罚，也不知是真病还是假病。萨林保本想罚他几十鞭子，杀一儆百，此时也无奈，只宣布罚掉一年的俸银，委署骁骑校千恩万谢地去了。

谁都知道问题出在哪里。甲午与倭寇海战后，朝廷为战败赔款，已令国库空虚，连打牲衙门应支领的俸银也不足应付，连年亏欠，丁役枵腹充差。往年都是秀山一遍遍递折子催要，朝廷为保贡品如期如数送交，只得指定盛京、河南、福建等地方官府暂行支付部分欠银，但仍是不足以全数支付打牲官丁的劳务经费。官丁们的俸银本就少得可怜，连年亏欠，生活窘困，若无其他进项，更是度日艰难。秀山在时，好歹还能要回些欠银，虽微乎其微，聊胜于无，官丁们虽有微词，毕竟还有点儿指望。今年就不好说了，秀山被下了狱，没有人向朝廷催要欠银，官丁们的俸银怕是要打水漂，干了也是白干，消极怠工的就多了起来，而且明目张胆。那称病的委署骁骑校被罚了一年俸银，那俸银却只是虚有，而他则不用出苦力冒风险了，难怪要千恩万谢。

永泰提醒萨林保，只是一味地处罚不当事，若罚俸可逃避官差，官丁们宁愿受罚，怕是没有人去捕鱼了，届时如何保证皇贡？还是要保证官丁们的俸银如数到位，才好调动差遣。萨林保唤来账房，询问朝廷欠衙门俸银数量，账房张口便报，历年不算，仅去年一年欠白银四万零二十一两。萨林保要账房即刻行文呈报内务府，催要所欠银两。铁亦哈说，往来公文需要一些日子，能不能兑现欠银还不知道，时令不等人，误了节气，鲜贡就要泡汤了，萨大人可要想好。

萨林保不以为意地笑笑，说，都在看我的笑话，是吧？本官还就不信了。接着，萨林保将总管衙门左右翼翼领以下，委署五品翼领四员、五品骁骑校七员尽数传到衙门。一名五品委署翼领和一名五品骁骑校敷衍塞责推诿官差当堂被鞭刑二十和三十，打得皮开肉绽，鬼哭狼嚎；其余旁观者均瑟缩发抖，再不敢龃龉半分。分散回去，依样学样，有一名委署骁骑校、五名领催、八名牲丁遭鞭刑，一名受鞭刑牲丁当场丧命。

春捕如期开始。发船之日，萨林保请来了大萨满，在大码头主持祭江。数十条春捕的船只依阵排开出发了，使往各贡江贡河。

七月，传来消息，沙俄兵越过黑龙江，在海兰泡和江东六十四屯杀了数千中国人，并向哈尔滨、牡丹江等地推进，省城吉林告急。吉林将军长顺紧急奏报朝廷，调萨林保率乌拉协领衙门近千名兵丁赶赴吉林驰援。乌拉城亦人心惶惶，流言四起，有扶老携幼防患未然躲到乡下避难的，有坚壁清野存侥幸之心坐等降灾的。大部分人还都在观望，他们不相信老毛子会千里迢迢地跑到乌拉城来撒野。

这时候，秀山回来了。说是案子并未撤销，只是京城乱了，八国洋人组成的联军打进了京城，太后和圣上携满朝文武西巡，归期难料。沙俄已逼近省城，长顺将军一心扑在防御老毛子的战事部署，也无暇顾及他，还担心乌拉地方空虚，无人主政，便将他暂时放回，仍然总管打牲衙门事务，更要防备沙俄进犯。至于所涉案子，待太后和圣上西巡回京后再听旨意。

几个月的牢狱生活，秀山的身形极其消瘦，面色黯黄，精神也大不如前，只歇了一晚，第二日便去了衙门。

随即，总管衙门口贴出了告示：一，所有妇孺病残者一律送回乡下避祸；二、各旗属青壮牲丁到乌拉城集结，听候调遣；三、协领衙门留守兵丁归总管衙门调用；四，违令或投敌者，斩。

乌拉城便动了起来，两股人流异常显眼。往城外拥的，是妇孺病残，乘坐马车牛车，去乡下避祸；进城里来的，是各旗属青壮牲丁，骑马或步行，到城里集结待命。西门外的商铺也都上了板，掌柜的和伙计纷纷逃难而去。

很快从吉林城传来消息，长顺将军为避免省城遭遇战火开了城门，沙俄兵长驱而入，烧了半条街，抢了官银钱号的白银，捣毁了专为清军造枪炮的机器局；长顺费尽心思和银两在玄天岭上建造的炮台，并未发出一颗炮弹。

听着这消息，秀山呆了好一会儿。省城失守，乌拉城危在旦夕。难以想象，如果沙俄兵进了乌拉城，会是怎样一番情景。秀山不明白长顺将军何以会不战而降，但他不能降，这是他的家，决不能让外人侵门踏户。看来，一场恶战是免不了了。

青壮牲丁集结了一千多人，虽人数不少，但秀山一点儿也不乐观。这些牲丁平日只是劳作，并没有上过战场，而且所持武器无非是弓箭、腰刀和扎枪，最好的才是鸟铳，虽有赴死的勇气，又如何能抵抗洋枪洋炮的沙俄兵？秀山有了力不从心的危机。家里的老少和女人都避祸到汪屯，秀府已经空了。离开时，他亲手关上了大门，心中涌起一去不归的悲壮感。

乌拉城的各道城门都有一队人把守，并随时听候调遣；永泰和铁亦哈分别带着旗下的二百壮丁，驻扎在城外；秀山亲自带着协领衙门留守的二十几名披甲兵，各处巡视。这二十几名披甲兵虽战力不足，倒是参过战的，也有些历练。他又特意到官销店，看硝户们制作的炸雷。乌拉城产硝，收购与销售一直都由总管衙门控制，秀山特批将所有库存硝制成炸雷。这是他最寄希望的也是最有杀伤力的武器了。

一早派去船厂打探消息的荣升半路折回来，说一队老毛子向乌拉城方向赶来，有一百来人，都骑着马。

秀山立刻将兵力集中在了西边，永泰和铁亦哈的部队埋伏在城门外两侧的树林里，部署一番，嘱咐看旗语行动。他亲自带着协领衙门的披甲兵坐镇西门，搬来了炸雷，选力气大的牲丁待命。

远远地，刚刚看到一队人马卷起的烟尘，转眼间这股烟尘就旋风般地刮到了眼前。

秀山身着三品官服，站在城门楼上，从城垛的缝隙观察着城外。

老毛子在紧闭的城门前停下。带队的军官与旁边的随从嘀咕了一会儿，随从就喊起话来，一边喊还一边做着手势。秀山听不懂他喊的什么，却能猜到是让打开城门，那表情也是在恐吓。这伙老毛子竟然连个通事都不带，显然是不想谈判，只想武力解决问题。秀山一挥手，藏在身后的披甲们露出身来，搭起弓箭瞄向下边，吓得老毛子调转马头跑开去，远离了弓箭的射程。接着，老毛子朝着城门扫来一排子枪弹，打得墙上门上火星四溅。趁着老毛子换队形的空当，城墙上一排弓箭手射出了箭，把老毛子的队形打乱了，但很快另一个队形又成了，一排枪再射出来，这回子弹从城墙上方掠过了人的头顶，发出刺耳的啸叫。秀山知道这样耗下去会吃亏，老毛子的枪远比弓箭、扎枪和仅有的几只鸟铳威力大，所幸今天来的老毛子不多，只要把他们挡在城外，没有后援，老毛子也不能恋战。秀山调来第一批投雷手上了城墙，抓住一个空当，奋力将十颗炸雷投向城外。炸雷在半道就落地炸响了，虽没有到达老毛子近前，但那爆炸声也是震耳欲聋，紧接着从两边的树林里发出了呐喊声，还有旗帜舞出的风声，似有千军万马奔来。

老毛子开始后撤，却好像不甘心，走走停停，终于还是放马沿来时路跑远了。

后来听说，老毛子在后撤时路过鄂佛罗驿，放火烧了一个村子，幸好村里人都跑光了，只留下些猪和狗等活物。老毛子赶着十几头猪走了。

秀山没敢放松，连着多日都在紧张的备战状态。这期间，乌拉城还下了一场豪雨，雷电交加的。半个月后传来战况，进入省城吉林的老毛子都撤走了。

逃难的乌拉城百姓回来了，都去关帝庙烧香，庆幸乌拉城躲过了一劫。人们发现，关帝身上流着一道道的水渍，再看庙前伫立的关帝爷骑过的战马，也是浑身泥水，像是经历了一场大战。而看管昭忠祠的兵丁也发现，一个个灵牌都移动了位置，有的还翻倒了。于是，便传出关帝显灵，率领昭忠祠的巴图鲁助秀山打退老毛子的故事。

后来，朝廷传来旨意，秀山抗俄有功，所涉乱党疑案查无实据，予以撤销，秀山官复原职。

后来，朝廷再下谕旨，太后和圣上西巡归来，恢复皇贡，并附有年贡清单。

乌拉城又开始为年贡忙碌起来。

转过年，因抗俄有功，力保乌拉城未遭兵燹，经吉林将军长顺保举，秀山调任伯都讷副都统。

第四十七章

明毓先是从京报上知道闹起了义和团，山东、山西、河北等地都闹起来，还在向京城蔓延。随着声势日盛，报上的口吻也在不断变化，一开始说义和团是“反清灭洋”，后来就变成了“扶清灭洋”，然后就听说天津也有了拳民。朝廷里分成了两派，有的要剿，有的要抚，也闹得不亦乐乎，后来抚派占了上风，据说得到了太后默许。后来就不只是在报上能看到义和团了，京城的大街小巷也有了他们的身影，扎着头巾的，盘着辫子的，光着膀子扛着扎枪举着大刀的，三五一群，几十一队，走在街上很是晃眼；竟然还有女的，一身红衣，裹着红头巾，背着砍刀，若不是说话还尖着声，那横眉立目的样子可看不出是雌性。义和团个个都得了天助，神勇无比，刀枪不入，杀洋人，烧教堂，那些信了洋教的教民躲不及的也难逃厄运。有些主张借义和团驱逐洋人的宗亲和大臣，在自家府里为义和团设坛，聚众造势，做法事，搞操练。一时间，京城热闹非常，人人兴奋过度。裕府虽没搅进去，但也挡不住裕府的人对此事的热衷关注，三阿哥巴铎每天兴冲冲地出去，哪有热闹往哪儿去，回来便眉飞色舞地讲着外面的见闻，对义和团的刀枪不入功夫很是羡慕，有一次还说让明毓去跟他们比试比试。

明毓懒得理三阿哥，那一阵子他谁都不想理。他的情绪很不好，家里来了信，告诉他素韵生病过世了，他忍了两天，还是忍不住哭了一场。二格格看出他情绪不对，问了几次，他都遮掩过去，后来还是说了，说的时候又忍不住眼睛湿了。二格格很通情达理，宽慰几句，又说这几天她哪儿都不去，他可以轻松几天。明毓就关在屋里睡了三天，醒来，瞪着眼睛望天花板，很是茫然。他强迫自己不去想素韵，想以后的事，又不知道以后还能干啥，总不能在这裕府里消磨一辈子吧？他读了那么多书，练了一身的功夫，可不是为了在这贝勒府里给二格格当保镖。可他怎么能走出去？离开了二格格的保护，裕贝勒和三阿哥不会让他好过。可让二格格放他出去，好像也没有可能……明毓又不愿意往下想了。

明毓清楚二格格对他好。后来才知道，裕贝勒要将他交与顺天府时，是二格格力保下了他。她在裕贝勒面前说喜欢上了明毓，如果一定要治明毓的死罪，她就陪着去死，反正她现在守寡的日子也生不如死。裕贝勒害怕了，答应不治明毓的罪，但也不同意二格格与明毓相好。二格格倒没坚持，只说让明毓做她的侍卫，裕贝勒也就松口了。三阿哥还不依不饶，说他竟然敢勾结胡子绑架钦差随员，死罪可免活罪难逃，怎么也得给他点儿颜色看看。三阿哥是想用鞭子教训明毓，二格格仍然不同意，说打伤了打残了，他还怎么当侍卫？三阿哥再蛮横，也不敢跟姐姐犯浑，就这样，明毓才又逃过了一劫。这之后，他真的给二格格当起了侍卫，二格格出门烧香逛街串门子，除了带上丫鬟，还带上他；不出门时，也会叫他过去聊天，喝茶赏花品画，陪她消磨时光；她得了什么好东西或者好吃的，都不忘赏给他；她还不许三阿哥欺负或者支使明毓。明毓能从二格格的眼神里看出一些别样的意味来，这让他怕，怕因此再惹祸上身。贝勒爷曾警告他，如果他敢越雷池一步，就让他神不知鬼不觉地消失。他知道这“雷池”指什么，时时戒备着，提防着，告诫自己，也防备着二格格。好在二格格从来没说出什么让他难堪的话来，只是偶尔会问问，与他有着婚约的素韵是个什么样的姑娘，让他讲讲与素韵之间的事。他也就拣那不要紧的事说一说，二格格感叹素韵好命，虽是罪人之女，倒是能有个好归宿。明毓还自嘲，说他就是不安分的主儿，跟了他怕要一辈子不得安生。他们还说起过福儿。只要说素韵的事，就免不了提到福儿，甚至从明毓的嘴里，说到福儿的事更多，他都是当乐子讲的，二格格听了也直乐，还说她喜欢福儿。有一次她直截了当地说，明毓你其实喜欢的是福儿。明毓不承认，说跟素韵有了婚约，他就不可能再喜欢别的姑娘。这话，他说给自己听，也是说给二格格听的。

现在，素韵死了，除了家人，他留在乌拉城的牵挂也没了，他总该为自己的出路做打算了。他没有家世也没有人提携，又厌烦科考，想做官基本行不通。即便做了官又怎样？在充斥着裕贝勒或者萨林保之流的官场，又能做什么？秀大人可以说是个好官，一年到头忙忙碌碌，为皇家效力的同时，还得绞尽脑汁地与各方势力周旋，又有什么意思？他也曾想过从军报国，可跟着吴大澂征辽那一战失利，让他很是沮丧；朝廷与英国人的禁烟之战、与倭寇的甲午海战均以战败收场，还赔了款，也真挫了他的锐气。再看看眼下京城的乱象，他弄不明白朝廷到底是怎么个路数，任着一个大清国就这样如同没头的苍蝇，乱飞乱撞，难不成真是气数将尽？他又想起了素俊，素俊是从不跟他探讨国事的，素俊跟他讲书法，讲王右军的潇洒飘逸和颜真卿的笔力劲道；探讨唐诗宋词，素俊喜欢那些边塞诗人的诗作，"燕山雪花大如席"的意境，"纵使龙城飞将在，不教胡马度阴山"的气魄，"拔剑四顾心茫然"的心情。现在想来，素俊的内心是有着逆反的，素俊与乱党——对了，应该叫革命党——扯上了关系，也不足为怪，可惜素俊壮志未酬，竟命丧几个毛贼之手，真是可怜可叹。想素俊就得想福儿，福儿恐怕还不知素俊的死讯，这傻姑娘也不知流落到了哪里，有那么一刻，明毓萌生了出去找福儿的念头，可他实在不知道该往哪个方向找。他压下了这个念头，眼下，只能还跟着二格格混日子，待有机会，再寻出路。

接着就传来朝廷向洋人宣战的消息，京城更乱了，有洋人被杀，也有义和团的人被杀，大队的洋人正从天津一带向京城进发，朝廷调遣各路清军驰援，连义和团的人也都赶去参战，战事眼见着扩大了。

赶在这个时候，二格格的婆婆过寿，派人送了信，二格格赶回去祝寿，明毓自然得跟随。二格格的公公凌山在军机处任要职，住着皇上赐给的一个大宅子，人称凌府。凌府曾经属于一个贝子，贝子获罪被褫夺了爵位没收了宅子。这宅子虽比不得王府贝勒府，却也是气势不小，分了前院、中院、东院和后院，有花园有戏台，进了门过了影壁，眼前豁然，气派十足。二格格因是长房媳妇，住的是东院上屋，院里有假山，山上有亭子，有飞泉，有一块高大的灵璧石竖在水池中，一条回廊串联起各个房门，直通亭子。二格格守寡后长期住在娘家，这东院便只住着几个仆人和丫鬟，负责日常照料，她时不时地会回来露一面，也只是小住，平日倒是清静得很。二格格是提前一天回来的，进了凌府大门，就发现这院子变得热闹异常，出来进去的很多人，扎着头巾扛着刀的，其中还有女人。问了问，竟是义和团在这宅子里设坛，前院成了操演场。二格格阴着脸径直进了东院，不料东西厢房里竟也住进了外人，这是明毓等随从住的屋子，好在她住的上屋还给她留着，好好地锁着门。

二格格不干了，吩咐闻讯赶来的几个下人，把那些乱七八糟的人都赶出去。几个下人去了，不一会儿回来一个丫鬟，捂着脸哭诉被人打了，那打人的凶着呢，抡着扇，霸着门口，说谁上来就扇谁。二格格就喊明毓，去看看。明毓正帮着归置行李，便放下手头的活儿，出去了。

一出房门，明毓就看见了福儿。福儿穿着一身红衣短褂，戴着红头巾，站在西厢房的门口，手里正攥着一把扇子。明毓难以置信，却一丝也没怀疑，认准了，就是福儿。

福儿也看见了明毓，愣了好一会儿，嘴角瘪了瘪，像要哭的样子，随即却笑了，叫着冲下来，明毓，明毓！怎么是你啊？！

明毓把福儿领进上屋，见了二格格，福儿笑嘻嘻地行礼，二格格看她的眼神却意味深长，还透着敌意。福儿大概是感觉出了什么，收起了笑意。气氛就有些尴尬。

二格格说，我不管你是谁，马上搬走。

福儿也不示弱，说，是凌大人请我们来的，你说话不好使。

福儿哼了一声，转身走了。

明毓没料到是这个局面，想追出去，被二格格喊住了。

二格格说，就是个乱匪嘛，哪儿像你说的那样。

明毓说，二格格，我得去问问咋回事。

二格格很不耐烦地挥着手，去吧，去吧，别再领到我面前来。

明毓穿过回廊，上了假山，在亭子里找到独坐的福儿。

明毓很开心地笑着，说，福儿，你还活着，真好。

福儿却在生气，说，好什么好。

福儿说起这一年来的遭遇，一路追着赶着，就想追上素俊，却没发现他的踪迹，过了山海关快到天津了，又累又饿，身上带的银子也花没了，差不多绝望了，进村去找吃的，遇到了义和团的人，就入了伙，有吃的有住的就行。后来才知道是个挺凶险的事，要杀人放火，也被人追杀。现在好了，有朝廷撑腰，眼看着势力就大起来了。这里面啥人都有，女人的身份更是五花八门，大都是卑微的底层人，甚至还有烟花女子。她因为识字，还会两把招式，在这些人里少见，就被派给二师姐做贴身随从，倒是没直接冲锋陷阵，也没太吃过什么苦，只是听命，让干啥就干啥。

明毓说，福儿，你别跟着胡闹。这都是些啥人啊？乌合之众，成不了事的。啥神鬼保佑刀枪不入的，都是蒙人的，你也信？打仗是要死人的，你一个女孩子……

福儿朝他一笑，是那种苦笑，透出了无奈，然后问明毓，你咋也到了京城？

明毓说，还不是为了找你！

明毓刚要说下去，听见二格格在喊他，迟疑着看福儿。

福儿冷笑着说，快去吧，主子喊话了。告诉她，二师姐不会搬走的，你撵不走，有本事咱俩就打。我的扇子功已经炼成了。

二格格要即刻回娘家。她刚去给婆婆请安，婆媳俩却闹了个不痛快。婆婆怪罪她长住娘家不成体统，二格格借故东院被占，她不能跟那些个乱匪搅和在一起，当即宣称不参加寿宴了，回娘家。

明毓却不想马上走，要走也得把福儿带走或者安顿好。他跟二格格说了，还说，他进京来的目的就是找到福儿，既然找到了，就不能再把她丢下。

二格格问，你想怎么安置她？

明毓说，这我没想好，反正不能再丢下她。我得带着她。

二格格说，如果我不让呢？

明毓说，那我只能对不起二格格了。

二格格大概看出了他的意志，同意他去找福儿谈谈，无论结果如何，他今天必须跟她回裕府。

明毓一迈出门，就看见一群人呼呼啦啦地朝院外走，有男有女，拥着一个二十八九岁的女子，大概这女子就是二师姐了。这些男女个个脸色庄严肃穆，似乎要有什么大举动。福儿跟在二师姐身边朝前走，眼神却朝后面瞄着，正与明毓目光相对。明毓急了，不假思索地喊了声"福儿"。福儿想停下，却被旁人拉着。明毓更急了，喊着"福儿你别走"，就要往里冲。二师姐身边的人呼啦一下子围上来，女的擎着扇子，男的横着刀，那架势是要和明毓斗一番。福儿急忙与二师姐耳语几句，然后对明毓说，明毓，有话回来再说。明毓说，我马上得走了。福儿愣住了，迟疑间，二师姐走了，身边的人裹着福儿跟着走。福儿只能回头喊着，明毓，跟家里说，我好着呢，别惦记我。

明毓眼看着福儿走了。他还什么都没来得及跟她说呢。

回裕府这一路，看到的都是乱糟糟的人，列队出征的清兵，耀武扬威的义和拳民，还有莫名其妙看热闹的市民。明毓判断这是要打大仗，只是还不知战场在哪儿，离京城还有多远。明毓不安起来，后悔没把福儿抢回来，暗暗在心里盘算着。二格格知道他心里有事，也不烦他。回到裕府，三阿哥巴铎告诉他，火器营和神机营跟洋人在城外打起来了。贝勒爷被紧急召见进宫了，走之前严令，紧闭大门，任何人不得出去。

晚上，明毓收拾好了，刚要出门，二格格来了，身后跟着小芸。

二格格上下看了看他，又看了看屋内，本来就简陋的住处，日用的东西都归置整齐了，显见着是不想回来了。

二格格的脸色黯淡起来，说，要去送死吗？

明毓说，二格格既然猜到了，就别拦着了。

二格格说，我也知道拦不住你，你这一去，不管是去参战，还是找她，都是凶多吉少。好歹咱们相处一场，我备了点儿酒菜，算是为你饯行吧。说着，让站在门外的小芸进来，小芸手里托着几样小菜，还有一壶酒。

明毓说，谢谢二格格了，我哪还有心思喝酒？心领了。

二格格脸就沉下来，没等发作，眼泪却先流下来，哽咽着说，行，那就不吃了。你当了饿死鬼，别来闹我。

明毓被她说笑了，说，二格格别生气，我喝酒，喝一杯就走，行不？多了怕误事。

二格格破涕为笑，亲自为明毓斟满一杯酒，端到他面前。

明毓一饮而尽，又说了两句话，告辞要走，腿一软，便瘫在了地上。

第四十八章

明毓醒来时，已是第二天的上午，睁开眼睛，发现自己被捆着手脚睡在炕上。

京城破了，荷枪实弹的洋人杀进了城，一阵烧杀抢掠，百姓死伤无数。太后和皇上逃出了紫禁城，向西奔去。裕贝勒受命留守，与李鸿章、庆亲王奕劻会同协商与洋人“议和”。贝勒府因为裕贝勒是“议和”重臣，被洋人“格外开恩”，免遭劫掠。

明毓醒来就没和二格格说过话，二格格曾来看过他，他闭着眼睛不想理她，她也不解释，只嘱咐人看好了他，不让他出门。明毓知道二格格是为他好，可他实在着急，想找到福儿，起码要知道她的下落。他求看守的人给二格格带句话。傍晚二格格来了，说派人去打听了，她婆家一家都逃难走了，留下看家的人都被洋人杀了，凌府也烧了，住在府里的义和拳民也都不知去向，有人说最后看见他们大批人出动，往东华门方向去了。二格格说，东华门一陷落城就破了，听说死了不少人。

明毓说，我要去找她。

二格格一脸黯然，告诉他，外面洋人已经杀红了眼，城墙下、大街上，甚至胡同里，都有被枪打死的、刺刀捅死的、直接砍了头的尸首。她说，你现在出去就是送死。

二格格说服不了明毓，只好默许，她让人找了一件破褂子，给明毓换上，弄乱了他的发辫，还在脸上抹了一些黑灰。明毓明白她的意思，也不拒绝，由着她弄。临出门，二格格捶了一下他的背，呵斥着，弯下来，挺那么直干什么。

明毓躬腰驼背地出了裕府。他没敢上大街，穿着胡同往东华门方向走。胡同里也没有人影了，家家院门紧闭，死寂无声。临近东华门，一出胡同口就遇到一队洋人，有四五个，端着枪哇哇地朝他冲过来。明毓本能地想跑，转眼看见洋人的后面跟着一辆架子车，上面好像躺着尸首，他停住了，做出一副恐慌的样子。

明毓被枪逼着去东华门收尸。那个拉架子车的，是个收马桶的老人，连他的架子车一起被抓用了。他悄声跟明毓嘀咕，老实点儿吧，不干他们就杀人，车上这个，刚杀的。明毓乖乖地跟着去了。

还没到东华门，一股强烈的气味先冲进鼻腔。正是伏天，四处倒卧的尸首，已开始散发出腐味。这些尸身呈各种姿势，一堆一簇的，有清兵，有义和团的人，还有看不出身份的，有男有女，有老有少，几百具，都是中国人。明毓搭眼一看，就能想象出战事的惨烈，心里生出敬佩。尸身大都衣衫不整，有的还怒目圆睁，明毓都整理一下，合上眼睛；看到女尸就更加小心，理好衣衫尽量遮盖好身子。他的心咚咚地跳得很响，怕看见熟悉的面孔，越怕越觉得有的面孔似乎见过，他努力地想是不是二师姐身边的人。架子车很小，一次只能装上几具尸首，拉到城外一片荒地，在一处大沟那儿放下，集中掩埋。一趟一趟地往返，很累，进度也慢。洋人都站得远远的，端枪监视着，不肯走近，最多挥着枪吆喝两声催逼一番。后来又抓来几辆车几个人来运尸，速度才快了起来。尸首全部收完了，掩埋了，明毓并没看见熟悉的面孔，他长出了一口气，坐在地上，眼泪却禁不住流下来。

回到城里的时候已经是傍晚了，明毓躲躲闪闪地钻胡同往裕府走。鬼使神差地，半路改变了方向，走进二格格的婆家凌府。原来偌大的宅院，已经是一片废墟，随处是劫掠和焚烧后的惨状，还散发着刺鼻的焦煳味。走进东院，看到的是同样的情景，二格格住的上屋、二师姐住过的西厢房，与假山连接的回廊亭子都烧落了架，连那块灵璧石都熏黑了，倒下了，飞泉也断了流。明毓呆立着，他不知道为什么要来这儿，福儿不可能还等在这儿，他现在只祈祷她能活着逃出去，这是他唯一的念头。明毓觉得浑身闷热，周围知了叫得闹人。他想着下一步该去哪儿找福儿，找不到该怎么办？难道还要回裕府吗？

不知这样待了多久，他忽然听见了一种声音，一种敲击声，声音闷闷的，没有节奏，仿佛来自远处，细听又似地下，再听，还有微弱的人声。明毓环顾四周，没有人影，那敲击声也是若有若无。明毓循着声音朝西厢房找去，踩着残垣断瓦，那声音也清晰起来。明毓细辨，这声音就在这堆残垣断瓦下面，这地方原是一铺炕，明毓住过的那铺炕。明毓喊了几声，似乎听见了回应，便不顾一切地用双手扒起来。这种炕和乌拉城的炕是一样的，里面有几条烟道，每年入冬前都要“掏炕”，也就是清理烟道，才能顺畅走烟，炕才能烧热。因此盘炕时都留着一个活口儿。

手扎破了，皮磨烂了，汗水裹着血水渍着伤口，明毓只是不管不顾地扒着，终于露出了一块石板，正是活口儿的位置。他掀开了石板，只见里面躺了一个人，脸被烟熏得黑黑的，虽看不出眉眼，但明毓还是认准了，正是福儿。

两个人抱在一起，好一顿哭。

福儿是从东华门跑回来的，奉二师姐的命令，找凌大人请兵。东华门一场激战，守城的清兵还有义和团的人都损失惨重，兄弟姐妹们被洋枪洋炮撂倒，啥飞天功扇子功都白扯，啥刀枪不入的，就是送死。眼看着城门破了，二师姐命令她回凌府搬救兵。可她跑回来后发现，府里的人都逃难走了，还哪来的兵？她想返回时，城里已经到处都是端着枪的洋人。洋人四处乱窜，见人就杀，见房子就烧，她走投无路，只好退回凌府。洋人冲进东院时，她躲在西厢房，眼看着洋人踹开各屋房门一顿劫掠。她无处藏身，急中生智掀开炕上的石板钻了进去。也幸亏她钻进炕洞，洋人放火，倒是没烧到她，可也被倒灌的烟熏迷糊了。等她醒过来，外面已经是一片沉寂。她想出来，却怎么也推不动那块石板，狭窄的烟道也容不得她翻身，只能靠双手用劲儿，努力了几次都没用，只从烟道壁抠下一块碎砖头，她知道是烧塌的房架压在了上面。不知过了多久，又乏又饿的她已经没有力气了，只是凭着本能，挣扎着拿起碎砖块敲击两下。没有人知道她藏在这里，不会有人来救她，她只能死在里面了。躺着等死的时候，她开始胡思乱想，她记起了，昨天她跟二师姐离开凌府时，二师姐曾对她说，明毓晚上肯定会再来找你。这时她才恍然，二师姐让她回来搬救兵，凌府里哪来的兵？二师姐其实是想让她逃出一条命的。可她却要死在这里了。

这就是天意吧？明毓泪眼蒙眬地问福儿。

福儿只是使劲儿点头，说二师姐对她很好，有一个大坛主曾对她起歪心，是二师姐护着她。她本来应该保护二师姐的，可关键时刻，她却不在二师姐身边。福儿又哭了。

明毓告诉她，他去东华门收尸时，没有发现二师姐。他还问，你说我去收尸时最怕的是什么？

福儿说，怕看见我呗。

明毓差一点儿又哭出来，扭转了头看天。

天黑下来了，两个人也都冷静下来。福儿问，我们去哪儿呢？

明毓说，只能先回裕府了。

福儿傻傻地问，行吗？

明毓把福儿带回裕府时，是想暂时避开外面的危险，然后带她回乌拉城。洋人正四处烧杀劫掠、追杀义和团，福儿即便不是义和团，一个女孩子家也根本不敢露面，而他一个年轻力壮的男子，也是洋人抓捕的对象，他们没办法逃离京城，也只有裕府可以避险。福儿问他行不行的时候，他心里也没底，即便二格格能默许，那裕府的人能收留她吗？福儿见他迟疑，便提出去找二哥，二哥总不会赶她出去。明毓没同意，说一直也没跟二阿哥联系过，连住哪儿都不清楚，谁又能知道他那边是啥情况，是逃了还是怎么了？咱不能冒蒙儿瞎闯。福儿不吭声了。

趁着天黑，明毓领着福儿钻胡同穿小路，回到了裕府。

二格格对明毓的归来，显出了异常的兴奋，禁不住地一边抹眼泪，一边吩咐下人给明毓换一件衣服，相比之下，福儿的不期而至对她的心情影响就淡了许多。她也没让明毓解释什么，同样吩咐下人，给福儿找一身衣服，是丫鬟穿的。二格格说，只能委屈福儿姑娘了，外头风声正紧，你不能露面，就和丫头们挤着住吧，有人看见，就说是新买来的丫头。

福儿住了下来。明毓找了一个机会，跟福儿说起乌拉城的事，秀府的事，还告诉她素韵死了，却鬼使神差地没敢说素俊也遭遇不测。福儿为素韵难过了好一会儿，还埋怨明毓，为啥不早早娶了素韵，早娶了素韵她就不会死了，她肯定是绝望了。明毓也不辩解，只黯然神伤。福儿便善解人意地不再多说。福儿不像从前那么任性了，沉静了许多，神情中多了一份忧郁，连烟都戒了，想是这一年来的遭遇磨损了不少性情。

二格格对福儿很客气，吩咐下人照顾好福儿的饮食起居，不能把她当丫鬟使。明毓挺感激，二格格笑着说，不管怎么说，人家在乌拉城也是个格格，这是暂时落难了，咱不能欺负她不是？

外面仍然兵荒马乱，端着枪的洋人四处游荡劫掠，偶尔会传来哪儿又有人被洋人杀了，哪家的姑娘被糟蹋了，闹得人每日都惊恐不安。二格格也不敢出门，便只能在府里待着，自己找乐子消磨时光。她每天必做的一件事，便是让明毓陪着她喝茶聊天，往往喝到一半儿，忽然想起来，打发人把福儿喊来。福儿来了，也不多言，听着二格格和明毓说话。他们的话题五花八门、东拉西扯、从古至今，甚至扯到外国，福儿都是闻所未闻，自然插不上话，坐着就有些不自在。二格格倒不失礼，偶尔会关照她一下，问上一句不咸不淡的话，免得冷落了她。有一次说到洋人的军火比大清的厉害，义和团的画符念咒是不是真灵，明毓说了一句，都是扯淡，福儿脸色骤变，顿下手中的茶杯，起身走了，明毓喊了几声也没喊住。二格格很大度地笑笑，倒弄得明毓有些难为情。这以后，二格格再打发人喊福儿来喝茶，福儿就不肯来了。明毓责怪福儿失礼，福儿戗了一句，你们俩说得热热闹闹的，我多余。

明毓后来弄了一批宣纸和笔墨，让福儿在屋里画蝴蝶，还说幸亏福儿在山海关的堆拨房墙上刻了两只蝴蝶，他才猜到她还活着，心里才落了底。福儿说她被关在堆拨房里，那个关押她的管带不怀好意，她怕自己悄无声息地死了，总得给世上留下点儿痕迹，就趁着管带出去巡城的工夫，在墙上刻出两只蝴蝶。后来她把身上最后剩的那点儿散碎银子都贿赂了看守她的兵丁，才被放走了。福儿铺开宣纸时还很开心，提笔画了两下，忽然停住了，一副欲哭无泪的表情。她说想起了素韵，然后又说也不知道素俊大哥跑哪儿去了。明毓忍了忍，还是没敢说出素俊的事，只说等局势稳定了，他就带她一起回乌拉城。福儿看了他好一会儿，那神情分明是怀疑，却什么话也没说。

有一天，三阿哥巴铎突然走进东院，平日里他从来不进这院子，有事也都是打发人来，偏偏那天他就进来了，恰巧就撞见了福儿。巴铎认出福儿后眉开眼笑，奇怪她为何藏身在此，福儿告诉他是来找明毓的。此后巴铎便隔三岔五地找借口来见福儿，或是喝酒聊天，或要带她出去游玩。巴铎说起在乌拉城时的好多趣事，说起跟福儿一起出去打猎、挖棒槌、喝大酒，说，那些日子挺难忘，更难忘的是你五格格，没想到咱们还能再见，老天爷把你送到我面前了，缘分吧。巴铎借着酒劲儿胡言乱语，福儿躲不开，又不能断然拒绝，便虚以应付，只是绝不肯离开东院半步。巴铎缠得急时，多半都是明毓来解围，巴铎对明毓也没办法，因为有二格格护着。但他对福儿说了这意思，说话时还挤眉弄眼的，意在挑拨福儿和明毓，福儿只作不懂。过了几天，福儿跟明毓商量要离开裕府，时间长了怕要出事。明毓答应了，说他去探探外面的局势，如果稳了，他跟二格格禀告一声就带她走。福儿怀疑二格格会不会放他走，明毓只说不管那么多了，反正咱们得走。

没想到就这几天出事了。巴铎经常流连在东院，还喝得醉醺醺的，让三少奶奶起了疑心。三少奶奶先是打发丫鬟来东院探听，过后又亲自来了一趟，认准了福儿，当时并未发作，直等到裕贝勒回府，才跑到上屋哭闹起来，当着公公婆婆的面，告了三阿哥巴铎一状。

本来三阿哥在外面花天酒地并不奇怪，在府里招惹一个丫鬟也算不得大事，但三少奶揭穿了福儿的身份，说她是义和团的余孽，藏在府里，早晚会给裕府惹出祸端。

裕贝勒的震怒可想而知。这些日子，他正受命和李鸿章一起与洋人议和，洋人提出的议和条件之一就是清剿义和团，制裁支持义和团的皇室宗亲和大臣。制裁名单往返多次，洋人总是不满意，不断地添加人数，这其中就包括二格格的公公凌山。朝廷大臣们都是谈义和团色变，根本不敢有一丝的牵连，谁想此刻在自己府中就藏了义和团，这还了得！裕贝勒立刻传口谕去东院抓人。

那会儿，巴铎又弄了一桌酒菜，摆在福儿住的房间里，福儿喊了明毓来作陪。巴铎看见明毓就眼发青，但也没办法，福儿不肯单独跟他在一起。酒喝到一半，巴铎的随从带着两个人就进来了，说贝勒爷要请福儿姑娘去一趟。福儿就看明毓。明毓看了一眼窗外，发现站了一队府兵，心知是福儿的身份露了，就不想让福儿跟去，可眼下又没有理由拒绝，跑又跑不脱，迟疑间，不明真相的巴铎说，去呗，还能吃了你？我陪你去，正好求阿玛把你赏给我。听这话，明毓就更不肯放福儿走了，挡在她面前。巴铎的随从说，明毓，别拦着，贝勒爷下了口谕，一定要拿到人的。巴铎申斥随从说，放屁，拿什么人！是请，贝勒爷要请福儿姑娘。又说，明毓，没你的事，有我在呢！

就在这时，福儿突然跳上前去，一把勒住巴铎的脖子，手里亮出了一把剪刀，喊着，让开！

众人惊了，都不敢动，巴铎吓得哇哇叫，说，五格格，五格格，啥意思？不愿意就算了，犯不着拼命啊！

明毓也急忙劝说，福儿，别冲动，外面都是兵呢！

福儿说，反正是死，我跟他们拼了。你也让开，跟你没关系！

明毓没让开，回头劝随从和两个府兵，说，放我们走。

福儿挟持着巴铎，明毓护着她，几个人一出房门，院里的府兵端着枪围上来。

二格格本来在自己的房间，被院子里的喧闹惊动了，出来就看到了这一场面。她问明了缘由，对明毓说，福儿姑娘看不明白情势，你也看不清？外面天天在杀义和团，只要出了这个宅子，你们马上就是个死。

福儿说，那我也不想死在这儿！

二格格说，你错了。现在没有人愿意沾上义和团的边儿，我阿玛也不傻，怎么会承认家里藏了一个义和团？你留在这里，就不是义和团，只是我买来的一个丫鬟。我保证你死不了。明毓，你信我不？

明毓相信她，便劝福儿放了手。

二格格带着福儿去见裕贝勒。裕贝勒在乌拉城时是见过福儿的，知道是秀山的女儿，如今竟与义和团扯上了关系，而且藏在了他的府里，这让他大为光火，不由分说，立时就下令绑了。二格格好说歹说，裕贝勒算是同意暂时不把福儿交出去，他也清楚，此事不宜张扬，不能让外人知道府里藏了一个义和团，何况还是自己的女儿窝藏的，但也不能视若无睹，如何处置，等明天再说。

这一晚上明毓都没闭眼睛，就守在关押福儿的房间外面。他买通了两个看守的府兵，在窗外跟福儿说了两句话，嘱咐她不要吃任何东西，好好睡觉。他担心裕贝勒会神鬼不知地除掉福儿。

第二日裕府就乱了。裕贝勒一早就匆匆出去，又跑回来，带回来噩耗，太后和皇上答应了洋人的条件，几个纵容支持义和团的大臣和贝勒砍头的砍头，赐死的赐死，流放的流放。二格格的公公凌山被赐死，家人连同仆众一并流放新疆，二格格也在其列。

裕贝勒是顾不上处置福儿了。

二格格哭着说宁愿死在家里，也不去新疆。裕贝勒也哭一会儿叹一会儿，一筹莫展。

明毓听到这个消息，灵机一动，出了一个主意，说他可以带着二格格先回乌拉城，有人找说失踪了私奔了都行，贝勒爷再想办法疏通关节，这一阵子朝廷处理的钦犯多了，未必非要紧盯住一个无关紧要的寡妇，何况还是贝勒府的格格，等过了风头，再走一步看一步。裕贝勒先还不愿意，让二格格跟着明毓走，还担个私奔的名声，不好听；再一个，乌拉地方自古也是流放之地，二格格去了那儿，不也等于流放？裕贝勒这样说了，明毓也不好坚持，二格格却眉开眼笑，立马表示愿意跟着明毓走，裕贝勒权衡一番，也只好默认了。

明毓最后提出的条件，就是带福儿一起走。

三个人一起出现在北京火车站。明毓一身阔佬装扮，身边跟着太太和一个丫鬟。上车后，明毓安排好行李和太太，转眼间，丫鬟不见了。

明毓急了，眼看着车要启动，不顾一切地要下车，二格格拉住了他，递给他一个纸条。

纸条上写着：我去找素俊大哥。

福儿又跑了。

第四十九章

明毓回来了，从京城回到乌拉城，引起了一阵骚动。

明毓回不回来本不是大事件，引起乌拉城人关注的是，他并不是一个人回来的，而是带着两个姑娘，一个是秀府的五格格，另一个却是一位看着比明毓大几岁的女子。五格格自然是回到了秀府，但那女子却住在了那家。许多人找各种借口跑去那苏肯家打探，出来就传说是明毓在京城认下的一个姐姐，梳了一条粗粗的大辫子，一双大脚，耳垂上有三个耳孔，显见着是旗人；身穿一件深蓝色的长袍，罩着暗紫色带花的坎肩，下身一件黑色肥腿长裤，脚穿一双花盆底鞋，虽是一身平常的装束，不过赖德才很肯定地说，看面色和神态，还有那身衣服的做工，绝不是一般人家的姑娘。

明毓不置可否，笑嘻嘻地答非所问，人们一直没弄清那姑娘的真实身份。又有人居心叵测地问那苏肯或者刘佳氏，那姑娘是不是未来的儿媳妇，两个人也都含含糊糊，问多了就脸酸起来，看起来这姑娘的出现也让他们两口子心里不舒坦，只是无奈罢了。

这姑娘就是二格格。明毓跟父母和邻人介绍，只说她叫润怡。

明毓对二格格心存感激，他在京城几次遭难，若不是二格格救他，结局难料。二格格有难，他理所当然地要帮她。二格格也很开心，一路上都兴奋不已，对未知的乌拉充满了好奇，不住地问这问那。二格格的反应令明毓有些难以理解，直到有一天早晨，二格格将两把头梳成了一条大辫子出现在他面前，他才若有所悟，二格格是要重新做回姑娘。那一刻，他下意识地看了一眼福儿，福儿似笑非笑的表情，让他一时不知所措，他只能一概视而不见了。

乌拉城的人显然都在猜测二格格的身份。他无法说清，跟自己的阿玛和讷都不能说实话，这的确会让人说三道四，好在明毓也不是怕事的人，充耳不闻就是了，只是阿玛和讷的脸皮薄，出外面被人三问两问就挂不住脸，回家来难免对他使使气，他也都含含糊糊地忍过去了。

回到乌拉城的第二天，明毓就上山去看素韵。先祭奠了尚秉致和夫人，转身站在素韵的坟前，眼泪就不可遏制地流下来。素韵的坟就是个土包，立了一块木牌，写着“尚素韵之墓”，明显是匆忙间草草下葬。他在坟前坐了好久，满脑子都是素韵笑意盈盈又怯生生的样子，难以相信这个简陋的土包包里面埋着那个温顺而又多才的姑娘。第三天，明毓刻了一块石碑，换掉木牌，立在素韵的坟前，落款写：兄素俊、明毓立。看着石碑，他又哭了一场。

二格格劝过他，说人死如灯灭，再怎么伤心，死人也活不过来了。

明毓差一点儿又哭出来，忍着，说，就是觉得对不起她。

明毓曾想过，如果当初没被滞留在京城，而是如期回乌拉城，素韵还会不会死？可又想，如果他不滞留京城，怎么会再遇到福儿，又怎么会救出福儿？这难道不是天意吗？可天意又怎么着？天意就让素韵死吗？他无法给出答案，只能扇自己一个耳光。

给素韵上完坟回来，他去了秀府。站在大门口，他迟疑了好一会儿。这是他刻意想回避的地方，感觉所有的痛苦，好像都与这个大宅院息息相关，里面的任何一个人，似乎都能刺激他心中最疼的那一块，他想躲，可他知道躲不开。他得跟福儿好好谈谈，带着二格格回乌拉城，显然让福儿心里不痛快。明毓却顾不上她高不高兴，他就是不想再让福儿从身边脱离开，他要把她带回乌拉城。他不管不顾地寻遍了每一节车厢，终于还是找到了她。福儿本来是想下车的，一想京城到处都在抓义和团，她无处藏身，便想先离开京城到下一站再说，她就跑到了离明毓和二格格更远的车厢，结果还是被明毓寻着了。明毓把福儿带回二格格面前，福儿的脸上没有一丝笑意，两个女子互相对视着，眼神里充满敌意。明毓怕福儿再次逃跑，便很委婉地告诉她，素俊很可能死了，并讲述了他亲眼所见。意外的是，福儿没有哭，也没喊，末了说了一句，我不信。明毓说，你可以不信，不过，与其你满世界漫无目标地乱跑，不如回家等着，他心里有你，自然知道在哪儿能找到你。似乎这句话说服了福儿，她再不吭声。之后，一路车马轮换地奔回乌拉城，她倒是没再想跑，只是没跟他正经说句话。

不管怎么着，他把福儿找回来了，千辛万苦都值了。

有人喊他，小爷，你到底是进还是不进？

才录站在台阶上，袖着手，好像等了一会儿，有些不耐烦了。

明毓走上来，没急着进院，而是坐在了门旁的长凳上，说，才录，你去请五格格出来吧。

才录嘿嘿一笑，说，小爷，谁我都能请出来，就这五格格，我怕是没这本事了。五格格特别吩咐了，不见你。

明毓叹了口气，说，那我进去见谁呢？

才录说，嘿，小爷，你还拿捏上了。

明毓说，是呢，以前我每次要进门，你都横拦竖挡的，恨得我想掐死你。

才录又嘿嘿笑着，说，别恨我，我听秀大人吩咐。

明毓说，咋？秀大人不在府里，你就敢抗命了？

才录咂咂嘴，说，小爷，快别矫情了，除了五格格，大奶奶老姑奶奶的，谁不想着见你啊！

进了上屋，明毓知道才录说的不假，富察氏、老姑奶奶、瓜尔佳氏、喜塔拉氏、佟佳氏，还有吉祥、雪雁等几个晚辈，听说他来了，都聚在上屋等着。明毓挨着个儿地给几位长辈请安，然后一一回答他们的好奇提问。只是富察氏问起，福儿到底受了啥刺激，咋回家来就是蒙头大睡，一点儿也不高兴呢？明毓解释说，可能听说素俊故去了，她伤心吧，过一段日子就好了。

后来富察氏问起明毓带回来的那个姑娘，说，听说是个大户人家的小姐？明毓支吾了两声，说是在京城认的干姐姐。富察氏脸色就有些难看，说，那苏肯这回该得意了，攀上门好亲啊。明毓自然否认，富察氏哪里肯信，话里话外就酸酸的，弄得明毓尴尬不已。

老姑奶奶替他说话了，说你别拿话攮斥[①]孩子，当初也是你们横拦竖挡着不肯与那家结亲，不然哪来后面这些乱事？

富察氏立时变了脸，声音也大起来，说，老姑奶奶，这话是应该你说的吗？我们为啥横拦竖挡着你不清楚？有谁说也没有你说的份儿！

老姑奶奶勃然变色，忍了忍，还是没忍住，号了一声，赶忙用手捂着嘴，

---

① 攮斥——方言，训斥、指责。

夺门而去。

富察氏突然醒悟，急得跺脚，喊几个儿媳妇，快，快去看着老姑奶奶！

明毓被这突然的变故惊住了，富察氏从来没有过的失态，老姑奶奶的异常反应，都让他难以置信。他听出两个人的话里是藏着话的，那暗藏的意思以前他似乎也听过，只是他从没细想，今天倒是听出点儿更深的含意了，可到底是什么呢？

明毓回到家，跟阿玛和讷说起在秀府时的事。讷听完起身走了，说看看灶上的火灭了没有。阿玛不吭声，只是吧嗒吧嗒地抽着烟袋，明毓追问了一句，阿玛磕了磕烟袋，说，我倒问你，是打算娶你带回来的这个姑娘吗？

明毓无法回答，只能落荒而逃，也顾不得探究富察氏和老姑奶奶为何失态了。

明毓的心里是有个结的。自从回到乌拉城，他就没主动在那苏肯面前提起素韵的名字。如果当初不是那苏肯提出退婚，素韵或许不会被秀府嫁给别人，她就不会自杀。明毓不提，那苏肯也不说，显然他不认为自己有错，在明毓面前仍然毫无愧色，论起明毓的婚事，还是理直气壮，常常让明毓自觉理亏。以明毓的年龄，早都该结婚生子了，萨大人家的富祥，与他同龄，都生了三个崽子了，来昌、阿森和苏穆也都成亲了，只有他还单着，用那苏肯的话说，还吊儿郎当地四处逛着。

明毓领回了润怡，却不肯说清是啥路数，让那苏肯和刘佳氏很犯嘀咕，旁敲侧击地问了几次，明毓东拉西扯不正面回答，那苏肯急了，说把个不明不白的女子带回家，让外人说三道四，家人都没脸出门了。明毓就多说了几句，说反正她也住不长，一年半载地就回去了，就当是一门亲戚，外人爱说啥说啥去。那苏肯和刘佳氏还是不顺气，说急了，明毓也撂脸子，扬言带着润怡离开家，吓得两个人再不敢多说。

不过没几天，明毓用一件事就把那苏肯哄得开心了。明毓同意他买下了魁府，还贴了一大笔钱。魁府的主人魁大人一直在张家口任上，两年前魁大人去世了，少了朝廷的俸禄和偏财，家人再养护这个偌大的宅院就有些吃力，魁大人的儿子回到乌拉城，另买了一处小宅子，给魁大人的一妻一妾居住，就准备把魁府出手了。那苏肯早几年曾经想过买下花府，口挪肚攒、连私吞带侵占地存些家底，还没敢太张扬呢，就被秀山打压了一阵，私占的地充了公，他就再没敢张罗，后来花府被别人买下了，他也就暂时没了念想儿。这回要出售的是魁府，魁府的气势又是花府不可比的，秀山也不在乌拉城了，他再不怕谁找碴儿治他，心又活起来，一打听价，早不是头两年的行市，脸就绿了，回家来跟明毓唠叨，懊恼加上晦气，权当是又做了一场梦。不料过了几天，明毓竟然催他去办，还拿出一大笔银子。那苏肯刻不容缓地动起来，找了中人签下契约，这座在乌拉城除了秀府就属它气势大的宅子，就归了那苏肯。

乌拉城的人却很是不忿，那苏肯不过是一个家奴出身，凭啥能住进魁府？还有人计算那苏肯做庄头这些年，到底捞了多少好处。算归算，没凭没据的，谁也奈何不了他，再说现在是萨大人兼理衙门总管，他自己都不干净，也不可能追究，人们愤愤之余只能感叹那苏肯运气好。也有人猜是明毓挣了不少钱，凭他的鬼精鬼灵，这几年在京城也不会白混日子，他带回的女子或许就是钱罐子呢。但这都只是猜测，谁也不敢凿实了说，瞎议论而已。魁府虽换了主人，只是乌拉城的人还是习惯地称之为魁府，那苏肯曾提出异议，却没有人理会，或者说不屑理会，久而久之，那苏肯也就认了，好在魁大人的名号也不让他掉份儿。

那苏肯家搬进了魁府，明毓把润怡安置在了东院，就是那年钦差大臣裕贝勒住过的院子，还从乡下给她找了个丫鬟侍候着。那苏肯很不以为然，东院他是想留给明毓将来娶亲用的，一个身份不明的女子有什么资格住？再说他还没使唤上丫鬟呢，那女子凭啥摆谱？明毓只说你别管，别的就不多说，每天过东院照看一下，便去忙自己的事，那苏肯也是干憋气，只是不再给明毓摆脸子了。那苏肯不傻，这些天，看明毓对这姑娘的态度，能揣摩出这姑娘身世不一般，那苏肯还猜测过，或许明毓贴补他买魁府的钱，也是这女子出的。但儿子与这姑娘不清不楚的关系，让他不舒服，想弄个明白，却总是不能如愿。不久，有人来给女儿桑格提亲，是省城的一个大户，做买卖的，家境殷实，桑格嫁过去是长房长媳。这样的条件那苏肯是巴不得的，很痛快地应了这门亲事。这件事让那苏肯开心了好久，走在人前，也有了底气，常常发出含义不明的笑声。

明毓滞留京城这两年，裕贝勒委托衙门派人打理庄田，明毓回来了，还带了裕贝勒的手谕，顺理成章地接了手，仍旧做庄头。有一天，人们看见明毓带着那个姑娘去了乡下，在裕贝勒的土地上转悠了好久，明毓骑马，女子坐轿，那情形好似视察自己的领地。

这期间，富祥补了骁骑校的实缺，换了五品的官服，虽空着一只袖子，却也显得威风了不少。明毓这两年虽滞留京城，旗籍还在总管衙门，有了缺，他是有资格补的，但缺额有限，候补的人又多，补谁不补谁、谁先补谁后补，这其中便有了说道，富祥能补上缺也在意料之中。明毓虽不服气，但人家有背景有靠山，却不是他这等出身的人可以攀比的，想想也就作罢。加之这几年在外面的见识，看到了官场上的诸多龌龊，做官的意愿也淡了许多。那苏肯却是很不忿，认定了这是又被富祥超出了一头，嘟囔了几次，还提议出银子给明毓捐个更高的官职，被明毓戗了几句，说与其拿银子买那个不当用的虚衔，不如买块地或自种或出租更实惠些。

明毓有自己的愁事，就是不知道怎么面对二格格。在京城这两年，随侍在她身边，能感受到她那异样的目光和特别的关照，他常常会不知所措，只得装傻充愣。这回把她带回了家里，他成了主人，她是寄人篱下，关系就变得更微妙了。在京城的裕府，她可以对他呼来唤去，甚至颐指气使，在这里，她的态度变得很谦和，谦和得有些谦卑，反倒让他不适应。他坦诚地跟她谈过，让她把这里当自己的家，过得开开心心的，千万不要有寄人篱下的感觉，等风头过去，就将她毫发无损地送回京城。二格格静默了好一会儿，说，还能回去吗？

二格格这样说过好几次，明毓都说，回去！咋就能回不去呢！

有一次二格格还说，我要是不想回去呢？

明毓就说，看情形吧，再说。

明毓明白二格格的意思，但他只能装糊涂。结果，二格格听说了那苏肯要买魁府，便拿出自己的银两，交给明毓，让他贴补给那苏肯买宅子，还说，买下魁府有我一份，我住着也仗义。这回明毓就不能装糊涂了，说，这钱算借的，将来一定还上。

二格格反倒说了一句，将来再说将来。

明毓不敢想将来会是什么样。

第五十章

光绪二十八年，吉林荒务总局将隶属于打牲总管衙门的乌拉牧场公开招垦，以便课税。当年设立五官庄的同时就设了牧场，每个官庄设一块，用以牧放牛条供耕地之用。同时留出大片荒地，所谓总荒，计有一千七百垧之多，均为熟地，一年租钱八百吊，用于津贴牧放牛条的专人。因近年流民成众，私垦泛滥，加之庄头牲丁亦有越界侵占，牧场日渐萎缩。与其任人私占，莫如公开招垦，还能换笔银两，吉林将军府遂决定由荒务总局公开发文招垦。此事初起时，秀山尚在任，被他断然拒绝。乌拉牧场是皇家禁地，属内务府管辖，怎么能由吉林将军府一纸公文便开禁？秀山与吉林将军交涉多场，不仅阻止公开招垦，还要将已经拨出的地亩“备价领回”。因有内务府做后盾，秀山态度很是硬气，吉林将军也不好擅专，此事便拖延着，而秀山欲“备价领回”的地亩，却因为朝廷连年亏欠衙门银两而力不从心。如今，萨林保署理衙门事务，却从公开招垦中看到了无法为人道出的好处，而内务府对乌拉贡事的管理已是越来越疏放，很多事都由吉林将军衙门直接处置，萨林保也犯不上与将军衙门顶着，公开招垦一事遂成定局，并由他具体承办放荒事宜。

那苏肯一听说这事就兴奋起来，他已拿不出大笔银子，他几十年攒下的家底换来了魁府，但他对土地的觊觎之心仍然强盛。明毓一跟他提荒务局公开招垦牧场的事，他就猴儿急地让明毓想办法弄钱，并暗示仍然可求助润怡姑娘。明毓不肯，他可拉不下这个脸来，再者，他总觉得由萨林保办的事不是很可靠，里面不知会藏着什么玄机，他说再看看，就拖了两天，没想到那苏肯自己变出钱来，而且数额不小，问从哪来的，只是笑而不答。明毓曾疑心阿玛私下朝二格格索要，旁敲侧击地问了问，二格格毫不知情，遂放了心，也没再阻止那苏肯去办理手续。那苏肯兴冲冲地去了，不料却气囔囔地回来了，说是有人已捷足先登，一夕之间大部分地块尤其是好地块都被号下了，却问不出是谁号下的，剩下的都是山坡林地。明毓觉出事情蹊跷，一时也弄不明白，他劝那苏肯把剩下的林地先认领下来，那苏肯并不情愿，说又种不了粮食。明毓好歹算说服了他，赶回去，认领到三百垧林地。

明毓很好奇是谁抢了先，谁又有那么大的财力承领那么大片的土地。他首先怀疑的是秀府，特意去衙门见了永泰。他佯做不知，劝说永泰去承领牧场，还说那牧场经年累月用来放牧，牛羊粪便沤肥了土地，种上粮食肯定丰收。永泰不以为然，说总管衙门并未接到内务府放荒公文，还说秀大人在任时就曾抵制公开招垦，他又怎么敢对皇家的土地起贪念？他还警告明毓，不要去蹚这道浑水。

明毓明白了，迂腐的永泰看不清局势，只一味地效忠朝廷，根本不知道为自己留后路。而且萨林保署理总管之后，永泰眼见着处处受排挤和压制。去年岁贡，上贡的虎皮尺寸不符要求，而且额定数量差了几张，朝廷问责，永泰被鞭笞二十，罚俸一年；左翼翼领辖下狩猎队无论官丁，均被罚处。其实萨林保完全可以上奏说明，因沙俄入侵强占了东部大片土地，修建铁路又占了不少土地，朝廷还出放了不少荒山林地，可供猎捕的范围日渐减少，加之连年狩猎，大牲畜数量已日渐减少，猎虎数量不足也是可以预见的，就如同连年采参至一参难求、连年采珠至东珠灭绝一样，朝廷未见得不肯通融，但萨林保在呈给内务府的咨文中，认定是永泰因未能晋升总管而对他怀有敌意，勾连属下消极怠工，故意让他难堪。永泰并非普通牲丁，在乌拉城，论阶品，他只在总管、协领之后，平日行走街头，或坐轿或骑马，也是被礼让的，如今却被当众鞭笞，扫了颜面，好久竟都抬不起头来。明眼人也都看出，萨林保是成心让他难堪，其实就是要雪秀山曾经对他的压迫之耻。这样的羞辱，永泰竟生吞下去了。明毓对永泰也是很无奈了。

后来明毓搞清了是谁认领下大片的牧场，不止明毓，差不多整个乌拉城的人都知道了。其实只要有心，搞清这件事并不难。这么大片的土地，承领的人自己肯定耕种不过来，必然再次招租，招租的佃户还不是小数，谁是地主自然就瞒不住了，这其中少不了萨林保，还有荒务总局的总理、会办、帮办，甚至牵涉吉林将军。人们觉出这其中有猫腻，却说不清这里面的道道，不过是议论一番，有的愤愤不平，更多的人还是羡慕，而对于普通的打牲丁来说，则事不关己，懒得过问。

不过个把月的时间，朝廷突然派下要员，纠查招垦牧场一案。谁上了奏折，要员如何查案，乌拉人并不知晓，结果却很轰动，吉林将军革职交部议处，荒务总局的总理帮办、会办均下了大狱，据说萨林保也是要下大狱的，只是未等裁定公文送达，突然暴病身亡。

后来人们才知道，萨林保和总理帮办、会办们并未付出一金一银，只在账上涂上几笔，便承领了大片的荒地，这是明目张胆的侵吞，也是太过嚣张了，以为趁着乱局便可蒙混过去。只是人算不如天算，到头来，也是自食恶果。被他们肆意侵吞的荒地悉数收回，划归总管衙门。凡是实打实地拿了银子的，地亩和林地便仍归在这租户名下。那苏肯承领的三百垧林地，算幸运地保住了。这时明毓也才知道，这三百垧林地竟落在了他的名下，认领用的银子，是那苏肯从老姑奶奶手里借出来的。

“出荒案”尘埃落定。不久，永泰擢升打牲乌拉衙门总管。

乌拉城大大小小有头有脸的人物纷纷去向永泰道贺。一时间，总管衙门可谓门庭若市。

明毓没去凑这个热闹，那苏肯催了他几次都没成，气得那苏肯骂他烂泥扶不上墙。直到有一天晚饭后，永泰亲自登门，与明毓关在屋里说了一会儿话，那苏肯才好像悟到了什么。永泰走后那苏肯就问，是不是你给朝廷上的奏折扳倒了萨大人？明毓不以为然地龇了下牙，说，阿玛你想哪儿去了？我一个小白人哪有资格给朝廷上奏折？那苏肯想想也是，在乌拉城能有资格给朝廷上奏折的人不多，秀大人够资格，可秀大人已经调去伯都讷了，难不成还会回头管乌拉城的事？那苏肯也就想一想，想不明白就算了，他更关心的是被收归总管衙门的那一大片土地。那么大一片地呢，收回来总要放出去，放给谁怎么放永泰说了就算。那苏肯又催促明毓去找永泰。

明毓笑笑说，阿玛你就别惦记了，我已经为总管大人想好了这些地的用处了。

永泰来找他谈的，正是这些土地的安置。惦记这些土地的不止那苏肯，每一个来向永泰道贺的人，似乎都藏着心机，话里话外地都暗示着什么。这其中诸多人，不是长辈，就是同僚，他拒绝不是，承诺也不是，弄得很是烦心，又没有人可商量，便来找明毓。他先道了谢，个中缘由心照不宣，然后便提到了那些收回的土地如何处置才好。

明毓出主意，既然收回来了，就不能放手。分作两部分用途出租，一部分租金冲抵朝廷所欠下的官丁俸银，省得你求爷爷告奶奶地讨钱。另一部分用作乌拉官学的学田，租金贴补学堂，这样就可以扩大招生，聘请教习，让乌拉的旗人子弟都去读书。还有，明毓又大胆提出建议，咱乌拉地方民人日渐增多，不妨也放开，允许民人子弟入学。

永泰豁然，咧开嘴笑了，这些日子纠缠于心的困扰一下子解开了。只是对招收民人子弟读官学还有些迟疑，说没这先例。明毓说，如今京城省城都办了招收民人子弟读书的学堂，朝廷还有送出国留洋的呢，也不分旗人还是民人，反正都是大清的子民。永泰说，这事再想想，怕有人整事儿。明毓说，你怕啥？你是官学校的校长，就是你一句话的事！

永泰默认了，临走说了一句，明毓，你这脑瓜儿够用，你不做官真是屈了才了。难怪秀大人让我遇事找你讨主意。

明毓不信，说，秀大人根本就看不上我，从小到大，他就没给过我好脸色。

永泰说，你也够能作了！你想想，若不是他对你手下留情，你能活到今日？

明毓没反驳，问，秀大人为啥对我手下留情？

永泰怔了怔，笑说，从小在咱家长大的，咋说也有份情谊不是？

明毓笑了，转过话头问起福儿咋样。从回到乌拉城，福儿就再也不肯见他，他只能从别人嘴里打听些消息。

永泰苦笑着说，还能咋样？关在府里，大门不出二门不迈，跟从前判若两人了。以前看她到处疯跑着玩儿，总觉得不顺眼，如今倒希望她能活出点儿精神来。

明毓也只能黯然神伤，他何尝不想看见一个活蹦乱跳的福儿？

傍晚的时候，赖德才来魁府找明毓，说老姑奶奶病了，想要见他。明毓跟着赖德才就走。在中院遇到那苏肯，听说老姑奶奶病重，也要跟去看看，被赖德才拦下了，说，你就不要去了。那一瞬间，明毓看到了那苏肯尴尬的表情。

老姑奶奶已卧床多日，见明毓来了，强撑起上半身，抓着他的手不肯放下，眼泪汪汪地盯着他看。明毓扶着老姑奶奶躺下，趴在炕头跟她说话。老姑奶奶其实年龄不大，还不到五十岁，平日里总是收拾得利利索索的，穿的也是那么得体，式样不新不旧，苏杭的绸缎配上精致的绣活儿，梳着两把抓的燕尾儿头，头上插着簪子，挂着东珠耳坠，有的时候戴上大拉翅儿，穿上花盆鞋，一步一摇的样子很是晃人眼，可见老姑奶奶年轻的时候，也是一个美人。这样的一个美人却一直没有嫁人，让人生出许多联想，只是因为秀府的势力，没有人敢乱揣测，更不敢随意瞎说。这么多年，也没听说老姑奶奶相亲或者有谁家提亲的事。老姑奶奶日子过得很恬淡，愿意管的事就说两句，不愿意管的则视而不见，但在秀府的地位至高无上。

明毓自小就知道老姑奶奶喜欢他，总是背着人塞给他各样东西，吃的用的都有，从老姑奶奶不安的眼神里，他知道老姑奶奶不想让别人知道，也就乖巧地藏起来。小的时候觉得好玩儿，年龄渐长，他就感觉出异样，也会从旁人的话里话外悟出点儿蹊跷来，老姑奶奶再背着人塞东西给他，他就会推挡，收下来也是勉为其难。几次过后，老姑奶奶似乎也察觉了，再不勉强他。再后来，每次进秀府，他都会去看看老姑奶奶，但心里却一直梗着个东西，一个说不清道不明的东西，这让他与老姑奶奶有了莫名其妙的隔阂。

病中的老姑奶奶是那么羸弱，曾经红润的脸盘儿变得白皙，丰润的身子也干枯了，满头乌丝仿佛一夜间白了许多，也没有光泽，看着让人心疼。明毓很想问点儿什么，忍了忍，还是没敢问出口，只是说些安慰和逗趣的话。他还把挂在腰间的那块上好的玉牌亮给老姑奶奶看，说自从老姑奶奶给他挂上，他就再也没摘下来，总是随身戴着。老姑奶奶笑了，很是满意。末了明毓说，我阿玛也想来看看老姑奶奶呢！谁料，老姑奶奶的脸色立时变了，急促地说，别让他来，我不想见他！停了停，老姑奶奶又说，明毓，你能来，我就知足了！

明毓眼看着老姑奶奶的眼角淌下一串泪珠，他的手也被老姑奶奶攥得紧紧的。

一路走回家，眼前都是老姑奶奶眼角淌下的那一串泪珠，进了大门，绕过影壁，看见那苏肯站在上屋的廊下，明毓觉着是在等他，便走过去，叫了声阿玛，静等着问话。

那苏肯就问，老姑奶奶咋样了？

明毓说了说老姑奶奶的病况，那苏肯好一会儿没吭声，也不知在想什么，眼神很是迷茫。明毓喊了他两声，他才回过神儿来，说，怕是熬不过去了！

明毓突然问，阿玛，你跟老姑奶奶到底是咋回事？

那苏肯被这一问惊着了，瞪着眼睛看明毓，然后问，她跟你说啥了？

明毓摇头说，她啥也没说。

那苏肯唔了一声，说，那就是没啥说的。说罢，转身进了屋，本就习惯于前躬的身子，好像更弯了。

明毓去问刘佳氏，直截了当地问，表情坚定，不容糊弄。

刘佳氏吭了几声，终于说了，她跟你阿玛好过，还生过孩子。

明毓追问，那孩子是谁？

刘佳氏说，别瞎想，不是你。是你身上的哥哥，我养到一岁，后来我生了你，就把他以过继的名义让秀府养着，三岁时出天花死了。老姑奶奶就把你看作是你哥的替身，当自己的儿子待。

刘佳氏还告诉他，秀大人知道了那苏肯与老姑奶奶的私情，便给那苏肯指了两条路，一是和老姑奶奶成亲，除了旗籍，夺了一切俸饷，离开秀府自谋活路；一是拨给他一百亩旗田，再点他做五官庄的庄头，从此远离老姑奶奶，与秀府不相往来。秀大人精明得很，知道那苏肯的心思，头一条路不过是虚晃一招。那苏肯果然选择了后一条路，老姑奶奶就上了吊，幸亏救得及时捡回两条命。刘佳氏是大奶奶的侍女，正当出嫁的年龄，便被富察氏指给了那苏肯，说好了等老姑奶奶生下孩子，对外便称是自己生的。

刘佳氏说得有根有蔓，明毓似信非信。但他相信阿玛就是这样的人，贪财不要命的主儿，在秀大人的巨额财富诱惑下，宁愿舍弃了老姑奶奶。明毓忍不住问讷，你愿意嫁给阿玛？

刘佳氏苦笑着说，不愿意咋整？主子指的婚，做奴才的敢违抗吗？

刘佳氏说完，竟忍不住哭了，眼泪像断了线儿的珠子，想是憋了多大的委屈，终于找到了出口。这却是明毓想不到的。

不久，老姑奶奶就走了。秀府操办了隆重的葬礼，秀山也从伯都讷赶回来。人人都发现，秀山更显老了，一脸的憔悴，据说伯都讷的政务很是棘手，也难为他，毕竟七十多岁的人了，仍然忠于职守，对朝廷忠心耿耿。

老姑奶奶出殡时，由永泰摔孝子盆。他刚站好，明毓就上去了，在众人的错愕中，端起瓦盆高高地举过头顶，摔在地上，发出一声巨响。

明毓才不管别人是什么表情，他也不看，只是转头的一瞬间，他看到了福儿。戴着孝的福儿，脸色是惨白的，却是毫无表情。

后来乌拉城的人都说，当时，秀山的脸都黑了。

办完老姑奶奶的丧事，秀山就回伯都讷了。秀山临走前，明毓进了一趟秀府，是秀山召见的。秀山破天荒地让他坐下，像对待一个同僚。明毓有点儿受宠若惊，侧了身坐着，只半个身挨着椅子，仍是一脸恭敬地听秀山说。秀山好像说了许多，说到扳倒萨林保的事，也说到永泰如何能坐稳总管之位，口气都像在与明毓商量。秀山气色不太好，说到这两件可喜可贺的事，他都没显出高兴来，脸上却布满忧虑和焦虑。明毓很想探究一下他心里到底在想啥，忍了忍，还是没敢问。

从头到尾，两个人没有谈到老姑奶奶，更没有提及明毓摔孝盆的事。

仅仅几个月之后，秀山在伯都讷任上病逝。明毓陪着永泰、吉祥等秀府子弟去的伯都讷，迎回了秀山的灵柩，葬进汪屯祖坟。

祖坟地风水不错，占地也很大，埋葬着秀府祖上三代，到秀山这儿已是第四代了。秀山在时，曾经修缮过一次祖坟，神道、石牌坊、香桌供龛，以及看坟人的下处，都好好整理了一番，正经花了一笔银子。坟地四周都种了树，郁郁葱葱地生长着，气势很盛，也预示着秀府的实力。

明毓看着永泰、吉祥等秀府的男丁在秀山的坟前跪拜、祭奠。

没有人来喊他。

明毓直挺挺地站着，身边都是跪着的人，只有他站着，显得孤零零的。他很尴尬地转身走开，无意间看到了远处的一座孤坟，在祖茔地的外边，也是孤零零的。

明毓拾起一把锹，朝那座孤坟走去。

下　部

第五十一章

宣统元年的那场雪下得好大。

大雪下了一夜，到了早上还没有停的意思，硕大的雪花和着雾气，将天色弄得灰蒙蒙的，树上、房上、围墙和院子都染成了白色。

窗户上结了厚厚的霜，遮蔽了外面的世界。隔窗能听到院子里有声音，是得福在清雪。刮雪板铲着雪，推着，一下一下，闷闷的，时断时续，从中院到东院到前院，持续了很久。应该跟阿玛说，再雇一个苏拉，这偌大的院子，只得福两口子做杂役兼带着厨房的活计，有些指使不过来。明毓想着。这几年，他靠着管理贝勒爷的庄田，还有自家的林场和土地，又悄悄在省城入股了几家买卖，积攒了不薄的家产，又住着魁府，在乌拉城也算是有头有脸的人家了，可阿玛就是脱不了穷酸命，舍不得吃舍不得穿的。明毓有时听着阿玛跟外人哭穷，都禁不住要笑。

炕烧得挺热，烙得身下暖暖的，胳膊露出被子，就感觉到凉。明毓用被子齐脖颈卡得严严的，不透风，捂住了热气，窝在里面，真是舒服。昨天还想今天派伐木队上山伐木，可看这天气，还是缓两天再说，反正离开江还有些日子，误不了省城木植公司的货。想想，今天也没什么要紧事。明毓就懒在炕上，不想起来。

对面炕上有了动静，是润怡拉炕帘的声音，接着她下了地，趿拉上鞋，因为冷，嘴里发着咝咝的声音，走过来，掀开被头，一纵身上了炕，倏地钻进明毓的被窝，动作极快，生怕失了机会似的。明毓翻身抱住她，发现她只穿了肚兜，身子热热的软软的。正缠绵着，对面炕上孩子哭起来，一声声地喊讷，润怡嘟囔一声挣出身子，跳下炕跑向对面，动作跟刚才上来时一样快。

明毓很扫兴，也无奈，躺了一会儿，翻身坐起来，围起被子，看着对面炕。润怡给孩子把完尿，又把孩子塞回被窝，拍着哄着，嘴里还叨叨咕咕，一头长长的乌发顺着颈项散在炕沿下，随着头动左右摇摆。明毓有些恍惚，那个高贵骄傲的二格格真就成了他的妻？还为他生下了一儿一女。生第一个时他给孩子雇了奶妈，第二个落地时二格格却说要自己喂，又说在这院里她不当格格，省得让人看不顺眼，她就真的早起晚睡地亲自奶孩子。这也就是短短的四五年间的事，世事竟是如此地不可捉摸。

娶二格格并非他心甘情愿。

庚子之乱后，京城安定了，裕府来过一封信，要接二格格回京，她没答应，说再住一段时间。明毓极力劝她回去，这乌拉城毕竟是关外苦寒之地，哪是她一个贝勒府的格格久留之处？二格格说我不可能总住在这儿，可也不能就这么回去是不是？来了有理由，回去也得有个说法啊！明毓不想顺着她的话说，只说她一个女子，孤身滞留在此，也多有不便。二格格就看着他笑，那笑很是怪异，让他心里发毛。然后二格格说，我住在自己的宅子里过自己的日子，有什么不便吗？明毓就不能再说什么了。可那苏肯和刘佳氏觉得很不方便，府里住着这个不明不白的女子，直接影响明毓的婚事。那苏肯就逼明毓，要么娶她，要么送走。逼得紧了，明毓不得不说出实情，告知二格格的真实身份，那苏肯一时无话可说。二格格继续留了下来，她每天礼节性地过到中院拜见那苏肯和刘佳氏，然后就回到东院过自己的日子。她也很少出门，出门都坐轿或乘马车，必得明毓跟随在旁边。一开始那苏肯和刘佳氏因为她的身份还有些惶恐，天长日久，也就习惯了，外面的风言风语也被时间稀释得毫无刺激性了，那苏肯和刘佳氏便认可了她的存在。尤其那苏肯，他很清楚，如果明毓真的娶了二格格，不只是攀上了高枝，贝勒爷在乌拉的庄田也就等同于归他了。那苏肯就开始督促明毓抓住运气，不能再犯傻。那苏肯骂他，咋就死脑筋？一辈子要为个死人陪葬啊！那苏肯指的是素韵。明毓没回应，死去的素韵是他心里的一个结，可已经过去这么久了，总是有些松动了，他只是偶尔会想起她，想的时候心里酸酸的。那苏肯又骂，你念着她，她恨着你的，那感情的事能当饭吃啊？饿你三天，你就能活明白了。那苏肯这又是指福儿了。明毓被骂急了，问那苏肯，你跟老姑奶奶好的时候，就是为了吃饭吧？那苏肯愣了一下，朝他抛过一烟袋锅子，抛在他身上，大衣襟上竟被烟灰烫了个洞。那苏肯一连多少日子，再不提这个话茬儿，见谁都是黑着脸。明毓知道他的话捅了阿玛的痛处，说的时候就是故意的，也不想赔不是。阿玛还知道疼，说明当年对老姑奶奶是有感情的，所以才愧疚，正是这愧疚，让阿玛在老姑奶奶面前永远抬不起头来。他不想像阿玛这样活着。明毓去了一趟秀府，要见福儿。自从京城回来，福儿就回避他不愿意见他，他清楚是因为二格格的缘故。可当时京城正乱着，二格格婆家的事也未了结，她还暂时不能回京。他跟福儿解释，福儿又说这些都跟她没关系，人家是贝勒府的格格，靠着她能飞黄腾达，是你养着她还是她养你随便。这话说得极其难听，明毓生气了，掉头就走，福儿在后面喊，往后别再来找我。他在心里发誓不再来找她，可过些日子就又想见她，有些话还是想找她说。福儿却总是拒绝，或者冷言冷语地气走他。后来他发现，福儿不仅是在回避他，也回避秀府之外的生活。街上很少能看到过去那个怡然自得又豪爽干脆的五格格。从永泰的嘴里他听说，大奶奶没少托人给福儿说媒，都被她以各种理由拒绝，后来她干脆宣称，此生不嫁，硬是把大奶奶气病了一场。

永泰问明毓，你说福儿是不是还忘不了素俊？

有一次明毓陪着二格格赶庙会，在观音庙看见了福儿。福儿正在上香，双手合十默祷，有两行泪流下来。明毓不知怎的心里就一疼，怔怔地发呆，直到二格格拉了他一把，才回过神儿来，可福儿已不在眼前。他抬腿追了出去，拦住福儿，逼她说话。福儿矜持地站着，问他有啥事。明毓小心地说，没别的意思，就是想跟你说一声，在乌拉城，也只跟你还想说点儿贴心的话。他看见，福儿微微笑了笑。这微笑给了他勇气，让他不顾一切地说出一番话来。他说，福儿，素俊已经不在了，他就是活着也不知流落到哪儿去了，不可能再回来，你干吗要这么折磨自己？素俊若是活着，看到你这样也得心疼啊！福儿就哭了，哭着说，你为啥要说得这么明白？你就一点儿念想儿也不给我留吗？明毓说，我想让你活过来，想看到过去那个活蹦乱跳的五格格。福儿说，你说得轻巧！我靠啥能活过来？嫁人？随随便便嫁一个不喜欢的人，生一大堆孩子，这就算活了？可这与死了又有啥不同？我不想这样活。明毓很想告诉她，他跟二格格在一个府里住着，二格格以她的存在一点点地融化着他，也融化着阿玛和讷，他们由开始的互相抵触逐渐结成联盟，用亲情逼着他必须娶妻生子，而且除了眼前的二格格也别无选择。他对二格格给予了最大的尊重和照顾，却一直守着心中那点儿期盼。他希望福儿能像当年搅和他与素韵那样，搅乱他与二格格的关系，哪怕是胡搅蛮缠，但福儿一直没有反应。她用冷漠和无视，把他推开了，让他觉得自己犯了老大的错，就是用一辈子也弥补不了的错。他不想这样，更不想一辈子活在愧疚中。这些话是他想了很久的话，可那时却说不出来，因为府里还住着一个二格格。

秀山出殡那天，明毓在祖茔地的外围看见了一座孤坟，那是当年福儿突然出走，秀大人为堵人口舌给福儿立的坟。福儿活着回来了，这坟竟然没有被平掉。

明毓平了这座假坟。

之后，明毓就拿定了主意，他跟二格格做了一次长谈。他要让二格格明白，他与她之间不仅隔着门第身份，更隔着一个福儿；他可以不顾一切地跨越门第，可他无法割舍与福儿的感情。二格格听了他的表态后只是笑了笑，那是一副不以为意的笑。这之后二格格几天都没跟他说话，也没在中院露面，那苏肯和刘佳氏疑惑不已，明毓也惴惴不安，曾问过二格格的丫鬟珍珠，珍珠只说二格格没啥异常的，只是经常发呆。终于有一天二格格出门了，竟然没坐轿也没乘车，连珍珠都没带。明毓怕她有闪失，悄悄跟在了后面，却看到她走进了秀府。他惊讶不已，不知道她想做啥，急忙追了进去。他没看到两个女人打架的场景，但二格格和福儿的表情都很凝重。看见他，二格格有些不自在，福儿倒很淡定。明毓劝二格格回去，说，有啥话回去再说，咱们俩的事跟福儿没关系。二格格同意了，回头对福儿说了一句，我等着你回话。福儿却马上说了一声等一下，然后对明毓说，二格格跟我说了，将来你跟她回京城，会让贝勒爷替你在朝廷谋个差事，凭你的本事，用不了多久定能得到重用。二格格还说了，你如果娶了她，贝勒府名下的庄田就等于归了你，在乌拉城，除了皇家官地，没有人能跟你比富了。明毓，这是别人做梦都想得到的，你可别犯傻。明毓看着二格格，二格格没否认，灿然地一笑；明毓又转脸看福儿，福儿也目不转睛地看着他。明毓说，福儿，我就想娶你。这回是二格格不淡定了，脸立时红了，又由红转白，一双弯眉立起来，嘴角哆嗦了几下，那神情就是要发作的。但很快，二格格却笑了，脸上即刻现出那副目中无人的表情，这是她的常态，二格格终究是二格格，走到哪儿都不会丢了范儿。临走时二格格说，福儿，下次再见面，明毓肯定不这样说了。

二格格用眼泪用田产和前途诱惑，都没有改变明毓的主意。她不惜降尊纡贵地求助那苏肯和刘佳氏，也没能奏效。她最后一次约见了福儿，她知道福儿一直还没吐口答应嫁给明毓，她要听福儿亲口说出来。她拒绝明毓在场，保证不会伤害福儿。二格格出去不大一会儿工夫就回来了，表情平静不见异常，面对明毓疑惑的目光，淡淡地说，福儿想跟你谈谈。

明毓去秀府见福儿。福儿大概是刚洗过头，包着一条藕色的头巾，一头乌发拢在脑后，直垂到腰间。明毓想把她约到外面谈，不料福儿不肯，就站在前院当间，人来人往的，谁走过都看他俩一眼，弄得他很不自在。福儿却很自然，平静地告诉他，她不会嫁给他，她说过要等素俊，就一定等到底，哪怕等来的是噩耗。说着，她竟然掏出一把剪刀，顺手捋过垂在身后的散发，一剪子下去，剪下了尺把长，动作快得明毓都来不及反应，只能愕然地看着。明毓明白了，这是断发明志，福儿让他彻底死心。

明毓恍恍惚惚地回到魁府，站在二格格面前，他的脑子都是一片空白。二格格喊珍珠给明毓上茶，茶杯放在他面前，发出了声响，他似乎才回过神儿来。

明毓问二格格，你是心甘情愿地要嫁给我？

二格格说，是，是。明毓，我是心甘情愿的，我就是想嫁给你，除了你，我什么都可以不要，不回京城，不当格格，我就留在魁府，跟你过平平淡淡的日子；我也可以不要丫鬟，我给你生孩子、做饭、洗衣服，替你孝敬父母；你是我的主子，我就是你的媳妇，像乌拉城所有人家的媳妇一样，一心一意跟着你……

二格格说得泪眼婆娑，哽咽不已，最后，哭出声来。

明毓又去了一趟秀府，还是在当院见了福儿。他手里拎着一个帽盒子，他说是当年素俊留给他做念想儿的帽子，他特意做了一个盒子收藏起来。现在，他想交给她，他觉得素俊也许更想给她留一个念想儿。

福儿当场打开了盒子，看到了一顶蓝缎面的帽子，帽顶缀下一条红穗子。福儿抱着帽子哭了。

明毓告诉福儿，他要娶二格格了。

福儿好像没听见，抱着帽盒子，转身走了。

与二格格的婚礼办得很简单。二格格并未通告娘家人，一切的嫁妆都是自己置办。魁府对外也未公开二格格的身份，仍然说是京城大户人家的小姐，家里落难，避祸来到乌拉城。这是明毓和二格格商量好的。那苏肯又添了一条，不许提及二格格是寡妇，明毓同意了。二格格娘家不在本地，从哪儿出门子这一环节难住了明毓。二格格说她不在乎，就从东院出门子也行。那苏肯坚决反对，认为不合礼数不成体统，会让乌拉城人瞧不起。

明毓说，从秀府走。

那苏肯和刘佳氏一致点头，都觉得这个办法好，既得体又不失面子。

二格格惊讶不已，问，行吗？

明毓去了秀府，拜见了大奶奶富察氏和大阿哥永泰，说了想借秀府的福气，让新娘子从这里出门子。富察氏露出为难的表情，永泰说，这事本不是事，只是不知福儿会咋想。明毓说我去找福儿问问。

福儿竟然连想都不想，即刻答应，说就让新娘子从西厢房走，我马上叫人把素韵住过的屋子拾掇出来。说时还神采飞扬的。

明毓像被扇了一记耳光，愣了片刻，才吐出一个谢字。

按旗人的婚俗，姑娘出嫁，应由哥哥背上轿。明毓琢磨一圈人，最后让二格格拜了赖德才为兄，出嫁的时候，由赖德才背着送上轿子。

明毓去秀府接的亲，在热热闹闹的人群中没看到福儿的影子。从这一刻起，他知道，他与福儿再无缘分。

新婚之夜，二格格拿出一枚翡翠扳指儿，满绿的，光绪帝御赐的东西，她临来乌拉城时朝阿玛要下了，就是给明毓预备的。就是说，从那时起，她就存了嫁明毓的念头。为了这个心愿，她藏起了高贵的身份，也抛弃了优裕的生活。二格格说，福儿说你不可能心甘情愿做一辈子奴才。我给你当奴才，一辈子的奴才。以后再也没有格格了，我是你的润怡。

那一夜，润怡提出了唯一请求，不许他娶侧室。

早饭后，明毓坐在炕上，享受着饭后的一袋烟。润怡给孩子穿棉衣，孩子不老实，东扯西挣的，一把没抓住就跑开了。润怡缺少耐性，嚷着拍着，又朝他嚷着说，这个小崽子随根儿，跟你一样横踢马槽的。润怡对现在的日子好像很中意，有时也嚷着累也说烦，可说过了嚷过了，仍然一如既往。有时两个人也说起她过去的生活，她说，贝勒府的日子就那么回事，衣食无忧，可一天天地也没个盼头。明毓说，嫁给我不是更没盼头了？润怡说，这不是挺有意思的吗？我的盼头就是嫁给你。明毓笑问，你咋知道我会娶你？润怡说，你当然会娶我。明毓无法理解润怡的自信，可也解释不了自己为啥就娶了她，反正结果就摆在这儿了。

得福来敲窗户，说秀府的雪雁姑娘来了。明毓急忙出溜下炕，套上鞋，让润怡赶紧请进来。润怡一边往外走，一边喊珍珠来领走两个孩子。

雪雁在省城读书，读的新式学堂，叫省立女子师范学堂，还是听了明毓的鼓动才报名的。明毓往来省城办事，见识过新学堂，又听说有了女子师范学堂，便想起福儿和雪雁。乌拉城念过书的女孩子只有她们俩，雪雁尤其喜欢读书，当年跟着素韵读书，比福儿都上心。他特意找来雪雁，说了女子学堂的事。他希望雪雁能把福儿鼓动起来，两个人一起做伴去读书。雪雁兴奋极了，跑回家就去鼓动姑爸爸。福儿很是冷淡，说她岁数大了，没那个心劲儿。雪雁只好自己去跟佟佳氏说要去省城上学。佟佳氏本也是有眼力的女子，又稍通文墨，对雪雁读书向来不反对，只是要放她一个人出外面，还是不放心，犹豫着跟富察氏说了，富察氏竟坚决不允。雪雁看着温顺，犟起来却有八头牛拉不回来的劲儿，不吃不喝地挺了三天，富察氏认输了，由着佟佳氏做决定。就这样雪雁上学了，也是乌拉城第一个上学堂读书的女孩子。明毓告诉她，将来毕业了，回乌拉城教书，教女学生。

雪雁进来了，带着一股寒气，两个脸蛋儿冻得泛着嫣红，白色的貂皮帽檐上挂着一层白霜；披着一件靓蓝色绸缎面大氅，领口袖口还有大襟上露着一圈白色的貂毛；两手袖在暖手袋里，端在胸前，笑吟吟地跟明毓和二格格见礼。明毓请她坐，雪雁竟扑哧一声笑出来，说，额其克[①]你现在咋跟以前不一样了呢？明毓说，自然是不一样了，老了呗！雪雁说，才不是，你才多大岁数，是日子过得安逸了。润怡从箱盖上拿过凤鸣楼的点心匣子，里面装了松子、榛子、核桃什么的，让雪雁用，然后坐下来陪着说话。

雪雁平日难得回乌拉城，偶尔回来也不太露面，今日来肯定有事。明毓一边询问她的学业，一边等着她提话头。雪雁坐在炕沿边，说省城有的人家送孩子出国留洋，等她毕业了，也想去。明毓说你胆子挺大，留洋倒是好事，能见世面，就怕你玛玛和讷不让你去。雪雁说，我要想去，谁也拦不住我。雪雁又问孩子们都几岁了，问窝克[②]平日都干些啥，东拉西扯就是不说事。明毓顺着她

① 额其克——满语，叔叔。

② 窝克——满语，婶婶。

的话唠，心里却越发地疑惑，又闲扯了几句，他让润怡去中院看看孩子们。润怡何等聪明，起身跟雪雁客套几句走了。

雪雁迟疑了一会儿，到底还是说了，说她在省城看见素韵了。

明毓如被五雷轰顶，待了半天，结结巴巴地问雪雁是不是看错了，素韵明明死了嘛，咋又会跑到省城？

雪雁肯定地说，没错，她是我的先生，我咋会看错？就在东关圈楼的升平书寓。我看着她走进去的，若不是那种地方，我就追进去看个清楚了。

明毓还是难以置信，可雪雁信誓旦旦的又不由他不信。他问，告诉你姑爸爸了吗？

雪雁说，没有，姑爸爸每天像个游魂似的，我怕再刺激了她，别做出啥过分的举动来。

雪雁说，我跟赖德才说了这事，是赖德才让我来找你的。明毓想想，雪雁的担心是对的，便嘱咐她，别再对外人说，也别告诉你姑爸爸，她知道了就是个麻烦事，等凿实了是不是素韵再说。

缓过神儿来，明毓最先跑去秀府，让才录把赖德才找出来。赖德才已是六十来岁的人了，显出了老态，脸上无须，皱纹就显得密了些，只是那眼角的皱纹都是朝上长的，眼神中透着一种狡黠，细端详，还是一副滚刀肉的嘴脸。明毓瞪着他，就有一股怨气，恨不得挥上一拳砸过去。赖德才咧了咧嘴，说，我知道小爷所为何来，雪雁姑娘跟我说了。

赖德才说，我是骗了秀大人，也骗了乌拉城的人，我是想让她逃出一条命。

素韵出嫁的前一天，赶去蜂蜜营送亲的赖德才好像有预感，一直守在屋外，整晚上都不敢合眼，想着天亮后顺顺当当地送亲过去，也就算完成秀大人的嘱托。屋内的异响吓着了他，闯进去时，素韵已经用一根绳子将自己吊在了房梁上。他救下了素韵，等她缓过气来，好说歹说地劝着，素韵只是哭。赖德才就知道，硬是送她嫁人，早晚还得走这步，无奈之下，才想出让她诈死逃跑的办法，后续的事都由他来伪装摆平，至于素韵能不能逃出去，逃出去能不能活命，就看她的造化了。

赖德才懊恼地说，谁想到她落到了那种地方？还不如当初别拦着她，死了倒干脆，清静。

明毓黑着脸，说，为啥早不跟我说？

赖德才怪笑一声，说，跟你说？你在哪儿呢？你是能把她追回来，还是能娶了她？

明毓很无力地说，你至少应该告诉我，她还活着。

赖德才理直气壮地说，告诉你，有用吗？

明毓无言以对。

第五十二章

这几年，明毓往省城吉林跑动得多，他的生意都在这里。

省城吉林的繁华早已不是乌拉城能比肩的了。

自安珠瑚奉旨建城至今，二百多年间，昔日的船厂已成为闻名遐迩的关东重镇。“扼三省之要冲，为两京之屏障。”远迎长白，近绕松江，四围神山环护，占尽钟灵之秀；扼三水分流之要津，占三省通衢之便捷，领四方风气之先声，尽显都邑之盛。让人不得不信，安珠瑚当年选址，必是得了堪舆术士的点化。穿城而过的松花江，源于神山长白山天池，故谓之天河；四山环顾，名曰左青龙、右白虎、前朱雀、后玄武，乃四方神灵，应天上二十八星宿之位。如此的得天独厚，朝廷对这块风水宝地自然是青睐有加。当年圣祖康熙和高宗乾隆出京东巡，均两次驾临二千多里之外的吉林，在松花江边检阅吉林水师营，看打牲衙门珠丁潜水采珠，还亲自撒网捕鱼。圣祖爷观吉林水师营在江上列队操演，战船布阵，旌旗猎猎，喊声震天，不由龙颜大悦，心花怒放，作《松花江放船歌》以抒怀：“浮云耀日何晶晶，乘流直下蛟龙惊，连樯接舰屯江城。”皇帝金口玉言，赐名何幸！吉林城有了别名——江城。世宗雍正虽没有亲临吉林，却谕旨在吉林城西的白虎山建起望祭殿，除了朝廷每每派大臣代皇帝来此遥祭白长山，每年的春分和秋分，吉林将军皆率众备好三牲——鹿二十头、牛二十头、猪二十口——在此举行望祭大典，代皇帝遥祭长白山；乾隆帝第二次驾临吉林乌拉时，登尼什哈山祭祀了龙潭，封了一棵高九丈余、径二尺的桦树为神树，在龙凤寺进了香，更是亲临白虎山，遥祭神山。长白山山高路远，险阻重重，不是随意便能到达的，白虎山高不及长白，也少了些神秘，却占着酷似，从此，白虎山有了另外一个名字，小白山。

这块风水宝地，占尽天时地利，自然也凝聚起人气，又不像旗城那样禁规繁多，除了驻防八旗，工、农、商、学各业随之兴盛起来，俨然一大都会了。出了山海关，除了盛京，若论起繁华来，便也只有吉林城了。人口繁衍，百业俱兴，城区也不得不一次次地扩延。最初安珠瑚在船厂建起的不过是座木头城，城南以松花江为屏障，东西北三面立木为墙，墙高八尺，东西二百五十步，南北长二百八十九步，三面各有一城门，城门外有护城壕，一丈深。如今，木墙已变为砖墙，且加筑垛口，墙高一丈二尺有余；城区凭倚着松花江，向东向西向北不断拓展，城门由原来的三座，增为五座，再增为九座，计有迎恩门、福绥门、德胜门、致和门、北极门、巴尔虎门[①]、朝阳门、新开门、东莱门。迎恩门位于城西，当年康熙帝和乾隆帝巡幸吉林便是由此门入城的。

省城吉林的兴旺，让乌拉人不得不刮目相看，虽然仍沿用着“下船厂”的说法，偶尔还炫耀一下“先有乌拉后有吉林”的荣誉，毕竟不能再妄自尊大了。如果说吉林是豪门大院，那乌拉也只能算是柴门小户了。虽说乌拉城的财富都是藏在内里的，用乌拉人的话说，包子有肉不在褶上，但外在的气势和规模上已是输了吉林一筹，毕竟，二百多年间，乌拉城在兢兢业业地看护着皇家田产的同时，也规规矩矩地守着主子制定的章法，不曾逾越。偶尔的改变，譬如城区的外延，也是有节有制，并不随意或者肆意，久之，乌拉城就显得安静安分甚至憋闷，令人平生出窒息的感觉。

明毓喜欢吉林的氛围，带城楼的城门、纵横有序铺着阳沟板的街路、灰墙黛瓦的四合院、热闹的“十街三行”以及百业商号，还有各色时髦新派的人等，倒是让他想起在京城时的见闻，有时感觉，这个热热闹闹波诡云谲的城市就是个小北京。尤其近些年，城里办起了几家新式工厂，纺织印染厂、电灯厂、酿酒厂等，官办的，民营的，都是机器生产，产出率和质地都比手工作坊的要好；还有新式的钱庄，永衡官银钱号、吉林牛家的源升庆钱庄等，汇兑结算极是灵活方便。以前只听说南边沿海一带开厂子的多，还学着外国银行的汇兑方式办钱庄，如今这股风也吹到吉林来了，这倒让明毓为之一震。在吴大澂身边时，

① 巴尔虎门——吉林最早的城门之一，名称源于附近的蒙古八旗驻军。《吉林通志》载，吉林驻军有“蒙古旗协领一员，内巴尔虎佐领六，世管佐领二，骁骑校八员，领催四十七名，甲兵三百五十六名……”这些巴尔虎甲兵曾驻守在此城门一带，故名。

听吴大人说过朝廷谕旨李鸿章、张之洞办洋务的事。吴大人是想问一问吉林机器局的现状，可惜那时的他说不出什么来。吴大人在吉林筹办的机器局，是在关外办成的第一家洋务，也是第一家兵工厂，是开拓之举，生产的抬枪、骑枪、雷管、马铳、子弹、开花炮、水雷、汽艇和炮车，供吉林靖边军和练军所用，在防御抗击沙俄军队时很是有效，可惜生产能力有限，远远不够装备所有八旗军。吴大人说，倭寇一个弹丸小国，就敢来冒犯大清，仗的就是手里的家伙好使，船坚炮利，国力强盛，咱再不思变，真就得等着人家骑到脖颈儿上拉屎了。吴大人本是文雅之士，竟冒出这么一句粗俗的比喻来，倒很是贴切。吴大人说这番话时还没战败，还有心思跟他聊天，有心思感慨。如今想来，明毓能理解吴大人当时的心境了。吴大人是明眼之人，看到了别人所未能预见的前景。只是他未能预见吉林机器局会被老毛子拆走了设备并捣毁，自己也因战败被朝廷“永不叙用”，纵有鸿鹄之志，也徒叹奈何。但也真如吴大人所说，仅几年之后，八国洋人组成的联军登门踏户，长驱直入进了京城，一顿烧杀抢掠，朝廷不仅无能为力，还签了割地赔款的条约。这真是让人欺负到家了，朝野内外好一阵喧哗，其中不乏革新思变之声。那时，明毓正好在京城，他关注了好一阵子，判断时局的走向，后来，为了带二格格和五格格避难，不得已逃离了京城，回到乌拉城。乌拉城就闭塞了，很难听到外面的风声，更别提会有令人耳目一新的新鲜事了，除了闷头做生意，也实在没有什么能更提起兴头的事。他看准了省城吉林的天时地利和人气，投资开办了木植公司，当年那苏肯落在他名下的三百垧林地便是本钱；还与人合股开了一家山货庄，经销皮货、山货、药材、杂货等，乌拉街不缺的就是这些东西。他的生意很顺，赚到了银子，他揣着这些银子继续寻找机会。与他合股的果子楼经理庆祥劝他再开几家买卖，饭庄、糕点铺、烧锅、大车店，都是赚钱的买卖。他都摇头，他觉得做这些生意不过瘾。还是庆祥给他提供了信息，说新到任的巡抚大人陈昭常正在为煤矿招商，还有筹建的电灯厂、酿酒厂也在招股。明毓考察了几番，便认购了煤矿和电灯厂的股份，惊得庆祥大睁着眼睛，说这些生意不是短期就能见效的，你就不怕血本全无？明毓说，这是趋势。等看准了，我就自己建一家工厂。

明毓特意去了一趟城东八里外的松花江左岸的局子街，那儿有吉林机器局，所以被叫作了局子街。自被老毛子拆走了设备捣毁了厂房后，这里荒芜了几年，后来一部分被改成造币厂，又被吉林军械专局占用了一处，但大部分厂区仍然荒芜着，无人问津的厂房，墙根处都生长出一人高的杂草。听吴大人说过，机器局除了正厂，还设了轧钢处、翻砂厂、熟铁厂、锯木厂、拉火厂、电气厂，另外还在松花江右岸单设了火药局；设备大多是通过船厂首富牛家设在上海的货栈从德国进口的，其他的还有美国和英国的。仅建设投资就达二十四万两白银，机器设备投了二十五万两白银。厂区规模堪比当初安珠瑚建成的吉林乌拉。

明毓是动了念头，可看着眼前的荒败，掂量掂量口袋里的银子，他也只好掩起了心思。

吉林比较繁华的街路号称十街，主要的有北大街、西大街、通天街、河南街。几条街路相距不远，都是买卖家聚堆的地方，街路两边商铺林立，很多店铺还是前店后厂，各类生意应有尽有。牛马行、粮米行、前后鱼行就都在北大街一带。朝阳门以东被称为东关，也是省城的繁华所在之一。原来这里只是破烂的南北窑坑，还有闯关东的山东人聚居的昌邑屯，后来拨出一部分给东洋人做了商埠地，又新开的大马路，这里逐渐热闹起来。较之河南街、北大街等，这里最博人眼球的就是那些吃喝玩乐的去处，戏院、茶肆、烟馆、青楼、赌场之类的，都环绕着一座二层高的戏楼搭建起来，形成了一簇环形的建筑群落，人称圈楼。

明毓每次来省城办事，有闲了会去河南街、北大街走走，给家里买些日用或者给孩子买些小玩意儿，但东关的圈楼倒没有去过，也不敢去。他听在巡抚衙门充差的阿森描述过，也只当热闹听了，却不曾起意逛逛，对那些有伤风化的东西，乌拉人一向排斥。

明毓寻到圈楼时天已经黑了，各买卖家的门口都亮起了灯笼，幽暗的灯影下，招牌上的字勉强能辨认出来。明毓牵着马，循着灯光寻找升平书寓，脚下的雪发出咯吱咯吱的响声，马儿打着响鼻儿喷出热气，都让他觉得不舒服。偶尔有倚门的卖笑女上来搭话，明毓只是不理，心里却揪着疼。直到此时，他仍然不相信素韵会沦落到这种地方，他希望是雪雁看错了。雪雁说她只是远远地看着素韵从一辆马车上下来，走进了升平书寓。尽管不愿意相信，明毓还是迫不及待地寻来了。

终于看到了升平书寓，门脸儿并不大，四只灯笼挂在门楣上，映出“升平书寓”四个字，闪闪烁烁，忽明忽暗。明毓脚下迟疑起来，犹犹豫豫地走近了，耳畔似有乐声，应该是琵琶弹奏，还是《海青拿天鹅》。明毓听过素韵弹这首曲子，素韵弹给他和素俊听，唯一的一次。三人还讨论过，海青自然是海东青，这曲子应当是北人所作，那展翅翱翔搏击长空的气势，用琵琶的弹拨，倒是诠释得淋漓尽致，只是素韵太软弱了，手法也嫩，完全不似尚先生弹奏时的气度。此时听到这首琵琶曲，心里竟发颤，急切地走近两步，细听又没了，才醒悟是幻由心生。

明毓把马拴在桩子上，推开书寓的门。一道影壁矗立，里面竟然是一座一进的四合院，有正房，有东西厢房，各间单独进出互不干扰，一圈回廊连接起各间屋门。每扇窗子都亮着，有人影闪动，有笑声传出，还有乐音缭绕。明毓愣神儿的片刻，老鸨子出来迎着，笑说大爷来了，快请客厅喝杯茶，显得自来熟。明毓世面倒是见过不少，这种地方却从未涉足，知道是有诸多规矩的，不便冒失，只说找人，问是不是有个叫尚素韵的姑娘。老鸨子立刻笑了，说大爷怕是找错地方了，这里从来没有叫尚素韵的姑娘，去别家看看吧。明毓也知素韵真要是在这儿，也不可能露真名字，便变着法地提问，却怎么也问不出所以然来，倒把老鸨子问烦了，客客气气地撵他。明毓不甘心，还想纠缠，瞬间，大茶壶带着两个壮汉不知从哪儿冒了出来，他只好退出。

第二天晚上，明毓再次来到升平书寓，大茶壶挡住了他。他理直气壮地说要找姑娘，竟连院子都没得进去。明毓知道他被特别关照了，再难进到里面。

明毓去巡抚衙门找阿森，这是他躺在客栈一夜未眠才想出的办法。

巡抚衙门就是原来的将军衙门，镇守吉林等处的吉林将军裁撤后改作了吉林巡抚。阿森从白山书院结业后，经人引荐进了巡抚衙门，做了一名书办。尽管不入品，毕竟顶着巡抚衙门的名头，或许会有路数。阿森问明缘由，倒是应下了，但得找机会，那种地方不是他这种身份的人想去就去的，也不敢明目张胆地去，他有个朋友倒是常去。明毓可等不得他找机会，立刻询问他那朋友是谁，要请那位朋友前去书寓，花销都由他来出。阿森笑了，说这倒好办了，让他晚上等信儿。明毓坐立不安地在客栈等到了天擦黑的时候，阿森和那位朋友来了。这朋友叫方子轩，原属汉军旗，父亲那辈便自愿出了旗，有几家买卖，积攒些家资。方子轩曾就学于崇文书院，是专门招收汉人子弟的学院，擅诗文作画，不屑入仕，每日优哉游哉，自在得很，性情极是爽直。唠起来，倒是时常出入升平书寓，有几位姑娘都熟，只是没有一个是南方女子。明毓又说了一些细处，方子轩先是低头不语，随后却问，找到她想怎么的？明毓说没想那么多，只想找到再说，反正不能让她留在那种地方。方子轩说，有一个女子倒像了，叫小玲珑，琴棋书画都精，说是本地人，看身形却不像关东姑娘那般粗壮，眉眼清秀，皮肤白皙，有些弱不禁风。明毓急切地想请方子轩即刻前去，最好把这叫小玲珑的女子请出来。方子轩却说，哪有这么简单。这小玲珑清高得很，卖艺不卖身，从不与人出去的。明毓就看阿森，阿森明白他的意思，便对方子轩说，我跟你去一趟吧，先确认了再说，若不是素韵，也省得白耽误工夫。方子轩还是犹豫，明毓就掏出几块银圆，说暂且用着，不够回来补上。方子轩一笑，说不必如此，不瞒二位，这小玲珑是我中意的姑娘，早就想赎出来的。方子轩这一说，倒让明毓和阿森面面相觑，一时不知如何应答。还是明毓问了一句，为啥没有赎出来？方子轩说，老鸨子不肯，大概是想让小玲珑替她招徕客人吧，那可是升平书寓的头牌。这回轮到明毓低头不语了。阿森看不过去，又说，还是先确认是不是素韵，其他的再说。方子轩点头了。

方子轩和阿森很快就回来了，摇头说根本没见到小玲珑，人家称病不见客。

明毓失望极了，心里却奇怪，怎么就这么不顺？

阿森劝他别着急，早晚会见到，不信她还不出来见客了，老鸨子还能白养着她？

明毓白了阿森一眼，他觉得这话很刺耳，却无法反驳。

方子轩说出了一个主意，五日后诗社在北山泛雪堂有个雅集，届时以诗社的名义请她，应该不会被拒绝。方子轩说的诗社叫雪蕉吟社，他是召集人之一，以往的聚会除了有文人墨客，也请书寓的姑娘助兴，小玲珑就被邀请过。

明毓欣然同意，只是要等五日后，却是有些难耐。阿森看出他的心思，说先别急，回乌拉等，你留在这儿也没用，难不成还能打上门去？我们这位毓小爷有些功夫，胆子不小。

最后这句话是阿森对方子轩说的。方子轩笑笑说，看得出毓小爷身手不错，只是，小玲珑是不是你要找的人还不一定。最好想想，若真是她，你想咋办？

明毓听明白了方子轩的话。方子轩不甘心放弃小玲珑，对他这个突然冒出来的竞争者，开始有些防范了。

方子轩先告辞走了，明毓约阿森五天后陪他一同参加诗社雅聚，阿森没答应，说诗社里啥人都有，啥话都说，被衙门盯着呢，我是不敢掺和，你也尽量躲远点儿。

明毓回了乌拉城。这几年因为生意上的事，来来回回地下船厂已是常事，润怡从不多问，但今天明毓感觉她的眼神有些特别，或许是心虚的缘故，他竟不敢跟她对视。第五天早早地就起来了，告诉润怡说要下一趟船厂。润怡突然问，雪雁跟你说啥了？

润怡靠在门框上，抱着一双胳膊，眼睛定定地看着他，嘴角挂着一丝笑，一副料事如神的架势。明毓迟疑了一下说，雪雁念书的学堂遇到点儿麻烦，缺办学的资费了，问我能不能捐点儿。

润怡有些不信，也没追问，只说多大点儿事，还瞒着我。明毓也不想多废话，穿戴好了，径自去马厩牵马套爬犁，只想一切都等确认了是不是素韵再说。

明毓赶着马拉爬犁顺着冰封的江面走，冰面一马平川毫无障碍，走得既快又顺当。进城后把爬犁寄存在水院子[1]里，骑马去北山。北山即玄武余脉，曾被叫作九龙山，因有九个山头，被风水先生预言是龙兴之地。据传，乾隆东巡吉林时听说了风水先生的谬论，下旨削去了八个山头。其实这只是传说。九龙山还在，因有一座山头位于吉林将军衙门的北面，人们习惯称其为北山。另有一说，因九龙山设有刑场，是处斩犯人的地方，人们认为不吉利，每个山头都被重新命名了，自然就很少有人提及九龙山。北山离城区最近，出了德胜门走个一二里地就到了，这里便成了人们休闲野游踏青的好去处。泛雪堂就建在北山的半山腰，顺着山脊走向，本是佛家用地，与关帝庙、娘娘庙、城隍庙、药王庙形成一簇庙群，是接待香客、贵宾的待客之处，也时常地聚些文人墨客围炉夜话、赏雪品茶、吟诗作画。雪蕉吟社便常常在此雅聚。今儿恰巧飘起了雪花，也是为这场雅集助兴了。

明毓早早地来了，方子轩还没到，明毓便自己观察这泛雪堂的内景。中间为客厅，又分了东西两厢，各有一铺火炕。客厅里有几个人凑在一起，喁喁私语，显然是不想被人听见；又看看其他的人，三三两两地分散在两铺炕上，捉对相谈。他都不认识，也不想讨人嫌，便退至窗前。窗外有一木廊，廊下便是悬崖。窗棂镶着一块块的小玻璃，玻璃上结着霜花，被屋内的热气烘烤着，渐次融化，透出光亮。此刻，凭窗远眺，吉林城尽收眼底，那条松花江逶迤蛇行，

① 水院子——东北冬季建在冰面上的临时客栈。

将城区分割出一幅太极图形，极是惹人遐想。松花江冰封着，覆着雪，像一条白色长练，随着人的视线变动，便舞动出不同的形态。乾隆爷曾赋诗赞船厂“铜帮铁底松花江”，可知这吉林城的确是块宝地。偏安一隅，不涉朝中争斗；远离边界，少有兵燹之祸。故而吉林人一向过得很是安逸。这泛雪堂又是一安静之所，外面雪落无声，室内炉火幽燃，一群士子拥炉赋诗品茶，这意境也是令人陶醉了。但明毓知道这只是表面，那几个避着他倾谈的人，焉知不是在蓄谋什么？他想起素俊，素俊当年参加的或许就是这样的诗社，才被冠以乱党之名无奈逃亡。

明毓听到身后的喧哗，转过身，先看到了方子轩，紧接着看到随在他身后的女子——披着连帽斗篷，水绿色的绸缎，帽檐门襟袖口都镶着貂毛。女子矜持地笑着，与众人见礼，被让到中间位置坐下。女子掀开帽子的瞬间，明毓呆住了，正是素韵。

素韵似乎很熟悉这样的聚会，也不多言，调了调琴弦，便开始弹奏。琵琶乐不高不低，节奏不急不缓；雅聚的人或闭目品鉴，或低声耳语几句，彼此都没有喧宾夺主的意思。

明毓没敢动，他知道自己一出声，马上就会搅乱这和谐的气氛，更难以想象素韵会如何面对他，有那么一刹那，他甚至想，就这样，就这样也许更好。

有人提议素韵弹一曲《塞上曲》，素韵应了，闭目沉吟片刻，抬手拨出一串音，一睁眼，正与站在窗边的明毓对上了视线。素韵蓦然停住，愣愣地看着明毓。室内突然陷入一片沉寂。

方子轩反应很快，说，我刚跟玲珑姑娘学会了这支曲子，今天给大家献个丑。这是表现王昭君出塞思念故国的曲子，只怕我还弹不出那个韵味来，大家包涵。方子轩说着弹奏起来。

从方子轩走过去，拿过琵琶，到坐下弹奏，素韵一声未吭，纹丝不动，眼睛一刻未离开明毓。

明毓知道方子轩是替他创造机会，可还没等他动弹，有一位没有眼力见儿的，手执一根文明棍，戴着个圆圆的眼镜，头上扣顶西洋帽，趁机凑到素韵身边坐下，笑嘻嘻地搭话。素韵回过头来，看着这个西洋帽，一脸的茫然。西洋帽也是被素韵的迟钝弄迷糊了，笑着拍素韵的肩膀，说玲珑姑娘是喝了迷魂汤了吗？

明毓走过去，一把扯开西洋帽，抓住素韵就朝外面走。

一阵寒风吹来，素韵好像被冻醒了，挣脱开明毓的手，喊着，你要干什么？

明毓站住了，一时也不知自己要干什么。素韵在簌簌发抖，明毓急忙脱下自己的皮大氅给她披上。素韵刚稳定，方子轩追出来了。

素韵竟然躲到方子轩身边，说，送我回去！

明毓赶着雪爬犁去省城，就是想把素韵拉回乌拉城的，花多少钱他都认。他没想好怎么安置素韵，首先是不能让她留在那种地方。

素韵不肯，方子轩也不干。素韵也不说为什么，方子轩质问他算怎么回事。三个人在北山脚下僵持了好一会儿，冻得手脚麻木，连话都说不圆全了。明毓怕冻坏了素韵，只好暂时放她回书寓。素韵坐着方子轩的马车走了，她从上车钻进车厢撂下车帘，竟然连头都没回一下。

当晚，明毓直接去了升平书寓。

老鸨子出来迎着，对他很客气，要跟他唠唠，把他让进了客厅。

老鸨子说，你第一次来，玲珑姑娘就看见你了，是她吩咐不让你进来的，还一连好几天都称病谢客。你搅了我的生意了。

然后老鸨子提出两条约定，第一，不要想着把小玲珑赎出去，因为小玲珑吩咐了，她不会跟你走；第二，进了这个门就是客，想见哪位姑娘都行，小玲珑也随你点，但她愿不愿意见你，得由小玲珑自己说了算。

明毓只提了一条，把小玲珑包下了，从今往后，不能让她见别的客人。

老鸨子一口回绝，不容分说就要逐客。明毓也上来脾气，揪住老鸨子就要动硬的。老鸨子不是好声地叫唤，大茶壶带着两个打手闯进来。明毓冷静下来，放开老鸨子，说，让我见玲珑姑娘一面。老鸨子却不依了，一使眼色，两个打手又要上来，明毓抬腿踢翻了眼前的桌几，踏上一只脚，粗声粗气地说，信不信我把你这房子拆了？

老鸨子不想吃眼前亏，又不肯蔫退，正犹豫着，素韵进来了。

素韵说，妈妈，我跟他谈谈。

明毓见素韵出面了，不想跟老鸨子多废话，先收起了架势。

老鸨子借机下台阶，嘴还不服输，对明毓说，看玲珑姑娘的面子，今天放过你。老娘可不是怕你，愣的横的，老娘都见过，没怕过谁。

素韵看着明毓，浅浅地一笑，说，这是个不要命的，当年连皇贡都敢劫。

素韵的笑让明毓的心又揪了一下，这时候她怎么还能笑出来？

明毓跟着素韵通过一段回廊，进了她的房间。房间里萦绕着一股子香味，闻得出是年息香。墙上点缀着几幅小画，一看就是素韵的手笔。紫檀木的百宝阁放置着各种小摆设，将客厅隔成两部分，外面待客，摆了茶几椅子，一张八仙桌配几把鼓墩；里面则是书房，书案上放置着笔墨纸砚，旁边燃着香，一缕香烟正袅袅升起，靠墙处悬了一把琵琶。

素韵见他打量着房间，浅浅一笑，问，怎么样，还不错吧？

素韵请他坐，又开门喊了声“上水”，回身来摆开茶具，要亲自给他泡茶。一连串的动作很是自然，想是经常这样待客的。明毓没坐，两只脚倒腾着，像是无处安放，一时间竟不知该说什么。

素韵说，你就打算站着跟我谈吗？

明毓在素韵的房间里坐了有三刻钟，他讲了这些年的经历，也讲了寻找素俊和福儿的事。讲到福儿最后在车站想再次脱逃去找素俊，素韵很感动，说没想到五格格是这么重情的人。明毓说，她是胡闹，大哥生死未卜，她知道上哪儿去找？素韵却坚信大哥没死，她活着就是要等大哥的消息。明毓还告诉她自己结婚了，娶了二格格，又简单说了说二格格的身世。素韵有些惊讶，说以为你能娶五格格，还说其实你们俩更合适，我哥没这个命。明毓说，我跟福儿也没缘分。素韵替五格格惋惜一番，又嘱咐，别告诉五格格她还活着，不知怎么的，她就是怕五格格，更怕五格格知道她走上了这条路。明毓犹豫着，还是答应了。

明毓发现，他与素韵的谈话很自然，甚至毫无芥蒂，从来没有过的顺畅。从前在乌拉城，在蜂蜜营，也没有过这样的轻松对话，那时的素韵甚至不肯跟他单独在一起，偶尔见面也总有这样那样的顾虑，就没有放开过。今天的感觉很奇怪。

还有一点很奇怪，素韵竟一滴眼泪也没掉。明毓想象过，素韵见了他应该哭，会怨、会恨、会委屈、会什么什么的，反正她就是应该哭，而且是大哭，无论她怎么哭都是有道理的，可她竟没有哭过，就连说起这几年的遭遇，都没掉眼泪，至多是苦笑一下，还说得轻描淡写。那年她诈死离开汪屯，是想往盛京方向奔。盛京内务府有个太监，是赖德才的一个同乡，赖德才让她去投奔这个太监，再想办法往南边走，去找自己的哥哥，至于能不能找到，能否寻条活路就看她自己的造化了。那时的素韵连死都不怕，也就没什么可惧的了，冰天雪地，荒无人烟，野兽出没，饥寒交迫，都没有挡住她的路，她走到了省城吉林。她身上有几件首饰，有在秀府时主人们赏的，还有秀府大奶奶和老姑奶奶送她出嫁戴的，她想把这些换成钱，便找了一家当铺，不料却被诬陷偷盗抓进了监牢。因为她穿的是男人的衣裳，破旧不堪，无异于要饭花子。可不管怎么审，她也没说出自己真实的名字和来历，只说要找失散的哥哥。关了一段日子，她忽然被放了出来，来领人的就是升平书寓的老鸨子。后来才知道，她被那个狱头给卖了。

素韵说到这儿，只是苦笑了一下。

明毓却想哭，压抑了一下，说，素韵，你不能待在这儿，我一定把你弄出去，不管是赎还是抢。给你买处宅子，吃喝花销都供着，将来找个合适的人嫁了。

素韵拒绝了，还告诉他死了这条心，她在这里挺好，不想出去，逼急了，就一死了之，反正她现在也跟死人没两样，她活着，就是想等到哥哥的音讯。

明毓苦口婆心地劝，甚至带着哭腔，素韵只是不肯，连要自杀的话都说出来了，明毓就不敢再逼了。最后素韵总算答应他一件事，随时可以来看她。

第五十三章

明毓刚吃过早饭，永泰就打发人来了，说请他过衙门一趟，也没说什么事。明毓知道若不是大事，永泰也不会来找他。明毓急忙出了魁府，朝总管衙门奔去。

如今的总管衙门再不似从前，前两年朝廷一道旨令，将总管衙门和协领衙门合并，同时裁去三品总管一职，改由四品翼领署理，永泰以三品之衔领翼领之职，其下左、右翼领各裁减一员。两衙合并后，内务府又取缔了年贡和头茬鲜、二茬鲜，近年最大的一次贡务，还是为慈禧太后和光绪帝的陵寝祭祀的祭贡，之后内务府再发谕示，打牲衙门只需保证盛京内务府祭祀用的供品，其余贡事暂时停止。这样一来，打牲衙门的事就清闲了许多，各个旗署的公事房大多是空着的，人员也不似从前那么多，衙门口就显得冷清了不少。永泰以三品总管之身领四品翼领之衔，总让人感觉是停职留用，好像犯了什么大错受了降职处罚。时任吉林将军达桂曾说要上报内务府，为永泰呈请新的任命，可不久将军衙门改为巡抚衙门，达桂被调离，关于永泰的事就搁置下来。永泰其实也看出朝廷现在是越来越不重视打牲衙门了，或许是内外交困，也顾不上关照这后花园，那他这个人连同他的位置也就无足轻重了。永泰本也不是个野心强盛的人，时运如此，他也就随遇而安，只是人也如同这时运一样，显得有些无精打采。

明毓走到衙门附近时，见一群人在前面走，看中间那位的身形就是富祥。富祥明显发胖了，面庞圆满白皙，肚子也突了出来，浑身像吹了气似的，只是一只胳膊吊在肩膀上显得孤单了些。富祥俨然是这群人的中心，被簇拥着，神情矜持而傲然，独剩的那一只手上拎着手杖，晃晃悠悠的，派头十足。那年萨林保暴病身亡，朝廷免予追究，倒保全了一家人，富祥没有连坐，只是被革职，基本赋闲在家。富祥开始还曾活动一番，争取能被重新启用，后来总管衙门与协领衙门合并，两衙门的官员人数骤减，连永泰在内及以下左、右翼领，名不副实的官员就有好几位，富祥也就没什么指望了。后来不知什么路子，富祥参与了省城的政治考察局，没事带着人去搞搞调查，探探民意，说是朝廷要实施立宪。那一阵子永泰很是紧张了一阵，特意把明毓找了去，说他在京城待了好久，应该明白这其中的实情。明毓知道，立宪在京城闹腾几年了，太后和皇帝还为此失和，太后斩了闹变法的戊戌六君子，又软禁了支持变法的皇上，后来再没人敢提这档子事。近年要求学西洋政体的立宪之声又盛了起来，南方的革命党也开始鼓动民众，声势越来越大，洋人乘机胁迫，朝廷不得已下了诏书，要改组内阁，预备立宪。可除了朝廷将几个衙门改了称呼，主事的改称了几个新头衔，再也没见大动作，这个政治考察局八成就是这么个应景的玩意儿。大清朝是爱新觉罗家的，实行了立宪，太后就不能一言九鼎了，她怎么可能同意立宪？这是明毓的看法，永泰经此一说，好像也放心了，再没拿富祥的政治考察当回事。不过，明毓还是提醒永泰，立宪的事成不成暂且不说，只是这时局的走向倒是难以预料，还是留心一些为好。永泰也只是啧啧两声，再没什么表示。富祥倒是挺神气，逢人便说他们调查的民意会直达天庭，以佐朝廷决策。富祥都调查出什么民意来，人们不得而知，只是随着光绪帝和慈禧太后先后驾崩，那个政治考察局好像也没人提了，富祥消停了好一阵子，关于他的最新消息，就是他又纳了一房妾室，听说是从船厂带回来的一个戏子。

看富祥的走向，似刚从衙门里出来。

明毓见到永泰时，永泰的脸色凝重，显得很不开心。富祥果然是刚从这儿离开。永泰说这些日子就听说有人在搞什么公开选举，风声是从省城传回来的；他也接到巡抚衙门的咨文，要密切关注这股风潮，严防乱党趁机兴风作浪。京城二弟永福那边的消息总是迟到，而且往来信中也从不敢涉及此类话题，他正想请明毓过来探讨一下局势，没想到富祥倒先来通报了。富祥刚刚在省城参加了吉林地方自治研究所的培训班，开了眼界，也懂了不少新政，他回到乌拉城，就是想和省城呼应，成立乌拉地方自治会，要召开公选大会，选出议员，再选出正副会长，还要拟定章程，今后乌拉地方事务，各衙门要与他们相商办理。

这不是要与朝廷分庭抗礼？

永泰的火气很大，富祥的通报无疑是对他总管的蔑视，更是对皇家权威的挑衅，照以往，都够拉出去砍了，如今竟然敢肆无忌惮地宣扬出来，大清的天下真就乱了吗？

明毓说，大人，还真就是乱了。

明毓说起京城早就有人敢在报纸上公开探讨宪政改革，连他在省城参加诗社的雅聚，那些文人也是关起门来什么都敢说，这次所谓的公选，明显有悖朝廷意志，但官府却睁一只眼闭一只眼，显见着是谁都摸不清上面的意思。

永泰说，朝廷真就任着事情这么发展下去？

明毓说，咱这地方偏远，京城的事知道得少，可看看你这衙门的冷清，内务府连二百年的贡务都可以敷衍了，这说明啥？大人，你不会一点儿感觉都没有吧？

永泰神情黯然，低声说，咋会没感觉？只是不知道如何应对。

明毓说，无非三条，一为自己想好退路，二是傍着朝廷一损俱损一荣俱荣，三是顺应大势。

永泰问，你忙忙叨叨地赚钱，是为了退路还是顺应大势？

明毓笑说，你咋不问我是不是傍着朝廷？

永泰瞪着他看，也笑笑，说，你从骨子里就不是这种人。怕你得着机会，就跟那些乱党跑了。

明毓不笑了，问，大人，你真这么看我？

永泰看他一脸正经，忙解释说，我随便说的，别当真。

明毓幽幽地说，看如今这时局，谁能知道自己的将来？

永泰沉默良久，长叹一声，说，阿玛若是活到今天，不知该如何应对。

明毓说，秀大人是大清的忠臣，只属于大清。

永泰的眼神就变得迷离起来。

富祥和明毓是在天泰茶馆谈起这件事的。富祥约的他，约在一个单间，还是个紧靠里边的，显然是怕人打扰。

明毓笑说，像是要预谋啥秘事。

富祥说，是大事。这回咱们俩要联手做一件大事。

富祥就说了要成立乌拉地方自治会，请他出来参选副会长。还说，你是咱乌拉城的名流，见识广，还有身家，德高望重，定能胜选，还能服人。

明毓又笑，说，你这么抬举我，我应该选会长，干啥选副的？

富祥尴尬地笑了笑，说，兄弟不才，在省里参加了培训，对新政有些了解，又是秉承了上面的意思，回来筹组自治会，这个会长一职嘛，就当仁不让了。

明毓说要选会长，也是逗趣，他可没看好这个自治会，总觉得这是富祥们在借新政之名占山为王，却看不出对乌拉城有何好处。他也不相信，朝廷会这么轻易地就把治理地方的权力让出去，怎么想这自治会都是个不伦不类的东西，长久不了。他不想蹚这个浑水。他委婉地拒绝说他才疏学浅，又没有功名，只是一介商人，在乌拉城总是被人看不起，难孚众望。富祥说，明毓你是聪明人，你咋看不出这时局走向？明毓就追问了一句，那你告诉我时局朝哪儿走？

富祥吭吭两声，又哈哈一笑，开始顾左右而言他。不过他也没勉强明毓，只提出一个要求，要明毓捐出一笔款项，作为自治会的办公资费，也算对新政的襄助。他很尴尬地解释，说自阿玛萨林保出事，他也只保住了名下的旗田和宅子，其余田产均被没收充公，家里人口又多，过日子尚捉襟见肘，实在是囊中羞涩，心有余而力不足。

明毓直接就回绝了。

没过几天，富祥张罗的公选大会召开了。乌拉城内在籍人口有四千多，按千分之四的比例选出十六名议员，富祥被选为会长，副会长是奚师爷。奚师爷已经老掉了牙，当副会长也就是个牌位。自治会还立了章程，规定凡属乌拉地方官员及本会会员，均要“优礼相待，遇事和衷相办，庶民官绅情意相孚，而于自治机关，方不至隔阂不通之病”。富祥把乌拉地方自治会的招牌挂在了萨府门前。

总管衙门仍然是总管衙门，衙门大小官员及牲丁们遇事还来找衙门。永泰分派各旗的贡事，仍由骁骑校们一层一层地摊派下去。终究是要从衙门这儿领俸银和饷银、白喜事银、寡妇银的，这是活命的银子，虽一年比一年见少，有时还欠着，毕竟聊胜于无，还有点儿指望。至于其他的家族恩怨、邻里纠纷、招猫逗狗的事，在旗里或者族里就都摆平了，谁也想不到去找什么自治会。不过，总管衙门的风光毕竟不再，且不说朝廷的贡务萎缩下去，便是由衙门操办的一应事务也眼见着日渐萧条。

乌拉城不再是乌拉城了。

八月下了一场豪雨，引发了山洪，灌进江里，沿江一带的江水漫上岸来，肆意流淌。待洪水退去，留下的是坍塌的民房、淹死的牛羊鸡猪，还有成了泽国的庄稼地。明毓为裕贝勒照管的庄田也没能幸免。

乌拉城因建在高处，幸运地没有被洪水毁掉。人们又想起当年康熙帝谕旨选址的高瞻远瞩，禁不住要高呼皇上圣明。

只是，乌拉城人赖以为生的土地都在城外，被水泡过了，大都绝收。朝廷的俸饷连年亏欠，今年更是未见到一文钱，已经指望不上，世世代代不工不商、靠着钱粮和土地为生的普通丁户，生活窘迫穷困潦倒，有卖房典地的，私下出走的，偷抢乞讨的，甚至有上山为匪的。乌拉城陷入了前所未有的困境。

永泰接到吉林民政司移文，为解决旗人生计，要组织旗人开展自救，省城已办起旗务工厂，招收生计艰难的旗人进厂做工。由此可见，旗民生计已经不是乌拉城一家之事。民政司发此公文，无非是要求各地旗署效仿，承担起救旗民于水火的职责，打牲衙门亦不能例外。永泰犯愁，总管衙门连官丁的俸饷都无法保证，拿什么筹办工厂？衙门有房有地，却都是皇产，也由不得他处置；再者说，办工厂并非易事，不是随便什么人都能做得来的，起码他自己就不敢应承。踌躇之际，永泰自然就想到了明毓。如今在乌拉城最出风头的人，一个是富祥，再一个就是明毓了。富祥的自治会闹得风声很大，但人们看不到实打实的东西；而明毓不一样，明毓不声不响投资做买卖，挣的都是白花花的银子。如今的魁府和萨府相比，比实力，魁府无疑会胜一筹，只是明毓不张扬。当然在永泰看来，无论从哪头讲起，他最信任的还是明毓。

明毓果然没让永泰失望。明毓说他正好有在乌拉城做买卖的想法，只是怕触犯衙门戒律还怕引得别人眼红，才没敢操办。既然衙门公开招徕，他也就没有顾忌，何况还是为乌拉城人谋福祉的事，他愿意承办工厂，也算为永泰分忧。明毓说他看好了演武场的位置，反正协领衙门都没了，也没有披甲兵操练了，公事房以及那么大的操场都闲着，不如借给他当作坊，其他办厂开销、工人薪饷就不劳衙门支付了，反正衙门也没有这笔银子，但工厂收益，衙门无权过问，更不能动用。永泰笑了，说，明毓你说实话，是不是早就想好了？明毓就狡黠地一笑。

富祥听到风声来找永泰，要以自治会的名义领办旗务工厂。永泰不反对，说为旗民生计，工厂办得越多越好，谁有本事谁办。富祥的意思是要衙门出资，永泰直接回复不可能，说凭自治会的声誉，可以四处募资嘛。富祥还真四处张罗起来，闹了挺大的动静，后来不知怎么，渐渐地就没了声音，八成是没筹到钱。

明毓的旗务工厂很快就办起来了，借用了演武场的公事房和操场，聘了荣升做副厂长，代他管理日常生产和事务。荣升原是跟着秀山去伯都讷赴任的，秀山去世后，他就回到了乌拉城，在秀府里做些跑外的杂事。他有见识胆量，做事也稳重，还有功夫。明毓一直尊他为师傅，如今算发达了，自然要关照，就跟永泰商量着，把他借了出来。又聘了原来总管衙门的几个匠役当师傅，招收了一百多旗人进厂务工，有专做旗人家用的疙瘩柜、幔杆子、描金匣子和果匣子的，有加工包马鞍子、马镫、刀鞘用的暖木皮的，有用老鸹眼木弯枪杆的，有剥椴树软皮扭椴麻枪绳的。这些可都曾是打牲衙门给皇家进贡的东西，也只有在乌拉城有专门的匠人。明毓还想建一个制作年息香的作坊，招收丁妇们进厂，因为得等春天杜鹃花开了才有原料，暂时便没操办。明毓的脑子活，看到省城有许多时新人士喜欢拄着手杖，而弯枪杆的老鸹眼木，木质坚致，去皮后能显出如老鸹眼的木纹，打磨后更是光亮油滑，正是做手杖的好料，明毓便让匠人们依样做了一批，拿到省城，很快就卖了个空。

乌拉城的人说，明毓的好运气来了。

明毓经常要往省城跑，他在那儿有木植公司，还盘下一家货栈，与果子楼总理庆祥合股，经营关东物产。果子楼是专门存储吉林将军衙门送往皇家的各类贡品的地方，比乌拉城的果子楼要气派，有晾晒楼二所各三间，值班房一所五间，在院内东北角建有一座冰窖，院墙是砖砌的，有二人高，周长三十三丈，砖院墙有鹰不落式的墙码头。庆祥经管着果子楼，进货不用愁，在给皇家准备贡品的同时，顺便就给自己也备下了，还都是好东西。而打牲衙门为皇家进贡的那些贡品，如今都已解禁，平民只要有钱就可享用。明毓恰是看好了这一点，才在乌拉城办起了旗务工厂。他与庆祥相熟，说起经营皇家贡品，都是看好前景的，才一拍即合。明毓在乌拉组织货源，庆祥打通往关里运货的关节。如今终归是比以往方便多了，从宽城子那儿有了通奉天的火车，在营口那又有了出海的港口，再不用全程人背马拉靠脚力长途运送。

明毓还花一百八十两银子买下了一处宅子，他经常往返乌拉城和省城，住客栈总是不方便。阿森陪他一起去选的宅子，靠松花江边，一座精巧的四合院，他取了个很雅的名字，亲自题了字，找人刻块匾挂上了：枕江小居。他给各个房间都配置好了家具陈设，院子里种了些花花草草，还雇了一对中年夫妻，叫喜魁的，连做杂役带看宅子兼灶上的事。他还特意请素韵去看过，跟素韵说，如果愿意，她可以住过去，那就是她的家。素韵不置可否地笑笑，明毓再没敢提起这话。更多的时候，这宅子都是空着的。鬼使神差地，他没敢跟润怡提起这座宅子。

明毓偶尔去升平书寓看素韵，也只是小坐片刻，聊几句便走，从不跟她吟诗作画，也不听素韵弹奏唱曲，更不敢给她银两。他去书寓，更像是家人，去看看她过得好不好，有没有受人欺负。素韵待他也不咸不淡的，来便来，走便走，没有一句过分热情的话，有时候他都觉得自己是多余的，他不出现，也许素韵会感觉更好。但他还是忍不住，隔一段时间，就会过去看看。他知道素韵不需要他，他只是想做。每次去他都给老鸨子不少银子，老鸨子也明白他的意思，让他尽管放心。

明毓曾经跟雪雁诉苦。这前前后后的经过雪雁都知道，雪雁还要跟他去看素韵，他坚决不许，说那不是好人家的女孩子去的地方。雪雁问她，那素韵不是好人家的女孩子吗？他就不知道怎么回答了。但他不忌讳跟她说素韵的事，好像也只能跟雪雁说。

雪雁说，素韵是心死了。

明毓想起素韵说过，她活着的唯一盼头，就是想知道大哥的音讯。

明毓说，雁儿，想个啥法子，能让素韵活过来。

第五十四章

明毓去了蜂蜜营，找到了那座由旧清真寺改做的小学堂，素俊曾经在这里教书。素俊出走后，学童们便四散了，有的去省城念书，有的念了乌拉城的官学，这学堂空置许久，渐渐地就败落了。

明毓想把它恢复起来。

雪雁出主意，说你可以办一个学堂，专门教女学生，请素韵当先生。明毓大喜过望，雪雁去省城念女子师范学堂时他许过愿，也办一所女子学堂请她回来当先生。乌拉城官学维持了近百年，一向只招收满人子弟，却不对女子开放，普通牲丁家又只重男丁，没有让女孩子读书的。乌拉城的女子一般都不识字，秀府的大奶奶就不识字。秀山有见识，在家里请了教习，也只为教男孩子读书，但他不反对女孩子识字，又为了规范福儿的野性，才请了素韵入府当先生，雪雁也就顺带跟着学了，没承想，真正学成的还是雪雁。雪雁进省城读女子师范学堂，见识和心胸更不一样了。若真的在乌拉城办起女子学堂，请素韵回来教书，真是一举多得的美事，最关键的是，这对素韵来说，是最好的安置。

明毓认同了雪雁的主意，但选在哪儿办学堂却犹豫了许久。按理学堂应该设在街里，条件好一些，好招收学生，也便于他照应，但素韵至今还是流人之后的身份，她诈死逃脱更是一项罪名，即便衙门无暇顾及她，但若有人追究起来，也是个麻烦。再者，她现在书寓谋生，虽是卖艺不卖身，说出来终究还是个卖笑的，一旦被乌拉城的人识破，恐怕惹起非议难以容身，学校也就办不下去了。

雪雁补充说，若是在毓少奶奶的眼皮子底下，恐怕谁都没有安稳日子！

明毓没附和，但他默认了。

雪雁还追问了一句，额其克，你这么想照顾素韵，是真的喜欢她，还是觉得对不起她？

明毓也没回答，后来才感叹一句，这世上的事，不是哪一件都能说得清的，更何况人心。

明毓决定把女子学堂办在蜂蜜营。素韵从小就在这里生活，尚秉致活着时曾为蜂蜜营庄丁及周边村民们教授过种田知识，素俊和素韵与庄丁们相处也好，想来他们不会为难素韵。

又一次去省城，明毓把在蜂蜜营办女子学堂的事对素韵说了。素韵的眼睛一亮，抿嘴笑起来，但很快，只是一瞬间，她的神情就黯淡下来，说，算了，你别费心了。明毓说，只要你点头就行，其他的事我来办。

素韵没点头，明毓也不等她了，心想一切等办好了再说。拿银子请人修缮学堂，这事很容易，也不用跟谁报备请示，衙门里经管官庄的骁骑校除了催讨官粮，也不管这茬儿事，永泰更无闲心，在旁人看来，明毓也就是想办一间私塾，反正他有钱。

明毓还去看了看尚家废弃的泥草房。房顶的草被风吹开了，墙上的泥剥落了，露出了裂隙，房门窗框都变了形。进到里面，空荡荡的屋子，一切家什都没了，连东西两铺炕上的席子都揭了，想是被附近的人家顺走了。尚家人在的时候，这房子虽是拉合辫儿的，却住得很是精心。素俊是个能干的人，年年都会修缮一下，屋里陈设虽然简陋，也被收拾得井井有条。尚家的日子虽然清苦，却是有着南方人的精致，不像满人或者关东人的日子过得那般粗俗。明毓站在空空荡荡的屋子里，怀想了好一会儿。他想着如果素韵回来住，他就把这房子好好翻修一下，置办些过日子的家什，再雇个人照顾素韵。临走的时候，他看见了一首诗，写在斑驳的墙纸上，精致的小楷，是素韵的笔迹："一枝梦里一枝东，雪压霜欺耐寒冬。待得素日听韵事，乘槎浮水觅玲珑。"明毓先还奇怪素韵怎么会把诗写在墙上，细品了几遍，明白了，素韵把自己的本名和艺名都嵌在了诗里。看得出诗写得匆忙，没经过深思熟虑，但也表达清楚了。诗是写给素俊的，告诉他去省城找她。"韵事"本指风雅之事，素韵用来代指风月之所，素俊会看懂意思。显然素韵在省城站下后曾经悄悄回过蜂蜜营，留下这首诗，也是期盼素俊回来找她时有个奔处。明毓呆立了好久，心里唏嘘不已。

没想到，在给素韵赎身时遇到了坎儿。知道要费些周折，这倒不怕，老鸨子无非是要银子，明毓不惜银子，老鸨子却是给多少银子都不点头。明毓耐着性子一次次地谈，一次次地涨价，谈得老鸨子都难为情了，最后说出实情，是素韵坚决不同意。

明毓对素韵发火了，这是他第一次朝素韵发脾气，包括还在乌拉城时。以往每次见面，他都是小心翼翼客客气气的，怕伤着她，怕触到她的痛处，她是那么软弱无助，在她面前，他总是觉得愧疚，但这次他无法容忍了。他朝着她喊，素韵你到底啥意思？我有再大的错处，你也不能这么惩罚我吧？

素韵正低头摆弄着茶具，抬头看了他一眼，声音稍高了些，说，这跟你有啥关系！

明毓声音更高，几乎是吼着，那跟啥有关系？你觉得现在这样过日子好吗？倒是不愁吃喝不愁穿戴，可你是啥身份？你就打算这样过一辈子吗？

素韵看着明毓发作，怔了片刻，忽然笑了，问，一辈子会很长吗？

明毓被这句话问住了，又被她笑怕了，醒悟到失态，急忙说，素韵，对不起，我，我不是……

明毓不知道该怎么解释了，竟结巴起来。

素韵倒是冷静，摆了摆手，说，我知道你是好意，我心领了，可我不能回去，也不想。我过够了那种战战兢兢的日子了。我算啥人？罪人之后，就是个奴才，连人都不是，生死都由不得自己。现在我又是这种身份，你觉得乌拉城的人会容下我吗？

明毓说，那你也不该自暴自弃啊！

素韵说，我咋就自暴自弃了？我现在的日子很舒坦，我想哭就哭想笑就笑，不用看别人的眼色，也不用想着顺从谁，不用担心会有飞来横祸。我现在才觉得活得像个人，至少是像一个女人。

明毓无话可说，他想不出还有什么话能说服她，可他不想就这么放弃。这事他又不能跟别人说，便去找赖德才商量。

明毓酸酸地说，咋就不肯离开那地方？她那么知书达礼的一个女子，咋会情愿待在那种地方？出来教书不好吗？把蜂蜜营的小学堂修缮好，有她住的地方……

赖德才恭维说，小爷你想得挺好。

明毓烦他这个劲儿，说，别拍我马屁。我问你，你说这办法好，素韵为啥就不同意？

赖德才好一会儿没说话，一脸黯然，似藏了很大的心事，明毓连催了几声，他才叹口气说，换了我，我也不同意。

赖德才说，素韵就像暴露在野地里的一只鸟，风吹雨打的，她需要一个窝，一个能遮风挡雨的窝。书寓就是这样一个窝，她躲进去了，不管外面有啥风雨，也不管外面的人用啥白眼看这书寓，反正她在里面是自在的，没有人看不起她、嘲笑她。可要是把她强拉出来，不是又要让她淋雨经风吗？

明毓说，先出来嘛，将来给她找个好人家嫁了。

赖德才说，你说给她找个好人家嫁了，可那是多没指望的事，咋才算是好人家？

明毓不耐烦了，说，这也不行那也不行，赖管家，那你说咋办？

赖德才吭哧了一下，说，小爷，你把素韵娶了吧。

明毓瞪眼看着赖德才，像是在怀疑他的居心。

赖德才急忙说，小爷要是不同意，就算我没说。

明毓警告他，这话不许跟别人说。

赖德才说，我不跟五格格说。

明毓厉声说，跟谁都不许说。

回到魁府，润怡伺候他脱了鞋，脱掉外罩，换了一件短搭，仍然感觉闷热。润怡又喊珍珠去窖里拿镇好的西瓜，让他消消暑气。润怡一边做着，一边不时偷瞄着他，一副欲言又止的样子。他知道润怡心里想什么，他只能视而不见，说些不咸不淡的话，也掩饰自己的不安。最近他往船厂跑得勤了些，润怡已经有所疑心，偶尔会问一声船厂的生意怎么样，以前她是从不过问的。明毓只是装糊涂，三两句话敷衍过去，反正她也不知道他做生意都跟什么人打交道。他也不是非要对她隐瞒素韵的事，只是觉得没必要说，但今天的感觉很奇怪，目光竟然怕与润怡对视，真像是做了亏心事。都是因为赖德才说的那句话，他想，那是不可能的。

又一次去船厂，明毓特意约了方子轩喝酒。他想探探方子轩的意思。正琢磨着如何开口，方子轩倒先提起素韵来。方子轩说，毓小爷我知道你总往书寓跑，你想独占小玲珑是不是？小玲珑不是一般的青楼女子，你别把她想歪了。

明毓说，我知道，所以我想看看方兄是啥意思。方子轩问，我是啥意思？你这是啥意思？明毓笑笑，说，方兄想把小玲珑赎出来，现在还想吗？方子轩说，没错，你是啥意思？想劝我退出去？明毓连忙否认，说只是想听听他是咋想的，想咋安置素韵。

方子轩一脸的警觉，怀疑明毓的用心，不肯深说。毕竟他们俩不熟悉，算这次才见过三次，更没深谈过，但他对方子轩印象不错，是个读书人，谈吐不俗。明毓干脆直说了，说他希望方子轩能替小玲珑赎身，给她个安身的家。方子轩更讶异了，弄不明白他的真实意图，便模棱两可地说了说自己的情况，他已经结婚了，还有孩子，如果赎出小玲珑也是当侧室。小玲珑心气挺高，怕是不肯。明毓说他可以帮着劝劝小玲珑。他看出方子轩并不信任他，也不多解释，只说小玲珑是个好女子，他不忍心看她沦落在青楼，他是有心无力，就想拜托方子轩。方子轩问，你到底是小玲珑的什么人啊？

明毓哈哈一笑，说，一个故人而已。

再见到素韵，明毓委婉地说出方子轩的意思，并希望素韵能考虑考虑，毕竟那是一条正路，方子轩人也不错，是个正经人。

素韵侧着脸看他，嘴角还露着一丝笑，问，你是以啥身份跟我说这些呢？

看明毓愣了一下，素韵接着问，是一个故人吗？

明毓就知道方子轩先见过素韵了，他是被方子轩耍了，也活该他被耍，他有什么资格劝素韵同意给人家做妾？明毓尴尬极了。

素韵说，明毓，你只是一个故人，我该怎么着，将来走哪条路，都跟你没关系，你不必介意。我跟方子轩也说了，我不会跟他出去，也不想给他做小。他如果认可，我们就还像现在这样，他只是我的客人。

明毓能听出这话音，分明隐含着怨艾。不怪素韵这样，他真的只是一个故人吗？若是，他又何必在乎素韵的处境？面对素韵，他是愧疚的，是因为他，素韵才沦落到这一步，明毓想让方子轩为她赎身娶她做侧室，也是想弥补一下心中的愧疚，可这样做就真的能让他心安理得了吗？

明毓很是纠结，他纠结的时候情绪肯定不正常，话少，动不动就发脾气，孩子在他面前玩耍也令他心烦。润怡问他遇到什么事了，他也只是说生意上的事不顺心，却不敢跟她对视。有一天，润怡突然问他，听说你在蜂蜜营要建一个小学堂？给谁建的？明毓怔了一下，说，雪雁说她毕业回来要教书，办女子学堂。润怡没多说，可转过天来，她又提起了这个话茬儿，说，我问过了，雪雁离毕业还早呢！明毓说，反正我要建一个学堂，就建了，雪雁不回来，别人干也可以，你要是愿意教书，我也同意！润怡呸了一声，算是表明了态度，但还是放不下原来的话头，说，你就是有事瞒着我。

晚饭后，赖德才来了。润怡结婚时拜了赖德才当干哥哥，所以对他很是客气，添茶倒水，捧食盒递干果的，弄得赖德才很不安。明毓知道他不请自来，肯定有什么事，便让润怡领孩子去外面玩儿。

赖德才自上次说了让明毓娶素韵后，不见明毓的回音，有些着急了。他自认为是尚秉致的朋友，尚秉致故去后，他对素韵有着照顾的义务，素韵沦落到青楼，令他愧对逝者。他想帮素韵，可他实在没有能力，他甚至都没有离开乌拉城的自由。他只能寄希望于明毓，也就不顾身份贸然上门了。

明毓说了他找方子轩的事，也说了素韵的态度。赖德才很失望，说素韵咋这么犟呢！明毓说，那方子轩人真不错，家境还好，嫁给他吃不了苦。要不啥时候我带你去一趟省城，你说说她？赖德才应着，起身告辞，怕主人有事找他，走到门口站住了，忍不住说，小爷，你咋就不能娶她？她心里怕是还装着你呢！

明毓还没说话，门突然开了，润怡阴着脸走进来，显然她听到了屋里的对话，才会有这样一副脸子。润怡说，赖公公，我记得你是秀府的管家，你怎么还管到魁府来了？

在乌拉城已经极少有人这样称呼赖德才了，更没有人当面让他难堪，久而久之的，人们差不多都忘了他的太监身份，他自己也已浑然不觉了，不料润怡却毫不客气地叫出来，显见着是真气急了。赖德才脸白了，急忙屈膝请罪，说，奴才明白，少奶奶见谅。奴才告辞了。

明毓目瞪口呆地看着赖德才走了。

润怡坐下，挺直了身子，看着明毓，眼神凌厉，一副居高临下的表情。这神态明毓见过，是属于贝勒府二格格的，表示凛然不可侵犯。润怡随他避难乌拉城后极少露出这副样子，嫁给他以后更是有意收敛着，可这会儿，她忘了收敛，她真生气了。

明毓不喜欢她这副表情，她可以跟他哭、跟他闹、跟他撒娇、跟他发脾气，可她不应该拿出这副样子，明毓心里就有了抵触，但还不想跟她闹僵，他转身就走，润怡喊住了他。

润怡问，那个女人是谁？

明毓说，哪个女人？啥女人？

润怡说，别跟我装糊涂。你从来就没死心，她也没死心，她到现在心里还装着你是吧？她耐不住了，打发赖公公来找你，啥意思？

明毓听出她这话里的误会了，显然她刚才并未听全他和赖德才的对话，想当然地扯到了福儿身上。明毓说，你别瞎说，平白地扯上五格格干吗？

润怡冷笑了一声，说，瞧，不打自招了吧？我还没说是谁呢，你自己就招了，对了，就是秀府的五格格。

明毓也生气了，说，你别胡思乱想。你冤枉我也就罢了，别冤枉人家五格格。

润怡说，我冤枉你了吗？你敢说你没动过心思？

明毓说，我再咋动心思，最后娶的不还是你吗？

润怡一时无语，明毓趁她愣神儿的片刻，急欲脱身，推门出来时，听着她在喊，你保证过的，结婚的时候你对我保证过的！

紧接着，就听见屋里稀里哗啦地一片响，好像是炕桌被掀翻了，桌上有食盒、点心、干果、糖球之类的。

第二天，两个人再没说起这个话题，没这回事似的，该干什么干什么。明毓出门办事回来，看见润怡和讷在院子里拾掇晾晒山货，他就站在旁边看着。润怡一直冷着脸，连话都懒得说。她有一点好，与明毓再怎么闹别扭，却从不向公婆告状，大概是放不下格格的自尊，有事都自己扛着，这让明毓省了不少心，但有时也觉得愧疚，等她息怒后便加倍地对她好。润怡也是个涵养极好的人，生几天闷气，火气也就消了。只是这一次的事有些特殊，不知她会如何消解。润怡对着晾晒的山货来来回回地忙碌，站起来，蹲下，又站起来，奔向另一个晾晒处，权当旁边没他这个人。刘佳氏看出了端倪，问明毓是不是有事。明毓说，没事，过来打声招呼，看你们忙乎得挺有意思。

晚上去上屋给那苏肯和刘佳氏请安回来，孩子也在对面炕睡下了，似乎再也没有什么事干扰，两个人总算坐下了，隔着炕桌，面对面。明毓在想有没有必要告诉她素韵的事，他吭吭两声，终于还是没有说出来。他点上烟袋，闷头抽着，等着润怡说话。

屋子里很静，静得能听到窗外树叶摩擦的声响，还有墙根下的蛐蛐叫。以往没觉得这声音烦人，也没这么吵，此时却是这般地让人闹心。

明毓说，睡吧。

润怡起身，在地上转了两圈，去对面炕给孩子掖了掖被角正了正枕头，又走出屋，好像在外屋地也转了转，片刻回来了，上了对面炕，在孩子旁边铺好被子，背身坐了一会儿，头也不回说了一句话，你娶她进门的那天，我就回京城。

声音很平静，声调也不高，却清清楚楚。

第五十五章

早起明毓跟润怡说要去船厂，料理一下生意，润怡也没说什么，只那眼神有些特别，明毓避过了，也不愿深究。

到船厂时已是下午，他去果子楼见了庆祥，商量一下收购山货的事，又跑木植公司为旗务工厂备了些料，然后就去了升平书寓。

素韵笑盈盈地迎着他，泡茶，摆了点心，两个人坐着说了一会儿话，素韵忽然一笑，起身转进屏风里，一会儿拿着一张小画儿出来，请明毓看。只见上面画着蜻蜓、兰草、石头，兰草是从石头缝里钻出来的，茎上顶着一朵花，石头紧靠在一棵树的根部，树干粗粝斑驳却笔直地顶出了纸边，不见枝叶和树冠。明毓挺开心她能再画画，看着品着，好一会儿没说话。素韵有些心虚地说好久不画手生了，说着抻过画来就要撕，被明毓拦住。明毓说画得挺好，就是看着有种说不出的感觉，品着有点儿不舒服。素韵说，本来想画上两只蝴蝶的，想起了五格格，以前我俩一起作画，蝴蝶都是她画的，挺有意思的。明毓笑说，她那两把刷子，还敢往你这墨宝上乱涂？

素韵没说话，眼神有些迷离，心思又走远了。

明毓心里一动，又试探着说起让素韵离开书寓的话题。不过他没提方子轩，而是劝素韵搬到他的枕江小居住，就当是自己的家，想画画就画画，想读书就读书，多好！

素韵问，你能养我一辈子吗？

明毓愣了一下，说，你早晚得嫁人，你还年轻，找个好人家。

素韵说，啥样的算好人家？好人家会娶我吗？要是没有人娶我，你不就得养我一辈子!

明毓说，行，我养你一辈子。

素韵又问，可那算咋回事？你会给我一个名分吗？你敢把我领到大庭广众面前吗？你能把我领回乌拉城吗？

明毓无言以对。刚刚谈画的好心情全散了，屋里弥漫着沉郁、怨艾的气氛。

素韵又下了最后通牒，说，你如果再勉强我，以后也就别再来了，免得担了不好的名声。

明毓走出素韵的房间时知道自己还会来，他憋了一肚子气却无处发泄。也是赶巧，在院里，他看见一个人。他以前见过这人，叫索富，人称索爷，是个狱头。素韵告诉他正是这个狱头将她卖到了书寓。明毓当时就说要替素韵出口气，被素韵劝阻了，这会儿竟然又让他看见，想是天意，他便直通通地撞了上去，将毫无防备的索富撞了个仰面朝天。索富爬起来便开骂。明毓是故意寻衅，自然不肯退让，言语也更激烈，激得索富动起手来，这正中明毓下怀，便与索富厮打起来。明毓本就有些功夫，又故意要寻仇，兼着发泄怒气，成了心要折磨人。那索富哪是他的对手，从头到脚都被他的拳脚照应个遍，满院翻滚，哀号求饶。明毓却疯了似的，不依不饶，直到把屋里的人都惊动出来，上来几个壮汉才拉住了他。

明毓看着地上昏死过去的索富，拍了拍手，转身要走，被老鸨子拦下了。老鸨子说，你不能这么走了，得等着吃官司。说着就指使人去叫巡警。

明毓知道事情闹大了，想着先脱身要紧，便说，行，我等着他醒过来告我。老鸨子哪里肯放他，纠缠之际，两个巡警赶到了，认准了他，上来捆人。明毓知道挣扎也无用，由着巡警绑了。这当口索富竟然醒了，对巡警喊，送他去监狱！那巡警还想分辨什么，索富咬牙切齿地叫，我是看守长，送他到巴尔虎大狱，爷我整死他!

明毓看见素韵站在屋门口，面无表情。他像做了一件得意的事，朝她笑了笑。

魁府的院子里晒了好多山货，带皮的核桃铺在地上、高台上晒着山楂、软枣子盛在笸箩里，一眼望去，很像往年打牲衙门准备秋贡时的气氛。刘佳氏本来就是个勤快人，家境好了完全可以雇几个下人，自己过大奶奶的日子，可她却是个劳碌命。她说她是秀府大奶奶身边的人，大奶奶有势有钱的都不肯闲着，府里府外地操心，她一个下人出身的，更没有享清福的命。她每天不住闲儿地找活儿干，一到了收秋的时候，就是她最充实的日子。奇怪的是润怡竟然也喜欢这样，招呼一声就跟着上山采摘山货，回来便在院子的四处摊晒，而且乐此不疲，还常常兴致勃勃地给明毓讲述山野见闻，那一脸的喜悦真是发自内心，一点儿不矫情。乌拉城的生活新鲜有趣，令她充满好奇。刘佳氏告诉她乌拉城的大蒜是长耳朵的，编成蒜辫子挂在房檐下就不能挪动。她就时不时地去踅摸那大蒜的耳朵长在哪儿，蒜辫子为啥不能挪动。刘佳氏只告诉她蒜辫子一挪动蒜头就会烂会瘪，再问就说不清了。她回屋去追问明毓。明毓也解释不明白这是什么说道，就嘲笑她哪里还有贝勒府二格格的样子了，就是个山村野妇。

傍晚的时候，润怡和刘佳氏正在院子里收拾一天的收获，得福送进来一封信，说是给少奶奶的。润怡满心疑惑，拆开信。信中只简单几行字：明毓被抓，在省城监狱，速去营救。润怡蒙了，一时不知所措。刘佳氏见状催问，润怡结结巴巴地说了，刘佳氏哭着喊着要救人，把那苏肯喊了出来。那苏肯问明了缘由，急得在院子里转磨磨。润怡倒是有脑子的，冷静下来，翻来覆去看信，就那几个字，看不出详情来，再问是谁送的信，得福说不认识，那人交了信就走了。润怡说，先打探清楚犯了什么事，才知道怎么个救法。那苏肯这才停下脚步。

魁府眼下连个能经事的人也没有，润怡就让那苏肯去旗务工厂找荣升帮忙。第二天傍晌午时荣升派去打探消息的人回来了，说明毓是在窑子里跟人打仗才被抓的。

润怡怔了片刻，转身回了东院，连句话都没留下。

那苏肯和刘佳氏知道，儿媳妇这是生气了，明毓竟然去逛窑子，这是哪个当媳妇的都无法接受的事，更何况是身份尊贵的二格格。看样子，二格格是赌气甩手不管了。

那苏肯也是惊愕不已，润怡的态度更激怒了他，不管不顾地骂起来，说为妻不贤丈夫才会出外面打野食，定是平日里总是摆出一副贝勒府格格的样子，哪个男人能受得了？刘佳氏急了，说这个时候说这些有啥用，快想办法救儿子啊！那苏肯说，不就是拿钱救人吗？我去救。

那苏肯憋了一肚子气出了门。他本是想去打牲衙门求助的，走不多远遇到了富祥和奚师爷。富祥看他急慌慌的样子，便问起来。那苏肯知道富祥当了乌拉自治会的会长，现在自治会比打牲衙门闹腾得欢，富祥的名声一点儿不比永泰小，想这自治会与省城也有勾连，应该有门路。于是也不顾难堪，跟富祥说了明毓的事，求他去省城帮忙疏通关节，需要多少银子他都出。富祥听得眉开眼笑，立时答应帮忙，还说他的自治会就是为乌拉民众谋福祉，刑狱诉讼也是分内之事，明毓这小案子根本算不得什么，再说咱还有奚师爷奚副会长，奚副会长可是擅长打官司的。奚师爷也说，本人打了一辈子官司，从咸丰年打到宣统朝，没有我摆不平的。那苏肯信了他，回家取了五十两银子交给富祥。富祥说这点儿银子哪够，连门都进不去。那苏肯说先花着，打听清楚门路，不够我再拿就是。富祥就收了，至于富祥如何交代的奚师爷，那苏肯就不知道了。

刘佳氏听说他求的是富祥和奚师爷，刚表示怀疑，那苏肯就挂不住脸了，发作起来，说，人家也是有头有脸的人物，那自治会可比现在的衙门风头足。刘佳氏不敢再质疑，特意跑到东院告诉润怡。润怡虽然冷着一张脸，到底还是关心自己的丈夫，听说公公求了人也拿了银子，就静等消息了。

第二天晌午那苏肯出去探听消息回来，说富祥打发奚师爷去了船厂，要疏通各道关卡，带去的五十两银子根本不够，竟然连明毓的面都没见着。那苏肯这是又回来拿钱的。

润怡急了，说这么拖下去，人在里面不得遭了罪？

福儿陪着富察氏去关帝庙进香回来，一进门，才录交给她一封信，说是船厂来人送的信。富察氏先进院了，福儿满心疑惑，拆开信，就看到了一只画在纸上的蝴蝶。她的心一颤，这蝴蝶的画法她再熟悉不过了，可素韵不是死了吗？她顾不得多想，急忙看信。信中告诉她，明毓在船厂打伤人被抓进了监狱，求她想办法营救。福儿翻来覆去看了几遍，就是这几句话，信尾处也没有落款，因为有那只蝴蝶，她信了：是素韵的笔迹，是素韵画的蝴蝶，素韵活着！她还断定，明毓是早知道素韵活着的，两个人还有来往，明毓遇险，素韵是不得已来求她，想是不肯惊动魁府。难道，他们的来往，瞒了那位二格格？

福儿的心乱了，她说不清是因为知道了素韵活着，还是因为明毓被抓进大狱。多年的心如止水，被这一封信搅乱了。

福儿跑去书房找大哥永泰。永泰是个喜欢读书的人，秀山过世后，这书房便归了永泰。如今衙门里的事不多，永泰有很多空闲时间待在这里。他坐在秀山坐过的位置，福儿恍惚间有了错觉，她心一酸，叫了声大哥，平静了一会儿，才说了明毓打伤人被抓的事，说要救他出来，问大哥有什么办法。福儿没告诉他谁送的信，素韵不肯具名，就是不想让人知道。永泰很生气，说明毓就是个惹事的主儿，不作出花样就不消停，都是当阿玛的人了，怎么还这么不着调[1]！福儿并不知道多少情况，也解释不清，只催促永泰想办法。永泰说如今不比从前，从前旗人犯罪，自家领回来惩罚便可，今日新政了，领回来怕是要难。但他还是答应派人去船厂打探一下。

打探消息的人回来说，明毓在窑子里跟人打仗，打的是监狱的看守长，人伤得不轻，一条腿断了，明毓是肯定要吃官司了。

永泰和福儿都很震惊，明毓逛窑子与人争风吃醋斗殴伤人，这让他们难以置信，可事实摆在这儿，又不得不信。永泰说，明毓有点儿钱不知道咋消受了，逛窑子的事都做了，将来是不是还得抽上一口福寿膏？这话明显就是揶揄。平日永泰与明毓相处不错，但也看不惯他一副志得意满的嘴脸。福儿没接这话茬儿，在想这其中又与素韵有何干系？

永泰说，你跑前跑后的，算咋回事？

福儿张了张嘴，没说出话来。

永泰大概意识到自己说错话了，转了话头，说，办这种事少不了花银子，魁府咋不出面？

福儿就说了素韵可能还活着，明毓偷偷与她来往的事。永泰很惊讶，喊来赖德才。赖德才一听是问素韵的事，便跪下了，交代了当初如何隐瞒素韵诈死逃婚的事，素韵如何沦落到青楼他不知道，他是从雪雁那儿听说的，他也只知道明毓与素韵有往来，其他的就说不清了。

赖德才说，奴才有罪，该打该罚都认。

福儿和永泰听得目瞪口呆，坐在那儿，好一会儿没有反应。

还是永泰先回过神儿来，说现在追究这事已经没意思了。他让赖德才跑一趟魁府，探探情况，只是不要说出素韵的事。赖德才去了一会儿就回来了，说魁府三天前就得了信，那苏肯没在家，出去找富祥捞人了，银子都拿出去了，

---

① 不着调——方言，没正形、不靠谱。

可两三天了连明毓的人影都没见着，魁府大奶奶在家哭呢！福儿追问了一句，毓少奶奶呢？赖德才说，听魁府大奶奶说，少奶奶赌气，不肯管这事。赖德才说着还补充一句，这少奶奶也是，赌气也不分个时候。永泰揶揄地说，当家的出去逛窑子，谁家的媳妇能受得了？又对福儿说，既然魁府已经找了富祥捞人，就让他们办去吧。富祥现在可是能人呢！

福儿心里不托底，可永泰这样说了，她也不好坚持，便告辞出了书房，赖德才随后跟出来，两个人不约而同地站住了。

福儿说，跟我去一趟船厂。

第五十六章

明毓靠在墙角，一晚上几乎都没睡着。

监舍横竖仅有十几步，竟然装了八九个人，连铺炕也没有，地上零乱地铺着草；离地二人高处有一见方的小窗，透进些外面的光亮；对面墙角放了一只尿桶，散发出来的屎尿味在周围弥漫着，令人连大气都不敢喘。八九个人横躺竖卧着，看衣着都很破烂，好像也没有什么欲望，进来便进来了，就等着判决。只有一个大烟鬼，靠门口坐着，烟瘾犯了，不住地打喷嚏流眼泪，受不住了号起来，引来狱卒站在门外申斥一番，将警棍透过门上的窗洞伸进来威胁两下，暂时能让他老实一会儿。

明毓自从被丢进来便没有人理会他。他知道摊上的是多大的事，本来最多坐坐衙门的班房，只因为打的是狱头，就直接被投进了大狱，这是那狱头的地盘，自己怕要吃大亏了。也不清楚外面的人知不知道他进来了，素韵若是有心，应该告诉阿森或者方子轩，或者给他的家人报个信儿。可素韵如果恨他呢？或者她根本没办法报信儿呢？按理此时应该有人接到信儿了，若是想捞他也该来了，可已经时近晌午，却不见动静，想是信儿没送到。明毓往最坏了想，案子虽不大，可如果官府认真审理起来，弄不好就得拖很久，真要判个实罪，就更不划算了。若是那狱头徇私枉法动起私刑，就凶多吉少了。关在这个监舍里的都是待决犯人，谁都不知道要等多久，他可不想被动地等待，必须想办法尽快出去。监舍的空气和气氛令他难以忍受，当务之急先换一个相对清静一点儿的监舍，至少能让他睡着觉。昨天进来的时候观察过，这栋监狱是十字形的，走廊从中央向东西南北四个方向伸延，看守的狱卒坐在中央监视四方，走廊的两边一个挨一个都是监舍，有的里面好像仅有一两个人，估计都是被特别关照的。

大烟鬼的号叫又一次引来了狱卒，明毓便凑过去跟这狱卒搭起腔来。明毓说他身上带的钱都被那两个抓他的巡警搜去了，只内衣兜里还剩了一块银圆，留着应急用的。他一边说一边掏出一块银圆，塞到狱卒手里。狱卒立刻眉开眼笑，还自报姓名叫全安，正白旗人。全安说，爷，有啥吩咐？明毓说我要见狱头。全安倒笑了，说，爷，现在不叫狱头了，叫看守长。明毓说，那就见看守长。全安诡笑着说，爷，看守长不是被你打伤了吗？明毓自嘲地笑了，说，哟，那一时半会儿还真见不到他了，现在谁管事？全安说，副看守长。不过，他不喜欢到这埋汰[①]地儿来。明毓就又掏出一块银圆。

副看守长来了，一个中年人，站在门外，一身青布长衫，套着一件土色褂子，背面印个“狱”字。本来就干瘦的身形，又被狭小的门窗分割了，明毓从里面看他，就只能看到窄窄的一条。传话的全安提着一只马灯，替他照着，一闪一闪的灯亮，映出他惨白的脸，看着如同狱鬼。他用一双阴鸷的眼，盯着明毓，很是不耐烦。明毓见的人多了，知道是个外强中干的家伙，本不足惧，只是他在人家的屋檐下，也只能低头，便露出讨好的笑容。他说看守长被他打残了，一时半会儿回不来了，有些口供他想单独跟副看守长交代。副看守长说他只管监押人犯，不管问案。明毓呵呵一笑，说你要是当了正看守长，不是想干啥就能干啥了吗？我是替你清理障碍呢，你可得领我这份情。明毓看见，副看守长的嘴角竟透出一丝笑意。明毓继续说，我不过就是争风吃醋打仗斗殴，小案子，判不了大罪，花一笔银子就出去了。副看守长点头称道，是，看出来了，爷你有银子。明毓说，很快就会有人来看我，不会空手来的。

副看守长自然能听明白这话，便问他想要怎么样，放人是不可能的，再有钱也不可能。索爷传口信儿了，等他养好了伤，再来审你的案子，他要怎么审可就不好说了。副看守长说着，还露出狡黠的笑。明毓说，他这是枉法，公报私仇，单凭这一点，你就能扳倒他。副看守长翻着一双白眼，表情很是诡异。明毓便跟他商量，要换个好一点儿的监舍。副看守长说这也不可能，其他监舍都是判了罪的，重罪，杀人、放火、投毒，等着问斩的。明毓说他不怕，有那只关了一两个人的房间，让他住一宿，至少能让他安安静静地睡上一晚，能体

① 埋汰——方言，不干净。

面地见人。副看守长说你倒想得美，那倒有个监舍，只关了一个人，关的是谁知道吗？乱党疑犯。你进去做他的同党？

明毓不想惹这种麻烦，可还没等他出声，就听对面监舍里的人喊起来，我不是乱党，我就是出来做生意的，你们抓错人了！听清了吗？我不是乱党，我再说一遍，我不是乱党，你们放我出去！

副看守长回头训斥一句，住嘴！你是不是乱党跟我喊没用，得跟上面喊！

那人却还是喊，我就是要让你听，你听清楚了，我不是乱党。

副看守长摆了一下头，全安便赶过去，想是要制止那人的喊叫。明毓听着那声音竟然那么熟悉，忽然就醒悟了，那人一遍遍地喊，是在喊给他听，要告诉他什么。显然他与副看守长说话，那人都听到了。在他认识的人中，能与乱党扯上关系的，唯有一人。明毓的心都提了起来，他难以置信，又不敢擅问，便对副看守长说，他冤不冤跟我没关系，他那个监舍倒是清静，让我过去安抚安抚他。他说话的同时，将手上的扳指儿褪下来，塞在副看守长手上。那是二格格送给他的，满绿的翡翠，他挺珍惜，此时却顾不了太多。他告诉副看守长，这是光绪皇帝赏下的御用之物，够你用半辈子。副看守长将那扳指儿攥在手里，想看又不能看的样子，心里也是挣扎了好一会儿，终于点头了。

明毓被挪进了那间关押乱党疑犯的监舍。一进门，迎面看到了一双亮亮的眼睛，还有一抹狡黠的笑。

福儿和赖德才赶到船厂后，先去果子楼找总理庆祥，她带了永泰的一封信。庆祥与明毓本相熟，加之有永泰的信，爽快地答应派人打探一下明毓的案子，弄清情况再说。福儿留下些办事的银子，就告辞了。从果子楼出来，福儿和赖德才去了升平书寓。等在客厅的时候，醒悟到自己犯了个错。她来升平书寓找素韵是有准备的。她穿了一身男人装，把自己扮成一个花客，却不知道素韵叫什么艺名。老鸨子一口否认这里有叫素韵的，说话时露出灿烂的笑容。那笑容是那么虚假，素韵在她的管制下不知遭了多少罪，福儿真想一拳打在那张胖脸上。不得已，福儿只好说是明毓为她打仗的那个姑娘。老鸨子又笑了，说，少爷说笑了，哪有啥明毓，这儿也从来没打过仗。我好好地经营着，讲究和气生财，我的姑娘也从不惹是生非，少爷怕是听着啥传言了。福儿失去了耐性，就要发作，被赖德才按住。赖德才对老鸨子说，妈妈别多心，我们是明毓的家人，就想找那姑娘打听一下，明毓入了大狱，看咋能救他，不会难为那姑娘。老鸨子又笑，这回是冷笑，说，这少爷是女人扮的，咋知道不是来找碴儿的？

福儿到了也没见到素韵。后来老鸨子说了实话，小玲珑躲出去了。索爷的老婆带着几个人来书寓，扬言要把小玲珑打个半死，再把她送进监狱。幸亏小玲珑机灵，听到外面闹哄，得知是来找自己的，乘乱溜了出去。那几个人挨个儿屋翻找，也没见到小玲珑，气得砸了几件家具，临走时宣称不会放过她。老鸨子只好让小玲珑先躲出去几天，避过风头再回来。藏哪儿去了不清楚。再怎么追问，老鸨子却死活说不知道。

找阿森倒没费事，在巡抚衙门大门口一通报，阿森就出来了，看见福儿还开玩笑，说她女扮男装又要出走吗？阿森还不知道明毓入狱的事，也根本就没见到富祥或者奚师爷。听了事情的原委，也跟着着急。几个人在路边的茶摊上坐下来商量，要捞出明毓，先得知道明毓的案情如何，这只有素韵能说清楚。说起素韵的下落，阿森若有所思，说他还在当值，不敢擅自离开，然后就写了一个地址，告诉福儿去找一个叫方子轩的，素韵很可能是跟这个人走的。福儿看着阿森，那眼神充满了愤怒，说原来你们早都串通一气了！阿森和赖德才都不敢回嘴，尴尬一笑。

福儿和赖德才一刻不敢耽误，奔了东关方向去。省城人按民居和商铺布局，约定俗成地将城区分为四片：城内、东关、西关、北关，东关指朝阳门以东，西关是迎恩门以西，北关则是德胜门那一带。还有一套嗑儿：西关的球子，东关的秧子，牛马行的穷棒子。"球子"指那些不务正业打架斗殴的混混；"秧子"指富贵人家游手好闲的公子哥；"穷棒子"便是靠出苦力挣饭钱的人。牛马行是牛马市场，很多卖苦力打零工的人聚集在此，等活儿，寻找营生，甚至像卖牛马一样出卖儿女。这套嗑儿骂人不带脏字儿，却是够味儿，倒是把个省城人分出三六九等来了。

方子轩家在东关一片。因为有东洋人的商埠地，许多后发达的人家也选在这一带建宅院，大多是灰墙黛瓦的四合院，从门脸儿高低院落大小便能分出家势几何。方宅也很好找，很大的一片院落，高高的灰砖围墙，紧闭的大门，门口一边蹲一尊石狮子，靠一侧置一拴马桩，看门脸儿在这一带也是数得着的气派人家。赖德才上前去拍门，小门开了，出来看门人，警觉地打量着福儿和赖德才，听说是找方家子轩少爷，立时变了脸，说人不在，出门游历去了，走了大半年了，不知游荡到了哪儿。

阿森散衙后，福儿和赖德才又与他见了面。福儿学说了方宅看门人的话，阿森说看门人撒谎，前些日子他还见过方子轩呢，能不能是他和素韵一起藏起来了？阿森还讲了方子轩欲替素韵赎身的事，这就越发地印证了两个人有可能在一起。阿森要再去一趟方宅，方宅的人都认识他，或许会跟他说实话。三个人乘了马车直奔方宅，马车停在离方宅大门不远处的拐角，阿森一个人去拍门。也就半刻钟的时间，阿森就回来了，一脸的疑惑和忧虑。追问了好几声，阿森才说，方子轩确实没在家，可也没跟素韵在一起，他是十多天前出门的，走得很急，人刚走，就有巡警上门抓他，大概事先得了信儿。阿森说完又不吭声了，只顾了想心思，被福儿拍了一下肩膀才回过劲儿来。接下来商量怎么救明毓，阿森很少说话，像是受了什么刺激。赖德才看出问题来，问阿森，方子轩摊上啥事了？阿森迟疑了一会儿说，乱党。赖德才问，与你有瓜葛吗？阿森忙否认，只是那官府要抓乱党的消息怕是他走漏的，他闲聊时，说看到了朝廷给巡抚大人下的旨，就说了这一嘴，哪想到说者无意，听者有心，若官府追究起来，他是百口莫辩了。说完就是一副惊魂的样子。福儿知道这事情的严重性，素俊就是因为摊上乱党嫌疑才被迫逃亡的。福儿安慰他，事情也许没有那么糟糕，先别吓唬自己。再说起找素韵或者救明毓的事，阿森都显得心不在焉了。阿森从小就是这样不担事，难怪混到如今还只是个书办，福儿很瞧不上他这熊样。原还指望着阿森在巡抚衙门当差，能跟巡抚大人说上话，哪怕只安排她进监狱与明毓见上一面。可看眼前阿森的神态，怕是指望不上了。果然一说出这个意思，阿森就很为难，说他一个小小的书办，也就经手个公文书札，平日里跟巡抚大人说不上话。何况这巡抚大人刚到任不久，他还不熟悉，只听说新巡抚大人被乱党的事弄得脾气暴躁，他也不敢往枪口上撞。

说话间天已经黑透了。福儿着急，转了一圈，啥事情都没办成。赖德才说，着急也没用，大晚上啥事情也办不了，先找个地方住下。阿森说，明毓在这儿有个宅子，还找啥地方。看福儿惊讶，阿森意识到多嘴，说，明毓不让告诉别人。福儿问，毓少奶奶也不知道？阿森说瞒的就是她吧。福儿就骂了他一句，说男人都这货色。阿森当初领着明毓去选的宅子，自然知道地方，一路上听着福儿指桑骂槐的数落，很快就找到了，站在大门口，抬头可见门楣上挂着一块匾，借着月光，影影绰绰地能认清上面的字：枕江小居。福儿撇撇嘴，揶揄地说，毓小爷挺有雅兴嘛。

喜魁开的门，听说是乌拉城秀府的姑奶奶来了，自然礼让进门。阿森告辞走后，福儿和赖德才跟着喜魁进了院子。院子里一片沉寂，窗子都黑着，只喜魁提着一盏灯发出昏暗的光，恍恍惚惚地映着眼前的路，大致勾勒出上屋和东西厢房。隐隐约约地，能看到院子里的花花草草，一棵茂密的树，还有一处石桌石凳。赖德才吩咐喜魁把上屋收拾一下，让姑奶奶歇息。喜魁迟疑了一下，吭哧几声，福儿就起了疑心，抬脚直奔上屋。门在里面反锁了，拍了几下，门开了，出来一个人，跪在福儿面前，说，素韵见过五格格。

福儿细一打量，可不就是素韵！

福儿想都没想，抬手就是一巴掌。

福儿躺在炕上，根本无法入睡。她知道素韵还在窗外，赖德才陪在一旁，不时说一两句话，好像是在劝说；听不见素韵出声，但能感觉着，她仍然跪着。此时的福儿已经冷静下来，当务之急该是救明毓，没心思顾及旁的。刚才是气糊涂了，一巴掌打出去，还把自己架拢起来了。素韵还是这么颟，又没让你跪一夜，差不多起来得了，还能再赏你一巴掌不成？福儿一翻身坐起来，凑到窗台前，敲窗户喊，让她滚进来！

素韵就进来了，又跪在屋地当间，一副负荆请罪的样子。

福儿坐在炕沿边，问，知道为啥打你不？

素韵说，素韵该打。

福儿无言以对。

素韵又说，素韵早就该死的，没死成，活下来给五格格添堵了。

福儿心一酸，没忍住，竟流下泪来。怕素韵看见，扭着脸喊她起来；再回过头来面对素韵，仍是一副怒气不息的脸。怎么也想不到，原来那么清静文雅的女孩子，竟然做起了卖笑生意，这是无法让她接受的，而明毓竟然买下宅子，偷偷把素韵养在这里，这更是超出了福儿的心理承受，让她心中残存的那点儿美好都破灭了。福儿都懒得听素韵解释了，说我又不是明毓的媳妇，你跟我解释不着。素韵却一定要解释，说着说着就又要跪求，福儿只好让她说。

原来，明毓一被抓进去，素韵第一个想求助的是方子轩，方子轩有钱，在场面上也吃得开，对她也好，要救明毓出来应该有办法，没想到方子轩失踪了。

无奈之下，她只得托人给魁府送了信。不知为什么，第一封信未见动静。她本不想让五格格知道她的存在，可为救明毓也顾不得太多，又写了第二封，画了一只蝴蝶，托人直接送给了五格格，她相信五格格不会无动于衷。索富的老婆纠集一伙人去书寓找她，吓得她不敢待在书寓，又无处可去，只好躲进明毓的宅子避难。

福儿听素韵说，话里话外的意思，都表示她和明毓是清白的，福儿却不信，但这跟她也没关系，更没心思追究，先救出明毓再说，就又问明毓为啥打人。素韵推测明毓可能是为她出气，才打了当初卖她的那个狱头。

福儿冷笑着说，还推测啥，不就是这么回事吗？明毓为了你，真是啥事都敢做啊！

这一晚，两个人躺在一铺炕上，却是各怀心思，谁也没睡着。

第二日，福儿和赖德才早早地就去了果子楼求见庆祥。庆祥还真办事，说求了人，先去见一见明毓，回头再想捞人的办法。庆祥嘱咐她，就说是明毓的媳妇，他跟牵线人都是这么说的。福儿也顾不得多想，千恩万谢地告辞，刻不容缓地奔往巴尔虎门。监狱设在巴尔虎门内，吉林人习惯地称为巴尔虎监狱，二人高的灰砖围墙，上面还拉着铁蒺藜，幽深的大门洞，门两边有持枪的狱兵守着，看着就瘆人。事先疏通好了的，福儿一个人进去，在探视室没等多一会儿，明毓就露面了。他背着光线走，晃晃悠悠的身形，影影绰绰，脸部逐渐清晰，终于站定了。

看到福儿，明毓很意外，随即就笑了，不料刚凑到跟前，就挨了她一个耳光。

明毓没生气，还咧着嘴笑，说，福儿，你来了，可太好了！

第五十七章

明毓看到福儿，真是欣喜欲狂，碍于眼前有狱卒看着，他不敢说什么，只是傻笑，连福儿打他的那一巴掌，都毫无痛感。福儿被他笑得发蒙，损他，笑啥？在里面很舒服吗？还想待下去呗！明毓忙说，不行，你得快点儿把我弄出去！

福儿就简单说了这两日的奔走，也说了魁府的动作，还有少奶奶的态度，说她理解少奶奶，也少不得对他背地里与素韵的来往连讽带刺的。明毓也不辩解，还帮她分析，说千万不要指望富祥，他不害我就烧高香了。还得恳请庆祥大人帮忙，他舍不得我这个财神，也有门路，只要他想帮我就一定能帮上。还有，去安抚一下索富，使上银子，让他撤告，吓唬他，把他串通老鸨子买卖女犯逼良为娼的勾当翻出来，也让他进这里面待着，看我俩谁待得久。只要他不告了，庆祥大人那边的事就好办。只是，都要破费些银子啦！钱都在我阿玛手里，你去要就是。

福儿揶揄说，你进到里面变得聪明了。

明毓说，那是。这一趟进来的，值。

福儿脸酸了，说，是，为了另一个女人，你都能赴汤蹈火。你就不想想你家里的媳妇？

明毓说，大不了出去后哄哄媳妇呗！

明毓说着，瞅着一个当口儿竟抓住了福儿的手，塞到她手里一张纸。福儿没吭声，不想却被旁边的狱卒看见了，上前一步抢过信，说，不许传信。明毓说，兄弟你看看，就是写给媳妇的求救信，没有要紧的东西。那狱卒真的看了信，从头到尾地看，没发现问题，便还给了明毓。明毓嬉皮笑脸地对福儿说，没想到你能来，原想着托人交给你的。写这信费了心思了，回去看。等我出去了，随你处置，天天磕头请安都行。

明毓耍嘴皮子，不仅安抚了福儿，连狱卒都被逗笑了。明毓见好就收，催着福儿回去，回去找人救他，他可一刻钟都不想在里面待着。等那被打的索富回来，他就小命不保了。还嘱咐，下次来，带些衣服，还有那顶蓝缎面六块瓦的帽子，上面坠着红缨穗的那个，你要亲自来，再多带些银子。

明毓往回走的时候，对看管他的狱卒说，兄弟你对我不错，我得报答你。

回到监舍，迎着那双关切的目光，他说，何先生，福儿来了！

何先生正是素俊。

素俊现在叫何云铭，是个商人，首次来关外洽谈生意，不料被误认为乱党抓进来，已经关了十多天，却还未审理，也无人问讯。明毓与他在狱中的相逢，只能说是天意。素俊在明毓跟副看守长说话时听出了明毓的声音，这才不管不顾地大喊起来，就是想引起明毓的注意，幸好明毓脑瓜儿聪明，反应够快，用一枚满绿的翡翠扳指儿买通了副看守长，成功地换到了这个监舍。明毓认准素俊后，差一点儿就扑过去，见素俊打了个手势，只好装作陌生人。待狱卒重新锁上门离开后，两个人才凑到了一起，彼此迫不及待地询问分别后的境况，那种劫后余生的欣喜，甚至冲淡了历经的苦难。说到素韵的遭遇，明毓跪在了素俊面前，自责对不起素韵，辜负了素俊的托付。素俊黯然神伤，沉默许久才说了句“也怪不得你”，让明毓起身。

自然也要谈到福儿。明毓讲到福儿寻找素俊的经历，讲到如今福儿的境遇，素俊一句话都不说。明毓说，素俊大哥，你要对得起福儿，你不能不管她。素俊还是不说话，嘴咬出血来，和着泪水流下来。

素俊极少谈这些年的经历，说起来也是轻描淡写。明毓说看到他遗落在强盗屋里那方砚台还以为他死了。素俊说他在那家歇脚，发觉屋主人鬼鬼祟祟的，就警觉起来，透过窗缝看见又来了两个男人，三个人在外面嘀嘀咕咕，知道是遇上歹人了。他拿起包裹要跑的时候，那个小脚老太太站在门口，说留下包裹逃条活命吧。他知道这些歹人也就是劫个钱财，便丢下包裹跳后窗逃跑了。他身无分文，一路乞讨，或者代人写书信换口吃的，历经千辛万苦才回了丹徒，祖屋已经破败，又举目无亲，只好隐姓埋名地做点儿生意过活，这次回来，是来找妹妹的。他不知道乌拉城的情形，就先悄悄回了蜂蜜营，在自己家的墙上看见了素韵留下的藏头诗，便赶来省城，可还没等找见素韵，自己却身陷囹圄。明毓知道素俊讲的有一半不可信，素俊的话里有一个最大的漏洞，他来省城找素韵，却没见到素韵，而此地又没有人认识他，怎么就会无缘无故地被人指为乱党？他肯定是接触过什么人。明毓也不想深问，只说要想办法把素俊弄出去。素俊说，我是乱党嫌疑，你不要自找麻烦，知道得越少越好。

明毓说，素俊大哥，我知道你瞒了我很多事，在乌拉的时候就是这样，因为我是旗人。可在我心里，与你从来就没有啥隔阂。这些年我经历了许多，也看到了许多，我早都看明白了。

怎么救素俊，明毓心里没谱，但首先自己得出去，他就盼着有人来捞他。很奇怪，两天了，竟然没有人来看他，这让他有些急，细想想，想见个面都这么难，要从监狱里捞人就更不容易。他犯的是小罪，用钱可能捞出去，素俊则是大罪，甚至死罪，怕不是用钱能救得了的。可素俊进来这么多天了，为什么没人来审？素俊说他们可能没有证据。明毓是知道新任巡抚陈昭常的，进士出身，义和团乱时，因伴驾西巡赢得慈禧太后好感，此后官运亨通。到任吉林巡抚不久，办了好多实事，整顿税制，开矿，创办电灯厂、酿酒厂。招股时，明毓也入股了煤矿和电灯厂，只是还没看到收益。明毓说，这陈昭常虽是朝廷旧臣，倒是出过洋有过见识的，或许左右为难犹豫不决呢。最好在他们审理之前能把你弄出去。

等到全安当值的时候，明毓求全安拿来了笔墨，说要给家人写信，让他们带银子来救他。明毓让素俊执笔，素俊不解，明毓催促他只管写。写下“福儿吾妻，见字如面”时，素俊明白了，说，没必要告诉她。明毓说她知道了事情就好办了。素俊追问他想干什么，明毓不说，只笑笑，像是在酝酿什么大阴谋。

福儿急急忙忙跨出监狱大门，赖德才和马车等在不远处，直到上了车，福儿才敢打开手里的信，看了第一眼，“福儿吾妻，见字如面”，她愣然了，明毓并不知道她会来，怎么会先写了这么一封信，还把她唤作妻？这是啥意思？再看下去，发现那笔迹不是明毓的，信里嘱咐她抓紧救他，不惜花银子，他一刻也不想在里面待了。口气显得那么急迫和紧张，完全不符明毓平日的秉性。福儿从头看起，“见字如面”几个字令她生疑，再细辨笔迹，身上就冒出汗；又想起明毓特意嘱咐的，要她带那顶蓝缎面缀着红穗子的六块瓦帽子，她当时听得蒙头蒙脑的，现在什么都明白了，禁不住悲从中来，捂住嘴哭了。

哭声惊动了赶车的赖德才，惊问，是小爷有什么不好的消息？

福儿告诉他，素俊活着，在里面。

素韵得知素俊的信息，更是哭得天昏地暗。哭过了，就要去监狱看素俊，被福儿骂了一顿，才打消了念头。福儿嘱咐，对谁都不要提素俊的事。先把明毓弄出来，明毓会想办法救素俊。

第二次去探监，还是福儿一个人去的，带了个大包袱，里面是几套换洗的衣物，还有那顶帽子，赖德才特意回乌拉城取来的。值守的狱卒翻捡着，说，还准备在里面长住啊？福儿赔笑说，我当家的爱干净，在家时一天换一身衣服。说时，将几块银圆塞在狱卒手里。狱卒立时换了脸，说，上边吩咐过了，我这就去带人来见。

不一会儿，明毓进来了，腿一跛一跛的，脸上缠了块白布，只露了眼睛和嘴巴。福儿急了，问咋还给用刑了。随后跟进来的狱卒说，是他自找的，手脚刺挠跟人打仗，还打不过人家。福儿让明毓坐下，拆下他脸上的缠布，露出伤处，红鲜鲜的还渗着血。那包伤的白布脏得几乎看不出底色，她把自己的手绢儿垫在里面，边包伤边埋怨，从小就爱打仗，都进到里面来了，咋还不长记性，这是和谁打成这样？福儿知道明毓的身手，一般人哪会把他伤成这样？她担心素俊打了明毓，明毓却说是和不相干的人，放风时惹着了。福儿不信，刚要质问，明毓捏了她手臂一下，动作竟有些轻佻，福儿住了嘴。明毓的鼻子被缠了一道，声音瓮声瓮气的，又说，咋还不救我出去？弄不好这伤就得化脓了，要看着我害牢瘟死在里面啊！福儿给站在一旁的狱卒塞了一块银圆，说行个方便。那狱卒等的就是这句话，知趣地出去了。福儿告诉明毓，索富那边已经安抚好了，同意撤告；庆祥大人也帮忙，走了门路，连巡抚衙门的司狱都拜到了，主事官应承了，可因巡抚大人刚刚到任不久，抓吏治抓得紧，他还摸不清路数，想等一等看一看再说。听说这巡抚大人倒是个能干的人，也清廉得很，这样的一个人，大多是黑脸，难怪他手下的人不敢轻举妄动。不过，也不排除这主事官是借机勒大脖子。

福儿见明毓半天不说话，着急了，催问下一步怎么办。明毓说，我可不想等，这鬼地方就不是人待的。寻思片刻，他说，去找二格格吧，让她求贝勒爷说句话，巡抚大人既是对太后那么忠心，想必是个听话的人。要是贝勒爷肯说话，这事就容易了。福儿埋怨他，你早咋不想这办法？明毓嬉笑着说，我逛窑子惹出这祸事，咋好意思求媳妇？贝勒爷知道了，能恨不得处死我。福儿就呸了他一声，也顾不得损他，只是担心离京城那么远，一来一往的也要费时日。明毓说她笨，省城不是有电报了吗？让二格格拟个电文，找阿森帮忙办理。

福儿回了乌拉城，去魁府找毓少奶奶。明毓结婚后，福儿从来没进过魁府，与毓少奶奶也没有来往，偶尔在庙里或者街上遇到，也都是点下头就过去了，彼此心照不宣。若不是为了捞明毓出狱，她也不会站在这位二格格面前，还得屈膝请安。

润怡气色很不好，想是为明毓的事心力交瘁，也无心摆谱，说，罢了，这里没有二格格，有事就说。

福儿就说她见到了明毓，是明毓让她来的，求二格格请贝勒爷给说句话。

润怡看着福儿，神情很是怪异，充满了意味。福儿看懂了，解释说，二格格别多想，我不是专为明毓去的，我去办别的事，赶上了，就找了人疏通，可还是力道不够。明毓在里面被人打伤了，再关下去怕要出意外。明毓心里有愧，不敢求少奶奶，更不敢求贝勒爷。我也是自作主张来的。明毓再咋混蛋，还是先救出来，等他出来了，少奶奶想咋处置不行？

福儿的话说得在情在理，润怡也挑不出毛病，何况也不是计较的时候，便说，我公公托了富祥，打了包票说是能捞出来的，我一直等着这面的消息呢！福儿说明毓信不着富祥，还是二格格出个面吧，赶紧把人救出来，免得夜长梦多。

润怡点头答应了，还和福儿一起商量拟了电文，只说明毓因生意上的事跟人打架伤了人。福儿拿着电文告辞，即刻就出发去船厂，润怡千恩万谢的，说一切拜托福儿，明毓出狱后，定当好好报答。

电文拍出去的第二天，阿森就跑来枕江小居报信儿，说他看到了巡抚大人给贝勒爷的回电：唯命是从。而且巡抚大人还责成司狱，尽快办理明毓一案。他补充说，说是办理，其实就是放人，会很快有消息的。

果然，庆祥也派人送来信，让去监狱接人。眼看着天都要黑了，刻不容缓，福儿带着赖德才赶着马车去了。

到了监狱，还是福儿一个人进去，赖德才和马车等在外面。从一开始就很顺畅，定是有上面的吩咐，狱吏们也不敢怠慢，经了几道手续，让去东门等候。福儿惊异，问为啥去东门。办手续的狱吏说，西门是死囚犯出入的，你想去？福儿便急忙唤上赖德才驱车赶去东门。离东门不远有一座姑子庙，叫观音古刹，坐北朝南，始建于乾隆三十五年，平日里香火很盛。从监狱东门出来的囚犯，有一个约定俗成的规矩，要到庙里上一炷香，谢观音菩萨保佑逢凶化吉，发愿改恶从善重新做人。等在东门时，福儿还想着要不要劝说明毓也去上一炷香。不一会儿就见到了明毓，腿还是一跛一跛的，半张脸缠着手帕，戴着他指名要的六块瓦帽子，穿了她送进去的长衫，上身套一件马褂，挺直了站在她面前，再不像上次见面时那么落魄。福儿怔怔地看着，觉出了异常，瞬间也就明白了，顾不得多想，拉着他上了马车，催促赖德才，快走！

一行人就近赶往巴尔虎门，赶在城门落栓前出了城门，乘着夜色策马狂奔起来。

福儿是被彩玲推醒的，昏头昏脑地骂彩玲，找死啊，打搅我睡觉。

彩玲说，五格格快醒醒，毓少奶奶来了！

福儿就彻底醒了，睁开眼睛，看到的是一脸阴沉的润怡。她一翻身坐了起来，蹭下了地，给润怡请安，然后吩咐彩玲，给毓少奶奶上茶。彩玲一脸疑心地出去了。

福儿说，毓少奶奶，请坐。本来想去魁府，跟少奶奶禀报一声，可昨儿回来得太晚了，就没敢去。

润怡坐下，稳了稳身子，开口问，人呢？你救出的人呢？

福儿咳了两声，说，人是救出来了……

润怡不待她说下去，厉声打断她，人呢？

看润怡的神情，是知道了什么，福儿也不好再搪塞，说，毓少奶奶，你先听我说。福儿就说了她救明毓的经过，说了明毓被人调包。她也不知道怎么会这样，也说不清是明毓自愿还是被人胁迫的，反正，她接出来的是个冒名顶替的人。

福儿一口气说完了，再无话可说，垂首站着，好像等着润怡发落。

润怡冷笑一声，说，你说完了？

福儿又辩解了两句，正巧彩玲端着茶盘进来，摆在润怡身边的案子上，润怡一把将茶杯扫到地上，腾地站起来，说，糊弄鬼呢？

彩玲不高兴了，在乌拉城谁敢对五格格这样说话？再说，五格格也从没这样对待她这个丫鬟，彩玲就立起眼睛，斥责道，你谁呀？敢跑到秀府来撒野？你不就是魁府的人吗？有啥了不起……

润怡说，你不知道我是谁？行，我就让你知道知道我是谁！说着抬手一巴掌打在彩玲脸上。彩玲炸了，回手就要甩出巴掌，却被福儿一把抓住。

彩玲挣了两下没挣脱，哭了，说，五格格，她这是欺负你呢！

福儿眼睛却看着润怡，说，毓少奶奶，你忘了自己的身份，跟下人使啥劲儿，有气冲我来。

福儿放了手，看着彩玲委屈地抹着眼泪出去了，回头又说，毓少奶奶，我知道你着急，我也急，咱有话能不能好好说？

润怡重新坐下来，虽然绷着脸，倒是冷静了，说，我怎么听说，你救出来一个乱党？

福儿急问，这是谁乱嚼舌根子？想害我呀？

原来，富祥去了魁府，听说明毓出狱了，来看看。后来才说了实话，他托人疏通好了，去监狱接人时被告知，明毓的媳妇把人接出去了，可接出去的是假明毓，明毓被人调包了，那个冒名顶替的人是个乱党。

润怡问，是吗？

福儿说，那人一出监狱大门就跑了，我也不认识，不知道他是干啥的。

润怡说，富祥说……

福儿打断她的话头，说，富祥的话你也信？我在船厂这些天，就没听说有别的人去救明毓，富祥要么私吞了银子，要么根本就没使上劲儿。他没办法跟魁府交代呀，就编这套瞎话糊弄你们呗！

润怡说，你接错人的，这总是事实吧？

福儿没吭声，这等于默认了。

明毓竟然把素俊换了出来，这移花接木的把戏玩儿得真是高，谁知道他在里面都使了啥招数，蒙过了那些个狱官。素俊说明毓在放风时故意寻衅跟人打仗弄伤了脸和腿，就是要有理由遮住脸，还有那只跛脚，也是要让狱卒认准明毓的这几点特征，等到他扮作明毓遮着脸跛着脚出来的时候，狱卒根本就没细看他的脸。福儿还是觉得不可思议，素俊又说监狱太黑暗，使了钱啥事都能办，连死囚都能换出来。福儿想，明毓是花足了银子，毓少奶奶出的钱，从那苏肯手里要出的钱，连银票带银锭还有散碎银子加上银圆，还有她自己的体己钱，能划拉到手的，除了打点外面的人，其余的都送进去了。

按明毓的安排，素俊被连夜送走了，送到白旗镇的宏运酒馆，那是关东好绺子的点子，明毓教会素俊如何与小琴联系。他还给福儿带了一封信，是他亲笔写的，信里嘱咐她不要回乌拉城，官府会盯上她；让她跟着素俊走，去寻找自己的新生活，也看看外面的世界。明毓像是在交代后事。她一边看信一边骂着"混蛋"。车厢外是赖德才压低了嗓门吆喝马的声音，是马蹄和车轮碾压黑夜的刺耳声响。素俊开口了，第一句话竟然是"对不起"。这一声"对不起"包含了太多的意思，那一刻，福儿哭了。她曾千辛万苦地追着去找素俊，以为天人永隔，以为有缘无分，没想到，兜兜转转地，竟然是以这样的方式重逢。三百多里的路，一夜狂奔，中间只在一家大车店打了个尖儿，给马喂了料，天亮时就赶到了白旗镇的宏运酒馆。趁着赖德才下车找人的时候，福儿告诉素俊，她不会跟他走。她说，我冒充明毓媳妇救的明毓，出了这种差头，我怕官府会为难毓少奶奶；如果我能躲过这一劫，还得想办法救明毓；还有，得把素韵从书寓弄出来，到时候我让赖管家把她也送到这儿来，让你们兄妹团圆。素俊对她的话好像一点儿也不感到意外，只是提醒她，如果官府追捕他，她会是第一个被抓的人。福儿说那我也要回去。素俊说，福儿，我真想带你走，可我现在自身难保，我不想让你跟着我过这种担惊受怕的日子。素俊的声音竟透着哽咽。告别时，素俊朝她笑了笑，那是一种苦涩的笑。素俊又说，福儿，谢谢，谢谢你和明毓。然后，深深地鞠了一躬。转身时，福儿拉住了他的胳膊，哭着说，哥，别再去干那些掉脑袋的事！素俊停住脚，看着福儿，拍了拍她的手，像是安慰，像是应许，也像是敷衍，然后又笑了一下，跟着小琴打发来的崽子走了，连头都没回，走出好远，才背着身挥了挥手。

福儿知道，这一别，再见就更难了。

明毓暂时是没办法出来了，这个人在监狱的名册里是不存在的，她连捞他的名目都没有了。明毓顶了何云铭的名头，就是顶了乱党的罪名，那还能出来了吗？明毓在筹划这出狸猫换太子的把戏时，可想明白了他将面临什么样的处境，可想过外面的她还有他的媳妇会受着怎样的煎熬？

福儿都不敢往下想，更不敢说出来，只能憋在心里。面对润怡的责问，她心虚，还有点儿愧疚，感觉是与明毓合谋骗润怡，她无法说出全部真相，也只能避重就轻地回答。

福儿对润怡说，这也不是我有意做的。谁知道明毓在里面咋弄的？真要是他谋划的，那得罪加一等，跟乱党扯在一起了，还能出来啊？你别信富祥说的，他是不怕事情闹大。

润怡也知道事态的严重，不再纠缠那人是不是乱党了，只问接下来怎么办，还得想办法救明毓啊！

福儿告诉润怡，她在船厂这些天，是顶着魁府少奶奶的名头找人疏通的，也是以这个名义去监狱接的人，官府追究下来，很可能要去魁府找少奶奶，到时只管推托不知道。

润怡说，富祥还真问这事了，幸亏我没说出你。

福儿说，那也难保别人不知道。听天由命吧。等消停两天，我再去船厂探探风声。

润怡临走，又回头说，你总该告诉我，明毓为她打仗的那个窑姐是谁吧？

福儿迟疑了一下，说，等明毓出来，让他亲口告诉你吧。你还是得再求贝勒爷给说句话。

润怡毫无底气，说，这都扯上乱党了，还敢说话吗？

第五十八章

明毓忍了一夜，天一亮，就开始大喊大叫。

明毓喊来了值守的狱卒，说他应该被放出去的，却被何云铭打昏了，又被他换了衣服，何云铭肯定是顶着他的名字出去了。这狱卒急忙请来当值的狱吏，狱吏又请来副看守长。副看守长阴着脸看了他一会儿，让狱卒将他带到狱吏室，屏退了旁人，只独自面对他。

明毓很清楚，他移花接木的把戏不可能瞒下去，他也没这样想，直等到此时他才自我暴露，只是想多瞒一时，素俊就能逃得更远一些。至于被揭穿后他会遭遇什么，也不敢多想，只想见招拆招。

这件事从副看守长到头天晚上经手的一个狱吏两个狱卒，都是心知肚明的，只是睁一只眼闭一只眼。明毓付给他们的酬劳，足以使他们利令智昏，配合着他演戏。但他也很清楚，这都是些见利忘义之徒，会为了更大的利益或者为了自保，做出更绝的事情来。明毓想过各种结果，最糟糕的莫过于被人灭口，他却没有逃生的可能。外面的人再没有理由来救他，至少暂时没有，因为“明毓”已经出去了。他现在是何云铭，一个待审的乱党嫌疑。他必须寻求自救的办法。

没等副看守长发作，明毓先说了。明毓说，我后悔了，我不想无声无息地死在大牢里。副看守长说，后悔也晚了，你现在只能是何云铭。明毓提醒他，只要一提审就会露馅，到时候都吃不了兜着走。副看守长意味深长地看着他，反问道，你还想着被提审？副看守长态度不卑不亢，声音不高不低，可明毓却从中听出了别的味道。果然如他所料，这些人不会让他等到被提审的时候，之前他就会消失，害牢瘟或者自杀或者被同监的犯人打死。

明毓笑笑，说，我如果死在牢里，你可就再也得不到什么了。那个何云铭许给我的好处，你也分不到了。

副看守长表情暧昧地看着他，也笑笑，说，我再也不相信你了。

明毓说，彼此彼此。不过，咱们俩现在都是坐在火药桶上，不妨再赌一把，或许还能逃过一命。救命之恩我不会辜负，我反悔也是为了自保。

副看守长并未答应什么，喊来狱卒把他送回了监舍。明毓相信副看守长会考虑他的建议，那是个贪财不要命的家伙，他的贪欲是毫不掩饰的，以往只是被看守长压制了。

等了一天，没等到副看守长的答复，索富却来了。

索富坐在一把太师椅上，被两个狱卒抬着，一条腿绑着夹板，直直地伸着。他看到明毓一点儿也不吃惊，只是确认了一下，然后有些幸灾乐祸，说，我都撤告了，放了你一条生路，是你命不济，该着死在我手里，你不能怪我不义。

索富这么快就回来，是明毓没有料到的，显然是有人向索富告密。这样一来，他原来用在副看守长身上的谋划就都作废了，只能另起炉灶，来应付这个索富。

很快就有人来提审明毓，是巡抚衙门派来的。明毓否认与何云铭串通，坚称是被何云铭打昏后掉了包，至于何云铭顶着他的名头如何走出了监狱大门，去向哪里，他一概不知。

从这天起，明毓再也没看到副看守长。

这之后，也没有人再提审明毓。明毓的名字被改成了“何云铭”，属乱党疑犯，戴上了脚镣，单独羁押，不得探视。这座监狱是朝廷新政的一个样板，对外号称模范监狱。除了死囚，其他已经判刑的犯人能参加劳动，织布、打草绳、编草筐等，所谓“劳动改造”，对犯人来说是极大的自由了。“何云铭”没有这样的待遇，甚至连放风都是奢望，他是待审的乱党疑犯，对他的监管是特殊的。他经常蜷缩在草铺上，背向着墙躺着，躺烦了，就起来围着监舍的四壁走几圈。

经常想着来看看他的人，就是索富。

福儿出了魁府，没走几步，就发现身后好像黏着个人。她也算历练过的，有着本能的防备心理，何况眼下正警觉着，微微的风吹草动都会让她心惊。乌拉城本来就不大，认识的不认识的，都看着眼熟，突然出现的生面孔，自然令她起疑。她装作看热闹四处撒目[①]，又看到几个眼生的人，且都分布在离她不远处，就断定是被盯上了。她不觉得意外，从那天开始，她就做好了准备。明毓让她跟着素俊走，也是料到她会被官府盯上。但她不能，她一走可就坐实了明毓有意设计操纵大变活人的把戏了，他不就更难为自己开脱？福儿相信明毓在谋划的时候想过自保，他让素俊和他统一口径，一旦被抓住，就说是素俊打昏他自行脱逃的。既然是这样，她就可以一问三不知，那个冒名出来的人一跨出监狱东门就慌不择路地跑了，她根本不认识他。这样一想，她的心倒安稳了。两天前，毓少奶奶打发丫鬟珍珠来告诉她，官府的人去魁府调查了。毓少奶奶一问三不知，更否认去船厂接过人。那官府的人好像知道毓少奶奶的身份，问话很客气，还一个劲儿赔礼，也没问出啥情况就走了。福儿知道，这是毓少奶奶给她报信儿呢，她就做好了准备，等着官府的人找上门来。官府的人迟迟没来，她心里正奇怪着，今儿个倒是明白了，官府的目标不是她，而是通过她找到素俊。既是这样，她就该干什么干什么去了。

福儿去了总管衙门，一进院就闻到一股子鱼腥味。又到了岁贡的季节，秋货都已备好，今儿个该是各种干货入库的日子，院子各处都是人，异常地热闹。牲丁们正往干鱼库里装货，晒成了干儿的细鳞鱼、青鳞子一囤一囤地打了包，仍然掩不住刺鼻的味道；核桃、秋梨、山楂装袋的装袋、装坛的装坛；晾晒好的松塔打包装箱避免压走形了，剥出的松子称好了斤两等份装入草筐，敲出的松子仁儿用黄布口袋盛好了……满院子好像到处都是人，还有满地的核桃皮、干草屑、麻绳头等垃圾，都没有下脚的地方。福儿蹦蹦跳跳地拣着道，穿过川堂，来到永泰的公事房。这里也曾经是秀山专属的公事房。

福儿开口就说，哥，院子里太乱了。阿玛在的时候不这样。

永泰苦笑着说，也乱不了几次了。

永泰说，今年的年贡，打牲衙门只将应进贡物备齐，交给吉林果子楼，由吉林巡抚统一送贡送京。就是说，持续二百年的乌拉贡事又简化了，乌拉城人不用进京送贡，再也不用兴师动众跋山涉水地遭罪了。永泰说时一点儿没有轻松的感觉，反倒一脸的忧虑。他忧虑的不只是贡事的萧条，衙门的地位，还有自己的处境。从外面不断传来南方各地举事反清的消息，朝廷已乱了阵脚，明

① 撒目——方言，四处观看。

眼人似乎都能看清结局了，明毓曾经点化过他，永泰却不愿意承认。明毓早早地为自己找好了退路，在乌拉城的旗人还在苦苦等待朝廷拖欠的俸饷时，他已经悄悄地做起了生意，挣下了家产。乌拉城人说起来都很不屑，却又不得不羡慕明毓的远见，甚至有人预见，将来只有明毓这种人才走得远，哪怕改朝换代江山易主。永泰心里是默认的，但他却无法效仿，他是大清的臣子，食着大清的俸禄，大清亡，他也就没有出路了。

福儿没心思探究永泰的心事，她是想求永泰，再动用一下他的官场关系，看看谁还能帮着捞人。永泰连连摇头，说，明毓是牵涉到乱党的案子里，谁还敢为他说话？

福儿说，明毓不是乱党。

永泰说，官府说他是，他就是。真正的乱党疑犯跑了，那些办案的人咋向上面交差？不就得拿他顶罪？你说他是不是傻？乱党成了事又有他啥好处？还舍了自己的性命去救。

福儿说，我不管，我就是要救他。实在没办法，我就去劫狱。

永泰立起了眼睛，说，福儿你疯了，这种话都能说出来，不想活了吗？

福儿不吭声了。这些日子左思右想如何救明毓时，脑子里闪过劫狱的念头，但也只是一念，她知道这是不可能的，那监狱的森严和戒备她亲眼所见，根本不可能进去，再者，她拿什么去劫狱？没有人没有枪，凭一己之力就是白白送死，她还没失去理智，不会犯这样的糊涂。

永泰的表现令她很是失望。她不怪他，明毓的事涉及乱党，他避嫌还唯恐不及呢，怎么可能不顾一切出头救人？

正说着，苏穆进来了。苏穆的阿玛铁亦哈当年虽跟萨林保走得近，萨林保做的许多肮脏事都少不了他，只是萨林保犯事后自裁，案件并未深究下去，铁亦哈侥幸未被牵连。后来铁亦哈因年老体弱报请休致，请求让在盛京内务府供事的儿子苏穆补骁骑校缺，苏穆就被派回乌拉打牲衙门，擢升骁骑校，如今在永泰手下做事。苏穆见了福儿，客气地行了礼，问五格格安，然后跟永泰禀报，他去吉林果子楼找总理庆祥办事，却被告知庆祥失踪了，手下的人到处寻找，活不见人死不见尸的，连巡抚衙门也不知他的去向。

永泰很惊讶，说，这是啥路数？大清朝真到了混乱不堪的局面了？

福儿也吃了一惊，想这庆祥为救明毓帮了很大的忙，会不会怕被牵连提前跑路了？福儿没敢问出口，心里祈愿庆祥能跑得脱，只是这样一来，救明毓就又少了一条路。

她只能再想办法了。

回到秀府，一进门才录就告诉她，毓少奶奶来了，在你屋呢！

福儿紧赶了几步，彩玲在西厢房门口迎着，提醒她，毓少奶奶脸色不好，怕是来找碴儿的。福儿说知道了，径直进了屋，还没看清润怡的表情，先看见一只巴掌扫过来，她一把抓住那只手，不费力气地就甩开了，然后自己坐下，说，毓少奶奶，咋总忘不了你那贝勒府格格的威风？

润怡说，你找死！

福儿说，要是在京城，我犯在你手上，就是找死；可在这乌拉城，你拿我没办法。

润怡冷笑一声，说，福儿，你也太嚣张了。惹急了，我不只会要了你的命，连你们这秀府、你那做总管的哥哥，都得赔上！

福儿听话音就不对，这毓少奶奶肯定是知道了什么，才发了这么大的火，把话说得这么重。福儿不怕她可也不想激怒她，毕竟心里藏着一件事难以道出来。难道毓少奶奶知道了这件事？福儿缓了缓口气，劝润怡坐下说话。

润怡却不肯坐，仍然怒气不息，质问道，你说，那个被你救出来的人到底是谁？

福儿说，我说过了，是明毓干的，不是我，我又不认识他。

润怡更生气了，不顾一切地嚷着，胡说，你认识，是你原来的相好。

福儿坐不住了，像要躲开什么，起身踱到另一边，说，你听谁胡说八道的？

润怡说，你承认了？好嘛，我出银子，我求我阿玛说话，你竟然趁机救出你的相好，还是个乱党，福儿，你太阴险了！

福儿追问，你听谁说的？

润怡说，别管谁说的，是不是真的？

福儿说，你先告诉我谁说的。

润怡说是富祥。

富祥去找那苏肯表功，说他托了人，本来都能把明毓捞出来了，被人横插了一杠子，半道把个冒名顶替的人接走了，结果弄得他前功尽弃，他只得重新再去找人疏通，就得重新打点，还得花银子。那苏肯手头的银子都用完了，就想到卖地。润怡进屋的时候，富祥和那苏肯正谈着，炕桌上有几张纸，那是地契。她知道平日明毓就不太待见富祥，这次富祥说是救明毓，从那苏肯手里要去不少银子，也不知都花在哪儿了，她本能地不信任他，就对那苏肯说，阿玛，救明毓的事我自有主张，你不要再麻烦别人，免得弄两岔儿去。

那苏肯却嚷起来，是呢，是弄岔劈[1]了。我花了那么多银子，是要救我儿子的，你拿去救谁了？

润怡听这话头不对，看看富祥，富祥却起身告辞，边走边说那爷咱们改天再谈，像是落荒而逃。润怡起疑，平日里公公碍于她的身份，说话都很客气，即便有什么不满，也是背地里嘟囔，从未当面训斥过。明毓被人顶替的事，她跟公公说过，公公虽说气愤，却也没怨她，今儿这是怎么了？她沉着脸问，是不是富祥说啥了？

那苏肯还是一腔怒气，说，你被人算计了，还蒙在鼓里呢！知不知道那个冒名顶替的人是谁？那苏肯就说出了素俊的名字。

更让润怡义愤填膺的是，素俊是福儿的旧相好。

话说得这么明白，福儿不好再装糊涂，点头说是，然后又把去监狱捞人的经过说了一遍，这回没隐瞒素俊的名字，但她发誓，事先根本不知道明毓要狸猫换太子，她也是见到素俊那一刻才明白，可事已至此，说啥都没用。

润怡问了一句，人呢？你救出的那个素俊呢？

福儿说，跑了。

润怡说，谁信！

福儿说，毓少奶奶可以不信，但最好别多问，素俊是乱党嫌疑，你知道得越少越好。

福儿差不多是闯进萨府的。

萨府的看门人大概看出福儿满脸怒气来者不善，便试图阻拦。福儿一把推开他，直冲进院子，喝令跟在身后的看门人，让你们家老爷出来见我。看门人说我们家老爷吩咐了，不想见你。富祥是心虚了，料到她会找上门来，先下了

① 岔劈——方言，出错或纰漏。

拒客令。福儿才不在乎这个，几步踱到院中的大榆树下，那儿有一圈木椅，供人闲坐的，正对着大门，她坐下了，说，告诉你们家老爷，我就坐在这儿等了，看他出不出来。

富祥出来了，远远地就露出满脸笑容，招呼着说，五格格请上屋坐吧。

福儿笑了，说，你离那么远干啥？做了亏心事吗？怕我吃了你？这是在你家，我能把你咋的？再说，你现在是名流，我又敢把你咋的？

富祥这才走近了，笑说，五格格说笑了，你能把我咋的。

福儿这会儿已经没了刚进门时的怒气，只想把事情弄清楚，平静地问富祥，你在外面说我啥了？

富祥说，你做了啥，人人都看着呢，还用我说？

福儿说，咋好模样儿扯出素俊来了？他都多少年没了音讯，平白地扯出他来干啥？富祥你啥居心？

富祥笑笑，说，五格格，你也只能骗骗魁府那一家子吧，谁信？他来去又不能插上翅膀飞过。

福儿说，这是你说的。你咋知道素俊回来了？

富祥诡秘地一笑，说，巧了，我家过去有个阿哈叫马三，遣回去后生活没着落，上山做了绺子，他入的伙正是关东好，恰巧他认识尚素俊。前两日他进乌拉城踩盘子，顺路来看看我这个主子，闲唠起来了。

福儿知道他说的应该是真的，但她不能承认，她更担心的是富祥会去告密。她警告富祥，再不许胡说八道拨弄是非，这都是要命的事，你不拿别人的命当回事，也得当心自己的脑袋。

富祥咧咧嘴，似笑非笑。

福儿回秀府就找赖德才，让他马上往白旗镇跑一趟，通个信儿，让那边有个准备。赖德才走后，她又去了魁府，一进门就遇见那苏肯。那苏肯正要出门，看见她脸色就不好了。福儿没往心里去，问了好，说来找毓少奶奶。那苏肯却冷着脸，说，你就别再糊弄那个傻子了，把她老爷们儿卖了，她还帮着数钱呢！福儿知道那苏肯是在埋怨她，她一两句话解释不清，也不想跟他多说，便说，我会再想办法救明毓，我豁出去这条命……那苏肯立刻说，别的，你五格格的命多金贵，明毓不过是一个奴才，他可承受不起，你别再搅和我们就烧高香了。那是我儿子，我的命根子，我自己想法子救人。福儿问咋个救法，那苏肯哼了一声，再不屑于应答，抬腿要出门，又回身做出手势，示意让她走。福儿边走边说，你别再找富祥，他一搅进来，事情就会更麻烦。那苏肯说，没啥麻烦的，明毓这一半天的就该回来了，富祥起码不会再拿个假的来糊弄我。

那苏肯说得胸有成竹，令福儿很惊讶。明毓能被放出来，自然是喜讯，或许裕贝勒又给巡抚大人过话了。她想问清楚缘由，那苏肯不肯说，转脸告诉守在门口的得福，关好大门，不许闲杂人进院来，不然先打断你的腿。

得福一边点头哈腰应着，一边为难地看着福儿。

吃早饭的时候，富察氏问在地上伺候的瓜尔佳氏，早上咋没见永泰？瓜尔佳氏说永泰一早上就被叫去衙门了，说是省城来公文，调乌拉兵丁去剿匪。福儿听了一愣，撂下碗筷就走，富察氏连声喊她也没喊住。

福儿出了秀府大门直奔总管衙门。一进衙门口，就看见满院子都站着人，有个五六十，拿着枪，像是披甲兵集结出征的样子。走到永泰的公事房门口，苏穆正从里面出来，提着马鞭，一身短打扮，一脸的晦气，想是挨了训。福儿顺嘴问，你这是要去哪儿？苏穆说，剿匪。福儿愣怔了一下，苏穆已经走了，然后听见他在院子里招呼人的声音。

永泰坐在案子后边，一脸的怒气，见福儿进来也没缓过来。福儿开口就问，咋突然要剿匪了？不进贡了？

永泰说，巡抚大人也不知道抽哪股疯，非要这个时候剿匪。剿匪也行，你自己剿嘛，我这儿忙着岁贡的事，人都不够用，还非要我抽派人手。

自从专设乌拉协领衙门，吉林将军衙门每有战事，都只从协领衙门征调兵丁，打牲衙门便专事贡务。宣统年始“两衙合署”，其实是裁撤了协领衙门，再不养披甲兵，名义上打牲衙门在册的牲丁数多了，但因朝廷拖欠饷银，普通牲丁的生活日益艰辛，人们也顾不得朝廷禁令，很多青壮年或跑出乌拉地界寻找生路，或明里暗里地做些其他事项养家糊口，每有官派，宁愿以捐抵丁，剩下的大都是老弱病残，衙门真正能调用的牲丁已为数不多。虽说如今贡事已减了八九成，可仅剩的几成也不敢敷衍，事头仍然多，用起人来还是有些捉襟见肘，赶在这个时候巡抚衙门却要征丁剿匪，难怪永泰怨气冲天。更让人诟病的是，近期并未听说周边匪患猖獗，偶发的土匪砸窑或者绑票的案子，照比南边此伏彼起的反清举事，真是不足挂齿，有什么必要此时兴师动众去剿？永泰不敢向巡抚大人诘问，还得遵命执行，心里憋气。苏穆是奉调带队的骁骑校，来向他辞行，他又忍不住抱怨一番，连句好听的话都没说。想想又不落忍，苏穆虽是骁骑校，却从未带过兵，更别提打仗了，此去剿匪毕竟是凶险之事，怎么着他也应该送行，说几句壮行的话。

永泰说着站起身，福儿心里却画了魂儿，小心地询问，要去哪儿剿匪啊？

第五十九章

剿匪队伍第二天下午就回来了，想是长途奔走很是疲惫，一个个脚步沉重，无精打采的。队伍一进城便轰动了乌拉城，引得大人孩子纷纷跑去看热闹。苏穆骑在马上，倒是一脸兴奋，不住地向周围人拱手致意，俨然是凯旋者。但是人们更感兴趣的，是他们带回了一具尸首。尸首用草帘子卷着，看不见头脸。

福儿是听彩玲回来学说的，她心里一惊，抬脚就走，到了大门口遇见刚从外面进来的赖德才。福儿看着赖德才，声音都发抖了，问，那个，那个死的是谁?

昨儿个赖德才去白旗镇送的信儿，连夜就赶回来了，说事都办好了，她还挺心安。可这剿匪队带回的尸首，却令她心惊起来。也许关东好没接到信，那信是要经过几道人手才能转上去；也许关东好接到信了却没当回事，毕竟她派赖德才送信时，还不知道官府要派兵清剿的事；也许……福儿心里七上八下的，看着赖德才，腿都软了。

赖德才告诉她，他听几个去剿匪的兵丁说，剿匪队很顺利就找到了关东好的窝，没费一枪一弹。胡子早跑没了，就地下躺着一个，却是死的，估计是他们自己下的手。苏穆高兴了，管他死的活的，是胡子就行，这一趟就算没白来。就这么把那尸首给带回来了，有的人认识他，是在富祥家做过阿哈的马三。

福儿一颗悬着的心算落了地。

赖德才降低了声音说，这次剿匪就有些蹊跷，好像是专门冲着素俊去的，准是有谁告了密。福儿说，是马三，关东好清门户，把他做掉了。赖德才摇头，说，马三为啥要告密？有啥好处?

福儿忽然就想起富祥和那苏肯，他们也是知道这个秘密的啊，马三告诉了富祥，富祥告诉了那苏肯。那么，是他们之中有一个人告密，还是三个人联手？福儿又想起那苏肯说的那番话，他咋那么肯定明毓要回来了？会不会是……福儿都不敢往下想了。她本能地知道，假如真是那苏肯参与告密，不仅救不出明毓，恐怕还要罪加一等，那之前所有的努力和希望就全泡汤了。福儿跟赖德才说着自己的揣测，身子都禁不住抖起来。赖德才急忙安慰她，这只是猜测，也许还没那么糟糕，起码素俊没被抓住，明毓就可以咬死不认账，事情就还是原来的状态，还有回旋的余地。那爷不是说这一半天儿明毓就能被放出来吗？等等看。

等了两天，并没有明毓回来的消息。福儿让赖德才去魁府探了几次消息，都没有结果。那苏肯没在府里，刘佳氏只知道哭，什么也说不清，毓少奶奶什么话也不说，一脸认命的表情。福儿说，看样子，贝勒爷这次没给说话。

傍晚的时候，润怡来了，进屋就哭。福儿明白了，明毓又没能救出来。

润怡说，那苏肯出去了一趟，回来脸就不是好颜色，捶着胸脯说堵得慌。她再三追问，那苏肯才说被人骗了。那苏肯断断续续地讲了富祥如何圈拢他举报素俊的事。富祥告诉他，官府抓到真正的乱党，自然就没理由再以乱党嫌疑关押明毓，再花上些银子，明毓就有救。那苏肯信了，匀[①]给富祥五十垧地，换了银子，让奚师爷陪着去了一趟省城巡抚衙门，找了专管刑狱的祟伦大人。祟伦大人说得好好的，他举报乱党理应嘉奖，会很快放了明毓。他满心欢喜地回来了，只等着好消息，谁知没抓到素俊，官府也变卦了。他又去催问，被祟伦大人申斥一顿撵出来了。那苏肯哭着说，我不就是想救回明毓吗？他们骗我，说话不算数，还说是明毓串通了乱党，要以同党论处。我这不是害了我儿吗？

润怡边哭边跟福儿念叨这些，那神情再没了贝勒府格格的尊贵，俨然就是个农家妇人，一副哀告无门的样子。润怡说，福儿，你说我公公是不是老糊涂了？他怎么会去告密呢？那不是连他儿子一起告了吗？真要是以同党论处，明毓还能出来了吗？我阿玛那边也没有回音，想是牵涉乱党，他也不敢说话了！

福儿还能说什么？只能好言劝慰，说，咱不能就这么认了。起码他们没抓到素俊，还不能定罪。

---

① 匀——方言，转让、调剂。

好歹先把润怡劝回去了，福儿关在屋里越想越气，回身从疙瘩柜里翻出一把枪，这把枪一只手就能握住。当初和明毓、二格格一起逃离京城时，明毓送给她防备意外的。明毓说是从洋人手里拿银子换回来的，她不信，怀疑他杀过人，明毓只是笑笑，不置可否，还说官兵若是有了这种枪，也不至于被洋人欺负了。又说，等回去了找吉林机器局仿制一下看看。回到乌拉后听说吉林机器局被老毛子烧毁了，仿制的事自然就不提了。福儿玩儿过这枪，上山打过野物，使着却不顺手，平日就藏在柜里，差不多忘了。她揣了这把枪就要出秀府，迎面遇见赖德才。赖德才看她脸色不好，多问了一嘴。福儿就说了富祥圈拢那苏肯告密的事，然后咬牙切齿地说富祥这是图财害命她要给他好看。说着就要走，吓得赖德才一把拉住她，连声说，我的姑奶奶，可惹不得祸。现在要紧的是救明毓，难不成你也进去？

福儿被赖德才拉着回来。她心里恨恨的，倒也意识到这事鲁莽不得，权且放下，先救出明毓再说。赖德才告诉她，小琴打发人来过，报了平安信儿，素俊已经离开关东好，往北边去了，让她放心。福儿心略宽慰了些，只是奇怪，素俊往北边干什么去？他不想回乌拉城吗？他连素韵的面都没见着呢。赖德才说素俊这次回来就不寻常，可不是单单要找素韵。福儿点头称是，心里认定了，素俊还真就是个革命党。赖德才告诫说，五格格，这次你真的不能再冒失了，够乱了，不能再惹事了！

福儿点头应了，满脸沮丧，末了还没忘补一句，我咋能治了富祥？

永泰从衙门回来时，告诉福儿，明毓牵头办起来的旗务工厂，已经被富祥以自治会的名义接手了。当初旗务工厂办得挺得人心，还有不少的收益，富祥早就眼红了。明毓入狱，生产原料和销售路径都断了，只得暂时停工。富祥说他有门路能让工厂起死回生，永泰也就顺水推舟同意了。

福儿冷笑着说，富祥这是乘人之危。

明毓一直顶着何云铭的名字，被单独羁押。

索富时不时地会来格外地关照一下他。索富的一条腿还打着夹板，无法走路，就让狱卒抬着，领着明毓参观监狱。明毓手上戴着枷，脚上轧着铁链，走起来如同坠着千斤的负重。先是巡视了内部的绞刑房、电刑房、水牢、禁闭室等处，又看了外面排列有序的十三栋砖瓦房。索富很耐心地指给他看，解释着，除了狱吏房、赃罚库、工厂间，其中有八排是监舍，分别标为甲乙丙丁戊己庚辛，哪一排里面的监舍是十字间，哪一排的监舍是工字间、八字间，明毓住的是甲栋，十字间；然后又转了南门东门和西门。在西门前索富停住了，告诉他，将来就让他从这里走出去，往北，直奔九龙山刑场。明毓笑了笑，说，这你可说了不算。

判不判死刑，索富的确说了不算，可他能时常让明毓尝尝“滋味”。比如他说那电椅已经好久没用过了，怕电线锈死了，应该接上电通一通，于是就让狱卒把明毓绑上，手和脚都缠了电线，合上电闸，听着明毓号叫一声，索富就说妥了。索富还试过绞架，说是怕真到用时不牢靠，让狱卒把明毓架了上去，站在踏板上，绳套从上面吊下来，兜住脖颈，然后一撤踏板，明毓的身子就悬空了。这一试，真差点儿要了明毓的命。看明毓的脸已经发紫了，索富才发令解下来。等狱卒不紧不慢地上去，托起明毓的身子解下套来，明毓已经闭过气去，缓了好久，才算回过那口气。索富也紧张了一会儿，自从何云铭脱逃后，上面下了死命令，对明毓严加看守，不得逃脱，不能死亡。若明毓真被吊死了，他可就吃不了兜着走了。这之后索富不再拿重刑试验了，但仍没断了折磨明毓，寻个罪名把他推进水牢“泡凉水澡”。已是深秋，那水凉得刺骨，人一进去浑身的筋骨立刻短了，身子缩成一团，没一会儿就僵了；或者送进禁闭室，在那个站不起坐不下只能蹲的黑洞里“享受”两天。

这样的待遇，真是生不如死，可明毓不想死在里头。他曾试着与索富沟通，无非是拿钱说事，索富这种人也就认钱。索富不买账，说你肯定出不去了，你许的愿都是猫咬尿脬一场空。明毓说你捎个信儿让我家人来探监，自然会带银子来。索富学乖了，说我可不上你的当，你再与他们串通，又来个调包，我的脑袋也就跟着掉了。

那些狱卒根本不敢与明毓走近，连全安也不敢与他交流，送饭的狱工像个哑巴似的，每次来都是用棍子敲送饭口，明毓想搭讪，他却充耳不闻，或者避之唯恐不及地走掉。看来，索富是下了严令了。

明毓几乎绝望了。

这期间他被巡抚衙门的人提审过一次，除了问他姓名籍贯身份因何罪名入狱，反复问的都是有关尚素俊的事。明毓说在乌拉城的时候认识，但矢口否认曾与他同监并冒名顶替他脱逃的何云铭就是尚素俊。有一瞬间他曾疑心是不是素俊被抓住了，随即就否定了，如果素俊真的被抓住，官府也就犯不着这样审他了。只是有一点可以肯定，素俊的真实身份露了，他暗暗责怪福儿太不谨慎。不过福儿向来粗针大线的，能按他的意思把事情办成这样已经很不容易了，每每猜想福儿看见出狱的不是他而是素俊时的表情，他就禁不住笑，那是一种抑制不住的得意。这会儿他又忍不住笑了，被提审官呵斥一声，才回过神儿来。提审官说不动刑你不会说实话，然后命令狱卒，把“何云铭”带出去，大刑伺候。明毓被拖走时抗议道，我不是何云铭，大人，你得把我的名字改过来！那提审官只是高深莫测地笑了笑。明毓又受了一次电刑。

这天晚饭后，狱卒又来提人，还卸下了他手上的木枷。他猜想今儿个不知又要遭什么罪了，心里真是有些惧了，表面还不能认㞞，硬挺着走出监舍。脚上的链子哗哗地拖着地，刺耳，闹心。

狱卒却把他带到了探视室。屋里站着一个人，穿着戴帽的外披，遮着头。他没敢贸然问，沉默间，那人叫了一声，毓小爷。然后掀掉帽子。

听声音他就心里一颤，待看清时，惊讶不已，怔了一会才说，素……玲珑小姐……

素韵看着他，眼泪汪汪的，想笑，挤出的笑比哭还难看。

明毓问，你咋没走？

素韵说，我不想走。

明毓生气了，说，胡闹。我真是白忙乎了！

按照他的设计，素俊成功脱逃后，就让赖德才偷偷把素韵带出升平书寓，也送到白旗镇，老鸨子就是想抓她也没处找。等风声过去，兄妹俩就可以一起离开了。只是他没想到，当素韵听说明毓用自己换出素俊后，却说什么也不肯跟赖德才走，执意留在了升平书寓。

素韵说，我得想办法救你。

明毓无奈地摇着头，很是沮丧。狱卒就站在旁边，有些话他也不敢明说，只能抱怨，说，你也太异想天开了，你哪救得了我？你这是给我添乱呢！

素韵说，我不管，我反正要试试。你看，我这第一步是不是成了？

明毓这才想起，问道，你咋能进来？

素韵笑了一下，说，你忘了，我认识索爷啊。

素韵那一笑，竟然露出点儿小得意。明毓很是不满，警告她，别掺和这事，离索富远点儿，那是个混蛋，你算计不过他。

素韵不以为意，只说不用你管。她告诉明毓，五格格去了趟白旗镇，已经平安回家了，家里一切都好。明毓明白了，福儿没跟着素俊留在关东好，而是回了乌拉城，那她就时刻面临着危险。明毓生气地责怪说，这个福儿，总是自作主张。素韵说，换了谁都会这么做。

明毓的手腕被木枷磨破了皮，露着鲜肉，渗着血。素韵掏出一条手绢，小心翼翼地沾着擦着，嘴里发出咝咝的声音，好像疼的是她。

明毓看着她，心里涌起一股莫名的暖流，他说，素韵，让五格格帮你，想办法离开那种地方。

素韵说，会的。

索富再见到明毓，含义不明地笑了笑，然后说，毓小爷，咱们俩真是有缘，喜欢上同一个女人了，可惜，那小玲珑对你可比对我好多了……爷我心里很不舒坦……

这次，索富给明毓上了老虎凳。明毓感觉着自己的双腿被一块块的砖顶高了，紧咬的牙好像碎了，紧绷的神经也断了，他大叫一声，就什么都不知道了。

明毓醒来时，发现自己躺在监舍里，浑身疼痛，一条腿更是痛得刺骨，他试着动了一下，禁不住又疼得大叫一声。这条腿好像断了。

素韵又一次来探监，被允许直接来到了他的监舍。看着躺在草铺上强作笑容的明毓，看着他那一条伤腿，哭了。

明毓说，别哭。帮我把这条腿重新固定了，我不想将来瘸着出狱。

明毓原是把自己的囚衣撕成了条，把那条伤腿绑在了草铺沿儿上固定住，他是怕骨头错位恢复不好，才忍痛想出了这招儿。可这得多难受。素韵喊人，狱卒来了，正是全安。素韵塞给他一块银圆，求他去找一个木板条和绳子来。全安竟听了她的，很快就送来了一根木板条，一条绳子，还帮着她把明毓的断腿固定了。素韵一圈一圈地绕着绳子，一声不吭，只是那眼里却透着一股神色，那是明毓从来没有见过的眼神。

素韵说，我不让你再遭这样的罪。她转头对全安说，好好照顾他，不许再虐待他，不然我让索爷收拾你。全安点头哈腰地应着，露出讨好的表情。

素韵还悄悄告诉明毓，五格格一直在想办法救他，本来她想让五格格来探视，被索富拒绝了，怕他们再串通脱逃。她说她会再想办法。

明毓不想让福儿来，怕官府会找碴儿抓她。

临告别时，素韵恋恋不舍地说，明毓，你一定好好活着。

第二天明毓被抬到狱医室，狱医给他的伤腿固定了夹板，又给身上的伤处做了处置。明毓意识到，这是素韵在帮他。素韵会去求索富，会塞给索富更多的银子，会强颜欢笑地讨好索富，会……那是个十恶不赦贪得无厌的家伙，素韵怎么能对付得了他？

明毓的心在抽搐着。他想见素韵，有好多话想跟素韵说。

素韵再次来探监时，明毓却没敢多问，只说，别再为我费心。

素韵笑笑，查看了一下他的伤处，说，好好养着。

偶尔全安给他带进来一点儿吃的用的，说是玲珑姑娘特别关照的。

索富没再露面，说是在家里静养。

明毓已经算不清日子了，感觉过了好久，天气一天比一天冷，有一天早上，透过头顶上的小气窗，竟然飘进来几朵雪花。如果站得高些，透过小窗就能看到外面，外面除了雪，还会有什么呢？他想了想，按着他的监舍所在的方位，应该能看到远处的九龙山，那是行刑的地方。这太不吉利了，他呸呸两声，断了自己的遐想。

那天，一个做工回来的犯人走过他的监舍，隔着门告诉他，抓进来一个革命党，关在丙栋，工字间。

那一刻，明毓要崩溃了。

第六十章

抓到一名革命党的消息，是雪雁从船厂带回乌拉城的。雪雁带回一张《吉长日报》，上面说，这个革命党是朝廷通缉的要犯，要刺杀访英归国途经哈尔滨的朝廷海军大臣贝勒载洵，被官府拿获，将被解往京城，途经吉林，现关押在吉林监狱。

雪雁是专程赶回来的，急着把这张报纸拿给福儿看。福儿翻来覆去看了几遍这条消息，上面没说名字，也没有照片，她用疑惑而不安的眼神看着雪雁。雪雁说，姑爸爸，这人会不会是……雪雁没敢往下说。福儿知道她要说什么，没接话茬儿，心里发了毛。

这些日子她一直在找门路救明毓。她找遍了过去秀山在世时的官场关系，但人走茶凉，没有谁念旧，何况还是为了这么一件棘手的案子，有的客气回绝，有的闭门不见。永泰怕受牵连不敢直接出面，她能理解，便求他写引见信。永泰虽是打牲衙门总管，地位却远不似秀山在时那么受人重视和尊敬，与吉林巡抚再不能平起平坐，加之他也不擅长经营各种关系，官场往来多是公事公办，可以说没有私交甚好的朋友，临到需要求人时，却想不起谁才可以托付，勉强想到几个有可能帮忙又不能坏事的官场熟人。她带着永泰的信去拜见，有的敷衍，有的收了银子不办事，也都是不了了之。她求过明毓的生意伙伴，人家就提庆祥的事，说庆祥要不是受明毓影响怎么会跑路？她还去找了阿森，想让他引见几个巡抚衙门的关系，不料阿森见到她大惊失色，说你咋还敢露面？你不知道你惹出的事有多大啊？福儿说知道，我一直在等着官府抓我呢，可没人抓啊，我又不能啥事都不做。阿森说那是官府不理你，抓你也没用，等抓到脱逃的乱党，凿实了明毓的罪名，你也该并案处理了。她唯一的安慰，就是素韵疏通了索富，偶尔能被允许探一次监，带进去些东西，带回点儿明毓的消息，总是说还好。福儿不信，蹲大狱能好到哪儿去？看素韵的神色也知好不到哪儿，她就损素韵，糊弄鬼呢！素韵也说不出什么，咬着嘴唇不让泪花掉下来。福儿见惯了她的这副神情，也懒得理。素韵每次告别时都说，我想办法，不让明毓遭罪。福儿信她会想办法，却不知她用什么办法。银子自然是不能少花了，她要给素韵拿些银子，素韵死活不要，说自己攒了些，够用。福儿也没办法，由着她。

福儿回到乌拉城，心情沮丧极了，手里的银子快花没了，却连个门路都没找到。她只得再去催毓少奶奶，还得给京城拍电报，只有贝勒爷说话，或许能管用。润怡已经拍了几次电报，却都没有回音，也急，说我再拍一封电报，实在不行就亲自回一趟京城，当面求我阿玛。

雪雁带回的这条消息，无异于雪上加霜。虽然还确定不了那被抓的革命党是素俊，可她心里就是不安。素俊不就是奔北边去的吗？那北边不就是哈尔滨吗？她搞不懂素俊为什么要去刺杀海军大臣，也许这就是革命吧，不是你死就是我活，总是要死人的。这回，素俊是难逃劫数了。如果素俊被抓回来，明毓的乱党罪名就要被坐实，而她也难逃牢狱之灾。

雪雁还瞪着眼睛问，姑爸爸，你咋不说话？咋办呢？

福儿没好气地说，说啥？我能说啥！咋办？我是啥办法都没有了。

说是说，福儿转身唤上赖德才，连夜赶着马爬犁去了船厂，起码她得弄清楚那个革命党是不是素俊。第二天，她让喜魁去书寓给素韵捎信儿，她和赖德才去找了阿森。阿森也说不清那人的名字，他判断，要么是上面让保密，要么是那人不肯报上真姓名。福儿只好嘱咐他继续打听着点儿。

福儿回到宅子，喜魁告诉她，没见到素韵，说是没在书寓，他留下口信儿了。一直等到晚上，素韵也没露面，福儿很诧异，想素韵是被什么事绊住了？第二日素韵还是没来，福儿疑惑，担心素韵遇到麻烦，再说，如今素韵是她与明毓沟通的唯一通道，素韵不露面，她就无路可走，甚至成了瞎子聋子。福儿即刻换了一身男人的棉袍，唤赖德才备车，两个人就赶往东关的圈楼，在书寓门口下了车，福儿独自进去。

老鸨子认得福儿，知她来找小玲珑，也不多废话，直接告诉她小玲珑不在书寓，出局了。福儿不解，问啥叫出局。老鸨子白了她一眼，不懂啊？你要是有心，也来这里做做，省得老装模作样地扮上，遇到那对眼儿的，就跟着出局了。福儿听出这话不是啥好话，心里像被剜了似的疼了一下。她忍了，问老鸨子小玲珑啥时候能回来。老鸨子说不知道，又问到哪儿能找到小玲珑，也说不知道，这种事客人都是要瞒着的。

福儿满腹疑惑地出了书寓，跟赖德才说起来，还埋怨一句，都这个时候了，她还跟客人“出局”。赖德才过了好一会儿才吭声，说，五格格，你没懂啥意思，素韵是不得已啊！奴才能猜个八九不离十，她是跟那索富在一起呢！

一瞬间，福儿明白了。素韵这是为了明毓，啥都舍出去了。

福儿不再吭声了。

赖德才说，明儿个我去监狱大门口守着，等索富出来，我就跟着，应该能找到素韵。

半夜十分，福儿被敲窗户的声音惊醒，急问是谁。那人低声应答，说五格格开门。听声音是个女声，福儿急忙下地开门，随着一股寒风，一个人挤了进来，点上灯，见那人褪去棉帽，露出一张女人脸，看着面熟，正迟疑着，那人又唤了一声，五格格，不认识我了？

竟然是小琴。

福儿惊讶，问，你咋找到这儿来了？

小琴说，素俊哥告诉我的。

福儿想起来，她跟素俊说过这个宅子。

小琴是为那条消息而来。她先前打发人去乌拉城，想找福儿问个详情，回话说福儿去船厂了，她就直接找来了。

两个人已多年未见，福儿万万想不到小琴能来找她，才不敢相认。看小琴的装扮，也就是一平常妇人，与关东好压寨夫人的名头相距甚远，想是为了掩饰身份。小琴能为了素俊亲自出马，也是太在意那段情分了。福儿问，若真是素俊大哥，你想咋办？

小琴毫不迟疑地说，劫狱。

福儿心中一动，这念头她也有过，是为了明毓。

福儿告诉小琴，监狱戒备森严，劫狱怕是行不通。她简单讲了讲看到和知道的监狱警戒状况。小琴说，等我再摸摸看，总会有办法的。到时候，连毓小爷一起弄出来。

小琴说得很自然，眼神里透着一股自信和坚定，还有一股子凛然气。这与福儿心目中留存的小琴以往的印象大相径庭。那时候的小琴和善温婉隐忍，似乎从没见她有发脾气的时候。想是这么多年的江湖经历，磨出了性情。关东好近些年好像挺消停，没听说闹出什么大响动来，乌拉地界几乎不再有名，不知是有意收手，还是改变了行事规矩。乌拉城人对关东好大柜只闻其声未见其人，只是因为小琴曾经在乌拉生活，算是乌拉人，便成了关东好的代名，人们说起关东好，脑子里浮现的就是小琴。

眼前的小琴，就是一普通妇人，头发在脑后绾个卷儿，用一支银簪子别着，耳垂上坠着金耳钳子，偶尔微笑的样子竟然还透着亲切，真的很难与一个女胡子联系起来。福儿想起最后一次在乌拉城西门脸儿市场见到小琴的情景，便问，那一次看见你买孩子用的物件，如今孩子该挺大了吧？

小琴说，可不，长成半大小子啦！

小琴告诉福儿，这个大小子被她送到外面读书了，家里还有一闺女。小琴说着，还带出一串笑声，那笑含着知足和喜悦，这是善良的母亲和幸福的妻子的表情，与她的身份极其不符。福儿还问候了小琴爹，小琴说好着呢，得亏他帮衬了。

小琴突然问，五格格，你咋不跟素俊哥一起走？

福儿沉吟片刻，说，你觉得我俩能走到一起吗？

小琴说，可你还是拼了命地想救他。

福儿说，你不也是？

小琴苦笑了一下，说，我想把他留在山上，他不干。

福儿再不好多问，小琴也不想多说了，两个人接着商量救人的办法。福儿说了素韵的事，说找到素韵，就能通过索富摸清里面的情况。小琴思忖片刻，说明儿我打发人去办这事。显然，小琴不是一个人来的。

小琴的人很容易就找到了索富的别宅，也在东关那片儿。天一擦黑，小琴就带着人去了。福儿想跟去，被小琴拒绝了。福儿不知她会怎么办理这事，也不好干涉，只是嘱咐别弄漏了素韵的真实姓名和身份。天亮了，小琴也没回来，福儿心焦不已，不知又出了什么岔子，直等到日头老高了，还是没有回音，便唤赖德才去到索富的别宅打探。不大一会儿赖德才就回来了，说索富死了，是被入室强盗弄死的。跟他在一起的女人，被巡警带走了。

福儿别提有多惊愕了。

这一定是个意外，与小琴商量时没有这一出，是失手了还是不得已？小琴没有按原计划返回来，想是怕连累到她。现在，索富死了，素韵也被巡警带走了，无论是明毓还是素俊的消息都没了来源，下一步该怎么办？赖德才说再去书寓探听一下素韵的消息，福儿没同意，说这时候暂时回避一下好。

傍晚时，素韵却来了，这让福儿大喜过望。素韵是被老鸨子保出来的，巡警查证，她就是书寓的姑娘，倒霉才摊上了这桩事，只是侥幸逃过一劫，她最多算个证人。素韵告诉福儿，小琴带着两个人把她和索富一起绑了。小琴蒙着头脸，一开始她并未认出小琴，可索富一口咬定是她勾来的人，还向她求情。可能是听见外面有响动，索富竟然大声喊叫起来，小琴的手下人照他脑袋就敲了一家伙，手重了，竟然敲死了。小琴临走的时候，才对她露出脸来，说明来意。可惜，还什么都没问呢，索富就死了，劫狱的计划也只能暂时搁置了。

福儿说，索富死有余辜，你也算解脱了。

素韵说，可今后与里面的联系就断了。

福儿看着素韵，一时不知该怎么说，便拉住她的手，说，素韵，你……委屈你了……

福儿的声音都抖了。

素韵说，五格格，别这样……素韵沦落到那种地方，想清白都难……

福儿和素韵商量，还是得想办法去探监，弄清楚被抓的是不是素俊。素韵想了想说，她这几次探监，认识了监狱的几个看守，其中有个叫全安的，挺和善，对她很客气，再打点打点，或许他也能通融。福儿对这个狱卒有印象，就给她拿了些银子，说试试看。

结果，素韵被挡了回来，连银子都没送出去。那个全安像不认识她似的，连推带搡地撵她。素韵说，很奇怪，全安悄悄问我尚素俊是谁。

福儿知道坏事了，尚素俊坐牢时用的是何云铭的名字，官府或者监狱里的人都不知道他的真姓名。官府终于把何云铭和尚素俊联系起来了，认准了越狱逃跑的那个何云铭就是尚素俊，那么明毓就是与乱党串通越狱，还有她，协助乱党越狱，等待他们的会是什么结果？

素韵见她半天不说话，催问她，她想了想，告诉素韵，这些日子别来这儿了，也不要去探监，他们还不知道你和尚素俊的关系，别自己送上门去，先避避风头。

素韵走后，福儿又让赖德才回乌拉城，请毓少奶奶赶紧回一趟京城，去求裕贝勒。又说她要在船厂住些日子，不用管她。赖德才也没多想，嘱咐她照顾好自己，有事就捎信儿回去。

打发走赖德才，福儿把自己的东西归拢了一下，静下来想，是逃走还是等着挨抓？

福儿是在枕江小居被捕的。

福儿也被送进了模范监狱，关在丁栋，八字间，专门关女囚犯的。福儿的监舍是一个大房间，对面两大铺炕，关了十多个女犯，有判过刑的也有没判过刑的。有放风的时间，单独的活动场地，与男囚们离得不远，却不让走近。福儿一次也没看到过明毓或者素俊的身影。

官府的人提审过她两次，问她是怎么跟明毓串通，帮助乱党尚素俊越狱的。福儿说她没有跟明毓串通，也不认识那个乱党。提审的人却笑了，说，你跟尚素俊是旧相好，咋会不认识？福儿承认与尚素俊是旧相好，但不承认那个越狱逃跑的人是尚素俊，她说，你们把明毓叫来，我跟他对质。

福儿想用这种办法见到明毓，可惜没能如愿。她弄清了一件事，那个被抓住的革命党不是素俊，这让她心里轻松了不少。她也明白，尽管没抓到素俊，官府也要给明毓和她扣上乱党的帽子。

现在，她就只关心明毓了。他那条腿恢复得怎么样了。她想告诉他，外面的人会想办法救他的，让他千万别灰心；他还不知道她也被抓进来了，她想让他知道她在这儿，有她陪着，至少不会孤单。福儿很想知道明毓的境况，却没有人能告诉她。看守女囚的女狱卒，一个个凶神恶煞的，除了责骂和训斥，从来就没有个好脸。同监的女囚，有杀人、诈骗、扒手，还有妓女之类的，在得知她是因为乱党的案子进来的，都敬而远之。只有一个小姑娘，看样子也就十八九岁，是个民人，偶尔跟她说几句话。小姑娘说这里没判的，如果外面有人肯花银子，就能救出去。小姑娘还说，她是被东家的大老婆给告进来的，说她敲诈东家，判了十年。有一天小姑娘告诉她，在丙栋也关了一个革命党，可惜，小姑娘并不知道那个革命党叫什么，更没见过，她只是做工时，听一个来搬运东西的男囚说的。

女囚们每天都集中在一个屋子里，用绸缎的边角料做那种绒花，女人头上戴的饰物。福儿是戴过的，插在头发上，或者别在大拉翅边角上，讲究与服饰配色。逛乌拉城西门脸儿市场或者吉林北山庙会时，还在货床子上看见过，各色各样的，其中就有这种绒花。听说船厂有一条胡同，胡同里有好多家都是做这种花的，就叫了翠花胡同。想不到，那各色各样的花儿竟也有从这监狱里出去的。

福儿的手很笨，她最不擅长的就是做这些女人的活计，她就请求干力气活儿，搬运东西什么的，把一包一包的碎布料搬进来，把做好的一筐一筐的绒花搬出去。这样就有机会见到外人，或许就能打听到明毓或者素俊的消息。她想得挺好，可惜，她根本走不出去，每天就是从门里到门外，只见到一个男囚，一个挺精神的哈哈珠子。小姑娘说，那个男囚以前都是进屋来搬东西的，有点儿空闲，还会跟她说一会儿话。小姑娘埋怨地说，你抢了他的活计了。

福儿说，我可以给你们传话。

福儿显得很热心，两边搭话，可是，小姑娘没有什么话要传，男囚好像也并不想说什么。福儿明白，小姑娘就是寂寞无聊。好在，那个哈哈珠子对她不反感，熟悉了，也主动说话。哈哈珠子关在乙栋，与明毓不在一栋监舍，但男囚犯们不分哪栋的，都在一起做工。福儿问认不认识一个叫何云铭的，哈哈珠子说不认识。福儿也不奇怪，何云铭是待决的重犯，一直被特殊监押着，不会被允许出来做工。她给哈哈珠子描述何云铭住的监舍，何云铭的监号。福儿说，她是那个何云铭的媳妇，哈哈珠子只是看了她一眼，什么也没说。第二天，哈哈珠子又来了，没什么特殊的表情，福儿讨好地朝他笑了笑，他也回了一个笑容，这一次，福儿没敢深说。几天后，看一切如常，福儿终于下了决心，她拿出一张纸，让哈哈珠子看她画的画儿。那是一张毛边纸，女狱卒用来给女犯们画花样子的，福儿乘她不备拿了纸和笔，匆匆画了两只蝴蝶，一先一后落在一个花圃里，周边有栅栏。哈哈珠子说，蝴蝶画得好看。福儿说，我就会画蝴蝶。然后她求哈哈珠子，想办法把这张画送到何云铭手上，什么话都不用说。哈哈珠子把画揣进大襟里。这就是答应了。

这之后，哈哈珠子每天照常来，也不多说，福儿表面上若无其事，心里焦虑着，又不敢催，只用眼神暗示。哈哈珠子视而不见，被她盯急了，就悄声说一句，找机会。

这天晚上，福儿已经睡下了，却被叫出监舍，两个男狱卒在等着她。她以为又是提审，跟着两个男狱卒走出丁栋。狱卒并没带着她往审讯室去，而是朝着甲栋方向走。甲栋是明毓在的地方，她去过。福儿的心跳加快了，是让她见明毓吗？

直到站在明毓的监舍前，她才信了。狱卒开了门，放她进去，警告说，老老实实地说话，别给我们惹乱子。随后，就是关门上锁的声音。

明毓笔直地站着，满脸都是笑，头发蓬乱，辫子缠在头顶，脸颊清瘦，显出棱角，两鬓的胡楂儿连成了片。

福儿也笑，含着泪，问，腿好了？

明毓说，能走动了，不敢太吃劲儿。

明毓挪动了一下身子，说，福儿，还能见到你，真开心。

福儿看到地上有一个小桌子，上面摆着酒和菜，一只碗里放了一大块半生不熟的猪肉，福儿懂的，那是预备给上路的人过奈何桥喂狗用的。她愣了，憋了一会儿，哇的一声哭了。她嚷着，咋会这样？外面的人都在想办法救你呢，毓少奶奶回京城求裕贝勒去了，很快就会有消息了。你也不是乱党，咋会这么冤枉人？还有没有天理了？她连哭带说着，语无伦次，几乎崩溃了。

明毓拉她坐下，劝她，给她斟上酒，又给自己倒上，端起酒碗，示意她也端起来。福儿木然地照做，神情恍惚着，与明毓碰了一下酒碗，一口喝干了，看着明毓，眼神都是直的。

明毓告诉她，他看到她画的蝴蝶，猜到她也进来了，他不惊讶，当初她没跟素俊一起走，就会有这一天。他很难过，他把素俊救了，却把她连累了，让她进来受苦。他是顶着何云铭的名头上路，没有家属告别，也不会有人来给他送行。他提出了唯一请求，让福儿陪他吃断头饭，权当作送行了。看守长是新上任的，也知道明毓案子的始末，对一个将死之人的请求，乐得成全。

明毓笑着对福儿说，咱们俩这风风雨雨的，一起经历了多少事？没想到，最后一顿饭，还有你陪着，挺好。你说，咱们俩是不是有缘无分啊？

明毓说，福儿你别生气啊，说心里话，多少次，我都想娶你的，可总是阴差阳错的，咋回事呢？

福儿说，我不生气，我愿意听你说。

明毓呵呵笑起来，说，这要是在外面，你又得扇我几巴掌。这一辈子，福儿，我可没少挨你的打。不过，每次挨打，我都挺开心，我是不是贱啊？

福儿竟然也笑了，说，等你出去了，我还打你。说完，呜呜地哭起来。

两个人一会儿说一会儿哭又一会儿笑的，浑然忘乎所以，仿佛一次平日的聚餐，说说笑笑，甚至拿那一块半生不熟的猪肉开起了玩笑。福儿说你过奈何桥的时候，可得看准了再把肉扔出去，别喂了野狗。明毓说，就我这身手，闭着眼睛都有准头。

开门声惊醒了两个人，抬头看到了那个叫全安的狱卒站在门口。两个人面面相觑，一时无语。

全安送来一套新袍子，明毓愣了一下，笑问，到时辰了？

福儿一把抱住了明毓，紧紧地，不肯撒手。好一会儿，明毓拍了拍她的背，说，帮我换上衣服吧。

福儿帮着明毓套上新袍子。明毓从贴身的旧衣服里掏出一张纸，打开了，正是福儿画的那张画，上面两只蝴蝶，一前一后地飞着。明毓笑说，福儿，这张画我要带着，陪着我上路。福儿说，揣好了，不许弄丢了！

明毓说，全安，最后求你一件事，打盆水，拿一把剪子，我得拾掇拾掇再上路。

全安真的拿来了剪子，打来一盆清水。明毓把剪子递给福儿，说，帮我把辫子剪掉！

福儿木然地接过剪子，疑惑地看着明毓。

明毓说，我是革命党啊，不能担着虚名上路啊！

福儿拢起了他的发辫。在外面时，她见过留短发的男人，洋人的，还有留过洋的民人，她也不知那是啥发型，只是觉得挺利索，便按着自己的想法，下了剪子。

明毓留给福儿的最后印象，清爽的短发，刮得白净的面庞，灰色的棉袍，挺直的身板。

明毓一直都是笑着的。

福儿也没哭，紧紧地抱了抱他，然后，她就被押送回女监了。天上飘下了雪花，一朵一朵的，肩膀上很快就铺了一层，雪花沾在脸上、唇上，凉凉的，一会儿就弄湿了脸。路上押送她的狱卒告诉她，明毓不是一个人上路，那个在哈尔滨被抓住的革命党跟他同路，那人叫熊成基。

福儿心里有了一丝安慰。她觉得，这雪也是为明毓来的。

两个月之后，福儿出狱了。

来接她的是赖德才。赖德才告诉她，为救她，秀府可花了银子啦。

第六十一章

福儿出狱后，先是昏睡，一连多少天，时而清醒，时而迷糊，迷糊的时候嘴里叨叨咕咕，似在跟谁说话，偶尔能听清说明毓、素韵之类的；清醒的时候就愣神儿，眼珠一转一转的，似在盘算着什么。她不哭也不闹，就那么静静的，让吃就吃，让睡就睡，完全是一副失魂落魄的样子。富察氏撑着病身子来看福儿，一声声地唤，也叫不醒她；瓜尔佳氏说这症状跟那年被黄皮子迷住差不多，主张请萨满来招招魂。赖德才说可别再刺激五格格了。瓜尔佳氏还想坚持，永泰申斥说，你闭嘴。

那苏肯的死讯，让福儿一下子清醒过来。彩玲跟福儿说的时候，很解气，说谁让他告密，这回好，把亲生儿子害死了，自己也不得好死。

福儿突然明明白白地问了一句，谁死了？

那苏肯死前就一直瘫在炕上，说不出话，手脚也不好使，见人去就哭，也不肯好好吃饭，看样子是只求速死。拖拖拉拉小半年，终于还是去了。

彩玲说完，福儿倒哭起来，还骂，你个老糊涂，你急着死啥？死一个还不够哇！

彩玲看她这样子，像是缓过来了，很高兴，就去上屋给富察氏报信儿。等她再回来的时候，看到福儿手里拿了一把小枪，左右端详，还拿块布擦拭。彩玲大惊失色，吓得转身就跑，在中院遇见永泰。永泰见彩玲慌张，知道是福儿有事了，紧走了两步，进屋正看见福儿拿枪瞄着，也吓得愣住了。

从这天起，永泰就不许福儿出门了，除了让彩玲看着，还专门指派了一个苏拉，专盯着福儿。苏拉叫柱子，二十来岁，灶头老富的儿子，原来一直在老姑奶奶屋里打杂的；永泰又威胁才录，只要福儿走出大门，就把他撵出秀府。

好在，福儿也没有要出门的意思。她只是经常摆弄那把小枪，把子弹装上再卸下，翻来覆去的；有时又瞄着一个地方，嘴里还发出砰砰的声音。对外面的事她也不太关心，只听不说，只有一次，赖德才说毓少奶奶从京城派人来接走了明毓的一儿一女，福儿才认真地问道，毓少奶奶一直没回来？她还说起当初跟毓少奶奶商量，回京城求助裕贝勒救明毓的事，然后又问，毓少奶奶真就一直没回来？赖德才肯定地说没回来，明毓被问斩以后，家人曾给京城去信儿，别说没见到毓少奶奶回来，竟连个回音儿也没有。赖德才感叹，这一家人心太狠。

福儿跟永泰请求，去魁府看看明毓的讷。看永泰迟疑，赖德才紧接着说，我陪五格格去。永泰就答应了。

刘佳氏见到福儿就哭了，拉着她问明毓最后走的时候是怎么个情形。福儿说她陪着明毓吃了断头饭，明毓拜托她照顾家人的事。她说，窝克，以后我照顾你，缺啥少啥都告诉我，你要是嫌魁府空得慌，就搬到秀府去住，你也是从那出来的，咱还是一家人。刘佳氏却连连摇头，说她不搬，她哪儿也不去，她要等明毓回来，她要是走了，明毓就找不到家了。刘佳氏哭着说，明毓都成了孤魂野鬼了，到现在还游荡着呢，除了这个家，他没地儿可去啊！

回来的路上，赖德才告诉福儿，明毓死后三天，家人才接到信儿，那苏肯赶去省城，竟连尸首都找不到，问官府，说没有明毓这个人，只有叫何云铭的死刑犯，已经按无主尸体烧掉了。那苏肯听到这个信儿，当场就背过气去，拉回乌拉城后就再也没起来炕。赖德才说，那爷死了，孙子又被人接走了，魁府算是败了。这是咋整的呢？赖德才说着，禁不住老泪纵横。

福儿问，那爷有不少地呢，还有明毓的买卖呢？

赖德才说，家里有个蹲大狱的，那钱还能剩下了吗？毓小爷一死，他的买卖也就败了，合伙的人吃了独食，扔下些货，那些个吃劳金的你抓一把他抢一堆的，都给分巴了。对了，毓小爷不是还管着裕贝勒的庄田吗？出事后就被收回去了，打牲衙门代管着，富祥就想弄到这个差事，永泰大人卡着呢！富祥跟他老子一样，太贪了！

福儿没再说什么，分手的时候，她告诉赖德才，我答应了明毓一件事，我得把素韵接出来。

赖德才喜出望外，说，五格格，你得管啊，你们自小在一块儿，好歹她还是你的先生呢！

明毓活着时，什么办法都想过，只是素韵不肯答应，就没办成。福儿也想不出什么新的招法，她说，先去看看，再跟素韵唠唠。明毓把命都丢了，临死前还惦记她，她还想咋的？我可没那么好说话，不行我就把她绑回来。

福儿跟永泰说，她要去省城看看素韵，明毓临死前托付她了，她不能食言。

永泰说，那种地方，你一个姑娘家咋去？让赖管家去吧。

福儿说，你挡不住我，我咋都能出了这个大门。

永泰知道挡不住她，可他真的怕她再出去惹祸，想了片刻，提出两条，一让柱子跟着，二是把枪留下。永泰说，你要同意，我就放你出去。

福儿同意了。

福儿带着柱子从西码头上了船，顶水走，一上午就到了省城，在三道码头上岸，走不多远就到了枕江小居。枕江小居大门紧锁着，喜魁两口子不知去向。弄开锁，进了院子，只见到处都荒芜着，杂草从甬道的砖缝里钻出来，园子里的玫瑰百合和樱桃树长得横七竖八，窗棂被风吹出一个一个的洞，窗纸随着微风呼扇呼扇地飘着。福儿呆立着，心里跟着荒凉了一会儿。柱子打开了房门，幸好屋里的家什摆设还都在，只是落了厚厚的一层灰。柱子开始拾掇起来。福儿说这里等我找人收拾，你先去给素韵送个口信儿，让她得便来一趟，又告诉他去书寓怎么走。她这里刚烧开了一壶水，杯里的水还没凉呢，柱子回来了，说是没见着素韵，只带回老鸨子的口信儿，老鸨子让他赶紧知会小玲珑的家人来一趟，那神情是急不可耐了。他又问不出详情来，急忙回来报信儿。

福儿一听急了，想是素韵出了事，即刻换了身男装就去了升平书寓，迎面遇到大茶壶，都是打过交道的，也不多话，大茶壶就要喊老鸨子，福儿说我要见小玲珑，大茶壶说见了妈妈再说吧。

老鸨子被喊出来，见了福儿，还把她当作明毓的媳妇，就有些不高兴，问，你又来做啥？

福儿说，我当家的死了，我得找小玲珑说道说道。

老鸨子倒好言劝起来，说，还有啥可说的？你们打也打了骂也骂了，都是命，大不了一命抵一命。

福儿一听，心都提了起来，忙问，小玲珑咋了？

老鸨子说，小玲珑挨了你们一顿打，回来就病了，病得不轻，老也不见好，怕是烦人的病。

福儿问，谁打她了？

老鸨子说都是过去的事了，说那些也没用，想找她的家人把她接出去，可小玲珑就说没有家人，老鸨子又怕她死在书寓，正愁着呢！

福儿心里五味杂陈，也顾不得演戏，直接跟老鸨子说，我倒知道她的家人在哪儿，要不我送她去？

老鸨子不信她有这好心，又急于把小玲珑送走，迟疑着，福儿提议说，问问小玲珑吧，她要是同意，我就把她接出去。

福儿这才见到了素韵，是站在窗外。老鸨子不让她进去，说小玲珑得的病传染人，别人都躲着。素韵听说她来了，才起了身靠在炕琴上，迎着光，脸腮泛着红，看着福儿，眼泪像断了线的珠子似的，直哭得上气不接下气，倒出一口气来，说，五格格见谅，素韵不能起身给五格格请安了。福儿说，别废话，收拾收拾跟我走！看素韵还执拗着，她更来气了，抬腿跳上窗台，转眼间就站到了炕上。

福儿说，跟我走！我可不想上这种地方给你收尸。

素韵苦笑着，说，我这种人就该死在这种地方。

福儿也不再听她说，上前扶她起身。福儿的劲儿大，素韵拗不过她，急了，说五格格慢着，先去叫妈妈来，我有话说。

老鸨子来了，站在窗外，探进头，一听说素韵不想走，老鸨子就急了。小玲珑这样子也不可能再接客人，留在这儿是白耗银子，弄不好传染别人，真要是死在书寓，更是添了晦气，如今有人愿意接出去，她是巴不得的，便极力劝小玲珑出去养病。老鸨子的绝情溢于言表，谁都能看得明白。福儿趁势说，妈妈既然这样说，你得写个字据，小玲珑出了这个院门，便与书寓再无瓜葛，生死由命。老鸨子痛快地应着，素韵面如死灰。

福儿把素韵接回了枕江小居。这个宅子是明毓买下的，当初可能就藏了私心，是预备给素韵住的，现在让她住，也应该称了明毓的心。一进院门，触景生情，素韵又哭了，两腿也软了下去，直接就跪在了地上。福儿眼睛也湿润了，心里酸酸的，也不劝，由着她哭。还是柱子劝了劝，把素韵扶起来。福儿想让素韵住上屋，说那朝阳、通风好，益于养病，素韵却说什么也不肯，福儿没再坚持，便让柱子先收拾出西厢房，把素韵安置进去。

第二日去请大夫，义和谦的坐堂医秦大夫。秦大夫给素韵诊脉，开了方子。私下里问了秦大夫，秦大夫说治得了病治不了命，看她的造化了。秦大夫故弄玄虚，福儿也不想跟他较真，嘱咐他尽力给素韵看病，短不了他的诊金。

柱子领回一个小姑娘，叫喜子，十四五岁，说是在牛马行市场买的，关里逃荒的人家养不起了，才要了十个大子儿，伺候素韵姑娘正合适。福儿留下了，让柱子教她做事。

有两日天气不错，福儿就拉着素韵出来，坐在院子里晒太阳、聊天，净说些无关紧要的话。素韵早就知道自己得了病，刚开始忙着救人的事，根本无心诊治；后来等啥都静下来，病症就显出来了，还咳了血。找大夫确了诊，知道是肺痨，老鸨子和书寓的人就开始躲着，送饭都是隔着窗子递进去的，更没有特殊给她做补养的吃食，她自己的积蓄打点索富和狱卒时也都花光了，连抓药都不够，更别说补养了。她认命了，也好，本来活着对她来说就是一种折磨，生不如死，这是老天要成全她了。素韵竟然还笑了笑，无意中透出的凄然，令福儿心里一阵痉挛。素韵说话时，说得含含糊糊，有意回避什么，福儿能听明白，都是跟明毓有关。明毓的名字太敏感，素韵不敢碰，她也不敢，只要一说起这个名字，就是想哭。

但是，终究还是得面对，明毓留下的印记是刻骨铭心的，日常的每一场景，每个话题，似乎都绕不开他。素韵终于说起明毓的死，说她从客人那儿听到杀革命党的消息时，已经是第二天了，她找到九龙口刑场，什么都没找见。头一天下过雪，雪被人践踏成黑色的泥，她还是看到行刑后地上的血迹，她就守着那摊血哭，哭干了泪，天也黑了，身子都冻僵了，她都不知道是怎么挪回城里的。她找了那天的报纸，上面只印了一个被杀的革命党的照片，不是素俊，那个人叫熊成基。可她明明听人说那天游街示众的是两个革命党。她心存侥幸，跑去找过阿森，阿森根本不见她，她又跑去监狱，找到那个叫全安的。全安告诉她何云铭已经被提出去执行死刑了，何云铭还拜托他给乌拉城的魁府捎信儿。直到这时，她才不得不相信，明毓真的被当作革命党问斩了。

可后来，在书寓，她又听那些客人悄悄说，当天游街的时候炸了街，好像是有人要劫囚，乒乒乓乓乱了一阵子。她就猜，会不会是小琴来救明毓了，也可能救出去了，要不那报上咋就登了一个革命党的照片？

福儿叹了口气，苦笑着说，想好事吧！真要是救出去了，咋连个信儿都没有。

素韵就不吭声了，想想又哭，说，你说他冤不冤？他是被我哥连累了。

福儿说，这事，如果富祥不挑唆明毓他阿玛告密，也许还不至于这么糟糕。我恨不得拿枪崩了他。

素韵惊吓着了，忙说，五格格，你可别再出啥事，为那个富祥也不值得。

福儿哼了一声，说，这种小人，他倒活得自在，我咽不下这口气，让我得着机会的。

素韵劝说道，不值得不值得，明毓也不会同意你这么干的。

福儿沉吟着，说，反正明毓不会就这么认了。

素韵说，明毓还不认自己是革命党呢，又有啥办法？

福儿好像想起了什么，竟然露出笑容，说，他把辫子剪了，是我亲手给他剪的。你别说，他剪了辫子的样子，挺受看的。

福儿说着，还咯咯笑了两声。然后就说到明毓都留下了什么话。

福儿说，明毓嘱咐我，带你回乌拉城，你想教书也行，嫁人也行，反正你得回去。素韵没有太激烈的反应，只是笑了一下，说，我现在这样子，咋回乌拉？福儿说，反正书寓你是不能回去了，不然明毓地下有知，他会死不瞑目。素韵说，我先养养病再说吧。

又一次闲聊时，素韵微微笑着，说，我见过毓少奶奶。

福儿很奇怪，问，你咋会见到毓少奶奶？

素韵说，你被抓走后，我回过这里，喜魁两口子还都在呢。有一天毓少奶奶来了。毓少奶奶乘坐的马车，是咱这省城最阔气的，雕花的车厢，带穗子的窗帘，里面带暖气的；毓少奶奶穿着葱绿色的旗袍，套一件镶貂毛的坎肩，戴着大拉翅的头饰，中间缀着一朵大牡丹，脚蹬着花靴，鞋头还镶着一串亮晶晶的饰物，走路一摆一摆的，不正眼看人，盛气凌人，一看就是大家儿走出来的，身边跟着丫鬟……

素韵嘴里描绘着她眼见的毓少奶奶，语气里竟露着赞美、崇敬、羡慕，还有说不清的意思。福儿听得很不舒服，截住她的话头，问，她知道你是谁吗？

素韵说，她知道……

福儿奇怪地说，她咋会找到你？我没告诉她，明毓更不会跟她说。

素韵说，我猜是富祥。

素韵说她在书寓见过富祥，富祥点名要见小玲珑，见了面才知道是她，当时就笑了，说他特意想来看看，明毓看好的姑娘啥样儿。她当时就把他撵出去了，结果老鸨子还把她骂了一顿。

福儿说，难怪，官府会把何云铭和素俊联系到一起。该死，富祥就是该死。

素韵说，富祥要是不说，毓少奶奶咋会找到我？

福儿说，毓少奶奶咋对待你的？跟你说啥了？

素韵怔了怔，苦笑了一下，说，也没说啥。她把喜魁两口子撵走了，说我是不祥之物，没有我，明毓也不会遭这场难……我觉得毓少奶奶说得对，我就是灾星，是我害了明毓，我就不该活着……

素韵本来还很平静，说到这儿就失声痛哭起来。

福儿没劝她，由着她哭。看来毓少奶奶在回京城前，是特意要会会这个让丈夫对她生出二心的青楼女子，而当她知道这女子竟然是素韵时，又该是多么震怒。福儿能想象出当时毓少奶奶会怎样对待素韵，她这才明白老鸨子说过的话，素韵正是挨了这一顿羞辱，回去就病了。卑贱的素韵，在高贵的二格格面前，还不是任着揉搓？更何况二格格是怀着一腔嫉恨而来，她能给素韵留条命已经算手下留情了。

福儿没再提让素韵回乌拉的事，她想，暂时这样也挺好。

过了几天，福儿看素韵的气色和心情也见好，想回趟乌拉城，就把柱子留下，让他和小喜子一起照顾素韵。她还把雪雁找来，让雪雁也经常过来照看照看。雪雁迟疑了一下，福儿以为她不愿意，说你这孩子，念书念得没有人情味了。雪雁委屈地说，姑爸爸冤枉我，素韵是我的先生，我咋会不愿意照顾她？我这不是要走吗？福儿才想起，雪雁要跟着同学出国留洋，如果顺利，很快也就走了。先前为了这事，雪雁还求她帮忙劝说富察氏和佟佳氏。福儿急忙道歉，说忙晕了头忘了你这也是大事，回去我就替你说情。素韵听说雪雁要出国留洋，很是高兴，回屋拿出一块和田玉的玉坠儿送给雪雁，说是母亲留给她的，她不管怎么难怎么苦，也没丢了这块玉。同一块料还做了一块玉牌，父亲留给了哥哥，也不知他能不能保住。福儿说别给小孩子这么贵重的东西。素韵硬塞到雪雁手里，说，拿着，放在我手里早晚会弄没了。

福儿安排好了素韵的一切，就回了乌拉城。这之后，每隔一段时间她会去船厂看看素韵，送去银子，或者带些补养的东西，猴头菇、蜂蜜、哈什蚂[1]油、百合之类的。即便她不亲自去，也会指派人送去。有一次她包了一支人参，还有一大支鹿茸。赖德才看见了，说人参和鹿茸都是温热的东西，虽有大补之效，却不适于肺痨之症，肺痨病人需要些寒凉清热的补品。福儿问啥东西寒凉清热，赖德才说是灵芝、燕窝等。这都是稀罕东西，灵芝虽在北地生长，却是稀有，燕窝则是南地方物，寻常人家是见不到的。秀府不是寻常人家，以往秀山进京送贡，晋见皇上太后，有时候会带着赏赐回来，其中就有燕窝，福儿见过也吃过，赖德才自然也知道。她就让赖德才去找，还真的弄了两支灵芝、几两燕窝。

她亲自带去枕江小居，素韵看见了，还问，这能换多少银子？

① 哈什蚂——方言，林蛙。

第六十二章

吃过早饭，永泰还没抽完一袋烟，衙门传事的来了，说一群女人堵在了衙门口，嚷着要见总管大人。永泰心里疑惑，也不好怠慢，顾不得喊轿丁，疾步走去衙门。半路上遇到苏穆，苏穆讲清了缘由，竟是一群寡妇来讨要寡妇银。永泰脚下更沉了，内务府连年亏欠衙门和打牲官丁的饷银，每讨要一次，内务府都是东挪西借，也不足以弥补亏欠，只是聊胜于无，可见朝廷也处于困境。最近一次他上奏催要俸饷，还是在春贡之季，“奴才夙夜焦灼，转瞬秋冬，应捕差徭殊深重要，所需经费烊无一策，官丁窘困，如处涸辙。耽误国贡，咎本难辞。唯有呈恳天恩，敕部核议，妥筹善策。望速拨发有酌之款，以济倒悬之危，使乌拉合署官员兵丁无枵腹从公之忧”。朝廷想是怕耽误了贡务，责成由盛京内务府户部拨付，可不知怎么，这笔银子被东挪西借地占用了，再次催讨，改由盛京内务府辖下芦盐课税名下拨付，再下拨至打牲乌拉，经了几道衙门，本来就不足额的银两又被克扣，到了打牲衙门的账上，也只是暂解燃眉之急，撒芝麻似的，哄得打牲官丁同意出了官差，下河的下河上山的上山。至于那些寡妇银、白事银子、喜事银子之类的恩赏，就顾不过来了，自然也就亏欠着。往年也都有亏欠饷银的事，并未听说有人闹事，因为家家户户都有旗田，多少能收一些，不至于绝望。可宣统元年的大洪水，让沿江一带的土地绝收，旗民们再领不到饷银买粮食，就只能挨饿了，不肯坐以待毙的人便想着各种出路，逃旗的，出去做小生意的，卖身为奴的，上山为匪的，官府无暇顾及便视而不见。而这些寡妇没有出路，只能找衙门来闹，且不说她们是不是活不下去了，眼见着世道是不同了。

苏穆见永泰脚下迟疑，以为他不想去衙门了，便说大人还是去见见，不然怕她们会去秀府闹呢！

永泰瞪了苏穆一眼，说，我没说不见她们。

又走了几步，永泰说，我拿啥去见她们？她们又不是要我，是要银子。

永泰硬着头皮走到了总管衙门。

大门口，除了那一群女人，还有很多看热闹的。领头的女人手里擎着一道发了黄的薄绢圣旨，竟是光绪帝旌表过的乌拉那拉氏，丈夫早年阵亡，立志守节，携幼子赡养公婆，儿子中途夭折，她奉公婆如初，受朝廷旌表。如今公婆健在，已逾七十，乌拉那拉氏也年近六十，无生活来源，无劳动之力，靠寡妇银艰难度日。衙门亏欠她的银子，她一家人无以为生，无奈之下才来衙门求个活路。

乌拉那拉氏边哭边诉，其他的女人也连哭带喊地随声附和，引得围观者啧啧感叹。永泰站在众人面前，面对这群哭号的女人，无论如何也端不起总管的架子，更要不得威风。他耐心解释，说并非他有意拖欠众位的活命钱，实在是朝廷连年拖欠衙门官丁的俸饷；又说他已知晓众位的难处，一定想办法筹借银两，为大家解倒悬之危，请容他一段时日；又当众指示苏穆，将各旗署应享寡妇银恩赏的人数统计上报，一并处理。

好歹把寡妇们哄劝走了，永泰还没想出从哪里出这笔银子，旗务工厂的工人们又闹上来，说是已多月不发工钱，家里都揭不开锅了，求总管大人赐条活路。永泰更来气了，说原来不是好好的？都争着抢着要进去，咋又不好了？苏穆就话里有话地回禀，原来承领工厂的是明毓，明毓入大狱后，便由富祥的自治会接了手，自然是两种管法。永泰一听就明白了，便说，工厂的事归旗务承办处，由自治会领办，要讨工钱也去找富祥，咋也到我这儿来闹？苏穆说，这些进工厂的旗人也还都是在衙门的籍册上啊，祖辈都是靠着朝廷的钱粮过活的，过不下去了，还想着来衙门讨条活路。永泰叨咕着，管不了，连朝廷都管不了，我咋管得了！然后告诉苏穆传他的话，朝廷拖欠的饷银他会尽力催讨来补放，只是这旗务工厂的工钱不归衙门管，谁欠的找谁要去。

永泰说这话时是心虚的，他也不知道能不能向朝廷讨要来所欠俸银。外界不断传来各种信息，革命党已不满足于改良修宪，开始动用武力，南方许多地方都在起事，毫不掩饰地高喊“驱逐鞑虏，恢复中华”，这不就是要推翻朝廷吗？朝廷已是焦头烂额，别说能否拨付亏欠俸银，怕是要自顾不暇了。朝廷岌岌可危，那依赖朝廷生存的旗人又将如何？永泰忽然感觉沮丧极了，坐在案前，久久发呆。这个位置，他的阿玛一坐就是二十年，心安理得，怎么换成他，就如坐针毡一般？

已是深秋了，年贡的诸多事宜正是最紧要的时候，虽说内务府下拨的贡单中数量和品种照往年都大幅缩减，终归还是得派人完成，欠饷如果不能补上，怕连牲丁都要抽派不出去了，完不成贡务，到时候朝廷追究下来，被革职都是轻的了，治罪？抄家？全族流放？永泰不敢往下想了，他忽然觉得自己是生不逢时，在最不适宜的时候坐到了衙门总管这个位置。

晚上去上屋给富察氏请安，福儿也在，正伺候着富察氏洗漱。富察氏的病时好时坏，天气也时冷时热不正常，就不敢出屋，整天糗在屋里，硬是把脾气糗大了，瞅着什么都不顺眼，尤其看几个儿媳妇，更是百般不是，想起一个事由就不住嘴地数落，话还没轻重，不管哪个儿媳妇，只要照面，就被数落得鼻青脸肿的，都怕见她。富察氏从前也是个刚强利落的人，说一不二的性子，并不婆婆妈妈的，在乌拉地方也是被人崇敬着恭维着，每年贡务紧张的时候，管理着那些丁妇为皇家贡务劳作，俨然就是秀山的左膀右臂，有威风有尊严，是不可冒犯的。谁想只几年的工夫，却也被消磨成这个样子，成了一个碎嘴的老太太，整天唠叨，弄得府里的人从上到下都怕见她。只有福儿不怕，福儿敢跟她顶嘴，敢让她这么做那么做。雪雁从女子学堂毕业后要出去留洋，富察氏哭着闹着不让走，福儿却极力鼓动，不仅帮着劝说富察氏，还暗中资助了不少银两，雪雁才得以成行。福儿行事很有点儿富察氏从前的影子，可就是做事顾前不顾后，总是惹麻烦。她和明毓搞了个偷梁换柱的把戏，竟然救出一个革命党，明毓把命丢了，她也坐了大狱。富察氏一听说这信儿，当即就失了态，疯了似的催永泰去救人。为了往出捞福儿，永泰动用了所有的官场人脉，也下了血本，好歹把她弄出了监狱。可这不意味着她就没事了，她就不是一个省心的主儿。永泰真怕，怕福儿再出事，怕她再沾惹上什么党，这让他每天都处于惶恐不安的状态。

福儿装好了一袋烟，递给富察氏，这是睡前一袋烟，富察氏保留了几十年的习惯了。看富察氏抽上了，永泰要告辞，富察氏抽出烟袋嘴儿，问永泰，吉祥现在做啥呢？如今也补不上缺了，想没想着给吉祥找个出路？永泰说正想着呢。富察氏就跟了一句，想到啥时候是个头儿啊？永泰说，这也不是着急的事。富察氏说，还不急，吉祥老大不小了，就这么糗在家里？男爷们儿不得挣个功名啥的？将来靠啥承袭衙门总管的位置？永泰苦笑，说，讷，我这总管都成了虚位了，他还承袭个啥？富察氏摇着头，说，你呀，就是赶不上你阿玛那威势，任着人家踩咕[1]，越干越回旋了。福儿见大哥一脸难堪，替他说话，讷，这怨不得大哥，世道不像从前了。富察氏吧嗒两下嘴，感叹说，是不像从前了，咋到了你这会儿，啥都不像从前了？

永泰神情沮丧地走出上屋，站在廊檐下发呆。月光透着凉意，微风吹动着楼亭上吊着的惊鸟铃发出叮叮的声响，令他不自觉地打了个寒战。抬眼望去，东厢房那儿吉祥的窗户亮着，灯光忽闪忽闪的，吉祥还没睡。吉祥从官学结业后就窝在家里，读书写字画画，还喜欢扎手工，做个灯笼风筝什么的，很是精致巧妙，又养了上百只鸽子，每天都过得乐乐呵呵的。吉祥喜欢读书，这在旗人子弟中不多，本来是好事，原来想着若能考个功名，也是一条出路，谁想朝廷竟废了科举，这条取仕的道儿算是堵死了；后来指望着为他补个缺，可两衙合署后额员削减根本不出缺，开始也没着急，想着等等总会有机会，这一等就等到了现在。雪雁要拉着吉祥一起留洋，吉祥一时性起答应了，可瓜尔佳氏坚决不允，为此还和佟佳氏吵了一场，指责雪雁撺掇吉祥，让佟佳氏好好管教自己的女儿。吉祥见瓜尔佳氏这般不愿意，便顺水推舟地改了主意，气得雪雁再不搭理他，独自走了。吉祥留下了，乐得清闲自在，反正有吃有喝，也不知愁，反倒是别人看着他一个大男人在府里晃来晃去无事可做，觉得不顺眼。好在吉祥从不在外面招灾惹事，也不好那些招猫逗狗的事，没有那么多心思，也感觉不到日后的危机，用不着为不可预知的将来提前折磨自己。

福儿也出来了，见永泰发呆，顺着他的视线看去，正是吉祥的窗子，福儿问，哥，想啥呢？

永泰说，讷那么大岁数了，都知道世道不行了，你说我咋就没个预见？

福儿说，你这话从哪儿说起的？

永泰说，明毓提醒过我，给自己留个退路。我都不敢往下想，将来真有那么一天，秀府咋整？

---

① 踩咕——方言，欺负、挤对。

福儿沉默了一会儿，说，哥，你不是明毓，他做的事情你做不来。

永泰说，是啊，我是做不来，我没有他那份勇气。可你说，明毓挺有头脑的一个人，怎么竟然帮助乱党逃狱？把自己也作死了。

福儿说，那个乱党不是别人，是素俊。

永泰说，是素俊又咋的？是乱党就是跟朝廷作对，跟满人为敌。

福儿说，素俊如果不造反，他就没有活路了。

永泰说，那你们就不顾一切地帮他？话说回来，你也是旗人，是靠朝廷养活的。他们要是成了气候，有你啥好处？

福儿沉吟片刻，说，我想不了那么多。我就知道，人人都想活得自在。素俊活得太憋屈了，包括明毓，你觉得他活得顺心吗？还有素韵，咋就能沦落到如今的地步？

永泰无言以对，也不想往深了说，劝道，福儿，听哥的话，别去管素韵的事，先不说她是素俊的妹子，就她那身份，跟她来往多了，会把你的名声弄坏了。

福儿笑了笑，说，哥，阿玛在的时候都没管住我，我可不信你就有这本事。

永泰目瞪口呆地看着福儿走进了西厢房，都没来得及想清楚她是什么意思。他忽然发现，好多的事，都不在他的掌控下，或者说，他心有余而力不足。

入冬的第一场雪后，秀府大奶奶富察氏病逝了。富察氏走得很不利索，奄奄一息地好几天，就是不肯咽下最后一口气。富察氏刚强了一辈子，也勤劳了一辈子。即使做了大奶奶，府里养了许多下人，她仍然喜欢劳作，做家务，拾掇屋子，擦桌子抹灰的，每天不住闲儿。黄波椤木的炕沿一天不知要擦拭几遍，擦得油光锃亮，太阳一照，屋里摆放的大镜子反光，箱盖上和几案上的帽筒、胆瓶、西洋座钟等也一起折射出光，晃出各种影子，与炕沿上黄波椤木的花纹一起随着阳光游弋，便宛如有一条条的鱼儿在游动，难怪外面都传说秀府的炕沿是水晶做的，里面养着鱼。富察氏也说自己是操心的命，一辈子不得清闲，秀府内外有太多的事让她牵挂。临终之际，她抓着福儿的手，将最后一丝光聚在福儿脸上，嘴微张着已发不出声音，保持这种神态好久不变。都以为她没了气息，刚要有所动作，她却又勉强睁开眼皮，露出一条缝，直盯着福儿。反复了几次，围在身边的人开始躁动。瓜尔佳氏催促福儿，讷就是放不下你，别让她再牵挂，快告诉讷，让她放心走吧！福儿已经哭得没了眼泪，一连声地喊，讷你放心，我会好好照顾自己。任她哭喊，富察氏只是不肯撒手。福儿最后是被人们拉开的。看着富察氏被从窗户抬出屋去，安置在铺着明黄色褥子的棺床，又在脸上覆盖一块蒙脸巾，福儿哭喊着，讷还有气呢，讷还没咽气呢！

一直到很久以后，每每说起富察氏的死，福儿总说讷还有口气，都等不及了，还没咽气就给放进棺材了。这话明显是在怨艾，永泰一开始还解释，说这是走马入殓，就不用在屋内搭排子[①]了。旗人讲究这个习俗。福儿似乎认同了，可下次再提起，仍然说富察氏还没咽气就被放进棺材，是人都等不及了。后来永泰干脆就不解释了。

富察氏的葬仪也是乌拉城最后一场盛大的丧事。秀府内外一片缟素，府内西南方竖起高高的引魂幡，大门外贴了殃榜，高大宽敞的席棚占了大半个前院，雇了鼓乐班子，延请了僧人诵经。汪屯的萨满自然也来了，看到诵经超度亡灵的僧人也并不排斥，带着栽力，在灵前唱起哭丧调。每日来秀府的吊唁之人络绎不绝，南客厅摆了酒席终日不撤桌。出殡时，鼓乐先行，随后是仪仗，撒纸钱儿的、举纸人纸牛纸房子的、抬供品祭品的，随后是永泰扛着灵幡走在前面，后面是三十二杠抬着高大的葫芦材，再后面是亲朋故友，数百人的送葬队伍，都戴着白孝。前一日刚刚下了一场大雪，街道两边、屋顶、木栅旁都堆着雪，与拥满了街路的孝服融为一体，那一天，给人留下的印象，整个乌拉城都是白色的。

这一场盛大的丧仪之后，乌拉城好像突然静了下来。

① 搭排子——满族丧俗，在屋内为死者搭起的灵床。

第六十三章

富察氏过世后，福儿在秀府的位置有些尴尬，家人们仍然尊敬她姑奶奶的身份，却又觉得她应该尽早嫁人，哪怕是给人做填房。福儿已经二十五岁了，成了名副其实的老姑娘，再不找个人家，恐怕真要像老姑奶奶一样老在秀府了，大嫂瓜尔佳氏、二嫂喜塔拉氏、三嫂佟佳氏真心为她着急，就开始有人不断地上门提亲。秀府的境遇和福儿的年龄都已经不是优势，提亲的对象就什么歪瓜裂枣都有，有的连三个嫂子都看不上眼，直接就给推掉了，能经她们法眼的，还算说得过去，就说给福儿，请她相看，福儿一概拒绝。头几个拒绝时还客气点儿，挑挑拣拣地找出各种理由不见，后来烦了恼了，干脆宣称再不相亲，要给富察氏守孝三年。这一宣言还算奏效，这之后再没有人提亲，福儿的耳朵根子总算是清静下来。她很少走出秀府，除了偶尔关照一下远在省城的素韵，外面已经没有让她感兴趣的人和事。她每天在屋里看书写字作画，她的蝴蝶已经画得出神入化了，抬笔一挥而就，落在纸上的蝴蝶姿态各异，却都有如神助般精致。她从不吝惜笔墨，谁来要画一概不拒，一时间，乌拉城差不多到处都飞着秀府五格格的蝴蝶，人们也都以能得到一幅五格格的蝴蝶为荣，福儿也乐此不疲，从中寻到了乐趣。其他的时光就随意打发了，听大嫂、二嫂、三嫂扯一会儿老婆舌，看下人弄些鸡零狗碎的事。一天天地过得也快，可一阵阵的无聊也总是抑制不住，不自觉地就纠结，一辈子就这样打发吗？

午睡时，她梦见了蜂蜜营。梦中的蜂蜜营模模糊糊，连人都是模糊的，分不清眉眼轮廓，当她拼了力气想认清楚那几个人是谁的时候，却醒了。她已经好久没有想过蜂蜜营，更没有去过蜂蜜营了。她是刻意回避，蜂蜜营藏着她太多的记忆，随时会触到她心底的痛，她希望时间能将那块伤处磨平磨硬，可恰恰这磨合的过程会让她隐隐作痛，她需要寻找一件更刺激的事才会顶过去。

福儿就特意去了一趟蜂蜜营。尚家的破草屋还在，已经倾斜，房山头那个烟囱却直直地挺立着；拉合辫儿的土墙被风霜雨雪剥蚀着，露出麦秸和砂石，还靠着自身的筋性支撑着。人是再也无法走进去了，这里曾经发生的故事，注定要被埋葬，封存在记忆中。

福儿又去了素俊教过书的小学堂。两年前明毓的修缮工程进行了一半，因为素韵不肯回来就停下了，如今，屋顶上的瓦又被人揭走了，木窗框和门也拆走了，只剩下光秃秃的墙壁。有一股风穿堂而过，发出呜呜的啸响。幸好墙是用砖砌筑的，仍然端庄挺立，与院中的那一棵大柳树一样，随着风自在摇曳，随时待人光临的姿态。

福儿忽然心里一动，一个念头清晰地涌上来，她被这个念头搅得很兴奋。回到秀府，她就去竹林轩朝永泰要月例钱，还要多支几个月的。永泰知道她给在船厂养病的素韵花销了不少，就想劝她。福儿说，你别劝我，我要干正事。她就说了想重新修缮蜂蜜营小学堂的事。永泰眼前一亮，随即开始用怀疑的眼神看着她，显然不相信她能干成，可又不好阻止，便说，按理你干的是好事正事，应该支持，可惜咱秀府的境况大不如前了，由不得你再这么大把撒钱。福儿不是听劝的人，认准了就想干，以后的事以后再说，她只要属于她的那份钱。永泰自然拗不过她，给福儿预支了半年的月例。福儿临走，永泰喊住了她，说，就你那点儿月例钱哪够办个学堂？哥也出一份吧！福儿惊喜不已，连连称谢。走出竹林轩，还禁不住想，大哥好像很久没有办过这么爽快的事了。

福儿让赖德才全权管着修缮学堂的事，雇瓦匠、木匠、拉脚的。

她偶尔会跑去查看一下进度。那天从蜂蜜营回来，一进城门，就遇到富祥，她骑着马，富祥坐在带篷的马车里。富祥自从少了一只胳膊后，就再也不骑马了。两个人走了一个碰头，擦肩而过的瞬间，富祥叫了声五格格。

福儿勒住马缰，看清了车窗里的那张脸。

富祥满脸堆笑，很热情地问福儿是不是去蜂蜜营了。福儿嗯了一声，看富祥的样子是刚从船厂回来，就问富祥去船厂干啥。富祥神秘莫测地笑笑，含糊其辞地说随便走走看看。她也没多想，还不想跟他费口舌，虚应一声就走了。她心底埋藏着憎恨，这憎恨一直被压抑着，没有机会消解，她怕再多说几句，就会勾起心中的底火。

找了一个好天儿，福儿划拉些日用东西去了船厂。她已经好久没来看素韵了，家里遭遇了变故，她也无暇经常出来，有事便打发人办了，素韵偶尔会捎封信来，报报平安，说些吉祥话。知道素韵平安，她也就不惦记了。这次她必须亲自来，她要把素韵拉回乌拉城，和她一同办学堂。

一进素韵住的西厢房，先就闻到了一股子淡淡的香，不是闻惯了的年息香，也不是草药味，一种特殊的味道，很撩人。素韵看她来很高兴，说今儿个外面天气好，咱去外面坐着说话。两个人就坐在院子里的老榆树下聊天。仲秋时节，太阳晒得厉害，老榆树撑着硕大的树冠，洒下一片阴凉，让人感觉惬意。小喜子很贴心，怕素韵凉着，不让她坐石凳，搬了把藤椅，又拿了被子垫上。福儿直夸她，说小小年纪挺懂事，说素韵你将来就带在身边吧。

两个人东拉西扯地说些话，福儿刚要说正题，素韵就咳嗽起来，一声接一声，表情痛苦极了，脸上也泛起潮红。小喜子说姑娘累了，该歇息了。福儿急得问，不是一直说见好吗？咋还这么咳呢？素韵就一边咳一边做手势要回屋。看着她被小喜子扶进了西厢房，听着不时传出的剧烈咳嗽，一阵一阵的，福儿心里也是不舒服。

小喜子出来了，说，五格格，你也回上屋歇着吧，吃饭时喊你。

福儿应着，看柱子正在侍弄花圃，就凑过去看。柱子问啥时候让他回乌拉城。福儿说留在省城不好吗？柱子不置可否，咧嘴笑了笑，说，你这么养着她，啥时候是个头？还不一定落下好。

福儿猛然意识到什么，几步走到素韵的窗前，透过窗户，看到素韵正躺在炕上，一口接一口地吸着大烟。

福儿想起了那股子淡淡的香味，那是福寿膏的气味。

福儿绕到门口闯进去，一把夺过素韵手里的烟枪，把着两头朝膝盖一磕，撅折了，撇出屋去，随手就打了素韵两巴掌，骂着，作死呀，咋还弄上这劳什子？你有啥本事抽这玩意儿？明毓搭了性命就为了你这个大烟鬼啊？我从家里连偷带拿的、我把自己的体己钱都拿给你，是为了让你抽大烟啊！

素韵跪在炕上，任凭她咒骂斥责，不哭也不求饶，本来就瘦弱的身子缩成了一小团，还直摇晃。见她骂得累了，素韵才嘭嘭嘭磕了三个响头，说，五格格，你让我去死吧，这么活着，太难受了！

这一刻，福儿忍不住抱住素韵，哭了。

素韵在书寓时就抽过，老鸨子看她犯病时难受，就让她用大烟顶一下，还真管用。离开书寓这些日子，素韵也不想碰这东西，可一犯起病来，真的只有这福寿膏能让她好受些，便求柱子去外面给弄点儿。原来还能忍一忍尽量少抽或不抽，可后来就控制不住了，说不定什么时候犯瘾，一犯瘾啥都不顾，这就被福儿给撞见了。

福儿把柱子和小喜子叫到面前，警告说，不许她再碰那劳什子，再让我看见，我就把你们卖了给她换大烟抽。

柱子看小喜子，小喜子又看柱子，满脸的为难。最后还是柱子说，看不住她，不给买，她自己出去弄。福儿说，那就不许她出门。小喜子说，她说去找秦大夫开药、去药王庙祈福，还能不让她去啊！柱子又说，还有，有一次……这话我不知道当说不当说，有一次，我看见她跟着一个男人上了一辆马车，看那背影，咋瞅着都像富祥。

福儿难以置信，呆愣了好一阵子。醒过劲儿来，她告诉柱子和小喜子，马上收拾东西，明天就把她弄回乌拉城。

素韵来了，一副怯怯的样子，她知道福儿在生气，先就跪下了。

福儿厉声问她，富祥是咋回事？你咋会和他在一起？

素韵愣了一下，嘟囔了一声，碰巧遇上的。

福儿说，骗谁呢？碰巧遇上，你就能上了他的车？

素韵垂着头，解释说，是碰巧遇上的，他又找过我几次，我都没理他，我就是，就是实在受不了了，才让他带我去过烟馆……去抽一口，我跟他真的没什么，就是让他请我抽一口烟……我恨他，真的恨他……五格格，你相信我……

福儿说，你让我相信一个抽大烟的人说的话？

素韵急了，哭起来，边哭边说，五格格，你相信我，我说的是真的，我，我恨不得杀了他！要不是他告密，明毓不会死，我哥也不会到处亡命。五格格你也想杀了他对不对？我知道你想杀了富祥。你不能动手，不用你动手，我引他抽大烟，我让他也抽上瘾，我要让他倾家荡产，让他生不如死。

素韵说着，脸上竟然露出一丝得意，眼神里似乎透着憧憬。福儿心一酸，眼圈红了，她忍了忍，说，素韵，不说这些了。明天先跟我回乌拉城，赶紧把烟戒了，把身体养好，别的以后再说。

素韵很茫然，说，别的？我还有别的活法吗？

福儿就把她正在修缮蜂蜜营小学堂，准备办一个女子学堂的事说了。她说这是明毓活着时就想做的，做了一半撂下了。现在，咱们俩把这事接下去做，也算完成明毓的心愿。你说好不好？

素韵眼睛一亮一亮的，嘴角动了几下，露出笑意，说，好，五格格，你这主意好。

福儿又说，到时候，你管教书，我管学堂的杂事，招学生啊，聘先生啊，花钱啊……咱就招女学生，乌拉城里的，四乡八村的，旗人家的民人家的，都行。学生家有钱呢，咱就收点儿杂费，没钱呢，就免了，你说行不行？

素韵的眼神有些迷离了。

第二日，福儿指挥着柱子和小喜子收拾各屋的东西，捆啊包的，零零碎碎的，也弄得满院子都是包裹。素韵一会儿在屋里傻坐着，一会在院里看柱子和小喜子忙乎，转来转去，一副不知所措的样子。福儿让她坐下歇着，说说话，只说了一会儿，素韵说累了，想进屋歇歇。也不待福儿说什么，急忙忙就进屋了。福儿呆坐了一会儿，起身走到素韵的窗前。正如所料，素韵在点烟，她甚至都等不及躺在炕上，一边吸一边上炕，连鞋都顾不得脱，躺下，挪动了几下身子，躺得舒服了，才甩掉鞋子，然后，吐出一口气来，偶然一抬眼，看到了窗外的福儿，也只是怔了怔，垂下目光，自顾吸着。

福儿绕到门口，拉开门进了里屋。她本来是想抢过素韵的烟杆，看着她一脸陶醉不管不顾的样子，竟心疼了，不忍了。她坐在炕沿上，一声不响地等着。

素韵终于抽完了一泡，手一松，烟杆顺势掉在炕上，她连眼睛都不想睁，看样子是想直接睡去。

福儿说，素韵……

素韵猛地睁开眼睛，惊讶地问，五格格，你咋没走？

福儿说，我得带着你一起走。

素韵好像忽然意识到什么，腾地坐起身，挪腾几下，下地，找了两只鞋穿上，抻了抻揉搓皱的衣服，顺着身子坐在炕沿上，又顺手捋了捋头发。

这时的素韵，才是福儿熟悉的那个女孩儿。

素韵苦笑着说，五格格，你觉得乌拉地界还能容下我这样一个人吗？

福儿不想听她找任何借口，而且不容分说，就是要领她回乌拉城。

素韵不敢再执拗，答应了。

吃午饭的时候，小喜子说，姑娘的汤药还能吃一天，约好后天请秦大夫再来号脉抓药的。福儿就让柱子马上去请大夫来。柱子不一会儿回来了，说秦大夫出诊了，没在家，我撂下话了，他回家就能过来。又说，咱要走，就得赶末班船。

福儿说，末班船到家都黑天了，这大包小裹地拖着，干啥都不便。明儿一早走吧。

第二天一早，福儿是被小喜子和柱子的说话声惊醒的，两个人在当院儿大声说着什么，听声音是出了事。福儿推开窗子问咋回事。小喜子说，素韵姑娘不见了。

素韵留下了一封信，上面只简单写了几个字：五格格，今生别过，缘待来世。

小喜子不识字，听福儿解释这信里的意思，就哭了，说，素韵姑娘这是寻了短见吗？

福儿不信。可素韵拖着病身子，无依无靠的，又能去哪儿？寻思片刻，福儿还是打发柱子去江边找找，看有没有什么迹象。然后自己先就跑去升平书寓。老鸨子一口咬定没见过，素韵就是回来，她也不可能收留一个肺痨病人，她得做生意。为了证明自己的话不假，老鸨子还允许她把书寓的各个房间都查看一遍。

福儿还去找了阿森，让阿森带她去找方子轩。这一阵子官府抓革命党的劲头没那么足了，也许方子轩回来了，他回来了就可能与小玲珑有联系。到了方家，方家的人说方子轩没回来，又让他们吃了闭门羹。福儿又让阿森想想，素韵还有可能投靠什么人。阿森想了一会儿，就领她去找那个“西洋帽”，说他知道这个西洋帽对小玲珑有点儿那个意思，明毓也看出来了，还吃醋呢。阿森领福儿去了西洋帽家找人，西洋帽和夫人在客厅接待了，先还很热情，一听说是要找小玲珑，立刻正襟危坐起来，说他从来不认识什么小玲珑。从西洋帽的府上出来，福儿问阿森，不是有个啥诗社吗？听明毓说就是在那儿聚会时见到素韵的。诗社还聚会吗？去那儿找找。阿森说，自从方子轩跑了，诗社就被封了，谁还敢张罗聚会？

福儿再也想不出什么人什么地方是素韵可以投奔的了。

阿森说，素韵就是不想让你找到她。

第六十四章

富祥又一次对福儿露出了那种神秘莫测的笑。

福儿刚从船厂回来，素韵离奇失踪，让她憋了一肚子气，既担心又气愤，正窝着火呢，没想到走在十字街的牌坊下，顶头就遇到了富祥。富祥若不多嘴，福儿也不至于突然发作，偏偏富祥没眼力见儿，看福儿像是刚从船厂回来，便露出神秘莫测的笑，主动打招呼，五格格，玲珑姑娘还好吗？

这次，福儿总算明白，富祥的笑是什么意思了。她连想都没想，抬手就照那张笑脸打下去，就听啪的一声，猝不及防的富祥用一只胳膊挣扎了两下，还是失了平衡，倒在地上。富祥身边是跟着两个随从的，都还来不及反应呢！

富祥仰躺在地上喊，臭丫头，你为啥打我？

福儿说，你不知道为啥？那你先慢慢想！说罢，扬长而去。

富祥被两个随从扶起来，摇摇晃晃地冲着福儿的背影喊，你等着，臭丫头，有你好看的！

十字街正是热闹的地方。那一天，乌拉城的好多人都看到了富祥的狼狈相。

永泰正在衙门里理事，苏穆从外面回来，告诉他，旗务工厂讨薪的工人在萨府门前闹事，富祥动用家丁抓了两个领头的人，其他的人遭强行驱散。随后，富祥还把副厂长荣升撤职了。

永泰一副事不关己的表情，淡淡地说，随他们去。

富祥却跑来衙门求见永泰。永泰本以为是来禀报情况，为自己欠薪的缘由开解，不料富祥却只字不提欠薪的事，而是以乌拉自治会的名义，指责永泰鼓动旗民对抗新政，因为从一开始永泰就对乌拉自治会抱有成见，更有的人对自治会掌管旗务工厂心怀嫉恨，便鼓动工人闹事，借此排挤甚至捣毁自治会。

对抗朝廷新政可不是普通的罪名，富祥为了把水搅浑，真是要下死手，永泰气得脸都白了，骂道，大胆奴才，竟敢来诬陷本官！接着就喊“来人”。富祥却毫无惧色，面带笑容说，我如今是乌拉自治会会长，不是你署下的奴才，总管大人还想要威风吗？

两个衙役听见喊话已经进来了，正等着永泰指令，永泰看着嚣张的富祥怔了片刻，忽然有种无能为力的感觉，竟什么也没说，挥挥手让衙役退下。旗务工厂的事，他不是不知道。工厂还照常生产，做出来的东西也往出卖，富祥不光卖成品，连当初明毓囤积的原料都往出倒腾，可就是没钱给工人发薪。工厂的旗人本想靠着做工解决生活的困窘，可却仍然白白劳作，怎么能不闹事？

永泰问，富祥，我就问你，旗务工厂挣的钱，你不给工人发薪，那钱都落谁兜里了？

富祥说，这是我们自治会的事，衙门无权过问。

永泰一拍案子，喝道，放肆！别拿自治会的名头吓唬人，你打着新政的招牌就可以为所欲为了吗？

富祥说，总管大人，话可不能随便说，实行新政是朝廷的旨意，不是我富祥的意思。

永泰就被噎住了。

富祥临走时还扬言，他会去省城，以乌拉地方自治会的名义向巡抚大人禀报，乌拉地方新政推进不畅阻力重重。

事后，苏穆对永泰说，大人咋不抽他几鞭子？让他懂得守规矩，一个奴才竟敢这样说话。

永泰感叹说，今时不同往昔。他告诫苏穆，最好别惹这条狗，他乱咬人。

晚饭后，永泰想看一会儿书，便朝竹林轩走去。刚到前院，就听到院外有人在街上跑动，还不是一两个人，是一队人，喊喊喳喳地嚷着。他本能地一惊，急忙唤才录去外面看看。才录应着去了，不一会儿跑来书房禀报，说是镶蓝旗佐领裕才还有正白旗佐领连福领着人去富祥家要人去了，富祥白天抓的两个人，一个是裕才佐领下的，另一个是连福佐领下的。永泰淡淡地噢了一声，挥手让才录退下，自顾看起书来。

第二天早上，永泰去衙门，撩开轿帘，看街上平静如常，心中疑惑。进了衙门，院子里几乎没人，那些待打包或装箱的贡物也无人打理，四处堆放着，全然没有了往日繁忙却井然有序的劳动场景。永泰喊，人呢？苏穆从翼领公事房走出来，见了礼，说，大人，丁户们好像串联好了，都没来。永泰生气地说，要造反吗？谁起的头？苏穆顿了一下，问，大人，昨晚的事没听说吗？永泰问，咋了？

苏穆讲，昨晚裕才佐领和连福佐领带着两个旗的人去富祥家要人，富祥不答应，说要送县衙治罪以儆效尤，其实谁都知道，富祥是想借机勒大脖子，可这时候谁家有银子孝敬他？两下人谈崩了，打起来，那两个人被抢了出来，富祥和家丁也被打伤了，一大早有人看见他出城了，估计是去县里搬兵去了。两个旗的人不分男女老少，也集结起来了，都在演武场那边呢！

永泰担心的事真的发生了。

永泰说，这么大的事，咋没人禀报？

苏穆也奇怪，想了想，说，可能是哪儿出了岔头。不过没人禀报也好，大人不知道，谁也怪不得。再者说了，大人就是知道了，又能咋着？

永泰想想也是，他就是知道了，又能咋着？说实话，因为是富祥惹出的事，他心里还有点儿幸灾乐祸，巴不得事情闹大。

下午，富祥搬来了县衙的巡警，十好几人，骑着马，左臂扎一白布箍，有端着弹子枪的，有拎着马棒的，腰上都挂着捕绳，显见着是来捕人的。不料未进城就被挡住了，镶蓝旗和正白旗聚集了几百口子人，加上看热闹的，把个城门挡得严严实实。巡警们一见这阵势，根本就没敢靠上前来，直接打马回去了。

随即，抚巡衙门派下人来，调查乌拉城旗人“暴乱”一事。调查大员一来就住进萨府，这就让人疑心了。闻讯的旗民再次聚集起来，将萨府围住，群情激愤。调查大员怕再惹事端，只得安抚，并请进几位领头的，由着他们申诉，又唤进富祥，让相互对质。随后调查大员当众宣布，富祥有贪污挪用工厂钱财、侵吞克扣工人工钱之嫌，待押回巡抚衙门审理定案。

富祥被带走了，垂头丧气的，他大概没想到，他搬起石头，却砸了自己的脚。

第二天早上，苏穆跑来报信儿，昨晚衙门里存放的准备送到吉林果子楼的皇家贡品，被人哄抢了。永泰赶到衙门，一进院就看到满地狼藉。逐一去看松子、细鳞、干鱼、蜂蜜等四个库房，都空空如也。

几进的院子里，平日出出进进的人，也都不知跑哪儿去了。

苏穆哭丧着脸说，这不是要了命吗？

永泰茫然地问，谁要谁的命？

隔一日，永泰接到吉林巡抚手谕，严斥他治理地方不力，致使暴民闹事，着令即刻去巡抚衙门领罪。

永泰与家人告别时很是悲壮。他很凛然地走向大门口，秀府里的人跟在后面，默然无语，一脸悲戚。他特别嘱咐瓜尔佳氏不许哭，结果在他迈出大门那一刹，瓜尔佳氏还是没忍住，大放悲声。这让他心里挺恼火，就像被锐器扎了一下，好不容易鼓起的勇气瘪了，心里酸酸的。瓜尔佳氏扯着他的胳膊不肯放手，他挣了几下都挣不脱，还是福儿上前，硬把瓜尔佳氏拉开了，他才上了马车。车子走到总管衙门，他说要取点儿东西便下了车，独自走进衙门。

衙门里静静的，连个人影都看不到。永泰坐在书案后面发了一会儿呆，从柜子里捧出一个包裹，打开红布，露出铜铸的总管印鉴。他又盯着，看了好一阵子。

福儿进来的时候，永泰已经挂在房梁上，身子还在晃动着。

福儿本来是想追上永泰的车，跟着去省城的，她想陪一陪永泰，也给他壮壮胆，永泰若真被关进大牢，她也好马上想办法。半道见永泰的马车停在衙门口，便拐进来了，正看到这一幕，也是永泰命不该绝。

永泰当天没能赶去巡抚衙门领罪，一场大病又让他躺了几天，缓过来时，船厂传来消息，南方革命党举事成功了，成立了临时政府，好多省份都布告响应，吉林巡抚陈昭常也宣布承认共和政府。

福儿看着一脸惊愕的永泰，说，你说你要是死了，算是给谁殉葬呢？

永泰又闭上了眼睛，好像不忍看着重新回到眼前的世界。他解释着，他不是害怕，他就是不知道咋活下去了。

第六十五章

仿佛是一夜之间的事，大清国亡了，皇上退位了，冒出了一个中华民国，选举产生了临时大总统，然后大总统发布谕令，所有乌拉地区皇产，包括贡山贡河，官庄地产，均收归中华民国所有。

乌拉城延续二百年的皇贡戛然而止。

四千多口子靠打牲衙门吃饷的旗人，无奈地接受了这场改朝换代。铁杆庄稼没有了，朝廷历年欠下的饷银也不作数了，日子指望不上别人了，只好自寻活路。好在乌拉地方是块福地，有山、有林子、有江河湖泊，还有大片的荒地，只要肯出力气不怕吃苦，糊弄个温饱还不是太难的事。最起码，在乌拉地方生活很安全，没有外面传说的旗人被杀被虐的担忧，这里都是一样的人，大家惺惺相惜地过着日子，打牲丁变成了猎户、鹰户、硝户、捕鱼的、采蜜的、做弓箭的，并以此谋生，各安其命；愿意改名换姓的，都能理解，不急着更换旗人身份的，也没有人计较；见着自家佐领，还是恭敬地见礼，谁家有个遭灾为难的事，还得请佐领出面摆平；还按照老例请来族亲祭祖吃小肉饭[①]、操办红白喜事、说着满汉杂糅的话……乌拉地界的日子似乎没什么改变。

终归还是有些变化的。乌拉的旗人可以任意出门，还可以随意迁居了，再用不着向佐领申请路引官牌；可以随意变卖自己名下的土地、房产、牛马、犁铧，不必作伪虚报；还可以坦坦荡荡地像民人一样投资经商做买卖，再不怕佐领查究族人蔑视；一直被排挤在乌拉城外的民人也可以搬进城里居住了，旗城

① 小肉饭——满族的一种食物，将猪肉剁碎与米饭一起煮熟。祭祀时族人不分男女老幼共同分享。

已经名不副实了，虽然城门还在、城墙依然，但城里城外已经没有什么差别了，四邻八乡的，包括船厂的人已经不把乌拉城看作一座城了，而是叫作了乌拉街（gāi）……

还有，乌拉街的买卖开始上税了。这是乌拉街的旗人和民人共同遭遇的变化，也是对每个人都产生影响的变化，于是，他们想到曾经的打牲衙门，想要去找衙门总管永泰说道说道，但后来还是放弃了。

永泰交出打牲衙门总管印鉴后，赋闲在家。他脱下了官服，换了一身长袍马褂，头戴着瓜皮帽，脑后面拖着辫子，像极了一介乡绅。他头上还剩了一个“官衔”——乌拉官学校校长。说是官学，却没有哪个官衙来过问学校的事，更不见拨付一文钱，所需开销其实都得由他从自家账上支付，也正因此，至今也没有人来跟他争这个“官衔”。官学校的学生已经不分满汉，凡乌拉子弟肯学愿学的都可报名入学，这也正是当初明毓跟他一起谋划的。除了学校有事，他很少出门，每日读书、品茶、作画，或者与大儿子吉祥一起扎风筝、糊灯笼、栽花、养鸽子。他也不太关心秀府外面的事，靠着秀山留下的土地房产和金银珠宝，他足可以养活秀府几家子人。府里的家奴、杂役、佣工，他一律给恢复了自由身，随他们自己决定去留。赖德才表示要留在府里，他老家没人了，虽说他不再是罪人之身，但也怕去到外面遭人白眼。永泰同意了，让荣升接替他做了管家，说他岁数大了，不必再像从前那么操劳了，留在府里享享清福，秀府会为他养老送终。赖德才当即就感激涕零地跪下了。有一天永泰偶然在秀山留下的书橱里发现尚秉致编撰的那两部书稿。他知道这两部书并未最后编完，尚秉致突然罹难，秀山又调任伯都讷副都统，书稿便搁置起来。永泰随手翻了翻，看着尚先生的字迹，还有书里记述的关于打牲衙门和乌拉地方的种种，都是那么熟悉，却又恍如隔世，忽然地生出都慨，感慨过后，又动了心，他要接着编撰这两部书，完成阿玛的心愿。自此以后，永泰每天大部分时间都待在了书房里，很少走出秀府，也不太过问秀府的大小事情。这期间他还做了一件事，让在京城的二弟求画师王阑坡画了秀山的悬影。悬影有四尺半高，秀山身着大清三品官服，顶戴花翎，颈挂朝珠，足蹬朝靴，神态庄严。永泰将悬影卷轴用绸布包好了，放进长条匣子里，搁在西屋内西墙中间的托架上，留待过年时请下来供奉。西墙下有一条炕，条炕上放了张长案，案上两侧摆着金钟、玉罄、孔雀翎扇，中间则是一只景泰蓝的托盘，上面置一宣德炉。永福在着人带回悬影时还捎来一信，信中告知，他在中华民国临时政府里谋到了差事，待稳定后或许会把家小接过去。永泰有些不以为意，总觉得二弟这新差事谋得太顺当太快了，他竟然品咂出一丝变节的味道。不过他没说出来这个意思。反正二弟远在京城，有什么动向也影响不到关外，暂时也不可能接走家人，也就不存在分家的问题，秀府就还是一个大家庭。偌大的秀府不再是权力的象征，但仍然是财富和尊严的所在。不过，也不知从什么时候开始，人们已经习惯地把秀府叫成后府了。一开始永泰听着还感觉有些不对味儿，后来也就默认了。没有了秀山，秀府自然也就不成其为秀府了。

与后府——也就是秀府的淡然寂寥形成鲜明对照的，是萨府的门庭若市。现在乌拉街最有头有脸而且异常活跃的人物是富祥。富祥是乌拉街最先剪掉辫子的那批人之一，如今当上了县参议员，还申请冠汉姓“傅”，所以他现在叫傅祥。

傅祥当初因为打着乌拉地方自治会的旗号侵吞旗务工厂资产、克扣工人薪资被官府带走投入大狱，还没等审理就共和了。吉林巡抚衙门变成了吉林都督府，都督府梳理前朝旧案，很多因革命党嫌疑或与革命党有牵连的案子都不作数了，像傅祥这类的案子也没有人较真，他又大呼冤枉，管狱的人都嫌他麻烦，就把他放了出来。他出来后到处说他因同情革命党倡导共和而遭人陷害。他有组织乌拉地方自治会的经历，乌拉地方自治会与吉林省地方自治会是一脉相承的，共和后，这些人都成了地方参政议政的活跃分子，自然要拉傅祥一把，傅祥就当上了县参议员。而他担任会长的乌拉地方自治会也换了牌子，改作乌拉旗人筹划生计公会。公会涉及的事比自治会还多，宽拨荒地、调查贫丁、计口授田；调查旗务公产、倡捐教育和实业，包括劝导旗人剪辫子冠姓等等，只要傅祥想管的事，都能以公会的名义伸出手去。傅祥可谓权势盛极。

打牲衙门所辖皇产如贡山、贡河、官庄、马场等虽已收归国有，相应的接管机构却未明确，除了已经出放的山林地段，其他收归国有的土地、山林、牧场之类的，事实上处于无主状态，有些比较精明胆子也大的人便明里暗里地侵吞私占，公会也借机插足。傅祥这一气占了多少地没有人说得清，人们都估算，萨府的财富恐怕已经超过了后府。

此时的傅祥除了少一只胳膊，活得比任何人都好，一妻两妾的日子过得有滋有味，他的正房夫人珠儿，连着给他生了三个丫头，他一气之下娶了二房。

二房倒是生了，仍然是个丫头，令傅祥失望至极；接着傅祥又娶了三房，就是从船厂领回来的那个戏子。三房很受宠，无奈肚子不争气，一年多也不见动静，傅祥不着急，毕竟他还精壮。傅祥活得很得意，每天穿着洋装、戴着礼帽、拎着文明棍走在乌拉街上，都有人前呼后拥着，还动不动就去省城去县里议事。人们不知道他都去议什么事，但能去省府县衙议事的，自然不是一般的人。谁遇到个难事，求傅参议跟县知事疏通一下，办起来那就顺畅；若是傅参议觉得不对的事或者看不顺眼的人，就莫名其妙地总是遇到麻烦。傅参议可谓要风得风要雨得雨，活得那叫自在。人得意了可以表现在方方面面，不知从什么时候开始，傅祥有了一项爱好：抽大烟。他在府里僻出了一个房间，买了雕花的紫檀木大烟床，躺下去无比地舒服；各种材质的烟具，凭心情每天换着花样用；三姨太专门为他烧烟泡，来不来的也熏出瘾来。一开始，大奶奶珠儿一见两个人躺在烟床上面对面抽就来气，连打带骂的，后来见管不住，也就懒得再理，反正萨府有钱，足够他们糟蹋的。只是乌拉街的人一说起来都很是不屑，二百年来乌拉城一直民风清纯，勤劳为本，衙门也一向不允许旗丁染指那些勾栏青楼之好，便是后来稍有放松，也只默许在城外开设落子园和书馆，唱唱莲花落或说说书，至于大烟馆妓院之类的，绝不允许落地儿。因而乌拉城人不管穷富，都能自重，鲜有鸡鸣狗盗之事。如今傅祥不仅娶戏子，还明目张胆地抽起大烟来，显见着世风日下了。不过，说来说去，也还是人家富有。

魁府的境况则又是另一番情景了。偌大的院子里，只剩下大奶奶刘佳氏，由仆人得福两口子陪伴着。已经嫁到船厂的桑格几次要把刘佳氏接走，刘佳氏执意不肯。家里还剩下几垧地，租给了佃户，刘佳氏靠收租子过日子。她仍然每天有忙不完的活计，放下扫帚拿起瓢的，也不知道是为谁忙的。实在闲的时候，她会想起跟着富察氏指挥丁妇们给宫里炕铃铛米、晒山货、做饽饽和年息香的事来，便念叨那时候挺有意思。她又常常像个游魂似的在院子里四处走动，嘴里嘟嘟囔囔，有时坚称明毓没死，就像前两次一样只是出了远门，说不定哪天又回来了，有时又说得让明毓的游魂安定下来。只有这个时候，人们才觉得她有些不正常。想着明毓活着时，也曾经是乌拉城风光一时的人物，那时的魁府眼见着蒸蒸日上，倏忽之间，就都成了泡影，只留下一个空旷的庭院和孤单的老母，便令人不由得感慨唏嘘。

有一天京城忽然来人了，把明毓的两个孩子送了回来。刘佳氏见到孙子孙女喜极而泣，一手搂着一个再不肯撒手。来人放下几只包裹，又留下些银两，说孩子就留下了。刘佳氏这才想起问二格格，问二格格啥时候能回来，这人咋一去就再没了音讯。京城来人说贝勒爷一直看得紧，她想回也回不来，再后来贝勒爷要二格格改嫁袁世凯手下的一位将领做妾，二格格不肯，父女俩闹得很僵，二格格一时想不开竟然寻了短见，回不来了。刘佳氏又抱着两个孙儿哭起来，惹得两个孩子也跟着号啕。自此以后，刘佳氏的脸上现出了笑模样，失而复得的孙子孙女，让魁府又重现生气，也令她的日子有了盼头。

二格格留下一封信，却是给福儿的。福儿满脸疑惑，她已听说二格格故去，展开信纸时手都是抖的，不知道信里会说些什么。信只有一页，笔墨更简单——

福儿亲鉴。

看到此信，你我已阴阳两界。不要问我为什么，世事难料，何况人乎？生逢末世，遗憾居多，贱命多舛，去意已决。唯一心系一双儿女。裕府已败，境况黯淡，前景未仆。思前想后，只一人可以托付。今将一双儿女送回魁府，拜托日常勤加照拂，不求发达，但祈健康成人，我泉下亦可瞑目。你我虽心存芥蒂，我却信你侠心义胆。不揣冒昧，乍然相托，只为曾经情寄一人。斯人已逝，今可明告，其爱你甚于爱我，阴差阳错间，恕我横刀夺爱。情殇难愈，小儿女或可疗慰。

润怡泣拜。

福儿攥着信号啕大哭，哭得彩玲手脚失措，劝道，毓小爷死的时候也没见你哭，毓少奶奶哪值得你哭成这样？

福儿一边哭一边骂道，你懂个屁！

这天之后，福儿一扫阴郁之气，满脸都绽开了花。她又开始张罗修缮蜂蜜营学堂的事，把中断的施工重新拾起来。赖德才不当管家了，正好有工夫全力帮她操持这件事。福儿还让他把配房一起修了，准备将来留给先生用。赖德才问她，修好了学堂，请谁当先生？

福儿说，没想。

其实她想了，还是想找回素韵。直觉告诉她，素韵没走远，一定还会回来。

傅祥打发人来，请福儿去生计公会，说有事相商。福儿不想跟傅祥有啥来往，凭什么他让去就得去？便直接回绝了。

苏穆却来了，代傅祥请五格格赴宴，说傅参议有心与她讲和，让过去的不愉快都过去。苏穆现在是德盛园的掌柜，打牲衙门取缔之后，他也赋闲了。他当骁骑校时明里暗里有不少进项，他阿玛铁亦哈也给他留下些家底，就盘下了这家火锅店，当上了掌柜。苏穆说，傅祥是真有事和五格格商量，你答应不答应自个儿定夺，只是五格格你得去，就算赏我个脸，我现在开这家买卖也不容易。福儿听这话音，苏穆的买卖还得仰仗傅祥，这倒勾起她的好奇心了，就答应了苏穆。店伙计引她进的还是那间包房，当年她和几个哈哈珠子常常聚会的地方，只是又重新裱糊了一下。如今物是人非了，几个哈哈珠子死的死，走的走，留在乌拉城的竟只有傅祥和苏穆。她也早已不是那个任性乖张的五格格。

傅祥和苏穆已经等在里面，看福儿进来，急忙起身迎接，还做个礼。

福儿坐下就说，傅祥，我来，是看在苏穆的面子，我不想他为难。

傅祥扫了一眼苏穆，苏穆尴尬地咧咧嘴。

傅祥说，那是那是。苏掌柜比我有面子。

福儿说，傅参议在乌拉街现在吃得很开，上上下下的都得仰仗你呢！

傅祥连连自谦，说，都是乡人抬举，傅某人愿以微薄之力，为乡人谋福祉。五格格不是打算在蜂蜜营建女子学堂吗？这是造福乡民的好事，也是我们生计公会要倡导的好事，本会长大力支持。

傅祥就说起他要以生计公会的名义，在乌拉城倡议捐资帮福儿建女子学堂。福儿倒很意外，想不到傅祥会有这样的善心。转念一想，傅祥不一定又憋着什么坏主意呢，她就直截了当地问傅祥，你想要啥好处？

傅祥很是委屈，说，好处？办这个学堂能有啥好处？福儿你是想要靠办学堂发财吗？咱不都是为了乌拉地方发展教育吗？

福儿说，我不相信你，也不想跟你有啥来往。

苏穆听这话头不对，赶紧打断说，五格格，好久没聚了，咱们先叙旧，叙旧。说着，就起身撩开门帘招呼店伙计上菜。

福儿说，要叙旧，恐怕还有更难听的呢！我一直就想弄明白，当初明毓咋就落个私通乱党的罪名？若是没有乌拉的人告密，官府咋就能知道他救出去的是素俊？如今不是共和了吗？革命党赢了，我听说省城里有人公开倡议要将杀革命党的吉林都督陈昭常法办呢，咱乌拉街这些旧账是不是也得有人算啊？……

傅祥的脸色很难看，朝着福儿直翻白眼，看样子想翻脸。福儿根本不理会，一口气说个痛快。这些话她已经憋了很久，今儿算找到了发泄口，怎么能不一吐为快？苏穆见气氛不对，害怕了，又不敢阻拦福儿说话，便一连声地朝门外喊上菜，一声比一声高，终于喊来了端着盘子的伙计。

福儿住了嘴，朝苏穆笑了笑，说，苏穆，谢谢你请我来，今儿个真开心。有胃口你们就接着吃，我走了！说罢，起身就走。

傅祥开口了，说，五格格，我不得不告诉你，那个蜂蜜营小学堂，要是没有我的准许，你还真办不成。

福儿不以为意，问，凭啥？

傅祥说他已经买下了蜂蜜营小学堂周边的地，连同地面上的房屋，这些房屋就包括她正在修缮的小学堂。他现在是那一片地的地主。

福儿自然不信。小学堂原来是一座小清真寺，是蜂蜜营及五官庄最早的一批回民庄丁修建的，随着回民增多，村子也往远了扩移，便易地建了一座更大而且是砖瓦砌筑的清真寺，这座小清真寺就闲置荒废了。素俊做私塾先生时，学生家长一起出资将小清真寺维修一新，才做了学堂。学堂是公用的，周边还有一片未开垦的生地，怎么就成了傅祥的？

福儿跑去找永泰。永泰正在吉祥屋里看吉祥扎灯笼，准备中秋节用的，吉祥的手艺还是跟老姑奶奶学的。福儿问永泰那块地的事，永泰竟袖着手想了好半天，好像那些事已经很遥远了，想的结果是他不清楚，反正他去蜂蜜营核查土地时，没听说那片地有在萨林保或者傅祥名下的。永泰说你看看地照，让他拿地照看看。接着又说，福儿你最好别惹这个麻烦，那傅祥不是个善茬儿！永泰现在是多一事不如少一事，后府外面的事，他唯一关心的就是学校，他好歹还是校长，他不能误了那些渴求读书的乌拉子弟，除此，其他的事好像都引不起他的兴趣，也很少能有什么事让他动容的。曾经有一次，福儿劝他把辫子剪掉，省得让人像看怪物似的看他。他立时变了脸，瞪着眼睛直视着福儿，看那架势像要说什么狠话，可最终只是吁了一口气。好在，永泰自己留着辫子，却不阻止别人剪辫子，府里的男丁便都剪了。吉祥剪辫子那天诚惶诚恐地去给他请安，他竟视而不见，连问都没问一句。现在永泰也极少走出后府了，他在院子里过得很清静。福儿也不再提这茬儿，对他拖在脑后的辫子也是视而不见了。这会儿，看着父子俩兴致勃勃地摆弄着灯笼，她一时也无话可说。从福儿进屋到离开，吉祥除了问一声姑爸爸好，再也没说过话，全神贯注在那只灯笼上。

还是在德盛园，是福儿约的傅祥。福儿看了傅祥的地照，上面清清楚楚地写着从哪儿到哪儿，东西长多少丈，南北长多少丈，总计多少垧，按傅祥手比量的，正是包含了小学堂的部分，地照上清晰地印着吉林荒务局的大印。福儿说谁信你比量的，咱得去实地丈量。傅祥嘁了一声，劈手收起地照，说想去你自己去，爷我没兴趣陪你玩儿。福儿翻了脸，说，你跟谁称爷呢？傅祥愣了一下，反过味来，嬉笑着说，习惯了，忘了你是尊贵的五格格了，五格格见谅。

修缮小学堂的事不得不再次停下来。福儿知道傅祥成了心跟她过不去，多少年了，从上一辈到他们这一辈，明争暗斗的，积了太多的怨，化解不了。何况，她的心里是积着恨的，她一直怀疑傅祥告密，才令明毓和素俊包括素韵下场如此悲惨，一想起来就恨不得杀了他，有几次她都摸了枪，终究还是冷静下来，毕竟是她的猜测，没有证据，她只能暂且把仇恨埋在心里。不想，傅祥竟然又来给她添堵，还是这个手法，让她哑口无言又无可奈何。后来苏穆悄悄告诉她，傅祥是想以生计公会的名义在乌拉街各买卖家摊派捐资办学，借机就可以名正言顺地捞一场。福儿一听，更不可能让傅祥插手办学这事了。

不久，福儿就得知了傅祥买下小学堂周边荒地的内情，是荣升告诉她的。荣升本来就是秀山的人，自然看不惯萨府的做派，又无端被傅祥免了旗务工厂副厂长的职务，心里更积了怨。傅祥得势，他就气不过，早就瞄着傅祥的一举一动呢。他去荒务局给后府办理核发的新地照，遇到个熟人，唠起荒务局出放荒地的乱象，熟人还劝他借机买些荒地，只要跟荒务局办事的人弄明白了，睁一只眼闭一只眼的，事情就办了。熟人就举了傅祥的例子。傅祥买的是邻近小学堂的那片熟地，一个站丁的旗田，十五垧地，等他办地照的时候，这十五垧地周边的荒地无主地都算了进去，整整翻了一番还多。熟人说，谁不知道咋回事？谁都不说就是了。荣升有心，回来就告诉了福儿，他知道五格格最近因为什么事烦心。

福儿笑了，说那我还顾忌啥了。就叫赖德才马上准备继续开工，该备料备料该雇人雇人。她想告状，告傅祥侵吞公产、私占土地，告状得找人写状子，想来想去，就找到大哥永泰。永泰摇头，说这状告不赢，你说人家私吞，你能找出愿意做证的证人？傅祥可是有官家核发的地照，白纸黑字，铁证如山。福儿不认可，非要打这场官司。永泰不肯为她写状子，说他占就占了，又没占咱家的地，你是替谁告啊？大清国都不管了，咱哪管得了？福儿一跺脚走了，不再指望永泰。

福儿又想起了明毓，明毓若在，肯定会想出办法替她出气。当年扳倒萨林保，乌拉人都私下议论，是明毓查出了萨林保勾结省荒务局官员侵吞公产的证据，给远在伯都讷的秀大人传的信儿，秀大人向上递了奏折。但这只是人们私下议论，谁也没听明毓说过，秀大人更不可能提这茬儿事，不过福儿是相信的。如今这两个最信赖最坚强的依靠都已经不在了，永泰又不担事，福儿禁不住心里一阵酸楚。

福儿还没找到写状子的人，赖德才就被打了。赖德才去蜂蜜营送料，并准备重新开工的事。不想傅祥早安排了人在那儿盯着，自然出来横加阻拦，三说两说，那边的人就动了手。赖德才岁数大了，肯定吃亏，被打得鼻青脸肿，一边跟福儿学说一边委屈得直掉眼泪，哭得可怜兮兮的。福儿听着，只觉得自己的脸发起烧来。她安慰几句赖德才，又嘱咐下人帮赖德才找大夫看伤，转身回了西厢房，摸出那把小枪就出了后府。

第六十六章

傅祥死了，死在了他的烟榻上。

萨府的人说他是抽大烟抽死的。傅祥的烟瘾越来越大，隔三岔五地就得往船厂跑一趟，淘换大烟土。卖烟土的人每次只卖他很少量，他和三姨太一起抽，抽不几天就没了，下次再去买就涨价。卖烟土的都知道他有钱，成心讹他，他也甘心被讹，有烟抽就行。傅祥一天要抽几次，睡觉前还得来一泡，那天就抽多了，第二天早上家人发现，他蜷在烟榻上，身子都硬了。

乌拉街的人却不认为傅祥是抽大烟抽死的，而是被人杀死的。傅祥活得太得意了，也太嚣张了，得罪人了。人们历数他做过的事都得罪谁了，首当其冲的就是后府。萨府与后府积怨太多了，公私兼有，上辈子延续到这辈子，傅祥丢一只胳膊据说也跟后府有关。最近的冲突就是关于蜂蜜营的那片地和那地上的小学堂，好多人都看见，那天五格格气冲冲地拍萨府的大门板，还放枪了。

福儿听到了外面的传言，她不屑一顾。那天她是揣着枪去萨府的，傅祥根本没露面，却派出了几个家丁，一字排开地挡在大门前，还让人传话，五格格可以随便到哪儿去告，他奉陪到底，这简直是更大的羞辱。福儿气得当场拨出了枪，砰地放了一枪，打在墙皮上，崩得火花四溅，那几个家丁当场就吓得目瞪口呆，早忘了护院了。福儿挥着枪就要上台阶，却被人一把拉住，回头看，竟是荣升。原来赖德才怕五格格吃亏，喊荣升去看看。也幸亏荣升来得及时，不然福儿真能冲进萨府，那后果就不好说了。

现今傅祥死了，死得莫名其妙。福儿也不相信他是抽大烟抽死的，是谁干的这么诡秘？萨府不能说是戒备森严，也不是谁想进就能进去的，弄死傅祥的手法还那么诡异，天衣无缝，更奇怪的是，萨府竟然都不敢声张，还认可了这种死法，可见这杀手做得有多么高明。福儿是佩服极了。

傅祥死后，萨府由大奶奶珠儿掌管，做的第一件大事就是把二姨太和三姨太撵出了萨府。二姨太好歹有个女儿，珠儿还分给了一些银两，出了萨府不知奔哪儿去了。三姨太不仅无出，还抽大烟，珠儿很不客气，直接让她净身出户。后来有人说，在船厂的妓院看见过三姨太。

最让福儿意外的，是珠儿打发人送个口信儿，请五格格过萨府一趟，她重孝在身不能出门，只好劳动五格格。福儿与珠儿向无来往，赶在这个当口，珠儿突然要见她，还得去萨府，福儿心里禁不住画个魂儿。彩玲说，不去，她准没安啥好心，外面都传是你杀了傅祥呢。福儿说怕啥，我又没杀他，我要不敢去才有鬼呢，去！福儿走到萨府门口时，荣升追了上来，说是赖德才让他来保驾的，怕有啥不测。福儿没拒绝。福儿和荣升被请进堂屋，意外的是，屋里除了有珠儿，奚师爷也在。珠儿摘去了两把头，只扎了一大把，编了两绺小辫，辫梢撒开了，用粗布包了头，脑后垂下长长的一条带子，有一绺小辫也顺着耳后垂下来，这是满人的寡妇发式，拆头摞双辫。珠儿冷着一张脸，不说话，倒是奚师爷客气地打招呼让座。福儿没坐，说，傅大奶奶有啥话就说，不是我自己要来的，不用给我看脸子。珠儿说话了，却是对奚师爷，你说吧。奚师爷就说了。原来珠儿要将蜂蜜营小学堂所在的那块地让给福儿，请奚师爷做中人。福儿惊讶不已，寻思片刻，忽然笑了，说，那片地本来也不是你们萨府的，咋你说让给我就给我了？我也不敢要啊！不料珠儿扑通一声跪在了福儿面前，说，五格格，求你了，放过我们一家老小，我给你磕头了，以往都是我家那个死鬼做过分了，得罪了五格格，他也遭了报应了。你看在我们孤儿寡母的份儿上，饶过我们吧。这块地无论如何你得收着。说着，涕泪交加，鸡啄米似的连连磕头。

福儿吓得跳了起来，说，快起来，傅大奶奶，这是干啥！傅祥得罪的人可不止我，你咋就认定我杀了他？

珠儿说，你没杀他，不是你杀的。五格格神通广大，神鬼都向着你，他是遭了天谴了。五格格向上天言语一声，我会把他私吞的东西都吐出来，该谁的还给谁，求五格格放我们孤儿寡母一条生路。

福儿见她说得没边儿没沿儿的，气得转身就走，奚师爷喊住她。奚师爷说，五格格就算发发善心，把那块地收了，不然傅大奶奶也活不安生。福儿就瞪着珠儿，问，你知道是谁杀了傅祥？

珠儿头摇得像拨浪鼓，说，不是被人杀的，是抽大烟抽死的。

福儿很纳闷，百思不得其解。见她好一会儿不说话，荣升说，五格格不正好要用那片地建学堂吗？不如就先答应了傅大奶奶，也算成全她。以后的事以后再说。

福儿答应了，立字据时是按福儿的意思写的，写明蜂蜜营小学堂及周边东西长多少丈、南北长多少丈属于小学堂用地，珠儿及萨府后人不得以任何理由干涉或者索要用地及其上面的房屋。珠儿千保证万发愿地连连称是，仿佛得了多大的恩惠，感激涕零的。告别时福儿看到了傅祥的三个女儿，大的十来岁，小的也五六岁了，在院子里玩儿“跳房子”。福儿说，将来让她们也去读书吧。珠儿似懂非懂地点着头。

福儿是揣着满腹的疑惑离开萨府的。路上荣升还说，这事像是有人要替五格格说话呢。福儿默认，还问，你说会是谁？荣升摇头，福儿说，替我说话还犯不上弄死他，这得有多大的仇恨！荣升说，听说在外面，旗人被打死的事不稀奇。福儿说，那准是得势时仗势欺人了。

福儿找来赖德才，告诉他去见珠儿的事。赖德才很高兴，说那咱们就可以接着修小学堂了，上冻前得完工，不然又要拖到明年开春。说到后来，福儿突然提出想去山上一趟。赖德才一愣，他知道福儿所谓的山上是指关东好，便问，咋突然要去山上？福儿思忖片刻说，总觉得傅祥的死跟山上有关。赖德才说，五格格想归想，可不能跟山上的人有啥来往，那是要吃官司的。赖德才说得很坚决，福儿想了想，也就不再坚持。

修缮小学堂不再算个事，由赖德才接着领人去干就是，福儿发愁的是没有合适的女先生。没有女先生，就没办法招女学生，学堂修好了也白搭，聘女先生成了当务之急。素韵暂时没有消息，福儿曾经指望着雪雁，可雪雁去了东洋留学，不知道什么时候能回来。福儿就不住地催问佟佳氏雪雁有没有信来。东洋太远了，隔着大海，来一封信也不是容易的事。福儿又一次去东厢房催问佟佳氏时，佟佳氏说别指望她了，不说有没有信儿来，啥时候能回来还两说着呢。我看这乌拉城里，女人当中也就姑奶奶的书念得多了，干脆你当先生得了。福儿笑说，实在没人，我就赶鸭子上架了。说话间，福儿就动了一念，佟佳氏初通文墨，给小孩子启蒙应该是够了，加上她心灵手巧的，完全可以教女红。福儿就把这想法告诉佟佳氏，佟佳氏惊得张大了嘴，下巴差点儿没掉下来，接着就笑，说姑奶奶你别吓唬我了。福儿还真仔细想了，佟佳氏整天闷在府里无事可做，她又不像另外两个妯娌喜欢东家长李家短地填充日子，更多的时候关在屋里做些针线或者绣活儿，守寡的日子并不好过。反正府里也没啥事，不如帮她办小学堂。佟佳氏忸怩了一会儿，说就怕大哥会不高兴。福儿说别担心，大哥都肯出钱帮我建女子学堂呢，咋会不高兴？我去跟大哥说。福儿就去找了永泰。永泰已经把尚秉致留下的书稿重新编撰誊写好了，按册装订，重新题了书名：打牲乌拉志典全书、打牲乌拉地方乡土志，就等着机会找人刻印。书稿编撰好了，永泰了了一大心事，也有闲心了，此时正伏案写字，录的是康熙东巡乌拉时写的《入乌拉境》："苍山岌嶪路绵延，野燎荒原起夕烟。几点寒鸦宿枯树，半湾流水傍行旃。"福儿说话时他也没停下写。福儿一口气说完了，永泰才从书案上抬起眼睛，很困惑地眨了眨眼，问，她出去做事好吗？福儿也问，有啥不好吗？现在外面有好多女人都出来做事了。永泰说，她是寡妇。福儿哦了一声，问，那又咋的？永泰想了想说，也不咋的。福儿就当他是同意了，回去对佟佳氏说了，佟佳氏竟然露出兴奋的神情，立刻问，啥时候开始啊？福儿就笑她，说，比我还心急。瓜尔佳氏和喜塔拉氏知道了这件事，很是不以为然，说讷要是在世，绝不会放老三家的出去，寡妇家家的，也不怕惹是非。她们没敢当着福儿的面说，福儿以前拿烟袋锅刨过她们，因为她们嘴碎。如今尽管福儿戒了烟，手里没了烟袋锅，气上来也会随手抓起东西拍下去。她们怕福儿，也只能在背后说些不咸不淡的话。有时候佟佳氏会跟福儿嘀咕两声，表达一下委屈，这倒影响不了福儿的情绪。福儿告诉佟佳氏，别听那两个老娘们儿扯老婆舌，该干啥干啥。佟佳氏就眉开眼笑，痛快地帮着福儿筹划学堂的事。佟佳氏担心将来不会有女孩子来报名上学，蜂蜜营离乌拉街还有段路程，离这儿近的都是原来五官庄的村屯。城里的女孩子就不读书，更别指望乡下的女孩子了。福儿也担心，但她想不了那么多，到时候总会有办法的，她就是想做这件事。

一大早，福儿就被窗外的说话声惊醒，听声音是才录在和彩玲说话。睁开眼睛，看窗外天刚刚亮，两个人不管不顾地说话，吵醒了她，她就有些生气，坐起来，抓起扫炕的笤帚疙瘩敲窗户。外面突然静下来，只静了一会儿，还没等她重新躺下，才录又大声说，五格格，你还是出来看看吧。

福儿跟着才录走出大门。门口的台阶上坐着一个小姑娘，七八岁的样子。女孩见她走来，站起身，目不转睛地看着，没有一点儿惧色或者害羞。福儿问，你是谁？女孩反问，你是五格格吗？神情很是镇定，与年龄极不相符。见福儿点头，女孩子跪下就拜，说，晓莺见过五格格。福儿惊诧地问，你是谁？你家大人呢？

晓莺看着站在一旁的才录，缄口不语。福儿忽然觉得这孩子的眉眼有些似曾相识，心里一动，领着她就进了大门，回到西厢房。福儿没让彩玲跟进屋，独对着晓莺，说，这回可以告诉我你是谁了吧？

晓莺未等说话，哇的一声哭了，这一声哭好似憋了很长时间。福儿心里一紧，知道出事了。

晓莺是小琴的女儿。福儿从她的眉眼中看到的，正是小琴当年卖唱时的模样。晓莺抽抽噎噎边哭边说，福儿听明白了。关东好的大营被另一伙绺子偷袭，毫无防备的小琴仓促应战处处被动落了下风。危急时刻，小琴把晓莺托付给身边的崽子，让他带着晓莺逃命，送到乌拉街后府找五格格。崽子护着晓莺乘黑夜溜出了大营，天亮时赶到了乌拉街，把晓莺送到后府大门口就不见了。晓莺记住了妈妈的嘱咐，只告诉五格格你是谁的女儿。

福儿问，你爹呢？

晓莺说，我爹早就死了。我都不记得他的样子。

福儿没有惊讶，她早猜测过，小琴就是关东好的大柜。这些年，是小琴独撑着关东好的旗号，真不知她一个女人家怎么能让一帮子老爷们儿服气。福儿想起了小琴爹，问晓莺，晓莺说姥爷跟妈妈在一起呢！

福儿判断，小琴和小琴爹恐怕凶多吉少，最后时刻想着把晓莺托付给她，也是相信她会善待孩子吧。

福儿把晓莺领到佟佳氏屋里，告诉佟佳氏晓莺是她捡的，闯关东人家的女儿，养不活了，被扔在了大门口。福儿让佟佳氏认了干女儿，以后就让晓莺住雪雁的房间，等女学堂办起来，晓莺就是第一个女学生。佟佳氏虽有疑问，也没多说，她不是多事的人，看晓莺的模样很周正机灵，马上喜欢上了，权当是雪雁回来了。福儿后来跟永泰也没说晓莺的来历，只说养活晓莺的用项由她出。永泰没反对，也不深问，只要不用他出银子，怎么着都行。

刚过了中秋，才录拿过来一封信，说是一个陌生人让转交给五格格。福儿拆开信，里面只有一幅画，画着四只蝴蝶，各种姿势地飞，仿佛在寻觅落点，可纸上除了蝴蝶，什么都没有。她一看就知道是素韵画的，心下一喜，再看信纸和信封，没有任何联系方式，忽然就有一种不好的预感。以往若是两个人作画，素韵都是画好了花草或者石头或者树，留给她画蝴蝶的地方，可这张画里先画好了蝴蝶，其他的地方却是一片空白。福儿拧着眉头端详着画，百思不得其解。她把画拿给永泰看，让永泰帮着找找线索。永泰眯着眼睛看了看，说，你去庙上找找吧。福儿惊问他怎么就猜出素韵是在庙上。永泰说，看那画，一片空白，这是四大皆空的意思。福儿说，她出家当姑子了？

福儿和赖德才紧赶慢赶地上了最后一班船，到船厂时天已黑下来。雇了一辆马车先去了观音古刹，却没找到人，出来后便直奔北山而去。福儿一路上都后悔，这几个月，她打发人把想到的素韵有可能去的地方都找了个遍，青楼戏院、药铺医馆、学堂，甚至大烟馆，却都没有素韵的踪影。她侥幸地希望素韵是回了南方或者去找素俊了，却唯独没想到素韵会躲到庙上。北山的水月庵已关门，福儿拍门。一个老尼开了门，一听是来找素韵的，立即迎进去。福儿急切地问，她是在这儿出家了吗？老尼说，没有，算是带发修行。又说，你们来的可是时候，再晚怕见不着了。阿弥陀佛。

跟着老尼，穿过正殿旁的月亮门，看到一趟寮舍。又走过寮舍，紧挨着有一个偏厦，在低矮狭小的门前，老尼站住了。门傍吊着一盏灯，看着很熟悉，正是后府里年年都制作的样式，想是素韵亲手扎制的。忽明忽暗的灯光下，映出门楣上一块小匾额，上面写着：玲珑阁。

素韵躺在炕上，本来就娇小的身子，藏在被子里，瘦得几乎不见身形；一头黑发披散着，衬得脸色苍白，两颊凹陷，鼻子尖削，眼睛大大的，看见福儿，本来黯淡的眼睛竟然亮了起来，嘴角往上挑了挑，露出了笑容。

福儿一连声地说，咋成了这样？素韵你干啥要躲起来？你这不是作死吗？看没看大夫？赖管家，快去找个大夫来！

赖德才站着没动。福儿催了几声，他还是没动。

素韵笑笑，声音很轻地说，五格格，不用了，见到你，我就心满意足了。

素韵还想说话，却被一阵剧烈的咳嗽哽住，竟咳出一口血，好不容易止住了咳，又是一阵喘，憋得脸通红，看着难受极了。

福儿埋怨道，为啥不早点儿给我写信？

素韵平静了一会儿，说，那画儿是早画的，瞧我这样，拿不起笔了。

趁着素韵昏睡的当口，老尼把福儿叫到了外面，告诉她，看素韵这样子，也就是这一半天的事，她自己也知道，这才托人给你送信儿。她没想见你，只是用那幅画告别一下。既然你来了，就帮着料理后事吧。

福儿再也抑制不住，哭了，哭出了很大的声响。

素韵是第二天的晚上咽气的，她用最后的力气朝着福儿笑了笑，嘴动了动，想要说什么。福儿凑近了，隐隐约约听到明毓两个字，追问她想说啥，却眼看着素韵的眼神散了。

福儿把素韵葬在了北山半山腰的松林里，面朝着松花江，离泛雪堂不远，远眺九龙山峰，坟前立了一块汉白玉的石碑，刻着“小玲珑之墓”。

随后，福儿又找了工匠，攀上九龙山一脉最高的老黑山，镌刻上三个大字：望云山。

三个字鲜红、硕大，吉林城的人走在街上，只要抬头，便清晰入目。从此，老黑山便约定俗成地被人们叫作望云山。

福儿自作主张地这样做了，她说，这也是素韵的意思。

尾　声

雪雁终于来了一封信。

福儿手头正忙着画画，挺大的一幅画，主题自然是蝴蝶，准备将来挂在小学堂的教室里。她头也不抬，问来送信的佟佳氏，雪雁说没说啥时候回来。佟佳氏说，信上没说，只说她在那边看到了很多新鲜的东西，认识了很多有趣的人。福儿撇了一下嘴，说，那就指望不上她了，玩儿野了。然后说，你把信放那儿吧，一会儿倒出手来我看看。佟佳氏就放下信，多了一句嘴，说，雪雁让告诉姑爸爸，说她找到了一块玉佩，和素韵送给她的那块是一样料子的，正好一对儿。雪雁是啥意思？是不是找女婿了？

福儿的手哆嗦了一下，一滴墨汁就滴了下来，眼看着一圈一圈晕开了，遮住了一只飞在半空中的蝴蝶。

福儿没想到她又一次走进巴尔虎监狱。

熟悉的地方，熟悉的高墙，只是门口站哨的兵不再留着长辫子，换了身短打扮，被称为狱警。全安从角门走出来，穿着同样的狱警服，头上也不见了辫子。全安升职了，当了个小狱头，看见她，只客气地点点头，便引着她从角门进到了院里，然后走到了丁栋，她曾经住过的丁栋，专门关押女囚的，八字间。全安领着她走进一间会见室。瞅着没有旁人，福儿塞给全安一个荷包，说谢谢你给我送信儿。

全安迟疑了一下，托着荷包，笑说，没想到五格格跟胡子还有来往呢！

福儿说，谁也不是天生就当胡子的。

福儿来探视小琴。

随着一阵铁链拖地的哗哗声，小琴出现在走廊。她的手上脚上都戴着重重的铁链子，看着就沉，别说还要拖着行动。福儿求全安，能给她解开一会儿吗？全安说不行，重刑犯，你能见到她已是破例了。

小琴走近了，看见福儿，笑了。那笑很是纯净，就是高兴，像极了同一个村里的姐妹久违后相见时的亲热，无论如何与杀人不眨眼的女胡子联系不上。福儿进城时看到了城门旁的街贴告示，上面就是这么描述小琴的。

福儿知道这不是她所认识的小琴。她不清楚小琴都做过些什么，怎么杀人不眨眼了。她认识的小琴就是一个普通姑娘，不幸沦落到了胡子窝，经历了许多别人不曾经历过的事情。

隔着一张条案面对面坐下了，相互看着笑。都知道这时间宝贵，要说的话太多，就迫不及待地你一言我一语地说起来。小琴是被另一伙绺子抓住献给官府邀赏的，小琴爹在这场火并中被打死。她知道早晚会有这一天，从她死心塌地待在胡子窝的那天起，她就等着这一天。她的丈夫关东好早在一次砸响窑时中了流枪死了，爹辅佐着她掌控了关东好手下的兄弟。她得活着，还有手下几十号兄弟也靠她活命，她在江湖上仍然打着关东好的旗号，她干了所有的胡子都会干的事，必然遭到报应。她不想她的孩子受连累，要让他们走正道，她把女儿托付给了福儿。福儿让小琴放心，说她会好好照顾孩子。福儿还试图和小琴探讨有没有获救的可能，小琴断然摇头，让她打消这个念头。小琴说她该死，从古至今没听说哪个胡子有好下场的，绑票砸窑、杀人越货，哪一条都够死罪的。福儿直摇头，说你跟别的胡子不一样，你杀的是像索富和傅祥那样的恶人，你还救过素俊救过革命党呢！小琴露出一种笑，神秘的笑，不乏得意。福儿告诉她雪雁在东洋见到素俊的消息。福儿没提玉佩的事，只是埋怨素俊为何不来一封信。小琴的神情里透出一丝怅然，很快就甩甩头，一笑，说，五格格还惦记他呢？我一直觉得你们俩不般配，你和明毓倒合适。看福儿一脸悲戚，小琴就问了一句，咋了，明毓也没来过信啊？

福儿愕然，被雷击了似的目瞪口呆。

明毓活着。他和熊成基一起被游街示众、押赴刑场。寒冬腊月，街上的人竟然还这样多，人们挤挤挨挨地站在路边，踮脚抻脖地张望。小琴带着几十号人也杂在其间伺机行动。两队清兵持枪在前方开路，随在后面的一辆囚车里站着熊成基。然后又是几列清兵，也跟着一辆囚车，站着明毓。他一头短发，后背上插的牌子上写着“何云铭”。熊成基也是一头短发，看面相很年轻，苍白的脸，眼睛却瞪大着，毫无惧色，看见人众，开口说起话来，嗓音响亮，带着南音，却能听得懂。他大声说，各位，各位，不要怀疑我是强盗是奸人，我也不是杀人的凶徒，我本是一个善良的革命军人。我死后，愿意追随我而革命的人会大有人在……明毓跟着喊，我愿意！我就是你的追随者……那一刻，人群很安静，明毓的声音便很清晰很响亮，除此，还能听得到车轮子碾压雪地的吱吱声，还有囚笼撞击车厢板的声响……就在这时，炸街了。

小琴说，她本是去劫素俊的，却发现那个革命党并不是素俊。认出后面囚车里的是明毓，她就嘱咐手下人伺机行动，两辆车一起劫。可先动手的并不是她的人，是有人要救熊成基。街上先砰砰响起枪，人群就炸了，四散跑起来，把押送囚车的清兵队列挤散了。大部分的清兵都顾了前车，后面的清兵明显见少，她的人乘机就冲了上去，砸车的，阻截的，掩护的，一阵扑腾，真就把明毓救了出来。可惜，熊成基没救出来，还是被砍了。小琴的口气里充满了惋惜。又说，她本来想让明毓跟着她上山，明毓拒绝了，趁着黑夜走了，说是去南边。她说会给乌拉城送个信，明毓没同意，怕事情弄露了惹出大麻烦，等以后再说。

福儿已是泪流满面。

蜂蜜营的小学堂终于修缮完成了。

福儿在院中的大柳树下独坐了好久。院中有木料的清香，有泥浆的土腥，有青瓦的爽气，融在一起，沁人心脾。福儿喜欢这种混合的味道，闻得久了，甚至有一种心醉的感觉……

然后，就下了入冬的第一场雪。这场雪下得天昏地暗，从头一天的晌午开始，一直就在下，门被堵上了，窗户被封住了，每一条路都被雪铺上了，像是要把乌拉城与世隔绝了似的。

福儿想，等雪停了吧……

后　记

已说不清多少次走进乌拉街镇，但我仍然无法说清乌拉街镇的真面目。乌拉街表面的平庸或者不着修饰令我很是困惑，便是作为国家级及省市级文保单位的后府、魁府和萨府也都荒芜着、衰败着。这本不应该是一座历史文化名镇应有的样子。幸好，我读过史料，我知道乌拉街曾经有过繁荣；我采访过许多乌拉街的老人，他们给我讲述过去的故事、生活习俗，看老旧的生活家什，还面对面地为我唱上几段萨满神调……他们将我带进了过去的年代，恍惚中便有了身临其境的感觉，人物就有了活动的场景，于是，穿过历史的烟尘，乌拉街在我的眼前便是活的充满生气的。以至于后来，每次再进乌拉街，我都是带着我的人物，在曾经熙熙攘攘的西市场十字街闲逛，在曾经充满生气的后府、魁府、萨府里徜徉，在曾经分布有序的胡同里走东家串西家，在曾经威严肃穆的打牲衙门协领衙门前畅想——

乌拉街，隶属吉林省吉林市龙潭区，全称乌拉街满族镇，中国历史文化名镇。明代海西女真扈伦四部之乌拉部曾在此立国，清朝在此设有打牲总管衙门，是与江宁织造、杭州织造、苏州织造齐名的四大朝贡基地之一，现存有后府、萨府、魁府旧址。后府是第三十一任打牲衙门总管云升的府邸，也是云升之子即最后一任打牲衙门总管乌音保的旧居。随着清朝的灭亡，打牲衙门的朝贡使命随之终结，后府也逐渐衰败，后人四散。

《福地》再现的就是这样一段历史，以及生活在这背景中的人物，还有他们演绎的生活故事，有历史人物的原型，事件发生的原址和人物生活的场景还在，人物原型的后人们还都在。

一

有关打牲乌拉总管衙门的历史资料不多，最原始的档案，在第二任总管希特库时，因衙门遭遇一场“回禄”，尽数被焚毁。流传至今且最权威而且系统详细的，应该是第三十一任总管云升在任时编撰的《打牲乌拉志典全书》和《打牲乌拉地方乡土志》。书中虽有缺漏，却也将打牲衙门的历史沿革和机构设置、官丁职责、重大事件及往来公文等一一呈现。但这也仅仅为史学家们的研究提供了有限的史料，关于打牲乌拉衙门的前世今生，并不为更多普通人所知晓，以至于几近埋没。

作为清王朝的四大贡品基地之一，打牲衙门与江宁织造、苏州织造、杭州织造一样，在清王朝的历史进程中有着不可忽视的地位，然而就知名度来说，却远逊于“江南三织造”。因为有曹雪芹和他写出的那部家喻户晓的《红楼梦》，更多的人通过曹雪芹的身世，知道了曹家与“江南三织造”的关系以及“江南三织造”在清王朝历史中的地位。于是研究者如云，每提及红学研究，必是要涉及“江南三织造”；知道《红楼梦》，就必然知道“江南三织造”。

殊不知，曹家与乌拉街的渊源亦颇深，《红楼梦》与打牲乌拉总管衙门竟也有着不可忽视的关系。

有红学家和东北地方史研究者不约而同地达成了共识，《红楼梦》中为贾府管理田庄的庄头乌进孝给大观园进贡的桥段，影射的就是打牲乌拉总管衙门进贡的情形，其细节种种，足可以佐证这一推断。乌进孝作为贾家的庄头，其管理的庄田在黑山村，“黑”与“乌”意思相通。清宫在东北唯一的朝贡机构，就设置在乌拉街。由黑山村进京上贡，书中虽没有详细描述行走的路线，但乌庄头说了，“今年雪大，外头都是四五尺深的雪，前日忽一暖一化路上竟难走得很，耽搁了几日。虽走了一个月零两日，因日子有限了……”乌庄头所说的时间，正是由乌拉街送贡进京所需的时间。历尽千辛万苦，乌庄头走进了贾府，呈上一份贡单，上面列着：“大鹿三十只，獐子五十只，狍子五十只……鲟鳇鱼二百尾，各色杂鱼二百斤……熊掌二十对，鹿筋二十斤……榛、松、桃、杏瓤各二口袋……”清单所列几十项，其中还有各种杂粮山菜，细细打量，大多都是关东方物，而鲟鳇鱼更是松花江和黑龙江流域独有。可见，曹雪芹对打牲乌拉并不陌生。有研究者推断，曹雪芹有可能到过乌拉，这只是根据种种迹象所做的推断，不足为凭，但曹雪芹的家人却是的的确确到过乌拉街的。康熙二十一年（1682），康熙东巡，曹雪芹的祖父曹寅以御前侍卫随侍左右。康熙帝乘船去捕鲟鳇鱼，途中遇雨，未能如愿。看水天一夜，江潮汹涌，曹寅有感而发，写下《满江红·乌喇江看雨》："鹤井盘宫，遮不住，断崖千尺。偏惹得北风动地，呼号喷吸。大野作声牛马走，荒江倒立鱼龙泣。看层层春树，女墙边，藏旗帜……"读此诗，宛如身临其境。可以想见，康熙驻跸打牲乌拉衙门，曹寅随侍康熙身边，看到和听到的绝不仅仅是雨中的乌拉和乌拉江，还有乌拉当地的风情及打牲丁生活，还有打牲衙门呈贡事务。这些必然留给他深深的印象，在他今后的生活中，也会偶尔与人提及。此时他的父亲曹玺正在江宁织造任上，八年之后，曹寅又执掌苏州织造。江宁织造、苏州织造与打牲乌拉衙门的职能相同，只不过，一是贡奉南方丝绸、奇木、珍玩，一是专贡关东山珍、水产、野味。另一位与乌拉街有关系的曹雪芹的家人，是他的舅祖父李煦。李煦做了几十年织造官，在雍正惩治贪污追索亏空时下狱，随即被流放乌拉。此时的李煦已七十三岁，耐受不了乌拉的苦寒，不到两年，便在贫病交加中死去，"死时亲识无一人在侧"。曹雪芹与他们的生活未必有交集，但至少，有关打牲乌拉的事，在曹家的生活中并不陌生。因而曹雪芹在写作《红楼梦》时，会信笔拈来，作为贾府日常生活的点缀，却在不经意间，为打牲乌拉总管衙门留下宝贵的历史印记。

更为难能可贵的，倒是康熙和乾隆东巡吉林和乌拉时留下的诗文。两位帝王不是坐在金銮殿上凭空想象，而是身临其境亲眼看见有感而发，如康熙的《望祀长白山》《松花江放船歌》《松花江网鱼最多颁赐从臣》等，乾隆的《赐宁古塔将军及官兵丁宴》《松花江放船恭依皇祖诗韵》《松花江捕鱼》《采珠行》《松花江》《尼什哈山》等。透过诗人澎湃的激情，我们也看到了几百年前的乌拉风情，体验了渔丁撒网捕鱼的艰难，感受着珠丁采珍珠的奇妙，观览吉林水师营船阵的威武雄壮……

除了清宫档案，清人所编撰的《吉林通志》《永吉县志》等，对打牲乌拉衙门也有所涉猎。还有一些流人和文人墨客留下的诗与文，零星记载了有关乌拉的风土人情，虽不系统，也可窥见彼时彼地的面貌。可见，打牲乌拉并不是寂寂无闻，只是不被众人知晓。伴随着清王朝的始终，打牲乌拉衙门的兴衰，也折射了清王朝由兴盛到败落的过程，在历史上理应有着它行走的痕迹。

二

写乌拉街的旧事，绕不过去的是“后府”——第三十一任打牲衙门总管云升的府邸。我只见过衰败的后府遗址和越来越衰败的后府遗存，便只能在地方史研究者绘制的后府复原图上，想象后府当年的辉煌。我搜集到了后府后人们写的回忆文章，在他们的描述中寻找细节。幸运的是，我还见到了多位后府的嫡系后人，从他们的亲口讲述中，我知道了许多鲜为人知的后府轶事和生活，而他们发自内心的信任和理解，让我对写作这部作品充满信心。

2014年春天，在吉林市一处普通的老旧又狭小的住宅内，我第一次见到了赵清兰。她是云升的曾孙女，打牲衙门最后一任总管乌音保的孙女。九十四岁的赵清兰耳不聋眼不花，头脑清楚思维敏捷。墙上挂着一张照片，是赵清兰结婚时与家人的合照。新娘赵清兰穿着西式婚纱，新郎是西装；几十口人的大家族，男男女女老老少少，或坐或立，都是二十世纪三四十年代的装束，背景和色调也显出年代感。老人能一一说出照片上人的名字并分清辈分；说起在后府的生活和细节，说起陈年往事，也都清晰如昨，甚至哪年哪月都是开口便来，令我为老人的记忆力啧啧称奇。赵清兰是在世的云升后人中真正在后府出生长大而且时间最长的，对后府的一草一木以及大宅院日常生活的点点滴滴都是最权威的见证。老人还亲自写过回忆文章，结集为《忆后府》，虽未公开出版，却是非常珍贵的资料。而与赵清兰促膝交谈，老人随口说出的那些过往故事、日常生活点滴，却是她在回忆文章中没有提及的，更让我这个写小说的人如获至宝。后府的生活和人物在老人的讲述中复活，后府也在老人的描述中，从废墟中站起来，变得具体可感可视。老人爽直开朗的性格很有亲和力，老人身上的故事又是那么有吸引力，我忍不住多次走进老人的家，并不一定是采访，哪怕只是闲聊，也能让我获益多多。遗憾的是，两年后，赵清兰老人过世了，没什么大毛病，只因一场感冒。老人是寿终正寝。

2017年7月的一天，由赵勤先生引见，在长春一处普通得不能再普通的老旧住宅内，我拜访了赵君扬老人，一同见到的，还有赵震、赵康、赵澡身和赵勤先生的儿子赵秋。云升有两子，乌音保和富森保，这几位先生分别是他们的直系后代，只是辈分不同。赵君扬与赵勤同辈，被称为六叔七叔，其余几位则晚一辈。一次能见到这么多位云升的直系后人，令我喜出望外；他们的热情和真诚以及信任更是令我感动。赵君扬已是九十四岁高龄，行动需要人搀扶，但手劲儿却大得出奇，而且思维敏捷、记忆力惊人，不仅对过去的事记忆如昨，对当前局势或者热点话题也都有所关注，并有着自己的见解。我在为老人健康长寿惊诧的同时，也不禁为这个家族强大的生命基因而感慨。听他们讲，2011年，他们还重修了云升墓，并以此为契机，重聚了近百口云升后人。近百口人在新修缮的云升墓前照了一个合影，昭示着一个大家族的根深叶茂。

这之后，我还见到过其他几位后府后人，其中有一位是云升的弟弟贵升的后人，从他口中我才知道，贵升当年曾是乌拉协领衙门的协领，出外征战阵亡。这在以往我看到的资料中从未涉及。2017年9月，应赵震先生之约，我专程赴大连再次拜见了赵震先生。赵震先生不仅讲述了他所知道的后府及与后府有关的人和事，还将他的姑姑赵洵、父亲赵绰留下的关于家庭历史回忆的手稿和他自己整理的资料原稿都借给了我，令我感动不已，也深感荣幸。

这个大家族的人虽然分散在全国各地，各有自己的身份，但家族的事业将他们的心凝聚在一起。他们中有人在专门整理相关的资料，有人在呼吁后府的修缮，有人在寻求渠道期盼挖掘宣传乌拉街的历史。电视导演出身的赵勤先生还拍摄过乌拉街鹰猎文化的专题片，并收集了许多与打牲衙门有关的文物、图片及清宫档案资料，出版了图文并茂的《乌拉古镇》；赵清兰的儿子胡义林还根据母亲的描述和指点，专门制作了一个后府的模型。他们的努力，其实已不仅仅是这个家族的责任，对于研究乌拉街贡品文化、研究东北历史乃至清代历史来说，都有着不可忽视的意义。我知道赵勤先生和赵震先生以及我所见到的所有赵家人对我所寄予的厚望，这种信任让我倍感压力，也平添了一份责任感。

三

我终归还是写小说的，研究历史，不是我的所长。如何将这些历史资料转化为写小说的素材，才是我的目的。

最初开始着手写作，还是在2012年。因为在媒体工作的关系，我几次去过乌拉街，采访有关打牲衙门的历史和遗址保存现状。随着采访的深入，对历史了解得越多，对打牲乌拉总管衙门的贡品文化便越感兴趣。从历史遗址的保护情况，从旅游文化开发的不尽如人意，直觉着这是一段被人遗忘的历史，同样也是不被人在意的历史。虽有地方史学家写过专著出版，写过介绍打牲衙门历史的文章发在报纸上，却也没被重视。看着乌拉街眼前的景象，未免令人着急。我破例在报纸副刊连续策划签发了三个整版，试图通过介绍乌拉街打牲衙门的历史，同时呼吁加强对文物的保护和再利用。也就是从那时候开始，我萌生了以乌拉街为背景写小说的念头。我百般构思，却始终找不到感觉，直到有一次，听乌拉街镇政府的一位工作人员无意中说到，他们家过去一位女亲戚外号叫赵蝴蝶，当年在乌拉街很有名。问为什么有名，他却笑而不答，那笑就有些耐人寻味了。虽然没问出更多的细节来，但“赵蝴蝶”的形象开始在我脑子里活跃起来，这也就是《福地》中“福儿”初型的来源。

《福地》取材于打牲衙门，取景乌拉街，有人物原型，有些事件也是历史上真实发生的事，但毕竟我不是要写历史，而是在写小说，是在真实历史背景下的艺术虚构。我有我所遵循的创作风格和追求。我喜欢在尊重历史的前提下编故事，我相信读者想看到的也是一个有滋有味的故事，在对故事的享受中体验一段陌生的生活。我不讳言，有些东西我没弄明白，所以没办法写深写透；有些东西我弄清楚了，却不想写得明白透彻。我也相信读者都是聪明的，很多没有写出来的东西，待他们恍然有所悟的时候，会生发出比作者更丰富的想象……

从开始我就知道这是个需要花费精力和时间的题材，但写作的难度却是我完全没预料到的。从2012年正式动笔，写到今天，不知不觉间竟也有八年时间，这实在不符合这个信息量爆炸、生活节奏飞快、人心浮躁的年代，但我苦在其中也乐在其中。这期间，除了去各处采访后府后人，实地踏查乌拉街，查阅各种资料书籍，我也总是不停地求教于地方史研究的专家们，其中江汉力先生和高振寰先生都给予了我极大的帮助，将他们研究的成果和撰写的文章提供给我，随时指点迷津。采访、写作和求教是需要时间、精力的，但对我来说，却也是不断提升的必然过程，而我也在不停的修改中，尽力做到使作品更完善，少疏漏，以期达到最佳效果。

现在，我终于将书稿交了出去。我在期待、在忐忑中等待读者的反应；这种等待，也让生活变得充满希望。

邱苏滨

2020年9月1日于吉林市